PÉCHÉ ORIGINEL

DU MÊME AUTEUR

A visage couvert (Cover Her Face), Fayard, 1989.

Une folie meurtrière (A Mind to Murder), Fayard, 1988.

Sans les mains (Unnatural Causes), Mazarine, 1987, Fayard, 1989.

Meurtres en blouse blanche (Shroud for a Nightingale), Fayard, 1988.

La Proie pour l'ombre (An Unsuitable Job for a Woman), Mazarine, 1984, Fayard, 1989.

Meurtre dans un fauteuil (The Black Tower), Mazarine, 1986, Fayard, 1990.

Mort d'un expert (Death of an Expert Witness), Fayard, 1989.

La Meurtrière (Innocent Blood), Mazarine, 1984, Fayard, 1989.

L'Ile des Morts (The Skull Beneath the Skin), Mazarine, 1985, Fayard, 1989.

Un certain goût pour mort (A Taste for Death), Mazarine, 1987, Fayard, 1990.

Par action et par omission (Devices and Desires), Fayard, 1990.

Les Fils de l'homme (The Children of Men), Fayard, 1993.

Les Meurtres de la Tamise (The Maul and the Pear Tree), 1984, Fayard, 1994.

P.D. James

PÉCHÉ ORIGINEL

roman

traduit de l'anglais par
DENISE MEUNIER

Fayard

NOTE DE L'AUTEUR

Ce roman se déroule sur la Tamise, aussi nombre des scènes et des lieux qu'il décrit seront-ils familiers aux amoureux du fleuve de Londres. Peverell Press de même que tous les personnages n'existent que dans l'imagination de l'auteur; ils n'ont aucun rapport avec des lieux ou des personnes dans la vie réelle.

Cet ouvrage est la traduction intégrale, publiée pour la première fois en France, du livre de langue anglaise :

ORIGINAL SIN

édité par Faber and Faber Limited, Londres.

LIVRE PREMIER

Préface au meurtre

1

Qu'une dactylo intérimaire assiste à la découverte d'un cadavre le premier jour d'un nouveau travail est un incident sinon sans exemple du moins assez rare pour qu'on ne puisse pas le considérer comme un risque du métier. Assurément, Mandy Price, dix-neuf ans et deux mois, star reconnue de l'Agence Nonesuch de Mrs Crealey, partit en ce matin du mardi 14 septembre pour un entretien à Peverell Press sans plus d'appréhension qu'elle n'en éprouvait à l'ordinaire au début d'un nouvel engagement, une appréhension toujours assez légère et due plus à la crainte que son futur employeur ne la satisfasse pas qu'à l'inverse. Elle avait pris connaissance de l'offre le vendredi précédent quand elle était allée à l'agence à six heures pour toucher son salaire après deux semaines assommantes passées avec un directeur qui considérait une secrétaire comme un symbole de rang et d'importance mais sans avoir la moindre idée de la manière d'utiliser ses talents; aussi était-elle toute prête à accueillir une tâche nouvelle et de préférence excitante — quoique peut-être pas tout à fait autant que celle-ci devait se révéler l'être à l'usage.

Mrs Crealey, pour qui Mandy travaillait depuis trois ans, avait installé l'agence qu'elle dirigeait dans deux pièces au-dessus d'un marchand de journaux et de tabac, non loin de Whitechapel Road, très commodément situé, comme elle aimait à le répéter à ses filles et clients, pour se rendre aussi bien dans la City que dans les grands immeubles de bureaux des Docklands. Ni l'une ni les autres ne lui avaient apporté grand-chose comme pratique jusqu'alors, mais tandis que d'autres agences sombraient dans les vagues houleuses de la récession, le petit esquif fragile et mal armé était encore à flot. Mise à part l'aide d'une des filles temporairement sans travail à l'extérieur, Mrs Crealey faisait marcher son entreprise toute seule. La première pièce était le bureau où elle accueillait les nouveaux clients, apaisait les anciens et répartissait les tâches pour la semaine suivante. La deuxième était son sanctuaire personnel, meublé d'un divan sur lequel elle passait parfois la nuit en contradiction avec les conditions du bail, un assortiment de boissons au réfrigérateur, un placard qui découvrait en s'ouvrant une cuisine miniature, un gros poste de télévision et deux fauteuils disposés devant un radiateur à gaz dans lequel une lumière d'un rouge ardent tournait derrière des bûches artificielles. Elle désignait cette pièce sous le nom de « nid » et Mandy était l'une des rares filles admises à jouir de ses charmes intimes.

C'était sans doute grâce à cela d'ailleurs que la jeune femme restait fidèle à l'agence, bien qu'elle n'eût jamais convenu ouvertement d'un besoin qui lui aurait semblé à la fois puéril et embarrassant. Agée de six ans quand sa mère était partie, elle avait impatiemment attendu son seizième anniversaire pour pouvoir quitter un père qui pensait s'être acquitté de ses devoirs en lui fournissant deux repas par jour — qu'elle devait préparer — et ses vêtements. Depuis un an, elle louait une pièce dans une maison de Stratford East, où elle cohabitait dans une acrimonieuse camaraderie avec trois jeunes amies, la principale cause de dispute étant la volonté irrévocable de Mandy de garer sa Yamaha dans l'étroite entrée. Mais c'était le « nid » de Whitechapel Road, les odeurs mêlées de vin et de plats chinois à emporter, le sifflement du gaz, les deux fauteuils profonds et délabrés dans lesquels elle pouvait se pelotonner et dormir qui représentaient tout ce qu'elle avait jamais connu du confort et de la sécurité d'un foyer.

Mrs Crealey, une bouteille de sherry dans une main et un débris de bloc-notes dans l'autre, mâchonna son fume-cigarette jusqu'à ce qu'elle l'ait coincé dans le coin de sa bouche, où il se maintint en dépit de toutes les lois de la pesanteur, et loucha sur son écriture presque indéchiffrable au travers d'immenses lunettes cerclées de corne.

« Un nouveau client, Mandy, Peverell Press. Je l'ai cherché dans l'annuaire des éditeurs, c'est l'une des maisons les plus anciennes — peut-être la plus ancienne — du pays, fondée en 1792. Elle est installée au bord de la Tamise. The Peverell Press, Innocent House, Innocent Walk, Wapping. Vous avez dû voir l'immeuble si vous êtes allée en bateau jusqu'à Greenwich. Une imitation de palais vénitien — énorme. Ils ont un canot à moteur, apparemment pour prendre leurs employés à l'embarcadère de Charing Cross. Comme vous habitez Stratford, il ne vous servira à rien, mais enfin, c'est sur la même rive de la Tamise, je pense que ça vous facilitera le trajet. Le mieux serait que vous preniez un taxi ; et surtout faites-vous rembourser avant de repartir.

— Pas de problème. Je prendrai ma moto.

— Comme vous voulez. On vous attend mardi à dix heures. »

Sur le point d'insinuer qu'avec un nouveau client aussi prestigieux un certain formalisme dans la mise pourrait être indiqué, Mrs Crealey y renonça finalement. Mandy acceptait assez volontiers certaines suggestions au sujet de son travail ou de son comportement, mais jamais au sujet des créations excentriques et parfois bizarres au moyen desquelles elle exprimait sa personnalité, essentiellement assurée et exubérante.

Elle demanda : « Pourquoi mardi ? Ils ne travaillent pas le lundi ?

— Pas la moindre idée. Tout ce que je sais, c'est que la fille qui a téléphoné a dit mardi. Miss Étienne ne peut peut-être pas vous recevoir avant. C'est l'un des directeurs et elle veut s'entretenir personnellement avec vous. Miss Claudia Étienne, j'ai tout noté.

— En voilà une histoire ! Pourquoi est-ce qu'il faut que j'aie un entretien avec le patron ?

— Un des patrons. Ils ne veulent pas prendre n'importe qui. Ils ont demandé ce qu'il y a de mieux et je leur envoie ce qu'il y a de mieux. Bien sûr, ils cherchent peut-être quelqu'un pour un emploi permanent et ils veulent l'essayer d'abord. N'allez pas vous laisser embobiner et rester, hein, Mandy !

— Ça m'est déjà arrivé ? »

Après avoir accepté un verre de sherry, la jeune fille se pelotonna dans l'un des fauteuils et se mit à étudier le journal. Il était certes étrange d'être interrogé par un futur client avant de commencer le travail même si, et c'était le cas ce jour-là, ledit client utilisait l'agence pour la première fois. La procédure habituelle était bien comprise par tous les intéressés. L'employeur accablé téléphonait à Mrs Crealey pour lui demander une dactylo intérimaire, l'implorant de lui envoyer cette fois une fille alphabétisée et dont la vitesse approchait au moins la moyenne annoncée. Après avoir promis des miracles de ponctualité, d'efficacité et de conscience, Mrs Crealey envoyait alors celle de ses affidées qui se trouvait libre et qu'elle pouvait persuader à grand renfort de cajoleries d'essayer le travail, en espérant que cette fois les espoirs du client et de l'employée coïncideraient à peu près. Les plaintes ultérieures étaient contrées par une inévitable réponse, sur le mode plaintif : « Je ne comprends vraiment pas. Je n'ai que des compliments de la part des autres employeurs. On me demande continuellement Sharon. »

Le client, rendu ainsi plus ou moins responsable du désastre, reposait l'appareil avec un soupir, pressait, encourageait, subissait jusqu'à ce que le supplice mutuel fût fini et le membre permanent du personnel, revenu pour recevoir un accueil flatteur. Mrs Crealey prélevait sa commission, plus modeste que celle de la plupart des agences, ce qui expliquait sans doute la survie de son entreprise, et la transaction était terminée jusqu'à ce que l'épidémie de grippe suivante ou les vacances d'été provoquent un nouveau triomphe de l'espoir sur l'expérience.

Elle dit alors : « Vous pouvez prendre votre lundi, Mandy, intégralement payé bien sûr. Et puis vous feriez bien de taper vos qualifications et vos expériences. Mettez “Curriculum vitae” en haut, ça impressionne toujours. »

En fait, le curriculum de Mandy et Mandy elle-même ne manquaient jamais de faire impression. Elle le devait à son professeur d'anglais, Mrs Chilcroft. Affrontée à une classe d'élèves récalcitrantes d'une dizaine d'années, elle leur avait dit : « Vous allez apprendre à écrire votre propre langue simplement, correctement, et avec une certaine élégance, ainsi qu'à la parler de manière à ne pas être désavantagée dès la minute où vous ouvrez la bouche. Si l'une d'entre vous a d'autres ambitions que de se marier à seize ans et d'élever ses enfants dans une HLM, vous aurez besoin du langage. Si vous n'avez pas d'autre ambition que d'être entretenue par un homme ou par l'État, vous en aurez encore besoin davantage, ne serait-ce que pour circonvenir les services sociaux à l'échelon local et l'Assistance publique. Mais pour l'apprendre, vous l'apprendrez. »

Mandy n'avait jamais pu décider si elle haïssait ou admirait Mrs Chilcroft, mais, grâce à cet enseignement inspiré quoique peu conventionnel, elle avait appris à parler l'anglais, à l'écrire, à l'orthographier, à l'utiliser avec assurance, voire une certaine élégance. La plupart du temps, c'était un talent dont elle préférait prétendre qu'elle ne le possédait pas. Sans jamais formuler cette hérésie à haute voix, elle pensait qu'il ne lui aurait servi à rien de se sentir chez elle dans l'univers de Mrs Chilcroft, si elle cessait d'être acceptée dans le sien. Sa connaissance du langage était là, elle pouvait l'employer en cas de nécessité comme atout dans sa profession et parfois en société, y ajoutant des vitesses élevées en sténographie et l'expérience de divers types de traitement de texte. Elle se savait extrêmement utilisable, mais restait fidèle à Mrs Crealey. Le « nid » mis à part, le fait d'être jugée indispensable avait de nombreux avantages ; elle pouvait être sûre d'avoir les travaux les plus intéressants. Ses employeurs masculins essayaient parfois de l'inciter à prendre un poste permanent, certains lui offrant des avantages qui n'avaient pas grand-chose à voir avec le salaire annuel : tickets restaurants ou versements généreux pour la retraite. Mais elle restait à l'agence Nonesuch avec une fidélité qui n'obéissait pas qu'à des considérations matérielles. Elle éprouvait parfois une compassion presque adulte pour son employeur. Les difficultés de Mrs Crealey avaient deux causes essentielles : sa conviction que les hommes étaient perfides, jointe à son incapacité à s'en passer. Mise à part cette inconfortable contradiction, sa vie était dominée par la lutte pour conserver dans son écurie les quelques filles utilisables et sa guerre d'usure contre son ex-mari, le contrôleur des contributions, le directeur de sa banque et le propriétaire de son local. Hors de tous ces traumatismes, Mandy était une alliée et une confidente pleine de sympathie. Quand il était question de la vie amoureuse de Mrs Crealey, cette attitude était dictée plus par une facile bienveillance que par la moindre compréhension, car dans l'esprit de Mandy (dix-neuf ans) l'idée que son employeur pût avoir des rapports sexuels avec les vieux messieurs — certains devaient avoir au moins cinquante ans — si peu alléchants qui hantaient parfois le bureau était trop bizarre pour pouvoir être envisagée sérieusement.

Après une semaine de pluies presque continuelles, le mardi promettait d'être une belle journée, avec des rayons de soleil capricieux qui dardaient au travers des amas de nuages bas. Le trajet n'était pas long depuis Stratford East, mais Mandy s'était accordé beaucoup de temps et il n'était que dix heures et quart quand, après avoir quitté Ratcliffe Highway, descendu Garnet Street et suivi Wapping Wall, elle déboucha dans Innocent Walk. Réduisant sa vitesse à l'allure d'un piéton, elle parcourut avec force cahots un large cul-de-sac pavé bordé au nord par un mur de brique gris haut de trois mètres et au sud par les trois bâtiments constituant Peverell Press.

A première vue, elle jugea Innocent House décevante. C'était une maison de style georgien, imposante mais sans rien de remarquable, aux proportions que la raison, mais certes pas la sensibilité, lui disait être élégantes — en somme peu différente des nombreuses autres qu'elle voyait à Londres. La porte principale était fermée et elle ne décela aucun signe d'activité derrière les quatre étages de fenêtres à huit carreaux dont les deux plus bas étaient dotés d'un balcon en fer forgé. De chaque côté, une maison plus petite, moins ostentatoire, se tenait à une certaine distance, comme une parente pauvre pleine de déférence. Mandy se trouvait alors devant la première de celles-ci, qui portait le numéro 10, bien qu'elle ne pût voir trace des numéros 1 à 9, et qui était séparée du bâtiment principal par Innocent Passage; isolé de la rue par une grille de fer forgé, celui-ci servait manifestement de parc aux voitures du personnel. Mais pour l'heure cette grille était ouverte et la jeune fille vit trois hommes descendre de gros cartons par un treuil depuis un des étages supérieurs, puis les charger dans une camionnette. L'un des trois, teint basané, très petit et coiffé d'un immense chapeau texan, l'ôta pour saluer Mandy avec une emphase ironique. Les deux autres levèrent le nez de leur travail et la dévisagèrent avec une évidente curiosité. Elle remonta la visière de son casque et les gratifia d'un long regard des plus décourageants.

La seconde des petites maisons était séparée d'Innocent House par Innocent Lane où, selon les instructions de Mrs Crealey, elle trouverait l'entrée. Elle coupa les gaz, mit pied à terre et poussa la moto sur les pavés en cherchant l'endroit le plus discret pour la garer. C'est alors qu'elle aperçut pour la première fois le fleuve, étroit scintillement d'eau frissonnante sous le ciel qui s'éclaircissait. Elle gara la Yamaha, ôta son casque, chercha son chapeau dans l'un des sacs et le mit, puis, casque sous le bras et sac fourre-tout à la main, se dirigea vers l'eau comme si la puissante attraction de la marée et la faible odeur iodée si caractéristique agissaient physiquement sur elle.

Elle se trouva dans une large avant-cour de marbre luisant, bordée par une clôture basse en fer délicatement forgé que ponctuait à chaque angle un globe de verre soutenu par des dauphins de bronze enlacés. Par une ouverture au milieu de la clôture, un escalier descendait jusqu'au fleuve, dont elle entendait le clapotis rythmé contre la pierre. Elle se dirigea vers lui, plongée dans un émerveillement hypnotique comme si elle ne l'avait encore jamais vu. Il miroitait devant elle, vaste étendue d'eau qui se gonflait, tachetée par le soleil, soudain fouettée par la brise en millions de vaguelettes, telle une mer intérieure agitée qui, lorsque le vent tomba, redevint mystérieusement lisse et soyeuse. C'est alors qu'en se retournant elle découvrit la merveille d'Innocent House — quatre étages de marbres colorés et de pierre dorée qui, tandis que la lumière changeait, semblaient se nuancer subtilement, d'abord plus éclatants, puis tournant au doré plus profond. Le grand arc de l'entrée principale était flanqué d'étroites fenêtres cintrées et surmonté de deux étages aux larges balcons en pierre sculptée qui faisaient face à une rangée de minces colonnes de marbre achevée en arcs trilobés. Au-dessus des fenêtres cintrées et des colonnes de marbre, un dernier étage soutenait le parapet d'un toit bas. Elle ne connaissait aucun de ces détails architecturaux, mais elle avait vu des maisons comme celle-là lors d'un voyage turbulent et mal organisé de son école à Venise, alors qu'elle avait treize ans. La ville lui avait laissé peu d'impressions, mis à part la puanteur estivale des eaux mortes, qui avait fait crier de dégoût simulé les enfants surtout occupés à se boucher le nez, les musées encombrés par la foule et des édifices dont on lui disait qu'ils étaient remarquables mais qui semblaient prêts à s'écrouler dans les canaux. Elle avait vu Venise trop jeune et mal préparée. Maintenant, en regardant la merveille d'Innocent House, elle éprouvait pour la première fois de sa vie une réaction différée à cette expérience antérieure, mélange de respect craintif et de joie qui la surprit et l'effraya un peu.

Le charme fut rompu par une voix masculine : « Vous cherchez quelqu'un ? »

Elle se retourna et vit un homme qui la regardait au travers de la grille comme s'il avait surgi des eaux. S'étant approchée, elle s'aperçut qu'il se tenait debout à l'avant d'une vedette amarrée à gauche de l'escalier. Il portait une casquette de yachtman posée très en arrière sur une tignasse noire bouclée et ses yeux étaient des fentes brillantes dans le visage boucané.

Elle répondit : « Je suis venue pour un travail. Je regardais le fleuve, simplement.

— Oh, il est toujours là, le fleuve. L'entrée est par là. » Du pouce, il désigna Innocent Walk.

« Oui, je sais. »

Pour bien prouver sa liberté d'action, Mandy jeta un coup d'œil à sa montre, puis se retourna et passa deux minutes encore à contempler Innocent House. Enfin, après un dernier regard à la Tamise, elle se dirigea vers Innocent Walk.

Sur la porte extérieure, une pancarte indiquait : PEVERELL PRESS — ENTREZ. Elle poussa le battant, traversa un vestibule vitré et pénétra dans la réception. A gauche, un bureau ovale et un standard téléphonique, avec un homme grisonnant au visage aimable qui l'accueillit d'un sourire avant de vérifier son nom sur une liste. Mandy lui tendit son casque ; il le prit dans de petites mains tavelées par l'âge avec autant de précautions que s'il se fût agi d'une bombe et pendant quelques instants sembla ne pas trop savoir qu'en faire ; finalement, il le laissa sur le comptoir.

Il annonça l'arrivée de la jeune fille par téléphone, puis lui dit : « Miss Blackett va venir vous chercher pour vous conduire chez Miss Étienne. Voulez-vous vous asseoir un instant ? »

Mandy s'assit et, sans s'occuper des trois quotidiens, des revues littéraires et des catalogues soigneusement disposés en éventail sur une table basse, regarda autour d'elle. La pièce avait dû être élégante autrefois ; la cheminée de marbre avec une huile du Grand Canal encadrée dans le panneau au-dessus d'elle, un plafond aux stucs délicats et aux corniches sculptées, juraient avec le bureau moderne, les fauteuils confortables mais utilitaires, le grand tableau d'affichage recouvert de reps et la cage de l'ascenseur à droite de la cheminée. Les murs, peints en vert foncé, portaient une rangée de portraits sépia, sans doute des ancêtres Peverell, se dit Mandy, qui venait de se lever pour les regarder de plus près quand son accompagnatrice apparut, une femme trapue, assez laide, sans doute Miss Blackett. Celle-ci accueillit Mandy sans un sourire, jeta un coup d'œil étonné, voire un peu effaré, à son chapeau et, sans se présenter, l'invita à la suivre. Nullement inquiétée par ce manque de chaleur, Mandy se dit que c'était visiblement la secrétaire particulière du directeur, soucieuse de marquer son territoire. Elle en avait déjà rencontré du même type.

Le hall lui coupa le souffle. Elle vit un pavement en mosaïque de marbres colorés dont jaillissaient six minces colonnes aux chapiteaux finement sculptés qui rejoignaient un stupéfiant plafond peint. Sans se soucier de l'évidente impatience de Miss Blackett, déjà sur la première marche de l'escalier, Mandy s'arrêta sans aucun complexe et rejeta lentement la tête en arrière pour contempler le grand dôme coloré qui tournait lentement avec elle : palais, tours aux bannières flottantes, églises, maisons, ponts, courbe d'une rivière emplumée par les voiles de navires haut-mâtés et chérubins dont les lèvres plissées soufflaient des brises opulentes en petits jets comme la vapeur d'une bouilloire. Mandy, qui avait travaillé dans les bureaux les plus divers, depuis des tours de verre meublées de chrome, de cuir et de merveilles électroniques dernier cri, jusqu'à des pièces aux dimensions de placards avec une table de bois et une antique machine à écrire, savait que l'on ne peut se fier à l'ambiance d'un bureau pour connaître l'état des finances de l'entreprise. Mais jamais encore elle n'avait vu un cadre comme celui d'Innocent House.

Elles montèrent en silence le large escalier à double révolution. Le bureau de Miss Étienne était au premier. Il avait visiblement été une bibliothèque autrefois, mais on avait élevé une cloison à l'une de ses extrémités pour faire un petit bureau. Là, une jeune femme au visage sérieux, si maigre qu'elle avait l'air anorexique, tapait sur une machine à traitement de texte et n'accorda qu'un bref regard à Mandy. Miss Blackett ouvrit la porte de communication et annonça : « C'est Mandy Price, de l'agence, Miss Claudia », puis elle s'en alla.

La pièce parut très grande à Mandy après l'antichambre mal proportionnée et elle traversa toute une étendue de parquet jusqu'à un bureau placé à droite de la fenêtre du fond. Une grande femme brune se leva pour la recevoir, lui serra la main et lui désigna la chaise en face d'elle.

« Vous avez votre curriculum vitae? demanda-t-elle.

— Oui, Miss Étienne. »

Jamais encore on ne le lui avait demandé, mais Miss Crealey avait eu raison : on comptait évidemment qu'elle en fournirait un. Mandy plongea dans son cabas abondamment pourvu de pompons et de broderies criardes, trophée de ses dernières vacances en Crète, pour en sortir trois pages soigneusement dactylographiées. Miss Étienne les examina et Mandy examina Miss Étienne.

Elle décida qu'elle n'était pas jeune — sûrement plus de trente ans. Le visage était osseux, la peau pâle et délicate, les yeux à fleur de tête avaient des iris sombres, presque noirs sous de lourdes paupières. Au-dessus, les sourcils épilés dessinaient un arc très arrondi; les cheveux courts, brossés jusqu'à ce qu'ils reluisent, étaient séparés par une raie sur le côté gauche, les mèches pendantes glissées derrière l'oreille droite. Les mains posées sur les feuillets étaient sans bagues, les doigts, très longs et minces, les ongles, sans vernis.

Sans relever la tête, elle demanda : « Vous vous appelez Mandy ou Amanda Price?

— Mandy, Miss Étienne. » En d'autres circonstances, elle aurait fait remarquer que si elle s'était prénommée Amanda, le CV l'aurait indiqué.

« Vous avez déjà travaillé dans une maison d'édition?

— Trois fois seulement. J'ai indiqué les noms des éditeurs qui m'ont employée à la page trois de mon CV. »

Miss Étienne poursuivit sa lecture, puis releva la tête et

ses yeux lumineux sous les sourcils arqués étudièrent Mandy avec plus d'intérêt qu'elle n'en avait manifesté auparavant.

Elle dit : « Vous semblez avoir très bien réussi à l'école, mais depuis, quelle extraordinaire diversité d'emplois ! Vous n'en avez gardé aucun plus de quelques semaines. »

En trois années d'intérim, Mandy avait appris à reconnaître et à déjouer la plupart des machinations du sexe masculin, mais elle était moins assurée quand il s'agissait du sien. Son instinct, acéré comme une dent de furet, lui disait qu'avec Miss Étienne quelques précautions seraient sans doute nécessaires. Elle pensa : c'est ça le travail temporaire, vieille imbécile, ici aujourd'hui, ailleurs le lendemain, mais elle répondit : « C'est pour ça que j'aime le travail temporaire. Je veux connaître une diversité d'expériences aussi grande que possible avant de me fixer et de prendre un emploi permanent. Une fois que je l'aurai fait, j'aimerais au contraire être stable et réussir dans mon poste. »

En disant cela, Mandy n'était pas sincère. Elle n'avait aucune intention de prendre un emploi fixe. Le travail temporaire, avec sa liberté de contrats et de conditions de service, sa variété, l'assurance qu'elle n'était pas liée, que même la pire expérience pourrait s'achever le vendredi suivant, lui convenait parfaitement ; mais ses projets étaient ailleurs. Elle économisait en prévision du jour où avec son amie Naomi elle aurait les moyens d'ouvrir un petit magasin, Portobello Road. Là, Naomi pourrait fabriquer ses bijoux, tandis que Mandy dessinerait et coudrait ses chapeaux, toutes deux accédant très vite à la renommée et à la fortune.

Miss Étienne étudia de nouveau le curriculum vitae et déclara sèchement : « Si votre ambition est de trouver un emploi permanent et d'en faire un succès, vous êtes certainement la seule de votre génération. » Puis elle rendit les feuillets à Mandy d'un geste rapide et impatient en disant : « Bon, nous allons vous faire passer un test pour voir si vous tapez aussi bien que vous le dites. Il y a une deuxième machine à traitement de texte dans le bureau de Miss Blackett, au rez-de-chaussée. C'est là que vous travaillerez, donc autant passer le test là. Mr Dauntsey, notre responsable du département poésie, a une cassette qu'il veut faire transcrire. Elle est dans le petit bureau des archives. » Elle se leva et ajouta : « Nous allons monter la chercher ensemble. Cela vous permettra de vous faire une petite idée de la disposition des lieux. »

Mandy dit : « De la poésie? » Elle savait par expérience que dans les productions modernes il était quasi impossible de savoir où commençaient et s'achevaient les vers, d'où la difficulté de dactylographier à partir d'une cassette.

« Non, il ne s'agit pas de poésie. Mr Dauntsey est en train de répertorier les archives et d'indiquer ce qu'il conviendrait d'en conserver et d'en éliminer. Peverell Press publie depuis 1792 et il y a dans les vieux dossiers des documents intéressants qui devraient être correctement catalogués. »

A la suite de Miss Étienne, Mandy descendit le large escalier incurvé, traversa le hall et entra dans le salon de réception. Elles devaient apparemment utiliser l'ascenseur qui ne fonctionnait qu'à partir du rez-de-chaussée. Elle se dit que ce n'était pas la meilleure façon de se faire une idée du plan de la maison, mais le commentaire qui l'accompagnait avait été prometteur; il semblait que le poste fût à elle, si elle le voulait. Or, après cette première échappée sur la Tamise, Mandy savait qu'elle le voulait.

L'ascenseur était tout petit et plus il montait, non sans force gémissements, plus elle était consciente de la haute silhouette silencieuse dont le bras l'effleurait presque. Les yeux fixés sur la grille de la cabine, elle sentait l'odeur de Miss Étienne, subtile et un peu exotique, mais si faible qu'il s'agissait peut-être d'un savon de luxe et non pas d'un parfum. Tout sur sa voisine semblait luxueux, le miroitement amorti de sa blouse qui ne pouvait être qu'en soie, la double chaîne et les boucles d'oreilles en or, le cardigan négligemment jeté sur les épaules qui avait la fine douceur du cachemire. Mais la proximité physique de sa compagne jointe aux messages de ses propres sens stimulés par la nouveauté et l'excitation d'Innocent House lui apprenaient quelque chose de plus : Miss Étienne n'était pas à l'aise. C'était elle, Mandy, qui aurait dû être nerveuse et, au lieu de cela, elle se rendait compte que la tension faisait vibrer l'air de l'ascenseur claustrophobique qui montait cahin-caha avec une exaspérante lenteur.

Il s'arrêta dans une ultime secousse et Miss Étienne repoussa la double grille qui fermait la cabine. Mandy se retrouva alors dans un étroit vestibule avec une porte en face d'elle et une autre à gauche. Celle du fond était ouverte et elle aperçut une grande pièce encombrée, remplie du plancher jusqu'au plafond d'étagères métalliques chargées de dossiers et de liasses de papiers. Elles allaient des fenêtres à la porte en laissant juste la place de passer entre elles. L'air sentait le renfermé et le vieux papier moisi. Elle suivit Miss Étienne dans l'étroite allée jusqu'à une autre porte, plus petite et cette fois fermée.

Miss Étienne s'arrêta et dit : « Mr Dauntsey travaille ici sur les dossiers. Nous l'appelons le petit bureau des archives. Il a dit qu'il laisserait la cassette sur la table. »

Mandy trouva l'explication inutile, voire plutôt bizarre, et elle eut l'impression que Miss Étienne hésitait une seconde, la main sur la poignée, avant de la tourner. Puis, d'un geste brusque, comme si elle s'attendait à quelque obstruction, elle ouvrit la porte au large.

La puanteur glissa à leur rencontre tel un esprit mauvais, l'odeur familière du vomi, assez peu forte mais si inattendue qu'instinctivement Mandy eut un mouvement de recul. Pardessus l'épaule de Miss Étienne, elle découvrit d'un coup d'œil une petite pièce au plancher nu, une table carrée à droite de la porte et une seule fenêtre haute. Sous la fenêtre, un étroit divan, et sur le divan, une femme étendue.

Pas besoin de l'odeur pour dire à Mandy qu'elle était en présence de la mort. Elle ne hurla pas, jamais elle n'avait hurlé de peur ou de saisissement, mais, un poing géant ganté de glace serré sur le cœur et l'estomac, elle se mit à trembler aussi violemment qu'un enfant tiré d'une mer froide. Ni l'une ni l'autre ne dit mot, mais toutes deux, Mandy derrière Miss Étienne, s'approchèrent du divan à pas presque imperceptibles.

Allongée sur une couverture écossaise, la femme avait néanmoins tiré d'en dessous le seul oreiller pour y poser la tête, comme si elle avait eu besoin de cet ultime confort dans ses derniers moments de conscience. Sur une chaise, à côté du lit, une bouteille de vin vide, un gobelet taché et un gros pot à couvercle vissé. Sous la chaise, deux souliers bruns à lacets avaient été soigneusement posés, l'un à côté de l'autre. Mandy se dit qu'elle les avait peut-être ôtés pour ne pas salir la couverture — souillée, pourtant, comme l'oreiller. Une traînée de vomi comme la bave d'un escargot géant collait à la joue gauche de la morte et raidissait l'oreiller. Les yeux de la femme étaient entrouverts, les iris tournés vers le haut, les cheveux gris, coupés avec une frange, à peine en désordre. Elle portait un chandail brun à col roulé et une jupe de tweed d'où sortaient, bizarrement tordues, deux jambes maigres comme des baguettes. Le bras gauche lancé vers l'extérieur touchait presque la chaise, le droit était posé sur la poitrine. La main avait gratté et relevé avant la mort le mince chandail de laine, laissant voir quelques centimètres d'un maillot blanc. A côté du flacon à pilules vide, une enveloppe blanche adressée au coroner.

Mandy chuchota révérencieusement, comme à l'église : « Qui est-ce ? »

La voix de Miss Étienne était calme : « Sonia Clements. Un de nos directeurs littéraires.

— Est-ce que j'allais travailler pour elle ? »

Dès qu'elle l'eut posée, elle comprit que la question était complètement hors de propos, mais Miss Étienne répondit : « Une partie du temps, oui, mais pas longtemps. Elle devait partir à la fin du mois. »

Elle prit la lettre, qu'elle parut soupeser. Mandy pensa : elle veut l'ouvrir, mais pas devant moi. Au bout de quelques secondes, Miss Étienne reprit : « Adressée au coroner. Même sans cela, ce qui s'est passé ici est assez évident. Je suis désolée que vous ayez eu ce choc, Miss Price. Très sans gêne de sa part. Si les gens veulent se tuer, ils devraient le faire chez eux. »

Mandy pensa à la petite maison de Stratford East, la cuisine commune, l'unique salle de bain, la chambre exiguë qu'elle occupait dans un logement où l'on aurait eu du mal à trouver un endroit assez retiré pour avaler les pilules et à plus forte raison en mourir. Elle s'obligea à regarder de nouveau le visage de la femme, soudain possédée par le désir de fermer les yeux et la bouche légèrement ouverte. C'était donc cela, la mort ; ou plutôt, la mort avant que les employés des pompes funèbres vous prennent en main. Mandy n'avait vu qu'une autre morte, sa grand-mère, enveloppée dans les plis bien nets du linceul, avec un ruché autour du cou, présentée dans son cercueil comme une poupée dans sa boîte ; curieusement diminuée, elle avait l'air plus paisible qu'elle ne l'avait jamais été dans la vie, les yeux si brillants et vifs fermés, les mains toujours en mouvement enfin croisées en toute quiétude. Soudain, le chagrin s'abattit sur elle comme un torrent de pitié, peut-être déclenché par le choc différé, ou un brusque souvenir de la grand-mère qu'elle avait aimée. A la première brûlure des larmes, elle ne sut trop si elles étaient pour cette dernière, ou pour l'étrangère étendue dans toute sa vulnérabilité disgracieuse. Elle pleurait rarement, mais quand elle commençait, ses larmes étaient absolument incoercibles. Terrifiée à l'idée de se déshonorer ainsi, elle lutta pour se maîtriser et en regardant autour d'elle ses yeux découvrirent quelque chose de familier, de rassurant, quelque chose dont elle pouvait venir à bout, l'assurance qu'un monde normal continuait en dehors de cette cellule de mort. Posé sur la table, il y avait un petit magnétophone.

Mandy s'en approcha et serra la main autour de lui comme s'il s'agissait d'une icône. Elle dit : « C'est ça la cassette ? Est-ce que c'est une liste ? Vous la voulez en colonne ? »

Miss Étienne la regarda un instant en silence, puis :

« Oui. En deux exemplaires. Vous pouvez utiliser la machine qui est dans le bureau de Miss Blackett. »

Et à cet instant, Mandy sut qu'elle avait la place.

2

Cinq minutes plus tôt, Gérard Étienne, président-directeur général de Peverell Press, quittait la salle du conseil pour regagner son bureau au rez-de-chaussée. Soudain, il s'arrêta, recula dans l'ombre, aussi léger qu'un chat, et abrité derrière la balustrade, regarda au-dessous de lui dans le hall. Là une jeune fille pirouettait lentement, les yeux au plafond. Elle portait des bottes noires au genou, une courte jupe fauve très serrée et une veste de velours d'un rouge passé. Un bras mince et délicat était levé pour maintenir sur la tête un chapeau remarquable, apparemment en feutre rouge. Son large bord relevé sur le devant était décoré d'un assortiment extraordinaire d'objets les plus divers : fleurs, plumes, morceaux de satin et de dentelles, même des petits fragments de verre. Tandis qu'elle tournait sur elle-même, tout cela brillait, luisait, étincelait. Il se dit qu'elle aurait dû avoir l'air ridicule avec ce mince visage enfantin à moitié caché par des mèches désordonnées de cheveux noirs et sommé de cet édifice grotesque. Au lieu de cela, elle était ravissante. Il s'aperçut qu'il souriait, riait presque et qu'il était soudain saisi d'une frénésie qu'il n'avait pas connue depuis sa vingtième année, le désir fou de descendre à toute vitesse le grand escalier et de la prendre dans ses bras et de danser avec elle sur le pavage de marbre jusqu'à la grande porte, puis de là au fleuve miroitant. Elle avait fini sa lente rotation et suivi Miss Blackett, qui traversait le hall. Il resta un instant sur place à savourer cette bouffée de folie qui, lui semblait-il, n'avait rien à voir avec le sexe, sinon le besoin de retenir la quintessence des souvenirs de jeunesse, des amours adolescentes, rires, irresponsabilité, jouissance animale du monde des sens. Plus rien de tout cela n'avait part à sa vie désormais. Il souriait encore en attendant que le hall fût dégagé, après quoi il descendit lentement dans son bureau.

Dix minutes plus tard la porte s'ouvrit et il reconnut le pas de sa sœur. Sans regarder, il lui demanda : « Qui est l'enfant au chapeau ?

— Au chapeau ? » Pendant un instant elle parut ne pas comprendre, puis elle dit : « Ah, le chapeau. Mandy Price, de l'agence d'intérim. »

La voix avait une intonation curieuse et il se tourna pour la regarder avec toute son attention : « Claudia, qu'est-ce qui est arrivé ?

— Sonia Clements est morte. Suicide.

— Où ?

— Ici. Dans le petit bureau des archives. Je l'ai trouvée avec la fille. Nous allions chercher une des cassettes de Gabriel.

— La fille l'a trouvée ? » Il s'interrompit, puis ajouta : « Où est-elle maintenant ?

— Je te l'ai dit, dans le petit bureau des archives. Nous n'avons pas touché le corps. Pourquoi l'aurions-nous fait ?

— Je veux dire, où est la gamine ?

— A côté, elle travaille sur la cassette avec Blackie. Ne gaspille pas ta compassion pour elle. Elle n'était pas seule et il n'y a pas de sang. Cette génération-là est coriace. Elle n'a pas sourcillé. Elle ne se souciait que d'avoir la place.

— Tu es sûre que c'est un suicide?

— Évidemment. Elle a laissé ce mot. Il est ouvert, mais je ne l'ai pas lu. »

Elle lui tendit l'enveloppe puis alla à la fenêtre, où elle resta à regarder dehors. Après quelques secondes, il fit glisser le rabat, sortit soigneusement la feuille de l'enveloppe et lut tout haut : « Je suis désolée de faire des ennuis, mais il me semble que c'est la pièce la plus indiquée. Ce sera sans doute Gabriel qui me trouvera et il est trop familiarisé avec la mort pour avoir un choc. Maintenant que je vis seule, je risquais de ne pas être découverte chez moi avant de commencer à sentir mauvais et je trouve que l'on a besoin de préserver une certaine dignité, même dans la mort. Mes affaires sont en ordre et j'ai écrit à ma sœur. Je ne suis nullement tenue de fournir une raison pour mon geste, mais au cas où cela intéresserait quelqu'un, c'est simplement que je préfère l'annihilation à la poursuite de l'existence. C'est un choix raisonnable et que nous avons tous le droit de faire. »

Il dit : « Eh bien, c'est assez clair et écrit de sa main. Comment a-t-elle fait?

— Alcool et drogues. Comme je te l'ai dit, il n'y a pas beaucoup de saleté.

— Tu as téléphoné à la police?

— La police? Je n'en ai pas encore eu le temps. Je suis venue tout droit vers toi. Et puis, est-ce que c'est vraiment nécessaire, Gérard? Le suicide n'est pas un crime. Nous ne pourrions pas simplement appeler le Dr Frobisher? »

Il répliqua assez sèchement : « Je ne sais pas si c'est nécessaire, mais c'est certainement expédient. Il ne faut pas qu'il y ait le moindre doute au sujet de cette mort.

— Des doutes? Des doutes? Pourquoi y aurait-il des doutes? » Elle avait baissé la voix, si bien que désormais ils chuchotaient tous les deux. Presque imperceptiblement, ils s'écartèrent davantage de la cloison.

Il dit : « Des ragots, si tu veux, des rumeurs, des médisances. Nous n'avons qu'à appeler la police d'ici. Inutile de passer par le standard. Si on la descend par l'ascenseur, nous pourrons probablement la sortir du bâtiment sans que le personnel sache ce qui s'est passé. Il y a George, bien sûr. Je suppose que la police sera obligée d'entrer par là. Il faudra dire à George de tenir sa langue. Où est cette fille de l'agence en ce moment?

— Je te l'ai dit. Dans le bureau de Blackie. Elle est en train de passer ses tests pour la dactylographie.

— Ou plus probablement de décrire à Blackie et à tous ceux qui passent comment elle a été amenée dans les étages pour chercher une cassette et y a trouvé un cadavre.

— Je leur ai recommandé à toutes les deux de ne rien dire jusqu'à ce que nous ayons prévenu tout le personnel. Écoute, Gérard, si tu t'imagines que tu pourras garder le secret, fût-ce pendant deux heures, tu te trompes. Il y aura une enquête, de la publicité. Et il faudra qu'on la descende par l'escalier. Impossible de faire entrer une civière dans l'ascenseur. Mon Dieu, il ne nous manquait plus que ça! Venant s'ajouter à l'autre affaire, ce sera fameux pour le moral du personnel! »

Il y eut un moment de silence pendant lequel ni l'un ni l'autre ne s'approcha du téléphone. Puis elle le regarda et dit : « Quand tu l'as virée, hier, comment l'a-t-elle pris?

— Elle ne s'est pas tuée parce que je l'ai licenciée. Elle était assez sensée pour savoir qu'il fallait qu'elle s'en aille. Elle devait le savoir depuis le jour où j'ai pris les choses en main ici. J'ai toujours indiqué assez clairement qu'à mon avis nous avions un directeur littéraire de trop, que nous pouvions faire faire le travail à l'extérieur par un collaborateur indépendant.

— Mais elle a cinquante-trois ans. Ça n'aurait pas été facile pour elle de trouver autre chose. Et puis elle était ici depuis vingt-quatre ans.

— A temps partiel.

— Oui, mais en travaillant presque à plein temps. Cette maison, c'était sa vie.

— Claudia, voilà des billevesées sentimentales. Elle existait en dehors de ces murs. D'ailleurs, quel rapport? Ou on avait besoin d'elle ici, ou on n'en avait pas besoin.

— Et c'est comme ça que tu le lui as annoncé? Plus besoin d'elle.

— Je n'ai pas été brutal, si c'est ce que tu veux insinuer. Je lui ai dit que je me proposais de faire appel à quelqu'un de l'extérieur pour une partie du département des sciences humaines et que son poste était donc superflu. J'ai précisé que bien qu'elle n'ait pas droit légalement à une prime de licenciement maximale, nous mettrions au point un arrangement financier.

— Un arrangement? Qu'est-ce qu'elle a dit?

— Que ce ne serait pas nécessaire. Qu'elle se chargerait de ses propres arrangements.

— Et elle l'a fait. Apparemment avec un narcotique et une bouteille de cabernet bulgare. Enfin, elle nous a au moins économisé de l'argent, mais, mon Dieu, j'aurais préféré payer que de me trouver dans une situation pareille! Je sais que je devrais éprouver de la pitié pour elle. Je suppose que j'y arriverai quand j'aurai surmonté le choc, mais pour l'instant ce n'est pas facile.

— Claudia, à quoi bon rouvrir toutes ces vieilles discussions? Il était nécessaire de la virer et je l'ai fait. Ça n'a rien à voir avec sa mort. J'ai fait ce qu'il fallait dans l'intérêt de la maison, et à l'époque tu étais d'accord. Nous ne pouvons ni toi ni moi être rendus responsables de son suicide et sa mort n'a pas de rapport non plus avec l'autre histoire ici. » Il marqua une pause, puis reprit : « A moins, évidemment, qu'elle en ait été l'origine. »

La soudaine note d'espoir dans la voix de son frère ne lui échappa pas. Donc, il était plus soucieux qu'il ne voulait l'admettre. Elle dit amèrement : « Ce serait une solution idéale pour nos ennuis, n'est-ce pas? Mais comment aurait-elle pu? Rappelle-toi, elle était absente pour maladie quand les épreuves du Stilgoe ont été bousillées, et auprès d'un auteur à Brighton quand nous avons perdu les illustrations du livre sur Guy Fawkes. Non, elle est à l'abri de tout soupçon.

— Bien sûr. Oui, j'avais oublié. Écoute, je vais appeler la police pendant que tu fais le tour des services pour expliquer ce qui est arrivé. Ce sera moins dramatique que de réunir tout le monde pour une annonce. Dis-leur de rester dans leurs bureaux jusqu'à ce que le corps ait été emporté. »

Elle dit lentement : « Encore une chose. Je crois que j'ai été la dernière personne à l'avoir vue vivante.

— Il fallait bien qu'il y ait quelqu'un.

— Hier soir. C'était juste après sept heures. J'avais travaillé tard. Je sortais des toilettes au premier et je l'ai vue monter l'escalier. Elle tenait une bouteille de vin et un verre.

— Tu ne lui as pas demandé ce qu'elle faisait?

— Bien sûr que non. Ce n'était pas une petite dactylo. Elle emportait peut-être le vin dans la salle des archives pour une petite séance de dégustation discrète. Ça ne me regardait pas.

— Elle t'a vue ?

— Je ne crois pas. Elle ne s'est pas retournée.

— Et il n'y avait personne d'autre aux alentours ?

— Pas à cette heure-là. J'étais la dernière.

— Alors, n'en parle pas. Ça n'a pas de rapport et ça ne peut servir à rien.

— J'ai eu l'impression pourtant qu'elle avait quelque chose d'étrange. Elle avait un air — disons — furtif. Elle détalait presque.

— Tu t'imagines ça après coup. Tu n'as pas vérifié les locaux avant de fermer ?

— J'ai regardé dans son bureau, la lumière n'était pas allumée. Il n'y avait rien, ni manteau ni sac. Je suppose qu'elle les avait mis sous clef dans son placard. J'ai évidemment pensé qu'elle était rentrée chez elle.

— Tu pourras dire ça à l'enquête publique, mais rien de plus. Ne signale pas que tu l'avais vue auparavant. Ça ne pourrait qu'amener le coroner à te demander pourquoi tu n'as pas vérifié le dernier étage du bâtiment.

— Pourquoi l'aurais-je fait ?

— Exactement.

— Mais, Gérard, si on me demande quand je l'ai vue pour la dernière fois ?

— Alors, mens. Mais pour l'amour du ciel, Claudia, mens de façon convaincante et n'en démords pas ! »

Il alla au bureau et décrocha le combiné : « Il vaut mieux, je pense, que j'appelle le 999. C'est bizarre, mais c'est la première fois, à ma connaissance, que nous avons la police à Innocent House. »

Elle s'écarta de la fenêtre pour le regarder bien en face : « Espérons que ce sera la dernière. »

3

Dans leur bureau, Mandy et Miss Blackett étaient assises chacune devant sa machine en train de pianoter, les yeux fixés sur l'écran. Ni l'une ni l'autre ne parlait. Au début, les mains de Mandy avaient refusé de travailler, tremblant au-dessus des touches comme si elles s'étaient trouvées inexplicablement déplacées, tout le clavier étant changé en un mélimélo de symboles dépourvus de sens. Mais elle les serra vigoureusement sur ses genoux pendant une demi-minute et par un effort de volonté parvint à maîtriser le tremblement. Ensuite, quand elle commença à taper, la compétence professionnelle reprit le dessus et tout alla bien. De temps à autre elle lançait un coup d'œil rapide à Miss Blackett. De toute évidence, celle-ci avait subi un choc profond. Le large visage avec ses bajoues et sa petite bouche assez obstinée était si blanc que Mandy craignait de la voir s'écrouler à tout moment, évanouie sur sa machine.

Il y avait plus d'une demi-heure que Miss Étienne et son frère étaient partis. Dix minutes après avoir refermé la porte, Miss Étienne avait passé la tête pour dire : « J'ai demandé à Mrs Demery de vous apporter un peu de thé. Ça a été un choc pour vous deux. »

Le thé était arrivé quelques minutes plus tard, apporté par une rousse en tablier fleuri qui avait posé le plateau sur un classeur en disant : « Je dois pas parler, alors je parlerai pas. Mais y a pas de mal à vous dire que les policiers viennent d'arriver. Ça s'appelle faire vite. Ils vont vouloir leur thé maintenant, pas d'erreur. » Sur ce, elle avait disparu, apparemment persuadée qu'il y aurait plus de sensations à l'extérieur du bureau qu'à l'intérieur.

Ce bureau était une pièce mal proportionnée, trop étroite pour sa hauteur, discordance encore accentuée par la splendide cheminée de marbre avec son linteau sculpté et un lourd manteau soutenu par les têtes de deux sphinx. La cloison, en bois pour les premiers mètres et en carreaux de verre au-dessus, coupait une des étroites fenêtres cintrées, de même qu'un des motifs en losange qui décoraient le plafond. Mandy se dit que s'il avait absolument fallu diviser la grande pièce, on aurait pu le faire avec un peu plus d'égard pour l'architecture, sans parler du confort de Miss Blackett. Ainsi mutilé, le bureau donnait l'impression qu'on avait lésiné sur l'espace dont elle avait besoin pour travailler.

Autre bizarrerie, mais très différente, le long serpent en velours vert rayé enroulé entre les poignées des deux premiers tiroirs des classeurs métalliques. Les petits boutons brillants de ses yeux étaient surmontés d'un minuscule hautde-forme et sa langue fourchue pendait d'une gueule ouverte doublée de ce qui semblait être de la soie rose. Mandy en avait déjà vu de semblables ; sa grand-mère en avait un. Étendus au bas des portes, ils étaient destinés à couper les courants d'air, ou, tournés autour des poignées, à maintenir la porte ouverte. Mais c'étaient des objets ridicules, une sorte de jouet d'enfant, et elle ne se serait guère attendue à en trouver un à Innocent House. Elle aurait bien voulu interroger Miss Blackett à ce sujet, mais Miss Étienne leur avait dit de ne pas parler et sa compagne avait visiblement conclu que l'interdiction s'étendait à tout ce qui ne concernait pas le travail.

Les minutes passaient lentement. Mandy n'allait pas tarder à avoir fini sa cassette. C'est alors que Miss Blackett releva la tête et lui dit : « Vous pouvez arrêter maintenant. Je vais vous dicter quelque chose. Miss Étienne veut que je teste votre sténographie. »

Elle prit un des catalogues de la maison dans un tiroir de son bureau, tendit un bloc-notes à Mandy, approcha sa chaise de la jeune fille et se mit à lire à voix basse, sans presque remuer ses lèvres exsangues. Les doigts de Mandy traçaient automatiquement les hiéroglyphes familiers, mais son esprit n'enregistrait guère les détails du futur programme de sciences humaines. De temps à autre, la voix de la lectrice faiblissait et Mandy savait qu'elle aussi écoutait les bruits de l'extérieur. Après le silence du début, sinistre, on percevait désormais des pas, des chuchotements en partie imaginaires, puis des piétinements plus bruyants qui résonnaient sur le marbre ainsi que des voix masculines pleines d'assurance.

Les yeux sur la porte, Miss Blackett demanda d'une voix sans timbre : « Voulez-vous relire, maintenant ? »

Mandy relut, sans une seule faute. De nouveau un silence, puis la porte s'ouvrit et Miss Étienne entra. « La police est ici. Ils attendent simplement le médecin légiste, après quoi ils emporteront Miss Clements. Il vaut mieux que vous attendiez jusqu'à ce que tout soit dégagé. » Elle regarda Miss Blackett : « Vous avez terminé le test ?

— Oui, Miss Claudia. »

Mandy lui tendit les listes dactylographiées. Miss Étienne y jeta un coup d'œil sans appel et dit : « Bien. La place est à vous si vous la voulez. Vous commencerez demain à neuf heures et demie. »

4

Dix jours après le suicide de Sonia Clements et trois semaines exactement avant le premier des assassinats à Innocent House, Adam Dalgliesh déjeunait au Cadaver Club avec Conrad Ackroyd, à l'invitation de ce dernier, faite par téléphone sur le ton de la conspiration et légèrement inquiétante comme toutes celles de Conrad. Même un dîner offert par devoir pour s'acquitter d'obligations mondaines criantes promettait mystère, cabales et secrets réservés aux initiés privilégiés. La date proposée n'était pas vraiment commode et Dalgliesh dut modifier son emploi du temps non sans quelques hésitations, en se disant que l'un des inconvénients d'un âge qui s'avançait était une répugnance de plus en plus marquée pour les contraintes de la vie sociale, combinée avec l'incapacité de rassembler assez d'astuce et d'énergie pour les éviter. L'amitié entre eux — il supposait le terme assez approprié, ils étaient certainement plus que de simples connaissances — se fondait sur l'usage qu'ils faisaient l'un de l'autre à l'occasion. Comme tous deux reconnaissaient ce fait, ni l'un ni l'autre ne concevait qu'il pût nécessiter justification ou excuse. Conrad, qui était l'un des cancaniers les plus renommés et les plus fiables de Londres, lui avait souvent rendu service, en particulier dans l'affaire Berowne. Ce jour-là, c'était certainement sur Dalgliesh que l'on comptait pour apporter sa contribution, mais la demande, sous quelque forme qu'elle vînt, serait sans doute plus irritante que contraignante ; la table du Cadaver Club était excellente et Ackroyd, qui versait parfois dans la facétie, rarement ennuyeux.

Plus tard, il devait considérer toutes les horreurs qui suivirent comme procédant de ce déjeuner parfaitement anodin. Aussi se prit-il souvent à penser : s'il s'agissait d'un roman et si j'étais écrivain, c'est là que tout commencerait.

Le Cadaver Club ne compte pas parmi les plus cotés à Londres, mais ses membres trouvent qu'il est parmi les plus commodes. Construit vers 1880 pour un avocat très riche sinon très talentueux, il fut légué par celui-ci en 1892, avec dotation adéquate, à un club privé constitué quelque cinq ans auparavant et qui se réunissait régulièrement dans ses salons. Aujourd'hui encore, le club demeure exclusivement masculin, la principale condition pour y être admis étant de prendre un intérêt professionnel au crime. Aujourd'hui comme hier, il compte parmi ses membres quelques officiers de police supérieurs en retraite, des avocats en activité et à la retraite, presque tous les criminologues professionnels et amateurs les plus distingués et quelques éminents auteurs de romans policiers, tous de sexe masculin et tous à peine tolérés, le club estimant qu'en matière de crime la fiction ne peut rivaliser avec la réalité. Il avait récemment failli passer de la catégorie excentrique à celle, plus dangereuse, de club en vogue — risque auquel le comité avait promptement riposté en rejetant les six demandes d'admission suivantes. Le message avait été reçu. Comme s'en était plaint l'un des candidats malheureux, être blackboulé par le Garrick était gênant, mais l'être par le Cadaver était ridicule. Le club était donc resté petit et, selon ses normes excentriques, sélect.

Tout en traversant Tavistock Square dans la lumière moelleuse du soleil de septembre, Dalgliesh se demandait à quel titre Ackroyd pouvait bien être membre, quand il se rappela le livre que son hôte avait publié cinq ans auparavant sur trois assassins célèbres : Hawley Harvey Crippen, Norman Thorne et Patrick Mahon. L'auteur lui en avait envoyé un exemplaire dédicacé qu'il avait lu consciencieusement, étonné par le soin mis à la documentation et plus encore à l'écriture. Selon la thèse d'Ackroyd, pas totalement originale d'ailleurs, les trois hommes étaient innocents en ce sens qu'ils n'avaient pas eu l'intention de tuer leurs victimes, ce qu'il démontrait de façon plausible sinon convaincante en s'appuyant sur une étude détaillée des données fournies par la médecine et la police. Pour Dalgliesh, l'essentiel du message était clair : ceux qui souhaitaient être acquittés d'un meurtre devaient éviter de démembrer leurs victimes, pratique pour laquelle les jurys anglais manifestaient leur peu de goût depuis fort longtemps.

Ils devaient se retrouver dans la bibliothèque pour un sherry avant le déjeuner et Ackroyd était déjà là, enfoncé dans un des fauteuils de cuir à haut dossier. Il se leva avec une agilité surprenante pour quelqu'un de sa corpulence et s'avança vers Dalgliesh à petits pas sautillants, pas vieilli d'un jour depuis leur première rencontre.

« C'est gentil de me donner un peu de votre temps, Adam. Vous êtes terriblement occupé maintenant, je m'en rends compte. Conseiller spécial du Préfet de police, membre de la commission de travail sur les sections régionales de répression du banditisme, avec de temps à autre une enquête criminelle pour ne pas perdre la main. Ne vous laissez pas écraser par le boulot, mon vieux. Je vais demander le sherry. J'avais pensé vous inviter à mon autre club, seulement vous savez ce que c'est. Déjeuner là-bas est une façon efficace de rappeler aux gens que vous êtes encore en vie, mais les membres défilent pour vous féliciter de cet heureux état. Nous déjeunerons en bas dans le Cosy. »

Ackroyd, qui s'était marié à un âge déjà avancé au grand étonnement et à la consternation de ses amis, habitait en toute autarcie conjugale une agréable villa edwardienne à St John's Wood, où il se consacrait avec sa femme Nelly à leur maison, leur jardin, leurs deux chats siamois, et à ses maux personnels en grande partie imaginaires. Il possédait, publiait et finançait grâce à une fortune importante *The Paternoster Review*, mélange iconoclaste d'articles littéraires, de critiques et de cancans, ces derniers minutieusement documentés, parfois discrets, plus souvent méchants autant qu'exacts. Quand elle n'était pas occupée à soigner l'hypocondrie de son mari, Nelly collectionnait avec enthousiasme les histoires de collégiennes des années vingt et trente. Le mariage était un succès, bien que les amis de Conrad dussent encore faire un effort de mémoire pour penser à demander des nouvelles de Nelly avant de s'enquérir de la santé des chats.

La dernière visite faite par Dalgliesh à la bibliothèque du club avait été professionnelle — recherche de renseignements. Mais il s'était alors agi d'un meurtre et il avait été accueilli par un hôte différent. Rien ne semblait avoir changé. La pièce, orientée au sud, donnait sur la place et, ce matin-là, le soleil qui filtrait au travers des fins rideaux blancs rendait le feu ténu presque inutile. Salon à l'origine, elle servait désormais de séjour et de bibliothèque. Tout le long des murs des meubles en acajou contenaient sans doute la collection privée la plus importante à Londres d'ouvrages sur le crime, y compris tous les volumes des séries Grands Procès en Grande-Bretagne et Procès célèbres, des traités de jurisprudence médicale, de médecine légale. Les rares premières éditions de Conan Doyle, Poe, Le Fanu et Wilkie Collins en possession du club étaient rangées dans une armoire à part comme pour démontrer l'infériorité intrinsèque de la fiction par rapport à la réalité. La grande vitrine en acajou était toujours à sa place, pleine d'objets acquis ou donnés au cours des années : le livre de prières portant la signature de Constance Kent sur la page de garde, le pistolet à pierre censé avoir servi au Révérend James Hackman pour tuer Margaret Wray, maîtresse du comte de Sandwich, un flacon de poudre blanche (arsenic, assurait-on) trouvé en possession du major Herbert Amstrong. Une adjonction, pourtant, depuis la dernière visite de Dalgliesh : sinistre, enroulée telle un serpent mortel à la place la plus en vue, elle était surmontée d'une étiquette indiquant qu'il s'agissait de la corde avec laquelle Crippen avait été pendu. Tandis qu'il se retournait pour sortir de la bibliothèque à la suite d'Ackroyd, le policier lui fit gentiment remarquer que l'exposition publique de cet objet déplaisant était barbare, protestation que son ami réfuta tout aussi gentiment :

« Un rien morbide, peut-être. Mais barbare, c'est aller un peu trop loin. Après tout, nous ne sommes pas à l'Athenaeum. Cela ne fait sans doute pas de mal à certains des membres âgés qu'on leur rappelle la fin naturelle de leurs anciennes activités professionnelles. Est-ce que vous seriez encore enquêteur si la peine de mort n'avait pas été abolie ?

— Je ne sais pas. En ce qui me concerne, l'abolition de la peine de mort ne m'aide en rien à résoudre ce dilemme, puisque personnellement je préférerais la mort à vingt ans de prison.

— Mais pas la mort par pendaison ?

— Non, pas ça. »

Pour lui comme, il le soupçonnait, pour la plupart des gens, la pendaison avait toujours été un objet d'horreur. Malgré les rapports des commissions royales qui insistaient sur son humanité, sa rapidité et la certitude d'une mort instantanée, elle restait pour lui une des formes les plus affreuses d'exécution judiciaire, chargée d'images gravées avec la précision d'un dessin à la plume : masses de victimes dans le sillage d'armées triomphantes, suppliciés à moitié fous de la justice du XVIIe siècle, tambours voilés sur les gaillards d'arrière quand la marine exerçait sa vengeance et lançait son avertissement, femmes convaincues d'infanticide au XVIIIe siècle, le rituel ridicule mais sinistre du petit carré de tissu noir placé sur la perruque du juge, la porte dissimulée mais bien ordinaire d'aspect ouvrant la cellule du condamné sur cette dernière promenade, si courte. Il était bon que tout cela fît désormais partie de l'histoire. Pendant un instant, le Cadaver Club parut être un endroit moins agréable pour y déjeuner, ses excentricités soudain devenues plus répugnantes qu'amusantes.

Le Cosy est bien nommé. C'est une petite pièce sur le derrière de la maison avec deux fenêtres et une porte vitrée donnant sur une étroite cour pavée bornée par un mur de trois mètres couvert de lierre. On pourrait facilement y disposer trois tables, mais les membres du club n'aiment pas dîner dehors, même pendant les rares périodes chaudes d'un été anglais, considérant, semble-t-il, cette habitude comme une excentricité étrangère, incompatible avec une juste appréciation de la cuisine, ou avec l'intimité nécessaire à une bonne conversation. Pour dissuader tous les membres qui pourraient être tentés par cette coupable facilité, la cour est garnie de pots en terre cuite de diverses dimensions plantés de géraniums et de lierres, l'espace restant encore diminué par une énorme copie en pierre de l'Apollon du Belvédère appuyée contre le mur d'angle et dont on prétend qu'elle a été offerte par un ancien membre parce que sa femme n'en voulait plus dans leur jardin de banlieue. Les géraniums étaient encore en pleine fleur; leurs roses et leurs rouges vifs brillant au travers des vitres accentuaient l'impression immédiate d'accueil familial. La pièce avait visiblement servi de cuisine autrefois et l'un de ses murs gardait la grille de foyer en fer des origines, avec barres et fours désormais d'un beau noir brillant; au-dessus, à une poutre noircie, divers ustensiles de cuisine pendaient, ainsi qu'une rangée de casseroles en cuivre, cabossées mais étincelantes. Un dressoir en chêne qui occupait toute la longueur du mur en face servait de support à l'étalage des cadeaux et legs jugés indignes de la vitrine dans la bibliothèque.

Dalgliesh se rappela que selon un principe tacite du club, aucun cadeau fait par un membre, si peu approprié ou bizarre qu'il fût, n'était refusé, et le dressoir comme la pièce tout entière témoignaient des goûts et manies très personnels des donateurs. De délicates assiettes en Meissen subissaient le voisinage incongru de souvenirs victoriens enrubannés avec vues de Brighton et de Southend-on-Sea ; un pot à bière en forme de gros bonhomme à tricorne qui ressemblait à un lot de fête foraine se trouvait entre une céramique victorienne du Staffordshire visiblement authentique, représentant Wesley en train de prêcher, juché dans une chaire à deux étages, et un beau buste du duc de Wellington en marbre de Paros. Un assortiment de chopes du couronnement et de tasses anciennes du Staffordshire était suspendu aux crochets dans un désordre hasardeux. On avait accroché à côté de la porte un sous-verre de l'enterrement de la princesse Charlotte, cependant qu'au-dessus une tête d'élan naturalisée, dont la corne gauche était sommée d'un vieux panama regardait d'un œil vitreux autant que désapprobateur une grande gravure aux couleurs hurlantes représentant la charge de la Brigade légère.

La cuisine actuelle n'était pas loin ; Dalgliesh entendait d'agréables tintements et de temps en temps le monte-charge qui descendait de la salle à manger du premier étage. Seule une des quatre tables était dressée, le linge immaculé, et les deux amis s'assirent donc à côté de la fenêtre.

Le menu et la carte des vins étaient déjà à droite de la place d'Ackroyd, qui les prit, en disant : « Les Plant ont pris leur retraite, mais nous avons maintenant les Jackson et je me demande si la cuisine de Mrs Jackson n'est pas encore meilleure. Une chance d'avoir pu les engager. Elle et son mari avaient une petite maison de santé privée, mais ils en ont eu assez de la campagne et ils ont voulu revenir à Londres. Ils n'ont pas besoin de travailler, mais je crois que la place leur convient. Ils ont conservé l'habitude de servir un seul plat principal à midi et le soir. Très judicieux. Aujourd'hui, salade de thon et haricots blancs, suivie de côtes d'agneau aux petits légumes, une salade verte. Ensuite tarte au citron et fromage. Les légumes seront frais. Nous les recevons encore, tout comme les œufs, de la petite ferme du jeune Plant. Voulez-vous voir la carte des vins ? Avez-vous une préférence ?

— Je vous fais confiance. »

Ackroyd cogita donc tout haut tandis que Dalgliesh, grand

amateur de vin mais qui n'aimait pas en parler, regardait d'un œil approbateur le désordre d'une pièce qui malgré son air de chaos organisé, ou peut-être à cause de lui, était étonnamment reposante. Les objets discordants que l'on n'avait pas disposés systématiquement pour l'effet s'étaient adaptés à leur place avec le temps. Après une longue discussion sur la carte des vins pour laquelle il n'attendait apparemment aucune contribution de son invité, Ackroyd se décida pour un Chardonnay. Comme en réponse à quelque signal secret, Mrs Jackson apparut, apportant avec elle une odeur de petits pains chauds et un air d'assurance affairée.

« C'est un grand plaisir de vous voir, commandant. Vous avez le Cosy pour vous tout seul ce matin, Mr Ackroyd. Mr Jackson va s'occuper du vin. »

Une fois le premier plat servi, Dalgliesh demanda : « Pourquoi est-elle habillée en infirmière ?

— Parce qu'elle en est une, je suppose. Elle était infirmière en chef et sage-femme aussi, je crois. Mais ici ça n'est pas nécessaire. »

Dalgliesh se dit que ça allait de soi puisque le club n'acceptait pas les femmes. Il reprit : « Est-ce qu'avec cette coiffe tuyautée et ces grands pans derrière, elle ne pousse pas les choses un peu loin ?

— Oh, vous trouvez ? Je suppose que nous nous y sommes habitués. Les membres ne se sentiraient pas à l'aise si Mrs Jackson cessait de les porter. »

Sans perdre de temps, Ackroyd en vint au but de la réunion. Dès qu'ils furent seuls, il attaqua : « Lord Stilgoe m'a dit deux mots la semaine dernière au Brooks's. C'est l'oncle de ma femme, soit dit en passant. Vous le connaissez ?

— Non. Je croyais qu'il était mort.

— Je me demande bien où vous avez pris cette idée-là. » En le voyant pourchasser ses haricots d'une fourchette rageuse, Dalgliesh se rappela qu'il ne supportait pas l'idée que quelqu'un qu'il connaissait personnellement pût mourir et à coup sûr pas sans en être prévenu. « Il n'est même pas aussi vieux qu'il en a l'air. Pas encore quatre-vingts ans et remarquablement alerte pour son âge. En fait, il publie ses mémoires. Peverell Press les sort au printemps prochain. C'est à ce sujet-là qu'il voulait me voir. Il est arrivé quelque chose d'assez inquiétant. Du moins sa femme trouve-t-elle que c'est inquiétant. Elle estime qu'il a reçu une menace de mort.

— Et c'est vrai?

— Ma foi, il a reçu ça. »

Il mit un certain temps pour sortir de son portefeuille un petit rectangle de papier qu'il tendit à Dalgliesh. Les mots avaient été tapés sans une erreur sur un traitement de texte et le message n'était pas signé.

« Vous croyez que c'est bien prudent de publier chez Peverell Press? Rappelez-vous Marcus Seabright, Joan Petrie et maintenant Sonia Clements. Deux auteurs et la personne qui s'occupait de votre propre manuscrit morts en moins de douze mois. Voulez-vous être le numéro quatre? »

Dalgliesh dit : « Plus malveillant que menaçant, il me semble, et visant Peverell plutôt que Stilgoe. Sonia Clements s'est suicidée, il n'y a aucun doute. Elle a laissé un mot pour le coroner et elle avait écrit à sa sœur pour lui dire qu'elle allait se tuer. Je ne me rappelle plus rien du tout sur les deux premières morts.

— Oh, j'aurais pensé qu'elles ne posaient pas de problème particulier. Seabright avait plus de quatre-vingts ans et le cœur malade. Il est mort d'une gastro-entérite aiguë qui a provoqué une crise cardiaque. D'ailleurs, ce n'était pas une perte pour Peverell Press, il n'avait rien produit depuis dix ans. Joan Petrie s'est tuée au volant en allant à sa petite maison de campagne. Mort accidentelle. Elle avait deux passions, le whisky et les voitures rapides. La seule surprise, c'est qu'elle se soit tuée avant d'avoir tué quelqu'un. L'auteur de la lettre anonyme a évidemment été chercher ces deux morts pour faire le poids. Mais Dorothy Stilgoe est superstitieuse et elle se dit : pourquoi publier chez Peverell Press alors qu'il y a d'autres éditeurs?

— Et qui dirige la maison actuellement?

— Gérard Étienne. Et on ne peut pas s'y tromper. Le dernier président-directeur général, le vieux Henry Peverell, est mort au début de janvier en laissant ses parts dans l'affaire moitié à sa fille Frances et moitié à Gérard. Son associé de toujours, Jean-Philippe Étienne, avait pris sa retraite un an auparavant à peu près et il était temps. Ses parts sont allées à Gérard. Les deux vieux considéraient l'affaire comme un agréable passe-temps. Le vieux Peverell avait toujours été persuadé qu'un gentleman héritait de l'argent, il ne le gagnait pas. Jean-Philippe Étienne ne jouait plus aucun rôle actif dans la maison depuis des années. Il avait eu son heure de gloire, bien sûr, pendant la dernière guerre en tant que héros de la Résistance dans la France de Vichy, mais je ne crois pas qu'il ait fait quelque chose de mémorable depuis. Gérard attendait dans les coulisses, en bon prince héritier. Maintenant il est entré en scène et nous allons voir de l'action sinon du mélodrame.

— Est-ce que Gabriel Dauntsey est toujours en charge du département poésie?

— Je suis étonné que vous ayez besoin de le demander, Adam. Il ne faut pas laisser votre passion pour la capture des meurtriers vous couper de la vie réelle. Oui, il est toujours là. Il n'a rien écrit depuis plus de vingt ans : c'est un poète d'anthologie. Le meilleur de son œuvre est si bon qu'il ne cesse de reparaître, mais j'imagine que la plupart des lecteurs le croient mort. Il a été pilote de bombardier pendant la dernière guerre, donc il doit avoir nettement plus de soixante-dix ans. Temps qu'il prenne sa retraite. Le département poésie de Peverell Press est à peu près sa seule occupation maintenant. Les trois autres associés sont la sœur de Gérard, Claudia Étienne, James de Witt, qui est dans la maison depuis qu'il a quitté Oxford, et Frances, la dernière des Peverell. Mais c'est Gérard qui dirige tout.

— Savez-vous quels sont ses projets?

— Selon certaines rumeurs, il voudrait vendre Peverell House pour s'installer dans les Docklands. Ça ne fera pas plaisir à Frances. Les Peverell ont toujours été obsédés par cette maison. Elle appartient à la société maintenant et non plus à la famille, mais il n'y a pas un Peverell qui ne la considère comme la maison familiale. Il a déjà fait d'autres changements, et saqué certains membres du personnel, dont Sonia Clements, bien sûr. Il a d'ailleurs raison. Il faut traîner la maison dans le vingtième siècle à la force du poignet ou couler, mais il s'est certainement fait des ennemis. Il est significatif qu'il n'y ait eu aucun ennui à Peverell Press avant qu'il prenne les commandes. La coïncidence n'a pas échappé à Stilgoe; pourtant, sa femme est persuadée que l'hostilité est dirigée non pas contre la maison mais contre son mari personnellement et contre ses mémoires en particulier.

— Est-ce que Peverell perdra beaucoup si le livre est retiré ?

— Pas énormément, à mon avis. Bien sûr, ils feront mousser les mémoires au maximum, comme si leurs révélations pouvaient faire tomber le gouvernement, discréditer l'opposition et mettre fin à la démocratie parlementaire telle que nous la connaissons ; mais j'imagine que, semblables à la plupart des souvenirs politiques, ils promettent plus qu'ils ne peuvent tenir. Seulement, je ne vois pas comment le manuscrit pourrait être retiré. Le livre est en cours de fabrication, ils n'y renonceront pas sans combat et Stilgoe ne voudra pas rompre le contrat s'il est obligé de dire pourquoi. Ce que Dorothy Stilgoe voudrait savoir, c'est si Sonia Clements s'est vraiment suicidée et si quelqu'un n'a pas tripoté la Jag de Petrie. Je crois qu'elle admet que la mort du vieux Seabright a été naturelle.

— Bon, alors, qu'est-ce que je dois faire ?

— Il a dû y avoir des enquêtes publiques dans les deux dernières affaires et la police a très probablement fait des investigations. Votre service pourrait jeter un œil sur les documents, parler aux officiers concernés, ce genre de chose. Alors, si l'on était en mesure d'assurer à Dorothy qu'un cadre supérieur de la PJ a examiné toutes les pièces du dossier et s'est déclaré satisfait, elle donnerait peut-être un peu de répit à son mari et à Peverell Press.

— Ça pourrait en effet la convaincre que Sonia Clements s'est bien suicidée. Mais si elle est superstitieuse, non seulement ça ne la satisfera pas, mais je ne vois pas ce qui pourrait le faire. L'essence même de la superstition, c'est de ne pas être accessible à la raison. Elle conclura sans doute qu'un éditeur malchanceux ne vaut pas mieux qu'un éditeur criminel. Elle ne suggère pas sérieusement, je pense, que quelqu'un de Peverell Press a versé un poison non identifiable dans le vin de Sonia Clements ?

— Non, je ne crois pas qu'elle aille jusque-là.

— Cela vaut mieux, sinon son mari verra ses profits engloutis dans un procès en diffamation. Je suis étonné qu'il ne se soit pas adressé directement au préfet de police ou à moi.

— Vraiment ? Je ne sais pas. Cela aurait eu l'air... eh bien, disons un brin peureux, un peu trop concerné. De plus, je vous connais, lui non. Je comprends qu'il se soit tourné vers moi en premier. Et puis, évidemment, on ne le voit pas du tout aller au commissariat le plus proche faire la queue avec les propriétaires de chiens perdus, les femmes battues et les automobilistes furibonds pour expliquer son problème au brigadier de service. Franchement, je ne crois pas qu'il s'attendait à voir son affaire prise au sérieux. D'après lui, compte tenu de l'inquiétude de sa femme et de cette note anonyme, il est fondé à prier la police de regarder de près ce qui se passe à Peverell Press. »

L'agneau était arrivé, rose et succulent, si tendre qu'on aurait pu le manger à la cuillère. Pendant les quelques minutes de silence qu'Ackroyd jugeait nécessaire pour rendre hommage à un repas parfaitement préparé, Dalgliesh songea au temps lointain où il avait vu Innocent House pour la première fois.

Son père l'avait emmené à Londres pour ses huit ans; ils avaient passé deux jours à visiter la ville et couché chez un ami pasteur à Kensington. Il se revoyait au lit, la nuit précédent le départ, ne dormant que d'un œil, presque malade de surexcitation. Il se rappelait l'immensité caverneuse et la clameur de la vieille gare de Liverpool Street, la terreur qu'il avait de perdre son père, puis d'être englouti dans la grande armée des gens aux visages gris qui marchaient, marchaient. Inévitablement peut-être, pendant les deux jours que son père avait décidé de consacrer au plaisir joint à l'instruction — dans son esprit pédagogique, ils étaient indissociables — ils avaient essayé d'en faire trop. La visite avait été écrasante pour un gamin de huit ans, ne laissant que le souvenir d'un méli-mélo confus d'églises et galeries d'art, restaurants et mets inhabituels, tours illuminées, reflets lumineux sur la surface noire et fripée de l'eau, chevaux lustrés et piaffants, casques dorés, gloire et terreur de l'histoire manifestées dans la brique et la pierre. Mais Londres le tenait désormais sous un charme qu'aucune expérience de l'âge adulte, aucune exploration d'autres grandes villes n'avait pu rompre.

C'est le deuxième jour qu'ils avaient visité la cathédrale St Paul et pris ensuite un bateau qui allait de Charing Cross à Greenwich, d'où il avait vu pour la première fois Innocent House surgir comme un mirage doré de l'eau miroitante. Il l'avait regardée avec émerveillement tandis que son père lui expliquait l'origine du nom, venu d'Innocent Walk, le chemin qui passait derrière la maison. Au dix-huitième siècle, il y avait eu à l'extrémité de celui-ci une cour de justice. Les accusés arrêtés après la première audience étaient emmenés à la prison de Fleet Street, alors que les plus chanceux descendaient le chemin pavé vers la liberté. Il avait commencé à dire quelque chose du passé architectural de l'édifice à son fils, mais sa voix avait été couverte par le commentaire tonitruant du guide, assez fort pour se faire entendre de tous les bateaux sur le fleuve.

« Et ici, vous voyez sur votre gauche, messieurs-dames, un des édifices les plus intéressants des bords de la Tamise : Innocent House, construit en 1830 pour Sir Francis Peverell, un éditeur célèbre de l'époque. Sir Francis, qui était allé à Venise, avait été très impressionné par la Ca' d'Oro, la maison d'or sur le Grand Canal. Ceux d'entre vous qui ont passé des vacances à Venise l'ont sans doute vue. Alors, il a eu l'idée de se faire construire sa maison d'or à lui, sur la Tamise. Dommage qu'il n'ait pas pu importer le climat vénitien. » Petite pause pour les rires attendus. « Aujourd'hui, elle est le siège des éditions Peverell Press, et donc toujours dans la famille. On raconte une histoire intéressante à son sujet. Il semble que Sir Francis, trop absorbé par son palais, négligea sa jeune épouse, dont l'argent l'avait pourtant aidé à le bâtir, et que celle-ci se jeta du balcon du dernier étage, se tuant sur le coup. La légende veut qu'on voie encore sur le marbre la tache de son sang qui n'a jamais pu être effacée. On raconte que Sir Francis, devenu fou de remords dans sa vieillesse, sortait seul la nuit pour essayer de se débarrasser de cette tache révélatrice. C'est son fantôme que les gens prétendent voir, toujours en train de frotter la tache. Certains mariniers n'aiment pas naviguer trop près d'Innocent House une fois la nuit tombée. »

Tous les yeux, sur le pont, avaient été docilement tournés vers la maison, mais intrigués par cette sanglante histoire, les passagers se déplacèrent alors pour se pencher sur le bastingage, des voix murmurèrent et des cous se tordirent comme si la tache légendaire était encore visible. L'imagination trop vive du jeune Adam de huit ans s'était représenté une femme en blanc, chevelure blonde au vent, qui se jetait du balcon comme l'héroïne affolée de quelque conte ; il avait entendu le bruit mat de la chute et vu le filet de sang qui rampait sur le marbre pour dégoutter dans la Tamise. Pendant des années après cela, la maison avait continué à le fasciner par son puissant amalgame de beauté et de terreur.

Le guide avait été inexact sur un point au moins ; il était possible que l'histoire du suicide eût aussi été arrangée ou inventée. Dalgliesh savait désormais que Sir Francis avait été séduit non par la Ca' d'Oro que, malgré la subtilité de ses croisillons et de ses sculptures, il avait trouvée trop asymétrique pour son goût, comme il l'avait écrit à son architecte, mais par le palais du doge Francesco Foscari, et c'était cet édifice qu'il s'était fait bâtir au bord de la froide Tamise à marée. Cette folie indiscutablement vénitienne — et vénitienne du quinzième siècle — aurait dû paraître incongrue. Et pourtant on eût dit qu'aucune autre ville, aucun autre site ne lui aurait convenu. Dalgliesh avait toujours peine à comprendre pourquoi cet emprunt éhonté à une autre époque, un autre pays, un air plus doux, plus chaud, était une telle réussite. Les proportions avaient été modifiées, ce qui aurait dû suffire à rendre irréalisable le rêve du présomptueux Sir Francis, mais la réduction d'échelle avait été brillamment exécutée et la dignité de l'original, préservée. Il y avait six grandes fenêtres centrales en ogive au lieu de huit derrière les balcons finement sculptés des premier et deuxième étages ; mais les colonnes de marbre avec leurs pinacles ornés étaient des copies presque conformes du palais vénitien et dans un cas comme dans l'autre les arcades centrales étaient équilibrées par de hautes fenêtres isolées, donnant ainsi son unité et son élégance à la façade. La grande porte cintrée faisait face à un patio de marbre qui conduisait à un débarcadère et à un escalier menant au fleuve. Placées de chaque côté de l'édifice, deux maisons de ville en brique de style Régence avec de petits balcons, sans doute destinées à loger les cochers ou d'autres domestiques, semblaient être d'humbles sentinelles gardant la magnificence centrale. Il l'avait vue bien des fois du fleuve depuis cette célébration de son huitième anniversaire, mais il n'était jamais entré. Il se rappelait avoir lu que le hall central avait un beau plafond de Wyatt et s'être dit qu'il aimerait assez le voir. Ce serait dommage qu'Innocent House tombât entre les mains de Béotiens.

Il demanda : « Et qu'est-ce qui se passe donc au juste à Peverell Press ? Mise à part sa lettre anonyme, qu'est-ce qui tracasse Lord Stilgoe ?

— Ah, vous avez entendu les rumeurs ? Difficile à dire. Ils sont très réticents à ce sujet et je ne les blâme pas. Mais un ou deux petits incidents sont connus de tout le monde. Pas si petits que ça, d'ailleurs. Le plus sérieux s'est produit juste avant Pâques, quand ils ont perdu les illustrations du bouquin de Gregory Maybrick sur la conspiration de Guy Fawkes. De la littérature populaire certainement, mais Maybrick connaît son époque. L'éditeur comptait sur un joli succès avec ce livre-là. Il était parvenu à mettre la main sur quelques gravures contemporaines intéressantes, encore inédites, ainsi que sur d'autres documents, et tout a été perdu. Ils avaient été prêtés par divers propriétaires, auxquels il avait plus ou moins garanti leur sécurité.

— Perdus ? Égarés ? Détruits ?

— Il paraît qu'il les a remis en main propre à James de Witt, qui s'occupait de l'ouvrage. De Witt est leur principal directeur littéraire, responsable de la fiction en temps normal; mais le vieux Peverell, qui dirigeait le département documents, était mort environ trois mois plus tôt et je suppose qu'ils avaient voulu prendre leur temps pour choisir un remplaçant satisfaisant, ou faire des économies. Comme la plupart des entreprises, ils licencient plutôt qu'ils n'embauchent. Le bruit court qu'ils ne pourront plus tenir très longtemps. Pas étonnant, d'ailleurs, avec ce palais vénitien à entretenir. Quoi qu'il en soit, les illustrations ont été confiées dans son bureau à de Witt, qui les a mises sous clef dans son placard en présence de Maybrick.

— Pas dans un coffre-fort ?

— Mon cher, nous parlons d'une maison d'édition, pas de Cartier. Connaissant Peverell, je suis étonné que de Witt ait pris la peine de fermer le placard à clef.

— Il avait la seule clef ?

— Vraiment, Adam, vous ne menez pas une enquête en ce moment ! En fait, oui, c'était la seule. Il la gardait dans une vieille boîte à tabac cabossée dans son tiroir de gauche. »

Et quoi encore ? se demanda Dalgliesh, qui enchaîna : « Là où n'importe quel membre du personnel, ou n'importe quel visiteur non accompagné pouvait mettre la main dessus ?

— Ma foi, quelqu'un l'a fait, c'est évident. James n'a pas eu à ouvrir le placard pendant quelques jours puisque les illustrations ne devaient être livrées personnellement à l'atelier d'art que la semaine suivante. Vous savez que les Peverell ont confié ce genre de travaux à une maison indépendante ?

— Non, je ne savais pas.

— Plus économique, je suppose. C'est la même qui fait leurs jaquettes depuis cinq ans. Assez bien, d'ailleurs. Ils n'ont jamais laissé se dégrader la qualité de leur fabrication, ni celle de leurs maquettes. Il suffit de manier un bouquin pour reconnaître qu'il est de chez eux. Jusqu'à maintenant, du moins. Gérard Étienne changera peut-être ça aussi. Enfin, quand de Witt a cherché l'enveloppe, elle avait disparu. Énorme remue-ménage, bien entendu. Tout le monde interrogé. Recherches frénétiques. Panique générale. Finalement, ils ont été obligés d'avouer la catastrophe à Maybrick et aux propriétaires. Je vous laisse imaginer comment ils ont pris la chose.

— Est-ce que ces documents ont jamais reparu ?

— Oui, mais trop tard. On s'est d'abord demandé si Maybrick allait vouloir que l'ouvrage soit publié, mais il figurait au catalogue et il a été décidé de le sortir avec d'autres illustrations et quelques modifications nécessaires au texte. Une semaine après la fin de l'impression, l'enveloppe et son contenu ont mystérieusement reparu. De Witt les a retrouvés dans son placard, exactement là où il les avait mis.

— Ce qui donne à penser que le voleur, ayant quelque respect pour l'érudition, n'avait jamais eu l'intention de les détruire.

— Cela suggère nombre de possibilités : malveillance envers l'éditeur, malveillance envers la presse, malveillance envers de Witt, ou un sens de l'humour quelque peu perverti.

— Peverell n'a pas signalé le vol à la police ?

— Non, Adam, ils n'ont pas mis leur confiance dans nos magnifiques gaillards en bleu. Je ne voudrais pas être méchant, mais quand il s'agit de vols chez des particuliers, la police n'a pas un pourcentage de réussites impressionnant. Les associés ont estimé qu'ils avaient tout autant de chances de succès et provoqueraient moins de remous dans le personnel s'ils menaient leur propre enquête.

— Menée par qui? Qui était à l'abri du soupçon parmi eux?

— Évidemment, c'est la difficulté. Il n'y avait personne à ce moment-là et pas davantage aujourd'hui. J'imagine qu'Étienne a dû adopter la stratégie du surveillant général : "Si celui qui est responsable vient dans mon bureau après l'étude en toute discrétion et restitue les documents, on n'entendra plus parler de cette histoire." A l'école, ça ne marchait jamais et je ne pense pas que ça ait eu plus de succès chez Peverell. C'était de toute évidence l'œuvre de quelqu'un de la maison et ce n'est pas comme s'ils avaient un nombreux personnel — en fait vingt-cinq personnes seulement en plus des cinq associés. La plupart sont des meubles de famille, bien sûr, et il paraît que ceux qui ne le sont pas ont des alibis.

— Donc, c'est toujours un mystère.

— De même que le deuxième incident. Le deuxième incident sérieux, disons, parce qu'il y a sans doute de petits ennuis mineurs qu'ils sont parvenus à cacher. Celui-ci concerne Stilgoe, donc il est heureux qu'ils aient réussi jusqu'à maintenant à ce qu'il n'en sache rien et que cela ne se soit pas ébruité. Là, le cher vieux aurait de quoi alimenter sa paranoïa. Il semble que les épreuves relues, avec un certain nombre de modifications faites en accord avec l'auteur, aient été empaquetées et laissées un soir sur le comptoir de la réception, où elles devaient être prises le lendemain matin. Or, quelqu'un a ouvert le paquet et tripoté ces épreuves, changé un certain nombre de noms, corrigé la ponctuation, supprimé quelques phrases, etc. Heureusement, l'imprimeur qui les a reçues était intelligent; il a jugé bizarres certaines des corrections et téléphoné pour vérifier. Les associés sont arrivés, Dieu sait comment, à cacher ce contretemps à la plus grande partie du personnel d'Innocent House et, bien sûr, à Stilgoe. L'affaire aurait fait énormément de tort à la maison si elle s'était ébruitée. Je crois savoir que maintenant tous les paquets et les papiers sont mis sous clef pendant la nuit, et l'on a certainement renforcé les autres mesures de sécurité. »

Dalgliesh se demanda si l'auteur des méfaits n'avait pas eu dès le début l'intention qu'ils soient découverts. Ils semblaient avoir été commis sans grand effort de dissimulation.

Il n'aurait certainement pas été difficile de modifier les épreuves de manière à porter un tort sérieux au livre sans éveiller les soupçons de l'imprimeur. Bizarre aussi que la lettre anonyme n'ait pas fait mention de cet incident. Ou son auteur ne le connaissait pas, ce qui exonérait les cinq associés, ou il avait voulu effrayer Stilgoe mais sans apporter des preuves qui auraient justifié le retrait de l'œuvre. C'était un petit mystère intéressant, mais non pas de ceux pour lesquels il eût été disposé à gaspiller le temps d'un officier supérieur.

Rien de plus ne fut dit sur Peverell Press jusqu'au moment où, alors qu'ils étaient en train de prendre le café dans la bibliothèque, Ackroyd se pencha en avant, l'air un peu inquiet : « Est-ce que je peux dire à Lord Stilgoe que vous allez essayer de rassurer sa femme ?

— Désolé, Conrad, mais c'est non. Je vais lui faire un mot pour lui dire que la police n'a aucune raison de soupçonner des intentions malveillantes dans les affaires qui le concernent. Je doute que cela serve à grand-chose si sa femme est superstitieuse, mais c'est son malheur à elle et son problème à lui.

— Et l'autre incident à Innocent House ?

— Si Gérard Étienne pense qu'il y a eu infraction à la loi et veut que la police enquête, il devra prendre contact avec le commissariat de son quartier.

— Comme n'importe qui ?

— Précisément.

— Vous ne seriez pas disposé à faire un saut jusqu'à Innocent House pour lui dire deux mots ?

— Non, Conrad. Même pas pour voir le plafond de Wyatt. »

5

Dans l'après-midi du jour où Sonia Clements fut incinérée, Gabriel Dauntsey et Frances Peverell prirent ensemble un taxi pour revenir du crématoire au 12 Innocent Walk. La jeune femme fut très silencieuse pendant le trajet, assise un peu à l'écart de Dauntsey, la tête tournée vers la portière. Sans chapeau, sa légère chevelure châtain lui faisait un casque brillant qui s'incurvait jusqu'à toucher le col de son manteau gris. Souliers, collant et sac étaient noirs et noire aussi l'écharpe de mousseline nouée au cou. Dauntsey se rappelait que c'était ce qu'elle avait mis pour l'incinération de son père, cérémonie moderne et discrète qui avait réalisé un subtil équilibre entre ostentation et respect. Dans sa sombre simplicité, l'alliance du gris et du noir la faisait paraître très jeune et soulignait ce qu'il aimait le plus en elle, un classicisme adouci qui lui rappelait les jeunes femmes de son temps. Elle était assise là, distante et immobile, mais ses mains s'agitaient sans cesse. Il savait que l'anneau qu'elle portait au troisième doigt de la main droite avait été la bague de fiançailles de sa mère et il la regardait tourner machinalement le bijou sous le suède noir de son gant. Il se demanda un instant s'il n'allait pas lui prendre la main, sans rien dire, mais il résista à l'impulsion, se disant que le geste risquait de les embarrasser l'un et l'autre. Il ne pouvait tout de même pas lui tenir la main jusqu'à Innocent Walk.

Ils avaient de l'amitié l'un pour l'autre ; il savait qu'il était le seul à Innocent House à qui elle pouvait parfois se confier, mais ni l'un ni l'autre n'était démonstratif. Seul un court escalier les séparait, et pourtant ils ne se rendaient visite que sur invitation, chacun veillant soigneusement à ne pas s'imposer à l'autre, ou à ne pas amorcer une intimité que l'autre pourrait trouver encombrante et arriver à regretter. Résultat : tout en s'aimant bien, en appréciant mutuellement leur société, ils se voyaient moins que s'ils avaient vécu à des kilomètres l'un de l'autre. Quand ils étaient ensemble, ils parlaient surtout livres, poésie, pièces de théâtre qu'ils avaient vues, programmes de télévision, rarement de leurs semblables. Frances était trop délicate pour faire des commérages et il répugnait tout autant à se laisser entraîner dans une controverse sur le nouveau régime. Il avait son travail et son appartement aux deux premiers étages du 12 Innocent Walk. Peut-être plus pour très longtemps, mais à soixante-seize ans, il était trop vieux pour lutter. Il savait que l'appartement de Frances, juste au-dessus du sien, avait pour lui un attrait auquel il était prudent de résister. Assis dans le fauteuil à haut dossier, les rideaux tirés pour étouffer les murmures soyeux à demi imaginés du fleuve, les jambes étendues devant le feu de cheminée après l'un de leurs rares dîners pris ensemble, pendant qu'elle le laissait pour aller préparer le café, il l'entendait évoluer tranquillement dans la cuisine et se sentait envahi par une paix et une satisfaction pleines de séductions — dont il lui eût été trop facile de faire une partie intégrante de sa vie.

Le salon de Frances occupait entièrement la longueur de la maison. Tout y était attirant : les proportions élégantes de la cheminée en marbre en place depuis les origines, le portrait d'un Peverell du XVIIIe siècle avec femme et enfants au-dessus du manteau, le petit bureau Queen Ann, les bibliothèques en acajou de chaque côté du foyer surmontées d'un fronton et de deux belles têtes de mariées voilées en marbre de Paros, la table de salle à manger Regency avec ses six chaises, les teintes subtiles des tapis que l'or du parquet ciré faisait ressortir. Comme il eût été facile, alors, d'établir une intimité qui lui ouvrirait l'accès à ce doux confort féminin si différent de ses propres pièces mornes et nues ! Parfois, quand elle lui téléphonait une invitation à dîner, il inventait un précédent engagement et se rendait dans un pub voisin, remplissant comme il le pouvait les longues heures passées dans la fumée et le vacarme pour ne pas rentrer trop tôt, car sa porte dans Innocent Lane était juste au-dessous des fenêtres de cuisine de Frances.

Ce soir-là, il avait l'impression qu'elle serait heureuse qu'il lui tînt compagnie, mais ne voulait pas le demander. Et il ne le regrettait pas. La crémation avait été assez déprimante sans qu'on eût à épiloguer sur ses banalités. Il avait assez de la mort pour la journée. Quand, le taxi s'étant arrêté dans Innocent Walk, elle lui avait dit au revoir presque à la hâte avant d'ouvrir sa porte sans se retourner une seule fois, il s'était senti soulagé. Mais deux heures plus tard, après avoir fini le potage et les œufs brouillés au saumon fumé qui étaient son dîner favori, préparé comme toujours avec beaucoup de soin sur un feu très doux, en détachant avec amour le mélange des côtés du plat, et en y ajoutant une ultime cuillerée de crème, il se représenta le repas solitaire de la jeune femme et regretta son égoïsme. Ce n'était pas une soirée à la laisser seule. Il appela et lui dit : « Je me demandais, Frances, si vous n'aimeriez pas faire une petite partie d'échecs. »

Il comprit, à la joyeuse tonalité ascendante de sa voix que la proposition avait été accueillie comme un soulagement :

« Oui, certainement, Gabriel. Montez, je vous en prie. Oui, j'aimerais beaucoup faire une partie. »

La table était encore dressée quand il arriva. Même seule, elle mettait toujours le couvert avec un certain décorum, mais il vit que le repas avait été aussi simple que le sien. Le plateau de fromages et le compotier de fruits étaient sur la table et elle avait visiblement pris du potage, mais rien d'autre. Il vit aussi qu'elle avait pleuré.

Elle lui dit avec un sourire, en essayant de prendre un ton animé : « Je suis vraiment ravie que vous soyez monté. Cela me donne une excuse pour ouvrir une bouteille de vin. Curieux comme on déteste boire seul. Je suppose que c'est à cause de toutes ces mises en garde contre une habitude qui serait la porte ouverte à l'alcoolisme. »

Elle alla chercher une bouteille de Château Margaux qu'il déboucha, après quoi ils ne se remirent à parler qu'une fois installés, verre en main devant le feu. Les yeux fixés sur les flammes, elle dit alors : « Il aurait dû être là. Gérard aurait dû être là.

— Il n'aime pas les funérailles.

— Oh, Gabriel, personne ne les aime. Et c'était affreux, n'est-ce-pas ? L'incinération de papa avait déjà été assez pénible, mais cette fois c'était pire. Ce pathétique célébrant qui faisait ce qu'il pouvait, mais qui ne la connaissait pas, non plus d'ailleurs qu'aucun d'entre nous, et qui essayait de paraître sincère en priant un Dieu auquel elle ne croyait pas, en parlant de la vie éternelle alors qu'elle n'avait même pas eu une vie digne d'être vécue ici, sur terre. »

Il lui dit doucement : « Ça, nous ne pouvons pas le savoir. Nous ne pouvons pas être juges du bonheur ou du malheur des autres.

— Elle a voulu mourir. Ce n'est pas une preuve suffisante ? Au moins, Gérard était venu aux funérailles de papa. Mais enfin, il y était plus ou moins obligé, n'est-ce pas ? L'héritier du trône disant adieu au vieux roi. Cela aurait fait très mauvais effet qu'il ne vienne pas. Après tout, il y avait des gens importants, écrivains, éditeurs, journalistes, des gens qu'il voulait impressionner. Aujourd'hui, il n'y avait personne d'important, alors il n'avait pas à se déranger. Mais il aurait dû venir. Après tout, il l'a tuée. »

Dauntsey prit un ton plus ferme : « Frances, il ne faut pas

dire cela. Rien, absolument rien ne prouve que Gérard ait dit ou fait quelque chose qui ait provoqué la mort de Sonia. Vous savez ce qu'elle a écrit dans ce dernier mot. Si elle avait décidé de se tuer parce que Gérard l'avait saquée, je crois qu'elle l'aurait dit. La note était explicite. Il ne faut jamais dire cela en dehors de cette pièce. Ce genre de rumeur peut avoir les pires conséquences. Promettez-moi, c'est important.

— Bien, bien, je promets. Je ne l'ai dit qu'à vous, mais je ne suis pas seule à le penser ici, à Innocent House, et certains le disent. Agenouillée là-bas dans cette affreuse chapelle, j'essayais de prier pour papa, pour elle, pour nous tous. Mais c'était si dénué de sens, si vain. Je ne pouvais penser qu'à Gérard, Gérard qui aurait dû être au premier rang avec nous, Gérard qui a été mon amant, Gérard qui n'est plus mon amant. C'est si humiliant. Je sais maintenant, bien sûr, ce qu'il en était. Il s'est dit : "Pauvre Frances, vingt-neuf ans et toujours vierge. Il faut que je fasse quelque chose. Lui faire vivre l'expérience de sa vie, lui montrer ce qu'elle perd." Sa BA pour la journée. Pour trois mois, plutôt. Je suppose que j'ai duré plus que la plupart. Et la fin a été tellement sordide, malpropre. N'est-ce pas toujours comme ça ? Gérard sait très bien commencer une liaison, mais il ne sait pas la terminer, la terminer dignement, du moins. Moi non plus, il est vrai. Et je m'étais assez leurrée pour croire que j'étais différente de toutes les autres créatures, que cette fois il était sérieux, amoureux, désireux de s'engager, de se marier. Je pensais que nous dirigerions Peverell Press tous les deux, que nous habiterions Innocent House, que nous y élèverions nos enfants, et même que nous changerions le nom de la société. Je pensais que cela lui ferait plaisir. Peverell et Étienne, Étienne et Peverell. Je m'exerçais à répéter les deux appellations en essayant de décider laquelle sonnait le mieux. Je croyais qu'il voulait ce que je voulais — le mariage, des enfants, un vrai foyer, une vie partagée. C'est si déraisonnable ? Oh, mon Dieu, Gabriel, je me sens tellement stupide, tellement honteuse ! »

Jamais encore elle ne lui avait parlé aussi ouvertement, lui montrant la profondeur de sa souffrance. On eût presque dit qu'elle avait répété les mots en silence en attendant ce moment de soulagement, où elle serait enfin avec quelqu'un en qui elle pourrait avoir confiance, à qui elle pourrait se livrer. Mais venant de Frances, toujours si réticente et fière, cet épanchement incontrôlé d'amertume et de dégoût de soi l'atterra. Peut-être étaient-ce les funérailles, le souvenir de la précédente incinération qui avaient libéré les haines et les humiliations farouchement contenues. Nullement assuré d'être à la hauteur, il savait au moins qu'il lui fallait essayer. Cet épanchement né de la souffrance exigeait plus que la bouillie sucrée du réconfort. « Il n'en vaut pas la peine, oubliez-le, le chagrin passera avec le temps. » Pourtant, cette dernière constatation était exacte : le chagrin passait effectivement avec le temps, celui de la trahison comme celui du deuil. Qui le savait mieux que lui ? Il se dit que la tragédie d'une perte n'était pas que nous nous affligions, mais que nous cessions de nous affliger ; c'est alors, peut-être, que les morts sont enfin morts.

Il lui dit doucement : « Tout ce que vous désirez — enfants, mariage, foyer, vie sexuelle — sont des désirs raisonnables, certains diraient peut-être très comme il faut. Les enfants sont notre seul espoir d'immortalité. Ce ne sont pas des sujets de honte. Si les désirs d'Étienne et les vôtres n'ont pas coïncidé, c'est un malheur pour vous et non pas une honte. » Il s'arrêta, puis reprit non sans se demander si c'était bien indiqué, si elle ne trouverait pas les mots trop brutaux. « James est amoureux de vous.

— Je le pense, oui. Pauvre James. Il ne me l'a pas dit, mais ce n'est pas nécessaire, n'est-ce pas ? Figurez-vous que j'aurais peut-être pu l'aimer s'il n'y avait pas eu Gérard — qui ne me plaît même pas. Il ne m'a jamais plu, même quand j'avais le plus envie de lui. C'est ça qui est si terrible avec le sexe ; il peut exister sans amour, sans sympathie et même sans respect. Oh, j'essayais de m'aveugler. Quand il était insensible, égoïste ou grossier, je lui trouvais des excuses. Je me rappelais comme il était brillant, amusant, merveilleux amant. Il était tout cela. Il *est* tout cela. Je me disais qu'il était déraisonnable de lui appliquer les critères mesquins qu'on applique aux autres. Et je l'aimais. Quand on aime, on ne juge pas. Et maintenant je le hais. Je ne savais pas que je pouvais haïr, vraiment haïr une autre personne. Ce n'est pas comme haïr une chose, un credo politique, une philosophie, un fléau social. C'est si concentré, si physique

que ça me rend malade. Ma haine est la dernière chose à laquelle je pense le soir et je m'éveille avec elle le matin. Mais c'est mal, c'est un péché. Je sens que je vis en état de péché mortel et je ne peux pas recevoir d'absolution parce que je ne peux pas m'arrêter de haïr. »

Dauntsey lui dit : « Je ne la conçois pas en termes de péché, d'absolution. Mais la haine est certainement dangereuse. Elle corrompt la justice.

— Oh, la justice ! Je n'en ai jamais attendu grand-chose. Et puis la haine me rend si assommante. Je m'assomme moi-même et je sais que je vous assomme, mon cher Gabriel, mais vous êtes le seul avec qui je peux parler et parfois, comme ce soir, il me semble que si je ne parlais pas je deviendrais folle. Et vous êtes si avisé, si sage. C'est du moins votre réputation. »

Il répliqua sèchement : « Il est facile d'acquérir une réputation de sagesse. Il suffit de vivre assez longtemps, de parler peu et d'agir moins encore.

— Mais quand vous parlez, on ne perd pas son temps en vous écoutant. Gabriel, dites-moi ce que je dois faire.

— Pour vous débarrasser de lui ?

— Pour me débarrasser de la souffrance.

— Il y a les expédients habituels : boissons, drogues, suicide. Les deux premiers vous conduisent au troisième, c'est simplement une voie plus lente, plus coûteuse, plus humiliante. Je ne vous la conseille pas. Vous pourriez l'assassiner, mais je ne vous le conseille pas non plus. Faites-le en imagination, avec autant de raffinement que vous voulez, mais pas en réalité. A moins que vous ne souhaitiez pourrir dix ans en prison.

— Vous pourriez supporter ça ?

— Pas pendant dix ans. Trois peut-être, mais pas plus. Il y a de meilleurs moyens de venir à bout de la souffrance que la mort, la sienne ou la vôtre. Dites-vous que la souffrance fait partie de la vie, que sentir la souffrance c'est être vivant. Je vous envie. Si je pouvais ressentir une telle souffrance, je serais peut-être encore un poète. Estimez-vous à votre juste valeur. Vous n'en êtes pas moins un être humain, parce qu'un seul homme égoïste, arrogant et insensible ne vous trouve pas adorable. Est-ce que vous avez vraiment besoin de vous mesurer à l'aune d'un homme quel qu'il soit, et à plus forte raison, Gérard Étienne ? Rappelez-vous que le seul pouvoir qu'il a sur vous, c'est celui que vous lui donnez. Retirez ce pouvoir et vous retirez la douleur. Rappelez-vous, Frances, que vous n'êtes pas obligée de rester dans la maison. Et ne me dites pas qu'il y a toujours eu un Peverell à Peverell Press.

— Il y en a eu depuis 1792, avant même que nous nous installions à Innocent House. Papa n'aurait pas voulu que je sois la dernière.

— Il faudra bien que quelqu'un le soit. Et il le sera. Vous aviez peut-être certains devoirs envers votre père vivant, mais ils ont cessé quand il est mort. Nous ne pouvons pas être esclaves des morts. »

Dès qu'il eut prononcé ces mots il les regretta, s'attendant un peu à ce qu'elle lui demande : « Eh bien, et vous ? Est-ce que vous n'êtes pas esclave de la femme et des enfants que vous avez perdus ? » Très vite il enchaîna : « Qu'est-ce que vous aimeriez faire si vous pouviez choisir librement ?

— Travailler avec des enfants, je crois. Peut-être suivre une formation d'institutrice. J'ai déjà le diplôme. Je pense qu'il me suffirait d'un an de formation. Et puis alors je crois que j'aimerais travailler à la campagne ou dans une petite ville.

— Alors faites-le. Vous êtes libre de votre décision. Mais ne cherchez pas le bonheur. Trouvez le travail, le lieu et la vie qui vous conviennent. Le bonheur viendra si vous avez de la chance. La plupart d'entre nous en ont leur part. Voire davantage pour certains s'il est concentré dans un laps de temps assez court. »

Elle s'étonna : « Comment se fait-il que vous ne citiez pas Blake, ce poème sur "la joie et la peine si finement tissés, vêtement pour l'âme divine" ? Quelle est donc la suite ? "L'homme a été fait pour la Joie et le Malheur / Et quand nous savons bien cela / A travers le monde nous allons en sûreté." Seulement, vous ne croyez pas à l'âme divine, n'est-ce pas ?

— Non, ce serait l'ultime illusion.

— Mais vous traversez le monde en sûreté. Et vous comprenez la haine. Je crois que j'ai toujours su que vous haïssiez Gérard.

— Non, vous vous trompez, Frances. Je ne le hais pas. Je

n'éprouve rien à son égard. Absolument rien. Et cela me rend infiniment plus dangereux pour lui que vous ne le serez jamais. Est-ce qu'il ne serait pas temps de commencer une partie ? »

Il prit le lourd échiquier dans le placard d'angle et elle tira la table entre les deux fauteuils, puis l'aida à disposer les pièces. Étendant le poing fermé pour lui faire choisir entre les blancs et les noirs, il lui dit : « Je trouve que vous devriez me rendre un pion, tribut de la jeunesse à la vieillesse.

— Quelle bêtise ! Vous m'avez battue la dernière fois. Égalité partout. »

Elle s'étonna elle-même. Autrefois elle aurait cédé. C'était un petit geste d'autorité et elle le vit sourire en achevant de mettre les pièces en place.

6

Chaque soir, Miss Blackett regagnait Weaver's Cottage à West Marling dans le Kent où elle habitait depuis dix-neuf ans avec une cousine veuve et plus âgée qu'elle, Joan Willoughby. Leurs rapports, bien qu'affectueux, n'avaient jamais été intenses sentimentalement parlant. Mrs Willoughby avait épousé un pasteur à la retraite et quand il était mort, trois ans plus tard, Miss Blackett avait eu l'impression que ni l'un ni l'autre n'aurait pu en supporter davantage. Il avait semblé naturel à la veuve d'inviter sa cousine à quitter l'appartement peu satisfaisant loué à Bayswater pour venir s'installer dans le cottage. Dès le début des dix-neuf années de cette vie en commun, un modus vivendi qui leur convenait à toutes deux s'était instauré, résultant plus d'une évolution que de plans préétablis. C'était Joan qui dirigeait la maison et s'occupait du jardin ; c'était Blackie qui, le dimanche, préparait le repas principal toujours servi à une heure, responsabilité qui lui évitait d'aller à matines, sans la dispenser des vêpres ; elle aussi qui, levée la première, apportait le thé du matin à sa cousine et faisait leur Ovaltine ou leur cacao le soir à dix heures et demie. Elles passaient leurs vacances ensemble, les deux dernières semaines de juillet, en général à l'étranger, car ni l'une ni l'autre n'avait de liens plus étroits qui pussent les retenir. Elles attendaient avec impatience le tournoi de Wimbledon au mois de juin et s'offraient parfois pendant le week-end un concert, une pièce de théâtre ou une exposition de peinture. Elles se disaient tout bas, mais jamais tout haut, qu'elles avaient de la chance.

Weaver's Cottage était situé à la lisière nord du village. Constitué par deux maisonnettes d'une certaine importance à l'origine, il avait été réuni en une seule dans les années cinquante par une famille qui avait des idées très arrêtées sur ce qu'était le charme d'un foyer à la campagne. Les tuiles du toit avaient été remplacées par du chaume d'où trois lucarnes fixaient le ciel comme des yeux exorbités ; les fenêtres, très simples à l'origine, avaient été dotées de meneaux, et un porche se couvrait de roses grimpantes et de clématites l'été. Mrs Willoughby raffolait de son cottage et, si les fenêtres ainsi traitées rendaient la salle de séjour un peu plus sombre qu'elle ne l'eût souhaité et si certaines des poutres de chêne étaient moins authentiques que d'autres, ces défauts n'étaient jamais reconnus ouvertement. Au reste, la maison avec son chaume impeccable et son jardin avait figuré sur trop de calendriers et dans les photos de trop nombreux visiteurs pour qu'elle se souciât des petits détails de son intégrité architecturale. La plus grande partie du jardin était située en bordure du chemin, et c'est là que Mrs Willoughby passait le plus clair de son temps disponible, à planter et arroser ce qui était de l'avis général la création la plus impressionnante de West Marling, destinée à réjouir les passants autant que les occupants de la maison.

« Je cherche à faire quelque chose qui soit intéressant toute l'année », expliquait-elle à ceux qui s'arrêtaient pour admirer et elle réussissait certainement. Mais elle était surtout une authentique jardinière, pleine d'imagination. Les plantes prospéraient grâce à ses soins et elle savait harmoniser d'instinct couleurs et masses. Le bâti était peut-être rien moins qu'authentique, mais le jardin était indiscutablement anglais. Il y avait une petite pelouse avec un mûrier entouré au printemps de crocus et de perce-neige, suivis par les trompettes éclatantes des jonquilles et des narcisses. Pendant l'été, les parterres couverts de fleurs en formations serrées qui conduisaient au perron étaient une griserie de couleurs et d'odeurs, cependant que la haie, taillée court pour ne pas cacher la vue des merveilles au-delà, était le symbole vivant du passage des saisons, depuis les premières ébauches de boutons bien drus jusqu'aux ors et aux rouges craquants de sa gloire automnale.

Elle revenait toujours des réunions mensuelles du conseil paroissial l'œil vif et l'énergie renforcée. Blackie se disait que certains auraient trouvé déprimantes les escarmouches programmées avec le pasteur sur sa partialité pour la nouvelle liturgie et ses autres petits défauts. Mais Joan semblait s'en nourrir. Elle s'installait devant la table, cuisses dodues bien écartées tirant sur le tweed de sa jupe, pieds solidement plantés, et versait deux verres d'amontillado. Un biscuit sec craquait entre ses fortes dents blanches, la tige délicate du verre en cristal taillé prête, semblait-il, à se briser entre ses doigts.

« Comme parlottes inutiles on ne fait pas mieux. Il veut "Par la nuit du doute et de la souffrance" aux vêpres de dimanche prochain, mais nous sommes censées chanter : "Chacun prend la main de chacun et marche sans peur dans la nuit." J'ai rapidement mis bon ordre à ça, soutenue par Mr Higginson, heureusement. Je lui pardonne le prix de son bacon et ce vieux chat galeux qu'il laisse dans la vitrine sur les flocons d'avoine quand il se comporte en homme sensé au conseil paroissial, ce qui est en général le cas, il faut le reconnaître. Miss Matlock a suggéré : "La sœur prend la main de sa sœur."

— Et quelle est l'objection ?

— Aucune, mais ce n'est pas ce que l'auteur a écrit. La journée a été bonne ?

— Non, pas du tout. »

Mais Mrs Willoughby en était toujours au conseil paroissial. « Je ne raffole pas de cette hymne, ça n'a jamais été une de mes favorites. Je ne sais pas pourquoi Miss Matlock y tient tant. Nostalgie, je suppose. Souvenirs d'enfance. Pas beaucoup de doute ni de souffrance chez les paroissiens de St Margaret. Trop bien nourris. Trop fortunés. Mais si jamais le pasteur essaie de supprimer la Sainte Communion le dimanche à huit heures autorisée en 1662, alors, oui, à ce moment-là, il y aura des doutes et des souffrances dans la paroisse.

— Est-ce qu'il l'a suggéré ?

— Pas explicitement, mais il surveille l'importance de l'assemblée. Il faut que nous assistions bien régulièrement aux offices toutes les deux et je vais voir si je ne pourrais pas remuer quelques villageois. Toutes ces innovations, c'est le fait de Suzan, bien sûr. Lui, entendrait très bien raison, s'il n'était pas poussé par sa femme. Voilà qu'elle parle de suivre une formation pour être diaconesse. D'ici à ce qu'elle soit ordonnée prêtre, il n'y a pas loin. Ils seraient mieux à leur place dans une grosse paroisse en ville, l'un comme l'autre. Ils pourraient avoir leurs banjos et leurs guitares et je suppose que les gens aimeraient beaucoup ça. Ton voyage s'est bien passé ?

— Pas mal. Mieux ce soir que ce matin. Nous avions dix minutes de retard à Charing Cross, mauvais début pour une mauvaise journée. C'était l'enterrement de Sonia Clements. Mr Gérard n'y est pas allé. Trop à faire, d'après ce qu'il a dit. Je suppose qu'elle n'était pas assez importante. Bien entendu, ça signifiait que j'étais obligée de rester. »

Joan déclara : « Pas un grand sacrifice. Les incinérations sont toujours déprimantes. On peut tirer une certaine satisfaction d'une inhumation bien conduite, mais pas d'une incinération. Ce qui me fait penser que le curé a carrément proposé d'utiliser le cérémonial de l'Alternative Service Book[1] quand il enterrera le vieux Merryweather mardi prochain. J'ai vite mis bon ordre à ça. Mr Merryweather avait quatre-vingt-neuf ans et tu sais comme il détestait les changements. Il aurait cru qu'il n'était pas enterré comme un chrétien sans le rituel de 1662. »

Quand Blackie était rentrée le mardi précédent en annonçant le suicide de Sonia Clements, Joan avait pris la nouvelle avec un sang-froid remarquable et sa cousine s'était dit qu'elle ne devait pas en être étonnée. Joan la stupéfiait souvent par ses réactions inattendues aux événements. De petits ennuis domestiques déchaînaient son indignation alors qu'une tragédie était accueillie avec un calme stoïque. Et puis, en somme, on ne pouvait s'attendre à ce que cette tragédie la touchât beaucoup. Elle ne connaissait pas Sonia Clements et ne l'avait même jamais vue.

En lui annonçant la nouvelle, Blackie avait dit : « Je n'ai pas bavardé avec le petit personnel, bien entendu, mais le sentiment général, d'après ce que je crois savoir, c'est qu'elle s'est tuée parce que Mr Gérard l'a saquée. Je pense bien qu'il ne l'a

1. Liturgie de l'Église anglicane en langue moderne, généralement utilisée aujourd'hui en remplacement du livre de prières de 1662, mais peu appréciée par les traditionalistes. (N.d.T.)

pas fait avec beaucoup de tact. Apparemment elle a laissé un mot, mais qui ne mentionne pas la perte de sa situation. Pourtant, les gens pensent que sans Mr Gérard elle serait encore en vie. »

La riposte de Joan avait été vigoureuse : « Mais c'est ridicule ! Des femmes adultes ne se tuent pas parce qu'elles ont été licenciées. Si c'était une raison suffisante, nous serions obligés de creuser des fosses communes. Ça a été très inconsidéré de sa part, très irréfléchi. Si elle devait se tuer, elle aurait dû le faire ailleurs. Après tout, c'est toi qui aurais pu la trouver en allant dans le petit bureau des archives. Ça n'aurait pas été plaisant du tout. »

Blackie avait rectifié : « Ça n'a pas été plaisant du tout pour Mandy Price, la nouvelle intérimaire, mais je dois dire qu'elle a pris la chose avec beaucoup de sang-froid. Certaines jeunes filles auraient eu une crise de nerfs.

— Aucune raison d'avoir une crise de nerfs à cause d'un cadavre. Les cadavres ne peuvent pas vous faire de mal. Elle aura bien de la chance si elle ne voit rien de pire dans sa vie. »

Tout en sirotant son sherry, Blackie avait regardé sa cousine, comme si elle la voyait sans passion pour la première fois. Le corps massif, presque sans taille, les jambes solides avec des débuts de varices au-dessus des chevilles étonnamment fines, l'abondante chevelure autrefois châtain soutenu, toujours épaisse et à peine grisonnante, serrée dans un gros chignon (coiffure qui n'avait pas changé depuis que Blackie la connaissait), le visage avenant toujours boucané. Visage plein de bon sens pour une femme pleine de bon sens, une de ces excellentes héroïnes de Barbara Pym, mais sans rien de leur douceur ni de leur réserve ; une femme qui traitait avec une impitoyable bonté les problèmes du village, depuis les deuils jusqu'aux enfants de chœur récalcitrants, menant une vie aussi bien réglée dans ses plaisirs et ses devoirs que l'année liturgique qui lui donnait forme et centre fixe. Et c'est ainsi que la vie de Blackie avait eu autrefois forme et centre fixe. Mais il lui semblait que désormais elle ne dominait plus rien, ni sa vie, ni son travail, ni ses émotions, et qu'en mourant Henry Peverell avait emporté une partie essentielle d'elle-même.

Soudain, elle lança : « Joan, je ne crois pas que je pourrai rester chez Peverell. Gérard Étienne devient intolérable. Je ne suis même plus autorisée à prendre ses communications personnelles. Il a une ligne directe dans son bureau. Mr Peverell laissait toujours notre porte ouverte, bloquée avec ce serpent contre les courants d'air, Sid le Siffleur. Mr Gérard la tient fermée et il a fait disposer un grand placard contre la cloison de verre pour être plus tranquille. Ce n'est pas très aimable. Ça m'enlève encore de la lumière. Et voilà que maintenant, c'est moi qui devrais loger la nouvelle intérimaire, Mandy Price, bien que tout son travail passe nécessairement par Emma Wainwright, l'assistante de Miss Claudia. Normalement, elle devrait être dans le bureau d'Emma. Maintenant que Mr Gérard a fait déplacer la cloison, mon bureau est déjà trop juste pour une personne. Jamais Mr Peverell n'aurait accepté qu'une séparation rogne la salle à manger en coupant le plafond à fresque. Il la détestait, cette cloison, et il l'avait combattue quand les changements ont été faits. »

Sa cousine lui demanda : « Sa sœur ne peut pas faire quelque chose? Tu pourrais lui en toucher un mot.

— Je n'aime pas me plaindre, surtout auprès d'elle. Et qu'est-ce qu'elle pourrait faire? Mr Gérard est le président-directeur général. Il ruine la maison et personne ne peut s'opposer à lui. Je ne suis même pas sûre qu'ils le souhaitent, sauf peut-être Miss Frances. Et qu'est-ce qu'elle peut faire?

— Alors, pars. Tu n'es pas obligée de travailler là.

— Au bout de vingt-sept ans?

— A mon avis, c'est assez longtemps pour n'importe quel travail. Prends une retraite anticipée. Tu as souscrit à leur fonds de retraite quand le vieux Mr Peverell l'a institué. A l'époque, j'avais jugé que c'était très sage et je te l'avais conseillé, si tu te rappelles. Tu n'auras pas une retraite complète, évidemment, mais ce sera toujours ça. Ou alors, tu pourrais prendre un bon petit travail à temps partiel à Tonbridge. Tu n'aurais pas de mal à trouver avec tes connaissances. Mais pourquoi travailler? Nous pouvons bien nous en tirer et il y a assez à faire dans le village. Je n'ai jamais laissé le conseil paroissial te mettre à contribution pendant que tu étais chez Peverell. Comme je l'ai dit au curé, ma cousine est secrétaire de direction et tape toute la journée. On ne peut pas compter qu'elle continuera le soir et les week-ends. J'ai tout fait pour te protéger. Mais une fois à la retraite, ce serait différent. Geoffroy Harding se plaint que le secrétariat du conseil devient trop lourd pour lui. Tu pourrais prendre ça pour commencer. Et puis il y a la société littéraire et historique. Ils seraient sûrement ravis d'avoir une aide pour les travaux de secrétariat. »

Les mots, la vie qu'ils décrivaient si succintement horrifièrent Blackie. On eût dit que par ces quelques phrases tout ordinaires, Joan avait prononcé une condamnation à vie. Elle se rendit compte pour la première fois combien West Marling tenait peu de place dans sa vie. Elle n'éprouvait aucune aversion pour le village, les rangées de cottages assez quelconques, la pelouse communale hirsute à côté d'un étang malodorant, le pub moderne qui avait essayé, sans succès, de se donner des allures XVIIe siècle avec feu (au gaz) dans la cheminée et poutres peintes en noir; même la petite église avec son joli clocher ne provoquait pas un sentiment aussi fort que l'aversion. C'était là qu'elle vivait, mangeait, dormait. Mais pendant vingt-sept ans le centre de sa vie avait été ailleurs. Certes, elle était assez contente de revenir le soir à Weaver's Cottage avec son confort bien ordonné, la compagnie peu exigeante de sa cousine, les bons repas servis avec élégance, le feu de bois odorant l'hiver, l'apéritif dans le jardin les soirs d'été. Elle aimait le contraste entre cette paix bucolique et les défis stimulants du bureau, la vie bruyante du fleuve. Il fallait bien qu'elle vive quelque part puisqu'elle ne pouvait pas vivre avec Henry Peverell. Mais en cet instant de révélation brusque, elle se rendit compte que l'existence à West Marling serait intolérable sans son travail.

Elle vit cette existence s'étendre devant elle, série décousue de brillantes images projetées sur l'écran de son esprit en une séquence inexorable — heures, jours, semaines, mois, années — dans les frustrations d'une paisible monotonie. Les petites tâches ménagères qui lui donneraient l'illusion d'être utile : jardinage sous la haute direction de Joan, secrétariat ou dactylographie pour le conseil paroissial ou l'Institut féminin[1], courses à Tonbridge le samedi, communion et vêpres le dimanche, préparation des excursions qui marqueraient le point culminant du mois. Pas assez riche pour s'échapper, sans excuse pour justifier la fuite et nulle part où

1. Organisation de femmes habitant la campagne. Surtout active dans le domaine social et récréatif, elle n'en exerce pas moins une puissante influence sur la vie rurale. (N.d.T.)

aller. D'ailleurs, pourquoi vouloir partir ? C'était une vie que sa cousine trouvait satisfaisante et même psychologiquement enrichissante, sa place dans la hiérarchie du village, solidement fixée, sa propriété du cottage reconnue, son jardin source inépuisable d'intérêt et de joie. La plupart des gens penseraient qu'elle, Blackie, avait bien de la chance de la partager, de vivre sans loyer (cela se savait sûrement dans le pays, c'était le genre de chose qu'on savait d'instinct), dans une belle maison, en compagnie de sa cousine. Elle serait la moins considérée des deux, la moins populaire, la parente pauvre. Sa situation, mal comprise dans le village mais dont l'importance était délibérément grossie par Joan, lui avait conféré une certaine dignité. Le travail assurait effectivement dignité, rang social, importance. N'était-ce pas pour cela que les gens redoutaient le chômage, pour cela que certains hommes considéraient la retraite comme une expérience si traumatisante ? Et puis elle ne pourrait pas trouver ce que Joan appelait « un bon petit travail à temps partiel » à Tonbridge. Elle savait ce que cela signifiait : un bureau avec des filles à moitié formées, tout juste sorties d'une école de secrétaires, pratiquant avec entrain le vagabondage sexuel, elle-même objet de jalousie pour sa compétence ou de pitié pour sa virginité trop évidente. Comment pourrait-elle s'abaisser à ce genre d'occupation après avoir été l'assistante personnelle et confidentielle d'Henry Peverell ?

Alors qu'elle restait assise immobile devant un verre de sherry à moitié plein, les yeux rivés sur sa lueur ambrée comme si elle le fascinait, son cœur battait la chamade et sa voix criait sans mots : « Oh, mon chéri, pourquoi m'as-tu quittée ? Pourquoi fallait-il que tu meures ? »

Elle l'avait à peine vu en dehors du bureau, n'avait jamais été invitée à l'appartement du 12 et ne l'avait jamais invité à Weaver's Cottage, pas plus qu'elle ne lui avait parlé de sa vie privée. Pourtant, pendant vingt-sept ans, il avait été au centre de son existence. Elle avait passé avec lui plus de ses heures de veille qu'avec n'importe quel autre être humain. Pour elle, il avait toujours été Mr Peverell, et il l'avait toujours appelée Miss Blackett devant les autres, Blackie en s'adressant à elle. Elle ne se rappelait pas lui avoir jamais touché la main depuis cette première rencontre, vingt-sept ans auparavant, quand, timide adolescente de dix-sept ans, fraîche émoulue d'une école supérieure de secrétaires, elle était arrivée à Innocent House pour une entrevue et qu'il s'était levé derrière son bureau pour l'accueillir. Son niveau professionnel avait déjà été testé par la secrétaire, qui partait pour se marier. A cet instant-là, en regardant le beau visage intelligent et les yeux incroyablement bleus, elle avait su que c'était le test ultime. Il avait peu parlé du travail, pourquoi l'aurait-il fait? — Miss Arkwright lui avait déjà expliqué avec un luxe impressionnant de détails ce que l'on attendait d'elle — mais il s'était renseigné sur le trajet qu'elle devait faire et avait ajouté : « Nous avons une vedette à moteur qui amène ici une partie du personnel. Elle peut vous prendre à l'embarcadère de Charing Cross et vous descendre par la Tamise — si vous n'avez pas peur de l'eau, toutefois. »

Elle avait su que c'était la question clef, qu'elle n'aurait pas la place si elle disait qu'elle n'aimait pas le fleuve. « Non, dit-elle, je n'ai pas peur de l'eau. »

Après cela, elle avait peu parlé, presque incohérente à l'idée de venir tous les jours dans ce palais étincelant. A la fin de l'entretien, il lui avait dit : « Si vous pensez que vous pouvez être heureuse ici, voulez-vous que nous nous donnions de part et d'autre un mois à l'essai? »

A la fin du mois, il n'avait rien dit, mais elle savait que c'était inutile. Elle était restée avec lui jusqu'au jour où il était mort.

Elle se rappelait le matin de sa crise cardiaque. Y avait-il seulement huit mois de cela? La porte entre leurs bureaux était entrouverte comme toujours, comme il le souhaitait, maintenue par le serpent de velours aux dessins compliqués sur le dos, et à la langue fourchue en flanelle rouge, enroulé devant le battant. Il avait lancé un appel, un seul, mais d'une voix si rauque, si étranglée qu'elle n'avait presque plus rien d'humain et Blackie avait cru entendre un batelier sur le fleuve. Il lui avait fallu quelques secondes pour se rendre compte que cette voix désincarnée, étrangère, criait son nom. Bondissant de sa chaise qu'elle avait entendue glisser sur le plancher, elle s'était précipitée auprès de lui. Il était toujours dans son fauteuil, tout raide, comme saisi par la paralysie, n'osant pas bouger, les mains aux articulations blanchies crispées sur les accoudoirs, les yeux exorbités sous un front où les gouttes de sueur commençaient à perler, épaisses comme du pus. Il avait haleté : « J'ai mal! j'ai mal! Un médecin! ».

Sans un regard au téléphone sur le bureau, elle avait volé dans sa propre pièce, comme si elle ne pouvait agir que dans ce cadre familier. Elle avait d'abord feuilleté frénétiquement l'annuaire du téléphone, puis s'était souvenue que le nom et le numéro du médecin de Mr Peverell étaient dans le petit répertoire noir qu'elle avait dans son bureau. Elle avait ouvert violemment le tiroir et plongé la main dedans pour le chercher, essayant de se rappeler le nom, désespérément pressée de retourner près de cette horreur dans le fauteuil, non sans redouter ce qu'elle allait trouver, consciente qu'elle devait obtenir du secours et vite. Puis elle s'était rappelé. Bien sûr, l'ambulance ! Il fallait demander une ambulance. Elle avait presque enfoncé les touches du téléphone dans sa hâte, entendu une voix calme, assurée et laissé son message. L'urgence, la terreur dans sa voix durent convaincre. L'ambulance allait venir immédiatement.

Ce qui suivit, elle se le rappelait non pas comme un enchaînement mais comme une série de tableaux décousus encore que très nets. A la porte du bureau, elle eut juste le temps d'apercevoir Frances Peverell debout, impuissante à côté de lui, avant que Gérard Étienne vienne vers elle et ferme résolument la porte en disant : « Nous ne voulons personne d'autre ici. Il a besoin d'air. »

Ce devait être la première de toutes les mises à l'écart qui suivirent. Elle se rappelait le bruit des infirmiers qui le soignaient, sa tête tournée loin d'elle tandis qu'on l'emportait, enveloppé dans une couverture rouge, le bruit de quelqu'un qui sanglotait et qui pouvait être elle ; le vide du bureau, vide comme il l'avait été le matin quand elle arrivait avant lui, ou le soir quand il partait le premier, mais désormais vide à jamais de tout ce qui lui avait donné un sens. Elle ne l'avait jamais revu. Elle avait voulu aller à l'hôpital et demandé les heures autorisées pour les visites à Frances Peverell, qui lui avait répondu : « Il est encore en soins intensifs. La famille et les associés sont les seuls qui peuvent le voir. Désolée, Blackie. »

Au début, les nouvelles avaient été rassurantes. Il allait mieux. Beaucoup mieux. On espérait qu'il pourrait bientôt sortir du service de soins intensifs. Et puis, quatre jours après la première crise cardiaque, il en avait eu une deuxième, massive, et il était mort. A l'incinération, elle s'était trouvée au troisième rang dans la chapelle, au milieu des autres membres du personnel. Personne ne lui avait présenté de condoléances. Pourquoi l'aurait-on fait? Elle n'était pas des affligés officiels, elle n'était pas de la famille. Quand, sortie de la chapelle, et en train de regarder les fleurs apportées par les affligés, elle n'avait pu s'empêcher d'éclater en sanglots, Claudia Étienne lui avait jeté un bref coup d'œil où se mêlaient étonnement et irritation, comme pour dire : « Si sa fille et ses amis peuvent se tenir, pourquoi pas vous ? » Son chagrin avait été jugé de mauvais goût, comme était prétentieuse sa couronne qui tranchait au milieu des simples fleurs coupées de la famille. Elle avait entendu Gérard Étienne dire à sa sœur : « Grand Dieu ! Blackie y va un peu fort. Cette couronne ne déparerait pas le service funèbre d'un mafieux à New York. Qu'est-ce qu'elle veut? Faire croire à tout le monde qu'elle était sa maîtresse ? »

Et le lendemain, au cours d'une petite cérémonie intime, les cinq associés avaient jeté ses cendres dans la Tamise depuis la terrasse d'Innocent House. Elle n'avait pas été invitée à y prendre part, mais Frances Peverell était venue dans son bureau lui dire : « Vous aimeriez peut-être vous joindre à nous sur la terrasse, Blackie. Je crois que mon père aurait aimé que vous soyez là. » Elle s'était tenue bien en retrait, soucieuse de ne pas gêner. Ils s'étaient placés, un peu éloignés les uns des autres, au bord de la terrasse. Les cendres blanches — tout ce qui restait de Henry Peverell — étaient dans un petit coffre qui lui avait paru étrangement semblable à une boîte à biscuits. Ils se l'étaient passé de main en main, prenant chacun une pincée du contenu qu'ils avaient jetée ou laissée tomber dans la Tamise. Elle se rappelait que la marée était haute et la brise assez forte. Le fleuve brun-ocre giflait les murs de la jetée en projetant des gouttelettes d'écume. Les mains de Frances Peverell étaient humides et des fragments d'os s'y étaient collés, aussi se les était-elle essuyées à sa jupe en cachette. Elle avait été parfaitement calme en récitant par cœur ces mots de *Cymbeline* :

Ne crains plus les ardeurs du soleil
Ni les rages furieuses de l'hiver;
Toi qui as accompli ta tâche terrestre
Tu es rentré au bercail avec ton salaire.

Il parut à Blackie qu'ils avaient oublié de fixer l'ordre de parole et il y eut un bref silence avant que James de Witt, s'approchant du bord de la terrasse, prononçât les paroles des Apocryphes : « Les âmes des justes sont entre les mains de Dieu et nul tourment ne les touchera. » Ensuite il avait laissé sa portion de cendres lui glisser des mains comme s'il en comptait chaque grain.

Gabriel Dauntsey avait lu un poème de Wilfred Owen qu'elle ne connaissait pas, mais l'ayant retrouvé par la suite, elle s'était étonnée de son choix.

Je suis le fantôme de Shadwell Stair
Le long des quais près du château d'eau
Et à travers les abattoirs caverneux
Je suis l'ombre qui les hante.

J'ai pourtant de la chair ferme et fraîche,
Et des yeux tumultueux comme les gemmes
Des lunes et des lampes dans la Tamise pleine
Quand les voiles du crépuscule descendent onduleuses sur le Pool

Claudia Étienne avait été la plus brève, avec juste deux vers :

Le pire qui puisse nous arriver, tout bien mesuré,
C'est un long sommeil et un long bonsoir.

Elle les avait dits très fort mais assez vite, avec une intensité furieuse qui donnait l'impression qu'elle désapprouvait toute cette mise en scène. Après elle était venu Jean-Philippe Étienne, que l'on n'avait pas vu à Innocent House depuis sa retraite un an auparavant. Conduit par son chauffeur, il était arrivé de sa lointaine résidence sur la côte de l'Essex juste avant le début de la cérémonie et reparti aussitôt après sans avoir rien pris au buffet préparé dans la salle du conseil. Mais son texte avait été le plus long de tous et il l'avait lu d'une voix monocorde, accroché à l'un des fleurons de la grille pour se soutenir. De Witt avait dit ensuite à Blackie qu'il était tiré des *Pensées* de Marc Aurèle, mais à l'époque elle n'en avait retenu qu'un court passage :

En résumé tout ce qui est du corps, un fleuve ; tout ce qui

est de l'âme, songe et vapeur; la vie, une guerre, un exil à l'étranger; la renommée posthume, l'oubli.

Gérard Étienne avait été le dernier. Après avoir jeté les cendres comme s'il se débarrassait de tout le passé, il avait prononcé les mots de l'Ecclésiaste :

> Pour tous les vivants il y a une chose certaine : un chien vivant vaut mieux qu'un lion mort, car les vivants savent qu'ils mourront, mais les morts ne savent rien du tout; pour eux il n'y a plus de rétribution puisque leur souvenir est oublié. Leurs amours, leurs haines, leurs jalousies ont déjà péri. Ils n'auront plus jamais de part à tout ce qui se fait sous le soleil.

Ils s'étaient ensuite retournés en silence afin de monter à la salle du conseil pour le lunch froid et les vins. Puis, à deux heures précises, Gérard Étienne avait traversé sans un mot la pièce de Blackie, pénétré dans le bureau contigu et pris place pour la première fois dans le fauteuil d'Henry Peverell. Le lion était mort et le chien vivant lui succédait.

7

Après l'incinération de Sonia Clements, James de Witt déclina la proposition de Frances, qui l'invitait à prendre un taxi avec Gabriel, disant qu'il avait besoin de marcher et prendrait le métro à la station Golders Green. Le crématoire était plus éloigné qu'il ne le pensait, mais il était content d'être seul. Le reste du personnel de Peverell Press avait été ramené chez lui dans les voitures des pompes funèbres et il ne savait pas ce qui aurait été le pire : voir le visage tendu et malheureux de Frances sans espoir de pouvoir la consoler, ou s'écraser dans une prétentieuse limousine trop pleine avec un troupeau caquetant d'employés qui avaient préféré un enterrement à un après-midi de travail et dont les langues libérées après la solennité bien simulée de la cérémonie auraient été freinées par sa présence. Même la secrétaire intérimaire était là. Mais après tout, c'était assez normal puisqu'elle avait été présente lors de la découverte du corps.

L'incinération avait été sinistre et il se le reprochait. Il se reprochait toujours quelque chose et se disait parfois que posséder un sens aussi aigu du péché sans la religion dont l'absolution pouvait l'apaiser était une complexion des plus inconfortables. La sœur de Miss Clements, la religieuse, avait assisté à la cérémonie, apparue comme par magie à la dernière seconde pour prendre place au fond de la salle et tout aussi vite disparue à la fin, ne s'arrêtant que pour serrer la main des membres de Peverell Press qui s'étaient avancés afin de lui présenter leurs condoléances. Elle avait écrit auparavant à Claudia, priant la maison de prendre toutes les dispositions pour l'enterrement, et Peverell Press aurait dû faire mieux. Lui-même aurait dû s'y intéresser davantage au lieu de s'en remettre entièrement à Claudia, c'est-à-dire, en fait, à la secrétaire de Claudia.

Il se disait qu'il devrait y avoir un service pour ceux qui n'avaient pas de religion. Au reste, il y en avait peut-être un qu'ils auraient pu découvrir s'ils s'en étaient donné la peine. Il pourrait être intéressant, voire lucratif, de publier un recueil de rites funéraires pour les humanistes, les athées et les agnostiques, une cérémonie du souvenir, une célébration de l'esprit humain sans référence à la possibilité d'une autre vie. Tout en allant à la station, son long pardessus ouvert flottant au vent, il s'amusa à choisir les passages en prose et en vers qui pourraient être proposés. « Jette un dernier regard sur toutes choses belles » de Walter de la Mare pour une note de nostalgie mélancolique. Peut-être « *Non dolet* » d'Oliver Gogarty, « Ode à l'automne » de Keats si le défunt était âgé, et « A une alouette » de Shelley s'il était jeune ; les « Lignes écrites au-dessus de Tintern Abbey » de Wordsworth pour les amoureux de la nature. Il pourrait y avoir des chansons au lieu d'hymnes et le mouvement lent du concerto *l'Empereur* de Beethoven serait tout indiqué pour une marche funèbre. Et puis il y avait toujours bien sûr le troisième chapitre de l'Ecclésiaste :

Il y a un moment pour tout et un temps pour chaque chose sous le ciel :
Un temps pour enfanter et un temps pour mourir,
Un temps pour planter et un temps pour arracher le plant
Un temps pour tuer et un temps pour guérir,
Un temps pour abattre et un temps pour bâtir.

Il aurait pu concocter quelque chose d'approprié pour Sonia, en y incluant peut-être des extraits d'un livre qu'elle avait commandé et publié pour commémorer vingt-quatre ans de service dans la maison. Vivante, elle les aurait peut-être jugés appropriés. Curieux, se disait-il, l'importance de ces rites de passage, certainement destinés à répondre aux besoins des vivants et à les réconforter puisqu'ils ne peuvent toucher les morts.

Il s'arrêta pour acheter deux briques de lait demi-écrémé et du liquide à vaisselle au supermarché de Notting Hill Gate, avant de se glisser tout doucement dans la maison. Rupert avait de la compagnie : un bruit de voix et de musique descendait, très clair, du haut de l'escalier. Il avait espéré le trouver seul et s'étonna comme bien souvent qu'un homme si malade pût supporter autant de bruit. Mais c'était après tout un bruit joyeux et il le supportait pendant peu de temps. C'était lui, James, qui devait ensuite faire face à l'inévitable réaction. Soudain, il eut l'impression qu'il ne pouvait les supporter ni les uns ni les autres. Il passa dans la cuisine et, sans ôter son pardessus, se fit une tasse de thé qu'il emporta avec lui, après avoir ouvert la porte du fond, dans le calme et la pénombre du jardin, où il s'assit sur le banc de bois près de la porte. La soirée était chaude pour une fin de septembre et là, tandis que l'obscurité s'épaississait, séparé du tintamarre et des lumières crues de Notting Hill par quatre-vingts mètres à peine, il lui semblait que ce petit jardin contenait, suspendu dans l'air calme, toute la douceur remémorée de l'été et la grasse opulence de l'automne.

Depuis dix ans, depuis que sa marraine la lui avait léguée, cette maison était pour lui une source inépuisable de plaisir et de satisfaction. Il ne s'était pas attendu à ce que la possession lui procurât autant de jouissance égoïste, car depuis l'adolescence il s'était persuadé que, mis à part ses tableaux, les biens matériels n'avaient pas d'importance pour lui. Or, il savait désormais que l'un d'entre eux au moins, le plus solide et le plus permanent, était devenu le centre de sa vie. Il aimait la façade Regency sans prétention, les fenêtres à volets, le double salon du premier qui donnait sur la rue, avec à l'autre extrémité une véranda ouverte sur son petit jardin à lui et ceux de ses voisins. Il aimait le mobilier XVIIIe siècle que sa marraine avait apporté avec elle quand une relative pauvreté l'avait conduite dans cette humble rue pas encore réhabilitée, toujours un peu miteuse. Elle lui avait tout laissé, sauf ses tableaux et, comme là leurs goûts différaient, il ne le regrettait pas. Des rayonnages chargés de livres couvraient les murs du salon jusqu'à un mètre cinquante de hauteur et il avait accroché au-dessus ses gravures et ses aquarelles à lui. La maison gardait un air de délicate féminité, mais il ne souhaitait pas lui imposer des goûts plus masculins. Tous les soirs, quand il y revenait et entrait dans le vestibule, petit mais élégant, avec sa tapisserie fanée et son escalier doucement incurvé, il avait l'impression de pénétrer dans un monde intime, sûr et parfaitement plaisant. Mais cela, c'était avant l'arrivée de Rupert.

Rupert Farlow avait publié son premier roman chez Peverell Press quinze ans plus tôt et James se rappelait encore le mélange de surexcitation et d'admiration avec lequel il avait lu le manuscrit, arrivé à l'éditeur non pas par l'intermédiaire d'un agent mais directement, mal dactylographié sur du papier qui n'était pas fait pour cela, sans une lettre d'accompagnement de l'auteur, comme s'il mettait au défi le lecteur encore inconnu de reconnaître sa qualité. Le second roman, deux ans plus tard, avait reçu un accueil moins généreux, ce qui est souvent le cas après un premier succès spectaculaire, mais James n'avait pas été déçu. Il y avait vu la confirmation d'un talent de grande qualité. Et puis, le silence. On ne voyait plus Rupert à Londres, lettres et coups de téléphone restaient sans réponse. Le bruit courait qu'il était en Afrique du Nord, en Californie, en Inde. Et puis il avait fait une brève apparition, mais sans apporter d'œuvre nouvelle. Il n'y avait jamais eu d'autre roman et il n'y en aurait jamais. Ce fut Frances Peverell qui le signala à James : elle avait entendu dire que Rupert mourait du sida et se trouvait dans un établissement hospitalier du West End. Elle n'alla pas le voir, mais James le fit et continua à le faire. Rupert avait une rémission, mais on ne savait pas trop quoi faire de lui. Son appartement ne convenait pas, son propriétaire était hostile, lui-même haïssait la camaraderie forcée de la maison de soins. Tout cela se dévoila peu à peu, sans la moindre plainte. Rupert ne se plaignait jamais, sauf pour des détails sans importance. Il semblait considérer sa maladie non pas comme une affliction cruelle et injuste, mais comme une destinée inéluctable qu'il fallait endurer sans récriminer. Il mourait avec courage et élégance, mais c'était toujours le même Rupert, méchant ou espiègle, rusé ou caractériel, selon la définition que l'on souhaitait donner de lui. Non sans hésiter, car il craignait que l'offre blessât ou fût mal interprétée, James lui avait proposé de venir chez lui à Hill Village. La proposition avait été acceptée et, quatre mois plus tôt, Rupert était venu s'installer.

La paix, l'ordre ancien, l'ancienne sécurité, tout avait disparu. Comme Rupert avait des difficultés pour monter l'escalier, James avait installé un lit pour lui dans le salon et il passait là le plus clair de son temps, ou dans le jardin d'hiver quand il y avait du soleil. Il y avait des toilettes et une douche à l'étage, ainsi qu'une petite pièce guère plus grande qu'un placard que James avait transformée en cuisinette avec une bouilloire électrique et un réchaud à deux feux sur lequel il pouvait faire du café, ou griller des sandwiches. En fait, le premier était devenu un petit appartement indépendant dont Rupert s'était emparé et y avait imposé sa personnalité, désordonnée, iconoclaste et malicieuse. Assez étrangement, la maison était moins paisible depuis qu'elle abritait un mourant. Le flot des visiteurs était incessant : les anciens et les nouveaux copains, son réflexologiste, la masseuse qui laissait derrière elle une odeur d'huiles exotiques, le père Michel pour l'entendre en confession, selon Rupert, qui semblait pourtant considérer ce ministère avec la même indulgence amusée que lui inspiraient les soins apportés aux besoins de son corps. Les amis venaient rarement quand James était là, sauf en fin de semaine, mais les traces de leurs visites l'accueillaient tous les soirs : fleurs, revues, fruits, bouteilles d'huiles parfumées. Ils bavardaient, faisaient du café et dégustaient les bons crus de la maison. Un jour, il avait demandé à Rupert : « Est-ce que le père Michel apprécie le vin ?

— En tout cas, il sait certainement quelles bouteilles monter.

— Bon, alors, c'est bien. »

James ne regrettait pas son bordeaux, du moment que le père savait ce qu'il buvait.

Il avait donné à Rupert une clochette de cuivre stridente comme celle d'une école, trouvée au marché de Portobello, pour qu'il pût l'appeler s'il avait besoin d'aide la nuit. Désormais il dormait mal dans sa chambre juste au-dessus du salon, s'attendant à entendre l'appel bruyant et imaginant, à moitié éveillé, le roulement des charrettes dans un Londres ravagé par la peste, le cri sinistre : « Sortez vos morts ! »

Il se rappelait chaque mot de leur conversation, deux mois auparavant, les yeux ironiques de Rupert aux aguets, son visage souriant qui le mettait au défi de ne pas le croire.

« Je vous dis ce qui est, rien de plus. Gérard Étienne savait qu'Eric avait le sida et il s'est arrangé pour que nous nous rencontrions. Je ne me plains pas, loin de là. J'avais le choix dans une certaine mesure. Gérard n'est pas allé jusqu'à nous border ensemble dans un lit.

— Dommage que vous ne l'ayez pas exercée, cette possibilité de choix !

— Mais je l'ai fait. Je ne prétends pas que j'y ai longuement réfléchi. Vous n'avez jamais connu Eric, n'est-ce pas ? Il était beau. Très peu de gens le sont. Attirants, jolis, séduisants, sexy, tous les adjectifs habituels, mais pas beau. Eric l'était et j'ai toujours trouvé la beauté irrésistible.

— Et c'est tout ce que vous demandiez à un amant, la beauté physique ? »

Rupert l'avait imité, les yeux et la voix gentiment moqueurs :

« Et c'est tout ce que vous demandiez à un amant ? Mon cher James, dans quel monde vivez-vous, quel genre de personne êtes-vous ? Non, ce n'était pas tout ce que je demandais. Demandais. Au passé, je note. Il aurait été plus délicat de surveiller votre grammaire. Non, ce n'était pas tout. Je voulais quelqu'un à qui je plaise aussi et qui ait certaines compétences au lit. Je n'ai pas demandé à Eric s'il préférait le jazz à la musique de chambre, ou l'opéra au ballet ou, plus important, quel était son vin favori. Je parle désir, je parle amour. Seigneur ! autant expliquer Mozart à quelqu'un qui n'a pas d'oreille. Écoutez, restons-en là : Gérard Étienne nous a délibérément rapprochés. A l'époque, il savait qu'Eric avait le sida. Il a pu espérer que nous deviendrions amants, il a pu avoir l'intention que nous devenions amants, il a pu s'en moquer totalement dans un cas comme dans l'autre. Peut-être s'amusait-il simplement. Je ne sais pas ce qu'il avait dans l'esprit et je ne m'en soucie pas beaucoup. Je sais ce que *moi* j'avais dans le mien.

— Et Eric, qui savait qu'il avait une maladie contagieuse, il ne vous a rien dit? Grand Dieu, à quoi pensait-il?

— Pas tout de suite, non. Il me l'a dit plus tard. Je ne le blâme pas et si moi je ne le blâme pas, vous pouvez garder vos jugements moraux pour vous. Je ne sais pas à quoi il pensait. Je ne vais pas fureter dans l'esprit de mes amis. Il voulait peut-être avoir un compagnon pour la dernière étape avant de se lancer dans l'exploration de ce long silence. » Il avait ajouté : « Vous ne pardonnez pas à vos amis?

— Ce n'est guère un mot à employer entre amis. Mais enfin, aucun ne m'a communiqué de maladie mortelle.

— Mais, mon cher James, vous ne leur en donnez guère l'occasion, n'est-ce pas? »

Il avait questionné Rupert avec la persistance détachée d'un enquêteur professionnel, ayant besoin de lui arracher la vérité, désespérément avide de savoir. « Comment pouvez-vous être sûr qu'Étienne savait Eric malade?

— James, pas d'interrogatoire. Vous avez l'air d'un procureur général. Et puis vous aimez les euphémismes, hein? Il le savait parce qu'Eric le lui avait dit. Étienne lui avait demandé quand il pouvait espérer un autre ouvrage. Peverell Press avait fait une assez bonne affaire avec son premier livre de voyage. Étienne ne l'avait pas payé cher et il espérait sans doute avoir le suivant dans les mêmes conditions. Eric lui avait dit qu'il n'y en aurait pas d'autre. Il n'en avait plus ni le goût ni la force. Il avait fait d'autres projets pour ce qu'il lui restait de vie.

— Et ils vous comprenaient, ces projets?

— Éventuellement. C'est deux semaines après cette conversation qu'Étienne a organisé la croisière sur la Tamise. Rien que ça, c'est louche, non? Pas du tout un genre de virée pour Étienne. Teuf, teuf, teuf, et on descend la chère vieille Tamise pour aller visiter le barrage contre les inondations, teuf, teuf, teuf, on revient avec accompagnement de sandwiches au saumon fumé et de champagne. A propos, comment avez-vous fait pour y couper?

— J'étais en France.

— Ah, c'est vrai. Votre seconde patrie. Curieux que le vieil Étienne se soit si bien satisfait de passer toutes ces années loin de son pays natal. Gérard et Claudia n'y vont pas non plus, n'est-ce pas? On pourrait croire qu'ils aimeraient, à l'occasion, voir les lieux où papa et les copains ont passé de si joyeux moments, à tirer les Allemands de derrière les rochers. Eux n'y vont jamais, et vous, on ne peut pas vous en arracher. Qu'est-ce que vous faites là-bas? Vous enquêtez sur mon compte?

— Pourquoi le ferais-je?

— Simple remarque, je n'y attachais aucune signification particulière. De toute façon, vous n'épinglerez jamais le vieil Étienne. Il a été certifié authentique, il n'y a pas de doute à cela, le héros pure laine.

— Parlez-moi de cette excursion sur la Tamise.

— Oh, très banale. Des dactylos gloussantes, Miss Blackett un peu pompette, rougeaude et bouffie, avec son effroyable espièglerie virginale. Elle avait apporté le serpent boudin qu'ils appelaient Sid le Siffleur. Quelle femme extraordinaire! Absolument aucun humour, me semble-t-il, sauf quand il s'agit de ce serpent. Certaines des filles l'avaient accroché au plat-bord et menaçaient de le noyer, et l'une d'elles a fait semblant de lui donner du champagne à boire. Finalement, elles l'ont enroulé autour du cou d'Eric et il l'a gardé jusqu'à l'arrivée. Mais ça, c'était plus tard. En remontant le fleuve, je me suis réfugié à l'avant. Eric était là, seul, debout, parfaitement immobile comme une figure de proue. Il s'est retourné et il m'a regardé. » Rupert s'interrompit puis répéta, presque dans un murmure : « Il s'est retourné et il m'a regardé. James, ce que je viens de vous dire, oubliez-le, voulez-vous?

— Non, sûrement pas. Vous me dites la vérité?

— Bien sûr! Je ne vous la dis pas toujours?

— Non, Rupert, pas toujours. »

Soudain, sa rêverie fut interrompue. La porte de la cuisine s'ouvrit violemment et le copain de Rupert passa la tête. « Il m'avait bien semblé entendre la porte de la rue. Nous partons. Rupert a demandé si vous étiez rentré. En général vous montez tout droit.

— Oui, dit-il, en général je monte tout droit.

— Alors qu'est-ce que vous faites là? »

Il posait la question sans grande curiosité, mais James répondit : « Je méditais sur le troisième chapitre de l'Ecclésiaste.

— Je crois que Rupert a besoin de vous.
— Je viens. » Et il monta péniblement, comme un vieil homme, vers le désordre, la chaleur, l'encombrement du pot pourri exotique qu'était désormais son salon.

8

Il était neuf heures et, au dernier étage d'une maison en terrasse vers Westbourne Grove, Claudia Étienne était au lit avec son amant.

Elle dit : « Je me demande pourquoi on se sent toujours émoustillé après un enterrement. La puissante conjonction du sexe et de la mort, je suppose. Savais-tu que les prostituées victoriennes servaient leurs clients dans les cimetières, sur les dalles funéraires ?

— Dures, froides et sinistres. J'espère qu'ils attrapaient des hématomes sur les hémisphères. Moi, ça ne me ferait pas bander. Je penserais tout le temps au corps qui pourrit en dessous et à tous ces vers gonflés qui grouillent dans les orifices. Chérie, tu en sais des choses extraordinaires ! C'est rudement instructif d'être avec toi.

— Oui, je le sais bien. » Elle se demanda si, comme elle, il songeait à autre chose qu'à des événements historiques. Il avait dit « d'être avec toi », pas « de t'aimer ».

Il se tourna vers elle, la tête appuyée sur une main : « Comment a été l'enterrement ? Horrible ?

— Il a trouvé le moyen d'être à la fois assommant et lugubre. De la musique en boîte, un cercueil qui avait l'air recyclé, une liturgie révisée pour ne vexer personne y compris Dieu, et un officiant qui faisait de son mieux pour donner l'impression que nous participions à quelque chose qui avait un sens.

— Quand mon tour viendra, j'aimerais être brûlé sur un bûcher au bord de la mer, comme Keats.

— Shelley.

— Enfin ce poète, quel qu'il soit. Une nuit torride avec beaucoup de vent, pas de cercueil, plein d'antigel et tous les copains qui dansent nus autour du feu, gaiement réchauffés par mézigue. Et les cendres seraient balayées par la marée suivante. Si je laissais des instructions dans mon testament, tu crois que quelqu'un s'en occuperait ?

— A ta place je n'y compterais pas trop. Tu finiras sans doute à Golders Green comme nous tous. »

La chambre de Declan était petite et presque entièrement occupée par un lit en cuivre victorien, large de près de deux mètres, dont les hautes colonnes étaient couronnées de pommes. Il y avait accroché une courtepointe en patchwork très déchirée par endroits, qu'ils avaient au-dessus d'eux quand ils faisaient l'amour, éclairée par une lampe de chevet, somptueux dais à ramages tout chatoyant de soie et de satin. Certains lambeaux d'étoffe pendaient et elle eut envie de tirer dessus. Elle s'aperçut qu'ils étaient couverts de vieilles lettres bien visibles, pattes de mouches noires tracées par une main depuis longtemps morte. Une histoire de famille. Les heurs et malheurs d'une famille pesaient sur eux.

Le royaume de Declan — pour elle, c'était un royaume — se trouvait au-dessous d'eux. Le magasin, comme tout l'immeuble, appartenait à Mr Simon — elle n'avait jamais su son prénom —, qui louait les deux étages supérieurs pour une somme ridicule à Declan, rétribué avec une égale modération pour s'occuper du magasin. Lui-même était toujours là, avec sa calotte de soie noire, pour accueillir les bons clients, assis à un bureau dickensien, contre la porte; mais tout en surveillant de près les mouvements de fonds, il ne se mêlait plus guère des achats et des ventes. Les vitrines, composées sous son autorité personnelle, présentaient les plus belles pièces — meubles, tableaux, objets — dans tous leurs avantages. C'était au fond du magasin que Declan avait établi son domaine. Il y avait là une longue véranda, avec à chaque extrémité deux palmiers aux minces troncs de fer dont les feuilles, découpées dans de la tôle peinte en vert vif, tremblaient quand la main les effleurait. Cette touche de soleil méditerranéen contrastait avec l'aspect vaguement ecclésiastique du jardin d'hiver. Certains des panneaux de verre d'origine avaient été remplacés par des fragments de vitraux aux formes bizarres provenant d'églises démolies — puzzle d'anges aux chevelures jaunes, de saints nimbés, d'apôtres lugubres, de morceaux de Nativités ou de Cènes, de mains versant du vin ou soulevant des miches de pain dans des scènes d'intérieur. Les objets acquis par Declan étaient placés dans un heureux désordre sur diverses tables, entassés sur des chaises, et c'était là que ses clients personnels fouillaient, s'exclamaient et faisaient leurs découvertes.

Car il y avait des découvertes à faire. Declan, Claudia le reconnaissait, avait l'œil. Il aimait la beauté, la diversité, l'étrangeté. Extraordinairement compétent dans des domaines dont elle savait peu de choses, il la stupéfiait autant par ce qu'il savait que par ce qu'il ne savait pas. Parfois, ses trouvailles avaient les honneurs de la vitrine, auquel cas il cessait aussitôt de s'y intéresser. Mais d'ailleurs, l'amour qu'il éprouvait pour ses acquisitions quelles qu'elles fussent était inconstant. « Tu vois bien, Claudia chérie, qu'il fallait que je l'aie? Tu comprends, je ne pouvais pas ne pas l'acheter. » Il caressait, admirait, se documentait, exultait, mettait à la place d'honneur toutes ses acquisitions, mais trois mois plus tard elles avaient mystérieusement disparu pour être remplacées par de nouveaux enthousiasmes. Aucun effort de présentation : les objets étaient pêle-mêle, bons ou mauvais. Une statuette commémorative de Garibaldi à cheval en faïence du Staffordshire, une saucière fendue en Derby, monnaies et médailles, oiseaux empaillés sous leur globe de verre, aquarelles victoriennes sentimentales, bustes en bronze de Disraeli et Gladstone, lourde commode victorienne, paire de chaises en bois doré art-déco, ours empaillé, casquette d'officier de la Luftwaffe lourdement chargée de dorures.

En la regardant, elle lui avait dit : « Tu fais passer ça pour quoi? Propriété de feu le maréchal Hermann Göring? »

Elle ne savait rien de son passé. Il lui avait dit une fois avec un accent irlandais aussi appuyé que peu convaincant : « Sûr, est-ce que je ne suis pas juste un pauvre gars de Tipperary, ma m'ma est morte et mon p'pa parti Dieu sait où? » Mais elle ne le croyait pas. Rien dans sa voix légère et sa prononciation cultivée ne donnait la moindre indication sur son milieu ou sa famille. Quand ils se marieraient — s'ils se mariaient — il lui dirait sans doute quelque chose sur lui-même, sinon elle le questionnerait probablement. Pour l'heure, l'instinct lui disait que ce serait imprudent et lui imposait silence. Difficile de se l'imaginer avec un passé classique, des parents, des frères et sœurs, une école, un premier travail. Elle avait parfois l'impression que c'était un enfant enlevé par des fées dans quelque pays lointain qui s'était spontanément matérialisé dans cette arrière-boutique encombrée, tendant des doigts avides vers les objets des siècles passés, mais sans existence réelle lui-même sauf dans l'heure présente.

Ils s'étaient rencontrés six mois auparavant, assis l'un à côté de l'autre dans le métro un jour où il y avait eu une panne sérieuse sur la ligne centrale. Pendant l'attente, qui avait paru interminable avant qu'on leur enjoigne de quitter la rame pour se diriger à pied le long des voies vers la station suivante, il avait regardé *The Independant* qu'elle était en train de lire et, quand leurs yeux s'étaient rencontrés, avait souri d'un air contrit, en disant : « Excusez-moi, c'est incorrect, je le sais, mais je suis un peu claustrophobe. Il m'est toujours plus facile de supporter ces retards quand j'ai quelque chose à lire. Ce qui est généralement le cas. »

Elle avait répondu : « J'ai fini, justement. Prenez-le. D'ailleurs, j'ai un livre dans ma serviette. »

Ils étaient donc restés ainsi, tous deux lisant, tous deux silencieux, elle très consciente de la présence de l'autre. Quand l'ordre de quitter la rame était enfin arrivé, il n'y avait pas eu de panique, mais un moment désagréable et, pour certains, une expérience assez effrayante. Un ou deux pitres avaient réagi à la tension par des essais d'humour malsonnant et des rires bruyants, mais la plupart avaient subi l'épreuve en silence. Visiblement très mal à l'aise, une personne d'un certain âge assise près d'eux avait dû être presque portée le long du trajet; elle leur avait dit qu'étant cardiaque et asthmatique, elle craignait que la poussière du tunnel ne provoquât une crise.

Une fois arrivés à la station, ils l'avaient laissée aux mains de l'une des infirmières de service puis il s'était tourné vers Claudia pour lui dire : « Je crois que nous avons bien mérité de prendre un verre. Moi, j'en ai besoin de toute façon. Si nous cherchions un pub ? »

Elle s'était dit qu'il n'y avait rien de tel qu'un danger commun suivi par une bonne action partagée pour favoriser l'intimité et en avait conclu qu'il serait plus sage de prendre congé, puis de rentrer chez elle. Au lieu de cela, elle avait accepté et quand ils s'étaient séparés elle savait comment cela allait finir. Mais elle avait pris son temps. Jamais encore elle n'avait commencé une liaison sans être assurée qu'elle en gardait la maîtrise — plus aimée qu'aimante, ayant plus de chances de faire souffrir que de souffrir. Or, cette fois-là, elle ne pouvait pas en être certaine.

Un mois environ après qu'ils étaient devenus amants, il avait dit : « Pourquoi est-ce que nous ne nous marions pas ? »

La suggestion — elle la considérait à peine comme une demande — était si surprenante qu'elle resta d'abord muette. Il poursuivit : « Tu ne trouves pas que ce serait une bonne idée ? »

Elle s'aperçut qu'elle prenait l'idée au sérieux, sans savoir si pour lui c'était simplement une de celles qu'il avançait parfois sans s'attendre à ce qu'elle les crût, ni apparemment s'en soucier beaucoup.

Elle dit lentement : « Si tu es sérieux, alors la réponse, c'est que ce serait une très mauvaise idée.

— Bon, alors fiançons-nous. J'aime l'idée de fiançailles permanentes.

— C'est illogique.

— Pourquoi ? Ça plairait au vieux Simon. Je pourrais lui dire : "J'attends ma fiancée." Il serait moins choqué quand tu restes la nuit.

— Il n'a jamais présenté le moindre symptôme d'un choc quelconque. Je doute qu'il verrait un inconvénient quelconque à ce que nous fassions ça dans le magasin à condition de ne pas effrayer les clients, ni abîmer la marchandise. »

Mais il parlait parfois au vieux Simon de sa « fiancée » et elle se disait qu'elle pouvait difficilement le contredire sans les ridiculiser l'un et l'autre, ou donner à la chose une importance qu'elle ne méritait pas. Il n'avait plus parlé de mariage, mais elle constatait que l'idée commençait à prendre corps, ce qui la déconcertait.

Quand elle était arrivée du crématoire ce soir-là, elle avait salué Mr Simon, puis filé droit dans l'arrière-boutique. Declan examinait une miniature. Elle aimait le regarder avec l'objet qui excitait son admiration, si éphémère fût-elle. C'était le portrait d'une dame du XVIIe siècle, en grand décolleté et chemisette ruchée peints avec une extrême délicatesse, le visage sous la haute perruque poudrée peut-être un peu trop joli-joli.

Il avait dit : « Payé par un riche amant, j'imagine. Elle ressemble plus à une putain qu'à une épouse, n'est-ce pas ? Je crois qu'il pourrait être de Richard Corey. Si oui, c'est une trouvaille. Tu vois bien, ma chérie, qu'il fallait que je l'aie.

— Où l'as-tu eue ?

— Une femme qui avait mis une annonce pour des dessins ; elle croyait qu'ils étaient authentiques. Ils ne l'étaient pas, mais le portrait, si.

— Combien l'as-tu payé ?

— Trois cinquante. Elle aurait accepté moins. Elle était à quia. J'aime donner un peu de bonheur en payant légèrement plus que l'on attend.

— Et il vaut à peu près trois fois plus, je suppose.

— A peu près. Joli, non ? L'objet, je veux dire. Il y a une mèche de cheveux enroulée derrière. A mon avis, il ne faut pas le mettre en montre, il serait fauché dans l'heure. La vue du vieux Simon a bien baissé. »

Elle dit : « Je trouve qu'il a l'air très malade. Il ne faudrait pas le pousser à voir un médecin ?

— Inutile, j'ai essayé. Il hait les médecins. Il a une peur folle qu'ils l'envoient à l'hôpital et il hait encore plus l'hôpital. Pour lui, c'est un endroit où les gens meurent et il n'aime pas penser à la mort, ce qui n'a rien d'étonnant quand toute votre famille a été exterminée à Auschwitz. »

A ce moment, se détournant d'elle pour fixer, couché sur le dos, la soie à ramages sur laquelle la lampe de chevet projetait une lueur douce, il lui dit : « Tu as parlé à Gérard ?

— Non, pas encore. Je le ferai après le prochain conseil d'administration.

— Écoute, Claudia, je veux ce magasin. J'en ai besoin. C'est moi qui l'ai fait. Tout ce qui a changé ici, c'est grâce à moi. Le vieux Simon ne peut le vendre à personne d'autre.

— Je sais. Nous allons nous arranger pour qu'il ne le fasse pas. »

Comme il est étrange, se disait-elle, ce besoin de satisfaire tous les désirs de l'amant comme pour alléger son fardeau d'être aimé ! Ou est-ce la conviction profonde, irrationnelle qu'il mérite d'avoir ce qu'il veut quand il veut, simplement parce qu'il mérite d'être aimé ? Et quand Declan voulait une chose, il la voulait avec l'insistance d'un enfant gâté, sans réserve, sans dignité, sans patience. Mais elle se disait que ce désir-là était d'un adulte, et rationnel. La propriété, qui comprenait les deux appartements et le magasin, était une affaire magnifique à 350 000 livres. Simon voulait vendre et vendre à Declan, mais il ne pouvait pas attendre beaucoup plus longtemps.

Elle dit : « Il t'en a parlé récemment ? Qu'est-ce que nous avons encore comme délai ?

— Il veut une décision avant fin octobre, mais le plus tôt sera le mieux. Il a hâte d'aller chauffer ses vieux os au soleil.

— Il ne trouverait pas si vite un autre acheteur.

— Non, mais il veut mettre la propriété sur le marché si nous ne lui donnons pas une réponse ferme à cette date-là, et, bien entendu, il en demandera plus qu'à moi. »

Claudia dit lentement : « Je vais suggérer à Gérard de me racheter.

— Tu veux dire de reprendre toutes tes parts dans Peverell Press ? Il a les moyens de le faire ?

— Pas sans difficulté, mais s'il est d'accord, il trouvera l'argent.

— Et tu n'as pas d'autre possibilité de te le procurer ? »

Elle réfléchit, se disant : je pourrais vendre l'appartement du Barbican, le quartier est bon, et m'installer ici, mais qu'est-ce que ça résoudrait ? Tout haut, elle dit : « Je n'ai pas les 350 000 livres en dépôt à la banque, si c'est ce que tu veux dire. »

Il insista : « Gérard est ton frère. Il t'aidera sûrement.

— Nous ne sommes pas intimes. Comment pourrions-nous l'être ? Après la mort de notre mère, nous avons été envoyés dans des écoles différentes et nous nous étions à peine vus quand nous avons commencé à travailler tous les deux à Innocent House. Il rachètera mes parts s'il estime que c'est avantageux pour lui. Sinon, il ne le fera pas.

— Quand lui demanderas-tu ?

— Après le conseil d'administration du 14 octobre.

— Pourquoi attendre jusque-là ?

— Parce que ce sera le meilleur moment. »

Ils restèrent quelques minutes silencieux.

Soudain, elle dit : « Écoute, Declan, allons faire un tour sur la Tamise, le 14. Viens me chercher à six heures et demie et nous prendrons la vedette pour descendre jusqu'au Barrage. Tu ne l'as jamais vu le soir.

— Je ne l'ai jamais vu. Il ne fera pas froid ?

— Pas vraiment. Mets quelque chose de chaud. J'apporterai un thermos de soupe et du vin. Ça vaut la peine, Declan, ces grands masques de l'ouvrage qui jaillissent de l'eau sombre tout à coup et vous dominent. Viens. Nous pourrions nous arrêter à Greenwich pour un petit repas de brasserie.

— Entendu, dit-il. Pourquoi pas ? J'irai. Je ne vois pas pourquoi il faut fixer la date dès maintenant, mais du moment que je ne suis pas obligé de rencontrer ton frère...

— Ça, je peux te le promettre.

— Six heures trente donc, à Innocent House. Plus tôt, si tu veux.

— Impossible. La vedette ne sera pas libre avant. »

Il dit : « A t'entendre, on croirait que c'est important.

— Oui, répondit-elle. Oui, c'est important, pour nous deux. »

9

Gabriel quitta Frances aussitôt la partie terminée, une partie qu'il avait facilement gagnée. Elle vit avec compassion qu'il paraissait très fatigué et se demanda s'il était venu par pitié pour elle, ou parce que lui-même avait besoin de société. Les funérailles avaient dû être plus pénibles pour lui que pour les autres associés. Il était en effet le seul membre de la direction pour lequel Sonia semblât avoir eu la moindre affection. Les tentatives qu'elle-même avait risquées avaient été repoussées non sans subtilité par Sonia, comme si le fait d'être une Peverell la rendait impropre à toute intimité. Peut-être était-il le seul qui éprouvât un chagrin personnel.

Le jeu avait stimulé son esprit et elle savait que si elle allait au lit tout de suite, il en résulterait une de ces nuits où périodes d'agitation et sommes de courte durée l'amenaient au matin plus fatiguée que si elle ne s'était pas couchée du tout. Sans prendre le temps de réfléchir, elle alla dépendre son manteau d'hiver dans le placard du vestibule, puis éteignit la lumière, ouvrit la porte-fenêtre et sortit sur le balcon. L'air pur de la nuit sentait le froid et la piquante salure habituelle du fleuve. Empoignant la barre d'appui, elle avait l'impression d'être suspendue dans l'espace, désincarnée. Un amas de nuages bas survolait Londres, tachés de rose comme un pansement qui aurait absorbé le sang de la ville. Et puis, pendant qu'elle regardait, ils s'ouvrirent lentement et elle vit le noir bleu du ciel nocturne avec une seule étoile. Telle une libellule endiamantée, un hélicoptère remonta le cours du fleuve à grand bruit. Son père s'était tenu là, nuit après nuit, avant de se coucher. Occupée dans la cuisine après le dîner, elle revenait au salon pour le trouver plongé dans l'obscurité à l'exception d'une lampe basse, la silhouette sombre debout, immobile et tournée vers le fleuve.

Ils s'étaient installés au numéro 12 en 1983, alors que la société, prenant de l'extension pendant une période de relative prospérité, avait eu besoin de bureaux supplémentaires à Innocent House. Le numéro 12 était loué depuis longtemps à un occupant qui avait eu le bon goût de mourir, libérant la maison, alors remaniée de façon à ménager, en haut, un appartement pour elle et son père et en bas, un autre, plus petit, pour Gabriel Dauntsey. Son père avait accepté le déménagement avec philosophie, voire une certaine satisfaction, semblait-il, et elle le soupçonnait de n'avoir trouvé le logement trop petit, presque étouffant, qu'à partir du moment où elle l'avait rejoint, en 1983, après avoir quitté Oxford.

Sa mère, toujours fragile, avait été brutalement emportée par une pneumonie, alors que Frances avait cinq ans, et celle-ci avait passé toute son enfance avec son père et une gouvernante, à Innocent House. Ce n'est qu'une fois devenue adulte qu'elle s'était rendu compte à quel point cette période de jeunesse avait été extraordinaire et la maison, peu appropriée pour abriter une famille, même réduite par la mort à un père avec sa fille. Sans compagnons de son âge — seules les quelques places georgiennes de l'East End qui avaient survécu aux bombardements étaient devenues des enclaves chic pour classes moyennes —, elle avait eu comme terrain de jeux le vestibule aux marbres étincelants et l'avant-cour où, malgré les grilles protectrices, elle était toujours surveillée de près, la bicyclette ou le ballon restant interdits. Les rues n'étaient pas sûres pour une enfant, aussi allait-elle, accompagnée par Nanny Bostock et parfois dans la vedette de la société, à une petite école privée de l'autre côté du fleuve, à Greenwich; l'accent y était mis plus sur la distinction que sur le développement d'une intelligence critique, mais elle avait au moins acquis des bases solides. Seulement, la plupart du temps la vedette était occupée au transport du personnel pris au débarcadère de la Tamise, aussi était-elle conduite en voiture, toujours avec sa gouvernante, jusqu'au tunnel piétonnier de Greenwich, où leur marche souterraine était accompagnée par le chauffeur et parfois, pour plus de sûreté encore, par son père.

Jamais les adultes n'eurent l'idée qu'elle trouvait le tunnel terrifiant et elle serait morte plutôt que de le leur dire. Elle savait depuis sa plus tendre enfance que son père plaçait le courage au-dessus de toutes les vertus. Alors elle marchait entre eux, les tenant par la main en feignant une soumission enfantine et en essayant de ne pas serrer leurs doigts trop fort, la tête baissée pour qu'ils ne voient pas ses yeux fermés, l'écho de leurs pas dans les oreilles, tandis que son imagination lui représentait la masse d'eau énorme coulant au-dessus d'elle, terrifiante dans sa puissance, qui, un matin, crèverait la voûte du tunnel et ferait irruption, d'abord en lourdes gouttes, puis soudain en une vague tonitruante noire et puante ; elle les balaierait dans ses tourbillons, grossis jusqu'à ce qu'il n'y eût plus que quelques centimètres d'espace et d'air entre leurs corps qui se débattaient et leurs bouches qui hurlaient. Et puis même plus cela.

Cinq minutes plus tard, l'ascenseur les ramenait au jour, pour voir l'étincelante magnificence du Greenwich Naval College avec ses coupoles jumelles et ses girouettes à pointes dorées. Pour l'enfant, c'était comme sortir de l'enfer pour être éblouie par la ville céleste. Il y avait là aussi le *Cutty Sark* avec ses hauts mâts et ses cordages minces. Son père lui parlait de la Compagnie des Indes Orientales, de son monopole du commerce avec l'Extrême-Orient au XVIIIe siècle et de ces grands clippers construits pour la vitesse qui rivalisaient entre eux afin d'apporter en un temps record au marché britannique les thés périssables et précieux de la Chine et de l'Inde.

Dès ses premières années, son père lui avait raconté des histoires sur ce fleuve qui était presque une obsession pour lui, grande artère toujours fascinante et toujours changeante, portant sur ses fortes marées toute l'histoire de l'Angleterre. Il lui décrivait les radeaux et les coracles des premiers navigateurs, les voiles carrées des galères romaines apportant des marchandises à Londinium, les longs navires vikings avec leurs proues incurvées. Il lui peignait le fleuve du XVIIIe siècle, quand Londres était le plus grand port du monde, où les quais bordés de navires à hautes mâtures ressemblaient à une forêt dépouillée par le vent. Il lui parlait de la vie brutale et avinée des quartiers au bord de l'eau, des innombrables métiers qui devaient leur existence au sang de cette artère : caliers ou déchargeurs, aconiers qui manœuvraient les allèges approvisionnant les navires à l'ancre, cordiers, accastilleurs, charpentiers de marine, fabricants de biscuit, ébénistes, preneurs de rats, loueurs de garnis, prêteurs à gages, taverniers, fournisseurs de marine, riches et pauvres, qui tous tiraient leur vie du fleuve. Il lui en retraçait les grands événements : Henry VIII remontant le cours de la Tamise jusqu'à Hampton Court dans la barque royale crêtée d'or, les longues rames noires levées bien haut en signe de salut; le corps de Lord Nelson transporté en 1806 depuis Greenwich dans la barque construite à l'origine pour Charles II; fêtes nautiques; inondations et tragédies. Désirant passionnément l'amour et l'approbation de son père, elle avait écouté docilement ses récits, posé les bonnes questions, su d'instinct que c'était un intérêt qu'il comptait la voir partager avec lui. Mais, elle s'en rendait compte désormais, cette duperie n'avait fait qu'ajouter la culpabilité à sa réserve et à sa timidité naturelles. Le fleuve était devenu d'autant plus terrifiant qu'elle ne pouvait avouer ses terreurs, et ses relations avec son père plus distantes, parce que fondées sur un mensonge.

Mais elle s'était créé un autre monde et, couchée le soir dans cette nursery étincelante et si peu douillette, lovée dans une position foetale sous les draps, elle pénétrait dans sa douce sécurité. Lors de cette vie imaginaire, elle avait un frère et une sœur avec qui elle habitait un grand presbytère de campagne. Il y avait un jardin, un verger, des légumes plantés en rangées séparées des grandes pelouses vertes par des haies de buis bien taillées. Au-delà du jardin, un ruisseau peu profond qu'ils pouvaient franchir d'un saut pour aborder sur l'autre rive, un vieux chêne avec dans ses branches une cabane douillette comme un nid, où ils s'installaient pour lire et croquer des pommes. Ils couchaient tous les trois dans la nursery qui donnait sur la pelouse, la roseraie et, au-delà, le clocher. Pas de voix rauques, pas d'odeur de rivière, pas d'images de terreur, tout était tendresse et paix. Il y avait aussi une maman au visage à demi oublié; grande, blonde, en longue robe bleue, qui venait vers elle, bras tendus pour qu'elle s'y précipite parce qu'elle était la plus petite et la plus aimée.

Elle avait à sa portée, elle le savait bien, un équivalent adulte à ce monde rassurant. Elle pouvait épouser James de Witt, s'installer dans cette charmante maison de Hillgate Village et mettre au monde les enfants qu'il souhaitait et qu'elle aussi souhaitait. Elle pouvait être sûre de son amour, de sa bonté, savoir que quelles que soient les difficultés causées par leur mariage, il n'y aurait ni cruauté ni rejet. Elle aurait pu apprendre non pas à le désirer, parce que cela ne dépend pas de la volonté, mais à trouver dans la bonté et la gentillesse un substitut au désir, si bien qu'avec le temps les rapports sexuels seraient devenus non seulement possibles mais agréables — dans les moments de tiédeur, prix à payer pour son amour, à leur apogée, gage d'affection et certitude que l'amour pouvait finir par engendrer l'amour. Mais elle avait été la maîtresse de Gérard Étienne pendant trois mois. Après cet émerveillement, cette étonnante révélation, elle constatait qu'elle ne pouvait même pas supporter d'être touchée par James. En la prenant négligemment et en la rejetant tout aussi négligemment, Gérard l'avait même privée de la consolation du deuxième choix.

C'était toujours la terreur du fleuve et non pas son charme romantique ou son mystère qui s'était emparé de son imagination et, après le brutal rejet de Gérard, les angoisses qu'elle croyait avoir dépassées avec l'enfance s'étaient de nouveau imposées. Cette Tamise était une sombre marée d'horreurs ; la grille à demi obstruée par les algues conduisant dans le donjon de la Tour, le bruit sourd de la hache, les vagues léchant les vieux escaliers de Wapping où les pirates étaient attachés aux pilots à marée basse jusqu'à ce que trois marées — la Grâce de Wapping — les aient recouverts, les pontons empestés ancrés au large de Gravesend avec leur cargaison de corps enchaînés, voire les bateaux de plaisance aux ponts gaiement multicolores qui résonnaient du rire des touristes, lui rappelaient sans qu'elle le voulût le pire de tous les drames sur la Tamise quand, en 1878, le vapeur à aubes *Princess Alice*, revenant chargé d'une excursion à Sheerness, avait été éperonné par un charbonnier, faisant six cent quarante noyés. Il lui semblait ce soir-là que c'était leurs cris qu'elle entendait dans ceux des mouettes et, en regardant le fleuve noir éclaboussé de lumière, elle imaginait les pâles visages des enfants noyés, arrachés aux bras de leur mère, qui flottaient comme de fragiles pétales sur le flot sombre.

Elle avait quinze ans quand son père l'avait emmenée pour la première fois à Venise. Il avait déclaré qu'un enfant ne pouvait pas apprécier plus jeune l'art et l'architecture de la Renaissance, mais elle avait pensé dès cette époque qu'il préférait voyager seul et que l'emmener était un devoir qu'il ne pouvait plus raisonnablement différer, un devoir qui contenait pourtant quelques promesses d'espoir pour l'un comme pour l'autre.

Ce furent leurs premières et leurs dernières vacances ensemble. Elle s'était attendue à un soleil brûlant, des gondoliers aux costumes bariolés sur l'eau bleue, des palais de marbre étincelants, des dîners en tête à tête avec lui dans l'une des robes neuves choisies pour l'occasion par Miss Rawlings, des vins goûtés pour la première fois. Elle avait passionnément souhaité que ces vacances marquent un nouveau départ et pourtant, elles avaient mal commencé. Obligés de voyager pendant les vacances scolaires, ils avaient trouvé une ville bondée de touristes et pendant dix jours, le ciel plombé avait fait tomber par intermittence de grosses gouttes qui grêlaient des canaux aussi bruns que la Tamise. Elle avait gardé une impression de bruit continuel, de voix étrangères, avec toujours la terreur de perdre son père dans la bousculade, de vieilles églises plongées dans la pénombre où le sacristain arrivait en traînant les pieds pour éclairer une fresque, un tableau, un retable. L'air était alourdi par l'encens et l'odeur aigre des vêtements mouillés. Son père la poussait au premier rang des touristes qui se bousculaient et lui chuchotait des explications sur les peintures en essayant de dominer le brouhaha de langues discordantes et les lointains appels de guides péremptoires.

Un tableau restait fortement gravé dans sa mémoire : une mère allaitant son bébé sous un ciel d'orage, cependant qu'un homme veillait, solitaire. Elle savait qu'il y avait là quelque chose à quoi elle devrait réagir, un mystère dans le sujet et l'intention, elle aurait voulu partager l'émotion de son père, faire une remarque qui, si elle ne pouvait être brillante, n'aurait pas provoqué la désapprobation silencieuse à laquelle elle s'était habituée. Toujours aux mauvais moments, ces mots surgissaient « Madame n'a plus jamais été la même après la naissance du bébé. Cette grossesse l'a tuée, il n'y a pas de doute. Et maintenant, voyez un peu ce qu'on a sur les bras. » La femme, dont le nom et le rôle dans la maison étaient oubliés depuis longtemps, avait sans doute voulu dire tout simplement qu'ils se retrouvaient avec une grande maison impossible à tenir sans la main ferme d'une maîtresse, mais pour l'enfant le sens des mots avait été clair et le restait : « Elle a tué sa mère et voyez un peu ce qu'on a eu en échange. »

Autre souvenir de ces vacances resté vif dans les années qui suivirent : leur première visite à l'Academia. La tenant doucement par l'épaule, il l'avait menée à un tableau de Vittorio Carpaccio, *le Rêve de Sainte Ursule*. Pour une fois ils étaient seuls et, debout à côté de lui, consciente du poids de sa main, elle s'était retrouvée en face de sa propre chambre à Innocent House. Il y avait là les deux fenêtres cintrées avec leurs demi-lunes remplies de rondelles en verre à vitre, la porte d'angle entrouverte, les deux vases sur l'appui de la fenêtre, si semblables à ceux de sa chambre, le même lit aux colonnes délicates avec un haut chevet sculpté et une frange à glands. Son père lui avait dit : « Tu vois, tu couches dans une chambre vénitienne du XVe siècle. »

Dans le lit, une femme était allongée, la tête appuyée sur une main. Frances avait demandé : « Est-ce que cette dame-là est morte ?

— Morte ? Pourquoi serait-elle morte ? »

Elle avait entendu dans la voix l'impatience familière et n'avait plus dit mot. Le silence s'était prolongé entre eux jusqu'à ce que la main toujours sur son épaule, mais plus lourde semblait-il, l'eût fait tourner dans une autre direction. Elle l'avait déçu une fois de plus et cela avait toujours été son destin : sentir la moindre humeur de son père, sans avoir l'habileté ou l'assurance nécessaires pour y correspondre.

Jusqu'à la religion qui les séparait. Sa mère avait été catholique, mais sans que Frances eût le moindre moyen de savoir avec quelle ferveur. Une co-religionnaire, Mrs Rawlings, engagée un an avant la mort de sa mère, à la fois comme intendante pour aider la malade et comme nurse pour soigner la petite fille, l'avait très consciencieusement emmenée à la messe tous les dimanches, mais en laissant complètement de côté l'instruction religieuse, d'où pour l'enfant l'impression que c'était là un domaine que son père ne pouvait comprendre et tolérait tout juste, un secret de femme dont il valait mieux ne pas parler en sa présence. Elles allaient rarement plus de deux fois dans la même église. On eût dit que Mrs Rawlings était une dégustatrice de religion qui échantillonnait les divers sites, architectures, musiques et sermons sur le marché, redoutant de s'engager prématurément, d'être reconnue par l'ensemble des fidèles, accueillie comme une habituée par le prêtre à la porte, piégée par les activités paroissiales, voire obligée de recevoir des visiteurs à Innocent House. Devenue plus grande, Frances en était arrivée à soupçonner que la recherche d'une nouvelle église le dimanche matin était désormais pour Mrs Rawlings un moyen de tester ses capacités d'initiative, d'apporter un parfum d'aventure et quelque variété à une semaine bien monotone en dehors de cela, ainsi qu'un sujet de conversation intéressant pendant leur retour à la maison.

« Le chœur n'était pas fameux, hein ? Rien à voir avec celui de l'Oratoire. Il faudra qu'on retourne à l'Oratoire quand j'aurai le courage. Trop loin pour y aller tous les dimanches, mais au moins le sermon était court. Les grands sermons, il ne m'en faut pas. A mon avis, passées les dix premières minutes, il n'y a pas beaucoup d'âmes sauvées. »

« Je n'aime pas ce père O'Brien. C'est comme ça qu'il s'appelle, apparemment. Bien peu de monde. Pas étonnant qu'il ait été si aimable à la porte. Il voulait nous inviter à revenir la semaine prochaine, je parie. »

« Ils ont un joli chemin de croix. J'aime bien qu'il soit sculpté. Les stations peintes que nous avons vues à St Michel la semaine dernière avaient des couleurs deux fois trop criardes. Mais enfin, les enfants de chœur avaient des surplis propres et bien repassés, quelqu'un a fait du beau travail, là. »

Un dimanche où elles avaient assisté à la messe dans une église particulièrement morne, avec la pluie qui martelait comme de la grêle la toiture provisoire en tôle ondulée (« Pas du tout notre classe. On n'y retournera pas »), Frances avait demandé : « Pourquoi faut-il que j'aille à la messe tous les dimanches ?

— Parce que votre maman était catholique. Alors votre papa était d'accord : les garçons seraient Église d'Angleterre et les filles catholiques romaines. Et il vous a eue. »

Il l'avait eue. Le sexe méprisé. La religion méprisée.

Mrs Rawlings enchaîna : « Il y a des tas de religions dans le monde. Chacun peut trouver ce qui lui convient. Simplement, il faut vous rappeler que la nôtre est la seule vraie, c'est tout. Mais c'est pas la peine de trop y penser avant d'être obligée. Je crois qu'on retournera à la cathédrale, la semaine prochaine. Ça sera la Fête-Dieu. Ils feront une belle cérémonie, c'est sûr. »

Ce fut un soulagement pour son père et pour elle quand, à l'âge de douze ans, elle fut envoyée au couvent. Il était venu la chercher à la fin du premier trimestre et elle avait entendu les mots de la Mère Supérieure tandis qu'ils prenaient congé à la porte : « Mr Peverell, cette enfant ne sait pratiquement rien de sa religion.

— De celle de ma femme. Eh bien, dans ce cas, Mère Bridget, je suggère que vous l'instruisiez. »

Elles l'avaient fait et bien d'autres choses encore, avec une douce patience. Elles lui avaient donné une courte période de sécurité, l'impression qu'elle était considérée, qu'il était possible qu'elle fût aimée. Elles l'avaient préparée pour Oxford, ce qu'elles devaient sans doute considérer comme un bonus puisque, Mère Bridget le lui avait souvent redit avec force, le but d'une éducation vraiment catholique était de préparer à la mort. Cela, elles l'avaient fait aussi, mais elle était moins sûre qu'elles l'aient préparée à la vie. Elles ne l'avaient sûrement pas préparée à Gérard Étienne.

Elle rentra dans le salon, fermant la fenêtre derrière elle. Le bruit du fleuve devint un doux susurrement porté par l'air de la nuit. Gabriel lui avait dit : « Il ne peut avoir aucun pouvoir sur vous à moins que vous ne le lui donniez. » Il fallait par un moyen ou un autre qu'elle trouvât la volonté et le courage de briser ce pouvoir totalement et une fois pour toutes.

10

Les quatre premières semaines de Mandy à Innocent House, fâcheusement commencées par un suicide et tragiquement achevées par un assassinat, lui parurent plus tard comme l'une des périodes les plus heureuses de sa vie professionnelle. Comme toujours, elle s'adapta très vite à la routine quotidienne du bureau et, à quelques exceptions près, trouva ses collègues sympathiques. Elle avait beaucoup à faire, ce qui lui convenait tout à fait, et le travail était plus varié et plus intéressant que celui qui lui était normalement dévolu.

A la fin de la première semaine, Mrs Crealey lui avait demandé si elle se plaisait, à quoi elle avait répondu qu'elle avait vu pire et qu'elle allait encore s'accrocher un peu — tout ce qu'elle se permettait en pareil cas pour exprimer sa satisfaction. Elle avait été rapidement acceptée à Innocent House ; jeunesse et vitalité combinées à une grande efficacité sont rarement prises longtemps en mauvaise part. Miss Blackett, après une semaine de répression appuyée par des regards sévères, avait apparemment conclu qu'elle avait connu de pires intérimaires. Mandy, toujours prompte à voir où était son propre intérêt, la traitait avec un mélange flatteur de déférence et de confiance, allant lui chercher du café à la cuisine, lui demandant des avis qu'elle n'avait pas la moindre intention de suivre et acceptant certaines des tâches les plus assommantes du train-train quotidien avec une allègre bonne volonté. In petto, elle trouvait la pauvre vieille si pathétique qu'on était obligé de la plaindre ; il était évident que Mr Gérard, entre autres, ne pouvait pas la voir, ce qui n'était guère surprenant. Mandy pensait à part elle que Miss Blackett allait monter dans la première charrette. De toute façon, elles étaient trop occupées pour passer beaucoup de temps à constater le peu de choses qu'elles avaient en commun ou à déplorer — réciproquement — leurs vêtements, coiffure et attitude vis-à-vis de leurs supérieurs. D'ailleurs Mandy ne passait pas toutes ses journées dans le bureau de Miss Blackett. Elle était fréquemment appelée chez Miss Claudia ou Mr de Witt pour prendre du courrier en sténo et, un jour où George avait dû rester chez lui à cause d'un violent mal d'estomac, elle avait pris sa place à la réception et fait la standardiste, sans autre incident que quelques appels mal adressés.

Le mercredi et le jeudi de sa deuxième semaine, elle les passa au service de la publicité, pour aider à organiser quelques tournées et une séance de signatures, cependant que

Maggie FitzGerald, assistante de Miss Étienne, lui révélait les petites faiblesses des auteurs, ces créatures imprévisibles et hypersensibles dont dépendait en fin de compte — Maggie en convenait à regret — la destinée de Peverell Press. Il y avait les tonitruants qu'il valait mieux laisser à Miss Claudia, les timides et les inquiets qui avaient besoin d'être longuement rassurés avant de pouvoir prononcer le premier mot d'une émission à la BBC et chez qui la perspective d'un déjeuner littéraire produisait un regrettable mélange de terreur inarticulée et d'indigestion. D'un maniement aussi difficile, l'outrecuidant agressif qui, si on ne le jugulait pas, planterait là son cornac et bondirait dans le premier magasin accessible en proposant de signer leurs exemplaires, réduisant ainsi au chaos la campagne publicitaire soigneusement mise au point. Mais les pires, selon les confidences de Maggie, étaient les prétentieux, en général ceux dont les livres se vendaient le moins bien, mais qui exigeaient des voyages en première classe, des hôtels cinq étoiles, une limousine et un cadre de haut rang pour les escorter ; après quoi ils écrivaient des lettres furibondes si leurs signatures n'avaient pas attiré une queue faisant le tour de l'immeuble. Mandy avait beaucoup aimé ses deux jours à la publicité, l'enthousiasme juvénile du personnel, les voix chaleureuses qui essayaient de dominer les stridences continuelles du téléphone, les voyageurs accueillis avec des clameurs de plaisir quand ils revenaient au bercail papoter et échanger des nouvelles, l'impression d'urgence et de crise imminente ; c'est à regret qu'elle retrouva son siège dans le bureau de Miss Blackett.

Elle était moins enthousiaste quand il s'agissait d'aller à la comptabilité, chez Mr Bartrum qui, selon ce qu'elle confia à Mrs Crealey, était vieux, rasoir, et la traitait comme quelque chose qui a été rapporté par le chat. Le service se trouvait au n° 10 et, après avoir travaillé un moment avec Mr Bartrum, Mandy s'échappait à l'étage au-dessus pour bavarder pendant quelques minutes, flirter et procéder à l'échange rituel d'insultes avec les trois emballeurs. Ceux-ci habitaient un univers à eux fait de planchers nus et de tréteaux, de gros cartons bruns repliables, de rubans adhésifs, d'énormes pelotes de ficelle, de l'odeur excitante et si particulière des livres tout juste sortis des presses. Elle les aimait tous les trois : Dave et son chapeau de broussard, qui, malgré sa taille, avait des bras avec des muscles comme des ballons de football et pouvait soulever des poids extraordinaires; Ken, grand, lugubre et silencieux; enfin Carl, le responsable de l'entrepôt, entré jeune garçon dans la maison, qui annonçait en frappant un carton du plat de la main "çui-là, y donnera rien".

« Y se trompe jamais, confiait Dave, admiratif. Y sait qu'est-ce qui sera un best-seller et qu'est-ce qui sera un flop, juste en les reniflant. Il a même pas besoin de les lire. »

Toujours disposée à faire du thé et du café pour les deux assistantes de direction et les associés, Mandy avait aussi l'occasion de bavarder deux fois par jour avec la femme de ménage, Mrs Demery. Le domaine de cette dernière était centré sur la grande cuisine et la petite pièce de séjour au rez-de-chaussée sur l'arrière de la maison. La cuisine était bien équipée : une table rectangulaire assez grande pour dix, une cuisinière à gaz et une autre à électricité, un four à micro-ondes, un double évier, un énorme réfrigérateur et des petits placards qui couvraient tout un mur. Là, à n'importe quel moment entre midi et deux heures, dans une violente cacophonie d'odeurs discordantes, tout le personnel, sauf les cadres supérieurs, mangeait ses sandwiches, chauffait ses sachets de curry ou de pâtes à l'italienne, faisait sauter des omelettes, cuisait des œufs à la coque, grillait du bacon, faisait du thé ou du café. Les cinq associés n'y venaient jamais. Frances Peverell et Gabriel Dauntsey allaient déjeuner chez eux au 12 et les deux Étienne ainsi que James De Witt prenaient la vedette pour aller en ville, ou se rendaient à pied dans un des pubs de Wapping Street. A l'abri de leur présence inhibitrice, la cuisine était le centre des commérages. Les nouvelles y étaient reçues, discutées sans fin, rebrodées et diffusées. Mandy restait assise en silence devant sa boîte de sandwiches, sachant que quand elle était là, les cadres moyens en particulier étaient exceptionnellement silencieux; quelles qu'eussent été leurs opinions sur le nouveau président ou l'avenir de la maison, la loyauté et un certain sens de leur place dans la hiérarchie leur interdisaient les critiques ouvertes devant une employée temporaire. Mais quand elle était seule avec Mrs Demery pour le café du matin ou le thé de l'après-midi, la femme de ménage ignorait ces réserves.

« On croyait que Mr Gérard et Miss Frances allaient se marier, et elle le croyait aussi, la pauvre petite ! Et puis, il y a Miss Claudia avec son gigolo.

— Miss Claudia avec un gigolo ! Vous y allez fort, Mrs Demery.

— Enfin, peut-être pas exactement un gigolo, mais il est plus jeune qu'elle, c'est sûr. Je l'ai vu quand il est venu à la réception pour les fiançailles de Mr Gérard. C'est un beau garçon, ça je peux le dire. Miss Claudia a toujours eu l'œil pour dénicher les beaux garçons. Il est dans les antiquités. On dit qu'ils sont fiancés mais je remarque qu'elle n'a pas de bague.

— Mais elle est assez vieille, n'est-ce pas ? Et les gens comme Miss Claudia ne s'occupent pas tant que ça de ces histoires de bagues.

— Cette Lady Lucinda en a une, non ? Une émeraude bougrement grosse, avec des diams. Mr Gérard, il a dû les aligner. Je me demande pourquoi il veut épouser la sœur d'un comte. Assez jeune pour être sa fille en plus. Indécent, à mon point de vue.

— Il a peut-être envie d'une femme avec un titre, Mrs Demery Lady Lucinda Étienne. Il trouve peut-être que ça sonne bien.

— Ça ne compte plus autant qu'avant, Mandy. Quand on voit comment certaines de ces vieilles familles se tiennent maintenant... Pas mieux que les autres. Quand j'étais jeune, c'était bien différent, on les respectait à l'époque. Comte ou pas comte, le fameux frère de la donzelle, c'est pas quelque chose de rare, si on croit seulement la moitié de ce qu'on lit dans les journaux. Enfin, qui vivra verra. » Aphorisme par lequel Mrs Demery clôturait invariablement les conversations.

Lors de son premier lundi à Innocent House, une journée si ensoleillée qu'elle aurait presque pu se croire revenue en été, elle avait regardé avec quelque envie le premier groupe d'employés monter dans la vedette de 5 h 30 qui devait les transporter à Charing Cross. Sans réfléchir, elle avait demandé à Fred Bowling, le pilote, si elle pouvait monter à bord et il n'avait fait aucune objection. A l'aller il était resté à la barre en silence comme il devait toujours le faire, du moins le soupçonnait-elle. Mais quand, le groupe débarqué, ils repartirent pour descendre vers Innocent House, elle s'était mise à lui poser des questions sur le fleuve et les connaissances du bonhomme l'avaient stupéfiée. Pas un édifice qu'il ne pût identifier, pas une histoire qu'il ne connût, pas de batelier qu'il ne pût identifier et bien peu de bateaux qu'il ne pût nommer.

C'est par lui qu'elle apprit que l'Aiguille de Cléopâtre avait d'abord été érigée vers 1450 avant J.-C. devant le temple d'Isis à Héliopolis, puis remorquée jusqu'en Angleterre pour être placée sur la rive de la Tamise en 1878. Elle avait une jumelle qui se trouvait dans Central Park à New York. Mandy se représentait l'énorme conteneur avec son cœur de pierre battant les eaux turbulentes du golfe de Gascogne comme quelque poisson géant. Il lui signala la taverne du Doggett's Coat and Badge, à côté du pont de Blackfriars et lui parla de la course d'avirons du même nom, disputée depuis 1722 entre l'Old Swann Inn, l'auberge du Vieux Cygne, à côté du pont de Londres et l'Old Swann Inn à Chelsea, la plus ancienne course de ce type au monde. Son neveu y avait participé. Tandis qu'ils passaient sous les grands piliers du pont de Londres, il pouvait lui donner la largeur de chaque arche et lui préciser que le tablier supérieur se trouvait à 4 mètres 40 au-dessus des hautes eaux. En arrivant à Wapping, il lui parla de James Lee, horticulteur de Fulham, qui avait remarqué en 1789 à la fenêtre d'un cottage une belle plante fleurie rapportée du Brésil par un marin. James Lee l'acheta huit livres, planta des boutures et fit fortune l'année suivante en vendant trois cents pieds à une guinée chacun.

« Alors, qu'est-ce que c'était que cette plante à votre avis ?

— Je ne sais pas, Mr Bowling. Je ne connais rien aux plantes.

— Voyons, essayez, Mandy. Dites un nom.

— Ça ne pouvait pas être une rose ?

— Une rose ? Bien sûr que non, ça n'était pas une rose. Des roses en Angleterre, il y en a depuis toujours. Non, c'était un fuchsia. »

Levant les yeux sur le visage tanné et ridé tourné vers l'avant, Mandy vit qu'il souriait doucement. Que les gens sont bizarres ! se dit-elle. Rien de ce qu'il lui avait raconté des splendeurs et des horreurs du fleuve n'était aussi délicieusement remarquable pour lui que cette seule fleur.

En approchant d'Innocent House, la jeune fille vit les silhouettes des deux derniers passagers prêts à embarquer, James de Witt et Emma Wainwright. La nuit était tombée et l'eau devenue aussi lisse et épaisse que de l'huile, flot sombre que fendit une queue de poisson d'écume blanche, tandis que la vedette s'éloignait en pétaradant. En traversant le patio pour prendre sa moto, Mandy ne traîna pas. Elle n'était ni superstitieuse ni particulièrement nerveuse, mais une fois l'obscurité tombée Innocent House devenait plus mystérieuse et un peu sinistre, même avec les deux globes qui répandaient leur chaude lumière sur le marbre. Elle marcha les yeux fixés droit devant elle, en s'empêchant de regarder en bas pour ne pas voir la fameuse tache de sang, ou en haut le balcon d'où cette épouse affolée s'était précipitée vers la mort si longtemps auparavant.

Et les jours s'écoulaient ainsi. Passant d'un bureau à l'autre, serviable, consciencieuse, vite acceptée, rien n'échappait au regard exercé de Mandy : le chagrin de Miss Blackett, la désinvolture méprisante avec laquelle Mr Gérard la traitait, le visage pâle et tendu de Miss Frances, stoïque dans la souffrance, les yeux inquiets de George suivant Mr Gérard chaque fois qu'il passait devant le bureau d'accueil, des fragments de conversations interrompues dès qu'elle apparaissait. Mandy savait que le personnel était inquiet pour l'avenir. Il pesait sur toute la maison une atmosphère de gêne, presque d'angoisse, que la jeune fille sentait et dont elle jouissait même parfois, comme elle le faisait toujours quand elle n'était que la spectatrice privilégiée, l'élément extérieur à l'abri de toute menace personnelle, payée à la semaine, sans obligation envers quiconque et libre de partir quand elle le décidait. Parfois, à la fin de la journée, quand le jour commençait à baisser et le fleuve, dehors, à s'assombrir, quand les pas éveillaient des échos fantomatiques sur le marbre du hall, elle se disait que cela rappelait les heures précédant un violent orage : l'obscurité qui épaissit, la lourdeur et la forte odeur métallique de l'air, la certitude que rien ne rompra cette tension sinon le premier coup de tonnerre et une violente déchirure du ciel.

11

Jeudi 14 octobre. La réunion des associés devait commencer à dix heures dans la salle du conseil à Innocent House et à 9 h 45, selon son habitude, Gérard Étienne avait pris place à la table d'acajou ovale, au milieu du côté qui faisait face à la fenêtre et au fleuve. A dix heures, sa sœur Claudia s'assiérait à sa droite et Frances Peverell à sa gauche. James de Witt serait en face de lui avec Gabriel Dauntsey à sa droite. Rien n'avait changé dans cette disposition depuis le jour où, neuf mois plus tôt, il était officiellement devenu président-directeur général de Peverell Press. Ce jeudi-là, ses quatre collègues s'étaient attardés en dehors de la salle, comme si chacun répugnait à entrer seul. Il avait alors ouvert sans hésitation la porte d'acajou à deux battants, puis, traversant la pièce à grandes enjambées, pris place dans l'ancien fauteuil d'Henry Peverell. Derrière lui, les quatre autres étaient entrés ensemble et s'étaient assis en silence, comme pour se conformer à quelque plan préétabli qui réaffirmait leur rang dans la maison. Il avait pris le siège d'Henry Peverell comme un droit — et c'était un droit. Il se rappelait que Frances était restée pâle et presque silencieuse pendant cette courte réunion, et ensuite James de Witt, le prenant à part lui avait dit : « Est-ce qu'il était indispensable que vous preniez le fauteuil de son père ? Il n'est mort que depuis dix jours tout de même. »

Il éprouva de nouveau l'étonnement mêlé à une légère irritation que la question avait provoqué à l'époque. Quel fauteuil fallait-il donc qu'il prît ? Que voulait James ? Perdre du temps pendant que le quintette ferait assaut de politesse tout en épiloguant sur le point de savoir qui aurait ou n'aurait pas une vue du fleuve, sorte de jeu de chaises musicales sans musique tout autour de la table ? Le fauteuil était celui du directeur général et lui, Gérard Étienne, était directeur général. Quelle importance la date de la mort du vieux Peverell pouvait-elle bien avoir ? De son vivant, Henry avait occupé ce fauteuil, cette place à la table, levant parfois les yeux pour regarder le fleuve dehors, dans un de ses irritants moments de contemplation intérieure, tandis que les autres attendaient patiemment que la réunion reprenne. Mais il était mort. James ne suggérait sûrement pas que ce siège dût rester définitivement vide comme une sorte de mémorial, ni qu'une plaque fût fixée au siège.

Il considérait l'incident comme typique de la sensibilité exacerbée que James cultivait complaisamment, et typique aussi d'un autre trait qu'il trouvait plus déroutant et plus intéressant puisqu'il le concernait personnellement. Il lui semblait parfois que le processus mental des autres était si différent du sien qu'ils évoluaient, eux et lui, dans une dimension différente de la raison. Des faits évidents pour lui exigeaient de ses partenaires des réflexions et des discussions prolongées avant d'être acceptés, non sans réserves; les échanges étaient compliqués par des émotions confuses et des considérations personnelles qui lui semblaient aussi hors de propos qu'irrationnelles. Il se disait que, pour eux, arriver à une décision était comme arriver à l'orgasme avec une femme frigide : elle exigeait un déploiement assommant de préliminaires et une dépense disproportionnée d'énergie. Il se demandait parfois s'il n'allait pas leur soumettre la comparaison, mais concluait en souriant intérieurement qu'il valait mieux garder la plaisanterie pour lui. Frances, entre autres, ne la trouverait pas drôle. Mais cela allait se reproduire ce matin-là. Les choix qui les attendaient étaient durs et incontournables. Ils pouvaient vendre Innocent House et investir le capital dans le développement de l'affaire; ils pouvaient négocier un accord avec une autre maison d'édition, ce qui préserverait au moins le nom de Peverell Press, ou ils pouvaient cesser leurs activités. La deuxième option n'était qu'une voix plus longue et plus fastidieuse menant à la troisième, invariablement commencée dans l'optimisme public pour s'achever dans l'extinction ignominieuse. Il n'avait nulle intention de parcourir ce chemin trop battu. Il fallait vendre la maison. Frances devrait se rendre compte, tous devraient se rendre compte qu'ils ne pouvaient à la fois garder Innocent House et continuer en tant qu'éditeur indépendant.

Il se leva de table pour s'approcher de la fenêtre. Tandis qu'il regardait, un bateau de plaisance surgit soudain si près que, l'espace d'un instant, il aperçut derrière un hublot éclairé la tête d'une femme, aussi fine qu'un camée, bras pâles levés, qui passait ses doigts dans une auréole de cheveux et il put s'imaginer que leurs regards s'étaient rencontrés lors d'un éclair d'intimité surprise. Il se demanda, brièvement et sans vraie curiosité, qui partageait la cabine avec elle — mari, amant, ami ? — et quels étaient leurs projets pour la soirée. Il n'en avait aucun. De tradition, il travaillait tard le jeudi soir. Il ne reverrait pas Lucinda avant le vendredi, où ils avaient prévu un concert suivi d'un dîner à la Bombay Brasserie, la jeune femme ayant exprimé une préférence pour la cuisine indienne. Il pensa au week-end sans passion, mais avec une tranquille satisfaction. Une des vertus de Lucinda, c'est qu'elle était très décidée. Si l'on avait demandé à Frances où elle souhaitait dîner, elle aurait répondu « Où vous voulez mon chéri », ensuite, s'il avait récriminé parce que le repas était décevant, elle aurait dit en s'appuyant contre lui, bras glissé sous le sien, pour dissiper sa mauvaise humeur à force de charme : « C'était très mangeable, pas mauvais du tout, en fait. Et puis, quelle importance, mon chéri ? Nous étions ensemble. » Lucinda n'avait jamais suggéré qu'être avec lui pouvait compenser, ou excuser, un dîner mal préparé et mal servi. Et il se demandait parfois si cela ne correspondait pas exactement à la réalité.

12

Étienne dit : « C'est une réunion privée, Miss Blackett. Nous avons à discuter de questions confidentielles. Je prendrai moi-même les notes. Il y a assez de dactylographie à faire pour vous occuper. »

Le ton était sans réplique, avec une nuance de mépris. Miss Blackett rougit, eut un petit hoquet muet, son bloc lui glissa des doigts et elle se pencha non sans mal pour le ramasser ; puis elle se leva et s'en alla, pathétique dans son essai de dignité.

James de Witt dit alors : « Est-ce que c'était bien charitable ? Blackie a pris les notes aux réunions du conseil depuis plus de vingt ans. Elle y a toujours assisté.

— Perte de temps pour elle et pour nous. »

Frances Peverell revint à la charge : « Ce n'était pas la peine de laisser entendre que nous ne lui faisons pas confiance.

— Je n'ai rien dit de semblable. Mais quand nous en viendrons à discuter des actes de malveillance commis ici, elle est forcément parmi les suspects. Je ne vois pas pourquoi elle ne serait pas traitée comme le reste du personnel. Elle n'a d'alibi pour aucun des incidents et ce ne sont pas les occasions qui lui ont manqué.

— A moi non plus, elles n'ont pas manqué, objecta Gabriel Dauntsey. Ni à moi ni à aucune des cinq personnes ici présentes. Au reste, n'avons-nous pas passé assez de temps à épiloguer sur ce mauvais plaisant? Cela ne nous mène jamais nulle part.

— Peut-être. De toute façon, ça peut attendre. Les nouvelles importantes d'abord. Hector Skolling a porté son offre pour Innocent House à quatre millions et demi. Encore 300 000 livres de plus. C'est la première fois, au cours des négociations, qu'il a utilisé la formule "c'est mon dernier mot", et quand il dit cela c'est qu'il le pense. A mon avis, c'est un million de plus que ce que nous risquions d'être obligés d'accepter. Plus que l'affaire ne vaut en termes purement commerciaux. Mais un bien ne vaut que ce que quelqu'un est prêt à le payer et Hector Skolling aime la maison. Après tout, son empire est dans le quartier des Docks. Il fait une distinction très nette entre les immeubles qu'il destine à la location et le genre de résidence qu'il souhaite habiter. Je me propose de donner un accord verbal aujourd'hui et de mettre les hommes de loi au travail pour que nous puissions signer les documents dans un délai d'un mois. »

James de Witt intervint : « Je croyais que nous en avions discuté à la dernière réunion sans parvenir à une décision. Je crois que si vous consultez le procès-verbal...

— Inutile. Je ne dirige pas cette maison en me fondant sur ce que Miss Blackett choisit de mettre dans le procès-verbal.

— Que, soit dit en passant, vous n'avez pas encore signé.

— Exactement. Je suggère qu'à l'avenir cette réunion mensuelle ait un ordre du jour plus simple. Vous dites toujours qu'il s'agit d'une association d'amis et de collègues et que je suis le seul à exiger des procédures ennuyeuses et des paperasses inutiles. Alors, pourquoi toute cette étiquette — ordre du jour, procès-verbal, résolutions — quand il s'agit de la réunion mensuelle du conseil? »

De Witt riposta : « On a constaté son utilité. Et pour ma

part, je ne crois pas avoir jamais utilisé les termes "d'amis et collègues". »

Frances Peverell, qui était restée assise très droite, très pâle, dit alors : « Vous ne pouvez pas vendre Innocent House. »

Étienne, les yeux fixés sur ses papiers, répondit sans la regarder : « Je peux. Nous pouvons. Nous y sommes obligés si nous voulons que cette affaire survive. On ne peut pas diriger efficacement une maison d'édition dans un palais vénitien sur la Tamise.

— Ma famille l'a fait pendant cent soixante ans.

— J'ai dit efficacement. Votre famille n'avait pas besoin d'être efficace, elle était confortablement nantie de fortunes personnelles. Du temps de votre grand-père, l'édition n'était même pas une occupation pour gentlemen, c'était une distraction pour gentlemen. Aujourd'hui ou un éditeur fait de l'argent et il le fait efficacement, ou il coule. C'est ce que vous voulez ? Moi, je n'ai pas l'intention de couler. Je veux rendre Peverell Press rentable et après cela la développer. »

Gabriel Dauntsey glissa tranquillement : « Pour pouvoir vendre ? Ramasser vos millions et sortir ? »

Étienne ne releva pas.

« Pour commencer, je me débarrasse de Sydney Bartrum. Il est assez compétent comme comptable, mais il nous faut beaucoup plus que ça. Je propose de nommer un directeur commercial chargé de trouver de l'argent pour le développement et de mettre sur pied un système financier digne de ce nom. »

De Witt protesta : « Notre système est parfaitement satisfaisant. Jamais les commissaires aux comptes ne se sont plaints. Sydney est dans la maison depuis dix-neuf ans. C'est un comptable honnête, consciencieux et travailleur.

— Exactement. C'est ce qu'il est et il n'est que ça. Comme je viens de le dire, c'est insuffisant pour nous. Par exemple, j'ai besoin de connaître la marge de profit par rapport au coût brut pour chaque livre que nous publions. D'autres maisons disposent de cette information. Comment pouvons-nous éliminer les auteurs non productifs si nous ne savons pas qui ils sont ? Nous avons besoin de quelqu'un qui fera de l'argent pour nous et ne se contentera pas de nous dire chaque année comment nous l'avons dépensé. Ça je le sais. Si nous avons simplement besoin d'un comptable compétent, je peux faire ce travail-là moi-même. Je m'attendais bien à ce que vous le souteniez, James. Il est pathétique, peu séduisant et pas particulièrement efficace. Bien entendu, cela vous émeut aussitôt. Il faut que vous vous pâmiez devant le plus humble des humbles dès que vous l'apercevez. Vous devriez soigner votre syndrome du cœur saignant. »

James rougit, mais répondit assez calmement : « Je ne l'aime pas particulièrement. Je grince des dents chaque fois qu'il m'appelle Monsieur de Witt. Je lui ai suggéré de dire de Witt ou James, mais il m'a regardé comme si je lui faisais une proposition inconvenante. Seulement, c'est un comptable parfaitement compétent et il est chez nous depuis dix-neuf ans. Il connaît la maison, il nous connaît et il connaît la façon dont nous travaillons.

— Dont nous travaillions, James. Dont nous travaillions. »

Frances ajouta : « Et puis il est marié depuis un an seulement. Ils ont un bébé.

— Quel rapport est-ce que ça peut bien avoir avec ses capacités pour le travail qu'il y aura à faire ? »

De Witt demanda : « Vous avez quelqu'un en vue ?

— J'ai chargé Patterson Macintosh, les chasseurs de têtes, de proposer quelques noms.

— Cela ne vous coûtera pas rien. Les chasseurs de têtes ne sont pas bon marché. Il est tout de même bizarre qu'aujourd'hui nous ne puissions pas recruter de personnel sans chasseurs de têtes, ni améliorer l'efficacité sans spécialistes du cash-flow, des flux tendus, et qu'il nous faille faire intervenir des consultants en management pour nous dire comment manager. La moitié du temps, ces soi-disant experts ne sont que des hommes de paille pour sabrer dans les effectifs quand la direction n'a pas le courage de le faire elle-même. En avez-vous jamais connu qui ne recommandent pas de saquer les gens ? Ils sont payés pour dire ça et ils se sont confortablement rempli les poches avec leur petit fonds de commerce ».

Frances dit : « Nous aurions dû être consultés pour tout ça.

— Vous l'êtes.

— Dans ce cas, nous pouvons arrêter tout de suite la discussion. Cela n'arrivera pas. Innocent House ne sera pas vendue.

— Elle le sera si un seul d'entre nous est d'accord pour vendre. C'est suffisant. Vous avez oublié le nombre de parts que je détiens. Et l'immeuble n'est pas à vous, Frances, votre famille l'a vendu à la société en 1940. Trop bon marché, c'est vrai, mais on ne comptait sans doute guère sur ses chances d'échapper aux bombardements de l'East End. Il était insuffisamment assuré et de toute manière il ne pouvait pas être reconstruit. Mettez-vous bien ça dans la tête, Frances. Ce n'est plus la demeure des Peverell. Pourquoi vous faites-vous tant de souci? Vous n'avez pas d'enfant. Il n'y a plus de Peverell pour hériter. »

Frances rougit et se leva à demi, mais de Witt lui dit doucement : « Non, Frances, non, ne partez pas. Il nous faut tous discuter de cela.

— Il n'y a rien à discuter. »

Le silence tomba, rompu par la voix tranquille de Dauntsey : « Est-ce que ma poésie doit gagner ses huit et demi pour cent nets, ou quelque chose de cet ordre?

— Nous continuerons à imprimer vos ouvrages, Gabriel, naturellement. Il y aura quelques livres que nous serons obligés de garder au catalogue.

— J'espère que je n'imposerai pas un fardeau trop lourd.

— Et puis la vente de la maison va forcément vous déloger du 12. Skolling veut toute la propriété, les deux maisons comme le bâtiment principal. Je suis désolé.

— Après tout, j'ai vécu là pendant plus de dix ans moyennant un loyer ridiculement bas.

— Ma foi, c'est l'arrangement qu'Henry Peverell avait conclu avec vous et bien entendu vous aviez le droit de prendre ce qu'il vous donnait. » Il s'interrompit, puis ajouta : « Et de continuer à le prendre. Mais vous voyez bien que les choses ne peuvent pas continuer ainsi.

— Oh, oui, je le vois bien. Les choses ne peuvent pas continuer ainsi. »

Étienne poursuivit, comme s'il n'avait pas entendu :

« Et puis il est temps que nous nous débarrassions de George. Nous aurions dû le mettre à la retraite depuis des années. Le standardiste est le premier contact que les gens ont avec la maison. Il nous faut une fille jeune, dynamique, attrayante, pas un vieux bonhomme de soixante-huit ans. Il a soixante-huit ans, n'est-ce pas ? Et ne me dites pas qu'il est ici depuis vingt-deux ans. Je le sais et c'est précisément la difficulté.

— Il n'est pas seulement le standardiste, protesta Frances. Il ouvre la maison le matin, il s'occupe du système d'alarme et puis il est formidable pour toutes les petites réparations.

— Et ça se trouve bien. Il y a tout le temps quelque chose qui se détraque dans cette maison. Il est temps que nous allions nous installer dans un immeuble moderne, fonctionnel et bien géré. Et puis nous n'avons même pas commencé à adopter les technologies modernes. Vous avez cru innover dangereusement quand vous avez remplacé quelques machines à écrire par des traitements de texte. Autre bonne nouvelle, il y a une chance que je puisse amener Sebastian Beacher à quitter son éditeur actuel. Il n'en est pas content du tout. »

Frances s'écria : « Mais il est effroyablement mauvais comme auteur, et comme homme il ne vaut pas beaucoup mieux.

— L'éditeur est là pour donner ce qu'il veut au public et non pas pour porter des jugements moraux.

— Vous pourriez raisonner de la sorte si vous étiez fabricant de cigarettes.

— Je le ferais certainement. De cigarettes ou de whisky d'ailleurs. »

De Witt intervint : « La comparaison est boiteuse. On peut prétendre que le vin fait du bien quand il est bu en petite quantité, mais un mauvais roman ne peut pas être autre chose qu'un mauvais roman.

— Mauvais pour qui ? Et qu'est-ce que vous appelez un mauvais roman ? Beacher sait raconter une histoire forte, fertile en rebondissements, qui maintient le lecteur en haleine. Il apporte aux gens ce mélange de sexe et de violence qu'apparemment ils réclament. De quel droit pouvons-nous leur dire ce qui est bon pour eux ? D'ailleurs, est-ce que vous n'avez pas toujours soutenu que l'important était d'amener les gens à lire ? Qu'ils commencent par des petits romans à l'eau de rose et ils passeront peut-être à Jane Austen ou George Eliot. Je ne vois pas du tout pourquoi ils le feraient.

Mais enfin, c'est votre raisonnement, pas le mien. D'ailleurs, qu'est-ce qui leur manque aux petits romans à l'eau de rose, si c'est ça dont le public a envie? C'est une attitude bien condescendante de considérer que l'unique excuse du roman populaire est de mener à une littérature plus noble. Enfin, celle que vous et Gabriel jugez plus noble. »

Dauntsey demanda : « Voulez-vous dire qu'il ne faut pas porter de jugement de valeur? Nous le faisons tous les jours de notre vie.

— Je veux dire qu'il ne faut pas le faire à la place des autres. Je veux dire que je ne dois pas le faire en tant qu'éditeur. D'ailleurs, il existe un argument imparable : si je n'ai pas le droit de faire des profits sur des livres grand public, bons ou mauvais, je n'aurai pas les moyens de publier des livres plus difficiles pour ce qui est d'après vous la minorité éclairée. »

Frances Peverell se tourna vers lui, les joues en feu, contrôlant à peine sa voix : « Pourquoi dites-vous sans arrêt "je". C'est toujours "je ferai ceci, je publierai cela". Vous êtes peut-être le président, mais vous n'êtes pas la firme. C'est nous qui le sommes. Collectivement. Nous cinq. Et pour le moment, nous ne sommes pas réunis en comité de lecture. Il aura lieu la semaine prochaine. Nous sommes censés parler de l'avenir d'Innocent House.

— C'est bien ce que nous faisons. Je propose que nous acceptions l'offre et que nous entamions les négociations.

— Et où proposez-vous que nous nous installions?

— Dans le quartier des Docks. Peut-être en aval. Est-ce qu'il vaudra mieux acheter ou louer? Les deux sont possibles. Nous en discuterons. Les prix n'ont jamais été aussi bas. Il y a des affaires à faire comme jamais dans ce quartier. Et maintenant que la ligne du Dockland Light Railway fonctionne et que le métro doit être prolongé, l'accès est plus facile, nous n'aurons plus besoin de la vedette.

— Et ça nous permettra de virer Fred après tant d'années.

— Ma chère Frances, Fred est un pilote qualifié; il n'aura aucune difficulté à retrouver du travail. »

Claudia intervint : « Tout cela est trop précipité, Gérard. Je suis d'avis qu'il faudra sans doute vendre la maison, mais nous ne sommes pas obligés de prendre la décision ce matin. Mets certaines choses sur le papier, les chiffres par exemple, et nous pourrons les étudier en prenant le temps de la réflexion.

— Et manquer l'affaire ?

— Est-ce que c'est bien vraisemblable ? N'exagère pas. Si Hector Skolling veut la maison, il ne va pas y renoncer parce qu'il lui faut attendre la réponse une semaine. Accepte son offre si ça peut te contenter. Nous pourrons toujours retirer la propriété du marché si nous nous ravisons. »

James de Witt dit alors : « Je voulais que nous parlions du dernier roman d'Esmé Carling. A la dernière réunion, vous avez parlé de le refuser.

— *Mort sur l'île du Paradis* ? Je l'ai refusé. Je croyais que c'était convenu. »

Doucement, lentement, comme s'il s'adressait à un enfant récalcitrant, de Witt lui dit : « Non, rien n'avait été décidé. Nous en avions parlé brièvement et la conclusion avait été différée.

— Comme tant de nos décisions. A tous les quatre, vous me rappelez cette définition d'une réunion : une collection de gens qui préfèrent substituer le plaisir de la parole à la responsabilité de l'action ou à l'ardeur de la décision, quelque chose comme ça. J'ai parlé à l'agent d'Esmé hier et je l'ai prévenue. J'ai confirmé par écrit avec double pour Carling. Personne ici, je pense, ne soutiendrait sérieusement que Esmé Carling est un bon écrivain, ni même un écrivain rentable. Personnellement, je préfère qu'un auteur soit l'un ou l'autre, les deux c'est encore mieux.

— Nous avons publié pire », dit de Witt.

Étienne se tourna vers lui dans une explosion de dérision : « Dieu sait pourquoi vous la soutenez, James ! C'est vous qui tenez tant à publier des romans littéraires candidats au prix Booker, de petites œuvres quintessenciées pour impressionner la mafia des lettres. Il y a cinq minutes vous me critiquiez parce que j'essayais d'avoir Sebastian Beacher. Vous n'allez pas me dire que *Mort sur l'île du Paradis* va rehausser la réputation de Peverell Press, non ? Je veux dire, je pense que vous ne voyez pas ça comme le Whitbread Book of the Year. Au reste, soit dit en passant, j'aurais beaucoup plus de sympathie pour vos prétendus livres Booker s'ils figuraient parfois sur la liste des sélections.

— Je suis bien d'avis qu'il est probablement temps que

nous nous en séparions. Ce sont les moyens et non pas la fin que je critique. A la dernière réunion, j'ai proposé, si vous vous en souvenez, que nous sortions son dernier livre et puis que nous lui disions avec le maximum de tact que nous cessons la publication des policiers populaires.

— Peu convaincant, objecta Claudia. Elle est le seul auteur qui figure dans ce département-là. »

James enchaîna, s'adressant directement à Gérard : « Le manuscrit aura besoin d'être soigneusement revu, mais ça, elle l'acceptera si c'est fait avec doigté. Il faudra renforcer l'intrigue et la partie centrale est faible. Mais la description de l'île est bonne. Elle excelle toujours à faire planer une sensation de menace latente et ses personnages sont plus travaillés que la dernière fois. Nous la publions depuis trente ans. C'est une longue association. J'aimerais qu'elle se termine dans la bienveillance et la générosité, c'est tout. »

Gérard Étienne trancha : « Elle est terminée. Et nous sommes une maison d'édition, pas une œuvre de bienfaisance. Désolé, James, il faut qu'elle parte. »

De Witt reprit : « Vous auriez pu attendre le prochain comité de lecture.

— Je l'aurais probablement fait si son agent ne m'avait pas appelé. Carling la harcelait pour savoir quelle date nous avions fixée pour la publication et ce qui était prévu comme réception à cette occasion-là. Une réception ! Une veillée funèbre, plutôt. Il était inutile de tergiverser. Je lui ai dit que le livre n'était pas bon et que nous n'avions pas l'intention de l'éditer. Ce que j'ai confirmé par écrit hier.

— Elle le prendra très mal.

— Bien sûr qu'elle le prendra très mal. Les auteurs prennent toujours très mal ce genre de refus. Pour eux, c'est comme un infanticide.

— Et ses anciens titres ?

— Alors là, nous pourrons peut-être faire un peu d'argent. »

Soudain, Frances Peverell intervint : « James a raison, nous étions convenus d'en discuter à nouveau. Rien, absolument rien ne vous autorisait à parler à Esmé Carling ou à Velma Pitt-Cowley. Nous aurions parfaitement pu publier son dernier livre et lui dire gentiment que ce serait le dernier. Gabriel, vous êtes de mon avis, n'est-ce pas ? Vous pensez que nous aurions dû prendre *Mort sur l'île du Paradis* ? »

Les quatre associés regardèrent Dauntsey et attendirent, comme s'il devait juger en dernier ressort. Le vieil homme, qui semblait étudier un papier avec grand soin, releva la tête et sourit à Frances.

« Je ne crois pas que ça aurait amorti le choc. On ne peut pas rejeter un auteur. C'est son livre qu'on rejette. Si nous publions son dernier, elle nous en apportera un autre et nous nous trouverons en face de la même difficulté. Gérard a agi prématurément et sans beaucoup de tact, j'imagine, mais je pense que sa décision était la bonne. Ou bien un roman est digne d'être publié, ou bien il ne l'est pas.

— Je suis heureux que nous ayons au moins réglé quelque chose. » Étienne se mit à brasser ses papiers.

De Witt dit : « J'espère que vous vous rendez bien compte que nous n'avons réglé que cela. Plus de négociations sur la vente d'Innocent House tant que nous n'avons pas eu une autre réunion et que vous ne nous avez pas fourni les chiffres, ainsi qu'un montage financier complet.

— Vous en avez un. Je vous l'ai donné le mois dernier.

— Personne n'y a rien compris. Nous nous retrouverons aujourd'hui en huit. Si vous pouviez faire distribuer les documents la veille, cela nous aiderait. Et puis nous avons besoin de solutions de rechange. Un projet pour le cas où la maison serait vendue et un autre pour le cas où elle ne le serait pas. »

Étienne riposta : « Le second est tout prêt : si nous ne traitons pas avec Skolling, nous faisons faillite. Et Skolling n'est pas patient. »

Claudia proposa : « Fais-le tenir tranquille avec une promesse. Dis-lui que si nous décidons de vendre, il sera le premier prévenu ».

L'autre sourit : « Oh, non, je ne crois pas que je pourrais lui faire ce genre de promesse. Dès qu'on saura qu'il est sur les rangs, nous pourrions obtenir 50 000 livres de plus. Je ne pense pas que ce soit très vraisemblable, mais on ne sait jamais. On dit que le Greyfriars Museum cherche quelque chose pour exposer sa collection de tableaux de marine. »

Frances Peverell dit alors : « Nous ne vendrons Innocent House ni à Hector Skolling ni a d'autres. A moins de marcher sur mon cadavre — ou sur le vôtre. »

13

Dans le bureau des secrétaires, Mandy leva la tête au moment où Miss Blackett entra, trop rouge, raide comme un piquet, alla s'installer devant sa machine et se mit à taper. Au bout d'une minute, la curiosité fut plus forte que la discrétion et Mandy demanda : « Qu'est-ce qui se passe? Je croyais que vous preniez toujours les notes au conseil d'administration? »

D'une voix étrange, à la fois dure et teintée d'un soupçon de satisfaction triomphante, elle répondit : « Apparemment, ça n'est plus vrai. »

Virée, la pauvre abrutie, se dit la jeune fille, qui demanda : « Qu'est-ce qu'il y a donc de si secret? Qu'est-ce qu'ils font là-haut?

— Ce qu'ils font? » Les doigts de Blackie interrompirent leur danse incessante sur les touches. « Ils ruinent cette maison, voilà ce qu'ils font. Ils démolissent tout ce que Mr Peverell avait édifié pendant plus de trente ans, par son travail, ses soins, son énergie. Ils projettent de vendre Innocent House. Mr Peverell l'aimait tant! Elle était dans sa famille depuis plus de cent soixante ans. Innocent House, c'est Peverell Press. Si l'une disparaît, l'autre suivra. Mr Gérard avait idée de s'en débarrasser depuis que Mr Étienne était à la retraite et maintenant qu'il a pris les rênes il n'y a plus personne pour l'arrêter. D'ailleurs, ils s'en moquent bien. Pas Miss Frances, mais elle est amoureuse de lui, et puis personne ne fait attention à ce qu'elle dit. Miss Claudia est sa sœur et Mr de Witt n'a pas assez de cran pour l'arrêter. Personne n'en est capable. Mr Dauntsey, peut-être, mais il est trop vieux maintenant, il laisse aller. Personne ne peut tenir tête à Mr Gérard. Seulement il sait ce que je pense, c'est pourquoi il n'a pas voulu de moi là-haut. Il sait que je l'empêcherais si je pouvais. »

Mandy vit qu'elle était au bord des larmes, mais c'étaient des larmes de colère. Embarrassée, désireuse de la réconforter, et pourtant gênée à l'idée que Blackie regretterait cette confidence involontaire par la suite, elle dit : « Il est capable d'être odieux. J'ai vu la manière dont il vous traite parfois. Pourquoi est-ce que vous ne partez pas? Vous pourriez essayer un peu d'intérim. Demandez votre compte et dites-lui où il peut se le mettre, son boulot. »

Luttant pour retrouver son sang-froid, Blackie essaya de ressaisir sa dignité : « Ne soyez pas ridicule, Mandy, je n'ai aucune intention de partir. Je ne suis pas une intérimaire, je ne l'ai jamais été et je ne le serai jamais.

— Il y a pourtant bien pire. Voulez-vous un peu de café alors ? Je pourrais le faire maintenant — pas besoin d'attendre — avec deux biscuits au chocolat.

— Bon, entendu, mais ne perdez pas votre temps à bavarder avec Mrs Demery. J'ai de la copie à vous donner quand vous aurez fini les lettres. Et puis, Mandy, ce que je vous ai dit, c'est confidentiel. J'ai parlé plus librement que je n'aurais dû le faire et je ne veux pas que cela sorte de ce bureau. »

Compte là-dessus, se dit Mandy. Miss Blackett ne se rendait donc pas compte qu'on en parlait dans toute la maison ? Elle dit : « Je sais me taire. Après tout, ça ne me dérange pas. Quand vous déménagerez, moi je serai partie. »

Elle avait à peine eu le temps de se lever que le téléphone sonna et elle entendit la voix angoissée de George, mais il parlait si bas qu'elle comprit à peine :

« Mandy, savez-vous où est Miss FitzGerald ? Je ne peux pas déranger Blackie qui est en réunion et j'ai Mrs Carling ici. Elle veut absolument voir Mr Gérard et je ne crois pas que je vais pouvoir la retenir longtemps.

— Pas de panique, Miss Blackett est ici. » Mandy lui tendit l'appareil : « C'est George. Mrs Carling est à la réception et elle hurle qu'elle veut voir Mr Gérard.

— Oui, eh bien, c'est impossible. »

Blackie prit l'appareil, mais avant qu'elle ait pu dire un mot, la porte s'ouvrit violemment et Mrs Carling fit irruption, repoussa Mandy et fonça droit dans le bureau du fond. Elle en ressortit tout aussi vite et passa à l'attaque frontale.

« Eh bien, où est-il ? Où est Gérard Étienne ? »

Blackie, essayant de rester digne, ouvrit son agenda : « Je crois que vous n'avez pas de rendez-vous, Mrs Carling.

— Certainement non, je n'ai pas de vos satanés rendez-vous. Après trente ans avec la boîte, je n'ai pas besoin de rendez-vous pour voir mon éditeur. Je ne suis pas un camelot qui essaie de vendre de la pub. Où est-il ?

— Il est en réunion, Mrs Carling. Conseil d'administration.

— Je croyais que c'était le premier jeudi du mois.

— Mr Gérard l'a déplacé. C'est aujourd'hui.

— Eh bien, il faudra qu'ils l'interrompent. Ils sont dans la salle du conseil, je suppose. »

Elle se dirigea vers la porte, mais Blackie fut la plus rapide. Elle la devança et se posta le dos à la porte.

« Vous ne pouvez pas monter, Mrs Carling. Les réunions du conseil ne sont jamais interrompues, même les appels téléphoniques urgents doivent attendre. J'ai des instructions.

— Dans ce cas, j'attendrai qu'ils aient fini. »

Blackie, toujours debout, constata que le siège devant sa machine était solidement occupé, mais garda son calme.

« Je ne sais pas à quelle heure ce sera. Ils peuvent se faire monter des sandwiches. Et puis, vous n'avez pas une séance de signatures, à Cambridge, vers midi ? Je préviendrai Mr Gérard que vous êtes venue et il prendra certainement contact avec vous quand il aura un moment de libre. »

L'incident récent et la nécessité de rétablir sa position devant Mandy lui avaient fait prendre un ton plus autoritaire qu'il n'eût été adroit, mais même ainsi, la férocité de la réaction les surprit. Mrs Carling se leva avec une telle précipitation qu'elle projeta la chaise au loin et s'approcha au point que son visage touchait presque celui de Blackie. Elle mesurait bien huit centimètres de moins qu'elle, mais aux yeux de Mandy cette différence la rendait plus terrifiante encore. Les muscles de son cou tendu ressortaient comme des cordes, les yeux levés jetaient des flammes et sous le nez un peu crochu la petite bouche méchante crachait son venin telle une estafilade rouge.

« Quand il aura un moment de libre ! Qu'est-ce que tu te crois, dinde arrogante ? Tu sais à qui tu parles ? C'est mon talent qui paie tes gages depuis vingt et des années, tâche de ne pas l'oublier. Il serait peut-être temps que tu t'en rendes compte, tu n'es rien ici, rien. Simplement parce que tu travailles pour Mr Peverell et qu'il te ménageait et qu'il te supportait et qu'il te faisait croire qu'il avait besoin de toi, tu t'imagines que tu peux le prendre de haut avec des gens qui faisaient partie de Peverell Press alors que tu n'étais qu'une petite écolière morveuse ! Le vieil Henry te gâtait, bien sûr, mais je peux te dire ce qu'il pensait de toi. Et pourquoi? Parce qu'il me l'a dit, tout bêtement. Il en avait plein le dos de ton dévouement de terre-neuve, il t'aurait voulue au diable, mais il était trop pleutre pour te saquer. Il a toujours été une chiffe, le pauvre type. S'il avait eu quelque chose dans le ventre, Gérard Étienne ne serait pas aux commandes maintenant. Tu lui diras que je veux le voir et à ma convenance, pas à la sienne, il aura intérêt. »

Les lèvres de Blackie quand elle parla étaient si blanches et crispées qu'il sembla à Mandy qu'elles pouvaient à peine remuer : « Ce n'est pas vrai. Vous mentez. Ce n'est pas vrai. »

Et alors Mandy eut peur. Elle avait l'habitude des scènes dans les services. Au cours de ses trois années d'intérim, elle avait assisté à quelques tempêtes assez impressionnantes et, comme un robuste petit bateau, dansé gaiement au milieu des épaves jonchant la mer démontée. Pas de meilleur antidote à l'ennui. Mais là, c'était autre chose. Là, elle sentait une souffrance profonde, vraie, une méchanceté mûrie, le débordement d'une haine qui était terrifiante. Là, il y avait du chagrin que ne pouvaient adoucir ni un café corsé ni quelques biscuits de la boîte que Mrs Demery gardait pour les directeurs. Elle se demanda une seconde si Miss Blackett n'allait pas rejeter la tête en arrière et hurler d'angoisse. Elle aurait voulu lui tendre la main pour la réconforter, mais, instinctivement, elle savait qu'elle ne pouvait rien lui apporter et que par la suite on lui tiendrait rigueur de cette tentative.

La porte claqua. Mrs Carling était sortie en coup de vent.

Blackie répéta : « C'est un mensonge. Pas un mot de vrai. Elle ne sait rien du tout.

— Bien sûr que non, dit bravement Mandy. Bien sûr elle ment. Ça sautait aux yeux. C'est une rosse, folle de jalousie. A votre place, je ne ferais pas attention à ce qu'elle dit.

— Je vais aux toilettes. »

Il était évident que Blackie allait être malade. Une fois encore Mandy se demanda si elle pouvait l'accompagner, mais décida de n'en rien faire. Blackie sortit, raide comme une automate en heurtant presque Mrs Demery qui arrivait avec deux paquets.

Elle dit : « Ils viennent d'arriver, au deuxième courrier, alors j'ai pensé que j'allais les apporter. Qu'est-ce qu'elle a?

— Elle est toute retournée. Les directeurs n'ont pas voulu d'elle à la réunion, et puis Mrs Carling est arrivée furieuse. Elle voulait à toute force voir Mr Gérard et Blackie l'en a empêchée. »

Mrs Demery croisa les bras et s'appuya contre le bureau de Blackie : « Je pense qu'elle a reçu ce matin la lettre qui lui dit qu'ils ne veulent pas de son dernier roman.

— Comment pouvez-vous le savoir, Mrs Demery?

— Oh, il n'y a pas grand-chose qui m'échappe ici. Ça va faire du vilain, vous pouvez m'en croire.

— S'il n'est pas assez bon, pourquoi est-ce qu'elle ne l'arrange pas, ou qu'elle n'en écrit pas un autre?

— Parce qu'elle croit qu'elle peut pas. C'est ce qui arrive aux auteurs quand ils sont refusés. C'est ça qui leur fait peur, tout le temps — perdre leur talent, le blocage. C'est ce qui fait qu'ils sont si difficiles à vivre. Compliqués, voilà ce qu'ils sont. Il faut qu'on leur répète qu'ils sont merveilleux, ou alors ils s'effondrent. J'ai déjà vu arriver ça plus d'une fois. Le vieux Mr Peverell savait les prendre, lui, ça oui. Il avait du doigté avec les auteurs, Mr Peverell. Avec Mr Gérard c'est difficile. Il est différent. Il ne voit pas pourquoi ils ne continuent pas à travailler sans pleurnicher. »

Point de vue que Mandy approuvait chaleureusement. Elle pouvait bien dire à Blackie que Mr Gérard était un odieux sagouin — et d'ailleurs en être persuadée — mais elle avait peine à le détester. Il lui semblait que si elle en avait l'occasion, elle en viendrait à bout. Cependant, la suite des confidences fut interrompue par le retour de Blackie, beaucoup plus tôt que Mandy s'y attendait. Mrs Demery s'esquiva et l'autre, sans un mot, se rassit devant son clavier.

Pendant l'heure qui suivit, elles travaillèrent dans un silence oppressant, uniquement rompu par les ordres que lançait Blackie. Mandy fut envoyée tirer trois photocopies d'un manuscrit récemment arrivé qui, d'après les trois premiers paragraphes, lui semblait avoir peu de chance de paraître sous la forme imprimée, puis dut taper une liasse de documents extrêmement ennuyeux, enfin trier et éliminer tous les papiers vieux de plus de deux ans entreposés dans un tiroir étiqueté « attendre un peu ». Ce réceptacle commode était utilisé par tout le bureau pour y déposer les papiers auxquels personne ne pouvait trouver une place appropriée, tout en répugnant à les jeter. Peu avaient moins de douze ans et trier le contenu de ce tiroir était une corvée fort impopulaire. Mandy eut l'impression d'être injustement punie pour les confidences inconsidérées de Blackie.

La réunion du conseil se termina plus tôt que d'habitude et il n'était qu'onze heures et demie quand Gérard Étienne, suivi par sa sœur et Gabriel Dauntsey, traversa rapidement la pièce pour entrer dans son bureau. Claudia Étienne s'était arrêtée pour dire un mot à Blackie quand la porte se rouvrit brutalement et il reparut. Mandy vit qu'il se contenait avec difficulté. Il dit à Blackie : « Est-ce que vous avez pris mon agenda personnel?

— Bien sûr que non, Mr Gérard. Il n'est pas dans le tiroir de droite de votre bureau?

— S'il y était, je ne vous le demanderais pas.

— Je l'ai mis à jour lundi après-midi et replacé dans le tiroir. Je ne l'ai pas vu depuis.

— Il y était hier matin. Si vous ne l'avez pas pris, vous feriez bien de découvrir qui l'a fait. Vous admettrez, je présume, que tenir mes agendas fait partie de vos responsabilités. Si vous ne pouvez pas retrouver le carnet, je serais heureux qu'on restitue le porte-mine. Il est en or et j'y tiens assez. »

Blackie était écarlate. Claudia regardait la scène, les sourcils haussés d'un air sardonique. Sentant la poudre, Mandy scrutait les lignes de son bloc-sténo comme si elles étaient soudain devenues incompréhensibles.

La voix de Blackie tremblait, au seuil de la crise de nerfs : « Est-ce que vous m'accusez de vol, Mr Gérard? Je travaille dans ce bureau depuis vingt-sept ans, mais... » Sa voix se brisa.

Il riposta impatiemment : « Ne soyez pas idiote. Personne ne vous accuse de quoi que ce soit. » Ses yeux tombèrent sur le serpent enroulé autour de la poignée du fichier. « Et puis, pour l'amour du ciel, débarrassez-moi de ce satané serpent. Flanquez-le dans la Tamise. Ce bureau n'est pas un jardin d'enfants. »

Il rentra chez lui et sa sœur le suivit. Sans un mot, Blackie prit le serpent et l'enferma dans un tiroir de son bureau.

Elle dit à Mandy : « Qu'est-ce que vous regardez donc? Si vous n'avez plus de travail, je peux vous trouver quelque chose. En attendant, vous pourriez me faire un peu de café! »

Armée de ce nouveau cancan pour la plus grande délectation de Mrs Demery, Mandy ne demandait qu'à s'exécuter.

14

Declan devait arriver pour la promenade en bateau à six heures et demie et il était six heures et quart quand Claudia entra dans le bureau de son frère. Ils étaient les derniers dans l'immeuble. Gérard travaillait tard le jeudi, alors que le personnel dans sa grande majorité partait tôt pour profiter des nocturnes et faire ses courses. Il était assis à son bureau dans la flaque de lumière répandue par la lampe, mais il se leva quand elle entra. Il était toujours impeccablement correct avec elle, au point qu'elle se demandait souvent si ce n'était pas un moyen de décourager l'intimité.

Elle s'assit en face de lui et déclara sans préambule : « Écoute, je te soutiendrai pour la vente d'Innocent House. Comme pour tous tes projets d'ailleurs. Et avec mes voix tu pourras facilement l'emporter sur les autres. Mais j'ai besoin d'argent — 350 000 livres. Je veux que tu me rachètes la moitié de mes parts, toutes si tu veux.

— Je n'en ai pas les moyens.

— Tu les auras quand Innocent House sera vendue. Une fois les contrats signés, tu peux emprunter un million. Avec mes parts tu aurais la majorité absolue, donc le pouvoir absolu. Ça vaut quelque chose. Je resterai dans la boîte, mais avec moins de parts ou point du tout. »

Il répondit calmement : « L'idée mérite réflexion, certainement, mais pas maintenant. Et puis, je ne peux pas utiliser l'argent de la vente. Il appartient à la société. D'ailleurs, j'en aurai besoin pour la réinstallation, comme pour les autres projets. Mais tu pourrais les emprunter aussi. Si je peux le faire, pourquoi pas toi ?

— Pas si facilement. Pas sans beaucoup de peines et de délais. Or, j'ai un besoin urgent de cette somme. Il me la faut avant la fin du mois.

— Pourquoi ? Qu'est-ce que tu veux faire ?

— Investir dans le commerce d'antiquité avec Declan Cartwright. Il a la possibilité d'acheter l'affaire du vieux Simon : 350 000 livres pour la propriété d'un immeuble de quatre étages et le stock. C'est très avantageux. Le vieux bonhomme l'aime beaucoup et préférerait lui passer son affaire, mais il ne peut pas attendre pour vendre. Il est vieux, malade et pressé.

— Cartwright est joli garçon, mais 350 000 livres, il ne se vend pas un peu cher?

— Je ne suis pas idiote. Je ne me dessaisis pas de l'argent. Il sera toujours à moi, mais investi dans un joint-venture. Declan n'est pas idiot non plus; il sait ce qu'il fait.

— Tu envisages de l'épouser, hein?

— Peut-être. Ça t'étonne?

— Un peu. » Il ajouta : « Je crois que tu tiens plus à lui que lui à toi. C'est toujours dangereux.

— Oh, la balance est plus égale que tu ne crois. Il éprouve pour moi tout ce qu'il est capable d'éprouver et j'éprouve pour lui tout ce que je peux éprouver. Nos capacités dans ce domaine sont inégales, c'est tout. Chacun donne à l'autre ce qu'il a à donner.

— Donc, tu te proposes de l'acheter.

— Est-ce que ce n'est pas comme ça que nous avons toujours eu l'un et l'autre ce que nous voulions, en l'achetant? Et puis, à propos, toi et Lucinda... es-tu sûr de prendre une bonne décision? Pour toi, je veux dire. Pour elle, je ne suis pas inquiète. Je ne me laisse pas impressionner par cet air de vertueuse fragilité. Elle peut se défendre. D'ailleurs, sa classe le fait toujours.

— J'ai l'intention de l'épouser.

— Tu n'as pas besoin de prendre cet air belliqueux. Personne n'essaie de t'en empêcher. A propos, est-ce que tu as l'intention de lui dire la vérité sur toi — sur nous? Plus important, vas-tu en parler à sa famille?

— Je répondrai aux questions raisonnables. Pour le moment, personne ne m'en a posé, raisonnables ou pas. Grâce à Dieu, nous ne sommes plus à l'époque où le père devait donner son consentement et les fiancés fournir quelques preuves d'intégrité morale et de probité financière. D'ailleurs, il n'y a que son frère. Il semble supposer que j'ai une maison pour la loger et assez d'argent pour l'entretenir dans un confort raisonnable.

— Mais en fait tu n'as pas de maison, n'est-ce pas? Je ne la vois pas du tout habiter l'appartement de Barbican. Beaucoup trop petit.

— Je crois que le Hampshire lui plairait assez. De toute manière, nous pourrons en discuter quand la date du mariage se rapprochera. Je garderai mon appartement actuel. Il est très commode pour le bureau.

— Eh bien, j'espère que ça marchera. Mais franchement, je pense que sur les deux, c'est moi et Declan qui avons les meilleures chances de réussir. Nous ne confondons pas le sexe avec l'amour. Et puis tu constateras peut-être qu'il n'est pas si facile de te dégager de ce mariage. Elle se découvrira probablement des scrupules religieux au sujet du divorce. De toute façon, le divorce est vulgaire, malodorant et coûteux. Évidemment, elle ne pourrait plus s'y opposer après deux ans de séparation, mais ce serait deux années très inconfortables. Tu n'aimerais guère échouer aussi publiquement.

— Je ne suis même pas encore marié. C'est un peu tôt pour commencer à décider de la façon dont je gérerai l'échec. Il n'y aura pas d'échec.

— Franchement, Gérard, je ne vois pas ce que tu comptes en tirer, si ce n'est une très jolie femme qui a dix-huit ans de moins que toi.

— La plupart des gens trouveraient que c'est suffisant.

— Seulement les naïfs. C'est une recette pour le désastre. Tu ne fais pas partie d'une famille royale, tu n'es pas obligé d'épouser une vierge qui ne te convient pas du tout dans le seul but de perpétuer une dynastie. Ou alors, est-ce que c'est ça le fond de la question, tu veux fonder une famille? Oui, je crois que c'est ça. Tu es devenu conventionnel avec l'âge. Tu veux une vie rangée, des enfants.

— Est-ce que ça n'est pas la meilleure raison pour se marier? Certains diraient la seule.

— Tu en as assez de courir le guilledou, alors maintenant tu cherches une jeune vierge, belle et de préférence bien née. Franchement, je crois que tu aurais été mieux loti avec Frances.

— Ça n'a jamais été du domaine des possibilités.

— Pour elle, si. Je vois bien ce qui s'est passé. Voilà une vierge de près de trente ans qui a tout l'air de rechercher une expérience sexuelle, et qui peut mieux la lui fournir que mon malin petit frère? Mais ça a été une erreur. Tu t'es fait un ennemi de James de Witt et tu ne peux pas te le permettre.

— Il ne m'en a jamais dit un mot.

— Bien sûr que non. Il ne fonctionne pas comme ça. Il agit, il ne parle pas. Un bon conseil. Ne te tiens pas trop près des balcons aux étages supérieurs d'Innocent House. Une mort violente dans cette maison, ça suffit. »

Il répondit calmement : « Merci de l'avertissement, mais je ne suis pas sûr que James de Witt serait le principal suspect. Après tout, s'il m'arrive quelque chose avant que je me marie et que je modifie mon testament, tu auras mes parts, mon appartement et le capital de mon assurance-vie. On peut acheter beaucoup d'antiquités avec deux millions et demi ou presque. »

Claudia était déjà à la porte quand il reprit froidement et sans lever les yeux de ses papiers :

« A propos, la terreur des bureaux a encore frappé. »

Elle se retourna brusquement et demanda, la voix dure :

« Qu'est-ce que tu veux dire? Comment? Où?

— Cet après-midi à douze heures trente, si tu veux des précisions. Quelqu'un a envoyé d'ici un fax à Better Books à Cambridge pour annuler la séance de signatures de Carling. Quand elle est arrivée, elle a trouvé les affiches décollées, la table et la chaise retirées, les admirateurs repoussés et les livres retournés dans la réserve. Il paraît qu'elle était incandescente de rage. Je regrette un peu de ne pas avoir été là.

— Seigneur! Quand as-tu appris ça?

— C'est son agent, Velma Pitt-Cowley, qui m'a appelé quand je suis revenu de déjeuner, vers trois heures moins le quart. Elle essayait de me joindre depuis une heure et demie. Carling lui avait téléphoné de Cambridge.

— Et tu n'en as rien dit jusqu'à maintenant?

— J'ai eu plus important à faire cet après-midi que de surfer à travers les bureaux pour demander aux gens s'ils avaient des alibis. D'ailleurs, c'est ton affaire, mais à ta place je n'y attacherais pas trop d'importance. Cette fois, je vois assez bien qui a pu faire le coup. De toute façon, ce n'est pas grave. »

Claudia dit, très sombre : « Pour Esmé Carling, si. Tu peux la détester, la mépriser, ou la plaindre, mais ne la sous-estime pas. Elle pourrait se révéler plus dangereuse que tu ne crois. »

15

La salle du premier des Connaught Arms, Waterloo Road, était bondée. Matt Bayliss, le tenancier, ne doutait pas du succès de sa soirée poétique. Dès neuf heures, le chiffre d'affaires du bar avait été très supérieur à celui des jeudis ordinaires. La petite pièce du haut, normalement utilisée pour les lunches — les Connaught Arms servaient peu de dîners chauds — était aussi disponible pour les occasions spéciales et Colin, le frère de Bayliss, qui travaillait pour une organisation artistique, avait obtenu qu'il accueille cette soirée du jeudi. Il s'agissait de réunir des poètes publiés qui lisaient leurs productions, cependant que les amateurs qui le souhaitaient se glissaient entre eux pour déclamer leurs chefs-d'œuvre. La participation se montait à une livre et Matt avait installé un bar à vins au fond de la pièce. Il ne s'était pas douté que la poésie était si populaire, ni que tant de ses habitués avaient l'ambition de s'exprimer en vers. La vente des tickets avait d'ores et déjà été satisfaisante, mais les retardataires arrivaient encore en flot continu et les clients du rez-de-chaussée, entendant parler du divertissement au-dessus, grimpaient l'escalier étroit, chope en main.

Les enthousiasmes de Colin étaient variés et tous dans le vent : Art noir, Art féminin, Art gay, Art du Commonwealth, Art accessible, Art novateur, Art pour tous. La soirée était sous le vocable de l'Art pour tous et si pour sa part Matt s'intéressait surtout à la bière pour tous, il ne voyait pas pourquoi les deux enthousiasmes ne seraient pas profitablement combinés. L'ambition de Colin était de faire des Connaught Arms un centre de diffusion reconnu pour la poésie contemporaine, un tremplin pour les nouveaux poètes. Matt, lui, tout en surveillant son extra qui ouvrait à toute allure les bouteilles de rouge californien, se découvrait un intérêt inattendu pour la culture contemporaine et montait de temps à autre du bar pour se rendre compte de ce que servaient les auteurs. La plupart des vers lui étaient incompréhensibles et, à coup sûr, bien peu rimaient ou possédaient un mètre identifiable, mais tous recueillaient des applaudissements enthousiastes. Comme la plupart des poètes amateurs et des spectateurs fumaient, les effluves de la bière et du tabac alourdissaient l'air stagnant.

La vedette annoncée de la soirée était Gabriel Dauntsey. Il avait demandé à passer de bonne heure, mais la plupart de ceux qui l'avaient précédé ayant débordé leur temps de parole, surtout les amateurs, peu sensibles aux discrets rappels à l'ordre de Colin, il était presque neuf heures et demie quand il se dirigea lentement vers l'estrade. Il fut écouté dans un silence respectueux et bruyamment applaudi, mais Matt eut l'impression que ces poèmes sur une guerre qui, pour la grande majorité des auditeurs était désormais de l'histoire, n'avaient que peu de rapports avec leurs préoccupations actuelles. Ensuite Colin s'était frayé un passage à travers la foule pour le rejoindre. « Vous êtes vraiment obligé de partir? Quelques-uns d'entre nous pensent aller dîner dehors après la réunion.

— Désolé, ce serait trop tard pour moi. Où puis-je avoir un taxi?

— Matt pourrait téléphoner, mais vous en trouverez sans doute un plus vite en allant à Waterloo Road. »

Dauntsey s'était éclipsé sans presque être remarqué ni remercié, laissant à Matt l'impression que le vieil homme n'avait pas été traité comme il le méritait.

Il avait à peine franchi la porte qu'un couple d'un certain âge entra dans le bar et l'homme demanda à Matt : « Est-ce que Gabriel Dauntsey est parti? Ma femme a une première édition de ses poèmes qu'elle aimerait lui faire dédicacer, nous ne l'avons pas vu au premier. »

Matt leur dit : « Avez-vous une voiture?

— Garée à trois immeubles d'ici. Nous n'avons pas pu nous arrêter plus près.

— Eh bien, il vient de partir, et à pied. Si vous vous dépêchez, vous pourrez le rattraper. Si vous allez chercher votre voiture vous risquez bien de le manquer. »

Ils s'en allèrent en hâte, la femme livre en main et l'air plein d'espoir.

Moins de trois minutes plus tard, ils étaient revenus. Du bar, Matt les vit entrer, soutenant Dauntsey qui tenait un mouchoir taché de sang appliqué sur son front. Matt se fraya un chemin jusqu'à eux. « Qu'est-ce qui est arrivé? »

La femme, visiblement secouée, répondit : « Il a été attaqué. Trois hommes, deux noirs et un blanc. Ils étaient penchés sur lui, mais quand ils nous ont vus, ils se sont sauvés. Ils lui ont pris son portefeuille. »

L'homme chercha du regard une chaise vide et y fit asseoir Dauntsey. « Il faut appeler la police et une ambulance. »

La voix de Dauntsey était plus forte que Matt ne s'y serait attendu : « Non, non. Je vais bien. Je n'ai besoin ni de l'une ni de l'autre. C'est une simple écorchure là où je suis tombé. »

Matt le regarda, perplexe, lui trouvant l'air plus ébranlé que vraiment souffrant. Et puis, à quoi bon appeler la police? Elle n'avait pas la moindre chance d'arrêter les agresseurs et ce ne serait qu'une ligne de plus à ajouter aux statistiques des délits signalés mais impunis. Partisan résolu de la police, Matt préférait en général ne pas la voir trop souvent dans son bar.

La femme regarda son mari puis dit fermement : « Nous passons devant l'hôpital St Thomas, nous allons l'emmener aux urgences. Ce sera plus prudent. »

Apparemment Dauntsey n'avait pas voix au chapitre.

Matt se dit que le couple voulait se débarrasser le plus vite possible de sa responsabilité et il ne le blâmait pas. Après leur départ, il monta au premier pour vérifier le stock de vins et remarqua sur une table, près de la porte, une pile de minces volumes. Il éprouva un élan de pitié pour Gabriel Dauntsey. Le pauvre diable n'avait même pas attendu de dédicacer ses livres. Mais peut-être cela valait-il mieux. Cela aurait été embarrassant pour tout le monde s'il n'en avait pas vendu un seul.

16

Le lendemain matin, vendredi 15 octobre, Blackie s'éveilla le cœur serré par l'appréhension. Sa première pensée consciente fut pour redouter la journée et ce qu'elle pourrait apporter. Elle enfila sa robe de chambre et descendit faire le thé du matin en se demandant si elle n'allait pas dire à Joan qu'elle avait la migraine et qu'elle n'irait pas au bureau ce jour-là; un peu plus tard, elle lui demanderait de téléphoner regrets et excuses avec la promesse d'un retour le lundi. Mais elle repoussa la tentation. Le lundi ne viendrait que trop tôt, en lui apportant un poids plus lourd encore d'inquiétude. Et puis, ne pas se présenter de la journée paraîtrait suspect. Tout le monde savait qu'elle ne manquait jamais, qu'elle n'était jamais malade. Il fallait qu'elle aille travailler comme un jour ordinaire.

Elle ne put déjeuner. La seule pensée des œufs au bacon lui soulevait le cœur et la première bouchée de céréales lui resta dans le gosier. A la gare, elle acheta son *Daily Telegraph* quotidien, mais le tint serré entre ses mains sans l'ouvrir pendant tout le trajet, les yeux fixés sur le kaléidoscope papillotant des banlieues du Kent, sans en rien voir.

La vedette partit de Charing Cross avec cinq minutes de retard. Mr de Witt, en général si ponctuel, descendait la rampe en courant juste au moment où Fred Bowling décidait qu'il lui fallait larguer les amarres.

Le retardataire dit brièvement : « Mes excuses à tous. J'ai trop dormi. Vous avez été gentils d'attendre. J'ai cru que je serais obligé de prendre le deuxième bateau. »

Ils étaient tous là désormais, c'est-à-dire le chargement habituel : Mr de Witt, elle-même, Maggie FitzGerald et Amy Holden de la publicité, Mr Elton des droits et Ken de la réserve. Blackie prit sa place habituelle à l'avant. Elle aurait aimé se retirer toute seule à l'arrière, mais cela aussi aurait pu paraître suspect. Anormalement consciente de chacun de ses mots et de ses gestes, elle avait l'impression d'être déjà soumise à un interrogatoire. Elle entendit James de Witt raconter aux autres que Miss Frances lui avait téléphoné la veille au soir pour lui dire que Mr Dauntsey avait été agressé. Cela s'était produit après la soirée poétique. Rapidement découvert par un couple qui se trouvait au bar, il avait été emmené aux urgences à St Thomas. Il avait souffert de la commotion plus que des coups et se sentait remis. Blackie ne fit aucun commentaire. Ce n'était qu'un incident mineur de plus, un petit malheur qui semblait bien peu de chose à côté du poids écrasant de sa propre angoisse.

En général, elle aimait ce trajet sur le fleuve. Elle le faisait depuis plus de vingt-cinq ans et il n'avait jamais rien perdu de sa fascination. Mais ce jour-là, tous les repères familiers semblaient n'être que des panneaux indicateurs sur la route du désastre : les élégantes ferrures du pont ferroviaire de Blackfriars ; le pont de Southwark avec les marches menant à la digue d'où Christopher Wren embarquait pour traverser le fleuve en canot à rames quand il dirigeait la construction de la cathédrale St Paul; le pont de Londres aux deux extrémités duquel jadis les têtes des traîtres étaient exhibées sur des piques; la grille des Traîtres, verte d'algues et d'herbes; et le trou de l'Homme mort, sous le pont de la Tour, où, de tradition, les cendres des morts étaient dispersées hors des limites de la ville; le pont de la Tour lui-même, avec le blanc et bleu pâle de la haute chaussée frappée de son étincelant caisson crêté d'or; le *HMS Belfast* dans ses couleurs atlantiques. Elle les voyait tous d'un œil indifférent, non sans se dire d'ailleurs que cette appréhension était ridicule et inutile. Elle n'avait à se reprocher qu'une petite faute qui n'était peut-être après tout ni bien importante, ni bien blâmable. Il lui suffisait de garder son sang-froid et tout irait bien. Mais son anxiété, désormais devenue peur caractérisée, grandissait à chaque minute qui la rapprochait d'Innocent House et il lui semblait que cette humeur avait contaminé le reste du groupe. En général Mr de Witt restait silencieux, souvent absorbé dans une lecture, mais les filles bavardaient joyeusement. Or ce matin-là, tout le monde avait sombré dans le silence, tandis que la vedette s'amarrait en dansant à son emplacement habituel, à droite de l'escalier.

Soudain Mr de Witt lança : « Innocent House. Nous sommes arrivés... »

Le ton avait des traces de gaieté forcée, comme s'ils revenaient tous d'un voyage d'agrément, mais le visage était sévère. Elle se demanda ce qu'il avait, à quoi il pensait. Puis lentement, avec les autres, elle gravit les marches mouillées par les hautes eaux jusqu'au patio de marbre, se raidissant pour affronter ce que la journée lui réservait.

17

George Copeland, protégé par son bureau à l'accueil et sa propre ineptie embarrassée, entendit avec soulagement le bruit des pas sur les pavés. Enfin la vedette était arrivée. Lord Stilgoe interrompit ses allées et venues furieuses et tous deux se tournèrent vers la porte. Le petit groupe entra en formation serrée avec James de Witt à sa tête. Celui-ci jeta un coup d'œil au visage soucieux de George et demanda très vite : « Qu'est-ce qu'il y a, George ? »

Ce fut Lord Stilgoe qui répondit. Sans saluer de Witt, il dit, très sombre : « Étienne a disparu. J'avais rendez-vous avec lui à neuf heures dans son bureau. Quand je suis arrivé, il n'y avait que le réceptionniste et la femme de ménage. Ce n'est pas ainsi que j'entends être traité. Mon temps est précieux, si celui d'Étienne ne l'est pas. J'ai un rendez-vous à l'hôpital ce matin. »

De Witt lui demanda tranquillement : « Disparu ? Qu'est-ce que vous voulez dire par là ? Je suppose qu'il est bloqué dans un embouteillage. »

George intervint : « Il doit être quelque part ici, Mr de Witt. Son veston est sur son fauteuil dans son bureau. Quand j'ai constaté qu'il ne répondait pas à mon coup de sonnette, je suis allé voir. Et quand je suis arrivé ce matin, la porte n'était pas fermée, du moins pas avec la Banham. Je suis entré juste avec ma Yale. Et l'alarme n'avait pas été branchée. Miss Claudia vient d'arriver. Elle est en train de vérifier. »

Comme mus par un même élan, tous entrèrent dans le hall. Claudia Étienne sortait du bureau de Blackie, Mrs Demery sur les talons.

Elle dit : « George a raison, il doit être quelque part dans la maison. Son veston est sur son fauteuil et son trousseau de clefs dans le premier tiroir de droite. » Elle se tourna vers George : « Vous avez vérifié au 10 ?

— Oui, Miss Claudia. Mr Bartrum est arrivé, mais il n'y a personne d'autre dans le bâtiment. Il a regardé partout et il a rappelé. Il dit que la Jaguar de Mr Gérard est là, garée où elle était hier soir.

— Et les lumières ? Elles étaient allumées quand vous êtes arrivé ?

— Non, Miss Claudia. Pas dans son bureau non plus. Nulle part. »

A ce moment, Frances Peverell arriva, accompagnée de Gabriel Dauntsey à qui George trouva l'air très fatigué. Il s'appuyait sur une canne et avait un pansement adhésif sur le front. Personne ne fit de remarque à ce sujet et George se demanda s'il n'avait pas été le seul à s'en apercevoir.

Claudia leur dit : « Gérard n'était pas avec vous au 12 ? Il semble avoir disparu. »

Frances répondit : « Il n'était pas avec nous. »

Mandy, arrivée après eux, dit en ôtant son casque : « Sa voiture est là. Je l'ai vue au fond d'Innocent Passage. »

Claudia riposta d'un ton cassant : « Oui, ça nous le savons, Mandy. Je vais jeter un coup d'œil en haut. Il est forcément quelque part dans la maison. Attendez-moi ici, vous autres. »

Elle se dirigea vers l'escalier d'un pas rapide, Mrs Demery toujours dans son sillage. Comme si elle n'avait pas entendu l'ordre, Blackie eut un sursaut et courut maladroitement après elle. Maggie FitzGerald dit alors : « On peut faire confiance à Mrs Demery pour être sur les lieux au bon moment », mais sa voix n'était rien moins qu'assurée et quand elle constata que personne ne réagissait, elle rougit comme si elle regrettait d'avoir parlé.

Le petit groupe se forma en demi-cercle, presque comme si une main invisible l'avait doucement poussé, se dit George. Il avait allumé les lustres du hall et le plafond peint resplendissait au-dessus d'eux, semblant marquer de sa splendeur et de sa permanence leurs préoccupations dérisoires et leurs angoisses sans importance. Tous les yeux étaient tournés vers le haut. George trouva qu'ils ressemblaient à ces personnages d'un tableau religieux qui attendent quelque apparition surnaturelle. Il attendit avec eux, sans trop savoir si sa place était devant ou derrière le comptoir. Ce n'était en tout cas pas à lui d'engager l'action en se joignant aux recherches. Il fit comme toujours ce qu'on lui avait dit de faire, mais s'étonna un peu que les autres eussent attendu avec autant de docilité. Au fond, pourquoi pas ? Aucune utilité à ce que toute la foule fonçât à travers Innocent House. Trois chercheurs, c'était plus qu'assez. Si Mr Gérard était dans la maison, Miss Claudia le trouverait. Personne ne broncha, sinon James de Witt qui se plaça en silence à côté de Frances Peverell. George eut l'impression qu'ils attendaient ainsi, comme des acteurs figés dans un tableau depuis des heures, alors qu'il s'agissait peut-être de quelques minutes.

Et puis Amy, la voix rendue grinçante par la terreur dit : « Quelqu'un hurle. J'ai entendu un hurlement. » Elle les regarda, les yeux fous de terreur.

Sans se détourner pour la regarder, James de Witt garda les yeux fixés vers l'escalier et dit : « Personne n'a hurlé. Vous l'avez cru, Amy. »

Puis il se répéta, cette fois plus fort et bien reconnaissable, un cri aigu, désespéré. Ils s'avancèrent jusqu'au pied de l'escalier, mais pas plus loin, comme si personne n'osait mettre le pied sur cette première marche. Il y eut une seconde de silence, puis le gémissement reprit, lointaine lamentation d'abord, puis plus forte et plus proche. George, paralysé de terreur, ne pouvait identifier la voix. Elle lui semblait aussi inhumaine que le hurlement d'une sirène ou le rauquement d'un chat dans la nuit.

Maggie FitzGerald chuchota : « Oh, mon Dieu, mon Dieu, qu'est-ce que c'est ? »

Et puis, avec une soudaineté quasi théâtrale, Mrs Demery apparut en haut de l'escalier, soutenant Blackie dont les gémissements se transformaient peu à peu en gros sanglots graves.

James de Witt demanda à voix basse, mais claire : « Qu'est-ce que c'est, Mrs Demery ? Qu'est-ce qui est arrivé ? Où est Mr Gérard ?

— Dans la petite pièce des archives. Mort ! Assassiné !! Voilà ce qui est arrivé. Il est couché là-haut à moitié nu et raide comme une planche. Un démon l'a étranglé avec ce satané serpent. Il a Sid le Siffleur enroulé autour du cou avec la tête fourrée dans sa bouche. »

Enfin, James de Witt bougea. Il bondit vers l'escalier et Frances fit mine de le suivre, mais il se retourna et lui dit d'un ton pressant : « Non, Frances, non », en la repoussant doucement. Lord Stilgoe le suivit en se dandinant avec la gaucherie des vieillards, la main agrippée à la rampe. Gabriel Dauntsey hésita un instant, puis leur emboîta le pas.

Mrs Demery s'écria : « Vous pouvez pas m'aider, là, tant que vous êtes ? C'est un poids mort. »

Frances s'approcha aussitôt d'elle et passa un bras autour de la taille de Blackie. En les regardant, George se dit que c'était plutôt Miss Frances qui avait besoin d'être soutenue. Ensemble, elles descendirent l'escalier en portant presque Blackie qui gémissait : « Je suis désolée ! Je suis désolée », et ensemble lui firent traverser le hall vers l'arrière de la maison, tandis que le petit groupe restant les regardait disparaître dans un silence atterré.

George retourna à son bureau, à son standard. C'était là sa place, là où il se sentait sûr de lui, capable de dominer les événements. Des voix lui parvenaient. Les terribles sanglots s'étaient apaisés, mais il entendait les objurgations suraiguës de Mrs Demery et un brouhaha de voix féminines. Il les chassa de son esprit. Il avait un travail à faire, il devait le faire. Il essaya d'ouvrir son tiroir fermé à clef sous le comptoir, mais ses mains tremblaient si violemment qu'il n'arrivait pas à introduire la clef dans la serrure. Le téléphone sonna, il bondit, puis arriva non sans peine à ajuster son casque. C'était Mrs Velma Pitt-Cowley, l'agent de Mrs Carling, qui voulait parler à Mr Gérard. D'abord rendu muet par le saisissement, George parvint à dire que Mr Gérard n'était pas disponible. Même à ses propres oreilles sa voix semblait aiguë, cassée,

« Miss Claudia, alors. Je pense qu'elle est là.

— Non, dit George. Non.

— Qu'est-ce qui se passe? C'est vous, n'est-ce pas, George? Qu'est-ce qui vous arrive? »

Atterré, George coupa. Presque aussitôt le téléphone sonna de nouveau, mais il ne répondit pas et au bout de quelques secondes le bruit cessa. Tremblant d'impuissance, il regarda l'appareil : jamais encore il ne s'était comporté ainsi. Le temps passa, secondes, minutes. Puis Lord Stilgoe surgit au-dessus du comptoir; il sentit son haleine et il perçut la force de sa colère triomphante.

« Appelez-moi New Scotland Yard. Je veux parler au préfet de Police. S'il n'est pas disponible, passez-moi le commandant Adam Dalgliesh. »

LIVRE II

Mort d'un éditeur

18

L'inspecteur Kate Miskin repoussa une caisse à moitié vide, ouvrit la porte-fenêtre de son nouvel appartement dans le quartier des Docks et, les mains serrées sur la rampe de chêne ciré, regarda le fleuve miroitant qu'elle découvrait depuis Limehouse Reach en amont jusqu'à la grande boucle autour de l'île aux Chiens en aval. Il n'était que neuf heures et quart du matin, mais déjà la brume matinale s'était dissipée et le ciel presque sans nuages devenait blanc opaque avec des échappées de bleu clair très doux. On se serait cru au printemps plutôt qu'au milieu d'octobre, mais l'odeur de l'eau était automnale, forte comme celle des feuilles pourrissantes et de la terre grasse, dominant l'âpreté salée de la mer. La marée était haute et sous les points lumineux qui clignotaient et dansaient à la surface plissée de l'eau comme des lucioles, elle imaginait le flux puissant du courant et sentait presque sa force. Avec cet appartement, cette vue, c'était une ambition de plus qui s'était réalisée, un pas de plus loin de la cage à lapins juchée en haut d'Ellison Fairweather Buildings où elle avait passé les dix-huit premières années de sa vie.

Sa mère étant morte quelques jours après l'avoir mise au monde et son père, inconnu, elle avait été élevée de mauvais gré par une grand-mère maternelle âgée qui en voulait à cette enfant de la tenir pratiquement prisonnière dans un appartement qu'elle n'osait plus quitter le soir pour aller chercher la convivialité, le clinquant et la chaleur du pub voisin. Par la suite, cette amertume s'était encore accentuée du fait de l'intelligence de sa petite-fille et d'une responsabilité qu'elle n'avait ni l'âge ni le tempérament voulus pour assumer. Kate s'était rendu compte trop tard, au moment de la mort de sa grand-mère, combien elle l'avait aimée. Il lui semblait désormais qu'au moment de cette séparation, chacune avait payé à l'autre les arriérés d'une vie d'amour. Elle savait qu'elle ne se libérerait jamais complètement d'Ellison Fairweather Buildings. Alors qu'elle montait par le grand ascenseur moderne, entourée des toiles soigneusement empaquetées qu'elle avait peintes elle-même, elle s'était rappelé l'engin d'Ellison Fairweather, les murs dégoûtants couverts de graffitis, la puanteur de l'urine, les mégots, les boîtes de bière vides. Il était souvent mis hors d'usage par des vandales, l'obligeant avec sa grand-mère à monter les sept étages en traînant leurs emplettes et leur linge, obligées de s'arrêter à chaque étage pour permettre à la vieille dame de reprendre son souffle. Assise là, au milieu de leurs sacs en plastique, écoutant la respiration sifflante de sa grand-mère, elle s'était juré : « Quand je serai grande, je partirai d'ici. Je quitterai ces satanés Ellison Fairweather Buildings à tout jamais. Je ne reviendrai jamais. Je ne serai plus jamais pauvre. Je ne serai plus jamais obligée de sentir cette odeur. »

Résistant à la tentation de tenter l'Université, elle avait choisi la police pour s'échapper, mue par une seule idée : commencer à gagner, s'en aller. Un appartement victorien à Holland Park avait marqué le début. Après la mort de sa grand-mère, elle était encore restée là neuf mois sans bouger, se disant que partir tout de suite serait déserter — quoi, elle ne savait pas bien, peut-être une réalité qu'il fallait affronter, une expiation aussi à opérer, des choses à apprendre sur elle-même, en sachant que c'était là, à Ellison Fairweather, qu'elle pourrait le faire. Le temps viendrait où il serait bon de partir, où elle pourrait fermer la porte avec le sentiment d'avoir réalisé quelque chose, d'avoir franchi une étape, de mettre derrière elle un passé qu'on pouvait sinon modifier, du moins accepter avec ses souffrances, ses horreurs — oui, et ses joies — intégré dans son être enfin réconcilié. Et ce moment était venu.

Bien sûr, cet appartement n'était pas ce qu'elle avait imaginé à l'origine. Elle s'était vue dans un de ces grands entrepôts convertis près du pont de la Tour, avec de hautes fenêtres et d'énormes pièces, de fortes poutres en chêne et sûrement un parfum d'épices qui s'attardait. Mais même avec un marché de l'immobilier en plein marasme, ce genre de logement dépassait ses moyens. Et celui qu'elle avait choisi après maintes recherches n'était pas un pis-aller. Elle avait souscrit l'emprunt le plus important possible, se disant qu'il était de bonne stratégie financière d'acheter ce qu'elle pouvait envisager de mieux. Elle avait une grande pièce de 3,5 mètres sur 5,5 et deux chambres à coucher plus petites dont l'une avec salle d'eau attenante. La cuisine était assez grande pour permettre d'y prendre ses repas, et bien équipée. Le balcon orienté au sud-ouest courait tout le long de la grande pièce, étroit mais cependant assez large pour qu'on pût y mettre une petite table et des chaises; elle pourrait y manger l'été. Et elle était contente que le mobilier acheté pour son premier appartement n'eût pas été bon marché. Le divan et les deux fauteuils de cuir seraient bien à leur place et feraient bon effet dans ce décor moderne. Il était heureux qu'elle les eût choisis bruns au lieu de noirs. Le noir aurait fait trop chic. La table et les chaises très simples en loupe d'orme étaient aussi exactement ce qu'il fallait.

Et puis l'appartement avait encore un grand avantage : situé à l'extrémité de l'immeuble, il avait une double exposition et deux balcons. De sa chambre à coucher, elle découvrait le vaste panorama illuminé de Canary Wharf, avec sa tour comme un immense crayon dont la mine de plomb aurait été remplacée par de la lumière, le grand arc blanc dessiné par l'immeuble avoisinant, l'eau immobile du vieux West India Dock et au-dessus le chemin de fer aérien des Docklands avec ses voitures qui ressemblaient à des jouets. Cette ville de verre et de ciment s'animerait à mesure que de nouvelles entreprises viendraient s'y installer. Elle pourrait regarder d'en haut le spectacle bariolé, toujours changeant, d'un demi-million d'hommes et de femmes à leur vie de travail. L'autre balcon donnait au sud-ouest sur le fleuve et son lent trafic immémorial : chalands, bateaux de plaisance, vedettes de la police fluviale et de l'autorité du port de Londres, paquebots de croisière qui remontaient s'amarrer au pont de Londres. Elle raffolait de ce contraste et de la possibilité qu'elle avait dans cet appartement de passer à volonté d'un monde à un autre, du nouveau à l'ancien, de l'eau immobile à ce que T.S. Eliot avait appelé un puissant dieu brun.

L'appartement convenait particulièrement bien à un officier de police, avec un parlophone à l'entrée principale et deux serrures de sécurité, ainsi qu'une chaîne à sa propre porte. Seuls les résidents avaient les clefs du garage en sous-sol et cela aussi c'était important. Le trajet jusqu'à New Scotland Yard ne serait pas trop difficile, puisqu'elle était du bon côté du fleuve, mais peut-être prendrait-elle parfois le bateau à Westminster Pier. Peu à peu, elle arriverait à connaître le fleuve, à faire partie de sa vie et de son histoire. Elle s'éveillerait le matin au cri des mouettes pour sortir dans ce vide frais et blanc. Debout ce matin-là entre le scintillement de l'eau et la haute teinte bleue si délicate du ciel, elle ressentit un extraordinaire élan qui l'avait déjà visitée et qui devait être, selon elle, ce qu'elle connaîtrait de plus semblable à une expérience religieuse. Elle fut possédée par un besoin presque physique dans son intensité de prier, de louer, de dire merci sans savoir à qui, de crier, possédée par une joie plus profonde que celle qu'elle éprouvait à se sentir bien dans sa peau, à contempler sa réussite, voire la beauté du monde.

Elle avait laissé sur place les rayons aux mesures de l'ancien appartement, mais les nouveaux, faits selon ses spécifications, couvraient tout le mur en face de la fenêtre et, agenouillé à côté d'une grande caisse, Alan Scully disposait les livres de la jeune femme. Elle avait été étonnée de voir combien elle en avait acquis depuis qu'elle le connaissait. Elle n'avait jamais rencontré aucun de ces auteurs à l'école, mais elle était reconnaissante à Ancroft Comprehensive[1] qui avait fait de son mieux pour elle. Des professeurs qu'elle avait autrefois méprisés dans son arrogance, elle savait désormais qu'ils avaient été dévoués, aux prises avec des classes nombreuses et une douzaine de langues différentes, s'efforçant d'imposer la discipline, de répondre à des besoins contradictoires, de s'attaquer aux problèmes familiaux atterrants de certains enfants, et de leur faire réussir les examens qui ouvriraient au moins une porte vers quelque chose de mieux. Mais la plus grande partie de son instruction, elle l'avait reçue une fois sortie de l'école. Derrière les hangars à bicyclettes et les terrains de jeux asphaltés de celle-ci, elle

1. *Comprehensive School :* école qui, au contraire des *grammar schools*, accepte tous les enfants sans examen d'entrée. (N.d.T.)

avait appris tout ce qui n'est pas important sur le sexe et rien de ce qui est important. Cela, c'était Alan qui le lui avait appris, avec bien d'autres choses. Il lui avait ouvert le monde des livres, non pas avec condescendance, comme une sorte de Pygmalion, mais pour pouvoir partager avec quelqu'un qu'il aimait les choses qu'il aimait. Et voilà que le temps était venu que cela aussi prît fin.

Elle entendit la voix du jeune homme : « Si c'est la récré, je fais du café. Ou alors, est-ce que tu admires la vue, simplement ?

— J'admire la vue. Je m'en repais. Qu'est-ce que tu en penses ? »

C'était la première fois qu'il voyait l'appartement et elle en avait fait les honneurs avec la fierté d'un enfant exhibant un nouveau jouet.

« Il me plaira quand tu seras définitivement installée. C'est-à-dire, si je le vois quand tu seras définitivement installée. Et ces livres, qu'est-ce qu'on en fait ? Veux-tu mettre à part poésie, fiction, documents ? Pour le moment Dalgliesh est à côté de Defoe.

— Defoe ? Je ne savais pas que je l'avais. Et je ne l'aime même pas. Oh, séparés, je crois. Et ensuite par noms d'auteurs.

— Ce Dalgliesh est une première édition. Tu trouves nécessaire de l'acheter relié parce que c'est ton patron et que tu travailles avec lui ?

— Non. Je lis sa poésie pour voir si je peux le comprendre mieux.

— Et alors ?

— Alors, pas vraiment. Je ne peux pas concilier la poésie et l'homme. Et quand je le fais, c'est terrifiant. Il voit trop de choses.

— Pas dédicacé, je vois. Tu ne lui as pas demandé ?

— Cela nous embarrasserait l'un comme l'autre. Ne le tripote pas. Mets-le sur le rayon. »

Elle alla s'agenouiller à côté de lui. Il n'avait pas fait mention des ouvrages professionnels et elle vit qu'ils étaient soigneusement empilés à côté de la caisse d'emballage. Elle se mit à les ranger, un à un, sur le premier rayon du bas : un exemplaire des dernières statistiques de la criminalité, *Police and Criminal Act 1984*, *Guide to Criminal Justice Act 1991*, de

Blackstone, *Police Law* de Butterworth, *The modern Law of Evidence*, de Keane, *Criminel Law*, de Hogan, le *Police Training Manuel* et le rapport Sheehy. Elle pensa que c'était là la collection d'une femme policier en cours de formation et se demanda si, en les mettant ainsi de côté sans en dire un mot, Alan ne faisait pas une sorte de commentaire, voire peut-être un jugement subconscient qui allait plus loin que cette bibliothèque. Pour la première fois depuis des années, elle vit leurs rapports avec les yeux d'un observateur détaché et critique. Il y a là une professionnelle capable et ambitieuse, sachant où elle veut aller. Affrontée tous les jours aux détritus nauséabonds de vies indisciplinées, elle a soigneusement exclu de la sienne tout désordre salissant. Ingrédient nécessaire à cette autosuffisance bien gérée, un amant intelligent, bien fait, disponible en cas de besoin, adroit au lit et peu exigeant en dehors. Pendant trois ans, Alan Scully avait admirablement rempli ce rôle. Elle savait qu'en retour elle lui avait donné affection, fidélité, bonté, compréhension, rien de tout cela n'ayant d'ailleurs été difficile à assurer. Mais était-il surprenant que, s'étant lui-même engagé, il voulût être plus pour elle que l'équivalent d'un accessoire de mode?

Elle moulut le café en se délectant de l'odeur des grains frais. Le goût du breuvage ne valait jamais leur odeur. Ils le burent assis par terre, adossés à une caisse qu'on n'avait pas encore ouverte. Elle lui demanda : « Quel vol prends-tu mercredi prochain?

— Celui de onze heures : BA 175. Tu n'as pas changé d'avis? »

Elle faillit répondre : « Non, je ne peux pas, Alan. C'est impossible. » Mais elle s'arrêta. Ce n'était pas impossible. Elle pouvait parfaitement changer d'avis. La réponse honnête, c'était qu'elle ne voulait pas. Ils avaient parlé de leur problème bien des fois déjà et elle savait désormais qu'il ne pouvait y avoir de compromis. Elle comprenait ce qu'il sentait et ce qu'il voulait. Il ne faisait pas de chantage, d'ailleurs. La possibilité de travailler pendant trois ans à Princeton s'était présentée et il tenait beaucoup à en profiter. C'était important pour sa carrière, son avenir. Pourtant, il resterait à Londres, et garderait sa situation actuelle à la bibliothèque si elle consentait à s'engager envers lui, à l'épouser, ou du moins à vivre avec lui et à avoir son enfant. Non pas qu'il jugeât la carrière de sa maîtresse moins importante que la sienne ; en cas de nécessité il aurait accepté d'abandonner sa situation pour un temps et de rester à la maison pendant qu'elle travaillerait. Il lui avait toujours accordé cette égalité essentielle. Seulement il était fatigué de se trouver à la périphérie de l'existence de la femme qu'il aimait et il voulait passer sa vie avec elle. Il abandonnerait Princeton, mais pas pour perpétuer leur relation telle qu'elle était pour l'heure, ne la voyant que si le travail le permettait, sachant qu'il était son amant, mais qu'il ne serait jamais rien de plus.

Elle lui dit : « Je ne me sens prête ni pour le mariage ni pour la maternité. Je n'y serai peut-être jamais, surtout en ce qui concerne la maternité. Je ne vaudrais rien. Je n'ai reçu aucune formation, tu comprends.

— Je ne crois pas qu'il y en ait besoin.

— Il y faut un engagement d'amour. La seule chose que je ne peux pas donner. On ne peut pas donner ce qu'on n'a pas. »

Il ne discuta ni n'essaya de la convaincre. Le temps de parler était dépassé.

Il dit : « Enfin, nous avons encore cinq jours et nous avons aujourd'hui. Déballer tout le matin, déjeuner dans un pub au bord de l'eau, peut-être le Prospect de Whitby. On devrait avoir le temps de faire ça. Il faut bien manger. A quelle heure est-ce que tu dois être de retour à la Grande Maison ?

— Deux heures. Je n'ai que la demi-journée. Daniel Aaron est de congé aujourd'hui, alors c'est un peu difficile. Je partirai dès que je pourrai et on dînera ici ce soir. Un repas au dehors, c'est assez. Nous pourrons prendre un plateau chinois à emporter en passant. »

Alan portait les mazagrans de café dans la cuisine quand le téléphone sonna. Il lança :« Premier appel. Voilà ce que c'est d'envoyer des cartes pour le changement d'adresse. Tu vas être empoisonnée par des amis qui voudront te souhaiter bonne chance. »

Mais l'appel fut court, et de son côté Kate parla à peine. Puis elle reposa le combiné et se tourna vers lui.

« C'est la brigade. Mort suspecte. Il faut que j'y aille tout de suite. C'est sur la Tamise, alors A.D. va me prendre ici dans une vedette de la brigade fluviale. Désolée, Alan. » Elle semblait avoir passé les trois dernières années à dire : « Désolée, Alan ».

Ils se regardèrent un moment en silence, puis il dit : « Comme il était au commencement, maintenant et jusqu'à la fin des siècles. Qu'est-ce que tu veux que je fasse ? Je continue à déballer ? »

Soudain, l'idée de le laisser seul là fut intolérable à Kate ; elle s'exclama : « Non. Laisse ça. Je le ferai plus tard. Ça peut attendre. »

Mais il continua sa besogne, tandis qu'elle quittait les jeans et le polo qui convenaient aux poussières de l'emménagement puis du ménage, pour enfiler une paire de pantalons en velours brun, une veste de tweed bien coupée et un chandail à col roulé en fine laine crème. Elle natta son épaisse chevelure et fixa l'extrémité de la tresse avec une barrette.

Quand elle revint, il lui adressa comme à l'accoutumée un rapide sourire d'appréciation. « Ta tenue de travail ? Je ne sais jamais si tu t'habilles pour Adam Dalgliesh ou pour les suspects. Évidemment, ça n'est pas pour le cadavre. »

Elle lui répondit : « Ce cadavre-là n'a pas précisément été trouvé dans un fossé. »

C'était relativement nouveau cette jalousie envers le patron de Kate, et c'était peut-être le symptôme aussi bien que la cause du changement dans leurs relations.

Ils partirent ensemble, en silence. C'est seulement pendant que Kate fermait la porte à double tour qu'il demanda : « Est-ce que je te reverrai avant de partir mercredi ?

— Je ne sais pas, Alan. Je ne sais pas. »

Mais elle savait bien. Si l'affaire était aussi importante qu'elle le promettait, elle allait travailler seize heures par jour, peut-être plus. Elle regarderait alors ces quelques heures passées ensemble dans l'appartement avec plaisir, et même tristesse. Mais ce qu'elle éprouvait pour l'heure était plus exaltant et elle l'éprouvait chaque fois qu'elle était appelée à travailler sur un nouveau cas. C'était son métier, celui pour lequel elle avait été formée, entraînée, qu'elle faisait bien et qu'elle aimait. Déjà, sachant qu'elle serait peut-être des années sans le revoir, elle s'éloignait de lui par la pensée, tout occupée à rassembler ses énergies pour la tâche qui l'attendait.

Il avait garé sa voiture sur l'un des emplacements marqués à droite de la cour d'entrée, mais au lieu de monter dedans, il attendit avec elle l'arrivée de la vedette de la police. Quand son fin profil bleu foncé apparut, il se détourna de Kate sans un mot et retourna dans sa voiture, mais ne partit pas. Au moment où le bateau arrivait, Kate sentit qu'il regardait toujours, tandis que la haute silhouette sombre debout à l'avant lui tendait la main pour l'aider à monter à bord.

19

L'appel parvint à l'inspecteur Daniel Aaron au moment précis où il approchait d'Eastern Avenue. Il n'eut même pas besoin d'arrêter la voiture pour le prendre. Le message était bref et clair : Mort suspecte à Innocent House, Innocent Walk. Il devait aller immédiatement sur les lieux. Robbins apporterait sa trousse.

Le message n'aurait pu venir à un meilleur moment. Sa première réaction fut une joyeuse montée d'adrénaline : enfin la grosse affaire qu'il appelait de tous ses vœux. Il n'avait remplacé Massingham à la Brigade spéciale que trois mois plus tôt et avait hâte de faire ses preuves, mais il y avait encore une autre raison. Il se rendait chez ses parents à Ilford, The Drive, où, pour fêter le quarantième anniversaire de leur mariage, un déjeuner était prévu avec la sœur de sa mère et son mari. Il avait demandé une journée de congé, sachant que c'était une réunion de famille qu'il ne pouvait raisonnablement éviter, mais la perspective ne le réjouissait pas. La matinée promettait un repas prétentieux et nul au restaurant du supermarché en vogue que sa mère avait choisi, suivie par un après-midi de bavardages familiaux non moins assommants. Il savait que sa tante le considérait comme un fils ingrat, un neveu indifférent et un mauvais juif. En cette occasion, elle n'exprimerait peut-être pas ouvertement sa désapprobation, mais cette fragile longanimité ne détendrait guère l'atmosphère.

Il tourna dans une rue latérale et arrêta la voiture pour téléphoner. La communication promettait d'être difficile et il préférait ne pas conduire pendant qu'il la passait. Tout en faisant le numéro, il avait conscience d'éprouver des émotions mêlées : soulagement d'avoir une excuse valable pour couper au déjeuner, vive répugnance à annoncer la nouvelle, surexcitation d'être en route pour une affaire qui promettait d'être importante, habituel complexe de culpabilité irrationnel et primitif. Il n'avait aucune intention de perdre son temps à des explications prolongées. Kate Miskin était peut-être déjà sur les lieux. Ses parents devraient admettre qu'il avait une tâche à remplir.

Ce fut son père qui prit l'appareil : « Comment, Daniel, tu n'es pas encore parti ? Tu avais dit que tu viendrais vraiment de bonne heure pour avoir un moment tranquille avec nous avant que les autres arrivent. Où es-tu ?

— Dans Eastern Avenue. Je suis désolé, papa, mais je ne peux pas venir. Je viens d'avoir un appel de la brigade, c'est urgent. Un assassinat. Il faut que j'aille directement sur les lieux. »

Puis la voix de sa mère prenant l'appareil :« Qu'est-ce que tu as dit, Daniel? Tu as dit que tu ne venais pas? Mais tu dois venir ! Tu as promis. Ta tante et ton oncle seront là. C'est le quarantième anniversaire de notre mariage. Qu'est-ce que c'est qu'une fête si je ne peux pas avoir mes deux fils avec moi ? Tu as promis.

— Je sais bien que j'ai promis. Je ne serais pas dans Eastern Avenue si je n'avais pas eu l'intention de venir. L'appel vient juste de me parvenir.

— Mais tu es en congé. Qu'est-ce que ça signifie un jour de repos, si on te rappelle comme ça ? Il n'y a pas quelqu'un d'autre qui pourrait s'en occuper ? Pourquoi est-ce qu'il faut toujours que ça soit toi ?

— Ça n'est pas toujours moi. Ça tombe comme ça aujourd'hui. C'est une affaire urgente. Un assassinat.

— Un assassinat ! Et tu aimes mieux te mêler d'un assassinat que d'être avec tes parents ! Un mort. Tu ne peux pas penser aux vivants plutôt ?

— Désolé, il faut que je file maintenant. » Il ajouta, féroce : « Bon déjeuner », et raccrocha.

Encore pire qu'il n'avait prévu. Il resta immobile quelques secondes pour se contraindre au calme, luttant contre une irritation qui devenait de la colère. Puis il débraya, trouva un passage commode pour prendre son virage et rejoignit le flot de la circulation. Il était pris désormais dans l'heure d'affluence de la matinée, bien que les mots parussent peu propres à décrire ce trafic pénible et chaotique. Et puis les feux de signalisation étaient contre lui : son trajet était ponctué par les signaux qui passaient au rouge les uns après les autres avec une exaspérante perversité. Le cadre de la mort violente vers lequel il se dirigeait avec une si pesante lenteur, il ne pouvait encore l'imaginer, mais une fois là-bas les tâches accapareraient toutes ses pensées et ses énergies. Physiquement, il s'éloignait de la maison d'Ilford au long — très long — des kilomètres, mais il ne pouvait, non plus que la vie de celle-ci, la chasser de ses pensées.

La famille avait quitté alors qu'il avait dix ans et David treize la maison de Whitechapel où il était né, mais il considérait toujours le 27 Balaclava Terrace comme son chez lui. C'était l'une des seules rues qui n'avaient pas été détruites par les bombardements ennemis, survivant obstinément alors même que les immeubles avoisinants étaient démolis dans des nuages de poussière âcre et que les hautes tours s'élevaient pour constituer une ville étrangère. Elle aurait d'ailleurs disparu elle aussi sans l'excentricité et la détermination d'une vieille dame habitant une place avoisinante : ses efforts pour préserver quelque chose de l'ancien East End avaient coïncidé avec un manque de fonds des autorités locales pour exécuter leurs plans les plus audacieux. Ainsi Balaclava Terrace était-elle toujours là, désormais nettement plus élégante, refuge contre une modernité trop stridente pour jeunes cadres, internes du London Hospital et étudiants en médecine. Personne de sa famille n'y était retourné. Pour ses parents, le déménagement avait été la réalisation d'un rêve, un rêve devenu presque terrifiant quand il avait promis de devenir réalité, sujet continuellement repris jusque tard dans la nuit de conversations à demi comprises. Son père, après avoir passé ses examens de comptabilité, avait eu de l'avancement. Il s'agissait de se dépouiller du passé, d'opérer vers le nord-est un mouvement qui était aussi un mouvement vers le haut, et les éloignait un peu plus encore de ce village polonais au nom imprononçable d'où son arrière-grand-père était venu, à l'origine. L'opération obligeait à contracter un emprunt, d'où des calculs anxieux, des choix à peser et soupeser minutieusement.

Mais tout s'était bien passé. Six mois après le déménagement, une mort inopinée dans son entreprise avait entraîné une nouvelle promotion et avec elle la sécurité matérielle. Il y avait dans la maison d'Ilford une cuisine moderne bien équipée et une suite de trois pièces comme séjour. Les femmes qui fréquentaient la synagogue du quartier étaient bien habillées et sa mère, parmi les plus élégantes. Daniel avait l'impression d'être le seul membre de la famille qui regrettât Balaclava Terrace. Il avait honte de la maison d'Ilford et honte de mépriser ce qui avait été si laborieusement acquis. Il se disait que si jamais il amenait Kate Miskin chez lui, il préférerait qu'elle pût voir Balaclava Terrace plutôt qu'Ilford. Mais qu'est-ce que Kate Miskin venait faire là-dedans ? Quelle importance pour elle qu'il habitât d'un côté plutôt que d'un autre ? Pas question de l'inviter chez lui. Il ne travaillait avec elle à la Brigade spéciale que depuis trois mois. Qu'est-ce que l'inspecteur Kate Miskin pouvait bien avoir affaire avec la vie de famille de Daniel Aaron ?

Il se dit qu'il connaissait l'origine profonde de son insatisfaction : c'était la jalousie. Dès son plus jeune âge, il avait su que son frère aîné était le favori de sa mère. Agée de trente-cinq ans à la naissance de David, elle avait presque abandonné l'espoir d'avoir un enfant. L'amour débordant éprouvé pour son premier-né avait été une révélation d'une telle intensité qu'il avait absorbé presque tout ce qu'elle avait à donner comme affection maternelle. Venu trois ans plus tard, Daniel avait été bien accueilli, certes, mais jamais désiré jusqu'à l'obsession. Alors qu'il avait quatorze ans, il se rappelait avoir vu une femme regarder un nouveau bébé dans la voiture d'une voisine et dire : « Alors, c'est le numéro cinq ? Eh bien, chacun apporte son amour avec lui, n'est-ce pas ? » Il n'avait jamais eu l'impression d'apporter le sien.

Et puis, à onze ans, David avait eu son accident. Daniel se rappelait encore l'effet produit sur sa mère. Ses yeux égarés tandis qu'elle s'accrochait à son mari, son visage blanchi par la terreur et le chagrin, soudain devenu celui d'une étrangère, ses intolérables sanglots, les longues heures passées au chevet du petit garçon au London Hospital, tandis que lui était laissé à la garde des voisins. Finalement, il avait fallu amputer la jambe gauche sous le genou. Elle avait ramené au foyer son fils aîné mutilé avec une tendresse exultante, comme s'il était ressuscité des morts. Daniel savait qu'il ne pouvait rivaliser avec son frère. David avait été courageux, patient, un enfant facile. Lui avait été ombrageux, jaloux, difficile — intelligent aussi, plus que David peut-être, mais il avait abandonné très tôt toute rivalité scolaire. C'était David qui était allé à l'université de Londres, qui avait fait son droit, été reçu au barreau et faisait désormais partie d'un cabinet spécialisé dans les affaires criminelles. Et c'était dans un geste de défi qu'à dix-huit ans, tout juste sorti de l'école, lui, Daniel, était entré dans la police.

Il se disait — et le croyait presque — que ses parents avaient honte de sa situation. A coup sûr, ils ne se vantaient jamais de ses succès comme ils le faisaient pour ceux de David. Il se rappelait un fragment de conversation lors du dernier dîner d'anniversaire de sa mère. En l'accueillant sur le seuil, elle lui avait glissé : « Je n'ai pas dit à Mrs Forsdyke que tu étais dans la police. Bien sûr, je ne le cacherai pas si elle me demande ce que tu fais. »

Son père avait dit doucement : « Et dans la Brigade spéciale du commandant Dalgliesh, maman. Appelé pour les affaires particulièrement sensibles ».

Il avait riposté avec une amertume qui l'avait surpris lui-même : « Je ne suis pas sûr que ça aidera à désinfecter la honte. Et d'ailleurs, qu'est-ce qu'elle va faire, la vieille chouette? Tourner de l'œil dans son cocktail à la crevette? Qu'est-ce que ça peut lui faire que j'aie un travail ou un autre, à moins que son vieux marche à la carabistouille? » Oh, grand Dieu, s'était-il dit, voilà que je recommence! Et le jour de son anniversaire en plus. « Courage! Vous avez au moins un fils respectable. Vous pourrez dire à Mrs Forsdyke que David passe son temps à mentir pour éviter la prison aux criminels et que moi je passe mon temps à mentir pour les coller dedans. »

Eh bien, ils pourraient passer un bon moment à le critiquer pendant les hors-d'œuvre. Et Bella serait là, bien sûr. Avocate comme David, elle aurait néanmoins trouvé le temps de venir à l'anniversaire des parents de celui-ci. Bella, belle-fille parfaite. Bella qui apprenait le yiddish, qui se rendait en Israël deux fois par an et récoltait de l'argent pour aider les immigrants de Russie et d'Ethiopie, qui fréquentait Beit Midrash, le centre de culture talmudique à la synagogue et observait le sabbat, Bella qui le regardait de ses grands yeux noirs pleins de reproches et s'inquiétait pour le salut de son âme.

Inutile de leur dire : « Je ne crois plus. » Ses parents eux-mêmes, qu'est-ce qu'ils croyaient ? Mettez-les debout à la barre des témoins, faites-leur prêter serment et demandez-leur s'ils croient vraiment que la Torah a été remise à Moïse sur le Sinaï et que leur vie dépend de la réponse. Que diraient-ils ? Il avait posé la question à son frère et se rappelait encore la réponse. Elle l'étonnait toujours, dans la mesure où elle découvrait la possibilité déconcertante que David eût en lui des subtilités qu'il n'avait jamais soupçonnées.

« Je mentirais probablement. Il y a certaines croyances qui méritent qu'on meure pour elles et cela ne dépend pas du fait qu'elles sont strictement vraies ou pas. »

Bien entendu, sa mère ne parviendrait jamais à dire : « Je me moque que tu croies ou que tu ne croies pas. Je veux que tu sois ici avec nous pour le sabbat. Je veux qu'on te voie à la synagogue avec ton père et avec ton frère. » Et ce n'était pas de la malhonnêteté intellectuelle, bien qu'il essayât de s'en persuader. On pouvait soutenir que peu des fidèles de quelque religion que ce fût croyaient à tous ses dogmes sauf les fondamentalistes et Dieu sait qu'ils étaient bougrement plus dangereux que n'importe quel athée ! Dieu sait comme il est naturel, universel, de se glisser dans le langage de la foi ! Et peut-être sa mère avait-elle raison, bien qu'elle ne s'astreignît jamais à dire la vérité. Les formes extérieures étaient importantes. Pratiquer une religion n'était pas seulement une affaire d'adhésion intellectuelle. Être vu à la synagogue, c'était proclamer : voilà où je me situe, voilà où sont les miens, voilà les valeurs selon lesquelles j'essaie de vivre, voilà ce que m'ont fait des générations d'ancêtres, voilà ce que je suis. Il se rappelait les paroles dites par son grand-père lors de sa bar-mitzvah : « Qu'est-ce qu'un juif sans sa foi ? Ce que Hitler n'a pas pu nous faire, est-ce que nous allons nous le faire à nous-mêmes ? » Les vieux ressentiments refaisaient surface. Un juif n'était même pas autorisé à être athée. Accablé par un complexe de culpabilité depuis son enfance, il ne pouvait rejeter sa foi sans éprouver le besoin de s'en excuser auprès de ce Dieu auquel il ne croyait plus. Toujours là, à l'arrière-plan de ses pensées, témoin silencieux de son apostasie, une armée en marche d'humanité nue, jeunes, adultes, enfants, s'engouffrait comme une sombre marée dans les chambres à gaz.

Et là, bloqué par un autre feu rouge encore, pensant à la maison où il ne serait jamais chez lui, voyant par la pensée les fenêtres étincelantes, les rideaux de dentelle retenus par des nœuds de ruban, la pelouse immaculée, il se disait : pourquoi faut-il que je me définisse d'après le tort que les autres ont fait à ma race ? La faute était assez grave, faut-il que je porte aussi le fardeau de l'innocence ? Je suis juif, est-ce que ce n'est pas assez ? Faut-il que je représente, pour moi et pour les autres, tous les maux de l'humanité ?

Il était enfin arrivé à Ratcliffe Highway, et mystérieusement, comme à l'accoutumée, la circulation était devenue plus fluide ; il avançait à vive allure et avec un peu de chance dans cinq minutes il serait à Innocent House. Cette mort ne serait pas banale, ni le mystère facilement éclairci. Son équipe n'aurait pas été appelée pour une affaire de routine. Certes, pour ceux qui sont intimement concernés, aucune mort n'est peut-être banale et aucune enquête, de pure routine. Mais la chance lui était donnée de prouver à Adam Dalgliesh qu'il avait eu raison de le choisir pour remplacer Massingham et il avait bien l'intention de la saisir. Aucune priorité personnelle ou professionnelle ne venait avant celle-là.

20

La vedette de la police dut lutter contre un fort courant pour remonter le fleuve dans le coude qu'il décrit entre Rotherhithe et Narrow Street. La brise devenait un vent léger et la matinée était plus fraîche qu'il n'avait paru à Kate quand elle s'était éveillée. Quelques nuages, minces traînées de vapeur blanche, glissaient et se dissolvaient sur le bleu pâle du ciel. Elle avait déjà vu Innocent House depuis le fleuve, mais quand la maison apparut avec une soudaineté dramatique au moment où ils prenaient le tournant de Limehouse Reach, elle ne put retenir un petit soubresaut d'étonnement et, levant les yeux vers Dalgliesh, aperçut son bref sourire. Dans le soleil matinal, elle resplendissait avec une intensité si irréelle que Kate la crut un instant éclairée par des projecteurs. Tandis que le bruit de leur moteur s'éteignait et qu'une habile manœuvre amenait le petit bateau jusqu'à la rangée de pneus suspendus à droite des escaliers du débarcadère, il lui sembla presque que la maison faisait partie d'un décor de cinéma, palais insubstantiel de contre-plaqué et de carton-pâte aux murs provisoires derrière lesquels réalisateur, acteurs, éclairagistes s'affairaient déjà autour du cadavre, tandis que la maquilleuse se précipitait pour appliquer une ultime retouche de sang artificiel. Ce fantasme la déconcerta ; elle n'était pas portée aux jeux de rôles ni aux débordements de l'imagination, mais l'impression de voir une mise en scène, d'être à la fois observateur et acteur, était difficile à dissiper, renforcée qu'elle était encore par l'immobilité posée du comité d'accueil.

Il y avait là deux hommes et deux femmes. Ces dernières se tenaient un peu en avant avec un homme de chaque côté. Groupés dans la vaste avant-cour de marbre, immobiles comme des statues, ils regardaient l'amarrage de la vedette avec des visages sévères et, semblait-il, critiques. Pendant le court trajet, Dalgliesh avait eu le temps de donner quelques renseignements à Kate, qui devina de qui il s'agissait. La grande femme brune devait être Claudia Étienne, sœur du défunt, avec la dernière des Peverell, Frances, à sa gauche. Le plus âgé des deux hommes qui semblait avoir nettement plus de soixante-dix ans, était sans doute Gabriel Dauntsey, responsable de la poésie, et le plus jeune, James de Witt. Ils avaient l'air de garder la posture qu'un réalisateur avait soigneusement calculée en fonction de l'angle des caméras. Mais quand Dalgliesh s'avança, le petit groupe se désintégra et Claudia Étienne vint à lui, main tendue, pour faire les présentations. Elle pivota ensuite sur ses talons et s'engagea dans un petit passage pavé qu'ils parcoururent à sa suite jusqu'à la porte latérale de la maison.

Un homme déjà âgé était au standard derrière le bureau de la réception. Avec son visage pâle et lisse d'un ovale presque parfait, les joues éclaboussées de petits ronds rouges sous des yeux très doux, il avait l'air d'un vieux clown. Il leva la tête à leur entrée et Kate vit dans ses yeux lumineux une expression à la fois inquiète et implorante. Elle l'avait déjà observée. La police pouvait être nécessaire, voire attendue avec impatience, mais elle était rarement accueillie sans appréhension, même par les innocents. Pendant deux secondes, elle se demanda, tout à fait hors de propos, quelles étaient les professions que les gens accueillaient sans réserve. Médecins et plombiers étaient en haut de la liste, mais les sages-femmes devaient les précéder tous. Quelle impression cela ferait-il d'être reçue par des paroles sorties du cœur : « Dieu merci, vous voilà ! » Le téléphone sonna et le vieil homme se retourna pour répondre. Sa voix était basse et très agréable, mais la note d'angoisse, indiscutable, et ses mains tremblaient.

« Peverell Press. Est-ce que je peux vous aider ? Non, malheureusement Mr Gérard n'est pas disponible. Est-ce que quelqu'un peut vous rappeler plus tard ? » Il releva de nouveau la tête, cette fois pour regarder Claudia Étienne et dit, complètement désemparé : « C'est le secrétaire de Matthew Evans, de chez Faber, Miss Étienne. Il veut parler à Mr Gérard. C'est au sujet de la réunion de mercredi prochain, sur la piraterie littéraire. »

Claudia prit l'appareil. « Ici Claudia Étienne. Dites s'il vous plaît à Mr Evans que je le rappellerai dès que je pourrai. Nous allons fermer les bureaux pour le reste de la journée. Il y a eu un accident, malheureusement. Dites-lui que Gérard Étienne est mort. Je sais qu'il comprendra que je ne puisse pas parler maintenant. »

Sans attendre une réponse, elle reposa le combiné, puis se tourna vers Dalgliesh. « Inutile d'essayer de dissimuler la chose, n'est-ce pas ? La mort est la mort, pas une gêne provisoire, une petite difficulté bien circonscrite. On ne peut pas prétendre qu'elle n'a pas eu lieu. De toute façon, la presse ne va pas tarder à s'en emparer. »

Sa voix était rauque, son regard, très dur. Elle semblait en proie à la colère plus qu'au chagrin. Se tournant vers le réceptionniste, elle dit, plus doucement : « Enregistrez sur le répondeur le message que la maison est fermée pour la journée, George. Après ça, allez prendre une tasse de café bien fort. Mrs Demery est quelque part dans la maison. Si d'autres membres du personnel arrivent, dites-leur de rentrer chez eux. »

George lui demanda : « Mais est-ce qu'ils le feront, Miss Claudia ? Je veux dire, ils n'accepteront pas ça de moi, sûrement. »

Elle fronça les sourcils. « Peut-être pas. Il faudra que je les voie, je suppose. Non, mieux encore, nous allons demander à Mr Bartrum. Il est ici quelque part, n'est-ce pas, George ?

— Mr Bartrum est dans son bureau au 10, Miss Claudia. Il a dit qu'il avait des tas de choses à faire et qu'il voulait rester. Il pensait que ça ne ferait rien, puisqu'il n'était pas dans le bâtiment principal.

— Sonnez-le, voulez-vous, George, et demandez-lui de venir me voir. Il pourra s'occuper des retardataires. Certains ont peut-être du travail qu'ils peuvent emmener chez eux. Dites-leur que je leur parlerai à tous lundi. »

Elle se tourna vers Dalgliesh. « Nous avons renvoyé le personnel. J'espère que c'était bien. Il semblait préférable de ne pas avoir trop de monde sur les lieux. »

Dalgliesh lui répondit : « Nous aurons besoin de les voir tous, mais ça peut attendre. Qui a trouvé votre frère ?

— Moi. Blackie — Miss Blackett, la secrétaire de mon frère — était avec moi et Mrs Demery, notre femme de ménage. Nous sommes montées ensemble.

— Qui est entrée la première dans la pièce ?

— Moi.

— Alors, voudriez-vous me montrer le chemin ? Votre frère prenait l'ascenseur ou l'escalier, habituellement ?

— L'escalier. Mais normalement il ne montait jamais au dernier étage de la maison. C'est ça qui est si extraordinaire : qu'il ait été dans la salle des archives.

— Alors nous allons prendre l'escalier », décida Dalgliesh.

Claudia Étienne lui dit : « J'ai fermé la porte à clef après que nous avons trouvé le corps de mon frère. C'est Lord Stilgoe qui a la clef. Il me l'a demandée, alors je la lui ai donnée. Pourquoi pas, si ça lui fait plaisir ? Il pensait, je suppose, que l'un de nous pourrait retourner sur les lieux et brouiller les indices. »

Mais déjà Lord Stilgoe s'avançait : « J'ai jugé bon de prendre la clef, commandant. Il faut que je vous parle en privé. Je vous avais averti. Je savais que nous aurions un drame ici tôt ou tard. »

Il tendit la clef, mais ce fut Claudia qui la prit, cependant que Dalgliesh demandait : « Lord Stilgoe, savez-vous comment Gérard Étienne est mort ?

— Bien sûr que non. Comment le pourrais-je ?

— Alors nous parlerons plus tard.

— Mais j'ai vu le corps, naturellement. J'ai pensé que c'était la moindre des choses. Abominable. Ma foi, je vous avais prévenu. Il est évident que ce forfait fait partie de la campagne menée contre moi et mon livre.

— Plus tard, Lord Stilgoe. »

Comme toujours, Dalgliesh prenait son temps avant d'examiner le corps. Kate le savait : si vite qu'il répondît quand on l'appelait pour un meurtre, il arrivait toujours avec le même calme, sans précipitation. Elle l'avait vu mettre la main sur l'épaule d'un enquêteur trop enthousiaste en lui disant tranquillement : « Du calme, du calme. Vous n'êtes pas médecin. Les morts ne peuvent pas être ressuscités. »

Il se tourna alors vers Claudia Étienne. « Nous montons ? »

Elle regarda les trois associés qui, avec Lord Stilgoe, se tenaient en un groupe silencieux comme s'ils attendaient des instructions. « Vous pourriez peut-être m'attendre dans la salle du conseil. Je vous rejoindrai dès que je pourrai. »

Lord Stilgoe dit sur un ton plus raisonnable que Kate s'y fût attendue : « Malheureusement je ne peux pas rester davantage, commandant. C'est pour cela que j'avais pris rendez-vous si tôt avec Mr Étienne. Je voulais parler avec lui de la préparation de mes mémoires avant d'entrer à l'hôpital pour une petite intervention. Je dois y être à onze heures et je ne veux par risquer de perdre ma place. Je téléphonerai depuis l'hôpital soit à vous, soit au préfet de Police. »

Kate sentit que la proposition était accueillie avec soulagement par de Witt et Dauntsey.

Le petit groupe passa alors dans le hall et Kate, saisie d'admiration, retint son souffle. Pendant une seconde, elle s'arrêta, mais résista à la tentation de laisser ses yeux caresser le décor avec trop d'insistance. Les policiers étaient toujours des violeurs d'intimité et agir en touriste payant eût été blessant. Mais il lui sembla que dans cet unique instant de révélation, elle avait pris conscience des moindres détails de la magnificence du hall, motifs compliqués des dalles du sol, piliers de marbre aux chapiteaux élégamment sculptés, richesse du plafond peint, panorama éclatant de Londres au XVIIIe siècle, avec ponts, tours, maisons, flèches, bateaux mâtés, le tout unifié par les étendues bleues du fleuve, élégant escalier à double révolution, courbure de la balustrade achevée par les statues en bronze d'enfants rieurs qui chevauchaient des dauphins et brandissaient de grosses lampes surmontées de globes. A mesure qu'ils montaient, la magnificence se faisait moins envahissante, la profusion des détails, mieux maîtrisée, mais c'est entourés de dignité, d'équilibre et d'élégance qu'ils montèrent d'un pas résolu vers la brutale profanation de la mort.

Au troisième étage, une porte matelassée de serge verte était ouverte. Claudia Étienne et Dalgliesh à côté d'elle, suivis par Kate, gravirent un escalier étroit qui tourna à droite avant que les douze dernières marches les conduisent à un vestibule qui ne mesurait guère que trois mètres de large, avec la porte grillagée d'un ascenseur sur sa gauche ; le mur de droite était plein, mais il y avait une porte fermée à gauche et une porte ouverte devant eux.

Claudia Étienne dit : « C'est la salle des archives où nous conservons nos vieux documents. Le petit bureau est par là. »

La salle avait évidemment été aménagée en abattant une cloison entre deux pièces, ce qui donnait un espace occupant presque toute la longueur de la maison. Des rangées de rayonnages en bois perpendiculaires aux portes arrivaient presque au plafond, si serrés qu'on avait à peine la place de se déplacer commodément entre eux. Entre les rangées, un certain nombre d'ampoules pendaient, sans abat-jour. La lumière naturelle venait de six longues fenêtres par lesquelles Kate aperçut les sculptures compliquées d'une balustrade de pierre. Ils tournèrent à droite vers un espace dégagé large d'un mètre cinquante environ entre les extrémités des rayonnages et le mur, pour arriver devant une autre porte.

Sans un mot, Claudia Étienne tendit la clef à Dalgliesh, qui lui dit : « Si vous vous sentez la force d'entrer, j'aimerais que vous me confirmiez que la pièce et le corps de votre frère sont exactement tels que vous les avez trouvés en arrivant ici pour la première fois. Mais si cela vous semble trop pénible, ne vous inquiétez pas. Ce serait une aide, mais ce n'est pas essentiel.

— Je tiendrai le coup. C'est plus facile pour moi maintenant que cela le serait demain. Je ne peux pas encore croire que c'est vrai. Rien n'a l'air vrai, rien ne donne la sensation du vrai. Demain, je suppose, je saurai que c'est vrai et définitivement vrai. »

C'étaient ces mots qui pour Kate ne sonnaient pas vrai. Il y avait là quelque chose de faux, de théâtral dans les cadences bien balancées, comme si elles avaient été préparées à l'avance. Mais elle se dit qu'il ne fallait pas conclure à la hâte. Trop facile de mal interprêter le désarroi du chagrin. Mieux que la plupart, elle savait comme les premières paroles après un choc ou un deuil peuvent être peu en situation. Elle se rappelait la femme d'un conducteur d'autobus tué d'un coup de poignard dans un pub d'Islington et dont la première réaction avait été de se lamenter qu'il n'ait pas changé sa chemise le matin, ni posté les bulletins du concours de pronostics. Et pourtant, elle avait aimé son mari et le pleurait sincèrement.

Dalgliesh prit la clef des mains de Claudia Étienne, constata qu'elle tournait facilement et ouvrit la porte. Une âcre odeur de gaz se répandit comme une contagion. Le corps à moitié nu parut leur sauter aux yeux avec la brutalité théâtrale de la mort et rester un instant suspendu dans l'irréalité, image bizarre et puissante qui maculait l'air calme.

Couché par terre, les pieds vers la porte, il portait des pantalons gris et des chaussettes grises. Les souliers de fin cuir noir paraissaient neufs, les semelles à peine éraflées. Bizarre, se dit Kate, comme on remarque ces petits détails. Le torse était nu, et une chemise blanche serrée dans la main de son bras droit étendu. Le serpent de velours était enroulé deux fois autour de son cou, la queue sur la poitrine et la tête enfoncée dans la bouche distendue. Au-dessus, les yeux ouverts et vitreux, indiscutablement les yeux de la mort, parurent à Kate refléter un instant de surprise outragée. Toutes les couleurs étaient fortes, d'un éclat anormal, riche châtain foncé des cheveux, visage et torse d'un rouge rosâtre qui n'était pas celui de la nature, blancheur crue de la chemise, vert livide du serpent. L'impression d'une force physique émanant du corps était si puissante que Kate recula instinctivement et sentit le choc très doux de son épaule contre celle de Claudia. « Excusez-moi. » La formule banale paraissait insuffisante, même si elle ne s'appliquait qu'à la brève rencontre physique. Puis l'image s'estompa et la réalité reprit ses droits. Le corps devint ce qu'il était, chair morte aux ornements grotesques, exhibée comme sur une scène.

Et alors, d'un coup d'œil rapide, debout sur le seuil, elle enregistra les détails de la pièce. Elle était petite, pas plus de trois mètres cinquante sur deux mètres cinquante, et sinistre comme une cellule de condamné à mort. Le plancher de bois nu, les murs nus. Une seule haute fenêtre bien fermée et une seule ampoule blanche suspendue au milieu du plafond. De l'encadrement de la fenêtre, un cordon de tirage cassé de huit centimètres à peine pendait. A gauche de la fenêtre, une petite cheminée victorienne en carreaux de faïence ornés de fleurs et de fruits colorés dont la grille avait été remplacée par une rampe à gaz d'un vieux modèle. Appuyée contre le mur opposé, une petite table en bois sur laquelle on avait posé une lampe de bureau moderne noire et deux paniers en treillage métallique qui contenaient chacun quelques fiches un peu fanées. Consciente qu'un petit détail ne collait pas, Kate chercha du regard le bout manquant du cordon de tirage et le vit sous la table, comme s'il avait été négligemment écarté d'un coup de pied. Claudia Étienne était toujours si près d'elle que Kate sentait son immobilité, sa respiration rapide et contrôlée.

Dalgliesh demanda : « C'est ainsi que vous avez trouvé la pièce ? Est-ce que quelque chose vous frappe maintenant, que vous n'aviez pas remarqué à ce moment-là ?

— Rien n'a changé. D'ailleurs, rien ne *pouvait* changer. J'ai fermé la porte à clef en partant. Je n'ai pas regardé la pièce de très près quand je... quand je l'ai trouvé.

— Avez-vous touché le corps ?

— Je me suis agenouillée à côté de lui et j'ai tâté son visage. Il était très froid, mais même avant ça je savais qu'il était mort. Je suis restée agenouillée auprès de lui. Quand les autres ont été partis, je crois... » Elle s'interrompit, puis reprit résolument : « J'ai posé ma joue sur la sienne un instant.

— Et la pièce ?

— Elle a l'air bizarre maintenant. Je n'y monte pas souvent — la dernière fois, c'est quand j'ai trouvé le corps de Sonia Clements — mais elle paraît différente, plus vide, plus propre. Et puis, il manque quelque chose, le magnétophone. Gabriel — Mr Dauntsey — dicte sur cassette et on laisse en général l'appareil sur la table. Et puis je n'avais pas remarqué le cordon de tirage cassé quand je suis venue la première fois. Où est le bout ? Est-ce que Gérard est couché dessus ? »

Kate intervint : « Il est sous la table.

— Comme c'est bizarre ! dit Claudia Étienne en le regardant. On s'attendrait plutôt à ce qu'il soit tombé vers la fenêtre. »

Elle chancela et Kate voulut la soutenir, mais la jeune femme la repoussa très vite.

Dalgliesh dit alors : « Merci d'être montée avec nous, Miss Étienne. Je sais que ce n'était pas facile pour vous. C'est tout ce que je voulais vous demander pour le moment. Kate, voulez-vous... »

Mais, avant que Kate ait pu bouger, Claudia Étienne dit : « Ne me touchez pas. Je suis parfaitement capable de descendre toute seule. Je serai avec les autres dans la salle du conseil si vous avez encore besoin de moi. »

Mais sa sortie se trouva entravée. On entendit des voix masculines, un pas léger et, quelques secondes plus tard, Daniel Aaron entrait rapidement dans la pièce suivi par deux officiers des interventions rapides, Charlie Ferris et son assistant.

Aaron s'excusa : « Désolé d'être en retard, chef. Dans Whitechapel Road, ça ne circulait pas. »

Il croisa le regard de Kate et haussa les épaules avec un petit sourire contrit. Elle l'aimait bien, le respectait et n'avait pas de difficulté pour travailler avec lui. Préférable à tous égards à Massingham, mais, comme Massingham, il n'était jamais ravi de constater que Kate était arrivée sur les lieux avant lui.

21

Les quatre associés s'étaient rendus ensemble à la salle du conseil au premier étage, moins dans une intention délibérée que par conviction tacite qu'il était plus sage de rester groupé, pour savoir ce que disaient les autres et éprouver au moins le faux réconfort de la camaraderie humaine, plutôt que de se retrancher dans un isolement suspect. Mais ils n'avaient pas d'occupation et aucun ne voulait se faire apporter des dossiers, des journaux ou des lectures quelconques, au cas où ce serait considéré comme la preuve d'une épaisse indifférence. La maison semblait curieusement silencieuse. Quelque part, ils le savaient, les rares membres du personnel encore dans les bureaux devaient être en train de confabuler, de discuter, de spéculer. Il y avait certes des sujets qu'ils avaient besoin d'aborder, il leur faudrait convenir d'une redistribution provisoire des rôles, mais le faire tout de suite semblait aussi grossièrement insensible que de détrousser le mort.

Au reste, leur attente ne fut pas longue. Dix minutes après son arrivée sur les lieux, le commandant Dalgliesh fit son apparition avec l'inspecteur Miskin. Tandis que sa haute silhouette sombre s'approchait tranquillement de la table, quatre paires d'yeux le suivaient, graves, comme si sa présence à la fois désirée et un peu redoutée était une intrusion dans un chagrin partagé. Ils ne firent pas un geste quand il avança une chaise pour sa collègue, puis s'assit en posant les mains à plat sur la table.

Il entra aussitôt dans le vif du sujet : « Désolé de vous avoir fait attendre, mais malheureusement attentes et bouleversements ne peuvent être évités après une mort inexpliquée. J'aurai besoin de vous voir séparément et j'espère sans trop tarder. Est-ce qu'il y a ici une pièce avec un téléphone que je pourrais utiliser sans provoquer une gêne excessive ? Je n'en aurai besoin que pour la fin de la journée. Le PC opérationnel sera au commissariat de police de Wapping. »

Ce fut Claudia qui répondit : « Même si vous occupiez toute la maison pendant un mois, la gêne serait légère comparée à un assassinat. »

De Witt glissa doucement : « Si c'est un assassinat. » Et il sembla que la pièce, déjà silencieuse, le devenait plus encore tandis qu'ils attendaient la réponse.

« Nous ne pourrons être sûrs des causes de la mort qu'après l'autopsie. Le médecin légiste sera ici sous peu et je saurai alors à quel moment j'aurai son rapport. Ensuite, il y aura peut-être quelques analyses en laboratoire qui prendront aussi du temps. »

Claudia dit alors : « Vous pouvez utiliser le bureau de mon frère. Ça semblerait assez indiqué. Il est au rez-de-chaussée, à droite sur le devant de la maison. Vous êtes obligé de traverser le bureau de son assistante pour y accéder, mais si cela vous gêne, Miss Blackie peut déménager. Est-ce que vous aurez besoin d'autre chose ?

— Je voudrais avoir la liste de tous les membres du personnel actuellement employés et les noms de tous ceux qui sont peut-être partis, mais qui étaient ici pendant toute la période où votre mauvais plaisant a opéré. Je crois que vous avez déjà mené une enquête au sujet de ces incidents. J'ai besoin des détails les concernant et de ce que vous avez découvert, si vous avez découvert quelque chose.

— Donc, vous êtes au courant? demanda de Witt.

— La police en a été avisée. Cela me serait commode également d'avoir un plan du bâtiment.

— Il y en a un dans les dossiers, dit Claudia. Nous avons fait faire quelques modifications à l'intérieur, il y a environ deux ans, et l'architecte a établi de nouveaux levés de l'intérieur et de l'extérieur. Les plans originaux de la maison et les maquettes de ses décorations sont dans les archives, mais je ne pense pas que vous vous intéressiez avant tout à l'architecture.

— Non, pas pour le moment. Quelles sont les dispositions prises pour assurer la sécurité de la maison? Qui détient les clefs?

— Chacun des associés a un trousseau de clefs pour toutes les portes, expliqua Miss Étienne. La grande entrée par la terrasse et la Tamise ne sert plus maintenant que pour les occasions spéciales, quand la plupart des invités viennent par bateau, et elles ne sont pas fréquentes de nos jours. La dernière a eu lieu le 10 juillet pour notre réception d'été et les fiançailles de mon frère. La principale des portes donnant sur rue est celle d'Innocent Walk, mais elle sert rarement parce que, en raison des bizarreries architecturales de cette maison, elle oblige à passer par le logement des domestiques et la cuisine. Elle est toujours fermée à clef et elle l'est encore. Lord Stilgoe a vérifié les portes avant que vous arriviez. » Elle parut sur le point de faire un commentaire sur les activités de ce dernier, mais se retint et poursuivit : « Celle que nous utilisons est la porte latérale donnant sur Innocent Lane, par où vous êtes entré. Celle-là est laissée ouverte la journée, tant que George Copeland est au standard. Il a une clef pour cette porte-là, mais pas pour celle de derrière, ni pour celle qui donne sur le fleuve. Le système d'alarme est déclenché à partir d'un tableau à côté du standard. Les portes et les fenêtres des trois étages sont fermées à clef. Le dispositif est assez rudimentaire, j'en ai bien peur, mais le vol n'a jamais vraiment été un problème ici. L'édifice lui-même est presque sans prix bien entendu, mais peu des peintures, par exemple, sont des originaux. Il y a un grand coffre dans le bureau de Gérard et après l'incident du livre de Lord Stilgoe, dont les épreuves avaient été griffonnées, nous avons installé d'autres placards fermant à clef dans trois des bureaux et sous le comptoir de la réception pour que tous les manuscrits ou les documents importants puissent être enfermés la nuit.

— Normalement, qui arrive le premier le matin et ouvre les portes ? »

Ce fut Gabriel Dauntsey qui répondit : « En général c'est George Copeland. Il doit commencer son travail à neuf heures et il est habituellement au standard à cette heure-là. C'est quelqu'un de confiance. S'il est retenu — il habite au sud du fleuve — ce peut être Miss Peverell ou moi. Nous avons l'un et l'autre un appartement au 12, c'est-à-dire la maison à gauche d'Innocent House. C'est un peu au petit bonheur. Celui qui arrive le premier ouvre la porte et débranche le système d'alarme. La porte d'Innocent Lane a une Yale et un verrou de sûreté. Ce matin, George est arrivé le premier comme d'habitude et il a constaté que le verrou n'avait pas été mis. Il a ouvert la porte avec la Yale. Le système d'alarme était également débranché, il a donc conclu tout naturellement que l'un d'entre nous était déjà arrivé. »

Dalgliesh demanda : « Qui d'entre vous quatre a vu Mr Étienne en dernier ?

— Moi, répondit Claudia. Je suis allée dans son bureau pour lui parler avant de partir, juste avant six heures et demie. En général il travaillait tard le jeudi soir. Il était encore là. Il y avait peut-être d'autres personnes dans la maison à ce moment-là, mais je crois plutôt que tout le monde était parti. Évidemment, je n'ai pas vérifié ni fait des recherches.

— Était-ce généralement connu que votre frère travaillait tard le jeudi ?

— On le savait au bureau. Mais d'autres personnes aussi probablement.

— Il semblait être comme d'habitude ? Il ne vous a pas dit qu'il avait l'intention de travailler dans le petit bureau des archives ?

— Il semblait être parfaitement comme d'habitude et il n'a pas fait la moindre allusion au petit bureau des archives. A ma connaissance, il n'y allait jamais. Je n'ai aucune idée de la raison pour laquelle il y est monté et y est mort... si c'est là qu'il est mort. »

De nouveau les quatre paires d'yeux regardèrent intensément le visage de Dalgliesh. Il ne fit aucun commentaire. Après avoir posé la question attendue — connaissaient-ils quelqu'un qui pût souhaiter la mort d'Étienne ? — et reçu leurs courtes réponses tout aussi attendues, il se leva, et sa collègue qui n'avait pas dit un mot se leva aussi. Puis il les remercia tranquillement et elle s'effaça pour le laisser sortir le premier.

Après leur départ, il y eut une demi-minute de silence, puis de Witt dit : « Pas exactement le genre de flic à qui on demande l'heure. Personnellement, je le trouve assez terrifiant pour les innocents, alors Dieu sait l'effet qu'il doit faire sur les coupables. Vous le connaissez, Gabriel ? Après tout, vous êtes dans la même crèmerie. »

Dauntsey releva la tête : « Je connais son œuvre, bien sûr, mais je ne crois pas que nous nous soyons jamais rencontrés. C'est un poète de qualité.

— Oh, nous le savons tous. Simplement, je suis étonné que vous n'ayez jamais essayé de le subtiliser à son éditeur. Espérons qu'il est aussi bon dans ses enquêtes. »

Frances intervint pour la première fois : « Bizarre, tout de même, qu'il ne nous ait pas posé une seule question sur le serpent.

— Le serpent ? dit sèchement Claudia. Quelle question ?

— Il ne nous a pas demandé si nous savions où le trouver.

— Oh, il le fera, dit de Witt. Croyez-moi, il le fera. »

22

Dans le petit bureau des archives, Dalgliesh demanda : « Vous avez pu joindre le Dr Kynaston, Kate ?

— Non, chef. Il est allé voir son fils en Australie. C'est Doc Wardle qui va venir. Il était dans son labo, donc il devrait être ici rapidement. »

Mauvais début. Dalgliesh avait l'habitude de travailler

avec Miles Kynaston, qu'il aimait comme homme et qu'il respectait comme médecin légiste, sans doute le plus brillant du pays. Il avait compté, peut-être imprudemment, que ce serait lui qui s'accroupirait à côté du corps, ses gros doigts dans des gants de caoutchouc fin comme une deuxième peau qui manieraient le corps avec autant de douceur que si les membres raidis pouvaient se raidir plus encore sous cette exploration. Reginald Wardle était parfaitement compétent, sinon il n'aurait pas été employé par la police métropolitaine. Il ferait du bon travail, son rapport serait aussi complet que celui de Kynaston et remis en temps voulu. Il serait aussi efficace à la barre des témoins, le cas échéant, prudent mais décidé, impavide sous le feu des questions. Seulement, Dalgliesh l'avait toujours trouvé irritant et il soupçonnait cette légère antipathie, trop peu marquée pour être qualifiée d'aversion, d'être mutuelle.

Appelé, Wardle arrivait toujours très vite sur les lieux du crime — rien à lui reprocher là-dessus — mais il se présentait invariablement avec un air très détendu, comme s'il disposait de tout son temps et voulait démontrer le peu d'importance qu'avaient la mort violente et ce cadavre en particulier dans son ordre personnel des choses. Assez porté à soupirer et à émettre des clappements de langue devant le corps, comme si le problème qu'il présentait était irritant plutôt qu'intéressant et ne justifiait pas vraiment l'appel de la police qui l'arrachait à des préoccupations plus immédiates dans son laboratoire. Sur place, il fournissait le minimum d'explications, peut-être par prudence naturelle, mais en donnant trop souvent l'impression que la police le pressait déraisonnablement de porter un jugement prématuré. Ses remarques les plus courantes dans ce cas étaient : « Mieux vaut attendre, mieux vaut attendre, je vais l'avoir bientôt sur la table et alors nous verrons. »

De plus, il excellait à se mettre en valeur. Sur les lieux du crime, il pouvait donner l'impression d'être un collègue assommant et malgracieux, mais, chose étonnante, il se transformait en brillant causeur après un bon repas, et on lui en offrait d'ailleurs sans doute plus qu'à n'importe quel membre de sa profession. Dalgliesh, qui trouvait étonnant qu'un homme pût se porter volontaire pour un dîner interminable et en général médiocre dans un hôtel quelconque simplement pour le plaisir de prendre la parole ensuite, ajoutait *in petto* ce fait à la liste des petits délits de Wardle. Mais une fois dans son amphi, il n'était plus le même. Là, peut-être parce qu'il régnait sans conteste, il semblait être fier de démontrer son adresse considérable et acceptait assez volontiers d'échanger des opinions et d'exposer des théories.

Dalgliesh, qui avait déjà travaillé avec Charlie Ferris, fut content de le voir. Son sobriquet, « le Furet », était rarement employé devant lui, mais il était trop approprié pour qu'on pût toujours l'éviter. Il avait de petits yeux perçants avec des cils pâles, un long nez sensible à toutes les variétés d'odeurs et des doigts minuscules qui pouvaient ramasser délicatement les plus petits objets comme s'ils étaient aimantés. Au travail il présentait un aspect original, voire à l'occasion bizarre, ses vêtements préférés en pareil cas étant des shorts ou des pantalons de coton très serrés, un maillot de corps, des gants de chirurgien, et un bonnet de bain en plastique. Son credo professionnel était qu'aucun criminel ne quitte le lieu de son crime sans y laisser quelque trace matérielle et que c'était à lui de la trouver.

Dalgliesh lui dit : « Le programme habituel, Charlie, mais nous aurons besoin d'un ingénieur du gaz pour démonter cet appareil et faire un rapport. Dites-leur que c'est urgent. Si le conduit est obstrué par des débris, je veux qu'ils soient envoyés au labo avec des échantillons des fragments du revêtement intérieur de la cheminée au cas où il y en a. C'est un très vieux radiateur à gaz avec un robinet démontable. Je ne sais pas si nous trouverons une empreinte utile là-dessus, presque certainement pas. Il faudra examiner toutes les surfaces pour voir si elles en portent. Le cordon de tirage est important. J'aimerais savoir s'il a cassé simplement parce qu'il était usé, ou s'il a été éraillé exprès. Vous ne pourrez sans doute vous faire qu'une opinion, sans plus, mais le labo aidera peut-être. »

Laissant l'équipe à son travail, il s'agenouilla à côté du corps, l'examina attentivement pendant un moment, puis étendit la main pour lui toucher la joue. Était-ce un effet de son imagination ou le teint coloré qui faisait paraître la peau légèrement tiède au toucher? Ou était-ce la chaleur de ses propres doigts qui, pendant quelques secondes, avait donné une vie factice à la chair morte? Il glissa la main jusqu'à la mâchoire en prenant soin de ne pas déloger le serpent. La chair était molle et l'os bougea sous sa légère pression.

Il dit alors à Kate et à Dan : « Voyez ce que vous pensez de la mâchoire. Faites bien attention. Je veux que le serpent reste en place jusqu'à ce que l'autopsie ait été pratiquée. »

Ils s'agenouillèrent à tour de rôle — Kate d'abord —, touchèrent la mâchoire, regardèrent le visage de très près, posèrent les mains sur le torse nu et Dan conclut : « La rigidité cadavérique est bien installée dans la partie supérieure du corps, mais la mâchoire est libre.

— Ce qui signifie ? »

Ce fut Kate qui répondit : « Que quelqu'un a mobilisé la mâchoire quelques heures après la mort. Sans doute pour pouvoir enfoncer le serpent dans la bouche. Mais pourquoi prendre cette peine ? Pourquoi ne pas l'enrouler autour du cou ? La démonstration était faite et tout aussi bien.

— Oui, dit Daniel, mais de façon moins dramatique.

— Peut-être. Seulement, ouvrir de force la mâchoire, c'est prouver que quelqu'un a manipulé le corps des heures après la mort. Ce quelqu'un a pu être le meurtrier — si c'est un meurtre —, mais pas forcément. Nous n'aurions jamais soupçonné qu'il y avait eu une deuxième visite sur les lieux si le serpent avait été simplement enroulé autour du cou.

— C'est peut-être justement ce que le criminel voulait nous faire savoir. »

Dalgliesh regarda le serpent avec soin. Long de 1,50 mètre environ, il était évidemment destiné à couper les courants d'air. Le dessus du corps était en velours rayé, le dessous d'un tissu brun plus résistant. Sous la douceur du velours, Dalgliesh eut une impression de rugosité.

Des pas tranquilles se firent entendre qui s'approchaient sans hâte par la salle des archives. Daniel dit : « On dirait que Doc Wardle est arrivé. »

Il mesurait plus d'un mètre quatre-vingt-dix et sa tête impressionnante se dressait au-dessus de larges épaules osseuses d'où son mince veston mal coupé pendait comme d'un portemanteau. Avec son nez couperosé en bec d'aigle, sa voix de stentor et ses yeux perçants continuellement en mouvement sous des sourcils tellement touffus et vigoureux qu'ils semblaient animés d'une vie propre, il avait l'air du prototype d'un colonel irascible. Sa taille aurait pu être une gêne dans un métier où les cadavres sont souvent très incommodément dissimulés dans les fossés, les rigoles, les placards et des tombes de fortune, mais le long corps pouvait se glisser avec une aisance, voire une grâce inattendue, dans les endroits les moins propices. Ce jour-là, il jeta un coup d'œil autour de la pièce, déplorant sa simplicité sans concession et la tâche peu affriolante qui l'avait arraché à son microscope, après quoi il s'agenouilla à côté du corps en poussant un soupir lugubre.

« Vous allez vouloir l'heure approximative de la mort, évidemment. C'est toujours la première question après "Est-ce qu'il est mort?" Et oui, il est mort. C'est le seul fait sur lequel nous puissions tous être d'accord. Corps froid, rigidité cadavérique installée. Il y a une exception intéressante, mais nous y reviendrons plus tard. Cela donne à penser que la mort remonte à treize ou quinze heures. La pièce est chaude, exagérément pour cette période de l'année. Vous avez vérifié la température? Vingt-trois degrés. Ça pourrait retarder le début de la rigidité. Vous avez déjà discuté de cette intéressante anomalie sans aucun doute. Néanmoins, parlez-m'en, commandant, parlez-m'en. Ou bien vous, inspecteur. Je vois que vous en avez une envie terrible. »

Dalgliesh s'attendait presque à ce qu'il ajoutât : « Difficile d'espérer que vous avez pu vous empêcher de le manipuler. » Il regarda Kate, qui dit : « La mâchoire est souple. La rigidité commence par le visage, la mâchoire et le cou cinq à sept heures après la mort, pour atteindre son maximum au bout de douze. Elle disparaît dans le même ordre. Donc, ou elle est déjà en train de disparaître dans la mâchoire, ce qui reculerait l'heure du décès de six heures, ou la bouche a été ouverte de force. Je dirai que c'est presque certainement la deuxième hypothèse qui est la bonne. Les muscles de la face ne sont pas relâchés. »

Wardle déclara : « Je me demande parfois pourquoi vous prenez la peine de demander un pathologiste. »

Sans se laisser impressionner, Kate poursuivit : « Ce qui signifie que la tête du serpent a été enfoncée dans la bouche non pas au moment de la mort, mais au moins cinq à sept heures plus tard. Donc la cause du décès ne peut pas être l'étouffement, du moins pas avec le serpent. Mais ça, nous ne l'avons jamais cru.

— Les lividités et la position du corps, ajouta Dalgliesh, donnent à penser qu'il est mort couché sur le ventre et qu'il a été retourné ensuite. Ce serait intéressant de savoir pourquoi. »

Kate suggéra : « Plus facile de disposer le serpent et d'enfoncer sa tête dans la bouche du mort ?

— Peut-être. »

Dalgliesh ne dit plus rien pendant que Doc Wardle poursuivait son examen. Il avait déjà empiété plus qu'il n'était prudent sur le domaine du pathologiste. La cause de la mort lui semblait évidente et il se demandait si ce n'était pas la perversité plus que la prudence qui rendait le praticien complètement muet. Ce n'était pas la première fois qu'ils se trouvaient en présence d'un décès par empoisonnement à l'oxyde de carbone. Les lividités cadavériques, plus prononcées qu'à l'habitude en raison de la liquéfaction plus lente du sang, la coloration rouge cerise de la peau, si vive que le corps semblait avoir été peint, tout cela était indiscutable et certainement décisif.

Wardle se décida alors : « Cas d'école, hein ? Pas besoin d'un médecin légiste et d'un grand patron de la Met pour diagnostiquer l'oxyde de carbone. Mais ne nous excitons pas trop. Mettons-le sur table, hein ? Alors les gars du labo pourront prélever leurs échantillons de sang et nous donner une réponse sûre. Vous voulez qu'on lui laisse ce serpent dans la bouche ?

— Oui. Je préférerais qu'on ne le déplace pas avant l'autopsie.

— Que vous voulez voir pratiquer immédiatement si ce n'est plus tôt, bien sûr.

— Est-ce que ça n'est pas toujours comme ça ?

— Je peux la faire ce soir. Nous avions un dîner et notre hôtesse nous a décommandés. Brusque accès de grippe, du moins c'est ce qu'elle a dit. Six heures et demie à la morgue habituelle si vous pouvez y être à ce moment-là. Je vais leur passer un coup de fil pour les prévenir. Est-ce que la bétaillère est en route ?

— Elle devrait arriver d'un moment à l'autre », dit Kate.

Dalgliesh savait très bien que l'autopsie suivrait son cours même s'il n'avait pu arriver à temps, mais, bien sûr, il serait là. Wardle se montrait décidément bien coopératif, mais alors le policier se rappela qu'il l'était toujours quand les jeux étaient faits.

23

Dès qu'il vit Mrs Demery, Dalgliesh sut qu'il n'aurait pas de difficultés avec elle; il avait déjà eu affaire à ses pareilles. D'après son expérience, elles n'avaient pas de préjugés contre la police, qu'elles jugeaient en général bienfaisante et portée à être de leur côté, sans voir de raison d'ailleurs pour la traiter avec un respect excessif, ou d'attribuer à ses agents plus de bon sens qu'on n'en trouve généralement dans le reste du sexe masculin. Elles étaient sans doute tout aussi prêtes à mentir que les autres témoins quand il s'agissait de protéger les leurs, mais étant honnêtes et à l'abri du fardeau de l'imagination, elles préféraient dire la vérité parce que c'était en général plus simple et, l'ayant dite, ne voyaient aucune raison de se torturer la conscience avec des doutes sur leurs propres mobiles ou les intuitions des autres. Elles étaient obstinément fermes, inébranlables et parfois insolentes lors des interrogatoires. Dalgliesh les soupçonnait de trouver les hommes un peu ridicules, surtout revêtus de toges et de perruques, pontifiant avec des voix arrogantes par-dessus les têtes du commun des mortels et d'être bien décidées à ne pas se laisser tancer, bousculer, ou réduire au silence par ces irritantes créatures.

Or voilà qu'un spécimen de cette excellente espèce s'installait en face de lui et le soumettait au franc examen de ses yeux vifs et intelligents. Ses cheveux visiblement teints de frais en blond orangé étaient coiffés dans le style des photographies édouardiennes, bien tirés sur les tempes avec une frange de bouclettes qui lui mangeaient le front. Avec son nez pointu et ses yeux brillants, légèrement exophtalmiques, elle évoquait pour Dalgliesh un caniche intelligent.

Sans attendre qu'il entame la conversation, elle lui dit : « J'ai connu votre papa, Mr Dalgliesh.

— Vraiment, Mrs Demery? Quand ça? Pendant la guerre?

— C'est ça même. Mon frère jumeau et moi, on a été évacués dans votre village. Vous vous rappelez les jumeaux Carter? Mais non, bien sûr. Vous étiez même pas encore une lueur dans l'œil de votre papa. Oh, c'était un beau gentleman! On n'était pas logés à la cure, ils avaient les mères célibataires. Nous, on était avec Miss Pilgrim dans son cottage. Oh, la, la! c'était la galère, ce village, Mr Dalgliesh. Je sais pas comment vous avez pu vous le farcir quand vous étiez môme. Elle m'a dégoûtée de la campagne pour la vie, cette cambrousse, pas d'erreur. La boue, la flotte et qu'est-ce que ça cocotait dans les cours de ferme! Et puis ce qu'on se barbait!

— Pas grand-chose à faire pour un enfant de la ville, peut-être.

— Oh, si, il y avait bien des trucs à faire, mais de la minute où on essayait de les faire, on était dans le pétrin jusqu'au cou.

— Comme barrer le ruisseau du village?

— Ah, vous la saviez, celle-là? Comment qu'on pouvait deviner qu'il déborderait dans la cuisine de Mrs Piggott et qu'il noierait son vieux chat? Dire que vous étiez affranchi, vous vous rendez compte! » Le visage de Mrs Demery exprimait la plus vive satisfaction.

« Vous et votre frère, vous faisiez partie du folklore local, Mrs Demery.

— Vrai? C'est gentil ça. Vous vous rappelez les petits cochons de Mr Stuart?

— Lui, sûrement. Il a plus de quatre-vingts ans maintenant, mais il y a des événements qui restent gravés dans la mémoire.

— Ça devait être une vraie course. On avait aligné les petits bougres, plus ou moins, mais après ça ils avaient cavalé partout, enfin surtout sur la route de Norwich. Mais, mon Dieu, quelle terreur, ce village! Le silence. On restait réveillé pour l'écouter. Comme si on serait été morts. Et le noir. Jamais vu un noir comme ça. Comme de la poix. Une grande couverture de laine noire qui vous pesait dessus jusqu'à ce que vous vous sentiez étouffé. Billy et moi, on pouvait pas tenir. Jamais on n'avait eu un cauchemar avant qu'on soye évacués. Quand la mère venait nous voir, on arrêtait pas de chialer. Je m'en rappelle de ces visites. Elle nous traînait tout le long de cette mocheté de chemin. Billy et moi, on braillait qu'on voulait rentrer à la maison. On lui racontait que Miss Piggott nous donnait rien à bouffer et nous tapait dessus tout le temps. Question bouffe, c'était vrai, d'ailleurs, tout le temps qu'on a été là on n'a pas eu une frite à peu près convenable. Finalement elle nous a ramenés chez nous pour avoir la paix. Là, on était peinards. Qu'est-ce qu'on s'est marré, surtout quand les bombardements ont commencé ! On avait un de ces abris Anderson dans le jardin et on était tous pépères là-dedans, la mère et la mémé et tata Edie et Mrs Powell du 42, une fois que sa crèche a été bombardée. »

Dalgliesh demanda : « Il ne faisait pas noir dans l'abri Anderson ?

— On avait nos lampes électriques, hein ? Et quand le raid était pas juste sur nous, on pouvait sortir et regarder les projecteurs. Ils en faisaient des beaux dessins sur le ciel ! Et puis vous parlez d'un boucan ! Les canons antiaériens, vous auriez dit un géant qui déchirait de la tôle ondulée. Ah ça, comme disait la mère, si vous donnez une enfance heureuse à vos gosses, il peut pas leur arriver grand-chose dans la vie après. »

Dalgliesh eut l'impression qu'il serait vain de discuter cette conception un peu optimiste de l'éducation des enfants et il s'apprêtait à suggérer avec le maximum de tact qu'il était temps de passer aux choses sérieuses quand Mrs Demery le devança :

« Enfin, en voilà assez sur le bon vieux temps. Vous voulez sûrement m'interroger sur l'assassinat.

— C'est comme ça que vous voyez la chose ?

— Ça tombe sous le sens. Il s'est pas enroulé tout seul ce serpent autour du cou. Il a été étranglé, hein ?

— Nous ne saurons pas comment il est mort avant d'avoir les résultats de l'autopsie.

— Ma foi, moi, il m'a eu l'air étranglé, avec sa figure toute rose et cette tête de serpent fourrée dans sa bouche. Remarquez, j'ai jamais vu un cadavre qui avait aussi bonne mine. Il était mieux mort que vivant et il était déjà pas mal. Un vrai beau gars. Je pensais toujours qu'il ressemblait à Gregory Peck. »

Dalgliesh lui demanda de raconter exactement ce qui s'était passé depuis son arrivée à Innocent House.

« Je viens tous les jours excepté le mercredi de neuf heures à cinq heures. Le mercredi, il paraît que toute la maison est faite à fond par une entreprise, la Société supérieure de nettoyage de bureaux. Enfin, c'est comme ça qu'ils s'appellent. Moi je dirais plutôt inférieure. Je pense qu'ils font de leur mieux, mais c'est pas comme quand on s'intéresse personnellement à un endroit. George vient une demi-heure plus tôt et il leur ouvre. En général, ils ont fini à dix heures.

— Qui est-ce qui vous ouvre, Mrs Demery? Vous avez des clefs?

— Non. Le vieux Mr Étienne en avait parlé, mais je voulais pas de la responsabilité. Déjà trop de clefs dans ma vie. En général, c'est George qui ouvre. Ou ça peut être Mr Dauntsey ou Miss Frances. Ça dépend de celui qui s'est levé le premier. Ce matin, Miss Peverell et Mr Dauntsey étaient pas là, c'est George qui m'a ouvert. Alors j'ai fait ce que j'avais à faire, tranquille, dans ma cuisine, et il s'est rien passé avant neuf heures, juste un tout petit peu avant. Alors ce Lord Stilgoe est arrivé en disant qu'il avait rendez-vous avec Mr Gérard.

— Vous étiez là à ce moment?

— Oui, ça s'est trouvé comme ça. Je taillais une petite bavette avec George. Lord Stilgoe était pas trop content de trouver juste le réceptionniste et moi. George avait passé des coups de fil dans tous les bureaux pour essayer de trouver Mr Gérard et il était en train de proposer à Lord Stilgoe d'attendre à la réception quand Miss Étienne est arrivée. Elle a demandé à George si Mr Gérard était dans son bureau et George, il a dit qu'il avait appelé, mais qu'on n'avait pas répondu. Alors elle a traversé le hall pour aller dans le bureau, et Lord Stilgoe et pis moi, on l'a suivie. Le veston de Mr Gérard était sur son fauteuil et le fauteuil était écarté du bureau, ça faisait drôle. Alors elle a mis la main dans le tiroir de droite et elle a trouvé les clefs. Mr Gérard les mettait toujours là quand il était au bureau. Le trousseau était un peu lourd et il avait horreur de le trimbaler dans sa poche de veston. Miss Claudia a dit : "Il doit être quelque part dans la maison. Peut-être au 10, avec Mr Bartrum." Alors on est retournés à la réception et George a dit qu'il avait appelé le 10. Mr Bartrum était arrivé et il n'avait pas vu Mr Gérard, mais sa Jag était là. Mr Gérard garait toujours sa voiture dans Innocent Passage, parce que c'était plus sûr. Alors Miss

Claudia a dit : “Il est forcément quelque part dans la maison. Il faut qu’on se mette à sa recherche.” A ce moment-là, le premier bateau était arrivé, et pis Miss Frances et pis Mr Dauntsey.

— Est-ce que Miss Étienne avait l’air inquiète ?

— Plutôt perplesque, si vous voyez ce que je veux dire. J’ai dit comme ça, moi je suis passée presque partout dans le derrière de la maison et au rez-de-chaussée, donc il est pas dans la cuisine. Alors Miss Claudia a dit quelque chose comme quoi qu’il y avait pas beaucoup de risques qu’il y soit et elle a pris l’escalier avec moi et Miss Blackett juste derrière elle.

— Vous ne m’aviez pas dit que Miss Blackett était là.

— Pas possible ? Mais si, elle était arrivée par le bateau. Bien sûr, on fait plus tellement attention à elle maintenant que le vieux Mr Peverell est mort. Enfin, elle était là, mais elle avait encore son manteau et elle a monté l’escalier avec nous.

— Trois personnes pour rechercher un seul homme ?

— Ma foi, oui, c’est comme ça. Moi je pense que j’y suis allée par curiosité. Comme un instinct, en fait. Miss Blackett, je sais pas pourquoi elle est venue. Faudra lui demander. Miss Claudia a dit : “On va commencer par le haut de la maison.” Alors c’est ce qu’on a fait.

— Elle est allée tout droit à la salle des archives ?

— C’est ça, et ensuite dans la petite pièce après. La porte était pas fermée à clef.

— Comment l’a-t-elle ouverte, Mrs Demery ?

— Hein ? Elle l’a ouvert comme on ouvre toujours une porte.

— Est-ce qu’elle l’a ouverte toute grande, brutalement ou au contraire doucement ? Est-ce qu’elle paraissait avoir la moindre appréhension ?

— J’ai rien remarqué. Elle l’a ouvert, c’est tout. Et il était là. Couché sur le dos, la figure toute rose et ce serpent tourné autour du cou avec la tête enfoncée dans sa bouche. Il avait les yeux ouverts et tout fixes. Affreux qu’ils étaient. Remarquez, j’ai tout de suite vu qu’il était mort, mais comme j’ai dit, je l’avais jamais trouvé mieux à son avantage. Miss Claudia s’est agenouillée à côté de lui et elle a dit : “Allez téléphoner à la police et sortez d’ici, toutes les deux.”

Plutôt sèche qu'elle était. Mais enfin c'était son frère. J'ai pas l'habitude d'insister quand on veut pas de moi. Et d'abord, je tenais pas tant que ça à rester.

— Et Miss Blackett?

— Elle était juste derrière moi. J'ai cru qu'elle allait hurler, mais au lieu de ça elle a poussé comme un gémissement. Je lui ai passé mon bras autour des épaules. Elle tremblait, terrible. J'ai dit : "Venez donc, ma jolie, venez donc. Vous pouvez rien faire ici." Alors on est redescendues par l'escalier. J'ai pensé que ça irait plus vite qu'avec l'ascenseur, qui est tout le temps en panne, mais ça aurait peut-être mieux valu quand même parce que j'ai eu bien du mal à lui faire descendre les marches tellement qu'elle tremblait. Et une fois ou deux, ses jambes ont flageolé. Une fois, j'ai cru que je serais obligée de la laisser tomber et d'aller chercher de l'aide. Quand on est arrivé en bas, y avait Lord Stilgoe et Mr de Witt et les autres qui étaient plantés là, le nez en l'air pour nous regarder. Ils ont dû voir à ma figure et à l'état qu'elle était, Miss Blackett, qu'il était arrivé une catastrophe. Alors je leur ai raconté. On aurait dit pendant un moment que ça entrait pas et pis Mr de Witt s'est mis à courir pour monter l'escalier avec Lord Stilgoe et Mr Dauntsey après lui.

— Qu'est-ce qui s'est passé à ce moment-là, Mrs Demery?

— J'ai aidé Miss Blackett à s'asseoir dans son fauteuil et j'ai filé lui chercher un peu d'eau.

— Vous n'avez pas appelé la police?

— J'ai pensé que je laisserais ça aux autres. Le corps allait pas se sauver, hein? Y avait pas le feu. Et d'abord si j'aurais téléphoné, j'aurais mal fait. Quand Lord Stilgoe est revenu il est allé droit au standard et il a dit à George : "Appelez-moi Scotland Yard. Je veux le préfet de Police, ou alors le commandant Adam Dalgliesh." Pour lui, c'était tout de suite les gros calibres, forcément. Alors Miss Claudia m'a dit d'aller faire du café bien fort et c'est ce que j'ai fait. Blanche comme un linge qu'elle était. Mais enfin, ça pouvait pas étonner, s'pas? »

Dalgliesh changea un peu de sujet. « Mr Gérard Étienne était passé PDG assez récemment, je crois. Est-ce qu'il était aimé?

— Ben, il aurait pas été emporté d'ici dans un sac à

viande s'il avait été notre petit rayon de soleil. Y avait quelqu'un qui l'aimait pas, ça c'est sûr. Naturellement, c'était pas facile pour lui de venir après le vieux Mr Peverell. Tout le monde le respectait, Mr Peverell. Il était drôlement chouette. Mais moi, je m'entendais bien avec Mr Gérard. Je l'embêtais pas et il m'embêtait pas. Mais je crois pas qu'il y en a beaucoup dans la boîte qui le pleureront. Enfin, un meurtre est un meurtre et ça sera un choc, pour sûr. Ça fera pas beaucoup de bien non plus aux affaires de la maison, à mon idée. Et pis, tenez, en voilà une autre, d'idée. Voyez un peu comment qu'elle vous revient. Peut-être qu'il l'a fait tout seul et après ça le gus qui tournaille par ici lui met le serpent autour du cou pour montrer ce qu'on pensait de lui. Ça vaudrait peut-être la peine qu'on y pense. »

Dalgliesh ne lui dit pas qu'on y avait déjà pensé et lui demanda : « Ça vous étonnerait d'apprendre qu'il s'est tué?

— Ma foi oui, pour dire le vrai. Trop content de lui pour ça, j'aurais dit. Pis d'abord, pourquoi qu'il l'aurait fait? D'accord la maison a quelques difficultés, mais elles en ont toutes, hein? Il s'en serait tiré. Je le vois pas du tout faire comme Robert Maxwell, mais enfin, c'est vrai qu'on aurait pas pensé ça de Robert Maxwell non plus, alors on peut pas vraiment savoir, s'pas? Mystérieux, voilà ce qu'ils sont les gens, mystérieux. Je pourrais vous dire une chose ou deux là-dessus, moi. »

Kate intervint : « Miss Étienne devait être terriblement bouleversée. Le trouver comme ça. Son propre frère. »

Mrs Demery reporta son attention sur Kate, mais l'intrusion d'une tierce personne dans son tête-à-tête ne semblait guère lui plaire. « Si vous posez une question directe, vous avez une réponse directe, inspecteur. Comment qu'elle a pris ça, Miss Claudia? C'est ça que vous voulez savoir? Faudra lui demander. Moi j'en sais rien. Elle était à côté du corps, penchée dessus et elle a jamais tourné la tête pendant tout le temps que moi et Miss Blackett on a été dans la pièce, ce qui n'a pas été long. Je sais pas ce qu'elle sentait, je sais que ce qu'elle a dit : "Sortez d'ici toutes les deux." Plutôt sèche. Peut-être le choc. Vous voyez vous-même.

— En la laissant seule avec le corps.

— C'est ce qu'elle voulait, apparemment. De toute façon je pouvais pas rester. Fallait bien que quelqu'un aide Miss Blackett à descendre l'escalier. »

Dalgliesh reprit la parole. « Est-ce que c'est une bonne place, ici, Mrs Demery ? Vous y êtes heureuse ?

— Aussi bonne que j'en aurai jamais. Écoutez, Mr Dalgliesh, j'ai soixante-trois ans. D'accord, je suis pas un débris et j'ai encore mes jambes et pis mes yeux et je travaille bougrement mieux que des que je pourrais dire. Mais on se met pas à chercher un autre boulot à soixante-trois ans, et moi j'aime le boulot. Je crèverais d'ennui si fallait que je reste dans ma piaule. Et ici, j'ai l'habitude, vu que ça va bientôt faire vingt ans que je viens. c'est pas la tasse de thé de tout le monde, mais ça me botte. Et puis c'est pas loin — enfin pas trop. Je suis toujours à Whitechapel. J'ai un chouette petit appart moderne maintenant.

— Comment venez-vous ?

— Métro jusqu'à Wapping, puis les gambettes. C'est pas une distance. Les rues de Londres, j'en ai pas peur. Je me baguenaudais déjà dans les rues de Londres qu'on pensait même pas à vous. Le vieux Mr Peverell avait dit qu'il m'enverrait un taxi n'importe quel jour si ça m'ennuyait de faire le trajet. Et il l'aurait fait. C'était quelqu'un, Mr Peverell. Ça montrait bien ce qu'il pensait de moi. C'est plaisant d'être apprécié.

— Sûrement. Dites-moi, Mrs Demery, le nettoyage de la salle des archives, la grande, et du petit bureau attenant où on a trouvé Mr Étienne, est-ce que c'est vous qui les faites ou l'entreprise ?

— Moi. Les gens du dehors montent jamais jusqu'au dernier étage. Ça a commencé avec le vieux Mr Peverell. Il y a toute cette paperasse là-haut, vous comprenez, alors il avait peur qu'ils fument et qu'ils mettent le feu. Et puis ces dossiers-là, ils sont confidentiels. Me demandez pas pourquoi. J'y ai jeté un tout petit coup d'œil à un ou deux, c'est que des vieilles lettres et des manuscrits, à ce qu'il m'a semblé. C'est pas comme s'ils gardaient là-haut les états de service des employés ou des trucs personnels comme ça. Mais enfin le vieux Mr Peverell y tenait à ses archives, fallait voir. Du coup il a décidé que je serai responsable de ces deux pièces. Presque personne y monte, sauf Mr Dauntsey, alors je me casse pas trop la tête. Pas la peine. J'y passe une fois par mois en général, le lundi, pour donner un coup de plumeau vite fait.

— Vous passez le sol à l'aspirateur?

— Des fois s'il avait l'air d'en avoir besoin. Mais pas toujours. Comme je vous dis, il y a que Mr Dauntsey qui s'en sert et il salit pas beaucoup. Il y a assez à faire dans le reste de la maison sans traîner l'aspirateur jusque là-haut et passer du temps là où c'est pas utile.

— Je vois, je vois. Quand avez-vous nettoyé la petite pièce pour la dernière fois?

— J'y ai donné un coup de fion presto, il y a eu trois semaines lundi. J'y remonterai lundi prochain. Du moins, c'est ce que je fais normalement, mais je pense bien que vous allez laisser la porte fermée à clef.

— Pour le moment, Mrs Demery. Si nous montions? »

Ils prirent l'ascenseur, lent mais assez doux. La porte du petit bureau des archives était ouverte. L'ingénieur de la compagnie du gaz n'était pas encore arrivé, mais deux officiers et les photographes de la police étaient encore là. Sur un signe de Dalgliesh, ils se glissèrent derrière lui et attendirent.

Il dit : « N'entrez pas, Mrs Demery. Restez sur le pas de la porte et dites-moi si vous voyez quelque chose de changé. »

Mrs Demery passa lentement la pièce en revue. Ses yeux s'arrêtèrent un bref instant sur le contour du corps absent tracé à la craie blanche, mais elle ne fit aucun commentaire. Seulement, au bout de quelques secondes, elle dit : « Vos gars ont tout briqué, hein?

— Nous n'avons fait aucun nettoyage, Mrs Demery.

— Alors c'est quelqu'un d'autre. Y a pas trois semaines de poussière ici. Regardez-moi la cheminée et le parquet. On a passé l'aspirateur sur ce parquet-là. Cré nom de nom! Alors il a nettoyé la pièce avant de faire son coup, et avec mon Hoover! »

Elle se tourna vers Dalgliesh et celui-ci vit apparaître dans ses yeux un mélange d'indignation, d'horreur et de crainte superstitieuse. Jusqu'alors, rien dans la mort d'Étienne ne l'avait aussi profondément affectée que cette cellule de condamné nettoyée et préparée.

« Comment le savez-vous, Mrs Demery?

— Le Hoover est rangé dans le débarras du rez-de-chaussée, à côté de la cuisine. Quand je l'ai pris ce matin, je me suis dit : "Tiens, quelqu'un s'en est servi."

— Comment pouviez-vous en être sûre?

— Parce qu'il était réglé pour les planchers lisses et pas pour les tapis. Y a deux hauteurs, vous voyez. Quand je l'ai rangé, il était réglé pour les tapis. Parce que la dernière fois que je m'en suis servi, c'était pour les tapis dans la salle du conseil.

— Vous en êtes sûre, Mrs Demery?

— Pas assez pour jurer devant un tribunal. Y a des choses qu'on peut jurer et d'autres qu'on peut pas. J'aurais pu changer le réglage comme qui dirait par accident. Tout ce que je sais, c'est qu'en le prenant ce matin, je me suis dit : "Tiens, quelqu'un s'en est servi."

— Est-ce que vous avez demandé à quelqu'un si on s'en était servi?

— Y avait personne à qui le demander, hein? Et d'abord ça peut pas être quelqu'un de la direction. Qui donc aurait besoin du Hoover? C'est mon boulot, c'est pas le leur. J'avais pensé que ça pouvait être quelqu'un de l'entreprise de nettoyage, mais ça serait bizarre aussi. Ils apportent tout leur matériel.

— Est-ce que l'aspirateur était à sa place habituelle?

— Oui, et le cordon était enroulé autour exactement comme je l'avais laissé. Mais il était pas réglé pareil.

— Est-ce qu'autre chose encore vous frappe dans cette pièce?

— Eh bien, y a plus le cordon de tirage. Je suppose que c'est vos gars qui l'ont enlevé. Il se faisait vieux et il était un peu éraillé. J'ai dit à Mr Dauntsey, quand j'ai passé le nez lundi, qu'il faudrait le remplacer et il m'a dit qu'il en toucherait un mot à George. C'est George qui fait tout le bricolage ici. Très adroit, George. A ce moment-là, Mr Dauntsey avait ouvert la fenêtre à moitié. Il la laisse en général comme ça. Il avait pas l'air bien inquiet, mais comme j'ai dit, il allait en toucher un mot à George. Et pis la table, là, elle a été bougée. Je la bouge jamais quand je viens faire les poussières. Voyez vous-même. Elle a été poussée à droite, quelques centimètres. Ça se voit à la petite raie de crasse sur le mur, là où elle était avant. Et pis le magnétophone de Mr Dauntsey est plus là. Il y avait un lit ici autrefois, mais on l'a enlevé quand Miss Clements s'est tuée. Encore une belle affaire. Deux morts qu'on a eus dans cette pièce, Mr Dalgliesh. Je compte que c'est temps qu'on la boucle pour de bon. »

Avant d'en finir avec la femme de ménage, Dalgliesh lui demanda de ne parler à personne de la possible utilisation de son aspirateur, mais sans grand espoir qu'elle garderait la nouvelle pour elle pendant longtemps.

Quand elle fut partie, Daniel demanda : « Est-ce qu'on peut se fier à ce témoignage, chef? Est-ce qu'elle peut vraiment savoir si la pièce a été nettoyée récemment? Ça pourrait être son imagination.

— C'est la spécialiste, Daniel. Et Miss Étienne a remarqué la propreté de la pièce. Mrs Demery avoue elle-même qu'en général elle ne s'occupe pas du plancher. Or aujourd'hui, il n'y a pas trace de poussière, même dans les coins. Quelqu'un l'a nettoyé récemment et ce n'est pas elle. »

24

Dans la salle du conseil, les quatre associés attendaient toujours. Gabriel Dauntsey et Frances Peverell étaient assis à la table ovale, proches l'un de l'autre, mais sans se toucher. De Witt, debout près de la fenêtre, appuyait une main contre la vitre comme s'il avait besoin d'un soutien. Claudia, debout elle aussi, examinait attentivement la grande copie du Canaletto à côté de la porte. La magnificence de la salle diminuait et solennisait à la fois le fardeau de peur, de chagrin, de colère ou de culpabilité que portait chacun. Ils ressemblaient aux personnages d'une pièce pour laquelle on a dépensé une fortune en décors extravagants, mais dont les acteurs sont des amateurs, les dialogues, appris à moitié, les mouvements, raides et gauches. Après le départ de Dalgliesh et de Kate, Frances Peverell avait dit : « Laissez la porte ouverte » et, sans un mot, de Witt était retourné pour l'entrebâiller. Ils avaient besoin de sentir qu'il y avait un monde à l'extérieur, d'entendre le bruit des voix lointaines, si faibles et si intermittentes qu'elles fussent. La porte fermée eût trop ressemblé au fauteuil vacant au milieu de la table, l'une attendant l'entrée impatiente de Gérard et l'autre, son autorité présidentielle.

Sans se retourner, Claudia dit : « Gérard n'avait jamais aimé cette vue du Grand Canal. Il trouvait Canaletto surfait, trop précis, trop plat. Il disait qu'il voyait très bien les apprentis en train de peindre soigneusement les vagues.

— Ce n'était pas Canaletto qui lui déplaisait, répondit de Witt, c'était ce tableau-là. Il disait qu'il en avait assez d'être constamment obligé d'expliquer aux visiteurs que ce n'était qu'une copie. »

Quand elle intervint, la voix de Frances était à peine audible : « Il lui en voulait. La toile lui rappelait que grand-père avait vendu l'original pour un quart de sa valeur à un moment difficile.

— Non, dit fermement Claudia. Il n'aimait pas Canaletto. »

De Witt s'écarta lentement de la fenêtre : « La police prend son temps. Mrs Demery passe un bon moment, j'imagine, à faire son numéro favori : une femme de ménage très peuple, bon cœur mais mauvaise langue. J'espère que le commandant saura l'apprécier. »

Claudia se détourna de son examen du tableau. « Comme c'est ce qu'elle est, on peut difficilement dire qu'elle joue un personnage. Mais elle devient verbeuse quand elle s'excite. Il faut que nous prenions garde de ne pas en faire autant. Devenir verbeux. Trop parler. Dire à la police des choses qu'elle n'a pas besoin de savoir.

— A quoi pensez-vous ? demanda de Witt.

— Que nous n'étions pas précisément unanimes au sujet de l'avenir de la maison. La police pense en clichés, comme la plupart des criminels agissent selon des clichés. C'est sans doute ce qui fait sa force. »

Frances Peverell releva la tête. Personne ne l'avait vue pleurer mais son visage était pâle et bouffi, les yeux ternes sous les paupières gonflées, et quand elle parla sa voix était brisée et un peu dolente. « Qu'est-ce que ça peut faire que Mrs Demery parle ? Et ce que nous disons, qu'est-ce que ça peut faire ? Personne ici n'a rien à cacher. Ce qui s'est passé est évident. Gérard est mort de mort naturelle ou accidentelle et ensuite quelqu'un, la même personne qui a joué des tours dans cette maison, a trouvé le corps et décidé d'en faire un mystère. Ça a dû être terrible pour vous, Claudia, de le trouver ainsi, de voir le serpent enroulé autour de son cou. Mais tout cela est assez simple, sûrement. Il faut que ça le soit. »

Claudia se tourna vers elle avec véhémence, comme si elles étaient au beau milieu d'une dispute : « Quelle sorte d'accident? Vous suggérez que Gérard a eu un accident? Quelle sorte d'accident? »

Frances parut se recroqueviller dans son fauteuil mais sa voix s'était raffermie : « Je ne sais pas. Je n'étais pas là quand c'est arrivé, n'est-ce-pas? C'était juste une suggestion.

— Une fameuse idiotie, oui.

— Claudia » — le ton de de Witt était plus affectueux que réprobateur —, « il ne faut pas que nous nous querellions. Nous devons rester calmes et nous devons nous serrer les coudes, rester bien ensemble.

— Comment pouvons-nous rester ensemble? Dalgliesh veut nous voir séparément.

— Pas physiquement ensemble. Ensemble comme des associés. En équipe. »

Comme s'il n'avait pas parlé, Frances enchaîna. « Ou une crise cardiaque. Ou une attaque. Il aurait pu avoir l'une ou l'autre. Cela arrive aux gens les plus robustes.

— Gérard avait le cœur en parfait état, riposta Claudia. On ne fait pas le Matterhorn si on a le cœur faible. Et je ne peux pas imaginer un sujet moins prédisposé aux attaques. »

De Witt se fit conciliant : « Nous ne savons pas encore comment il est mort. Nous ne le saurons qu'après l'autopsie. En attendant, que se passe-t-il ici?

— Il se passe que nous continuons, affirma Claudia. Bien entendu, nous continuons.

— A condition d'avoir le personnel. Il ne voudra peut-être pas rester, surtout si la police laisse entendre que sa mort est suspecte. »

Le rire de Claudia résonna rauque comme un sanglot : « Suspecte! Bien entendu elle est suspecte. On l'a trouvé mort à moitié nu avec un serpent enroulé autour du cou, la tête enfoncée dans sa bouche. Même le policier le moins méfiant dirait qu'elle est suspecte.

— Je voulais dire, bien sûr, si la police soupçonne un assassinat. Nous avons tous le mot à l'esprit, alors autant que quelqu'un le prononce.

— Assassiné! s'exclama Frances. Mais pourquoi l'aurait-on assassiné? Et puis il n'y avait pas de sang, n'est-ce pas? Vous n'avez pas trouvé d'arme. Et personne n'a pu l'empoisonner. Avec quel poison, d'ailleurs? Quand aurait-il pu le prendre? »

Claudia dit : « Il y a d'autres moyens.

— Vous voulez dire qu'il a été étranglé avec Sid le Siffleur ? Ou étouffé ? Mais Gérard était fort. Il aurait fallu le maîtriser pour faire ça. » Puis, comme personne ne répondait, elle s'exclama : « Écoutez, je ne comprends pas pourquoi vous tenez tant, tous les deux, à suggérer que Gérard a été assassiné. »

De Witt vint s'asseoir à côté d'elle et lui dit doucement : « Frances, personne ne suggère qu'il a été assassiné ; nous envisageons cette possibilité, simplement. Mais vous avez tout à fait raison, bien sûr. Il vaut beaucoup mieux attendre de savoir comment il est mort. Ce qui m'intrigue, c'est qu'il se soit trouvé dans le petit bureau des archives. Pourquoi ? Je ne peux pas me rappeler qu'il soit jamais monté au dernier étage. Et vous, Claudia ?

— Non, et il ne pouvait y avoir été en train de travailler. S'il avait décidé de le faire, il n'aurait pas laissé ses clefs dans le tiroir de son bureau. Vous savez comme il était pointilleux pour la sécurité. Les clefs n'étaient dans ce tiroir que s'il travaillait dans son bureau. S'il s'absentait pendant un certain temps, il enfilait sa veste et il remettait le trousseau dans sa poche. Nous l'avons vu faire assez souvent. »

De Witt dit : « Le fait qu'il ait été trouvé aux archives ne signifie pas nécessairement qu'il y soit mort. »

Claudia s'assit en face de lui, penchée sur la table. « Vous voulez dire qu'il aurait pu mourir dans son bureau ?

— Y mourir, ou y être tué et déplacé ensuite. Il aurait pu mourir de cause très naturelle à sa table de travail, une attaque, une crise cardiaque, comme l'a suggéré Frances et le corps, transporté ensuite.

— Mais cela aurait exigé une force énorme.

— Pas si l'on utilise un des chariots pour les livres et ensuite l'ascenseur. Il y a presque toujours un chariot qui attend à l'ascenseur

— Mais la police peut certainement savoir si un corps a été déplacé après la mort.

— Oui, si on l'a trouvé dehors. On relève des traces de terre, des brindilles, des herbes foulées, des marques d'un poids qu'on a traîné. Je ne suis pas sûr que ce soit aussi facile pour un corps trouvé dans un immeuble. C'est une des possibilités qu'ils envisageront en tout cas. Je suppose qu'ils condescendront à nous dire quelque chose tôt ou tard. Ce qu'il y a de sûr, c'est qu'ils ne se pressent pas là-haut. »

Ils se parlaient l'un à l'autre comme s'il n'y avait personne d'autre dans la pièce. Soudain, Frances éclata : « Est-ce qu'il faut que nous discutions de la mort de Gérard comme si c'était une sorte de puzzle, un roman policier, quelque chose que nous avons lu ou regardé à la télévision ? C'est de Gérard que nous parlons, pas d'un étranger, pas d'un personnage dans une pièce. Gérard est mort. Il est là-haut avec cet effroyable serpent autour du cou et nous sommes assis là comme si cela nous était indifférent. »

Claudia tourna vers elle un regard méditatif teinté de mépris. « Qu'est-ce que vous voudriez que nous fassions ? Rester assis autour de la table en silence ? Lire un bon livre ? Demander à George si l'on a apporté les journaux ? Je trouve que parler, ça aide. Il était mon frère. Si je peux rester raisonnablement calme, vous aussi. Vous avez partagé son lit, au moins pendant un temps, mais vous n'avez jamais partagé sa vie. »

A quoi de Witt objecta tranquillement : « Et vous, Claudia ? Et nous, l'un quelconque d'entre nous ?

— Non, mais quand cette mort m'atteindra vraiment, quand je croirai vraiment ce qui est arrivé, alors je le pleurerai, n'ayez crainte. Mais pas encore, pas maintenant et pas ici. »

Gabriel Dauntsey, qui était resté assis à regarder droit devant lui en direction du fleuve, intervint alors pour la première fois et les autres le regardèrent comme s'ils se rappelaient soudain qu'il était là.

Il dit doucement : « Je pense qu'il a pu être intoxiqué par l'oxyde de carbone. La peau était très rose — c'est un des signes, semble-t-il — et la pièce, anormalement chaude. Ça ne vous a pas frappée, Claudia, qu'il y faisait très chaud ? »

Il y eut un silence, puis Claudia répondit : « Très peu de choses m'ont frappée, sauf la vue de Gérard et de ce serpent. Vous voulez dire qu'il aurait pu être gazé ? asphyxié ?

— Oui. Je veux dire qu'il aurait pu être asphyxié. »

Le mot siffla dans l'air. Frances dit : « Mais est-ce que le gaz de la mer du Nord n'est pas inoffensif ? Je croyais qu'on ne pouvait plus se suicider en se mettant la tête dans un four à gaz. »

Ce fut de Witt qui lui expliqua : « Il n'est dangereux ni si on le respire ni si on l'utilise convenablement. Mais s'il a allumé le radiateur à gaz alors que la pièce n'était pas assez aérée, la combustion aurait pu être incomplète et produire de l'oxyde de carbone. Gérard aurait pu être perturbé, désorienté, et perdre connaissance avant de se rendre compte de ce qui arrivait.

— Et ensuite quelqu'un a trouvé le corps, fermé le gaz et enroulé le serpent autour de son cou. Comme je l'ai dit, c'est un accident.

— Ce n'est pas tout à fait aussi simple, dit Dauntsey, très calme. Pourquoi a-t-il allumé le radiateur? Il ne faisait pas particulièrement froid hier soir. Et s'il l'a allumé, pourquoi a-t-il fermé la fenêtre? Elle était fermée quand j'ai vu son corps, alors que je l'avais laissée ouverte en partant lundi après avoir utilisé la pièce pour la dernière fois.

— Et s'il projetait de passer la soirée à travailler aux archives, appuya de Witt, du moins assez longtemps pour avoir besoin d'un feu, pourquoi a-t-il laissé son veston et ses clefs dans son bureau? Tout cela est incohérent. »

Dans le silence qui suivit, la voix de Frances se fit soudain entendre. « Nous avons oublié Lucinda. Il faut que quelqu'un la prévienne.

— Grand Dieu, oui! s'exclama Claudia. On a toujours tendance à l'oublier, Lucinda. Je ne sais trop pourquoi, mais il me semble qu'elle n'est pas du genre à se jeter dans la Tamise par désespoir. Ces fiançailles avaient quelque chose d'étrange.

— Tout de même, dit de Witt. Nous ne pouvons pas la laisser lire la nouvelle dans la presse, ou l'entendre à la télévision. Il faut que l'un de nous téléphone à Lady Norrington. Elle pourra prévenir sa fille avec les ménagements voulus. C'est à vous que ça revient, Claudia.

— Je pense que oui, du moment que l'on n'attend pas de moi que j'aille prodiguer mon réconfort à domicile. Autant le faire tout de suite. Je vais appeler de mon bureau, si toutefois les policiers n'occupent pas les lieux. Les avoir ici, c'est comme avoir des souris dans la maison. On les sent qui grattent, même si on ne les voit ni ne les entend et une fois qu'ils sont entrés, on a l'impression qu'on ne s'en débarrassera jamais. »

Elle se leva et sortit, la tête anormalement haute, mais le

pas incertain. Dauntsey essaya de se lever aussi, seulement ses jambes raidies ne répondirent pas et ce fut de Witt qui s'avança très vite près d'elle. Mais elle secoua la tête, repoussa doucement le bras qui la soutenait et disparut.

Moins de cinq minutes plus tard, elle revenait en disant : « Elle n'était pas chez elle et ce n'est pas le genre de message qu'on peut laisser sur le répondeur. J'essaierai de nouveau.

— Et votre père ? demanda Frances. Est-ce qu'il n'est pas plus important ?

— Bien sûr qu'il est plus important. J'irai le voir ce soir. »

La porte s'ouvrit sans qu'on eût frappé le petit coup préliminaire et le sergent Robbins passa la tête.

« Mr Dalgliesh est désolé de vous faire attendre plus qu'il ne pensait. Il demande à Mr Dauntsey de bien vouloir venir tout de suite dans la salle des archives. »

Dauntsey se leva, mais il était engourdi et maladroit d'être resté si longtemps assis. Sa canne, délogée du dossier de son siège tomba à grand bruit et il s'agenouilla en même temps que Frances Peverell pour la ramasser. Puis, après ce qui sembla être aux assistants une courte bousculade et quelques chuchotis de conspirateurs, Frances mit la main sur la canne et, se redressant, toute rouge, la tendit à Dauntsey. Il s'appuya dessus pendant quelques secondes, puis la raccrocha au dossier de son siège et alla jusqu'à la porte sans son aide, lentement mais de pied ferme.

Quand il fut parti, Claudia Étienne demanda pourquoi il avait eu le privilège de passer en premier.

Ce fut James de Witt qui répondit : « Probablement parce qu'il utilise le petit bureau plus que la majorité d'entre nous.

— Je ne crois pas m'en être jamais servi, dit Frances. La dernière fois, c'était le jour où on a enlevé le lit. Vous n'y montez pas non plus, n'est-ce pas, James ?

— Je ne suis jamais resté travailler là-haut, du moins pas plus d'une demi-heure. La dernière fois, c'était il y a trois mois environ. J'étais monté chercher le premier contrat d'Esmé Carling avec nous. Je ne l'ai pas trouvé, d'ailleurs.

— Vous n'avez pas trouvé son vieux dossier ?

— Si, j'ai trouvé le dossier. Je l'ai emporté dans le petit bureau pour l'examiner, mais le contrat original n'y était pas. »

Claudia dit, sans manifester d'intérêt particulier : « Pas étonnant. Elle figurait à notre catalogue depuis trente ans. Il a probablement été mal classé, il y a vingt ans. » Puis avec une soudaine énergie : « Écoutez, je ne vois pas pourquoi je devrais perdre mon temps, simplement parce qu'Adam Dalgliesh veut bavarder avec un confrère en poésie. Nous ne sommes pas obligés de rester dans cette pièce.

— Il a dit qu'il voulait nous voir ensemble. »

Frances était dubitative.

« Eh bien, il nous a vus ensemble. Maintenant il nous verra séparément. Quand il me voudra, il me trouvera dans mon bureau. Vous le lui direz, s'il vous plaît. »

Après son départ, James dit : « Elle a raison, vous savez. Nous n'avons peut-être pas grande envie de travailler, mais c'est pire de rester ici à attendre en regardant cette chaise vide.

— Mais nous ne l'avons pas regardée, justement. Nous avons pris bien soin de ne pas la regarder, de fixer les yeux sur n'importe quoi sauf sur elle, presque comme si Gérard nous embarrassait. Je ne peux pas travailler, mais je voudrais encore un peu de café.

— Alors, allons en chercher. Mrs Demery doit bien être quelque part. J'aimerais assez entendre sa version de cet entretien avec Dalgliesh. Si ça ne détend pas l'atmosphère, rien ne pourra le faire. »

Ils se dirigèrent ensemble vers la porte et au moment où ils l'atteignaient, Frances se tourna vers lui : « James, j'ai si peur. Je devrais éprouver du chagrin, un choc, de l'horreur. Nous avons été amants. Je l'ai aimé autrefois et maintenant il est mort. Je devrais être en train de penser à lui, à la terrible irrévocabilité de la mort. Je devrais être en train de prier pour lui. J'ai bien essayé, mais cela s'est transformé en paroles dépourvues de sens. Ce que j'éprouve est terriblement égoïste, totalement ignoble — c'est la peur.

— Peur de la police ? Dalgliesh n'a rien d'une brute.

— Non, c'est pire que ça. Peur de ce qui se passe ici. Ce serpent. Celui qui a fait ça est mauvais. Vous ne la sentez pas, la présence du mal, à Innocent House ? Je crois que je la ressens depuis des mois. Tout cela semble n'être qu'un aboutissement inévitable, quelque chose à quoi tous ces innombrables petits méfaits conduisaient forcément. Je devrais avoir l'esprit rempli de Gérard. Eh bien, pas du tout ! Il est rempli de terreur et d'un pressentiment affreux que ce n'est pas la fin. »

James dit doucement : « Il n'y a pas de bonnes ou de mauvaises émotions. Nous éprouvons ce que nous éprouvons. Je doute qu'aucun d'entre nous ressente un chagrin intense, même Claudia. Gérard était un homme remarquable, mais il ne se faisait pas aimer. Ce dont j'essaie de me persuader, c'est que le chagrin n'est sans doute rien de plus que cette tristesse universelle et impuissante que l'on ressent toujours à la mort des gens jeunes, talentueux et en bonne santé. Mais même ça est masqué par une curiosité fascinée, pimentée d'appréhension. » Il se tourna vers elle pour lui dire : « Je suis là, Frances. Quand vous aurez besoin de moi et si vous avez besoin de moi, je serai là. Je ne serai pas une gêne. Je ne me jetterai pas à votre tête simplement parce que le choc et la peur nous ont rendus l'un comme l'autre vulnérables. Je vous offre simplement ce dont vous aurez besoin quand vous en aurez besoin.

— Je sais. Merci, James. »

Elle tendit la main et pendant une seconde la posa contre sa joue. C'était la première fois qu'elle l'avait touché de son plein gré. Puis elle se tourna vers la porte, et ce faisant, ne vit pas le rayonnement de joie triomphante qui s'étendait sur le visage du jeune homme.

25

Vingt ans plus tôt, Dalgliesh avait entendu Gabriel Dauntsey lire ses poèmes à la salle Purcell sur la rive sud. Il n'avait aucune intention de le lui dire, mais en attendant le vieil homme, l'événement lui revint à l'esprit avec une telle netteté qu'il écouta les pas qui approchaient dans la salle des archives avec un peu de l'excitation de la jeunesse en attente. Des deux guerres mondiales, c'était la première qui avait donné naissance à la plus grande poésie et parfois il s'occupait l'esprit en se demandant quelle en était la raison. Était-ce parce que l'année 1914 avait vu la mort de l'innocence, que le cataclysme avait balayé plus qu'une génération brillante ? Pendant quelques années — trois seulement ? — il avait semblé que Dauntsey pourrait être le Wilfrid Owen de son temps, de sa guerre si différente. Mais les promesses de ses deux premiers volumes n'avaient jamais été accomplies et il n'avait plus rien publié. Dalgliesh se dit que le terme de promesse, suggérant comme il le fait un talent encore en puissance, n'était pas approprié. Un ou deux de ces premiers poèmes se situaient déjà à un niveau que peu de poètes avaient atteint après le conflit.

Après cette lecture, Dalgliesh avait découvert tout ce que Dauntsey souhaitait faire savoir de son histoire : comment, alors qu'il habitait la France, il s'était trouvé pour affaires en Angleterre à la déclaration de guerre, laissant sa femme et ses deux enfants cernés par les envahisseurs allemands ; comment ils avaient si complètement disparu des documents officiels qu'il avait découvert après des années de recherches que tous trois, vivant sous un faux nom pour éviter l'internement, avaient été tués lors d'un bombardement britannique sur la France occupée. Dauntsey lui-même servait dans la RAF, mais la suprême ironie tragique lui avait été épargnée : il n'avait pas participé à cette sortie. Sa poésie était celle de la guerre moderne, des pertes, des pleurs et de la terreur, de la camaraderie et du courage, de la lâcheté et de la défaite. Les vers puissants, sinueux, brutaux, étaient éclairés par des passages d'une beauté lyrique comme des obus éclatant dans la tête. Les grands Lancaster qui se soulevaient comme de lourdes bêtes renfermant la mort dans leurs flancs, les ciels noirs et silencieux qui explosaient dans une cacophonie de terreur, l'équipage presque enfantin — étant un peu plus vieux, il en avait la responsabilité — qui grimpait, accoutré d'incommodes équipements dans cette fragile coquille de métal, nuit après nuit, sachant que d'après les statistiques, ce pourrait être celle où ils tomberaient du ciel comme des torches enflammées. Et toujours la culpabilité, la conviction que cette terreur nocturne, à la fois redoutée et désirée, était une expiation, qu'il était des trahisons que seule la mort pouvait expier, des trahisons personnelles reflétant une désolation universelle plus grande.

Et désormais il était là, vieil homme ordinaire si un vieil homme peut jamais être qualifié d'ordinaire, non pas courbé mais se tenant droit au prix d'un effort discipliné, comme si l'endurance et son courage pouvaient réussir à surmonter les ravages du temps. Ou la vieillesse s'enveloppe de douces rondeurs qui effacent son caractère pour en faire une nullité ridée ou, comme dans le cas présent, elle dépouille le visage au point que les os ressortent tels un squelette provisoirement vêtu de chair aussi sèche et délicate que du papier. Mais les cheveux, quoique gris, étaient toujours drus, les yeux aussi noirs et perçants que Dalgliesh se les rappelait. A ce moment-là, ils fixaient sur lui un regard ironique et inquisiteur.

Dalgliesh retourna la chaise qui était devant la table et la plaça près de la porte. Dauntsey s'assit.

Le policier entra aussitôt dans le vif du sujet : « Vous êtes monté avec Lord Stilgoe et Mr de Witt. Est-ce qu'il y a quelque chose qui vous a frappé dans la pièce, mise à part la présence du corps ?

— Pas au début, sauf une odeur désagréable. Un corps à demi nu et grotesquement décoré comme l'était celui-là agresse tous les sens. Au bout d'une minute, peut-être moins, j'ai remarqué plusieurs autres choses, et avec une netteté exceptionnelle. La pièce m'a paru différente — étrange. Elle semblait dépouillée, ce qui n'était pas le cas, anormalement propre, plus chaude qu'à l'habitude. Le corps avait l'air si... en désordre, la pièce, si bien rangée. La chaise était très exactement à sa place, de même que les dossiers sur la table. J'ai, bien entendu, remarqué que le magnétophone avait disparu.

— Est-ce que les fiches étaient là où vous les aviez laissées ?

— Pas comme je m'en souvenais. Les deux paniers avaient été intervertis. Celui qui en contient le plus petit nombre aurait dû être à gauche. J'avais deux piles, la droite plus haute que la gauche. Je travaille de gauche à droite sur six à dix fiches à la fois, selon leurs dimensions. Quand j'en ai fini une, je la passe à droite. Quand les six ont été dépouillées, je les reporte dans la grande salle des archives, en glissant une règle pour montrer où j'en suis arrivé.

— Nous avons remarqué une règle dans un espace sur le premier rayon en bas de la deuxième rangée. Est-ce que ça signifie que vous n'en avez fait qu'une rangée ?

— C'est un très long travail. Trop souvent je m'intéresse à de vieilles lettres, même si elles ne valent pas la peine d'être conservées. En revanche, j'en ai trouvé beaucoup qui sont intéressantes — des lettres d'auteurs et autres qui ont correspondu au dix-neuvième siècle avec Henry Peverell et son père, même si la maison ne les publiait pas. Il y en a de H.G. Wells, d'Arnold Bennett, des membres du groupe de Bloomsbury, certaines plus anciennes encore.

— Quelle est votre méthode?

— Je dicte au magnétophone une description du contenu de chaque fiche avec ma recommandation. A détruire, Douteux, A archiver ou Important. Une dactylo tape ensuite la liste, que le conseil examine périodiquement. En fait, rien n'a encore été jeté. Jusqu'à ce que nous connaissions l'avenir de la maison, il semblait inopportun de détruire quoi que ce soit.

— Quand vous êtes-vous servi de cette pièce pour la dernière fois?

— Lundi. J'y ai travaillé toute la journée. Mrs Demery a passé le nez vers dix heures, mais elle a dit qu'elle ne voulait pas me déranger. Le ménage n'est fait qu'une fois par mois et encore, superficiellement. Elle m'a parlé du cordon de tirage éraillé et je lui ai dit que je le signalerais à George pour qu'il fasse la réparation. Je ne lui en ai encore rien dit.

— Vous-même, vous ne l'aviez pas remarqué?

— Malheureusement non. La fenêtre est ouverte depuis des semaines. Je préfère. Je suppose que je l'aurais remarqué quand le temps se serait refroidi.

— Comment chauffez-vous la pièce?

— Toujours avec un radiateur électrique, qui m'appartient, d'ailleurs. Je préfère l'électricité au gaz. Non pas que j'aie jugé le radiateur à gaz dangereux, mais je ne fume pas, alors je n'ai jamais d'allumettes sous la main quand j'en ai besoin. C'était plus simple d'apporter le radiateur parabolique de chez moi. Il est très léger, et je le remporte au 12, ou je le laisse sur place si j'ai l'intention de venir travailler le lendemain. Lundi, je l'ai remporté chez moi.

— Et quand vous avez quitté la pièce, la porte n'était pas fermée à clef?

— Oh, non, je ne ferme jamais à clef. La clef reste dans la serrure, en général de ce côté-ci, mais je ne l'utilise jamais.

— La serrure est relativement neuve. Qui l'a fait poser?

— Henry Peverell. Il aimait venir travailler ici de temps en temps, je ne sais pas pourquoi, mais c'était un solitaire, alors je suppose que la serrure renforçait son impression de sécurité. D'ailleurs elle n'est pas neuve. Beaucoup plus que la porte, certainement, mais je crois qu'elle est là depuis cinq ans au moins.

— Elle n'est pas restée inutilisée pendant cinq ans. La serrure a été huilée, la clef tourne facilement.

— Vraiment? Comme je ne m'en sers pas, je n'ai pas remarqué. Mais c'est étonnant qu'elle ait été huilée. Mrs Demery peut l'avoir fait, mais c'est peu vraisemblable. »

Dalgliesh changea alors de sujet : « Vous aimiez Gérard Étienne?

— Non, mais je le respectais. Non pas pour des traits de caractère qui méritent forcément le respect, mais parce qu'il était si différent de nous. Il avait les qualités de ses défauts. Et puis, il était jeune. Il pouvait difficilement s'en faire un mérite, mais cela lui donnait un enthousiasme que la plupart d'entre nous n'ont plus et dont je crois que la maison a besoin. Nous avons pu nous plaindre de ce qu'il faisait, ou critiquer la manière dont il le faisait, mais au moins il savait où il allait. Sans lui j'ai bien peur que nous nous sentions désemparés.

— Qui prendra le poste de directeur général?

— Oh, sa sœur, Claudia Étienne. Ici, le poste va à la personne qui possède le plus de parts. A ma connaissance, elle hérite de celles de son frère, ce qui lui donnera la majorité absolue.

— Pour faire quoi?

— Je ne sais pas. Il faudra lui demander. Je doute qu'elle-même le sache. Elle vient de perdre un frère. Je ne pense pas qu'elle passe beaucoup de temps actuellement à réfléchir à l'avenir de Peverell Press. »

Dalgliesh demanda ensuite à Dauntsey comment il avait passé la journée et la nuit précédentes. Celui-ci baissa les yeux en souriant, trop intelligent pour ne pas savoir que ce qu'on lui demandait, c'était son alibi. Il resta un moment silencieux, comme s'il rassemblait ses idées. Puis il dit : « J'ai assisté au conseil d'administration de dix heures à onze heures et demie. Gérard aimait bien le boucler en deux heures, mais hier, nous nous sommes arrêtés plus tôt que d'habitude. En descendant de la salle du conseil après la réunion, il m'a dit quelques mots concernant l'avenir du département poésie. Je crois aussi qu'il essayait d'obtenir mon appui pour son projet de vendre Innocent House et de réimplanter la société dans le quartier des Docks.

— Vous le jugiez souhaitable?

— Je le jugeais nécessaire. » Il marqua une pause puis ajouta : « Malheureusement. » De nouveau une pause, puis il enchaîna, parlant avec une lenteur marquée mais sans emphase, s'arrêtant parfois pour choisir un mot de préférence à un autre, fronçant parfois aussi les sourcils comme si les souvenirs étaient douloureux et incertains. Dalgliesh écouta son monologue en silence.

« Après avoir quitté Innocent House, je suis rentré chez moi afin de me préparer à un rendez-vous pour le déjeuner. Quand je dis préparer, je veux simplement dire que je me suis passé un peigne dans les cheveux et lavé les mains. Je n'ai pas mis longtemps. J'avais invité à l'Ivy un jeune poète, Damien Smith. Gérard disait que James de Witt et moi-même, nous dépensions pour traiter les auteurs des sommes inversement proportionnelles à leur importance pour la maison. Je pensais que le garçon serait heureux de déjeuner à l'Ivy. Le rendez-vous était fixé à une heure. J'ai pris la vedette jusqu'au pont de Londres, puis un taxi jusqu'au restaurant. Nous y sommes restés deux heures, j'étais de retour chez moi vers trois heures et demie, je me suis fait une tasse de thé et je suis revenu à mon bureau ici à quatre heures. J'ai travaillé environ une heure et demie.

« La dernière fois où j'ai vu Gérard, c'était aux toilettes du rez-de-chaussée, celles qui se trouvent à côté de la salle de douches, à l'arrière de la maison. Les femmes utilisent en général celles du premier. Gérard en sortait comme j'entrais. Nous ne nous sommes pas parlé, mais je crois qu'il m'a adressé un signe de tête ou un sourire. Une sorte de reconnaissance au passage, c'est tout. Je ne l'ai pas revu. Je suis rentré chez moi et j'ai passé les deux heures suivantes à relire les poèmes que j'avais choisis pour la soirée, à y penser, à faire du café. J'ai écouté le bulletin d'informations de la BBC à six heures. Peu après, Frances Peverell m'a téléphoné pour me souhaiter bonne chance et me proposer de venir avec moi. Elle pensait, je crois, qu'il devrait y avoir quelqu'un de la maison là-bas. Nous en avions parlé quelques jours auparavant et j'étais parvenu à l'en dissuader. Un des poètes qui devaient participer à la soirée n'était autre que Marigold Riley, non sans talent, mais beaucoup de ses compositions sont scatologiques. Je savais que Frances n'apprécierait ni les poèmes, ni l'assistance, ni l'ambiance. Je lui ai dit que j'aimais mieux être seul, que sa présence me rendrait nerveux. Ce n'était d'ailleurs pas entièrement faux. Je n'avais pas lu mes vers en public depuis quinze ans. La plupart des gens là-bas devaient croire que j'étais mort. Je regrettais déjà d'avoir accepté de participer à la réunion. Au cas où Frances se serait trouvée là, je me serais demandé si elle n'était pas malheureuse et si elle ne détestait pas tout cela, ce qui n'aurait fait qu'augmenter la tension. J'ai appelé un taxi au téléphone et je suis parti peu après sept heures et demie. »

Dalgliesh demanda : « Peu après, ça veut dire quoi?

— J'ai dit au taxi d'être dans Innocent Lane à huit heures moins le quart et j'ai dû le faire attendre quelques minutes, pas plus. » Il s'arrêta de nouveau, puis reprit : « Ce qui s'est passé aux Connaught Arms ne vous intéresserait guère. Il y avait assez de monde pour justifier ma présence. Je pense que la lecture s'est plutôt mieux passée que je ne m'y attendais, mais il y avait trop de foule et trop de bruit. Je ne m'étais pas rendu compte que la poésie était devenue un sport pour les spectateurs. On a beaucoup bu, beaucoup fumé, certains des poètes s'écoutaient assez complaisamment, enfin tout cela a duré trop longtemps. Je voulais demander au tenancier de m'appeler un taxi, mais il était en train de parler avec un groupe et je me suis glissé dehors plus ou moins inaperçu. Je pensais pouvoir trouver une voiture au bout de la rue, mais avant d'y arriver j'ai été attaqué. Ils étaient trois, je crois, deux Noirs et un Blanc, mais je ne pourrais pas les reconnaître. J'ai juste eu vaguement conscience de silhouettes qui couraient, d'une violente poussée dans le dos, de mains qui fouillaient dans mes poches. Cette violence n'était même pas utile. S'ils me l'avaient demandé, je leur aurais remis mon portefeuille. Qu'est-ce que je pouvais faire?

— Ils l'ont pris?

— Oh oui, bien sûr. Du moins, quand je l'ai cherché il avait disparu. La chute m'a assommé un instant et quand j'ai repris connaissance, un couple se penchait sur moi. Ils avaient assisté à la soirée et essayé de me rattraper. Je m'étais cogné la tête en tombant et elle saignait un peu. J'ai sorti mon mouchoir, que j'ai pressé sur la blessure, et demandé au couple de me ramener chez moi, mais ils ont dit qu'ils devaient passer devant l'hôpital St Thomas et voulu à toute force m'y conduire, prétendant qu'il fallait me faire une radio. Je ne pouvais guère exiger qu'ils me conduisent chez moi, ou me trouvent un taxi. Ils étaient très gentils, mais je crois qu'ils ne voulaient pas trop s'éloigner de leur chemin. A l'hôpital, j'ai dû attendre assez longtemps. Il y avait des cas plus graves aux urgences. Finalement, une infirmière a pansé la blessure que j'avais à la tête et m'a dit que je devais passer à la radio. Autre attente. Le résultat a été bon, mais on voulait me garder une nuit en observation. Je leur ai assuré que je serais très bien soigné chez moi et que je n'étais pas disposé à me faire admettre. Je leur ai demandé de téléphoner à Frances pour lui faire savoir ce qui s'était passé et d'appeler un taxi. Je pensais qu'elle me guetterait pour savoir comment la soirée s'était passée et s'inquiéterait peut-être si je n'étais pas revenu à onze heures. Il était à peu près une heure et demie quand je suis rentré et j'ai appelé Frances tout de suite. Elle voulait que je monte chez elle, mais je lui ai dit que j'allais parfaitement bien et que la chose dont j'avais le plus besoin, c'était un bain. Dès que j'en ai eu fini, je l'ai appelée de nouveau et elle est descendue tout de suite.

— Elle n'avait pas insisté pour venir dès votre retour?

— Non. Frances ne s'impose jamais si elle pense que quelqu'un souhaite être seul un petit moment. Je n'étais pas tout à fait prêt à donner des explications, à entendre des protestations de sympathie. Ce qu'il me fallait, c'était un whisky et un bain. J'ai pris les deux et ensuite je l'ai appelée. Je savais qu'elle était inquiète et je ne voulais pas la faire attendre jusqu'au matin pour apprendre ce qui s'était passé. Je pensais que le whisky me remettrait d'aplomb, mais en réalité il m'a plutôt rendu un peu malade. Un choc en retour, je suppose. Quand elle a frappé à la porte, j'étais carrément mal à l'aise. Nous sommes restés ensemble un moment et puis elle a absolument voulu que j'aille me coucher et elle m'a dit qu'elle allait rester dans l'appartement au cas où j'aurais besoin de quelque chose pendant la nuit. Elle avait peur, je crois, que je sois beaucoup plus mal que je ne voulais bien le dire et elle tenait à se trouver à proximité pour téléphoner à un médecin si quelque chose allait de travers. Je n'ai pas essayé de l'en dissuader tout en sachant que j'avais uniquement besoin d'une nuit de repos. Je pensais qu'elle coucherait dans la chambre d'amis, mais je crois qu'elle s'est enroulée dans une couverture et qu'elle est restée dans le salon contigu. Quand je me suis éveillé le matin, elle était habillée et m'avait fait une tasse de thé. Elle aurait voulu que je reste chez moi, mais une fois habillé, je me sentais beaucoup mieux et j'ai décidé d'aller à Innocent House. Nous sommes arrivés ensemble dans le grand hall, juste après la première vedette de la journée, et c'est à ce moment-là qu'on nous a appris la disparition de Gérard. »

Dalgliesh demanda : « C'est la première fois que vous en entendiez parler ?

— Oui. Il avait l'habitude de travailler plus tard que la plupart d'entre nous, surtout le jeudi. Il arrivait en général plus tard le matin, sauf les jours où nous avions une réunion du conseil, qu'il aimait commencer à dix heures bien précises. J'avais supposé, évidemment, qu'il était rentré chez lui à peu près au moment où moi-même je partais pour lire mes vers.

— Mais vous ne l'avez pas vu quand vous êtes parti pour les Connaught Arms ?

— Non. Je ne l'ai pas vu.

— Ni quelqu'un pénétrer dans Innocent House ?

— Personne. Je n'ai vu personne.

— Et quand vous avez appris qu'il était mort, vous êtes montés tous les trois dans le petit bureau des archives ?

— Oui, nous sommes montés, Stilgoe, de Witt et moi. Réaction naturelle à la nouvelle, je suppose, besoin de voir par nous-mêmes. James est arrivé le premier, Stilgoe et moi ne pouvions aller à son allure. Quand nous sommes entrés, Claudia était toujours agenouillée à côté de son frère. Elle s'est levée, nous a fait face et a tendu un bras vers nous. Curieux geste. Comme si elle exhibait cette énormité aux regards du public.

— Combien de temps êtes-vous restés dans la pièce ?

— Moins d'une minute certainement. Mais cela a paru davantage. Nous étions serrés les uns contre les autres, juste à l'intérieur de la porte, qui regardions, incrédules, atterrés. Je ne crois pas que quelqu'un ait parlé. Je sais que je n'ai pas dit un mot. Tout dans la pièce était extraordinairement net. Sous le choc, mes yeux semblaient avoir acquis une extraordinaire finesse de perception. Je voyais tous les détails du corps de Gérard et de la pièce avec une invraisemblable précision. C'est alors que Stilgoe a dit : "Je vais appeler la police. Nous ne pouvons rien faire ici. Cette pièce doit être immédiatement fermée à clef et je garderai la clef." Nous sommes partis ensemble et Claudia a fermé la porte à clef derrière nous. Stilgoe a pris la clef. Le reste, vous le savez. »

26

Pendant les innombrables discussions sur la tragédie qui allaient occuper les semaines et les mois à venir, les membres du personnel de Peverell Press étaient généralement d'accord sur un point au moins : l'expérience vécue par Marjorie Spenlove avait été singulière. Miss Marjorie Spenlove, chef correcteur, était arrivée à Innocent House très ponctuellement à son heure habituelle, neuf heures quinze, et avait marmonné un « Bonjour » à George qui, assis ou plutôt effondré à son standard, ne l'avait pas remarquée. Lord Stilgoe, Dauntsey et de Witt étaient à l'étage des archives avec le corps, Mrs Demery prodiguait ses soins à Blackie dans le vestiaire du rez-de-chaussée, entourée par le reste de l'effectif, si bien que le hall resta vide quelques minutes. Miss Spenlove monta droit à son bureau, ôta sa jaquette et attaqua aussitôt sa tâche. Quand elle travaillait, elle oubliait tout sauf le texte qu'elle avait sous les yeux. On prétendait dans la maison qu'un livre relu par Miss Spenlove ne contenait jamais la moindre erreur échappée à sa vigilance. Elle donnait son maximum quand elle travaillait pour les sciences humaines, car avec les jeunes romanciers modernes elle avait parfois quelque difficulté à distinguer entre les fautes de grammaire et le style naturel qu'ils cultivaient à la satisfaction générale. Ses connaissances allaient bien au-delà du détail des mots, aucune inexactitude géographique ou historique ne lui échappait, aucune antinomie dans les indications météorologiques, la topographie ou les vêtements. Les auteurs l'appréciaient, même si leurs rencontres avec elle pour donner le bon à tirer les laissaient avec l'impression d'avoir subi une leçon particulièrement traumatisante avec un prof intimidant de la vieille école.

Le sergent Robbins et un enquêteur avaient fouillé les lieux peu après leur arrivée, mais sans trop s'y attarder, car personne ne pouvait croire sérieusement que le criminel fût encore sur les lieux à moins de faire partie du personnel. Le sergent Robbins n'avait donc pas visité le petit lavabo du deuxième étage, ce qui était peut-être excusable. Alors qu'il descendait chercher Gabriel Dauntsey, ses oreilles toujours aux aguets avaient perçu le bruit d'une toux provenant du bureau voisin et en ouvrant la porte il s'était trouvé en face d'une dame d'un certain âge, qui travaillait à un bureau. Le fixant sévèrement au-dessus des demi-lunes de ses lunettes, elle lui demanda : « Et qui êtes-vous, je vous prie ?

— Sergent Robbins de la police métropolitaine, madame. Comment êtes-vous entrée ?

— Par la porte. Je travaille ici. C'est mon bureau. Je suis chef correcteur de Peverell Press. En tant que telle, j'ai le droit d'être ici. Je doute fort que vous puissiez en dire autant.

— Je suis ici en service, madame. Mr Gérard Étienne a été trouvé mort dans des conditions suspectes.

— Vous voulez dire que quelqu'un l'a assassiné ?

— Nous n'en avons pas encore la certitude.

— Quand est-il mort ?

— Nous en saurons davantage quand le médecin légiste aura remis son rapport.

— Comment est-il mort ?

— Nous ne connaissons pas encore les causes de la mort.

— Jeune homme, il me semble que vous savez vraiment très peu de choses. Il serait sans doute préférable que vous reveniez quand vous serez un peu mieux informé. »

Le sergent Robbins ouvrit la bouche et la referma énergiquement juste au moment où il allait dire : « Oui, M'sell, très bien, M'selle ! » Il disparut, en refermant la porte derrière lui et se trouvait déjà au milieu de l'escalier quand il se rendit compte qu'il n'avait pas demandé le nom de la dame. Il l'apprendrait bien un jour, assurément ; ce n'était qu'une petite omission dans une brève rencontre qui ne s'était pas bien passée, il le reconnaissait. Étant honnête et porté aux ratiocinations tranquilles, il reconnaissait aussi qu'une partie de la raison en était l'incroyable ressemblance de la dame avec Miss Addison, qui avait été sa première institutrice quand il était passé de la maternelle à la grande école, et qui était persuadée que les enfants sont beaucoup plus heureux et réussissent beaucoup mieux quand ils savent dès le début qui commande.

Plus secouée par la nouvelle qu'elle n'avait voulu le montrer, Miss Spenlove appela le standard dès qu'elle eut fini sa page : « George, pourriez-vous me trouver Mrs Demery ? » Pour la recherche des informations, elle s'adressait toujours aux spécialistes. « Mrs Demery ? Il y a un jeune homme qui rôde dans la maison et qui prétend être sergent de la Police métropolitaine. Il m'a dit que Mr Étienne était mort, peut-être assassiné. Si vous savez quelque chose, vous pouvez peut-être monter pour m'éclairer. Et je prendrais bien mon café. »

Abandonnant Miss Blackett aux bons soins de Mandy, Mrs Demery ne demandait qu'à rendre ce petit service.

27

Dalgliesh, en compagnie de Kate, mena les interrogatoires restants avec les associés dans le bureau de Gérard Étienne. Daniel était occupé dans le petit bureau des archives où l'homme du gaz était déjà au travail et démontait le radiateur ; quand ce travail serait terminé et l'échantillonage des débris tombés de la cheminée envoyé au labo, il se rendrait au poste de police de Wapping pour y installer la cellule de crise. Dalgliesh en avait déjà averti le responsable du poste, qui avait accepté philosophiquement la nécessité de l'intrusion et l'utilisation provisoire d'un de ses bureaux. Dalgliesh espérait que ce ne serait pas long. S'il s'agissait d'un assassinat — et désormais il n'en doutait plus —, le nombre des suspects possibles ne devait pas être très élevé.

Il ne tenait pas à s'asseoir au bureau d'Étienne, en partie parce qu'il était sensible aux réactions des associés, mais surtout parce qu'une confrontation de part et d'autre de deux mètres de chêne clair revêtait tout entretien d'une solennité qui avait plus de chance de paralyser ou d'indisposer un suspect que de faire jaillir des renseignements utiles. Il y avait près des fenêtres une petite table de conférence avec six chaises dans le même bois et c'est là qu'ils s'assirent. Le long trajet depuis la porte intimiderait tout le monde, sauf les plus assurés, mais il ne pensait pas qu'il inquiétât Claudia, ou James de Witt.

La pièce avait manifestement été une salle à manger autrefois, mais son élégance était profanée par la séparation qui coupait l'ovale des décorations en stuc et l'une des quatre grandes fenêtres donnant sur Innocent Passage. La magnifique cheminée de marbre avec ses élégantes sculptures était dans le bureau de Miss Blackett. Et dans celui d'Étienne, le mobilier — bureau, fauteuils, table de conférence et classeurs — était d'un modernisme presque agressif. Il aurait pu avoir été choisi exprès pour jurer avec les pilastres de marbre et les entablements de porphyre, les deux magnifiques lustres dont l'un touchait presque la séparation, et la dorure des cadres ressortant sur le vert pâle des murs. Les tableaux représentaient des scènes rustiques conventionnelles, presque certainement victoriennes, de bonne qualité, mais trop léchées, trop sentimentales pour son goût. Il se dit que ce n'était sans doute pas les toiles primitivement accrochées là et se demanda quels étaient les portraits des Peverell qui avaient orné ces murs. Il subsistait encore un vestige du mobilier d'origine, un rafraîchissoir en marbre et bronze visiblement Régence. Donc un souvenir au moins des gloires d'antan était encore en usage. Il se demanda ce que Frances Peverell pensait du massacre de cette pièce et si, désormais, Gérard Étienne étant mort, la séparation serait abattue. Il se demanda aussi si ce dernier avait été insensible à toute architecture, ou seulement à celle de cette maison. La cloison, le mobilier moderne discordant, sa remarque sur l'incommodité de la pièce pour l'usage qu'il voulait en faire, tout cela, était-ce le rejet délibéré d'un passé qui avait été dominé par les Peverell et non pas par les Étienne?

Claudia franchit les dix mètres qui la séparaient de lui avec une gracieuse assurance et s'assit comme si elle accordait une faveur. Elle était très pâle mais tout à fait maîtresse d'elle-même, bien qu'il soupçonnât que ses mains plongées dans les poches du cardigan eussent été plus révélatrices que son visage grave et tendu. Il présenta ses condoléances simplement et, il l'espérait, sincèrement, mais elle coupa court.

« Vous êtes ici à cause de Lord Stilgoe?

— Non. Je suis ici à cause de la mort de votre frère. Mais Lord Stilgoe a effectivement pris contact avec moi par l'intermédiaire d'un ami commun. Il avait reçu une lettre anonyme qui avait grandement perturbé sa femme, car elle y voyait une menace de mort pour lui. Il demandait l'assurance officielle que la police ne soupçonnait aucune intention criminelle dans les trois morts en rapport avec Innocent House, deux auteurs et Sonia Clements.

— Assurance que vous avez été en mesure de lui donner, bien sûr.

— Que les services de police concernés ont pu donner. Il a dû la recevoir il y a trois jours environ.

— J'espère qu'elle l'aura satisfait. L'égotisme forcené de Lord Stilgoe prend les proportions d'une paranoïa. Cependant, il peut difficilement croire que la mort de Gérard est une tentative délibérée pour saboter ses précieuses mémoires. Je trouve néanmoins toujours étrange, commandant, le fait que vous soyez ici personnellement, et entouré d'un effectif aussi impressionnant. Traitez-vous la mort de mon frère comme un meurtre ?

— Comme une mort inexpliquée et suspecte. C'est pourquoi je suis obligé de vous importuner en ce moment. Je vous serais reconnaissant de m'accorder votre coopération, non seulement à titre personnel, mais pour expliquer à vos collaborateurs que certaines intrusions dans leur intimité et des gênes dans leur travail sont inévitables.

— Je pense qu'ils comprendront.

— Nous aurons besoin de relever des empreintes digitales aux fins d'élimination. Toutes celles qui ne seront pas nécessaires comme pièces à conviction seront détruites quand le dossier sera refermé.

— Ce sera une expérience nouvelle pour nous. Si elle est nécessaire, évidemment nous l'accepterons. Je suppose que vous allez nous demander à tous, et en particulier aux associés, de fournir des alibis.

— J'ai besoin de savoir ce que vous faisiez, Miss Étienne, et avec qui vous étiez à partir de six heures hier soir.

— Vous avez la tâche peu enviable, commandant, d'exprimer votre sympathie pour la mort de mon frère, tout en exigeant un alibi pour prouver que je ne l'ai pas tué. Vous vous en acquittez avec une certaine élégance et je vous en félicite, mais vous avez de l'expérience. Hier soir, j'étais sur la Tamise avec un ami, Declan Cartwright. Quand vous vérifierez le fait avec lui, il se décrira sans doute comme mon fiancé. Je préfère utiliser le terme d'amant. Nous sommes partis peu après six heures et demie quand la vedette est revenue de Charing Cross, où elle avait emmené le personnel. Nous sommes restés sur l'eau jusque vers dix heures et demie, peut-être un peu plus tard ; à ce moment-là nous sommes revenus ici et je l'ai ramené en voiture à son appartement de Westbourne Grove. Il habite au-dessus d'un magasin d'antiquités qu'il dirige pour le compte du propriétaire. Je vous donnerai l'adresse, bien entendu. Je suis restée avec lui jusqu'à deux heures, après quoi je suis retournée au Barbican, où j'ai un appartement au-dessous de celui de mon frère.

— Vous êtes restés bien longtemps sur la rivière pour un soir d'octobre.

— Un beau soir d'octobre. Nous sommes descendus jusqu'au Barrage de la Tamise, et puis remontés jusqu'à Greenwich Pier. Nous avons dîné au Papillon, Greenwich Church Street. Nous avions retenu pour huit heures et nous avons dû y rester une heure et demie environ. Ensuite, nous sommes remontés au-delà de Battersea Bridge, puis revenus ici comme je vous l'ai dit, où nous sommes arrivés peu après dix heures et demie.

— Est-ce que quelqu'un vous a vus, mis à part bien sûr le personnel du restaurant et les autres dîneurs ?

— Il n'y avait pas beaucoup de monde sur le fleuve. Mais même ainsi beaucoup de gens ont dû nous voir, ce qui ne signifie pas qu'ils se souviendront de nous. J'étais dans la timonerie et Declan est resté la plupart du temps avec moi. Nous avons vu au moins deux vedettes de la police ; je suppose qu'ils nous auront remarqués. C'est leur travail, n'est-ce pas ?

— Est-ce que quelqu'un vous a vus quand vous avez embarqué ou à votre retour ?

— Pas que je sache. Nous n'avons ni vu ni entendu qui que ce soit.

— Et vous ne pensez à personne qui aurait pu souhaiter la mort de votre frère ?

— Vous m'avez déjà posé la question.

— Je vous la repose maintenant que nous sommes en privé.

— Le sommes-nous vraiment ? Est-ce qu'on peut vraiment dire quelque chose en privé à un officier de police ? Je ne connais personne qui l'ait haï assez pour le tuer. Il y a sans doute des gens qui ne seront pas fâchés par sa disparition. Aucune mort n'est universellement regrettée. Toute mort a ses avantages.

— Qui sera avantagé par celle-ci?

— Moi. Je suis l'héritière de mon frère. Évidemment, ça aurait changé après son mariage. Dans la conjoncture actuelle, j'hérite de ses parts dans la société, de son appartement, de son assurance sur la vie. Je ne le connaissais pas très bien, nous n'avons pas été élevés de façon à développer des liens fraternels très tendres. Nous sommes allés à des écoles différentes, des universités différentes et nous menions des vies différentes. Mon appartement est juste au-dessous du sien, mais nous n'avions pas l'habitude de voisiner à toute heure. Cela nous aurait paru indiscret. Mais je l'aimais bien, je le respectais, j'étais de son côté. S'il a été tué, j'espère que son assassin pourrira en prison pendant le reste de ses jours. Il n'en sera rien, bien entendu. Nous avons si vite fait d'oublier les morts et de pardonner aux vivants. Nous éprouvons peut-être le besoin de témoigner de notre miséricorde parce que nous sommes désagréablement conscients que nous pourrons en avoir besoin un jour pour notre usage personnel. A propos, voici ses clefs. Vous avez demandé un trousseau. J'ai retiré celles de la voiture et de l'appartement.

— Merci, dit Dalgliesh en les prenant. Inutile de vous assurer qu'elles resteront en ma possession, ou qu'elles seront confiées à un membre de mon équipe. Votre père a-t-il été prévenu que son fils était mort?

— Pas encore. Je vais aller moi-même à Bradwell-on-Sea vers la fin de l'après-midi. Il vit en reclus et ne répond pas au téléphone. De toute façon, je préfère lui annoncer cela moi-même, avec ménagements. Voulez-vous le voir?

— C'est important. Je vous serais reconnaissant de lui demander si je peux le voir demain à l'heure qui lui conviendra.

— Je lui demanderai, mais je ne suis pas sûre qu'il accepte. Il a une profonde aversion pour les visites. Il vit avec une vieille Française qui s'occupe de lui et dont le fils fait office de chauffeur. Le garçon est marié à une fille du pays et j'imagine qu'ils prendront la suite quand Estelle mourra. Ce qui est sûr, c'est qu'elle ne prendra pas sa retraite. Elle considère que c'est un privilège de consacrer sa vie à un héros de la France. Comme toujours, père a bien organisé sa vie. Je vous dis ça pour que vous sachiez à quoi vous attendre. Je ne pense pas que vous soyez le bienvenu. Autre chose ?

— J'ai besoin aussi de voir les plus proches parents de Sonia Clements.

— Sonia Clements ? Quel rapport peut-il y avoir entre son suicide et la mort de Gérard ?

— Aucun pour ce que j'en sais à présent. Est-ce qu'elle a des parents proches, ou vivait-elle avec quelqu'un ?

— Il n'y a que sa sœur et elles ne vivaient plus ensemble depuis trois ans, puisque cette sœur est religieuse dans une communauté à Kemptown, près de Brighton. Elles dirigent un genre d'asile pour les mourants, le couvent de Sainte-Anne je crois. Je suis sûre que la Révérende Mère vous autorisera à la voir. Après tout, la police, c'est comme les inspecteurs de la TVA, n'est-ce pas ? Si désagréable ou gênante que soit leur présence, quand ils viennent vous voir il faut les faire entrer. Autre chose ?

— Le petit bureau des archives sera mis sous scellés et j'aimerais aussi fermer à clef la grande salle.

— Pendant combien de temps ?

— Aussi longtemps qu'il le faudra. Ce sera très gênant ?

— Bien sûr, ce sera gênant. Gabriel Dauntsey travaille sur les vieux documents et il a déjà pris beaucoup de retard.

— Je me rends bien compte que ce sera gênant. Ce que je vous ai demandé, c'est si ce serait *très* gênant. La maison peut-elle continuer à fonctionner sans l'accès à ces deux pièces ?

— Évidemment, si vous jugez que c'est important, il faudra que nous nous arrangions.

— Merci. »

Il termina par quelques questions sur le mauvais plaisant d'Innocent House et les moyens pris pour le démasquer. L'interrogatoire lui sembla dans l'ensemble avoir été aussi superficiel que raté.

Claudia lui dit : « Gérard s'en était plus ou moins remis à moi, mais je n'avais pas beaucoup avancé. Tout ce que j'ai pu faire, c'est une liste par ordre chronologique des incidents et des personnes qui se trouvaient sur les lieux à ce moment-là, ou auraient pu être responsables. Cela voulait dire à peu près tout le personnel sauf ceux qui étaient malades ou en vacances. On aurait presque cru que l'individu choisissait délibérément des moments où tous les associés et la plus grande partie des employés étaient ici et pouvaient être responsables. Gabriel Dauntsey a un alibi pour le dernier incident, le fax envoyé hier de son bureau à Better Books de Cambridge. A cette heure-là, il était parti déjeuner à l'Ivy avec un de nos auteurs, mais les autres associés et les cadres étaient ici. J'ai pris la vedette pour Greenwich avec mon frère et nous sommes allés manger à Trafalgar Tavern, mais nous ne sommes partis d'ici que vers une heure vingt. Or le fax a été envoyé à midi trente. Carling devait commencer à signer vers une heure. L'avant-dernier incident est le vol de l'agenda de mon frère. Il aurait pu être pris dans son tiroir de bureau à n'importe quel moment mercredi. Gérard s'est aperçu de sa disparition en arrivant hier matin. »

Dalgliesh demanda alors : « Parlez-moi du serpent.

— Sid le Siffleur? Dieu sait quand il a fait son apparition ici. Il y a environ cinq ans, je crois. Quelqu'un l'a laissé après une fête de Noël pour le personnel. Miss Blackett s'en servait pour maintenir ouverte la porte ouverte entre son bureau et celui de Henry Peverell. C'est devenu une espèce de mascotte et Blackie lui est très attachée, on ne sait trop pourquoi.

— Et hier, votre frère lui a dit de s'en débarrasser?

— C'est Mrs Demery qui vous a raconté cela, je suppose? Oui, en effet. Il n'était pas particulièrement euphorique en sortant du conseil d'administration et la vue de cet objet l'a irrité. Elle l'a mis dans un tiroir du bureau.

— Vous l'avez vue faire?

— Oui. Non seulement moi, mais Gabriel Dauntsey et notre sténo-dactylo intérimaire, Mandy Price. J'imagine que la nouvelle s'est répandue assez vite dans les bureaux. »

Dalgliesh insista : « Votre frère a quitté la réunion de très mauvaise humeur?

— Je n'ai pas dit ça. J'ai dit qu'il n'était pas particulièrement euphorique. Aucun de nous ne l'était. Peverell Press est en difficulté, ce n'est pas un secret. Nous nous trouvons devant la nécessité de vendre Innocent House si nous voulons avoir le moindre espoir de poursuivre nos activités.

— Perspective pénible pour Miss Peverell, sûrement.

— Je pense que personne ici ne s'en réjouit mais l'idée que l'un de nous essaie d'empêcher la vente en supprimant Gérard est grotesque.

— Ce n'est pas une idée que j'ai suggérée », riposta Dalgliesh. Et il la laissa partir.

Elle atteignait juste la porte quand Daniel passa le nez. Il la tint ouverte pour elle et attendit qu'elle eût quitté la pièce avant de parler.

« Le type du gaz est prêt à partir, chef. C'est ce que nous pensions. Le conduit est obstrué. On croirait que ce sont des débris du plâtre de la cheminée, mais il s'est accumulé aussi beaucoup de saleté pendant des années. Il va nous donner un rapport officiel, mais il n'a aucun doute sur ce qui s'est passé. Avec le conduit dans un état pareil, ce radiateur était mortel.

— Seulement dans une pièce sans aération, on nous l'a répété assez souvent. Ce qui est mortel, c'est la combinaison d'un feu allumé et d'une fenêtre bloquée.

— Il y avait un débris particulièrement gros coincé contre le conduit. Il a pu tomber naturellement de la paroi de la cheminée, ou être volontairement délogé. Pas moyen de le savoir, en réalité. Il suffirait de donner un petit coup sur certaines parties de ce plâtre et il en tomberait des gros morceaux. Vous voulez y jeter un coup d'œil, chef?

— Oui, je vais y aller maintenant.

— Et vous voulez que le radiateur aille au labo avec les débris?

— Oui, Daniel, tout. » Pas besoin d'ajouter : « Et je veux les empreintes, les photos, tout le lot. » Il travaillait comme toujours avec des spécialistes en mort violente.

Tandis qu'ils se dirigeaient vers l'étage supérieur, il demanda : « On a des nouvelles du magnétophone disparu, ou de l'agenda d'Étienne?

— Pas jusqu'à présent, chef. Miss Étienne a fait toute une histoire parce qu'on voulait vérifier les tiroirs des membres du personnel renvoyés chez eux ou en congé aujourd'hui. J'ai pensé que vous ne voudriez pas demander un ordre de perquisition.

— Pas nécessaire pour le moment, et je doute que ça le soit jamais. La fouille pourra avoir lieu lundi, quand tout le personnel sera là. Si ce magnétophone a été pris par le criminel pour une raison précise, il est probablement au fond du fleuve. Si c'est le plaisantin maison qui l'a barboté, il pourra ressurgir n'importe où. De même pour l'agenda.

— Le magnétophone était le seul de son espèce dans la maison, apparemment. Il appartenait à Mr Dauntsey personnellement. Tous les autres sont plus gros et fonctionnent avec les cassettes du format habituel, 2,5 inches sur 4. Mr de Witt se demande si vous l'entendrez bientôt. Il a un ami sérieusement malade qui habite avec lui et il lui a promis de rentrer tôt.

— C'est bon. Je vais le prendre en premier. »

Le technicien du gaz déjà en pardessus et prêt à partir exprima sa désapprobation avec éloquence, visiblement tiraillé entre l'intérêt de propriétaire qu'il prenait à l'appareil et son indignation professionnelle devant l'usage qu'on en avait fait.

« Pas vu un radiateur de ce modèle-là depuis près de vingt ans. Il devrait être dans un musée. Mais pour fonctionner normalement, il fonctionnait normalement. C'est du solide et du fini main. On le mettait dans les chambres d'enfants autrefois ; le robinet est amovible, vous voyez, pour que les enfants ne le tournent pas par accident. On voit bien ce qui s'est passé ici, commandant. Le conduit est complètement bouché. La saleté a dû s'accumuler pendant des années. Dieu sait depuis quand cet appareil-là n'a pas été vérifié. Ça devait arriver. J'ai déjà vu ce genre d'accident, vous aussi, et on le verra encore. Les gens ne peuvent pas dire qu'ils n'ont pas été prévenus. Les appareils à gaz ont besoin d'air. Manque de ventilation égale mauvais fonctionnement, égale accumulation d'oxyde de carbone. Le gaz est un combustible parfaitement sûr s'il est convenablement utilisé.

— Avec les fenêtres ouvertes, il ne lui serait rien arrivé ?

— Sans doute. La fenêtre est placée haut et elle est un peu étroite, mais si elle avait été bien ouverte, il ne risquait rien. Comment l'avez-vous trouvé ? Assis dans un fauteuil, je suppose ? C'est en général ce qui se passe. Les gens s'assoupissent, s'endorment et ne se réveillent pas. »

Daniel dit : « Il y a des façons de partir qui sont pires.

— Si vous êtes un spécialiste du gaz, il n'y en a pas. C'est une insulte au produit. Il va vous falloir un rapport, je suppose, commandant. Bon, eh bien, vous l'aurez sans tarder. Il était jeune, hein? C'est encore pire. Je ne sais pas pourquoi, notez bien, mais ça fait toujours cet effet-là. » Il ouvrit la porte et jeta un dernier regard à la pièce. « Je me demande bien pourquoi il est monté travailler ici. Drôle d'idée. On pourrait croire que dans un bâtiment de cette taille-là, il y a assez de place sans vouloir venir ici. »

28

James de Witt ferma la porte derrière lui et s'arrêta un instant, nonchalamment appuyé contre elle, comme s'il se demandait s'il allait prendre la peine d'entrer, puis il traversa la pièce à grandes enjambées souples et tira la chaise vide vers un côté de la table.

« Je peux m'asseoir ici? Un peu intimidant de vous faire face comme si vous étiez un adversaire. Cela rappelle des entretiens déplaisants avec le répétiteur. »

Il était habillé sans façon — jeans bleu foncé et chandail à côtes très ample avec des pièces de cuir aux coudes et aux épaules. Sur lui, l'ensemble faisait presque élégant.

Il était très grand, certainement plus d'un mètre quatre-vingts, et dégingandé, avec un rien de gaucherie dans les longs poignets osseux. Son visage, qui avait quelque chose de l'humour mélancolique du clown, était maigre et intelligent, les joues plates sous les pommettes saillantes. Une lourde mèche de cheveux brun clair tombait sur le front haut. Ses yeux étroits, somnolents sous les lourdes paupières, ne laissaient pas échapper grand-chose et ne livraient rien. Quand il parla, son débit agréablement traînant tranchait de façon étrange avec ses mots.

« Je viens de voir Claudia. Elle a l'air fatiguée à mourir. Est-ce qu'il était vraiment nécessaire que vous l'interrogiez? Tout de même, elle vient de perdre son seul frère dans des circonstances affreuses. »

Dalgliesh ne se laissa pas démonter. « Ce n'était pas vraiment un interrogatoire. Si Miss Étienne nous avait demandé de nous arrêter, ou si elle m'avait paru trop éprouvée, nous aurions évidemment repoussé l'entretien.

— Et Frances Peverell? C'est tout aussi affreux pour elle. Vous ne pouvez pas attendre à demain pour l'entendre?

— Non, à moins qu'elle ne soit trop éprouvée pour me voir maintenant. Dans ce genre d'investigation, nous avons besoin de réunir le plus d'informations possibles le plus rapidement possible. »

Kate se demanda si son véritable souci n'avait pas été pour Frances Peverell plutôt que pour Claudia Étienne.

Il poursuivit : « Je suppose que je prends le tour de Frances et j'en suis désolé, mais mes dispositions ont été quelque peu perturbées et mon ami, Rupert Farlow, sera seul si je ne suis pas rentré à quatre heures et demie. En fait, c'est lui mon alibi. Je suppose que le but essentiel de cet entretien est de m'en faire fournir un. Parti d'ici hier par la vedette de cinq heures trente, je suis arrivé à Hillgate Village à six heures et demie. J'ai pris la Ceinture de Charing Cross à Notting Hill Gate. Rupert pourra confirmer que je suis resté auprès de lui toute la soirée. Personne n'est venu nous voir et, ce qui est rare, personne n'a téléphoné. Si vous pouviez prendre rendez-vous avant de lui faire confirmer mes dires, cela faciliterait les choses. Il est sérieusement malade maintenant et certains jours sont plus indiqués que d'autres pour lui. »

Dalgliesh lui posa la question habituelle : connaissait-il quelqu'un qui aurait pu souhaiter la mort de Gérard Étienne ? « Des ennemis politiques, par exemple, en prenant le terme au sens le plus large.

— Grand Dieu, non ! Gérard était impeccablement libéral en paroles sinon en actes, et après tout, ce sont les paroles qui comptent. Toutes les options libérales correctes. Il savait ce qui ne peut être ni dit ni publié en Grande-Bretagne aujourd'hui et il ne le disait ni ne le publiait. Il a pu le penser, comme le reste d'entre nous, mais ce n'est pas encore un crime. En réalité, je doute qu'il se soit beaucoup intéressé aux questions politiques ou sociales, même dans la mesure où elles affectaient l'édition. Il feignait la préoccupation si elle était opportune, mais je ne pense pas qu'il l'ait jamais ressentie.

— Qu'est-ce qui le préoccupait ? Qu'est-ce qui le touchait profondément ?

— Le renom. Le succès. Lui-même. Peverell Press. Il voulait être à la tête d'une des plus grandes — de la plus grande — et de la plus prospère maison d'édition dans le pays. La musique — Bethooven et Wagner en particulier. Il était pianiste et jouait assez bien. Dommage que son toucher avec les gens n'ait pas été aussi délicat. Et sa dulcinée actuelle, je suppose.

— Il était fiancé?

— A la fille du comte Norrington. Claudia a téléphoné à la douairière. Je pense qu'elle a dû prévenir sa fille à l'heure qu'il est.

— Pas de problème au sujet de ces fiançailles?

— Pas que je sache. Claudia pourrait être au courant, mais j'en doute. Gérard était très discret au sujet de Lady Lucinda. Nous l'avons tous rencontrée, bien sûr. Il a donné une réception pour fêter à la fois leurs fiançailles et son anniversaire à elle le 10 juillet, au lieu de nos réjouissances estivales habituelles. Je crois qu'il l'a rencontrée l'année dernière à Bayreuth, mais j'ai eu l'impression — peut-être fausse — que ce n'était pas pour Wagner qu'elle était là. Je crois qu'elle et sa mère étaient venues voir des cousins du continent. Je sais vraiment très peu de chose sur elle. Les fiançailles ont étonné, bien sûr. On ne croyait pas Gérard avide de réussite sociale, si c'est de cela qu'il s'agit. Ce n'est pas comme si Lady Lucinda avait apporté de l'argent dans la maison. De la branche, mais pas de braise. Bien sûr, quand ces gens-là se plaignent d'être pauvres, cela veut simplement dire qu'ils éprouvent une légère difficulté passagère pour payer la scolarité de l'héritier à Eton. Mais enfin, Lady Lucinda comptait certainement parmi les intérêts de Gérard. Et puis, il y avait l'alpinisme. Si vous lui aviez posé la question, il aurait probablement ajouté l'alpinisme. Mais à ma connaissance, il n'a jamais fait qu'une ascension dans sa vie. »

Kate intervint de façon fort inattendue : « Laquelle? » De Witt se tourna vers elle avec un sourire soudain qui transforma son visage : « Le Cervin. Cela vous dit sans doute sur Gérard Étienne tout ce que vous avez besoin de savoir.

— Il est probable, enchaîna Dalgliesh, qu'il avait l'intention de faire des changements ici. Ils ne pouvaient pas être tous bien accueillis.

— Ce qui ne veut pas dire qu'ils n'étaient pas, qu'ils ne sont pas toujours nécessaires, je suppose. L'entretien de cet immeuble a dévoré les bénéfices depuis des dizaines d'années. Je pense que nous aurions pu nous y accrocher en diminuant la production de moitié, en saquant les deux tiers du personnel, en acceptant de rogner nos salaires de 30 % et en nous contentant d'être un très petit éditeur-culte. Cela n'aurait pas convenu à Gérard Étienne.

— Ni au reste d'entre vous ?

— Oh, nous regimbions et nous nous cabrions parfois contre ses coups droits, mais nous reconnaissions, je crois, qu'il avait raison ; c'était l'expansion ou la mort. Aujourd'hui, une maison ne peut plus vivre en refusant systématiquement d'éditer des poches. Et puis il voulait reprendre une maison ayant un catalogue important d'ouvrages juridiques — il y en a une prête à être cueillie — et se lancer dans les ouvrages scolaires. Tout cela aurait exigé de l'argent, sans parler de l'énergie et d'une certaine agressivité commerciale. Je ne suis pas certain que nous ayons tous eu le cran nécessaire. Dieu sait ce qui va se passer maintenant. J'imagine que nous allons avoir un conseil d'administration qui confirmera Claudia au poste de PDG et repoussera toutes les décisions désagréables de six mois au moins, ce qui aurait bien amusé Gérard. Il aurait trouvé ça tout à fait typique. »

Soucieux de ne pas le retenir trop longtemps, Dalgliesh acheva l'entretien en lui demandant brièvement ce qu'il savait du mauvais plaisant.

« Aucune idée de son identité. Nous avons perdu beaucoup de temps à en parler lors des conseils d'administration, mais sans aboutir à rien. C'est très étrange, en réalité. Avec un effectif de trente personnes seulement on pourrait croire que nous avons quelques indices maintenant, ne serait-ce que par simple élimination. Bien entendu, la grande majorité des membres du personnel est dans la maison depuis des années et j'ai dit que tous, jeunes et vieux, étaient au-dessus de tout soupçon. Et les incidents ont eu lieu alors que presque tout le monde était présent. C'était peut-être le but du plaisantin, d'ailleurs : rendre l'élimination difficile. Évidemment, la disparition des planches pour l'ouvrage historique sur Guy Fawkes et le traitement infligé aux épreuves de Lord Stilgoe sont extrêmement sérieux.

— Mais en fait, pas de catastrophe, ni dans un cas ni dans l'autre.

— En réalité, non. Cette dernière histoire avec Sid le Siffleur semble se placer dans une autre catégorie. Les précédentes étaient dirigées contre l'entreprise, mais enfoncer la tête de ce serpent dans la bouche de Gérard marquait certainement une hostilité personnelle à son égard. Pour vous épargner la nécessité de me le demander, je peux vous dire que je savais où il se trouvait, cet animal. Comme je suppose la plus grande partie du personnel quand Mrs Demery a eu fini sa tournée. »

Dalgliesh, pensant qu'il était temps de le laisser partir, lui demanda : « Comment allez-vous rentrer à Hillgate Village ?

— J'ai demandé un taxi, ce serait trop long de prendre la vedette pour Charing Cross. Je serai ici demain dès neuf heures et demie, si vous avez encore autre chose à me demander. Non pas que je pense pouvoir vous aider, d'ailleurs. Oh ! je peux vous dire d'ores et déjà que je n'ai pas tué Gérard, ni enroulé ce serpent autour de son cou. Je ne pouvais guère espérer le persuader des vertus du roman littéraire en l'asphyxiant au gaz. »

Dalgliesh réagit aussitôt : « Donc, vous croyez que c'est comme ça qu'il est mort ?

— Ce n'est pas le cas ? En réalité, l'idée était de Dauntsey, je ne peux pas la revendiquer. Mais plus j'y réfléchis, plus elle me semble plausible. »

Il sortit avec autant de grâce nonchalante qu'il était entré.

Dalgliesh se dit qu'interroger des suspects ressemblait assez à l'examem des candidats par un jury d'examen. Il y avait toujours la tentation de mettre une note à chacun et de risquer une opinion avant que l'élève suivant soit appelé. Ce jour-là, il attendit en silence. Kate, comme toujours, sentit qu'il était sage de rester coite, mais il soupçonna qu'il y avait deux ou trois commentaires percutants qu'elle eût aimé faire au sujet de Claudia Étienne.

Frances Peverell fut la dernière. Elle entra dans la pièce avec quelque chose de la docilité d'une écolière bien dressée, mais son calme ne résista pas à la vue du veston d'Étienne encore accroché au dossier de son fauteuil.

Ayant dit : « Je ne croyais pas qu'il était encore ici », elle s'avança vers le veston, main tendue. Puis elle se reprit et se tourna vers Dalgliesh, qui vit qu'elle avait les yeux pleins de larmes.

« Désolé, dit-il. Nous aurions peut-être dû le retirer.

— Claudia l'aurait peut-être fait, mais elle avait d'autres

choses en tête. Pauvre Claudia! J'imagine qu'elle va être obligée de s'occuper de toutes les affaires, de tous les vêtements de Gérard. »

Elle s'assit et regarda Dalgliesh comme un malade qui attend l'opinion d'un médecin. Le visage était doux, la chevelure brun clair parsemée de fils d'or, coupée en frange au-dessus des sourcils droits et des yeux bleu-vert. Dalgliesh soupçonna que leur expression tendue et anxieuse était plus ancienne qu'une réaction au traumatisme du moment et se demanda quel père avait été Henry Peverell. La femme qui était devant lui n'avait rien de la pétulance égocentrique d'une fille unique gâtée. Elle ressemblait bien plutôt à quelqu'un qui avait répondu aux besoins des autres durant toute sa vie, plus habituée à recevoir des critiques implicites que des louanges. Aucune trace du sang-froid de Claudia Étienne, ni de l'élégance désinvolte de de Witt. Elle portait une jupe en tweed bleu doux et fauve, avec un chandail bleu et un cardigan assorti, mais sans l'habituel fil de perles. Il se dit qu'elle aurait pu avoir exactement les mêmes vêtements dans les années trente et cinquante, uniforme de jour pour Anglaise distinguée, un peu ennuyeux et conventionnel, d'un bon goût dispendieux qui ne pouvait choquer personne.

Dalgliesh lui dit doucement : « Il me semble toujours que c'est ce qu'il y a de plus pénible après la mort de quelqu'un. Les montres, les bijoux, les livres, les tableaux, on peut les donner à des amis et c'est jugé tout à fait indiqué, mais les vêtements sont des choses trop intimes pour être offertes en cadeaux. Paradoxalement, on croirait que nous ne pouvons supporter d'y penser que s'ils sont portés par des étrangers et non par des personnes que nous connaissons. »

Elle dit avec empressement, comme si elle lui savait gré d'avoir compris : « Oui, j'ai eu cette impression-là après la mort de papa. Finalement, j'ai donné tous ses complets et ses souliers à l'Armée du Salut. J'espère qu'ils ont trouvé quelqu'un qui en avait besoin, mais c'était comme si je le chassais de l'appartement, de ma vie.

— Vous aviez de la sympathie pour Gérard Étienne? »

Elle baissa les yeux sur ses mains jointes, puis affronta le regard de Dalgliesh bien en face : « J'étais amoureuse de lui. Je voulais vous le dire moi-même parce que je suis sûre que vous le découvrirez tôt ou tard et il vaut mieux que cela vienne de moi. Nous avons eu une liaison, mais elle a pris fin une semaine avant ses fiançailles.

— D'un commun accord?

— Non, pas d'un commun accord. »

Inutile de demander ce qu'elle avait éprouvé lors de cette trahison. Ce qu'elle éprouvait encore se lisait clairement sur son visage.

« Désolé, dit-il. Parler de sa mort ne doit pas être facile pour vous.

— Pas si pénible que de ne pas pouvoir parler. S'il vous plaît, dites-moi, Mr Dalgliesh, pensez-vous que Gérard ait été assassiné?

— Nous ne pouvons pas encore en être certains, mais c'est une probabilité plutôt qu'une possibilité. C'est pourquoi nous sommes obligés de vous interroger maintenant. J'aimerais que vous m'expliquiez exactement ce qui s'est passé hier soir.

— Je pense que Gabriel — Mr Dauntsey — vous a raconté son agression. Je n'étais pas allée avec lui à cette soirée poétique parce qu'il voulait absolument être seul. Il pensait, je crois, que je ne m'y plairais pas. Mais il aurait fallu que quelqu'un de Peverell Press aille avec lui. C'était la première fois qu'il lisait de ses vers depuis une quinzaine d'années et il n'était pas bien qu'il soit seul. Si j'avais été avec lui, on ne l'aurait peut-être pas attaqué. J'ai reçu l'appel de St Thomas vers onze heures et demie pour me dire qu'il était là-bas, qu'il devait attendre d'être radiographié et pour me demander si je serais auprès de lui au cas où on le renverrait. Apparemment, il exigeait de rentrer chez lui et l'hôpital voulait s'assurer qu'il ne serait pas seul. Je le guettais depuis ma fenêtre de cuisine et pourtant je n'ai pas entendu le taxi. Sa porte se trouve dans Innocent Lane, mais je pense que le chauffeur a dû tourner à l'extrémité d'Innocent Walk et le laisser là. Il a sûrement téléphoné aussitôt rentré. Il m'a dit qu'il se sentait bien, qu'il n'avait rien de cassé et qu'il allait prendre un bain. Après ça, il serait heureux que je descende. Je ne crois pas qu'il souhaitait vraiment ma présence, mais il savait que je ne serais pas tranquille tant je ne me serais pas assurée que tout allait bien.

— Vous n'avez donc pas la clef de son appartement? demanda Dalgliesh. Vous ne pouviez pas l'y attendre?

— Oh si, je l'ai, et il a la mienne. C'est une bonne précaution en cas d'incendie ou d'inondation, si nous avons besoin d'entrer quand l'autre est absent. Mais je ne voudrais à aucun prix l'utiliser à moins que Gabriel me l'ait demandé.

— Combien de temps avez-vous attendu avant de le rejoindre ? »

La réponse était, bien entendu, d'une importance capitale. Gabriel Dauntsey aurait pu tuer Étienne avant de partir pour sa soirée poétique à 7 h 45. C'était très juste, mais possible. Cependant, il semblait qu'il n'aurait pu revenir sur les lieux du crime qu'après une heure du matin.

Il reformula sa question : « Combien de temps s'est-il écoulé avant que Mr Dauntsey vous rappelle ? Pouvez-vous être assez précise ?

— Pas longtemps, sûrement. Huit à dix minutes, je suppose. Peut-être un peu moins. A peu près huit minutes, je dirais, juste le temps qu'il prenne un bain. Sa salle de bains est au-dessous de la mienne. Je n'entends pas quand il fait couler son bain, mais j'entends lorsque sa baignoire se vide. Hier, je guettais ça.

— Et il s'est passé environ huit minutes avant que vous l'entendiez ?

— Je ne regardais pas ma montre. Je n'avais aucune raison de le faire. Mais je suis sûre que ça n'a pas été exagérément long. » Elle s'interrompit, puis, comme si l'idée venait de la frapper : « Mais vous ne voulez pas dire que vous soupçonnez Gabriel, que vous pensez qu'il est retourné à Innocent House pour tuer Gérard ?

— Mr Étienne est mort longtemps avant minuit. Ce que nous envisageons maintenant, c'est que le serpent ait été mis autour de son cou quelques heures après sa mort.

— Ce qui signifierait que quelqu'un est monté dans le petit bureau des archives exprès, en sachant qu'il était mort, en sachant qu'il était couché là. Mais la seule personne qui le savait, c'était le meurtrier. A votre avis, il est revenu par la suite dans le petit bureau des archives, c'est ça que vous voulez dire ?

— S'il y a eu un meurtrier. Nous n'en sommes pas encore sûrs.

— Mais Gabriel était malade, il avait été frappé, et il est vieux ! Il a plus de soixante-dix ans et il a des rhumatismes. Il marche avec une canne. Il n'aurait jamais pu le faire pendant ce laps de temps.

— En êtes-vous absolument sûre, Miss Peverell?

— Oui, j'en suis sûre. D'ailleurs, il a pris un bain. J'ai entendu l'eau qui s'écoulait. »

Dalgliesh dit doucement : « Mais vous ne pouviez pas savoir si c'était l'eau de son bain.

— Qu'est-ce que cela aurait pu être d'autre? Il n'a pas simplement ouvert son robinet et laissé sa baignoire se vider, si c'est ce que vous voulez suggérer. Dans ce cas-là, je l'aurais entendu aussitôt. Non, l'eau n'a commencé à couler que huit minutes à peu près après son coup de fil pour dire qu'il m'attendait. Je suis descendue aussitôt. Il était en robe de chambre et j'ai bien vu qu'il avait pris un bain : ses cheveux et son visage étaient mouillés.

— Et après cela?

— Il avait déjà bu un peu de whisky et ne voulait rien d'autre, alors je l'ai obligé à aller se coucher. Comme j'étais bien décidée à passer la nuit là, il m'a montré où étaient les draps pour le lit de secours. Je crois que personne n'avait couché dans cette chambre depuis des années, et je n'ai pas fait le lit. Il s'est endormi très vite. Moi, je me suis installée dans le fauteuil du salon devant le radiateur électrique. J'ai laissé la porte ouverte pour pouvoir l'entendre, mais il n'a pas bougé. Je me suis éveillée avant lui, peu après sept heures, et me suis préparé une tasse de thé. J'ai essayé de ne pas faire de bruit, mais je crois qu'il a dû m'entendre remuer. Il était à peu près huit heures quand il s'est réveillé. Nous n'étions pressés ni l'un ni l'autre; nous savions que George ouvrirait la maison. Nous avons mangé un œuf à la coque et sommes allés à Innocent House peu après neuf heures.

— Et vous n'êtes pas montés voir le corps de Mr Étienne?

— Gabriel, si. Moi pas. J'ai attendu avec les autres au bas de l'escalier. Mais quand nous avons entendu cet affreux gémissement suraigu, j'ai su que Gérard était mort. »

Voyant qu'elle allait de nouveau être bouleversée, Dalgliesh, qui avait appris tout ce dont il avait besoin pour le moment, la remercia gentiment et la laissa partir.

Quand elle les eut quittés, ils restèrent silencieux un moment, puis Dalgliesh dit : « Eh bien, Kate, on nous a présenté des alibis plus intéressants et convaincants les uns que les autres ; l'amant de Claudia Étienne, le commensal égrotant de de Witt, et Frances Peverell visiblement incapable de croire que Gabriel Dauntsey pourrait être coupable d'une mauvaise action et à plus forte raison d'un meurtre. Au sujet du temps écoulé entre le moment où il est arrivé chez lui et celui où il lui a dit de descendre, elle essaie d'être honnête parce que *c'est* une personne honnête, mais je crois que ses huit minutes étaient au-dessous de la vérité.

— Je me demande, répondit Kate, si elle se rend compte qu'il lui fournit un alibi autant qu'elle le fait pour lui. Mais, bien sûr, ce n'est pas important, n'est-ce pas ? Elle aurait pu aller à Innocent House et organiser cette mise en scène avec le serpent à n'importe quel moment avant que Dauntsey n'arrive chez lui. Et elle avait toutes les facilités pour tuer Étienne. Elle n'a pas d'alibi pour le début de la soirée d'hier. Elle a eu vite fait de saisir l'astuce au sujet de l'eau du bain et de dire qu'il ne pouvait pas avoir simplement ouvert le robinet et laissé couler l'eau.

— En effet, mais il y a une autre possibilité, Kate, réfléchissez. »

Kate réfléchit. « Bien sûr, ça aurait pu être fait de cette façon-là.

— Ce qui signifie qu'il nous faut connaître la contenance de cette baignoire. Et vérifier les temps. Ne vous servez pas de Dauntsey. Robbins devra imaginer qu'il est rhumatisant et âgé de soixante-seize ans. Voyez combien de temps il faut pour aller de la porte de Dauntsey, dans Innocent Lane, jusqu'au petit bureau des archives, faire ce qu'il y a à faire et revenir.

— En prenant l'escalier?

— Minutez le trajet avec l'escalier *et* avec l'ascenseur. Avec cet engins-là, l'escalier est sans doute plus rapide. »

Tandis qu'ils commençaient à rassembler leurs papiers, Kate songeait à Frances Peverell. Dalgliesh avait été gentil avec elle, mais était-il jamais brutal dans ses interrogatoires? Ses remarques sur les vêtements des morts avaient été sincères et, pourtant, quelle efficacité pour gagner la confiance de la jeune femme ! Il la plaignait sans doute, la trouvait peut-être même plutôt sympathique, mais aucun sentiment personnel ne l'influencerait dans ses investigations. Et avec moi? se demanda Kate, une fois de plus. Est-ce qu'il ne ferait pas montre d'un semblable détachement, d'une semblable cruauté dans tous les aspects de sa vie professionnelle? Elle se dit : il me respecte, il est content de m'avoir dans son équipe, il a confiance en moi, parfois je peux croire qu'il m'aime bien. Mais si je me montrais gravement inférieure à ma tâche, je durerais combien de temps?

Dalgliesh dit : « Il faut que je retourne au Yard une heure ou deux. Je vous retrouverai avec Daniel à la morgue pour l'autopsie, mais je ne pourrai peut-être pas rester jusqu'à la fin. J'ai rendez-vous aux Communes à huit heures avec le préfet de police et le ministre. Je ne sais pas quand j'en sortirai, mais je filerai droit à Wapping et nous ferons le point sur les progrès accomplis. »

La nuit allait être longue.

29

Il était trois heures moins deux et Blackie était assise, toute seule, à son bureau, accablée par une lassitude due en partie au choc en retour et en partie à la peur, mais qui faisait de chaque geste un effort intolérable. Sans doute aurait-elle pu rentrer chez elle, quoique personne ne le lui eût dit. Il y avait du classement à faire, des lettres dictées par Gérard Étienne à taper, mais il semblait indécent aussi bien qu'inutile de classer des papiers qu'il ne demanderait jamais et de taper des lettres qu'il ne signerait jamais. Mandy était partie une demi-heure plus tôt, sans doute avertie qu'on n'avait plus besoin d'elle. Blackie l'avait regardée prendre son casque intégral rouge dans le dernier tiroir de son bureau et zipper sa veste de cuir très ajustée. Surmontée de ce dôme rutilant, avec son corps maigrichon, ses longues jambes gainées dans des guêtres noires, elle avait été instantanément transformée en caricature d'insecte tropical.

Ses derniers mots à Blackie, dits avec une trace de sympathie embarrassée, avaient été : « Écoutez, ne perdez pas le sommeil à cause de lui. Moi, je m'en garderai bien, et pourtant je l'aimais assez : enfin, ce que j'en ai vu. Mais avec vous, c'était le dernier des sagouins. Ça va aller... pour rentrer chez vous, je veux dire? »

Elle avait répondu : « Oui, merci, Mandy. Je vais parfaitement bien maintenant. C'était le choc. J'étais tout de même son assistante, alors que vous, vous ne l'avez connu que pendant quelques semaines et comme dactylo intérimaire. »

Ces mots, tentative maladroite pour restaurer sa dignité, lui avaient paru, même à elle, répressifs et pompeux. Un haussement d'épaules les avait accueillis et Mandy était partie sans un mot, ses bruyants adieux à Mrs Demery résonnant dans le hall.

Mandy, qui avait été considérablement ragaillardie par son entretien avec la police, avait aussitôt après filé dans la cuisine pour en parler avec Mrs Demery, George et Amy. Blackie aurait voulu les rejoindre, mais elle avait senti qu'il ne convenait pas à sa situation d'être trouvée en train de bavarder avec le petit personnel. Elle savait aussi qu'ils n'auraient pas apprécié son intrusion dans leurs confidences et leurs spéculations. D'un autre côté, elle n'avait pas été invitée à se joindre aux directeurs, enfermés dans la salle du conseil et que seule Mrs Demery avait vus quand ils avaient sonné pour demander un supplément de café et de sandwiches. Il lui semblait qu'il n'y avait plus un seul endroit dans Innocent House où elle était souhaitée et pouvait se sentir chez elle.

Elle pensa aux dernières paroles de Mandy. Est-ce que c'était ça qu'elle avait dit? Que Mr Gérard s'était conduit avec, elle, Blackie, comme le dernier des sagouins? Mais bien sûr, pourquoi se serait-elle gênée pour raconter tout et n'importe quoi sur ce qui s'était passé à Innocent House? Mandy, le corps étranger, arrivée longtemps après le début des mauvaises farces, qui pouvait prendre un intérêt détaché, presque agréable à toute cette surexcitation, assurée de sa propre innocence, sans amitiés ni fidélités personnelles pour la troubler. Mandy, dont les petits yeux vifs voyaient tout, avait été une aubaine pour les policiers. Et elle était restée longtemps avec eux, presque une heure, plus longtemps sûrement que son importance dans la maison ne l'eût justifié. Une fois encore, et bien inutilement puisque rien désormais ne pouvait y être changé, Blackie repensa à son propre interrogatoire. N'ayant pas été parmi les premiers appelés, elle avait eu le temps de se préparer, de réfléchir à ce qu'elle dirait. Et elle y avait réfléchi, la peur lui aiguisant l'esprit.

Cela s'était passé dans le bureau de Miss Claudia et seuls deux policiers avaient été là, la femme inspecteur et un sergent. Sans trop savoir pourquoi, elle s'était attendue à voir le commandant Dalgliesh, et son absence l'avait déconcertée, si bien qu'elle avait répondu aux premières questions sans trop savoir si l'interrogatoire était vraiment commencé, s'attendant presque à le voir entrer. Étonnée aussi qu'ils n'enregistrent rien. Les enquêteurs le faisaient pourtant presque toujours dans les séries policières, qui étaient les émissions favorites de sa cousine à Weaver's Cottage ; mais peut-être cela venait-il plus tard, quand ils avaient un suspect numéro un et lui faisaient subir un interrogatoire en règle. Et à ce moment-là, bien sûr, elle aurait un avocat à ses côtés. Pour l'heure elle était seule, pas de mise en garde, rien pour indiquer qu'il s'agissait d'autre chose que d'un entretien préliminaire informel. C'était la femme qui avait posé la plupart des questions, tandis que le sergent prenait des notes ; mais il était aussi intervenu de temps en temps sans en référer à son supérieur et avec une assurance tranquille qui lui donnait à penser qu'ils avaient l'habitude de travailler ensemble. Tous deux avaient été très polis, presque gentils avec elle, mais elle n'était pas dupe. C'étaient des enquêteurs, et même leurs formules de sympathie toutes faites, leur gentillesse, faisaient partie d'une technique. En y repensant, elle s'étonna de l'avoir senti même dans le tumulte de sa peur et de les avoir reconnus pour les ennemis qu'ils étaient.

Ils avaient commencé par lui poser des questions préliminaires simples — depuis combien de temps elle travaillait dans la maison, la façon dont on procédait pour fermer les portes le soir, les personnes qui avaient les clefs et pouvaient brancher ou débrancher le système d'alarme, son emploi du temps journalier et jusqu'à ses dispositions pour le déjeuner. En y répondant, elle avait commencé à se sentir plus à l'aise, tout en sachant très bien que c'était précisément pour cela qu'on les lui posait.

Puis l'inspecteur Miskin lui avait dit : « Vous avez travaillé pour Mr Henry Peverell pendant vingt-sept ans, jusqu'à ce qu'il meure ; puis vous êtes passée chez Mr Étienne quand il est devenu président-directeur général, cette année en janvier. Le changement a dû être difficile pour vous et pour la maison ? »

Elle s'y était attendue et sa réponse était toute prête :

« C'était différent, bien sûr. J'avais travaillé si longtemps pour le vieux Mr Peverell qu'il se confiait à moi, naturellement. Mr Gérard était plus jeune, il avait des méthodes de travail différentes et j'avais dû m'adapter à une personnalité différente. Mais toutes les assistantes le font quand elles changent de patron.

— Vous étiez contente de travailler pour Mr Étienne? Vous aviez de l'amitié pour lui? »

La question était posée par le sergent, ses yeux noirs implacables vrillés dans les siens.

Elle répondit : « Je le respectais.

— Ça n'est pas tout à fait la même chose.

— On ne peut pas toujours aimer son patron. Je crois que je m'habituais à lui.

— Et lui à vous? Et le reste du personnel? Il opérait des changements, n'est-ce pas? Les changements provoquent toujours des déchirements, surtout dans une organisation en place depuis longtemps, nous en savons quelque chose au Yard. Il n'y avait pas eu des licenciements, des menaces de licenciements, un possible transfert dans de nouveaux locaux en aval, une proposition pour vendre Innocent House?

— Il faudra demander à Miss Claudia. Mr Gérard ne discutait pas des affaires de la maison avec moi.

— Contrairement à Mr Peverell. Le passage de confidente à secrétaire quelconque n'a pas pu être agréable. »

Elle ne répondit pas. Alors l'inspecteur Miskin se pencha en avant et sur le ton de la confidence, presque comme si elles étaient deux jeunes filles prêtes à partager un secret féminin : « Parlez-nous du serpent. Parlez-nous de Sid le Siffleur. »

Elle leur avait donc raconté comment le serpent avait été apporté au bureau cinq ans plus tôt, par une sténo-dactylo intérimaire dont personne ne se rappelait plus le nom ni l'adresse. Elle l'avait laissé après la fête de Noël et on ne l'avait découvert que six mois plus tard au fond du tiroir de son bureau. Blackie l'utilisait pour l'enrouler autour des poignées de la porte entre sa pièce et celle de Mr Peverell. Il voulait que la porte reste entrouverte pour pouvoir l'appeler quand il avait besoin d'elle. Il n'avait jamais aimé se servir du téléphone. Sid était devenu un genre de mascotte, on l'emportait lors de la promenade sur la Tamise et à la fête de Noël, mais elle ne l'utilisait plus pour maintenir la porte ouverte. Mr Étienne la préférait fermée.

Le sergent demanda : « Où était-il rangé habituellement, ce serpent ?

— En général, enroulé sur le fichier de gauche. Parfois pendu ou enroulé à l'une des poignées.

— Dites-nous ce qui s'est passé hier. Mr Étienne a été mécontent de voir le serpent dans votre bureau, n'est-ce pas ? »

Elle essaya de répondre avec calme : « Il est sorti de son bureau et il a vu Sid qui pendait à la poignée du fichier d'en haut. Il a trouvé qu'il n'était pas à sa place dans un bureau et m'a dit de m'en débarrasser.

— Et qu'est-ce que vous avez fait ?

— Je l'ai mis dans mon premier tiroir à droite. »

L'inspecteur Miskin insista : « C'est très important, Miss Blackett, et je suis sûre que vous êtes assez intelligente pour comprendre pourquoi. Qui se trouvait dans le bureau quand vous avez mis le serpent dans le tiroir ?

— Seulement Mandy Price, qui partage la pièce avec moi, Mr Dauntsey et Miss Claudia, qui est passée ensuite avec son frère dans le bureau de celui-ci. Mr Dauntsey a donné une lettre à taper à Mandy, puis il est parti.

— Et personne d'autre ?

— Personne d'autre dans la pièce, mais je suis bien persuadée que certains de ceux que j'ai nommés ont parlé de ce qui s'était passé. Je ne crois pas que Mandy s'en serait privée. D'ailleurs, n'importe qui, cherchant le serpent, aurait sans doute pensé à ce tiroir. Je veux dire, c'était l'endroit tout indiqué pour le mettre.

— Et vous n'avez pas eu l'idée de le jeter ? »

En y repensant, elle se rendait compte désormais qu'elle avait réagi trop violemment à la suggestion, qu'il y avait eu de la colère et du ressentiment dans son ton.

« Jeter Sid le Siffleur ? Non, pourquoi ? Mr Peverell l'aimait bien, il le trouvait amusant. Sid ne faisait pas de mal dans mon bureau. Après tout, normalement, ce n'est pas un endroit où le public vient. Je l'ai simplement mis dans mon tiroir. Je me disais que je l'emporterais peut-être chez moi. »

Ils l'avaient questionnée à propos de la visite d'Esmé Carling et de sa volonté de rencontrer Mr Étienne. Elle se rendit compte que quelqu'un avait dû parler, que rien de tout cela n'était nouveau pour eux. Elle leur dit donc la vérité, ou du moins tout ce qu'elle pouvait supporter d'en dire.

« Mrs Carling n'est pas parmi nos auteurs les plus faciles. Son agent lui avait dit, je crois, que Mr Étienne ne souhaitait pas publier son dernier livre. Elle exigeait de le voir, mais j'ai dû lui expliquer qu'il était à la réunion du conseil et qu'il m'était impossible de le déranger. Elle a riposté en se montrant extrêmement blessante au sujet de Mr Peverell et de nos relations confidentielles. Elle trouvait, je crois, que j'exerçais trop d'influence dans la maison.

— A-t-elle menacé de revenir voir Mr Étienne dans la journée ?

— Non, rien de semblable. Elle aurait pu exiger d'attendre jusqu'à ce que la réunion soit finie, mais elle devait aller signer des livres dans une librairie à Cambridge.

— Rendez-vous annulé par un fax envoyé de ce bureau, à midi et demi. Est-ce vous qui l'avez envoyé ? »

Elle regarda les yeux gris bien en face : « Non, ce n'est pas moi.

— Savez-vous qui l'a envoyé ?

— Aucune idée. C'était pendant l'heure habituelle du déjeuner. J'étais dans la cuisine en train de faire chauffer des spaghettis bolognaise de chez Marks et Spencer. Il y avait des allées et venues continuelles. Je ne peux pas me rappeler où chacun de nous se trouvait à cette heure-là. Tout ce que je sais, c'est que moi, je n'étais pas dans mon bureau.

— Et il n'était pas fermé à clef ?

— Bien sûr que non. Nous ne fermons jamais les bureaux pendant la journée. »

Et ainsi, indéfiniment, question sur question. Sur les mauvais tours précédents, l'heure à laquelle elle avait quitté son bureau la veille, le trajet jusque chez elle, l'heure de son arrivée, comment elle avait passé la soirée. Rien de tout cela n'était difficile. Enfin, l'inspecteur Miskin avait mis un terme à l'interrogatoire, sans aucunement laisser entendre qu'il était vraiment achevé. Lorsqu'elle s'était levée, Blackie avait constaté que ses jambes tremblaient et elle avait été obligée de s'accrocher quelques instants au dossier de son siège avant d'être sûre de pouvoir marcher jusqu'à la porte sans tituber.

Elle avait essayé par deux fois d'appeler Weaver's Cottage, mais pas de réponse. Joan devait être quelque part dans le village, ou en train de faire des courses en ville, ce qui était peut-être aussi bien. Ce genre de nouvelle, mieux valait l'assener en personne que par téléphone. Elle se demanda si cela valait la peine d'appeler une fois encore pour dire qu'elle rentrerait de bonne heure, mais le simple fait de décrocher l'appareil semblait être un trop grand effort. Pendant qu'elle essayait de s'arracher à son accablement, la porte s'ouvrit et Miss Claudia passa la tête dans l'entrebâillement.

« Ah, vous êtes encore là. La police consent à laisser partir les gens, maintenant. Personne ne vous l'avait dit ? De toute façon, le bureau est fermé. Fred Bowling est prêt à vous emmener à Charing Cross avec la vedette. » Voyant le visage de Blackie, elle ajouta : « Ça va, Blackie ? Voulez-vous que quelqu'un vous accompagne jusque chez vous ? »

L'idée atterra Blackie. Qui y avait-il, d'ailleurs ? Elle savait Mrs Demery encore dans la maison en train de préparer des litres de café pour les directeurs ou les policiers, mais elle n'apprécierait certainement pas d'être obligée de faire une heure et demie de trajet jusque dans le Kent. Blackie se représentait ce voyage, les bavardages, les questions, l'arrivée ensemble au cottage, Mrs Demery l'escortant avec réticence comme un jeune délinquant ou un prisonnier sous surveillance. Joan se croirait sans doute obligée d'offrir le thé à la visiteuse. Blackie les voyait toutes les trois dans la salle de séjour de la maison, la femme de ménage donnerait sa version haute en couleurs des faits du jour, tour à tour bavarde, vulgaire et obséquieuse. Et presque impossible de s'en débarrasser. Elle dit : « Je vais tout à fait bien, merci, Miss Claudia. Je suis désolée d'avoir été aussi stupide. C'était simplement le choc.

— Ça a été un choc pour tout le monde. »

Le ton était neutre. Les mots n'avaient peut-être pas été prononcés avec l'intention de la rabrouer, mais c'est ainsi qu'elle les ressentit. Claudia Étienne marqua une pause, comme si elle avait voulu dire — ou peut-être senti qu'elle aurait dû dire — autre chose, avant d'ajouter : « Ne venez pas lundi si vous ne vous sentez pas bien. Ce n'est pas vraiment nécessaire. Si la police a besoin de vous, elle sait où vous trouver. » Et elle était partie.

C'était la première fois qu'elles étaient seules ensemble, si brièvement que ce fût, depuis la découverte du corps, et Blackie aurait souhaité trouver quelque chose à dire, un mot de sympathie. Mais qu'y avait-il qui fût à la fois exact et sincère? « Je ne l'ai jamais aimé et il ne m'aimait pas, mais je regrette sa mort. » Et même cela, était-ce bien vrai?

A Charing Cross, elle avait l'habitude d'être entraînée par le torrent des banlieusards, décidé et sûr de lui. C'était bizarre de se trouver là au milieu de l'après-midi, avec une affluence étonnamment réduite pour un vendredi et une ambiance floue, hors du temps. Un couple âgé, trop habillé pour le voyage, la dame visiblement endimanchée, scrutait avec anxiété le tableau des départs; le mari remorquait une grosse valise à roulettes solidement sanglée qui chavira aussitôt lorsque, sur un appel de sa femme, il voulut se rapprocher d'elle. Blackie les regarda un instant qui essayaient vainement de redresser la valise, puis s'approcha pour les aider. Mais, alors même qu'elle se débattait avec le lourd bagage mal équilibré, elle sentit peser sur elle leur regard anxieux, comme s'ils la soupçonnaient d'avoir des visées sur leurs sous-vêtements. La tâche terminée, ils murmurèrent leurs remerciements et s'éloignèrent en soutenant entre eux la valise, qu'ils tapotaient de temps en temps comme on caresse un chien récalcitrant.

Le tableau indiqua à Blackie qu'elle avait une demi- heure d'attente, juste le temps de prendre un café sans se presser. Tandis qu'elle le dégustait, et humait l'odeur familière, les mains autour de la tasse pour les réchauffer, elle se disait que normalement ce trajet inattendu, fait à une heure inhabituelle, aurait été un petit bonheur, le vide insolite de la gare lui rappelant non pas l'inconfort des heures de pointe mais les vacances enfantines, le loisir de prendre le café, la rassurante certitude d'être rentrée avant la nuit. Seulement sur tout cela pesait désormais le souvenir de l'horreur, cet amalgame rongeant de peur et de culpabilité. Elle se demanda si elle s'en libérerait jamais. Mais enfin, elle était sur le chemin de la maison. Elle ne savait pas encore jusqu'à quel point elle se confierait à sa cousine. Il y avait des choses qu'elle ne pouvait ni ne devait lui dire, mais du moins serait-elle sûre d'être réconfortée par le bon sens de Joan et la paix bien ordonnée du cottage familier.

Le train, à moitié vide, était parti à l'heure, mais par la suite elle ne put rien se rappeler du trajet, ni de l'ouverture de sa voiture au parking d'East Marling, ni de la route jusqu'à West Marling et la maison. Tout ce qu'elle se rappela, ce fut son arrivée devant la grille et ce qu'elle vit alors. Elle resta figée d'horreur, incrédule. Dans le soleil d'automne, le jardin s'étendait devant elle, violé, ravagé, lacéré. Au début, désorientée par le choc, troublée par le souvenir de grands orages des années précédentes, elle pensa que Weaver's Cottage avait été frappé par une bizarre tornade, très localisée. Mais l'idée ne dura qu'un instant. Cette destruction, plus mesquine, plus différenciée, était l'œuvre de mains humaines.

Quand elle sortit de sa voiture, ses jambes ne semblaient plus lui appartenir et elle marcha comme une automate jusqu'à la grille, à laquelle elle dut s'accrocher pour se soutenir. Et désormais, elle voyait chacune des atrocités séparément. A droite de l'entrée, le cerisier du Japon, dont la palette automnale éclaboussait l'air de rouge vif et de jaune, avait été dépouillé de toutes ses branches basses, les balafres dans le tronc à vif comme des blessures ouvertes. Au milieu de la pelouse, le mûrier, orgueil de Joan, avait été traité de la même façon, et le banc de lattes blanches qui entourait son tronc brisé, écrasé, comme si l'on avait sauté dessus avec de gros souliers. Les rosiers, peut-être à cause de leurs épines, avaient été laissés entiers, mais déracinés et jetés en tas; les asters précoces et les chrysanthèmes blancs du massif que Joan avait planté comme une coulée pâle contrastant avec la haie sombre gisaient en gerbes dans l'allée. Vaincus par le rosier au dessus de l'entrée, les vandales avaient arraché clématites et glycine, faisant paraître étrangement nue et vulnérable la façade du cottage.

Celui-ci était vide. Blackie alla de pièce en pièce en appelant Joan, alors qu'il était évident depuis longtemps qu'elle n'était pas là. Elle commençait à sentir les premières affres d'une angoisse véritable, lorsqu'elle entendit claquer la grille et vit sa cousine qui poussait sa bicyclette dans l'allée. Courant à la porte pour l'accueillir, elle s'écria : « Qu'est-ce qui s'est passé? Tu n'as rien? ».

Sans manifester la moindre surprise de la voir rentrée des heures plus tôt que d'habitude, Joan répondit, sinistre : « Tu le vois, ce qui s'est passé. Des vandales. Quatre, sur des pétrolettes. Je les ai presque pincés. Ils démarraient en pétaradant au moment où je revenais du village, mais je n'ai pas eu le temps de relever leurs numéros.

— Tu as prévenu la police?

— Bien sûr. Ils viennent d'East Marling et ils prennent leur temps. Ça ne serait pas arrivé si nous avions encore eu un policier au village. D'ailleurs, ils n'ont pas besoin de se presser. Ils ne les rattraperont pas. Personne ne les rattrapera. Et même si l'on y parvient, qu'est-ce qu'ils risquent? Une petite amende ou une mise en observation. Mon Dieu, si la police ne peut pas nous protéger, qu'on nous laisse nous armer. Si seulement j'avais eu un fusil!

— Tu ne peux pas tirer sur les gens simplement parce qu'ils ont massacré ton jardin.

— Toi peut-être pas. Moi, si. »

Tandis qu'elles entraient dans le cottage, Blackie s'aperçut avec stupeur et embarras que Joan avait pleuré. Impossible de s'y tromper; les yeux anormalement petits et sans vie étaient encore injectés de sang; des taches rouge vif constellaient son visage boursouflé d'un gris malsain. C'était là une profanation contre laquelle son calme et son stoïcisme habituels étaient impuissants. Elle aurait plus facilement supporté une attaque contre sa propre personne. Mais désormais la colère avait pris le pas sur le chagrin — et la colère de Joan était redoutable.

« Je suis retournée au village pour voir ce qu'ils ont fait d'autre. Pas grand-chose, apparemment. Ils sont allés à l'auberge pour déjeuner, mais ils sont devenus si bruyants que Mrs Baker a refusé de continuer à les servir et Baker les a mis dehors. Alors ils se sont mis à tourner en rond autour du pâtis communal jusqu'à ce que Mrs Baker leur dise que c'était défendu. A ce moment-là, ils se sont montrés extrêmement grossiers et mal embouchés, ils ont emballé leurs moteurs et fait un bruit épouvantable. Ils ont tout de même fini par partir quand Baker les a menacés de prévenir la police. Je suppose qu'ils se sont vengés comme ça.

— Et s'ils revenaient?

— Oh, ils ne reviendront pas. Pour quoi faire? Ils vont

chercher autre chose de beau à détruire. Mon Dieu, quelle génération avons-nous élevée ? Ils sont mieux nourris, mieux instruits, mieux soignés que jamais et ils se conduisent comme des brutes vicieuses. Qu'est-ce qu'il nous est arrivé ? Et qu'on ne me parle pas du chômage ! C'étaient peut-être des chômeurs, mais ils avaient pu s'offrir des motos coûteuses, et deux d'entre eux avaient une cigarette qui leur pendait au bec.

— Ils ne sont pas tous comme ça, Joan. On ne peut pas juger toute une génération d'après quelques individus.

— Tu as raison, bien sûr. Je suis contente que tu sois là. »

C'était la première fois en dix-neuf ans de vie commune qu'elle avait exprimé le besoin du soutien et du réconfort de Blackie. Elle poursuivit : « C'est vraiment gentil de la part de Mr Étienne de t'avoir laissée partir de bonne heure. Comment ça s'est-il fait ? Est-ce que quelqu'un du village t'a téléphoné pour te prévenir ? Mais ça n'est pas possible. Tu devais déjà être en route au moment où ça s'est produit. »

Alors, brièvement, Blackie lui dit.

La nouvelle de cette bizarre horreur eut au moins le mérite de détourner l'esprit de Joan de la profanation de son jardin. Elle se laissa tomber dans le fauteuil le plus proche comme si ses jambes s'étaient dérobées sous elle, mais écouta en silence, sans exclamations de surprise ou de dégoût. Elle se leva quand Blackie eut fini et la regarda fixement, les yeux dans les yeux, comme pour s'assurer qu'elle n'avait pas perdu la tête. Puis elle lui dit, péremptoire : « Reste assise. Je vais allumer le feu. Nous avons subi un rude choc l'une et l'autre et il est important d'avoir bien chaud. Et puis je vais chercher le whisky. Il faut que nous reparlions de tout ça. »

Tandis que Joan l'installait plus confortablement dans le fauteuil au coin du feu, tapotait les coussins et tirait le tabouret avec une sollicitude rare chez elle, Blackie ne pouvait s'empêcher de remarquer que le ton et le visage de sa cousine exprimaient moins l'indignation qu'une certaine satisfaction féroce et se disait qu'il n'y avait rien de tel que l'horreur du meurtre d'autrui pour détourner l'attention de ses propres malheurs, moins énormes.

Quarante minutes plus tard, assise devant un feu de bois pétillant, apaisée par la chaleur et la morsure du whisky que sa cousine et elle gardaient pour les urgences, elle se sentit pour la première fois séparée par une certaine distance des traumatismes du jour. Sur le tapis, Arabella, en extase, s'étirait délicatement et enroulait ses pattes, fourrure blanche rougie par la danse des flammes. Joan avait allumé le four avant qu'elles ne s'installent et Blackie sentait les premières odeurs savoureuses d'un ragoût d'agneau qui se glissaient par la porte de la cuisine. Elle se rendit compte qu'elle avait faim, qu'il lui serait peut-être même possible d'apprécier un repas. Son corps se sentait léger comme si un poids matériel de culpabilité et de peur avait été levé de sur ses épaules. Malgré sa résolution, elle constata qu'elle était en train de se confier au sujet de Sydney Bartrum.

« Tu comprends, je savais qu'il allait être saqué. J'avais tapé la lettre de Mr Gérard à cette maison de chasseurs de têtes. Bien sûr, je ne pouvais pas prévenir directement Sydney de ce qui se préparait. J'ai toujours considéré que le poste d'assistante était hautement confidentiel, mais ne rien lui dire, ça ne me semblait pas bien. Marié depuis un an seulement, et maintenant un bébé. Il a plus de cinquante ans. Sûrement. Il aura du mal à trouver autre chose. Alors j'ai laissé un exemplaire de la lettre sur mon bureau quand j'ai su qu'il devait voir Mr Gérard au sujet des devis. Comme Mr Gérard le faisait toujours attendre, je suis sortie de mon bureau et je lui ai donné sa chance. J'étais certaine qu'il la lirait. C'est humain. Instinctivement, on jette un coup d'œil à une lettre quand elle est là devant vous. »

Mais ce geste si étranger à son caractère et à son comportement habituel n'avait pas été inspiré par la pitié. Elle le savait désormais et s'étonnait de ne pas s'en être rendu compte plus tôt. Elle avait fait cause commune avec Sydney Bartrum, senti qu'ils étaient tous deux victimes du mépris à peine dissimulé de Mr Gérard et risqué là son premier petit geste de défi. Était-ce cela qui lui avait donné le courage d'oser ensuite cette rébellion plus désastreuse?

Joan demanda : « Mais est-ce qu'il l'a lue?

— Il a dû le faire. Il ne m'a pas trahie. Au moins Mr Gérard n'y a jamais fait allusion et ne m'a pas reproché ma négligence. Mais le lendemain, Sydney a pris rendez-vous avec lui et je crois qu'il lui a demandé s'il garderait sa situation. Je n'ai pas entendu leurs voix. Sydney n'est pas resté longtemps et quand il est sorti, il pleurait. Pense un peu, Joan, un homme mûr qui pleure. » Elle ajouta : « C'est pourquoi je n'en ai pas parlé à la police.

— Tu n'as pas dit qu'il pleurait ?

— Ni l'histoire de la lettre. Je n'ai rien dit du tout.

— Et c'est tout ce que tu ne leur as pas dit ?

— Oui. » Blackie mentit. « Oui, c'est tout.

— Je crois que tu as eu raison. » Mrs Willoughby, ses fortes jambes écartées, la main tendue vers la bouteille de whisky, rendit son arrêt. « Pourquoi prendre les devants et donner des informations qui peuvent être tout à fait à côté de la question, voire trompeuses ? Si l'on t'interroge directement là-dessus, bien entendu, il faudra dire la vérité.

— C'est ce que j'ai pensé. D'ailleurs, nous ne savons même pas encore si c'est un meurtre. Il a pu mourir de mort naturelle, une crise cardiaque peut-être, et quelqu'un lui aura enroulé le serpent autour du cou après — c'est ce que la plupart des gens ont l'air de croire. Ce serait exactement le genre de chose que ferait le plaisantin maison. »

Mais Mrs Willoughby rejeta aussitôt cette théorie commode : « Oh, nous pouvons être raisonnablement sûres, je crois, que c'est un crime. Quels que soient les avatars du corps ensuite, la police ne serait pas restée si longtemps et au plus haut niveau s'il y avait eu le moindre doute sérieux. Ce commandant Dalgliesh, j'ai entendu parler de lui. On n'enverrait pas un officier supérieur aussi important si l'on croyait à une mort naturelle. Bien sûr, tu me dis que c'est Lord Stilgoe qui a téléphoné à la police. Ça a pu avoir une certaine influence. Un titre a encore du poids. Il y a toujours le suicide ou l'accident, évidemment ; mais ni l'un ni l'autre ne semble bien vraisemblable d'après ce que tu m'as dit. Non, si tu veux mon avis, c'est un crime, et commis par des familiers.

— Mais pas Sydney ! Sydney ne ferait pas de mal à une mouche.

— Peut-être. Mais il pourrait peut-être taper sur quelque chose de beaucoup plus gros et plus dangereux. D'ailleurs, la police va vérifier tous vos alibis. Dommage que tu sois allée faire des courses tard hier soir dans West End au lieu de rentrer directement à la maison. Je suppose qu'il n'y a personne chez Liberty ou Jaeger qui pourrait parler pour toi ?

— Je ne crois pas. Tu comprends, je n'ai rien acheté. Je regardais seulement et les magasins étaient pleins de monde.

— C'est ridicule, bien sûr, de penser que tu pourrais avoir la moindre chose à y voir, mais la police doit mettre tout le monde sur le même pied, du moins au début. Enfin, inutile de nous faire du souci tant que nous ne connaissons pas l'heure exacte de la mort. Qui l'a vu en dernier? Est-ce que ça a été établi?

— Miss Claudia, je crois. Elle est toujours parmi les derniers à partir.

— Excepté le meurtrier. Je me demande comment il s'y est pris pour attirer sa victime là-haut, dans le petit bureau des archives. Je suppose que c'est là qu'il est mort. En admettant qu'il ait été étranglé ou étouffé avec Sid le Siffleur, le meurtrier a dû le maîtriser d'abord. Un homme jeune et robuste ne se couche pas docilement pour se faire assassiner. Il a pu être drogué, bien sûr, ou assommé par un coup assez fort pour l'étourdir mais pas assez pour entamer la peau. »

Mrs Willoughby, lectrice avide de romans policiers, connaissait parfaitement leurs criminels, adeptes de cette pratique difficile. Elle poursuivit : « La drogue aurait pu lui être administrée dans son thé de l'après-midi. Il aurait fallu qu'elle soit sans goût et à action lente. Difficile. Ou alors il aurait pu être étranglé avec quelque chose d'assez doux pour ne pas laisser de marques, un collant ou des bas. Inutile pour le criminel d'utiliser une corde, l'éraflure se serait vue très nettement sous le serpent. Je suppose que la police y a pensé.

— Je suis sûre, Joan, qu'elle a pensé à tout. »

Tout en sirotant son whisky, Blackie se disait que l'intérêt témoigné sans vergogne par Joan pour le crime et ses spéculations à son sujet avaient quelque chose d'étrangement rassurant. Ce n'était pas pour rien qu'elle avait ces cinq rayonnages de romans policiers dans sa chambre : Agatha Christie, Dorothy L. Sayers, Margery Allingham, Ngaio Marsh, Josephine Tey et les rares modernes jugés dignes de rejoindre ces étoiles de l'Age d'or. Après tout, pourquoi éprouverait-elle un chagrin personnel? Elle était allée une seule fois à Innocent House, trois ans plus tôt, lorsqu'elle avait été invitée à la fête de Noël. Elle connaissait peu de membres du personnel, si ce n'est de nom. Et tandis qu'elle cogitait, l'horreur du palais vénitien commençait à lui sembler irréelle, inoffensive, telle une élégante composition littéraire, sans chagrin, sans peine, sans perte, la culpabilité aseptisée et réduite à une ingénieuse devinette. Les yeux fixés sur les flammes, elle croyait voir surgir l'image de Miss Marple serrant son sac sur sa poitrine, ses doux yeux fanés par l'âge qui la regardaient, sagaces, et l'assuraient qu'il n'y avait rien à craindre, que tout allait s'arranger.

Le feu et le whisky combinés produisaient une béatitude somnolente si bien que la voix de sa cousine, entendue par intervalles, semblait venir de très loin. Si elles ne passaient pas à table bientôt, elle allait s'endormir. Se secouant, elle dit : « Est-ce qu'il ne serait pas temps de songer au dîner ? »

30

Ils s'étaient rencontrés à six heures et quart sur les marches qui descendaient à la Tamise près de la gare de Greenwich, entre un haut mur et la rampe d'un hangar à bateaux. C'était un bon endroit, très discret pour ce genre de rendez-vous, avec une petite plage de cailloux, et ce soir-là, tandis qu'il rentrait chez lui par la route, loin du fleuve, il entendait encore le doux clapotis des petites vagues épuisées, le minuscule cliquetis des galets, la succion du reflux. Arrivé le premier, Gabriel Dauntsey n'avait pas bronché quand Bartrum s'était avancé jusqu'à lui. Lorsqu'il parla, sa voix était douce, on eût dit qu'il s'excusait.

« J'ai pensé qu'il fallait que nous nous parlions, Sydney. Je vous ai vu entrer dans Innocent House hier soir. La fenêtre de ma salle de bain donne sur Innocent Lane. J'ai regardé dehors par hasard et je vous ai vu. Il était environ sept heures moins vingt. »

Sydney s'était douté de ce qu'il allait entendre, aussi, quand les mots furent prononcés, les entendit-il avec ce qui ressemblait fort à du soulagement.

Il avait répondu avec force, comme pour obliger Dauntsey à le croire : « Je suis ressorti presque aussitôt. Je le jure. Si vous aviez attendu, si vous aviez guetté seulement une minute de plus, vous m'auriez vu. Je ne suis pas allé plus loin que la réception. J'ai paniqué. Je me suis dit que discuter, prier, supplier serait inutile. Rien ne l'aurait ému, rien n'aurait eu le moindre effet. Je vous jure, Mr Dauntsey, que je ne l'ai pas revu hier soir après avoir quitté mon bureau.

— En effet, cela n'aurait servi à rien. Gérard n'était pas accessible aux supplications ». Et il ajouta : « Ni aux menaces d'ailleurs.

— Comment est-ce que j'aurais pu le menacer? J'étais totalement impuissant. S'il décidait de me saquer la semaine suivante, je ne pouvais pas l'en empêcher. Et si je faisais quoi que ce soit qui le monte encore plus contre moi, il m'aurait donné de ces références si habilement tournées qu'on ne peut pas les contester, mais qui font que vous ne retrouvez jamais d'autre situation. J'étais à sa merci. Je suis content qu'il soit mort. Si j'étais croyant, je tomberais à genoux et je remercierais Dieu. Mais je ne l'ai pas tué. Il faut que vous me croyiez. Si vous ne me croyez pas, Mr Dauntsey, mon Dieu, qui le fera? »

Sans un mouvement, sans un mot, la silhouette à côté de lui restait en contemplation devant l'étendue noire du fleuve. Enfin, humblement, il avait demandé :

« Qu'est-ce que vous allez faire?

— Rien. Il fallait que je vous voie pour savoir si vous en aviez parlé à la police, ou si vous aviez l'intention de le faire. On m'a demandé, bien entendu, si j'avais vu quelqu'un entrer dans Innocent House. On l'a demandé à tout le monde. J'ai menti et je me propose de continuer à mentir, mais ce serait bien inutile si vous leur aviez déjà dit, ou si vous alliez paniquer.

— Non, je ne leur ai pas dit. J'ai dit que j'étais rentré chez moi à l'heure habituelle, juste avant sept heures. Dès que j'ai su la nouvelle, avant que la police arrive, j'ai téléphoné à ma femme pour lui dire de confirmer que j'étais rentré à l'heure, au cas où quelqu'un le lui demanderait. Heureusement, j'étais arrivé au bureau le premier et je l'avais pour moi tout seul. Cela me déplaisait affreusement de lui demander de mentir, mais elle a pensé que c'était sans importance. Elle savait que j'étais innocent, que je n'avais rien fait de honteux. Je lui expliquerai plus complètement ce soir. Elle comprendra.

— Vous l'avez appelée avant de savoir que cette mort pouvait être un meurtre?

— Je l'ai pensé dès le début. Le serpent, ce corps à moitié nu. Comment est-ce que ça pourrait être une mort naturelle ? » Il ajouta simplement : « Merci de n'avoir rien dit, Mr Dauntsey. Je ne l'oublierai pas.

— Vous n'avez pas à me remercier. Je ne vous fais pas de faveur et il n'y a pas lieu d'être reconnaissant. C'est une simple question de bon sens. Si la police perd son temps à soupçonner des innocents, elle aura moins de chance de trouver les coupables. Et je ne suis plus tout à fait aussi sûr qu'autrefois qu'elle ne se trompe jamais. »

Sydney avait dit alors, avec beaucoup d'audace : « Et vous vous en souciez ? Vous voulez qu'on arrête les coupables ?

— Je veux qu'on trouve qui a enroulé ce serpent autour du cou de Gérard et enfoncé la tête dans sa bouche. C'est une abomination, la profanation de la mort. Je préfère que les coupables soient châtiés et les innocents justifiés. Je suppose que la plupart des gens en sont là. Après tout, c'est ce que nous entendons par justice. Mais je ne me sens pas concerné personnellement par la mort de Gérard, par quelque mort que ce soit. Je doute d'avoir encore la capacité d'éprouver une émotion forte, à quelque propos que ce soit. Je ne l'ai pas assassiné ; j'ai tué plus que ma part. Je ne sais pas qui l'a fait, mais ce meurtrier et moi nous avons quelque chose en commun. Nous n'avons pas eu à regarder notre victime dans les yeux. Un meurtrier qui n'a même pas à affronter la réalité de ce qu'il a fait a quelque chose de particulièrement ignoble. »

Sydney s'était contraint à l'humiliation ultime. « Ma situation, Mr Dauntsey, croyez-vous qu'elle soit assurée maintenant ? C'est important pour moi. Vous ne savez pas ce que Miss Étienne envisage ? Ce que l'un quelconque des directeurs envisage ? Il faudra qu'il y ait des changements, je le sais. Je pourrais apprendre de nouvelles méthodes si vous jugez que c'est nécessaire. Et j'accepterais très bien que vous mettiez quelqu'un au-dessus de moi s'il est plus qualifié. Je peux travailler loyalement comme subordonné. » Il ajouta amèrement : « Mr Gérard pensait que je n'étais bon qu'à ça. »

Dauntsey avait répondu : « Je ne sais pas ce qui sera décidé, mais je pense que nous ne ferons pas de grands changements pendant six mois au moins. Et si j'ai mon mot à dire, votre situation ne sera pas menacée. »

Après quoi ils étaient repartis ensemble, sans rien dire, vers la petite rue où ils avaient garé leur voiture l'un et l'autre.

31

La maison que Sydney et Julie Bartrum avaient choisie et achetée en contractant l'emprunt le plus élevé qu'ils avaient pu obtenir était proche de Buckhurst Hill Station, dans une étroite venelle en pente qui ressemblait plus à un chemin de campagne qu'à une rue de banlieue. C'était une banale construction des années trente avec un bow window et un porche sur le devant, un étroit jardin derrière. Tout ce qu'il y avait dedans, Sydney l'avait choisi avec Julia. Ni l'un ni l'autre n'avait gardé quoi que ce fût du passé, sinon des souvenirs. C'était sa maison, son foyer, cette sécurité durement acquise que Gérard Étienne avait menacé de lui ôter avec tant d'autres choses. S'il perdait sa situation à cinquante-deux ans, quel espoir pouvait-il avoir de retrouver un salaire équivalent ? Son indemnité fondrait mois après mois, jusqu'à ce que même le remboursement de l'emprunt devint impossible.

Julie sortit de la cuisine dès qu'elle entendit la clef tourner dans la serrure, puis, comme toujours, ouvrit grand ses bras et l'embrassa sur la joue, mais ce soir-là ses bras étaient crispés et elle s'accrocha presque désespérément à lui.

« Mon chéri, qu'est-ce que c'est ? Qu'est-ce qui s'est passé ? Je n'ai pas voulu te rappeler. Tu m'avais dit de ne pas le faire.

— Non, ça n'aurait pas été prudent. Mais, ma chérie, tu n'as pas de raison de t'inquiéter. Tout va s'arranger pour le mieux.

— Mais tu m'as dit que Mr Étienne était mort. Tué.

— Viens dans le salon, Julie, et je vais t'expliquer. »

Elle s'assit tout près de lui et resta parfaitement immobile pendant qu'il parlait. Ensuite, elle lui dit : « Ils ne peuvent pas croire que tu aies la moindre chose à voir avec ça. C'est ridicule, c'est stupide. Tu ne ferais de mal à personne. Tu es bon, doux, gentil. Ils ne peuvent pas croire ça.

— Bien sûr que non, en fin de compte. Mais il arrive que des innocents soient harcelés, questionnés et soupçonnés. Parfois même arrêtés et jugés. Ça arrive. Or, j'ai été la dernière personne à quitter le bureau. J'avais un travail important à finir et je suis resté un peu après l'heure. C'est pourquoi je t'ai appelée dès que j'ai su la nouvelle. Il m'a semblé qu'il serait plus sage de dire à la police que j'étais rentré à l'heure habituelle.

— Bien sûr, mon chéri, tu as tout à fait raison. Je suis heureuse que tu l'aies fait. »

Il fut un peu étonné de constater que ce mensonge n'avait provoqué en elle ni gêne ni sentiment de culpabilité. Les femmes mentaient peut-être plus aisément que les hommes si elles croyaient que la cause était juste. Il n'avait pas à craindre de provoquer une crise de conscience chez elle. Tout comme lui, elle savait à qui elle avait donné sa foi.

Il lui demanda : « Est-ce que quelqu'un a pris contact avec toi... quelqu'un de la police ?

— Quelqu'un a appelé, oui. Il m'a dit qu'il était le sergent Robbins. Il a simplement demandé à quelle heure tu étais rentré hier soir. Rien d'autre. Il ne m'a donné aucune information et ne m'a pas dit que Mr Gérard était mort.

— Et tu ne lui as pas dit que tu le savais ?

— Bien sûr que non. Tu m'avais prévenue. J'ai demandé de quoi il s'agissait et il m'a dit que tu m'expliquerais quand tu rentrerais, et que tu allais bien et que je ne devais pas m'inquiéter. »

La police n'avait pas perdu de temps. Il fallait s'y attendre. Ils avaient voulu vérifier avant qu'il ait eu le temps de se concocter un alibi.

Il lui répondit seulement : « Tu vois ce que je veux dire, ma chérie. Il était prudent d'être préparé.

— Je pense bien. Mais tu ne crois pas vraiment que Mr Gérard a été assassiné ?

— On n'a pas l'air de savoir comment il est mort. L'assassinat est une possibilité mais il y en a d'autres. Il aurait pu avoir une crise cardiaque, et le serpent être mis autour de son cou ensuite.

— Quelle horreur, mon chéri ! C'est une chose abominable. C'est diabolique.

— N'y pense pas. Ça n'a rien à voir avec nous et ne peut

pas nous toucher. Si nous nous en tenons à ce que nous avons dit, personne ne peut rien nous faire. »

Elle ne se doutait pas du danger auquel ils avaient été exposés. Cette mort était leur salut. Il ne lui avait confié ni le risque qu'il avait couru de perdre sa situation, ni sa haine et sa peur d'Étienne, pour une part parce qu'il ne voulait pas l'inquiéter, mais il savait que la principale raison avait été la fierté. Il avait besoin qu'elle le croie respecté, indispensable pour la maison. Désormais, elle pourrait ignorer la vérité à jamais. Il décida de ne rien lui dire non plus de son récent entretien avec Dauntsey. Pourquoi l'inquiéter? Tout allait s'arranger.

Comme toujours avant le dîner, ils montèrent ensemble voir leur petite fille endormie. Le bébé avait été installé dans une chambre donnant sur l'arrière de la maison que Sydney avait décorée avec l'aide de Julie. Quand il l'avait vue pour la première fois, passée du berceau au petit lit à barreaux, sans oreiller, couchée sur le dos, Julie lui avait expliqué que c'était la position recommandée. Elle n'avait pas dit « pour éviter la mort subite des nourrissons », mais ils avaient su l'un comme l'autre ce qu'elle voulait dire. Que la moindre chose pût arriver à l'enfant était leur plus grande terreur, celle dont ils n'osaient même pas parler. Il tendit la main pour toucher la petite tête couverte de duvet. Incroyable que des cheveux humains puissent être aussi doux, un petit crâne aussi vulnérable. Transporté par l'amour, il aurait voulu prendre le bébé dans ses bras, le tenir contre sa joue, embrasser mère et enfant dans une étreinte assez forte, éternelle et infrangible pour les protéger contre toutes les terreurs présentes et à venir.

Cette maison était son royaume. Il se disait qu'il l'avait acquise par l'amour, mais il éprouvait pour elle quelque chose de la férocité possessive du conquérant. Elle était sienne de droit et il tuerait une douzaine de Gérard Étienne plutôt que de la perdre. Personne avant Julie ne l'avait aimé. Pas beau, maigrichon, timide et sans humour, il savait qu'il n'était pas attirant, les années dans le home d'enfants le lui avaient appris. Votre père ne mourait pas, votre mère ne vous abandonnait pas si vous étiez attachant. Le personnel du home avait fait de son mieux, selon les principes admis à l'époque, mais les enfants n'étaient pas aimés. Les soins tout comme la nourriture étaient soigneusement répartis de manière qu'il y en eût pour tout le monde. Les enfants savaient qu'ils avaient été rejetés. Il avait absorbé cette certitude avec son porridge. Après le home, il y avait eu une succession de logeuses, de studios, de petits appartements en location, de cours du soir et d'examens, de tasses de café aqueux, de repas solitaires dans des restaurants bon marché, de petits déjeuners préparés dans des cuisines communes, de plaisirs solitaires, de sexualité frustrante au goût de péché.

Il lui semblait désormais qu'il avait passé toute sa vie enfoui dans une semi-obscurité. Avec Julie, il avait émergé dans le soleil, les yeux éblouis par un monde inimaginable de lumière, de sons, de couleurs et de sensations. Il était heureux qu'elle ait déjà été mariée ; mais dans l'amour, elle s'arrangeait pour lui faire croire que c'était elle qui était inexpérimentée et comblée pour la première fois. D'ailleurs, il se disait que c'était peut-être vrai. Le sexe avec elle avait été une révélation. Jamais il n'aurait pu croire que c'était à la fois aussi simple et aussi merveilleux. Il se réjouissait aussi, avec un rien de mauvaise conscience, que le premier mariage de Julia eût été malheureux et que Terry l'eût abandonnée. Il n'avait pas à craindre qu'elle le comparât avec un premier amour idéalisé et immortalisé. Ils parlaient rarement du passé ; pour l'un comme pour l'autre, ceux qui avaient vécu, marché et parlé durant ce passé étaient des personnes différentes. Un jour, au début de leur mariage, elle lui avait dit : « Souvent je priais pour trouver quelqu'un à aimer, quelqu'un que je pourrais rendre heureux et qui pourrait me rendre heureuse. Quelqu'un qui me donnerait un enfant. J'avais presque abandonné tout espoir et puis je t'ai trouvé ! Cela semblait être un miracle, chéri, la réponse à mes prières. » Ces mots l'avaient exalté. Pendant un instant, il s'était cru l'agent de Dieu lui-même. Lui qui toute sa vie n'avait connu que l'impuissance, il avait été saisi par l'ivresse du pouvoir.

Il avait été heureux à Peverell Press jusqu'à ce que Gérard Étienne en prenne la direction. Il se savait apprécié comme comptable. Il faisait de longues heures supplémentaires non rétribuées, il se conformait à ce que voulaient Jean-Philippe Étienne et Henry Peverell et ce qu'ils lui demandaient n'excédait jamais ses possibilités. Mais l'un s'était retiré, l'autre était mort et le jeune Gérard Étienne avait pris sa place dans le fauteuil directorial. Il avait joué un rôle très modeste dans la maison au cours des années précédentes, mais aussi observé, appris, pris son temps, passé un diplôme de gestion commerciale, préparé des plans qui ne prévoyaient pas la présence d'un comptable de cinquante-deux ans avec le minimum de qualifications. Gérard Étienne, jeune, heureux, beau, riche, qui tout au long de son existence privilégiée avait saisi ce qu'il voulait sans vergogne, s'apprêtait à le dépouiller, lui, Sydney Bartrum, de tout ce qui faisait sa vie. Mais Gérard Étienne était mort, couché dans une morgue de la police avec un serpent enfoncé dans la bouche.

Il serra plus fort le bras autour de sa femme et dit : « Chérie, descendons dîner. J'ai faim. »

32

L'entrée du commissariat de police de Wapping est si discrète qu'elle peut aisément échapper au non initié. Vue de la Tamise, son agréable façade de brique sans prétentions et la note intimiste d'un bow-window donnant sur le fleuve suggèrent une utilisation ancienne et commode, la résidence d'un marchand du dix-huitième siècle préférant vivre au-dessus de ses entrepôts. Debout à la fenêtre de la pièce réservée à la cellule de crise, Daniel regardait la large rampe, les trois travées du ponton avec sa flotille de vedettes et, discrètement à l'écart, le bassin en acier inoxydable pour la réception et le lavage au jet des noyés, en se disant que peu de ceux qui passaient en bateau reconnaîtraient la fonction de la maison.

Il n'avait pas chômé depuis qu'avec le sergent Robbins il avait traversé le parking et monté l'escalier de fer pour entrer dans la ruche silencieuse qu'était le commissariat. Il avait installé les ordinateurs, débarrassé des bureaux pour Dalgliesh, lui-même et Kate, parlé avec l'assistant du coroner des dispositions à prendre pour l'autopsie et l'enquête publique, enfin établi le contact avec le laboratoire de la police scientifique. Les clichés pris sur place avaient été punaisés au tableau d'affichage, où leur clarté dure et sans ombre semblait réduire l'horreur à un exercice de technique photographique. Il s'était aussi entretenu avec Lord Stilgoe dans sa chambre individuelle de la London Clinic. Heureusement, les effets d'une anesthésie générale, les infirmières aux petits soins et le nombre des visiteurs dudit Lord Stilgoe avaient provisoirement détourné son attention du crime; il avait accueilli le rapport de Daniel avec une surprenante égalité d'âme, sans exiger, comme on le craignait, l'apparition immédiate de Dalgliesh à son chevet. Daniel avait aussi mis au courant le service de presse de la police métropolitaine qui serait chargé, une fois le drame connu, d'organiser conférences de presse et liaisons avec les médias. Il y avait un certain nombre de détails que, dans l'intérêt de l'enquête, la police n'avait pas l'intention de divulguer, mais la bizarre utilisation du serpent serait connue de tout le monde dès le lendemain et ferait le tour des maisons d'édidion et des journaux de Londres en quelques heures. Le service de presse aurait du pain sur la planche.

Robbins était venu se poster à côté de lui, estimant visiblement que l'inaction de son supérieur justifiait une récréation. Il lança : « Intéressant d'être ici, n'est-ce pas? Le plus ancien commissariat de police du Royaume-Uni.

— Si ça vous démange de me dire que la Police fluviale a été créée trente ans avant la Met, je le sais.

— Je me demande si vous avez vu leur musée, chef? Il est dans la menuiserie du vieux chantier naval. On me l'a fait visiter quand j'étais en formation. Ils ont des pièces intéressantes, des fers, des coutelas, de vieux uniformes, une trousse de chirurgien, des documents du début du dix-neuvième siècle et des récits du désastre du *Princess Alice*. Une collection passionnante.

— Ce qui explique sans doute leur accueil moins qu'enthousiaste. Ils soupçonnent peut-être le conservateur de la Met de vouloir mettre la main dessus, ou ils craignent qu'on fauche leurs plus belles pièces. Mais j'aime bien leurs nouveaux joujoux. »

Au-dessous d'eux, le fleuve avait jailli en une éruption écumante : deux canots pneumatiques semi-rigides ultra-rapides, orange vif, noir et gris, avec leur équipage de deux hommes en casque intégral et combinaison vert fluo, glissaient, viraient et tournaient autour des vedettes de la police comme de dangereux jouets d'adultes avant de poursuivre leur descente rugissante.

Robbins dit : « Pas de siège. Les remous doivent être plutôt éprouvants pour les muscles. Ils ne font sans doute pas loin de quarante nœuds. Vous croyez qu'on aura le temps de jeter un autre coup d'œil au musée, chef?

— A votre place, je n'y compterais pas trop. »

D'après Daniel, le sergent Robbins, entré directement dans la police au sortir de son université de brique rouge [1] avec un petit diplôme d'histoire, était presque trop bon pour être vrai. Il résumait sûrement toutes les qualités du favori de sa maman : visage frais, ambitieux sans être impitoyable, méthodiste pieux, promis, murmurait-on, à une jeune fille de son église. Sans aucun doute après de chastes fiançailles, ils se marieraient et produiraient d'admirables enfants qui iraient dans de bonnes écoles, passeraient les examens voulus, ne causeraient ni peine ni souci à leurs parents et finiraient, en s'immisçant, pour leur bien, dans la vie de gens comme professeurs, travailleurs sociaux, voire policiers. D'après les prévisions de Daniel, Robbins aurait dû démissionner depuis longtemps, déçu par une morale machiste si prompte à dégénérer en violence, par les nécessaires compromis et rafistolages, par le métier lui-même avec ses preuves quotidiennes de l'ignominie du crime et de l'inhumanité de l'homme pour l'homme. Or il était au contraire apparemment tout à la fois impossible à choquer et idéaliste. Daniel lui supposait une vie secrète : la plupart des gens en avaient une — presque impossible d'exister sans. Mais dans ce cas, Robbins réussissait particulièrement bien à la cacher. Daniel se disait que ce serait rentable pour le ministère de l'Intérieur de l'exhiber à travers le pays afin de persuader les idéalistes quittant l'école des avantages d'une carrière dans la police.

Ils se remirent au travail. Ils n'avaient guère de temps avant l'heure de leur rendez-vous à la morgue, mais ce n'était pas une raison pour le perdre. Daniel s'assit pour examiner les papiers d'Étienne. Dès le premier coup d'œil, il avait été surpris de voir tout le travail que celui-ci avait assumé. La maison, qui employait trente personnes au total,

1. Plus récente et donc quelque peu moins réputée que les « grandes anciennes » comme Oxford ou Cambridge, bien entendu en pierre. (N.d.T.)

publiait une soixantaine de livres par an. L'édition était un monde inconnu pour le policier. Il ne savait absolument pas si cette structure administrative était courante, mais elle lui paraissait étrange et la charge d'Étienne, disproportionnée. De Witt était le directeur littéraire avec Gabriel Dauntsey en renfort pour la poésie, mais sans autre occupation apparemment, que les archives. Claudia Étienne était responsable des ventes et de la publicité, ainsi que du personnel, et Frances Peverell des contrats et des droits. Mais Gérard Étienne, en tant que président-directeur général avec la haute main sur la fabrication, la comptabilité et les stocks, supportait de beaucoup la plus lourde charge.

Daniel était vivement intéressé aussi par la façon dont Étienne avait poussé ses projets pour vendre Innocent House. Les négociations avec Hector Skolling, en cours depuis quelques mois, étaient bien avancées. En feuilletant les procès verbaux des réunions mensuelles du conseil, il y voyait peu d'allusions à nombre des choses qui se passaient dans la maison. Pendant que Kate et Dalgliesh étaient retenus par les interrogatoires en règle, il en avait appris presque autant en écoutant les commérages de Mrs Demery et en parlant avec George ou les quelques membres du personnel encore dans l'immeuble. Les directeurs avaient beau souhaiter donner l'image d'un conseil uni œuvrant pour un but commun, jusqu'alors les témoignages recueillis révélaient une réalité très différente.

Le téléphone sonna. C'était Kate. Elle retournait chez elle pour se changer. A.D. avait été appelé au Yard. Ils verraient l'un et l'autre Daniel à la morgue.

33

La morgue des autorités locales avait été modernisée récemment, mais l'extérieur n'avait pas changé. C'était un bâtiment d'un seul étage, dans la brique grise de Londres, que l'on abordait par un bref cul-de-sac, l'avant-cour bordée par un mur haut de deux mètres cinquante. Ni inscription ni numéro de rue ne proclamait sa fonction : ceux qui y avaient affaire savaient comment le trouver. Il donnait l'impression curieuse d'être une entreprise morne et pas particulièrement florissante, où les marchandises livrées dans des camions banalisés étaient déballées avec discrétion. A droite de la porte, un garage assez grand pour recevoir deux fourgons mortuaires, d'où une porte à deux battants conduisait à une petite réception avec salle d'attente à gauche. C'est là que Dalgliesh, arrivé une minute avant six heures et demie, trouva Kate et Daniel qui l'attendaient déjà. On avait essayé de rendre la pièce accueillante en y mettant une table basse ronde, quatre sièges confortables et un gros poste de télévision que Dalgliesh n'avait jamais vu fermé. Son but était peut-être moins récréatif que thérapeutique : lors de leurs imprévisibles moments de loisirs, les techniciens du labo avaient besoin d'échanger, si brièvement que ce fût, la corruption silencieuse de la mort contre les brillantes images éphémères du monde vivant.

Il vit que Kate avait changé son habituel tailleur de tweed contre un ensemble en jean, et que son épaisse natte blonde était roulée dans une casquette de jockey. Il savait pourquoi. L'odeur du désinfectant, mi-douceâtre mi-acide, devenait presque indécelable au bout d'une demi-heure, mais elle s'accrochait pendant des jours aux vêtements, imprégnant la garde-robe de l'odeur de la mort. Très vite, il avait appris à ne rien mettre qui ne pût être jeté dans la machine à laver, tandis qu'il se douchait comme un maniaque et présentait même son visage au jet le plus puissant, comme si le mordant de l'eau pouvait laver plus que l'odeur et le spectacle des deux heures précédentes. Il devait rencontrer le préfet de police à huit heures dans le bureau du ministre de l'Intérieur aux Communes. Il lui faudrait trouver auparavant le temps de retourner à son appartement de Queenhithe pour se doucher.

Il se rappelait intensément — comment aurait-il pu en être autrement ? — la première autopsie à laquelle il avait assisté, jeune enquêteur. La victime était une prostituée de vingt-deux ans et il y avait eu, il s'en souvenait, des difficultés pour l'identifier officiellement, la police n'ayant pu retrouver ni famille ni amis proches. Le corps blanc, mal nourri, étendu sur la table avec les cicatrices du fouet violettes comme des stigmates, lui avait semblé être, dans sa pâle frigidité, le témoin muet de l'inhumanité mâle. En regardant l'amphithéâtre comble et la phalange des officiels, il s'était dit que

Theresa Burns recevait beaucoup plus d'attentions des agents de l'État que de son vivant. Le pathologiste était à l'époque Doc McGregor, de la vieille école des individualistes impénitents, presbytérien rigide qui exigeait de pratiquer toutes ses autopsies dans une odeur de sainteté spirituelle, sinon physique. Dalgliesh se rappelait son apostrophe à un technicien qui avait répondu par un rire bref à la plaisanterie murmurée d'un collègue : « Je ne veux pas de rire dans mon amphi, ça n'est pas une grenouille que je dissèque ici. »

Doc McGregor ne voulait pas non plus de musique profane pendant qu'il opérait et marquait une nette préférence pour les psaumes métriques, dont le tempo lugubre avait tendance à ralentir le travail tout comme il assombrissait les esprits. Mais c'était l'une de ses autopsies — celle d'un enfant assassiné — accompagnée par le *Pie Jesu* de Fauré qui avait inspiré à Dalgliesh un de ses meilleurs poèmes et il pensait qu'il devait lui en être reconnaissant. Wardle, lui, se souciait peu du genre de musique que l'on jouait pendant qu'il travaillait, du moment que ce n'était pas de la pop et, ce jour-là, ils allaient écouter les mélodies familières de Classic F.M.

Il y avait deux amphithéâtres, l'un avec quatre tables de dissection et l'autre avec une seule. C'était ce dernier que Reginald Wardle préférait pour les meurtres, mais il était petit et l'inévitable bousculade eut lieu tandis que les experts en mort violente jouaient des coudes pour avoir plus de place : le pathologiste et son assistant, les deux techniciens de la morgue, quatre officiers de police, l'officier chargé des liaisons avec le labo, le photographe et son assistant, le policier qui s'était trouvé sur les lieux, les hommes du service de dactyloscopie et un aspirant pathologiste que le Dr Wardle présenta comme le Dr Manning, annonçant qu'il prendrait les notes. Il n'aimait pas se servir du micro qui pendait au-dessus de lui. Dans les blouses de coton écru, l'ensemble rappelait à Dalgliesh un groupe de déménageurs peu pressés. Seuls les botillons de plastique suggéraient que leur tâche serait peut-être plus sinistre. Les techniciens portaient leur serre-tête, mais les visières étaient encore levées ; par la suite, quand ils recevraient les organes dans le baquet et les pèseraient, elles seraient baissées pour les protéger du sida et du risque plus courant d'hépatite B. Comme à l'accoutumée, le Dr Wardle ne portait que son tablier vert pâle sur son pantalon et sa chemise. Ainsi que la plupart des médecins légistes, il traitait sa propre sécurité avec beaucoup de désinvolture.

Le corps empaqueté et scellé dans son linceul de plastique était couché sur le chariot dans la pièce extérieure. Sur un mot de Dalgliesh, les techniciens fendirent cette enveloppe et l'ouvrirent. Il y eut une petite explosion d'air, tel un soupir qui s'exhale, et le plastique crépita comme une décharge électrique. Le corps se trouva exposé comme le contenu d'une papillotte géante. Les yeux avaient terni ; seul le serpent scotché à la joue, la tête bâillonnant la bouche, semblait avoir gardé vie. Dalgliesh fut pris d'une forte envie de le voir retirer — c'était seulement alors que le corps pourrait retrouver quelque dignité — et il se demanda, l'espace d'un instant, pourquoi il avait tenu à ce qu'il reste en place jusqu'à l'autopsie. Il eut du mal à s'empêcher de l'arracher. Au lieu de cela, il procéda à l'identification officielle, qui authentifiait la succession des témoignages.

« Ce corps est celui que j'ai vu pour la première fois à 9 h 48, le vendredi 15 octobre, à Innocent House, Innocent Walk, Wapping. »

Dalgliesh avait un très grand respect pour Marcus et Len, aussi bien comme hommes que comme techniciens. Certaines personnes, dont nombre de policiers, avaient peine à croire qu'un homme pût travailler de son plein gré dans une morgue, sinon pour satisfaire une pulsion psychologique aberrante, voire sinistre ; mais Marcus et Len semblaient admirablement dépourvus de cet humour noir dont certains professionnels usent comme défense contre l'horreur ou le dégoût. Ils faisaient leur travail avec une compétence professionnelle, une discrétion et une dignité que Dalgliesh trouvait impressionnantes. Il avait vu aussi le mal qu'ils se donnaient pour rendre un corps présentable avant que les proches viennent le reconnaître. Nombre des corps qu'ils voyaient cliniquement démembrés appartenaient à des vieillards, des malades ou des personnes mortes de mort naturelle, petites tragédies peut-être pour ceux qui les aimaient, mais pas vraiment cause de détresse pour un étranger. Par contre, il se demandait comment ils assumaient psychologiquement les jeunes assassinés, violés, les victimes d'accidents ou de violences. A une époque où aucun chagrin, même ceux qui sont inhérents à la condition humaine, ne peut apparemment être enduré sans l'aide d'un analyste, Marcus et Len en avaient-ils un et, si oui, qui ? Mais, au moins, ils ne risquaient pas d'être tentés de diviniser les riches et les célébrités. Là, à la morgue, c'était l'égalité ultime, définitive. Ce qui importait à Marcus et Len, ce n'était ni le nombre des éminents médecins qui s'étaient pressés autour du lit de mort, ni la splendeur des obsèques prévues, mais l'état de délabrement et l'éventuelle nécessité de loger le cadavre dans le réfrigérateur obèse.

Le plateau portant le corps désormais nu avait été posé par terre pour que le photographe pût tourner autour plus commodément. Quand, après les premiers clichés, il eut indiqué sa satisfaction d'un signe de tête, les deux techniciens retournèrent doucement le corps en prenant soin de ne pas déplacer le serpent. Enfin, le corps allongé sur le dos, le plateau fut soulevé et posé sur les supports au pied de la table de dissection, le trou rond bien exactement au-dessus du tuyau d'évacuation. Doc Wardle procéda à l'habituel examen général, puis tourna son attention vers la tête. Il arracha la bande adhésive, retira doucement le serpent comme s'il se fût agi d'un spécimen biologique d'un intérêt extraordinaire et attaqua l'examen de la bouche avec un entrain qui le fit ressembler, selon Dalgliesh, à un dentiste trop enthousiaste. Il se rappelait ce que Kate Miskin lui avait avoué autrefois, lorsqu'elle avait commencé à travailler pour lui et que les confidences lui étaient venues plus facilement : c'était cette partie de l'autopsie, et non pas le prélèvement, puis le pesage systématique des principaux organes, qui lui soulevait le cœur, comme si les nerfs morts n'étaient qu'au repos et pouvaient encore réagir aux doigts gantés qui les exploraient. Il la sentait debout, un peu derrière lui, mais il ne la regarda pas. Il pouvait être sûr qu'elle ne s'évanouirait ni sur le moment ni plus tard, mais il devinait que, comme lui, elle éprouvait un peu plus qu'un intérêt professionnel pour le démembrement de ce qui avait été un homme jeune et bien portant — et ressentit une fois encore un petit pincement de regret à l'idée que le travail de la police exigeât tant de la douceur et de l'innocence.

Soudain, Doc Wardle poussa le grognement sourd —

presque un rugissement — qui dénotait chez lui la découverte d'un élément intéressant.

« Regardez-ça, Adam. Sur le palais. Une égratignure très nette. *Post mortem* d'après les apparences. »

Sur les lieux du crime, il avait donné du « commandant » à Dalgliesh, mais désormais, roi de son domaine, à l'aise comme toujours dans son travail, il était revenu au prénom.

Dalgliesh se pencha très bas et dit : « On croirait qu'un objet à arêtes vives a été entré ou sorti de force après la mort. Je dirais sorti d'après l'aspect de la marque.

— Difficile d'être sûr à cent pour cent, évidemment, mais c'est aussi ce qu'il me semble. L'égratignure va du fond du palais presque jusqu'à la racine des dents. » Il s'écarta pour que Kate et Daniel pussent jeter un regard dans la bouche à tour de rôle, puis ajouta : « Impossible de dire exactement quand ça a été fait, si ce n'est que c'est après la mort. Étienne a pu mettre l'objet quel qu'il soit dans sa bouche, mais c'est quelqu'un d'autre qui l'a retiré.

— Avec une certaine force, poursuivit Dalgliesh, et peut-être à la hâte. Si le retrait a eu lieu avant que la rigidité cadavérique soit installée, il aurait été plus rapide et plus facile. Après, est-ce qu'il faut beaucoup de force pour ouvrir la mâchoire ?

— Pas difficile, bien sûr, et encore plus facile si la bouche avait été partiellement ouverte et s'il avait pu y introduire les doigts des deux mains. Un enfant n'y parviendrait pas, mais vous ne recherchez pas un enfant. »

Kate intervint : « Si la tête du serpent a été enfoncée immédiatement après le retrait de l'objet tranchant et peu après la mort, est-ce que nous ne pourrions pas nous attendre à trouver des traces de sang visibles sur le tissu ? Est-ce que le suintement du sang aurait été abondant après la mort ?

— Immédiatement après la mort ? demanda Wardle. Non, pas très. Mais il n'était pas vivant quand cette marque a été faite. »

Ils examinèrent ensemble la tête du serpent et Dalgliesh dit : « Ce serpent a été constamment manipulé depuis près de cinq ans à Innocent House. Plus facile d'imaginer une tache que de la voir. A première vue, pas de sang. Le labo nous donnera peut-être quelque chose. Si on l'a mis dans la bouche aussitôt après en avoir retiré l'objet, il devrait y avoir des indices biologiques. »

Daniel demanda : « Une idée, Doc, de ce que ça pouvait être comme objet ?

— Ma foi, je ne vois pas d'autres marques sur les tissus mous, ni sur la face postérieure des dents, ce qui donne à penser que c'était quelque chose qu'il pouvait facilement faire entrer dans la cavité buccale. Je veux bien être pendu, par exemple, si je devine pourquoi. Mais enfin, c'est votre rayon.

— Si c'était quelque chose qu'il voulait cacher, objecta Daniel, pourquoi ne pas le glisser dans la poche de son pantalon ? Le cacher dans la bouche signifiait rester muet. Il ne pouvait guère parler normalement avec un objet, même petit, entre la langue et le palais. Mais supposons qu'il sache qu'il allait mourir. Supposons qu'il ait été piégé dans cette pièce avec le gaz qui s'échappait, la clef du robinet ôtée, une fenêtre qu'il ne pouvait pas ouvrir... »

Kate l'interrompit : « Mais l'objet aurait été trouvé ensuite sur lui, même s'il l'avait simplement glissé dans sa poche.

— A moins que le meurtrier n'ait su qu'il était là et soit revenu le chercher. Alors le cacher dans la bouche était judicieux, même si c'était quelque chose dont le criminel ignorait l'existence. C'était le moyen d'être sûr qu'on le trouverait à l'autopsie, voire avant.

— Mais il la connaissait, cette existence, protesta Kate. Le meurtrier, je veux dire. Il est revenu chercher l'objet et je pense qu'il l'a trouvé. Il a ouvert la mâchoire de force pour le sortir et s'est ensuite servi du serpent, de manière à ce qu'on croie à une intervention du mauvais plaisant ».

Kate et Daniel ne voyaient ni n'entendaient qu'eux. La pièce aurait pu être vide en dehors d'eux. Daniel dit : « Mais est-ce qu'il pouvait vraiment croire que nous ne trouverions pas l'éraflure ?

— Oh, voyons, Daniel ! Il ne savait pas qu'il avait égratigné la bouche. Mais ce qu'il savait, c'est qu'il était obligé de forcer la mâchoire et que ça ne nous échapperait pas. Alors il a utilisé le serpent. Nous avons affaire à quelqu'un qui a quelques notions sur le rythme de l'établissement de la rigidité cadavérique et qui comptait que le corps serait trouvé assez vite. Si le corps était resté sans être dérangé pendant une journée encore, le serpent n'aurait pas été nécessaire. »

Dalgliesh se rendait compte qu'ils risquaient d'échafauder des théories avant même de disposer des faits. L'autopsie n'était pas terminée, ni la cause de la mort confirmée, mais il était raisonnablement sûr et Doc Wardle aussi, il le savait, de ce que les examens allaient révéler.

Kate demanda : « Quel genre d'objet ? Quelque chose de petit, à arêtes vives ? Une clef ? Un trousseau de clefs ? Une petite boîte en métal ? »

Dalgliesh dit tranquillement : « Ou la cassette d'un petit magnétophone ? »

Il partit avant la fin de l'autopsie. Doc Wardle était en train d'expliquer à son assistant que les échantillons de sang pour le labo devaient être prélevés dans l'artère fémorale, non dans le cœur, et pourquoi. Le policier ne pensait pas que la dissection apprendrait quelque chose de plus et, dans le cas contraire, il le saurait assez vite. Il avait besoin d'étudier certains papiers avant la réunion aux Communes et le temps lui était compté. Inutile d'aller au Yard avant de passer à l'appartement et son chauffeur, William, qui avait pris sa serviette dans son bureau, l'attendait dans l'avant-cour, son aimable visage poupin exprimant une anxiété soigneusement contrôlée.

La grosse pluie de l'après-midi s'était transformée en un crachin continu et avec la glace à moitié baissée, il sentait sur sa langue le goût salé de la Tamise. Sur le quai, les feux de signalisation tachaient l'air d'écarlate ; en attendant qu'ils changent, un cheval de la police, les flancs ruisselants, frappait l'asphalte luisant de ses sabots délicats. L'obscurité s'était répandue à flot sur la ville, la transformant en une fantasmagorie de lumière dans laquelle rues et places formaient des colliers tremblants de blanc, de rouge et de vert. Il ouvrit sa serviette et sortit ses papiers pour une rapide lecture des arguments saillants. Le temps était venu de recentrer son esprit sur une préoccupation plus immédiate et peut-être finalement plus importante. En général il le faisait sans difficulté, mais ce jour-là, les images de la morgue persistaient.

Quelque chose de petit, aux arêtes vives, avait été arraché de la bouche d'Étienne après que la rigidité cadavérique avait gagné le haut du corps. Il est possible que l'objet ait été une cassette et la disparition du magnétophone suggérait certainement cette possibilité. On pouvait en déduire qu'Étienne avait dicté le nom de son assassin et que celui-ci était revenu ensuite récupérer cette pièce à conviction. Mais son esprit rejetait cette hypothèse trop simple. Le meurtrier d'Étienne avait pris soin que rien ne reste dans la pièce qui aurait permis à celui-ci de laisser un message. Plancher et manteau de cheminée avaient été nettoyés, tous les papiers, enlevés, l'agenda d'Étienne avec le porte-mine en or ayant été volé la veille. Le tueur avait même pensé à cela. Étienne n'avait pas pu griffonner son nom sur le plancher nu. Pourquoi aurait-il été assez stupide pour laisser un magnétophone tout prêt à la disposition de sa victime?

Il y avait, bien sûr, une autre explication. L'appareil aurait pu être là dans un dessein bien précis, auquel cas l'affaire promettait d'être plus complexe et plus curieuse encore qu'elle ne l'avait paru au début.

34

Il était plus de dix heures et demie quand Dalgliesh revint au commissariat de Wapping, Robbins avait été renvoyé chez lui, mais Kate et Daniel avaient acheté des sandwiches en revenant de la morgue et s'en contentaient avec du café; ils avaient déjà fait une journée de douze heures, et ce n'était pas fini. Dalgliesh allait vouloir faire le point de la situation et savoir exactement où ils allaient, avant de s'engager dans l'étape suivante de l'enquête.

Il resta dix minutes à étudier les papiers que Daniel avait apportés du bureau de Gérard Étienne, puis referma le dossier sans commentaire, regarda sa montre et dit : « Bon. Alors, à quelles conclusions provisoires êtes-vous arrivés d'après les faits tels que nous les connaissons? »

Daniel prit immédiatement la parole, comme Kate s'y était attendue. Cela ne l'inquiétait pas. Ils avaient le même grade, mais elle était plus ancienne dans le service et n'éprouvait pas le besoin de le souligner. Passer en premier avait l'avantage d'empêcher les autres de s'approprier vos idées et témoignait de votre vivacité d'esprit, mais en revanche, il y avait une certaine sagesse à prendre son temps.

Daniel soignait son discours et elle se dit qu'il devait le répéter mentalement depuis leur retour de la morgue.

Il dit : « Mort naturelle, suicide, accident ou assassinat? Les deux premières hypothèses sont exclues. Nous n'avons pas besoin des rapports du labo pour être sûrs que c'est une intoxication à l'oxyde de carbone, l'autopsie nous l'a dit. Et elle nous a aussi dit qu'Étienne était par ailleurs en bonne santé. Absolument rien n'indique un suicide, donc je crois inutile que nous perdions notre temps avec ça. Par conséquent, nous en arrivons à l'accident. Dans ce cas, qu'est-ce que nous devons croire? Qu'Étienne a décidé, pour une raison inconnue, de monter travailler dans le bureau des archives, qu'il a laissé sa veste en bas et ses clefs dans le tiroir de son bureau, puis qu''il a eu froid, qu'il a allumé le radiateur avec des allumettes dont nous n'avons retrouvé aucune trace sur lui et qu'il s'est absorbé dans son travail au point de ne pas s'apercevoir que l'appareil de chauffage fonctionnait mal avant qu'il soit trop tard. Mis à part ces évidentes contradictions, si les choses s'étaient passées ainsi, je suggère qu'on l'aurait trouvé effondré sur la table et non pas couché sur le dos à moitié nu, la tête vers le radiateur. A ce stade, je ne tiens pas compte du serpent. Nous avons fait, je crois, une nette distinction entre ce qui s'est passé au moment de la mort et ce qu'a subi le corps plus tard. De toute évidence, quelqu'un l'a trouvé alors que la rigidité s'était déjà étendue à sa partie supérieure, mais rien ne prouve que la personne qui a enfoncé le serpent dans sa bouche a retiré la chemise, ou transporté le corps depuis la table à l'endroit où il a été trouvé.

— Il a dû ôter lui-même sa chemise, dit Kate. Elle était serrée dans sa main gauche. On pourrait penser qu'il a eu l'idée de s'en servir pour éteindre le feu. Regardez la photo. La main droite tient encore une partie de la chemise, le reste traîne sur le corps. J'ai l'impression qu'il est mort à plat ventre, après quoi son assassin l'a retourné, peut-être avec le pied, et a ouvert la bouche de force. Regardez la position des genoux, légèrement repliés. Il n'est pas mort dans cette position-là. Elle correspond au résultat de l'autopsie, qui indique qu'il a succombé le visage contre terre. Il rampait pour s'approcher du radiateur.

— Bon, je suis d'accord. Mais il ne pouvait pas espérer l'éteindre, pas de cette façon-là. La chemise aurait pris feu.

— Je le sais. Pourtant c'est l'impression qu'on en retire. Il a fort bien pu s'imaginer qu'il réussirait à éteindre les flammes, s'il n'était plus tout à fait lucide. »

Sans intervenir, Dalgliesh les écoutait discuter. Daniel reprit : « Cela donnerait à penser qu'il savait ce qui lui arrivait. Or dans ce cas, la première idée qui viendrait à l'esprit ce serait d'ouvrir la porte pour laisser entrer de l'air, puis de fermer le gaz.

— Oui, mais supposez que la porte ait été fermée à clef de l'extérieur, et le robinet du radiateur retiré. Quand il a essayé d'ouvrir la fenêtre, le cordon a cassé parce que quelqu'un l'avait éraillé pour être bien sûr qu'il casserait dès qu'on le tirerait avec force. Le meurtrier a dû d'abord déplacer les chaises et la table afin qu'Étienne ne puisse pas grimper dessus pour atteindre la fenêtre et briser la vitre. La fenêtre étant bloquée, il n'aurait pas pu l'ouvrir s'il n'avait pas eu quelque chose pour la défoncer.

— Le magnétophone, peut-être, suggéra Daniel.

— Trop petit, trop fragile. Tout de même, je suis bien d'accord, il a dû essayer. Il aurait pu casser le verre avec ses mains, mais ses phalanges ne portent pas de traces de coupures. Je crois que les meubles ont dû être déplacés avant qu'il entre dans la pièce. Nous savons, d'après la trace sur le mur, que normalement la table était plus à gauche de quelques centimètres.

— Ce n'est pas une preuve. Elle a pu être déplacée par la personne qui a nettoyé.

— Je n'ai pas dit que c'était une preuve, mais c'est significatif. Aussi bien Gabriel Dauntsey que Mrs Demery ont dit qu'elle ne se trouvait pas à sa place habituelle.

— Ça ne les met pas à l'abri des soupçons.

— Je n'ai pas dit ça non plus. Dauntsey est évidemment suspect. Personne n'a eu une meilleure occasion que lui. Mais s'il avait déplacé les chaises et la table, il aurait sûrement pris la peine de les remettre exactement où elles étaient. A moins, bien sûr, qu'il n'ait été pressé. » Elle s'interrompit brusquement, puis se tourna vers Dalgliesh, très excitée : « Et bien sûr, chef, il *était* pressé. Tout cela ne devait pas prendre plus de temps qu'il en fallait pour se baigner. »

Daniel dit : « Nous allons trop vite. Tous ça, ce ne sont que des hypothèses.

— Je dirais plutôt des déductions logiques. »

Pour la première fois, Dalgliesh intervint : « La théorie de Kate est raisonnable, elle est compatible avec tous les faits tels que nous les connaissons. Mais ce qui nous manque, c'est une once de preuve solide. Et puis, n'oublions pas le serpent. Où en êtes-vous de votre enquête pour déterminer qui savait qu'il était dans le tiroir de Miss Blackett, mis à part, bien sûr, Miss Blackett, Mandy Price, Dauntsey et les deux Étienne ? »

Ce fut Kate qui répondit : « L'information s'est répandue dans les bureaux dès l'après-midi, patron. Pendant qu'elles faisaient le café ensemble dans la cuisine, peu après onze heures et demie, Mandy a dit à Mrs Demery qu'Étienne avait demandé à Miss Blackett de s'en débarrasser. Mrs Demery admet qu'elle a pu en parler à une ou deux personnes quand elle a porté les thés de l'après-midi. "Une ou deux personnes" signifie probablement toute la maison. Mrs Demery est assez vague au sujet de ce qu'elle a réellement dit, mais Maggie FitzGerald, à la publicité, est tout à fait sûre d'avoir été informée que Mr Gérard avait dit à Mrs Blackett de se débarrasser du serpent et qu'elle l'avait mis dans le tiroir de son bureau. Mr Sydney Bartrum, de la comptabilité, prétend qu'il ne savait pas, que ni lui ni son service n'avaient le temps de bavarder avec les domestiques et que d'ailleurs ils n'en avaient pas l'occasion. Ils sont au numéro 10 et ils font eux-mêmes leur thé de l'après-midi. De Witt et Miss Peverell ont reconnu qu'ils étaient au courant. Au reste, le tiroir de Miss Blackett était l'endroit tout indiqué, où n'importe qui aurait regardé. Elle avait une affection particulière pour Sid le Siffleur et ne l'aurait pas jeté.

— Pourquoi Demery s'est-elle donné la peine de répandre cette nouvelle ? Ce n'était tout de même pas un scandale bureaucratique de première grandeur.

— Non, mais la nouvelle a manifestement provoqué une certaine sensation. La plupart des membres du personnel savaient ou se doutaient que Gérard Étienne ne serait pas fâché de voir les talons de Miss Blackett. Ils se demandaient probablement combien de temps elle tiendrait et si elle claquerait la porte avant d'être saquée. Tout nouvel éclat entre ces deux-là était une information intéressante. »

Dalgliesh reprit : « Vous voyez l'importance du serpent. Ou il a été enroulé autour du cou d'Étienne et enfoncé dans sa bouche par l'assassin, probablement pour expliquer l'ouverture de la mâchoire au moyen de la force, ou le mauvais plaisant est tombé par hasard sur le corps et y a vu l'occasion d'une facétie particulièrement révoltante. Si c'est l'assassin qui l'a fait est-il, ou elle, aussi le mauvais plaisant ? Ces farces faisaient-elles partie d'un plan soigneusement préparé qui remontait au premier accident ? Ce serait en relation avec le cordon éraillé. Si l'opération était voulue, elle a duré un certain temps. Ou alors, le criminel se rendant compte de l'importance de la mâchoire forcée a-t-il utilisé le serpent pour dissimuler le fait qu'il avait retiré quelque chose de la bouche d'Étienne ?

— Il y a une autre possibilité, chef, dit Daniel. Supposons que le mauvais plaisant trouve le corps, pense qu'il s'agit d'une mort naturelle ou accidentelle, puis décide d'augmenter un peu la tension en donnant à croire qu'il y a eu crime. Ça pourrait être lui — ou elle — qui a déplacé la table aussi bien qu'enroulé le serpent autour du cou d'Étienne.

— Il n'aurait pas pu user le cordon de la fenêtre, objecta Kate. Ça n'a pu être fait qu'avant. Et pourquoi prendre la peine de déplacer la table ? Ça ne pouvait embrouiller les pistes et faire croire à un assassinat que si le mauvais plaisant savait déjà qu'Étienne était mort d'une intoxication à l'oxyde de carbone.

— Il le savait forcément. Il avait tourné le robinet du radiateur à gaz.

— Ça, il l'aurait fait de toute façon, répliqua-t-elle. Cette petite pièce devait être une vraie fournaise. » Elle se tourna vers Dalgliesh. « A mon avis, il n'y a qu'une théorie qui rende compte de tous les faits, patron. Tout était prévu pour faire croire à une mort accidentelle par oxyde de carbone. L'assassin comptait être celui qui trouverait le corps et le trouverait seul. Il lui aurait alors suffi de replacer le robinet et de fermer le gaz — réaction naturelle de toute façon — puis d'écarter la table et les chaises et de donner l'alerte. Mais il n'a pas trouvé la bande tout de suite et quand il y est arrivé, il n'a pu s'en emparer sans forcer la mâchoire. Il savait que le fait n'échapperait pas à un enquêteur compétent ou au médecin légiste, alors il s'est servi du serpent pour faire croire à une mort accidentelle compliquée par la malice du mauvais plaisant maison. »

Daniel n'était pas convaincu : « Pourquoi prendre le magnétophone ? Je parle du meurtrier, maintenant.

— Pourquoi le laisser ? Il lui fallait prendre la bande, et il pouvait aussi bien prendre l'appareil. Le geste tout naturel aurait été de le jeter dans la Tamise. » Elle se tourna vers Dalgliesh. « Croyez-vous que des plongeurs auraient la moindre chance de le retrouver, patron ?

— Extrêmement peu probable, répondit Dalgliesh. Et même s'ils y parvenaient, le magnétophone ne serait pas intact. L'assassin aurait certainement effacé tous les messages. Je doute que les frais d'une telle recherche soient justifiés, mais vous pouvez en parler aux gens d'ici. Demandez-leur comment se présente le fond du fleuve devant Innocent House. »

Daniel reprit : « Autre chose, chef. Si le tueur voulait laisser un message pour sa victime, pourquoi utiliser la bande magnétique ? Pourquoi ne pas l'écrire ? Il fallait qu'il le récupère de toute façon. Il aurait été tout aussi facile de récupérer un morceau de papier, peut-être plus.

— Mais plus dangereux, dit Dalgliesh. Si Étienne en avait eu le temps avant de perdre connaissance, il pouvait déchirer le papier et cacher les débris. Mais s'il ne le déchirait pas, le papier est plus facile à cacher qu'une cassette. Le meurtrier savait qu'il n'aurait peut-être pas beaucoup de temps. Il lui fallait récupérer ce message — et très vite. Et puis, autre chose encore : une voix qui vous parle, on ne peut pas la négliger, un morceau de papier, si. Ce qui est intéressant dans toute cette affaire, c'est qu'il ait eu besoin de laisser un message.

— Pour triompher, suggéra Daniel. Pour avoir le dernier mot. Pour prouver comme il était intelligent.

— Ou pour expliquer à quelqu'un pourquoi il fallait qu'il meure, dit Dalgliesh. Si c'est là la raison, alors le mobile du crime peut ne pas être évident. Il peut se trouver quelque part dans le passé, voire le passé lointain.

— Dans ce cas, pourquoi attendre jusqu'à maintenant ? Si le meurtrier est ici, à Innocent House, Étienne aurait pu être tué à n'importe quel moment de ces vingt dernières années. Il fait partie de la maison depuis qu'il a quitté Cambridge.

Qu'est-ce qui s'est passé récemment qui rende cette mort nécessaire, chef?

— Étienne avait pris le poste de PDG, il se proposait d'imposer la vente d'Innocent House et il s'était fiancé.

— Croyez-vous que ces fiançailles aient pu jouer un rôle dans l'affaire, patron?

— Tout peut avoir son importance, Kate. Je vais voir le père d'Étienne demain matin. Claudia Étienne est allée à Bradwell-on-Sea en fin d'après-midi pour lui annoncer la nouvelle et lui demander d'accepter une entrevue. Elle n'y couchera pas. Je lui ai demandé de vous rencontrer dans l'appartement d'Étienne au Barbican demain. Mais la première priorité, c'est de vérifier tous les alibis, en commençant par les directeurs et le personnel d'Innocent House. Daniel, vous et Robbins, vous verrez Esmé Carling pour savoir où elle est allée après avoir quitté Better Books à Cambridge. Il y a eu la réception pour les fiançailles de Gérard Étienne, le dix juillet. Il nous faut vérifier la liste des invités et interroger ceux qui y étaient. Vous aurez besoin de tact. Demandez-leur, par exemple, s'ils se sont promenés dans la maison et s'ils ont remarqué quelque chose de bizarre ou de suspect. Mais nous nous concentrons sur les directeurs. Quelqu'un a-t-il vu Claudia Étienne et son compagnon sur la Tamise et à quelle heure? Faites-vous confirmer par l'hôpital St Thomas l'heure à laquelle Gabriel Dauntsey a été amené et celle où il est sorti. Bien sûr, vérifiez aussi son alibi. Je partirai de bonne heure pour Bradwell-on-Sea, mais je devrais être rentré au début de l'après-midi. Pour aujourd'hui, je crois que nous pouvons en rester là. »

35

Les directeurs passèrent la soirée du vendredi séparés et, debout devant sa table de cuisine, essayant de rassembler assez d'énergie pour décider de ce qu'elle allait manger, Frances se disait que ce n'était pas surprenant. En dehors d'Innocent House, ils menaient des vies séparées et il lui semblait parfois qu'ils s'efforçaient délibérément de prendre leurs distances une fois sortis du bureau, presque comme s'ils voulaient prouver qu'ils n'avaient que le travail en commun. Ils parlaient rarement de leurs engagements mondains et elle était parfois invitée à une réception où elle avait la surprise d'apercevoir un instant la tête calamistrée de Claudia, dans une brèche au milieu des visages hurlants, ou de rencontrer au théâtre, où elle se trouvait en compagnie d'une ancienne camarade de classe, Dauntsey qui se faufilait péniblement dans la rangée de fauteuils devant elle. Ils se saluaient alors, aussi poliment que des connaissances. Mais ce soir-là c'était quelque chose de plus fort que d'habitude qui les séparait, elle le savait : au cours de la journée, ils avaient manifesté de plus en plus de répugnance à parler de la mort de Gérard et la franchise de l'heure passée dans la salle du conseil avait été remplacée par la méfiance envers toute intimité.

James, elle le savait, n'avait pas le choix. Il était obligé de rentrer chez lui à cause de Rupert, et elle lui enviait cette nécessité. Elle n'avait jamais rencontré son ami, ni été invitée dans sa maison depuis l'arrivée de celui-ci, et elle se posait maintenant des questions sur leur vie ensemble. Mais il aurait au moins quelqu'un avec qui partager les angoisses de la journée, une journée qui lui semblait désormais d'une longueur démesurée. Sans s'être concertés, ils avaient quitté Innocent House de bonne heure et elle avait attendu pendant que Claudia fermait la porte à clef et branchait le système d'alarme. Elle avait demandé : « Vous pensez que ça ira, Claudia ? » et, au moment même où elle la posait, la banalité dérisoire de la question l'avait frappée. Elle s'était demandé si elle ne devrait pas lui proposer de l'accompagner chez elle, mais avait craint que cela ne fût considéré uniquement comme un aveu de faiblesse, son propre besoin de compagnie. Et puis Claudia après tout, avait son fiancé — si c'était son fiancé. Elle se tournerait sans doute plus volontiers vers lui que vers Frances.

Claudia avait répondu : « Tout ce que je veux, pour le moment, c'est rentrer chez moi et être seule. » Puis elle avait ajouté : « Et vous, Frances ? Vous allez vous en tirer ? »

Même question sans signification, sans réponse. Elle se demanda ce que Claudia aurait dit si elle avait répliqué : « Non, je ne suis pas bien. Je ne veux pas être seule. Restez avec moi ce soir, Claudia. Couchez dans ma chambre d'amis. »

Elle pouvait évidemment appeler Gabriel. Elle se demanda ce qu'il faisait, à quoi il pensait dans cet appartement banal et vide au-dessous d'elle. Lui aussi avait demandé : « Est-ce que ça ira, Frances ? Téléphonez-moi si vous avez besoin de compagnie. » Elle aurait souhaité qu'il dise : « Cela vous ennuierait que je monte, Frances ? J'ai besoin de compagnie. » Au lieu de cela il avait rejeté la charge de l'initiative sur elle. Si elle l'appelait, elle avouerait une faiblesse, un besoin, qu'il n'accueillerait peut-être pas volontiers. Elle se demanda ce qu'il y avait, dans Innocent House, qui rendait si difficile d'exprimer un besoin humain, ou de témoigner d'une simple bonté réciproque.

Finalement, elle ouvrit une boîte de soupe aux champignons et se fit cuire un œuf à la coque. Elle se sentait extraordinairement fatiguée. Avec ses quelques heures de sommeil entrecoupé, la nuit précédente, passée pelotonnée dans le fauteuil de Gabriel, n'avait pas été la meilleure des préparations pour une journée de traumatismes presque ininterrompus, mais elle savait qu'elle n'était pas prête à s'endormir. Au lieu de cela, après avoir lavé la vaisselle de son dîner, elle passa dans la pièce qui avait été la chambre de son père et dont elle avait fait un petit salon. Elle s'assit devant la télévision et les images brillantes lui passèrent devant les yeux, les informations, un documentaire, une comédie, un vieux film, une pièce moderne. Tandis qu'elle pressait les touches, passant d'une chaîne à une autre, les visages tour à tour ricanants, riants, sérieux, doctoraux, les bouches qui s'ouvraient et se fermaient continuellement étaient une manière de stupéfiant visuel, ne signifiant rien, ne suscitant aucune émotion, mais fournissant au moins une compagnie factice, un soulagement fugace et irrationnel.

A une heure, elle alla se coucher en emportant un verre de lait bien chaud avec un peu de whisky. Le remède fut efficace et elle glissa dans l'inconscience, en se disant, ultime pensée, qu'elle allait malgré tout jouir de la bénédiction du sommeil.

Le cauchemar revint dans les petites heures, le vieux cauchemar familier, mais sous une forme plus terrible, plus intensément réelle. Elle parcourait le tunnel de Greenwich, entre son père et Mrs Rawlings qui la tenaient par la main, mais cette étreinte était un emprisonnement et non pas du tout un réconfort. Elle ne pouvait pas se sauver et il n'y avait nulle part où se sauver. Elle entendait derrière elle craquer la voûte du tunnel, mais elle n'osait pas tourner la tête parce qu'elle savait que même cela serait un désastre. Devant elle, le souterrain s'étirait plus long que dans la vie, avec un rond de lumière brillante au bout. A mesure qu'ils avançaient, il s'allongeait, le rond diminuait jusqu'à ne plus être qu'une petite soucoupe luisante et elle savait que bientôt, réduit à un simple point lumineux, il disparaîtrait. Son père marchait très droit, sans la regarder ni lui parler. Il portait le pardessus de tweed avec la courte pèlerine qu'il ne quittait pas l'hiver et qu'elle avait donné à l'Armée du Salut. Il avait été furieux qu'elle en ait disposé sans le consulter, mais il l'avait retrouvé et récupéré. Elle n'était pas surprise de voir le serpent enroulé autour de son cou. Un vrai serpent, immense comme un cobra, qui s'enflait et se contractait, enroulé autour de ses épaules, sifflant de toute son énergie malfaisante, prêt à écraser sa victime. Et au-dessus, les tuiles du toit étaient mouillées, déjà les premières grosses gouttes tombaient. Seulement ce n'était pas des gouttes d'eau, mais de sang. Et soudain elle se dégageait, se libérait et commençait à courir en hurlant vers ce point lumineux inaccessible, tandis que la voûte devant elle craquait, s'effondrait et roulait vers elle, éteignant la dernière lueur ténébreuse, onde de mort.

Elle s'éveilla tapie contre la fenêtre qu'elle martelait de ses poings, et avec la conscience vint le soulagement, bien que l'horreur du cauchemar restât comme une tache dans son esprit. Mais elle savait au moins ce que c'était. Elle retourna se coucher et alluma la lampe. Il était presque cinq heures. Inutile d'essayer de se rendormir. Elle enfila sa robe de chambre, tira les rideaux et ouvrit la fenêtre. La pièce obscure qu'elle avait derrière elle lui permettait de voir le reflet lumineux du fleuve et quelques étoiles très haut. La terreur de son rêve se dissipait, mais c'était pour laisser la place à une autre, celle dont elle n'avait aucun espoir de s'éveiller.

Soudain, elle pensa à Adam Dalgliesh. Son appartement aussi donnait sur la Tamise, à Queenhithe. Elle se demanda comment elle savait où il habitait, puis se rappela certains articles de presse sur son dernier recueil de poèmes — un succès. Il était très secret, mais cela au moins avait émergé.

Étrange que leurs vies fussent liées par ce sombre flux de l'histoire. Elle se demanda si lui aussi était éveillé, si à quelques kilomètres en amont, sa haute silhouette sombre était debout, à regarder le même fleuve dangereux.

LIVRE III

Le travail avance

36

Le samedi 16 octobre, Jean-Philippe Étienne fit sa promenade matinale comme tous les jours, à neuf heures. Ni l'heure ni l'itinéraire ne variaient, quels que fussent la saison ou le temps. Il suivait l'étroite crête rocheuse entre les marais et les champs labourés sur laquelle le fort romain d'Othona s'était autrefois élevé, disait-on, passait devant la chapelle anglo-celtique de St Peter-on-the-Wall et contournait la pointe de terre avant l'estuaire de la Blackwater. Il rencontrait rarement quelqu'un lors de cette déambulation matinale, même en été lorsqu'un visiteur de la chapelle ou un amateur d'oiseaux était parfois sorti de bonne heure; dans ce cas, il souhaitait un bonjour courtois, mais rien de plus. Les gens du pays savaient qu'il était venu à Othona House pour la solitude et ne souhaitaient nullement la troubler. Il ne répondait à aucun appel téléphonique et ne recevait aucun visiteur. Mais ce matin-là, à dix heures et demie, il en viendrait un qui ne pourrait être éconduit.

Dans la clarté qui prenait force, il regardait au-delà des eaux calmes de l'estuaire les lumières sur Mersea Island et pensait à ce commandant Dalgliesh inconnu. Le message qu'il avait fait parvenir à la police par Claudia avait été sans ambiguïté : il n'avait ni renseignements à donner sur la mort de son fils, ni théories à proposer, ni explications possibles du mystère à exposer, ni suspect à désigner. Son opinion personnelle était que Gérard était mort par accident, si bizarres ou suspectes que fussent certaines circonstances. Cette explication semblait plus vraisemblable que toute autre, certainement beaucoup plus que l'assassinat. Assassinat. Les sifflantes stridentes de l'horreur lui vrillaient le cerveau, n'évoquant que répugnance et incrédulité.

Là, immobile, comme pétrifié sur l'étroite bande de plage caillouteuse où les vagues minuscules venaient expirer dans une mince bavure d'écume sale, les yeux fixés sur les lampes qui s'éteignaient une à une de l'autre côté de l'eau, il rendit à son fils l'hommage réticent des souvenirs. La plupart étaient troublants, mais puisqu'ils assiégeaient son esprit et ne pouvaient être repoussés, peut-être valait-il mieux qu'ils fussent acceptés, mis à la raison et disciplinés. Gérard était parvenu à l'adolescence avec une certitude essentielle, fondamentale : il était fils d'un héros. C'était important pour un jeune garçon, quel qu'il fût, mais surtout pour un orgueilleux comme celui-là. Il pourrait en vouloir à son père, se sentir mal aimé, sous-estimé, négligé, mais il arriverait à se passer de l'amour s'il avait l'orgueil, la fierté du nom et de tout ce qu'il représentait. Il avait toujours été important pour lui de savoir que l'homme dont il portait les gènes avait été, selon la formule biblique, pesé, c'est-à-dire éprouvé comme peu de sa génération l'avaient été, et n'avait pas été trouvé léger. Les décennies passaient et les souvenirs s'effaçaient, mais un homme pouvait encore être jugé sur ce qu'il avait fait pendant ces turbulentes années de guerre. La réputation de Jean-Philippe était assurée, inviolable. Celle d'autres héros de la Résistance avait été ternie par les révélations des années ultérieures, la sienne, jamais. Les décorations qu'il ne portait pas avaient été très honnêtement gagnées.

Jean-Philippe avait suivi les effets de cette certitude sur Gérard : le besoin de l'approbation et du respect de son père, le besoin de se surpasser, de se justifier aux yeux de celui-ci. N'était-ce pas cela toute la raison de cette ascension du Cervin à vingt et un ans? Auparavant, il n'avait jamais manifesté le moindre intérêt pour l'alpinisme et l'exploit avait été coûteux en temps comme en argent. Il avait engagé le meilleur guide de Zermatt qui, très raisonnablement, avait exigé plusieurs mois d'entraînement rigoureux avant de tenter l'ascension, et posé de strictes conditions. Sa cordée rebrousserait chemin avant l'assaut final contre le sommet s'il jugeait que Gérard représentait un danger pour lui-même ou les autres. Mais ils n'avaient pas rebroussé chemin. La montagne avait été conquise. C'était quelque chose que Jean-Philippe n'avait pas accompli.

Et puis il y avait Peverell Press. Pendant ses dernières années, Jean-Philippe savait qu'il n'avait guère été qu'un passant toléré qui ne gênait personne. Quand le pouvoir arriverait entre ses mains, Gérard transformerait la maison. Et Jean-Philippe lui avait donné ce pouvoir. Il avait transféré vingt de ses parts à son fils et quinze à sa fille. Il suffisait à Gérard de maintenir son entente avec sa sœur et il était sûr d'avoir le contrôle de la majorité. Et pourquoi pas? Les Peverell avaient eu leur heure, il était temps que les Étienne eussent la leur.

Et pourtant Gérard était venu, mois après mois, rendre compte comme un gérant à son maître. Il ne demandait ni avis ni approbation. Il ne venait ni pour l'un ni pour l'autre. Parfois il semblait à Jean-Philippe que cette démarche était une forme de réparation, une pénitence volontaire, un devoir filial, accompli alors que désormais le vieil homme avait dépassé ce genre de préoccupation et que ses mains raidies laissaient échapper les liens fragiles qui le rattachaient à la famille, à l'entreprise, à la vie. Il avait écouté, fait quelques commentaires à l'occasion, mais sans jamais arriver à dire : « Je ne veux pas en entendre parler. Cela ne me concerne plus. Tu peux vendre Innocent House, aller t'installer dans le quartier des Docks, vendre l'affaire, brûler les archives. Le dernier intérêt que je prenais à Peverell Press m'a été arraché quand j'ai jeté ces grains d'os broyés dans la Tamise. Je suis mort à vos activités de vivants autant que l'est Henry Peverell. Maintenant, nous avons dépassé ces soucis l'un comme l'autre. Ne t'imagine pas, parce que je peux te parler et accomplir encore quelques-unes des fonctions d'un homme, que je suis vivant. » Il restait assis, immobile, tendant de temps à autre une main tremblante vers son gobelet de vin, tellement plus commode à manier désormais, avec sa base épaisse, qu'un verre à pied. La voix de son fils semblait lui arriver de très loin.

« Difficile de savoir s'il vaut mieux acheter ou louer. En principe, je suis pour l'achat. Les loyers sont ridiculement bas en ce moment, mais ils ne le seront pas quand le bail arrivera à expiration. Cependant il peut paraître de bonne guerre aussi de signer un bail court pour les cinq ans qui viennent et de dégager des capitaux pour les acquisitions et l'expansion. Le métier de l'éditeur, ce sont les livres, pas l'immobilier. Depuis cent ans Peverell Press gaspille ses ressources pour l'entretien d'Innocent House comme si le bâtiment était l'entreprise. Perdre l'une c'est perdre l'autre. Briques et mortier élevés au rang de symbole, même sur le papier à lettres. »

Jean-Philippe avait dit : « Pierre et marbre. » Devant le froncement de sourcil interrogateur de son fils, il avait ajouté : « Pierre et marbre, pas briques et mortier.

— La façade de derrière est en brique. L'ensemble est un bâtard architectural. On s'extasie sur le brio avec lequel Charles Fowler a uni l'élégance georgienne tardive au gothique vénitien du quinzième, mais il aurait mieux fait de ne pas essayer. Innocent House est à la disposition de Hector Skolling.

— Frances sera malheureuse. »

Il avait dit cela pour dire quelque chose. Le chagrin de Frances ne le touchait pas. Le goût du vin était encore fort dans sa bouche. C'était bien qu'il pût toujours apprécier les rouges robustes.

Gérard avait dit : « Elle s'en consolera. Tous les Peverell se sentent obligés d'aimer Innocent House, mais je doute qu'elle s'en soucie beaucoup, en fait. » Suivant l'association d'idées il ajouta : « Vous avez vu l'annonce de mes fiançailles dans le *Times* de lundi dernier ?

— Non, je ne prends plus la peine de lire les journaux. Le *Spectator* a un résumé des principales nouvelles de la semaine. Cette demi-page suffit pour m'assurer que le monde continue à peu près comme il l'a toujours fait. J'espère que tu seras heureux en ménage. Je l'ai été.

— Oui, j'ai toujours pensé que vous et mère vous entendiez assez bien. »

Jean-Philippe flairait son embarras. La remarque, dans sa grossière insuffisance, était restée suspendue entre eux comme une traînée de fumée âcre. Jean-Philippe avait dit tranquillement : « Je ne pensais pas à ta mère. »

Et ce jour-là, en regardant l'étendue d'eau calme, il lui semblait qu'il n'avait été réellement vivant que pendant ces jours de guerre turbulents et confus. Il était jeune, passionnément amoureux, excité par le danger continuel, stimulé par les ardeurs du commandement, exalté par le patriotisme simple et sans interrogation qui était devenu une religion pour lui. Au milieu des loyalismes de la France de Vichy, le sien avait été clair et absolu. Rien depuis lors n'avait approché de l'émerveillement, de l'excitation, de l'éclat de ces années-là. Jamais depuis lors il n'avait vécu chaque journée aussi intensément. Même après la disparition de Chantal, sa résolution n'avait pas faibli, bien qu'il eût été dérouté par la constatation qu'il rendait le maquis autant que l'occupation allemande responsable de sa mort. Il n'avait jamais cru que l'opposition la plus efficace consistât à mener des actions armées, ou à tuer des Allemands. Et puis en 1944 était venue la Libération, le triomphe, et avec eux une réaction si inattendue, si violente qu'elle l'avait laissé démoralisé, presque apathique. C'est seulement alors, en ce moment de triomphe, qu'il avait eu assez d'espace et de temps pour pleurer Chantal. Il se sentait comme vidé de toute capacité d'émotion, sauf ce chagrin écrasant qui, dans sa triste futilité, semblait faire partie d'une déploration plus vaste, universelle.

Ayant peu de goût pour la vengeance, il avait assisté avec écœurement à l'exhibition de femmes rasées, accusées de « relations sentimentales avec l'ennemi », les vendettas, les purges par le maquis, la justice sommaire qui exécuta trente personnes dans le Puy de Dome sans jugement préalable. Il fut content, comme la plus grande partie de la population quand le fonctionnement normal de la loi fut rétabli ; mais ni les méthodes ni les verdicts ne lui apportèrent beaucoup de satisfaction. Il n'éprouvait aucune sympathie, certes, pour les collaborateurs qui avaient trahi la Résistance, torturé ou assassiné. Mais dans ces années ambiguës, nombre de ceux qui collaboraient avec le régime de Vichy avaient fait ce qu'ils croyaient être bon pour la France et si les puissances de l'Axe avaient vaincu, cela aurait peut-être en effet été bon pour la France. Certains étaient des gens de bien qui avaient choisi le mauvais camp pour des motifs qui n'étaient pas entièrement ignobles, d'autres, des faibles, d'autres, motivés par la haine du communisme, ou séduits par l'insidieux éclat du fascisme. Il ne pouvait en haïr aucun. Même sa propre renommée, son propre héroïsme, sa propre innocence lui devenaient répugnants.

Éprouvant le besoin de s'éloigner de la France il était venu à Londres. Sa grand-mère était anglaise, il parlait impeccablement la langue et connaissait les particularités des usages, toutes choses qui aidèrent à adoucir le bannissement volontaire. Au reste, il n'était pas venu là en raison d'une affection particulière pour le pays ou ses habitants. La campagne était belle mais il avait eu celle de France. Simplement, il lui avait fallu partir et le choix de l'Angleterre s'imposait. C'est à Londres, au cours d'une réception — il ne se rappelait plus où, ni chez qui — qu'il avait été présenté à une cousine d'Henry Peverell, Margaret. Jolie, sensible, attachante par son côté enfantin, elle était tombée romantiquement amoureuse de lui, de son héroïsme, de sa nationalité, et même de son accent. Il avait trouvé flatteuse cette adulation aveugle, et difficile de ne pas répondre au moins par de l'affection et une chaleur protectrice à ce qu'il voyait comme une extrême vulnérabilité. Mais il ne l'avait jamais aimée. Il n'avait jamais aimé qu'un seul être humain. Avec Chantal était morte sa capacité d'éprouver un sentiment plus intense que l'affection.

Pourtant il l'avait épousée, emmenée pendant quatre ans à Toronto, puis, l'éloignement devenu pénible, ils avaient regagné Londres avec deux bébés. A l'invitation de Henry Peverell il était entré à Peverell Press, avait investi ses capitaux considérables dans l'affaire, pris ses parts, et passé le reste de sa vie à travailler dans cette extravagante folie au bord d'un fleuve étranger. Il pensait avoir été raisonnablement satisfait. Il savait que les gens le trouvaient assez assommant ; ce qui ne l'étonnait pas ; il s'ennuyait lui-même. Le mariage avait tenu. Il avait rendu son épouse aussi heureuse qu'elle pouvait l'être. Mais il soupçonnait les femmes de cette famille de ne pas être très douées pour le bonheur. Elle avait souhaité des enfants avec passion et il lui avait obligeamment donné le fils et la fille qu'elle espérait. C'était alors — c'était toujours — l'idée qu'il se faisait de la paternité : le don de quelque chose qui était nécessaire au bonheur de sa femme, sinon au sien, et pour lequel, l'ayant fourni, comme il l'eût fait pour une bague, un collier ou une voiture neuve, il n'avait plus de responsabilité à prendre, puisque celle-ci était remise avec le cadeau.

Et voilà que Gérard était mort, et ce policier inconnu venait lui dire que son fils avait été assassiné.

37

Le rendez-vous de Kate et Daniel avec Rupert Farlow avait été fixé à dix heures. Sachant qu'il leur serait à peu près impossible de se garer dans Hillgate Village, ils avaient laissé la voiture au commissariat de Notting Hill Gate et gravi à pied la petite montée sous les grands tilleuls de Holland Park Avenue. Kate se disait que c'était très étrange de se retrouver si vite dans ce quartier familier de Londres. Elle n'avait quitté son appartement que trois jours auparavant, mais il semblait qu'elle se fût éloignée en imagination aussi bien que matériellement et que désormais elle vît cette concentration urbaine tonitruante avec les yeux d'une étrangère. Pourtant, rien n'avait changé, bien sûr : l'architecture discordante de 1930, la pléthore d'enseignes, les barrières qui lui donnaient l'impression d'être un animal parqué, les longs bacs de ciment avec leurs arbustes chétifs et poussiéreux, les devantures qui répandaient leur nom dans des rivières de lumières criardes rouges, vertes et jaunes, le roulement incessant de la circulation. Il y avait même toujours le mendiant devant le supermarché, son gros berger allemand vautré sur un tapis à ses pieds, qui demandait discrètement aux passants une petite pièce pour s'acheter un sandwich. Au-delà de toute cette activité débordante, Hillgate Village offrait le calme de ses stucs multicolores.

Comme ils passaient devant le mendiant et attendaient de pouvoir traverser au feu vert, Daniel dit : « Nous en avons quelques-uns comme lui, là où j'habite. Je serais tenté de faire un saut au supermarché pour lui acheter un sandwich, si je n'avais pas peur de troubler l'ordre public et s'ils n'avaient pas déjà l'air trop nourris, lui et son chien. Est-ce qu'il vous arrive de donner ?

— Pas à ses pareils, et pas souvent. Quelquefois. Je me gronde, mais je le fais. Jamais plus d'une livre.

— Qui sera dépensée en boisson et en stup.

— Un don doit être inconditionnel, même une livre, même à un mendiant. Et bon, d'accord, je sais que c'est se rendre complice d'un délit. »

Ils avaient traversé la rue quand il reprit soudain la parole. « Il faudrait que j'aille à la bar-mitzvah de mon cousin, samedi prochain.

— Eh bien, allez-y, c'est-à-dire, si c'est important.

— A.D. tordra le nez si je demande un congé. Vous savez comment il est quand nous sommes sur une affaire.

— Ça ne vous prendra pas toute la journée, non ? Demandez-lui. Il a été très bien quand Robbins lui a demandé sa journée à la mort d'un oncle.

— C'était pour un enterrement chrétien, pas pour une bar-mitzvah juive.

— Il n'y a pas d'autre bar-mitzvah, je suppose ? Et puis, ne soyez pas injuste. Il n'est pas comme ça et vous le savez. Comme je vous l'ai dit, si c'est important, demandez, si ça n'est pas important, ne demandez pas.

— Important pour qui ?

— Comment puis-je le savoir ? Pour le garçon, je suppose.

— Je le connais à peine. Je pense qu'il ne s'en soucie pas beaucoup. Mais la famille est peu nombreuse, il n'a que deux cousins. Il aimerait sans doute que je sois là. Ma tante, elle, préférerait probablement que je n'y sois pas. Ça lui permettrait d'avoir un grief de plus contre ma mère.

— Vous ne pouvez tout de même pas compter sur A.D. pour vous dire si plaire à votre mère est plus important que déplaire à votre tante. Si c'est important pour vous, allez-y. Pourquoi en faire toute une histoire ? »

Il ne répondit pas et, tandis qu'ils remontaient Hillgate Street, elle se disait que pour lui c'était peut-être important. En y repensant, cette courte conversation la surprit. C'était la première fois qu'il avait ouvert, fût-ce timidement, la porte de sa vie privée et elle devait en conclure que, comme elle, il gardait avec une vigilance presque obsessionnelle cet accès inviolé. Depuis trois mois qu'il faisait partie de l'équipe, ils n'avaient jamais parlé de son judaïsme, ni d'ailleurs de grand-chose en dehors du travail. Cherchait-il vraiment un conseil, ou l'utilisait-elle pour mettre ses propres idées au net ? S'il avait besoin d'un conseil, on pouvait s'étonner qu'il le lui demandât à elle. Depuis le début, elle l'avait senti sur la défensive, ce qui, si la situation n'était pas traitée avec tact, pourrait devenir gênant, et elle s'irritait un peu de la nécessité de ces ménagements dans des relations professionnelles. Le travail de la police était assez stressant sans lui ajouter ce genre de contrainte. Mais elle l'aimait bien, ou peut-être serait-il plus juste de dire qu'elle commençait à le trouver sympathique sans bien savoir pourquoi. Bâti en force, à peine plus grand qu'elle, traits énergiques, cheveux blonds et yeux gris ardoise qui brillaient comme des galets bien polis. Quand il était en colère ils pouvaient devenir presque noirs. Elle reconnaissait chez lui une intelligence et une ambition semblables aux siennes et lui au moins ne se braquait pas à l'idée de travailler sous les ordres d'une femme, ou alors, il le cachait mieux que la plupart de ses collègues. Elle se disait aussi qu'elle commençait à le trouver sexuellement attirant, comme si cette reconnaissance explicite et formelle du fait pouvait la préserver des folies de la proximité. Elle avait vu trop de ses collègues gâcher leur vie privée et professionnelle par ce genre d'imbroglio, toujours bien plus facile à nouer qu'à dénouer.

Voulant répondre à la confiance qu'il lui avait témoignée et craignant d'avoir été trop peu compréhensive, elle reprit : « Il y avait une douzaine de religions différentes parmi les enfants à la Comprehensive d'Ancroft. On avait l'impression d'être tout le temps en train de célébrer une fête ou une cérémonie quelconque. Cela exigeait en général beaucoup de bruit et des déguisements. La position officielle était que toutes les religions ont la même importance. Mais je dois dire que le résultat, c'était plutôt la certitude qu'elles n'en avaient aucune. Je suppose que si vous n'enseignez pas la religion avec conviction, elle devient juste un sujet rasoir de plus. Je suis peut-être naturellement païenne. Je n'admets pas toute cette insistance sur le péché, la souffrance et le jugement. Si j'avais un Dieu, j'aimerais qu'il soit intelligent, gai et amusant. »

Il répondit : « Je ne crois pas qu'il vous apporterait beaucoup de réconfort si l'on vous poussait dans une chambre à gaz. Vous préféreriez peut-être un dieu vengeur. C'est cette rue, n'est-ce pas ? »

Elle se demanda s'il en avait assez du sujet, ou s'il voulait simplement l'écarter de son domaine réservé, et répondit : « Oui. J'ai l'impression que les numéros élevés sont à l'autre extrémité. »

Un parlophone à gauche de la porte. Kate pressa le bouton et annonça, quand une voix masculine lui répondit : « Inspecteur Miskin et inspecteur Aaron. Nous venons voir Mr Farlow. Il est prévenu. »

Elle attendit le déclic indiquant que la porte s'ouvrait, mais au lieu de cela, la même voix dit : « Je descends. »

L'attente dura une minute et demie, qui parut longue. Kate avait regardé sa montre une deuxième fois quand, la porte s'étant ouverte, ils se trouvèrent en face d'un jeune homme trapu, nu-pieds, qui portait un pantalon très ajusté à carreaux bleu et blanc avec un polo blanc. Les cheveux coupés en épis très courts faisaient ressembler la tête ronde à une brosse hérissée. Le nez était large, et les bras courts et ronds avec leur patine de poils brun avaient l'air aussi dodus que ceux d'un bébé. Kate se dit qu'il était compact et douillet comme un ours en peluche, auquel il ne manquait qu'une étiquette suspendue à la boucle de l'oreille gauche, mais les yeux bleu pâle qui rencontrèrent les siens étaient méfiants avant de devenir franchement hostiles dès qu'elle les affronta. Quand il parla, son ton n'avait rien de bienveillant et sans un regard pour le mandat présenté, il lança : « Montez. »

L'étroite entrée était surchauffée, l'air imprégné d'une odeur exotique mi-fleurie mi-épicée que Kate aurait trouvée agréable si elle avait été moins forte. Ils montèrent le petit escalier derrière leur guide et se retrouvèrent dans un salon qui occupait toute la longueur de la maison. Une baie ouverte indiquait l'endroit où le mur de séparation avait dû se trouver et, au fond, une petite serre avait été construite qui donnait sur le jardin. Kate, qui pensait avoir porté au niveau d'un art la capacité d'enregistrer les détails de l'environnement sans trahir une curiosité trop évidente, ne remarqua cette fois que l'homme qu'ils étaient venus voir. Assis, calé contre des oreillers, sur un lit étroit à la droite de la serre, il était visiblement mourant. Elle avait vu les images du délabrement ultime assez souvent sur son écran de télévision; yeux morts et membres décharnés de l'inanition étaient presque une routine dans sa salle de séjour. Mais là, directement confrontée à eux pour la première fois, elle s'étonna qu'un être humain pût être aussi diminué et continuer à respirer, que les grands yeux qui paraissaient flotter librement dans leurs orbites pussent la fixer avec un regard aussi intense, ironique et même légèrement amusé. Il était enveloppé dans une robe de chambre en soie rouge qui ne pouvait colorer la peau, d'un jaune maladif. Une petite table à côté de la tête du lit, avec une chaise devant elle, et deux jeux de cartes tout prêts sur un feutre vert, semblaient indiquer que Rupert Farlow et son compagnon s'apprêtaient à commencer une partie de canasta.

La voix n'était pas forte, mais elle ne chevrotait pas, le moi essentiel était encore vivant, encore perceptible dans le ton, clair, un peu aigu. « Excusez-moi si je ne me lève pas. L'esprit voudrait bien, mais la chair est faible. Je ménage mon énergie pour m'assurer que Ray ne voit pas mon jeu. Asseyez-vous si vous trouvez un siège. Voulez-vous prendre quelque chose? Je sais qu'en principe vous ne buvez rien quand vous êtes en service commandé, mais je tiens absolument à considérer cette rencontre comme une visite mondaine. Ray, où as-tu caché la bouteille? »

Le jeune homme assis à la tête du lit ne broncha pas et Kate dit : « Nous ne prendrons rien, merci. Et d'ailleurs, ce ne sera pas long. C'est au sujet de jeudi soir.

— J'en avais comme une idée.

— Mr de Witt dit qu'il est rentré directement du bureau et qu'il est resté ici avec vous toute la soirée. Vous confirmez?

— Si c'est ce que James vous a dit, c'est vrai. Il ne ment jamais. C'est une des choses que ses amis trouvent si pénibles chez lui.

— Et c'est exact?

— Naturellement. Il ne vous l'a pas dit?

— A quelle heure est-il rentré ici?

— Habituelle. Vers six heures et demie, n'est-ce pas? Il vous le dira. Il vous l'a déjà dit sûrement. »

Kate, qui avait repoussé une pile de revues pour se faire une place sur un divan victorien en face du lit, demanda : « Depuis combien de temps vivez-vous avec Mr de Witt? »

Rupert Farlow tourna vers elle ses yeux immenses remplis de souffrance, bougeant lentement la tête, comme si le poids de ce crâne dénudé était devenu trop lourd à porter pour son cou. Il dit : « Est-ce que vous me demandez depuis combien de temps je partage sa maison par opposition, disons, à sa vie, son lit?

— Oui, c'est cela que je demande.

— Quatre mois, deux semaines et trois jours. Il m'a retiré de la maison de soins, je ne sais trop pourquoi. Peut-être que le voisinage des mourants l'excite. Ça fait cet effet-là à certaines gens. On ne manquait pas de visiteurs au centre hospitalier, je vous promets. Nous sommes la seule institution charitable qui peut toujours recruter des volontaires. Le sexe et la mort, très bandant. Nous n'étions pas amants, soit dit en passant. Il est amoureux de cette Frances Peverell d'un conventionnel à pleurer. James est hétérosexuel, à un point que ça devrait être défendu. Vous n'avez pas besoin d'avoir peur. Vous pouvez lui serrer la main ou même vous octroyer un contact physique plus intime si le cœur vous en dit. »

Daniel dit : « Il est arrivé ici venant de son travail à six heures et demie. Est-ce qu'il est ressorti plus tard?

— Pas que je sache. Il est monté se coucher vers onze heures et il était là quand je me suis éveillé à trois heures et demie et à quatre heures et quart. J'ai soigneusement noté les heures. Oh ! et puis il a fait diverses petites choses pas très ragoûtantes pour moi vers sept heures du matin. Entre ces moments-là il n'aurait certainement pas eu le temps de retourner à Innocent House et de liquider Gérard Étienne. Mais je peux bien vous en avertir tout de suite, je ne suis pas particulièrement fiable. De toute façon, c'est ce que je dirais. Ce n'est pas exactement mon intérêt de voir James emmené en prison, n'est-ce pas?

— Ni votre intérêt, rétorqua Daniel, d'être complice d'un meurtre.

— Ça, ce n'est pas ce qui est inquiétant. Si vous prenez James, vous pouvez tout aussi bien me prendre avec. Je serais plus gênant et encombrant pour le système judiciaire que vous ne le seriez pour moi. C'est l'avantage de mourir. Le processus n'a pas beaucoup d'avantage si ce n'est qu'il vous met hors d'atteinte de la police. Mais enfin, il faut que j'essaie d'être coopératif, n'est-ce pas? Il y a un petit indice qui peut corroborer. Tu as appelé et parlé à James vers sept heures et demie, Ray, n'est-ce pas? »

Ray, qui battait un deuxième jeu de cartes d'une main experte, répondit : « Oui, exact. Sept heures et demie. Appelé pour prendre des nouvelles. Il était là.

— Vous voyez? Vraiment futé de ma part de m'en souvenir, vous ne trouvez pas? »

Impulsivement, Kate lança : « Êtes-vous... vous êtes sûrement le Rupert Farlow qui a écrit *la Cage aux fruits*?

— Vous l'avez lu?

— Un ami me l'a donné à Noël dernier. Il avait réussi à trouver une édition reliée. Apparemment, elles sont assez recherchées. Il m'a dit que la première édition était épuisée et qu'on ne réimprimait pas.

— Un flic qui sait lire. Je croyais qu'on n'en rencontrait que dans les romans. Vous l'avez aimé?

— Oui, je l'ai aimé. » Elle s'interrompit, puis ajouta : « Je l'ai trouvé merveilleux. »

Il souleva la tête et la regarda. Sa voix changea et il dit, si doucement qu'elle entendit à peine les paroles : « J'en étais moi-même assez satisfait. »

Le regardant dans les yeux, elle s'aperçut, atterrée, qu'ils brillaient de larmes. Le corps si frêle dans son linceul écarlate tremblait et elle se sentit mue par une impulsion si forte qu'elle fut obligée de lutter presque physiquement pour ne pas le prendre dans ses bras. Elle détourna les yeux et dit d'un ton qu'elle s'efforça de rendre normal : « Nous n'allons pas vous fatiguer davantage, mais nous serons peut-être obligés de revenir vous demander de signer une déclaration.

— Vous me trouverez à la maison. Ou alors, vous n'aurez aucune chance de recueillir une déclaration. Ray va vous accompagner. »

Le trio descendit l'escalier en silence. A la porte, Daniel se retourna et dit : « Mr de Witt nous a dit que personne n'avait appelé ce numéro au téléphone jeudi soir, donc l'un de vous ment, ou se trompe. Est-ce que c'est vous? »

Le garçon haussa les épaules : « OK, je me suis peut-être trompé. Ça n'est pas bien important. C'était peut-être un autre soir.

— Ou point de soir du tout? C'est dangereux de mentir dans une enquête criminelle. Dangereux pour vous et pour l'innocent. Si vous avez la moindre influence sur Mr Farlow, vous devriez lui dire que la meilleure façon d'aider son ami, c'est de dire la vérité. »

La main sur la porte, Ray s'exclama : « Vous pouvez vous l'accrocher, votre salade! Pourquoi est-ce que je le ferais? C'est toujours ce que la police raconte. Que c'est dans notre intérêt et dans celui de l'innocent de dire la vérité. Dire la vérité à la flicaille, c'est dans l'intérêt de la flicaille. Pas la peine de nous raconter que c'est dans le nôtre. Et si vous voulez revenir, vous feriez bien d'appeler avant. Il est trop faible pour qu'on le harcèle. »

Daniel ouvrit la bouche, se contint et ne dit rien. La porte se referma énergiquement derrière eux. Ils marchèrent en silence jusqu'à Hillgate Street, puis Kate murmura : « Je n'aurais pas dû dire ça de son roman.

— Pourquoi? Où est le mal... c'est-à-dire, si vous étiez sincère.

— C'est parce que j'étais sincère que je lui ai fait du mal. Ça l'a bouleversé. » Elle s'interrompit, puis reprit : « Qu'est-ce que vous en dites, de cet alibi?

— Rien de bien fameux. Mais s'il s'y tient, et je parie qu'il s'y tiendra, nous serons coincés, quoi que nous puissions déterrer sur ce de Witt.

— Pas forcément. Tout dépendra de la force des autres témoignages. D'ailleurs, si nous trouvons l'alibi peu convaincant, le jury en fera autant.

— Si jamais on amène ce gars-là devant un jury. »

Kate dit : « Il y a tout de même quelque chose. C'est peut-être un simple hasard, mais je me demande. Visiblement, ce Ray, son ami, mentait, mais comment est-ce que Farlow savait qu'il y avait besoin de cet alibi pour les environs de sept heures et demie? Ou est-ce qu'il est tombé juste par hasard? »

38

Le rendez-vous avec Jean-Philippe Étienne, transmis par Claudia, avait été fixé à dix heures et demie, ce qui obligeait à un départ inconfortablement matinal de Londres. Cette heure était d'ailleurs d'une étonnante précision pour un homme dont on pouvait penser qu'il avait tout son temps. Dalgliesh se demanda si elle avait été choisie pour que même au cas où l'entretien serait plus long que prévu, Étienne ne se sentît pas obligé de l'inviter à déjeuner. Cela l'arrangeait aussi. Prendre un repas seul dans un endroit insolite où personne ne le connaissait, même si la cuisine était décevante, un endroit où il pourrait manger assuré que personne au monde ne savait qui il était et qu'aucun coup de fil ne pouvait l'atteindre était un plaisir rare et il avait bien l'intention d'en profiter pleinement après l'entretien. Il avait un rendez-vous au Yard à quatre heures, après quoi il irait droit à Wapping pour entendre le rapport de Kate. Il n'aurait pas le temps de se promener, ni de visiter une église qui paraissait intéressante, mais après tout il faut manger pour vivre.

Il faisait encore noir quand il se lança, puis le jour se leva, sec mais sans soleil. Plus tard encore, quand, enfin dégagé des dernières banlieues nord, il fila entre les couleurs douces des campagnes de l'Essex, la calotte grise s'éclaira et s'amincit pour n'être plus qu'une brume blanche transparente qui promettait que le soleil pourrait peut-être la traverser. Au-delà des haies taillées, hérissées de loin en loin par un arbre que tourmentait le vent, les champs d'automne labourés, tavelés par les premières pousses vertes du blé d'hiver, s'étendaient jusqu'à l'horizon lointain. Il se sentit libéré sous l'immense ciel de l'East-Anglia comme si le poids d'un vieux fardeau familier avait été provisoirement levé.

Il pensa à l'homme qu'il allait rencontrer. Il venait à Othona House sans attendre grand-chose, mais non pas sans quelque préparation. Manquant de temps pour faire des recherches détaillées sur le passé du sujet, il avait passé quarante minutes à la Bibliothèque de Londres et parlé au téléphone avec un ancien membre de la Résistance habitant Paris, dont le nom lui avait été donné par un contact à l'ambassade de France. Désormais, il savait quelque chose de Jean-Philippe Étienne, héros de la Résistance dans la France de Vichy. Le père d'Étienne, propriétaire d'un journal et d'une imprimerie florissants à Clermont-Ferrand, avait été l'un des membres les plus anciens et les plus actifs de l'Organisation de Résistance de l'Armée. Il était mort d'un cancer en 1941 et son fils unique, marié depuis peu, avait hérité à la fois des affaires et du rôle de son père dans la lutte contre les autorités de Vichy et l'occupant allemand. Fervent gaulliste comme son père, violemment hostile aux communistes, il se méfiait du Front national fondé par eux, bien que nombre de ses propres amis, chrétiens, socialistes, intellectuels, en eussent été membres. Mais, solitaire par nature, il travaillait de préférence avec son petit groupe recruté dans le secret. Sans se heurter de front avec les grandes organisations, il s'était concentré sur la propagande plutôt que sur l'action armée, diffusant son journal clandestin, distribuant des tracts alliés largués par air, fournissant régulièrement à Londres des renseignements inestimables et tentant même de démoraliser les soldats allemands en infiltrant de la propagande dans leurs camps. Le journal hérité de sa famille continuait, mais désormais consacré à la littérature beaucoup plus qu'aux informations, sa position soigneusement apolitique permettant à Étienne de recevoir plus que sa part d'encre et de papier, rationnés et surveillés de près. Grâce à une sage économie et à quelques subterfuges, il pouvait détourner une partie de ses ressources vers la presse clandestine.

Pendant quatre ans il mena cette double vie avec tant de succès que jamais il ne fut soupçonné par les Allemands, ni dénoncé comme collaborateur par ses camarades résistants. Sa profonde méfiance à l'égard des maquis avait encore été renforcée par la mort de sa femme, tuée en 1943 dans un train que l'un des groupes les plus actifs avait fait sauter. Il avait fini la guerre en héros, moins connu qu'Alphonse Rosier, Serge Fisher ou Henri Martin, mais enfin, on trouvait son nom dans les index des ouvrages consacrés à la Résistance sous Vichy. Il avait gagné ses décorations et sa paix.

Moins de deux heures après avoir quitté Londres, Dalgliesh s'était engagé sur la A12 en direction du sud-est jusqu'à Maldon, puis de l'est à travers une contrée plate et peu intéressante, avant d'entrer dans le joli village de Bradwell-on-Sea, avec son église à clocher carré et ses cottages aux bardeaux peints en rose, blanc ou ocre, les portes presque cachées par des corbeilles de chrysanthèmes tardifs. Il nota le King's Head comme endroit possible pour déjeuner. Un panneau à l'entrée d'une route étroite indiquait la chapelle de St-Peter-on-the-Wall, qui ne tarda pas à apparaître au loin, haut édifice rectangulaire aux proportions aussi simples que celles d'une maison de poupée, qui se détachait sur le ciel tel qu'il avait été quand son père l'avait amené là, gamin de dix ans. Un sentier rocailleux conduisait à la chapelle, coupé de la route par une barrière en bois fixe, mais celui d'Othona House, quelques centaines de mètres plus à droite, était ouvert. Un panneau, dont le bois commençait à se fendre et l'inscription à s'effacer, portait le nom de la maison, à peine lisible. Cela, joint à la vue encore lointaine du toit et des cheminées, confirmait que ce sentier était la seule voie d'accès. Dalgliesh se dit qu'Étienne n'aurait guère pu imaginer repoussoir plus efficace pour les visiteurs et se demanda pendant un instant s'il allait franchir les huit cents mètres à pied, ou risquer sa suspension. Un coup d'œil à sa montre lui indiqua qu'il était dix heures vingt-cinq. Il arriverait très exactement à l'heure prévue.

La piste menant à Othona House était sillonnée de profondes ornières, les nids de poule encore pleins des pluies de la veille. Elle était bordée d'un côté par des champs labourés qui s'étendaient à perte de vue, sans haies ni le moindre signe d'habitation. A gauche, un large fossé était bordé par un enchevêtrement de buissons chargés de mûres, puis audelà encore par une rangée intermittente de troncs tordus sous leur épais manteau de lierre. Des deux côtés du passage, de hautes herbes sèches déjà appesanties par leurs graines oscillaient aux caprices du vent. Conduite avec précaution, la Jaguar se cabrait, tremblait et il commençait à regretter de ne pas l'avoir garée à l'entrée quand les trous se firent plus rares, les crevasses moins profondes, et il put accélérer sur les derniers cent mètres.

La maison, entourée d'un haut mur de brique incurvé qui semblait relativement moderne, était encore invisible à l'exception du toit et des cheminées et il était évident que l'entrée s'ouvrait face à la mer. Il en fit le tour par la droite et vit clairement l'ensemble pour la première fois.

C'était une petite maison aux proportions agréables en brique rouge patinée par le temps, la façade presque certainement Reine Anne. La baie centrale était surmontée d'un parapet dont la courbe répondait à celle de l'élégant portique de l'entrée principale. De chaque côté, des ailes identiques, aux fenêtres à petits carreaux, s'étendaient sous une corniche de pierre décorée de coquilles sculptées qui seules indiquaient que la maison avait été construite près de la mer. Néanmoins, elle semblait toujours curieusement déplacée, sa symétrie pleine de dignité et son calme moelleux plus en harmonie avec l'enclos d'une cathédrale qu'avec ce promontoire désolé. Pas d'accès direct à la mer. Entre les vagues qui déferlaient et Othona House, un marais salant d'une centaine de mètres, traversé par d'innombrables petits ruisseaux, étendait un perfide tapis trempé de verts, de bleus et de gris avec des taches de vert acide là où des flaques d'eau salée brillaient, comme si la bourbe était incrustée de pierres précieuses. Il entendait le bruit de la mer, mais par un temps si calme, alors que seule une petite brise agitait les roseaux, il lui parvenait aussi doucement qu'un léger soupir expirant.

Il sonna et entendit un tintement assourdi à l'intérieur de la maison, mais plus d'une minute s'écoula avant que des pas traînants se fassent entendre. Un verrou grinça, une clef tourna lentement et la porte s'ouvrit.

La femme qui se tenait sur le seuil en le regardant avec une totale absence de curiosité était vieille — sans doute plus près de quatre-vingts ans que de soixante-dix selon lui — mais solide et bien en chair. Elle portait une robe noire montante autour du cou et attachée par une broche en onyx entourée de perles minuscules sans aucun orient ; ses jambes débordaient de hautes bottines lacées et sa poitrine, haute, informe comme un traversin, surmontait un tablier blanc bien empesé. Son visage était large et couleur de suif, les pommettes saillaient sous les yeux plissés, soupçonneux. Avant qu'il pût parler, elle lui dit : « Vous êtes le commandant Dalgliesh ?

— Oui, madame. Je viens voir Mr Étienne, s'il vous plaît.

— Suivez-moi. »

Elle avait prononcé le nom d'une façon si étrange qu'il ne le reconnut pas tout de suite, mais la voix était forte et grave, avec une note d'autorité assurée. Servante à Othona House, peut-être, mais pas servile. Elle s'effaça pour le laisser entrer et il attendit ensuite qu'elle eût fermé et verrouillé la porte. Le verrou au-dessus de sa tête était lourd, la clef était grosse, à l'ancienne, et elle eut quelque difficulté à la tourner. Les veines ressortaient comme de grosses cordes sur les mains décolorées par l'âge et les solides doigts noueux usés par le travail étaient tout tordus.

Elle lui fit traverser l'entrée lambrissée et l'introduisit dans une pièce sur l'arrière de la maison puis, le dos pressé contre le battant ouvert, comme si le visiteur était contagieux, elle annonça : « Le commandant Dalgliesh », et referma la porte d'une main ferme, tenant, semblait-il, à se dissocier de cet importun.

Après l'obscurité de l'entrée, la pièce était étonnamment

claire. Deux hautes fenêtres à petits carreaux et munies de volets donnaient sur un jardin sans arbres, coupé d'allées dallées et apparemment consacré aux légumes ainsi qu'aux herbes aromatiques. La seule note colorée était fournie par des géraniums tardifs dans de gros pots en terre cuite rangés le long de l'allée principale. La pièce était à la fois bibliothèque et salon. Trois de ses murs étaient occupés par des rayonnages jusqu'à une hauteur commode à atteindre, avec des cartes et des gravures disposées au-dessus d'eux. Une table ronde au milieu de la pièce était chargée de livres. A gauche, dans une cheminée de pierre surmontée d'un manteau simple mais élégant, un petit feu de bois craquait et pétillait.

Jean-Philippe Étienne était assis dans un fauteuil à capitons en cuir vert, à droite du feu, et il ne broncha pas avant que Dalgliesh fût presque arrivé à lui; il se leva alors et lui tendit la main, mais le policier ne sentit pas plus de deux secondes l'étreinte de la chair froide. Il se dit que le temps pouvait réduire toutes les individualités à des stéréotypes — adoucir et regonfler les traits vieillissants jusqu'à l'infantilisme béat, ou les décaper jusqu'aux os et aux muscles, au point que la mort vous dévisage depuis les orbites creuses. Il lui semblait voir la ligne de chaque os, le frémissement de chaque muscle dans le visage d'Étienne. Sa silhouette mince était encore très droite, bien qu'il marchât avec raideur, et son élégante correction ne laissait apparaître aucun signe de décrépitude. La chevelure grise était rare, brossée en arrière d'un front haut, le nez en bec d'aigle s'allongeait au-dessus d'une bouche presque sans lèvres, les grandes oreilles étaient collées contre le crâne et sous les hautes pommettes les veines semblaient prêtes à saigner. Il portait un veston de velours à brandebourgs qui rappelait le temps de la reine Victoria et des pantalons noirs très serrés. C'est exactement ainsi qu'un propriétaire terrien du dix-neuvième siècle aurait pu se lever pour accueillir un visiteur, mais Dalgliesh comprit aussitôt que ce visiteur n'était pas le bienvenu dans la bibliothèque, non plus qu'il ne l'avait été à la porte.

Étienne lui désigna le fauteuil en face du sien et se rassit lui-même, en disant : « Claudia m'a remis votre lettre, mais je vous en prie, épargnez-moi le renouvellement de vos condoléances. Elles ne peuvent pas être sincères. Vous ne connaissiez pas mon fils.

— Il n'est pas nécessaire de connaître quelqu'un pour regretter qu'il soit mort trop jeune et inutilement.

— Vous avez bien entendu raison. La mort des jeunes est toujours rendue plus amère par un sentiment d'injustice, ils partent alors que les vieux restent. Voulez-vous prendre quelque chose? Vin, café?

— Café, s'il vous plaît. »

Étienne passa dans le corridor en refermant la porte derrière lui et Dalgliesh l'entendit appeler, en français semblait-il. Un cordon de sonnette brodé pendait à droite de la cheminée, mais apparemment Étienne ne souhaitait pas l'utiliser pour communiquer avec sa maisonnée. Revenu dans son fauteuil, il reprit : « Il était nécessaire pour vous de venir, je m'en rends bien compte. Mais je n'ai rien à dire qui puisse vous aider. Je n'ai aucune idée de la raison pour laquelle mon fils est mort, à moins que cela ait été un accident, ce qui paraît de beaucoup le plus vraisemblable.

— Un certain nombre de choses étranges suggèrent pourtant que sa mort aurait pu être délibérément provoquée. Je sais combien ce doit être pénible pour vous et j'en suis désolé, dit Dalgliesh.

— Quelles sont ces choses étranges?

— Le fait qu'il soit mort intoxiqué par l'oxyde de carbone dans une pièce où il allait rarement. Un cordon de tirage cassé qui aurait pu céder au moment où il essayait d'ouvrir la fenêtre. La disparition d'un magnétophone. Un robinet amovible sur le radiateur à gaz qui aurait pu être retiré après l'allumage. La position du corps. »

Étienne déclara : « Rien de ce que vous me dites n'est nouveau. Ma fille est venue hier. Ce ne sont que des présomptions. Y avait-il des empreintes sur le robinet du gaz?

— Une trace seulement. La surface est trop petite pour donner quelque chose d'exploitable.

— Même réunies, toutes ces indications sont moins — le mot que vous avez employé était bien "étrange"? — que l'idée d'un assassinat. Les étrangetés ne sont pas des pièces à conviction. Je passe sur l'affaire du serpent. Je sais qu'un très mauvais plaisant sévit à Innocent House. Mais ses activités ne me semblent pas vraiment mériter les attentions d'un haut fonctionnaire de New Scotland Yard.

— Elles les méritent si elles compliquent, ou masquent, un assassinat ou sont en rapport avec lui. »

Des pas résonnèrent dans le corridor et Étienne se leva aussitôt pour ouvrir la porte à la gouvernante. Celle-ci entra avec un plateau sur lequel une cafetière voisinait avec un petit pot brun, du sucre et une grande tasse. Elle posa le plateau sur la table et après un regard à Étienne sortit aussitôt de la pièce. Celui-ci versa le café et l'apporta à Dalgliesh. Visiblement, il ne voulait rien prendre et Dalgliesh se demanda si c'était un truc, pas très subtil, pour le mettre en état d'infériorité. Comme il n'avait pas de petite table à côté de lui, il posa sa tasse dans l'âtre.

Revenu à son fauteuil, Étienne dit : « Si mon fils a été assassiné, je veux que son assassin soit traduit en justice, si insuffisante que celle-ci puisse être. Il n'est peut-être pas nécessaire que je dise cela, mais il est néanmoins important que je le fasse et que vous me croyiez. Si vous me trouvez peu coopératif, c'est que je n'ai rien à apporter.

— Votre fils n'avait pas d'ennemis ?

— Pas à ma connaissance. Il avait sans aucun doute des rivaux professionnels, des auteurs mécontents, des collègues qui ne l'aimaient pas, lui en voulaient ou le jalousaient, C'est le lot commun de tous ceux qui ont réussi. Je ne connais personne qui aurait voulu le détruire.

— Dans son passé ou dans le vôtre, y aurait-il quelque chose ? Un tort, une injustice, anciens ou imaginaires qui auraient pu causer des ressentiments tenaces ? »

Étienne marqua une pause avant de répondre et pour la première fois Dalgliesh prit conscience du silence qui régnait dans la pièce. Soudain, une petite explosion de flamme jaillit du bois, dans la cheminée, et une pluie d'étincelles retomba sur les dalles de l'âtre. Étienne regarda le feu et dit : « Des ressentiments ? Autrefois, les ennemis de la France ont été mes ennemis et je les ai combattus avec les seules armes dont je disposais. Ceux qui ont souffert peuvent avoir eu des fils, des petits-fils. Il me semble ridicule d'imaginer qu'ils se vengent par personne interposée. Et puis il y a mes compatriotes, les familles de Français fusillés comme otages du fait des activités de la Résistance. Certains pourraient dire qu'ils ont des griefs justifiés, mais sûrement pas contre mon fils. Je vous conseille de concentrer votre attention sur le présent et sur ceux qui ont normalement accès à Innocent House, plutôt que sur le passé. Cela semblerait être la direction tout indiquée pour l'enquête. »

Dalgliesh prit sa tasse. Le café, noir comme il l'aimait, était encore trop chaud pour le boire. Il la reposa par terre et dit : « Miss Étienne m'a dit que votre fils venait vous voir régulièrement. Est-ce que vous discutiez de l'entreprise ?

— Nous ne discutions de rien. Il éprouvait apparemment le besoin de me tenir informé de ce qui se passait, mais il ne me demandait aucun conseil et je ne lui en donnais aucun. Je ne m'intéresse plus à l'affaire et je ne m'y intéressais déjà guère pendant les cinq dernières années où j'y ai travaillé. Gérard voulait vendre Innocent House et se transporter dans le quartier des Docks. Je crois qu'il n'y avait rien de secret à cela. Il voyait là une nécessité et je ne doute pas qu'il ait eu raison. C'en est sans doute toujours une. J'ai un souvenir très vague de notre conversation. Il a été question d'argent, d'acquisitions, de changements dans le personnel, de baux, d'un acheteur éventuel pour Innocent House. Je regrette que ma mémoire ne soit pas plus précise.

— Mais vos années dans la maison n'ont pas été malheureuses ? »

Dalgliesh vit que la question était considérée comme une impertinence. Il s'était aventuré en terrain interdit. Étienne répondit cependant : « Ni heureuses ni malheureuses. J'ai apporté ma contribution bien que, je l'ai dit, elle fût devenue de moins en moins importante au cours des cinq dernières années. Je doute qu'une autre situation m'aurait convenu davantage. Nous avons trop duré, Henry Peverell et moi. La dernière fois où je suis allé à Innocent House, c'était pour aider à répandre ses cendres dans la Tamise. Je n'y retournerai pas.

— Votre fils prévoyait un certain nombre de changements, dit Dalgliesh. Quelques-uns, sans aucun doute, étaient impopulaires.

— Tout changement est impopulaire. Je suis heureux de m'être mis hors de telles atteintes. Quelques-uns d'entre nous qui n'aiment pas certains aspects de la vie moderne ont la chance de ne plus être obligés d'y vivre. »

Le regardant tandis qu'il buvait enfin son café, Dalgliesh vit qu'il était tendu comme s'il allait jaillir de son fauteuil et se rendit compte alors qu'Étienne était un authentique reclus. La compagnie des humains, sauf celle de son entourage immédiat, lui devenait intolérable au bout de très peu de temps et il approchait de la fin de son endurance. Le moment était venu de partir, il n'apprendrait plus rien.

Quelques instants plus tard, tandis qu'Étienne le raccompagnait à la porte du perron, courtoisie à laquelle il ne s'était pas attendu, Dalgliesh fit quelques remarques sur l'âge et l'architecture de la maison. Ce fut la seule chose qu'il eût dite qui incita son hôte à répondre et avec intérêt.

« La façade est Reine Anne, comme vous le savez je pense, mais l'intérieur est en grande partie Tudor. A l'origine, la maison qu'il y avait ici était beaucoup plus ancienne. Comme la chapelle, elle est construite sur les murs du vieux fort romain d'Othona, d'où son nom.

— Je pensais que j'aimerais visiter la chapelle, si je pouvais laisser ma voiture ici.

— Bien sûr. »

Mais la permission était donnée sans grâce. Comme si la seule présence de la Jaguar dans la cour était une intrusion dérangeante. Il n'avait pas plus tôt franchi le seuil que la porte fut résolument fermée derrière lui et il entendit grincer la serrure.

39

Dalgliesh se demandait s'il trouverait la porte fermée à clef mais elle s'ouvrit à la première pression de sa main et il entra dans le silence et la simplicité de la chapelle. L'air, très froid, sentait la terre et le mortier, odeur ménagère et contemporaine, fort peu ecclésiastique. Le mobilier était succinct. Un autel de pierre surmonté d'une croix grecque et flanqué de quelques bancs, deux gros vases de fleurs séchées, un présentoir avec divers guides et opuscules. Il plia un billet qu'il glissa dans le tronc, puis prit l'un des guides et s'assit sur un banc pour l'étudier, se demandant pourquoi il éprouvait cette impression de vide et de légère dépression. La chapelle était parmi les plus anciens édifices religieux d'Angleterre, peut-être le plus ancien; seul vestige de l'Eglise anglo-celte dans cette région, elle avait été fondée par saint Cedd qui avait atterri ici, au vieux fort romain d'Othona dès 653. Elle résistait sur place, affrontée à la mer du Nord hostile depuis treize siècles. C'était là, plus que n'importe où ailleurs, qu'il aurait dû entendre les échos mourants du plain-chant et les vibrations de mille trois cents ans de prières murmurées.

Que l'on trouvât l'édifice saint ou vide de sainteté était affaire de perception personnelle et si à ce moment précis, il ne pouvait éprouver plus que le reflux de la tension qui accompagnait toujours une solitude totale, la faute en revenait à son imagination et non pas au lieu. Assis là, tranquillement, il aurait désiré, d'un désir presque douloureux, entendre la mer — ce flux et ce reflux incessants qui plus que tout autre bruit de la nature inspire à l'esprit et au cœur le sentiment de l'inexorable écoulement du temps, des siècles de vies humaines inconnues et inconnaissables avec leurs brèves misères et leurs joies plus brèves encore. Seulement, il était venu non pas pour méditer mais pour réfléchir au meurtre et aux dégradations les plus immédiates dues au meurtre. Il reposa le guide et repassa dans son esprit l'entretien qu'il venait d'avoir.

Démarche peu satisfaisante. Le voyage avait été nécessaire, mais encore moins profitable finalement que ce qu'il avait craint. Pourtant, il ne pouvait se défaire de la conviction qu'il y avait quelque chose de très important à apprendre dans cette demeure, quelque chose que Jean-Philippe n'avait pas voulu lui dire. Peut-être, bien sûr, quelque chose qu'il avait oublié ou jugé insignifiant, voire qu'il ne savait pas qu'il savait. Dalgliesh repensa à l'élément crucial du mystère, la disparition du magnétophone, les égratignures dans la bouche de Gérard Étienne. Cet assassin avait eu besoin de parler à sa victime avant qu'elle meure, peut-être même pendant qu'elle mourait. Il ou elle avait voulu qu'Étienne meure, mais aussi qu'il sache pourquoi il mourait. N'était-ce rien de plus que la vanité exacerbée d'un tueur, ou y avait-il une autre raison, enfouie dans le passé d'Étienne? Dans ce cas, une partie de ce passé était là, dans Othona House, et il ne l'avait pas trouvée.

Il se demanda ce qui avait finalement amené Étienne jusqu'à cette protubérance détrempée d'un pays étranger, cette sombre côte affouillée par les vents où le marais s'étendait comme une éponge acide, rongeante, qui absorbait les franges de la mer du Nord si froide. Avait-il jamais regretté les montagnes de sa province natale, les jacasseries des voix françaises dans les rues et les cafés, les bruits, les odeurs, les couleurs de la France rurale? Était-il venu dans cet endroit désolé pour oublier le passé, ou pour le revivre? Qu'est-ce que ces vieilles histoires malheureuses et lointaines avaient à voir avec la mort, presque un demi-siècle plus tard, de son fils, né au Canada d'une mère anglaise et assassiné à Londres? Quelles tentacules, s'il en existait, avaient jailli de ces années fatales pour s'enrouler autour du cou de Gérard Étienne?

Il regarda sa montre : onze heures trente moins une minute. Il allait prendre le temps de visiter les monuments dans l'église St George de Bradwell, mais après cette brève halte, il n'aurait plus aucune excuse pour ne pas revenir à Londres déjeuner à New Scotland Yard.

Il était encore assis, son guide négligemment à la main, quand la porte s'ouvrit, et deux femmes d'un certain âge entrèrent. Chaussées et habillées pour la marche, portant chacune un petit sac à dos, elles parurent déconcertées et un peu inquiètes de le voir là. Il se dit qu'elles n'apprécieraient peut-être pas la présence d'un homme seul, les salua rapidement et s'en alla. Se retournant un instant à la porte, il vit qu'elles étaient déjà à genoux et se demanda ce qu'elles avaient trouvé en ce lieu silencieux. S'il était venu avec plus d'humilité, l'aurait-il trouvé lui aussi?

40

L'appartement de Gérard Étienne était situé au huitième étage dans l'immeuble du Barbican. Claudia avait dit qu'elle serait là pour les accueillir à quatre heures et de fait, lorsque Kate sonna, la porte s'ouvrit rapidement, et elle s'effaça sans un mot pour les faire entrer.

Le jour commençait à baisser, mais la grande salle de séjour rectangulaire était encore pleine de lumière comme une pièce conserve la chaleur une fois le soleil couché. Les longs rideaux qui semblaient taillés dans un fin tissu de lin crème étaient ouverts, révélant au-delà du balcon une vue plaisante sur le lac et l'élégante flèche d'une église de la ville. La première réaction de Daniel fut de souhaiter que cet appartement eût été à lui, la seconde, de se dire que parmi toutes ses visites chez des victimes de meurtres, il n'avait jamais vu d'intérieur aussi impersonnel, si peu encombré par les débris de la vie morte. On eût dit un appartement témoin soigneusement meublé pour attirer l'acquéreur. Mais l'acquéreur riche; rien n'y était bon marché. D'ailleurs, il avait tort de le juger impersonnel; il parlait aussi clairement de son propriétaire que le studio de banlieue le plus encombré ou la chambre à coucher d'une quelconque putain. « Décrivez le propriétaire de ce logement. » Il aurait pu jouer à ce petit jeu. Masculin, jeune, riche, raffiné, organisé, célibataire. Rien de féminin dans cette pièce. Visiblement musicien; on pouvait s'attendre à trouver le coûteux matériel stéréo dans l'appartement de n'importe quel célibataire aisé, mais pas le piano à queue. Tout le mobilier était moderne, de bois pâle et sans vernis, élégamment travaillé en placards, bibliothèques, bureau. A l'extrémité de la pièce, près d'une porte donnant visiblement dans la cuisine, une table ronde avec six chaises. Pas de cheminée. Le foyer de la pièce, c'était la baie, et deux fauteuils en souple cuir noir lui faisaient face, groupés avec un long divan autour d'une petite table ronde.

Une seule photographie. Au-dessus d'une bibliothèque basse, dans un cadre d'argent, le portrait d'une jeune fille, sans doute la fiancée. De fins cheveux blonds séparés par une raie au milieu de la tête encadraient un long visage à l'ossature délicate, avec de grands yeux et une bouche un peu trop petite, mais une lèvre supérieure magnifiquement dessinée. Daniel se demanda si c'était là aussi un objet coûteux acquis depuis peu. Craignant qu'un examen trop attentif parût offensant, il se tourna vers le seul tableau, un grand portrait à l'huile d'Étienne et de sa sœur accroché au mur face à la fenêtre. En hiver, les rideaux tirés, la toile éclatante serait le cœur de la pièce, couleurs, formes et faire proclamant de façon presque agressive le talent de l'artiste. Peut-être cette semaine-là ou la suivante les fauteuils seraient-ils retournés pour la regarder et alors l'hiver aurait officiellement commencé pour le maître des lieux. Cette identification à la routine de la vie du mort, Daniel la trouva irrationnelle et un peu inquiétante. Après tout, rien ne révélait la présence d'Étienne, aucun des petits vestiges pathétiques laissés par une existence inopinément interrompue : le repas inachevé, le livre ouvert posé sur les pages, le cendrier plein, les petits désordres du courant des jours.

Il vit que Kate examinait le tableau. Assez naturel; on savait qu'elle s'intéressait à l'art moderne. Elle se tourna vers Claudia : « C'est un Freud, n'est-ce pas? Il est superbe.

— Oui, mon père l'avait fait peindre pour l'offrir à Gérard le jour de ses vingt et un ans. »

Tout est là, se dit Daniel en s'approchant d'elle : la beauté arrogante, l'intelligence, l'assurance, la certitude que la vie est à sa disposition, qu'il n'a qu'à la prendre. A côté du personnage central, sa sœur plus jeune, plus vulnérable regardait le peintre avec des yeux méfiants comme si elle le mettait au défi de commettre le pire.

Claudia Étienne dit : « Voulez-vous du café? Ça ne sera pas long. On ne pouvait jamais compter trouver du solide ici — Gérard mangeait le plus souvent dehors — mais il y avait toujours du vin et du café. Venez dans la cuisine si vous voulez, mais il n'y a rien à y voir. Tous les papiers de Gérard sont dans ce bureau. Il s'ouvre sur le côté, un mécanisme secret. Regardez tant que vous voudrez, mais ce genre d'investigation ne vous donnera aucune satisfaction. Tous les documents importants étaient déposés à la banque et les papiers d'affaires sont à Innocent House. Vous les avez. Gérard a toujours vécu comme s'il devait mourir du jour au lendemain. Il y a une chose, pourtant, une seule. J'ai trouvé ça encore cacheté, sur le paillasson, daté du 13 octobre, donc probablement arrivé au deuxième courrier jeudi. Je n'ai vu aucune raison pour ne pas le lire. »

Elle tendit une enveloppe blanche, unie. A l'intérieur, le papier était de la même qualité, l'adresse, gravée. La grande écriture était celle d'une écolière. Daniel lut par-dessus l'épaule de Kate.

Cher Gérard,

Ce mot est pour vous dire que je veux mettre fin à nos fiançailles. Je devrais dire, je suppose, que je regrette de vous blesser, mais je ne crois pas que vous le serez, sauf dans votre orgueil. J'aurai plus de peine que vous, mais pas beaucoup et pas pendant longtemps. Maman pense que nous devrions mettre un faire-part dans le Times *puisque nous avions annoncé les fiançailles, mais ça ne semble pas très important pour le moment. Prenez soin de vous. Cela a été amusant pendant que cela a duré, mais pas aussi amusant que cela aurait pu l'être.*

Lucinda

Plus bas, un post-scriptum : « Faites-moi savoir si vous souhaitez que je rende la bague. »

Daniel se dit qu'il était heureux que la lettre eût été trouvée cachetée. Si Étienne l'avait reçue, un avocat aurait fort bien pu l'utiliser pour fonder la théorie du suicide. Dans les circonstances du moment, elle était de peu d'importance pour leur enquête.

Kate dit à Claudia : « Votre frère avait-il la moindre idée que Lady Lucinda était sur le point de rompre leurs fiançailles ?

— Pas que je sache. Elle doit regretter d'avoir écrit cette lettre. Elle peut difficilement poser à la fiancée au cœur brisé maintenant. »

Le bureau était moderne, dépouillé et extérieurement sans prétentions, mais doté d'aménagements intérieurs ingénieux avec de nombreux tiroirs et casiers. Tout était dans un ordre parfait : factures acquittées, quelques-unes encore à régler, chéquiers des deux années précédentes retenus par un élastique, tiroir avec un état de son portefeuille. Il était évident qu'Étienne ne gardait que le strict nécessaire et déblayait sa vie au fur et à mesure, jetant tout le superflu par-dessus bord, organisant ses activités mondaines, ou ce qu'il en avait, au moyen du téléphone et non pas de la correspondance. Ils n'étaient au travail que depuis quelques minutes quand Claudia Étienne revint en portant un plateau avec trois mazagrans et une cafetière. Elle le posa sur la table basse et ils s'approchèrent pour se servir. Ils étaient encore debout, Claudia avec son mazagran à la main, quand ils entendirent le bruit d'une clef dans la serrure.

Claudia émit un son extraordinaire — entre un hoquet et un gémissement — et Daniel vit son visage se muer en un masque de terreur. Le mazagran lui échappa des mains et une tache brune se répandit sur le tapis. Elle se baissa pour ramasser le récipient, ses doigts qui grattaient la surface douce, agités d'un tremblement si violent qu'elle ne put le replacer sur le plateau. Daniel eut l'impression que sa peur les gagnait, lui et Kate, si bien qu'eux aussi fixèrent la porte fermée avec des yeux horrifiés.

Elle s'ouvrit lentement et l'original de la photo entra dans la pièce. Elle dit : « Je suis Lucinda Norrington. Qui êtes-vous ? » Sa voix était haute et claire, une voix d'enfant.

Instinctivement, Kate s'était avancée pour soutenir Claudia et ce fut Daniel qui répondit : « Police. Inspecteur Miskin. Inspecteur Aaron. »

Claudia s'était vite ressaisie. Refusant gauchement l'aide de Kate, elle se leva. La lettre de Lucinda était à côté du plateau, sur la table basse. Il sembla à Daniel que tous les yeux étaient fixés sur elle.

La voix de Claudia résonna, rauque, gutturale : « Pourquoi êtes-vous venue ici ? »

Lady Lucinda s'avança dans la pièce. « Je suis venue chercher cette lettre. Je ne voulais pas qu'on croie que Gérard s'était tué à cause de moi. Après tout, n'est-ce pas, il ne l'a pas fait. Je veux dire, il ne s'est pas tué. »

Kate dit doucement : « Comment pouvez-vous en être si sûre ? »

Lady Lucinda tourna vers elle ses immenses yeux bleus : « Parce qu'il s'aimait trop. Les gens qui s'aiment ne se suicident pas. Et d'ailleurs, il ne se serait pas tué parce que je l'avais plaqué. Il n'était pas amoureux de moi, mais seulement d'une idée de moi. »

Claudia, qui avait retrouvé sa voix normale, intervint : « Je lui avais dit que ces fiançailles étaient stupides, que vous étiez une fille égoïste, prétentieuse et assez sotte, mais j'ai peut-être été injuste finalement. Vous n'êtes pas aussi sotte que je le pensais. En fait, Gérard n'a jamais reçu votre lettre. Je l'ai trouvée ici encore cachetée.

— Alors pourquoi l'avez-vous ouverte ? Elle ne vous était pas adressée.

— Il fallait que quelqu'un l'ouvre. J'aurais pu vous la retourner, mais je ne savais pas qui l'avait envoyée. Je n'avais encore jamais vu votre écriture.

— Je pourrais la ravoir ? »

Ce fut Kate qui répondit : « Nous voudrions la garder pour le moment, si vous voulez bien. »

Lady Lucinda parut considérer cela comme une assertion plutôt qu'une demande. Elle dit : « Mais elle m'appartient. C'est moi qui l'ai écrite.

— Nous ne la garderons peut-être pas longtemps et nous n'avons pas l'intention de la publier. »

Daniel, qui ne savait trop ce que la loi disait au sujet de la propriété des lettres, se demanda s'ils avaient en réalité le moindre droit de la prendre et ce que ferait Kate si Lady Lucinda insistait. Il se demanda aussi pourquoi Kate tenait tant à la garder. Ce n'était pas comme si Étienne l'avait reçue. Au reste, quelle preuve en avaient-ils? Ils n'avaient que la parole de la sœur du mort assurant qu'elle l'avait trouvée encore cachetée. Lady Lucinda ne fit plus d'objection. Elle haussa les épaules et se tourna vers Claudia.

« Je suis désolée pour Gérard. C'est un accident, n'est-ce pas? C'est l'impression que vous avez donnée à maman au téléphone. Mais ce matin certains journaux laissent entendre que ce pourrait être plus compliqué. Il n'a pas été assassiné? »

Kate répondit : « Il a pu l'être. »

De nouveau, les yeux bleus se tournèrent vers elle, pensifs : « Comme c'est étrange. Je ne crois pas avoir jamais connu quelqu'un qui ait été assassiné, connu personnellement, je veux dire. »

Elle alla à sa photographie et la prit entre les mains, l'examinant intensément, comme si elle ne l'avait encore jamais vue et n'était pas trop contente de ce que l'opérateur avait fait de ses traits. Puis elle dit : « Je vais prendre cela. Vous n'en avez pas besoin, en somme, Claudia? »

Celle-ci répondit : « A dire vrai, rien de ce qui lui appartient ne devrait être déplacé, sauf par ses exécuteurs testamentaires ou par la police.

— Eh bien, la police n'en a pas besoin non plus. Je ne veux pas qu'il reste ici dans cet appartement vide. Surtout si Gérard a été assassiné. »

Donc, elle n'était pas dépourvue de superstition. La découverte intrigua Daniel. Cela ne cadrait guère avec son sang-froid réfrigérant. Il la regarda étudier la photo et caresser le verre d'un long doigt à l'ongle rose, comme pour voir s'il y avait de la poussière. Puis elle se retourna et dit à Claudia : « Je pense que je vais trouver quelque chose pour l'emballer?

— Il y a peut-être un sac en plastique dans la cuisine, regardez. Et puis s'il y a autre chose encore qui vous appartient, c'est le moment de le prendre. »

Lady Lucinda ne se donna même pas la peine de jeter un coup d'œil autour de la pièce et dit : « Il n'y a rien d'autre.

— Si vous voulez du café, apportez un autre mazagran. Il est tout frais.

— Je ne veux pas de café, merci. »

Ils attendirent en silence qu'elle revînt, moins d'une minute plus tard, la photographie dans un sac en plastique de chez Harrod's. Elle se dirigeait vers la porte quand Kate demanda : « Lady Lucinda, est-ce que nous pourrions vous poser quelques questions ? De toute façon, nous aurions demandé à vous voir, mais puisque vous êtes ici maintenant, ça nous fera gagner du temps à toutes les deux.

— Combien de temps ? Je veux dire, cela prendra combien de temps ?

— Pas très longtemps. » Kate se tourna vers Claudia. « Ça ne vous fait rien si nous utilisons cet appartement pour l'entretien ?

— Je ne vois pas comment je pourrais vous en empêcher. Je suppose que vous ne comptez pas me voir disparaître dans la cuisine ?

— Ce ne sera pas nécessaire.

— Ou dans la chambre ? Ce serait plus confortable. »

Elle regardait fixement Lady Lucinda, qui répliqua calmement : « Je ne peux pas vous dire. Je ne suis jamais allée dans la chambre de Gérard. »

Elle s'assit dans le fauteuil le plus proche, Kate en face d'elle. Daniel et Claudia se partagèrent le divan.

Kate demanda : « Quand avez-vous vu votre fiancé pour la dernière fois ?

— Il n'est pas mon fiancé, mais enfin il l'était à ce moment-là. Je l'ai vu pour la dernière fois samedi dernier.

— Le 9 octobre ?

— Je suppose, oui, si samedi dernier était le 9. Nous devions aller à Bradwell-on-Sea voir son père, mais il pleuvait et Gérard a dit que la maison était assez sinistre sans qu'on y arrive par un temps pareil et que nous irions une autre fois. Alors nous sommes allés l'après-midi à la National Gallery, aile Sainsbury, parce que Gérard voulait revoir le diptyque de Wilton, et puis au Ritz pour le thé. Je ne l'ai pas vu ce soir-là, parce que maman voulait que j'aille avec elle dans le Wiltshire passer la nuit et le dimanche avec mon frère. Elle voulait parler du contrat de mariage avant que nous voyions les notaires.

— Et comment était Mr Étienne quand vous l'avez vu ce samedi, si ce n'est qu'il était déprimé à cause du mauvais temps ?

— Il n'était pas déprimé à cause du mauvais temps. Ce n'était pas si urgent de voir son père. Il n'était pas déprimé par les choses qu'il ne pouvait pas changer. »

Daniel intervint : « Et les choses qu'il pouvait changer, il les changeait ? »

Elle se tourna vers lui, le regarda et soudain sourit : « Exactement. » Elle ajouta : « C'est la dernière fois que je l'ai vu, mais ce n'est pas la dernière fois que je lui ai parlé. Je lui ai téléphoné jeudi soir. »

Kate demanda d'un ton soigneusement neutre : « Vous lui avez encore parlé il y a deux jours, le soir de sa mort ?

— Je ne sais pas quand il est mort. On l'a trouvé mort hier matin, n'est-ce pas ? Je lui ai parlé sur sa ligne personnelle la veille au soir.

— A quelle heure, Lady Lucinda ?

— Vers sept heures vingt, je suppose. Peut-être un peu plus tard, mais certainement avant sept heures et demie, parce que nous devions sortir à cette heure-là, maman et moi, pour aller dîner avec ma marraine et j'étais déjà habillée. J'ai pensé que j'avais juste le temps d'appeler Gérard. Je voulais un prétexte pour avoir une petite conversation. C'est pourquoi je peux être si sûre de l'heure.

— A quel sujet, cette conversation ? Vous aviez déjà écrit pour rompre les fiançailles.

— Je sais. Je pensais qu'il aurait la lettre ce matin-là. Je voulais lui demander s'il était d'avis, comme maman, d'insérer un avis dans le *Times*, ou s'il préférait que nous écrivions à nos amis personnels et laissions tout simplement la nouvelle se répandre. Bien entendu, maintenant, maman veut que je détruise ma lettre à Gérard et que je ne dise rien. Je ne le ferai pas. D'ailleurs je ne peux pas, maintenant que vous l'avez vue. Mais au moins, maman n'aura pas à se soucier de l'avis dans le *Times*. Ça lui économisera quelques livres. »

Le petit jet de venin fut si soudain et si bref que Daniel put presque croire qu'il avait rêvé. Comme si elle n'avait pas entendu, Kate demanda : « Qu'est-ce qu'il a dit au sujet de l'avis pour vos fiançailles rompues ? Vous ne lui avez pas demandé s'il avait reçu votre lettre ?

— Je ne lui ai rien demandé. Nous n'avons pas parlé du tout. Il a dit qu'il ne pouvait pas me parler parce qu'il avait un visiteur avec lui.

— Vous en êtes sûre ? »

La voix haute, argentine, était presque sans expression : « Je ne suis pas sûre qu'il avait une visite. Comment pourrais-je l'être ? Je n'ai entendu personne et je n'ai parlé à personne sauf à Gérard. C'était peut-être une excuse pour ne pas me parler, mais je suis sûre que c'est ce qu'il m'a dit.

— Et précisément dans ces termes ? Je veux qu'il n'y ait pas la moindre équivoque à ce propos, Lady Lucinda. Il n'a pas dit qu'il n'était pas seul, ou qu'il avait quelqu'un avec lui ? Il a utilisé le terme de visiteur ?

— Je vous l'ai dit. Il a dit qu'il avait un visiteur avec lui.

— Et cela se situait entre, disons, sept heures vingt et sept heures et demie ?

— Plus près de sept heures et demie. La voiture est venue nous prendre, maman et moi, à sept heures et demie. »

Un visiteur. Grâce à un effort de volonté, Daniel s'empêcha de regarder Kate, mais il savait que leurs pensées couraient sur la même piste. Si Étienne avait effectivement employé ce mot — et la jeune fille en semblait certaine — cela voulait à coup sûr dire qu'Étienne était avec quelqu'un qui n'appartenait pas à la firme. Il ne l'aurait sans doute pas employé pour un associé ou un membre du personnel. Est-ce qu'il n'aurait pas été plus naturel de dire : « Je suis pris » ou « En réunion » ou « Je travaille avec un collègue » ? Et si quelqu'un était venu le voir ce soir-là, invité ou pas, pourquoi ne s'était-il (ou elle) pas encore manifesté ? Pourquoi, si la visite avait été innocente, si Étienne avait été laissé vivant et en bon état ? Aucune indication de rendez-vous dans l'agenda de bureau, mais cela ne prouvait rien. Le visiteur aurait pu soit l'appeler sur sa ligne personnelle à n'importe quel moment pendant la journée ou au début de la soirée, soit arriver sans prévenir. Mais l'indication, pour ce qu'elle valait, était indirecte comme tant d'autres dans cette affaire de plus en plus déroutante.

Cependant, Kate, qui poursuivait son investigation sans relâche, demandait à Lady Lucinda quand elle était allée pour la dernière fois à Innocent House.

« Lors de la réception du 10 juillet. Elle était donnée en

partie pour mon anniversaire — j'avais vingt ans — et en partie pour nos fiançailles. »

Kate dit : « Nous avons la liste des invités. Je suppose qu'ils pouvaient circuler librement dans toute la maison s'ils le souhaitaient ?

— Certains l'ont fait, je crois. Vous savez comment sont les couples dans une réception, ils aiment bien s'isoler. Je ne crois pas qu'aucun des bureaux ait été fermé à clef, mais Gérard a dit que le personnel avait été prié de mettre ses papiers en lieu sûr.

— Vous n'avez pas eu l'occasion de voir quelqu'un monter vers la salle des archives ?

— Eh bien si, en fait. Assez cocasse. J'avais besoin d'aller aux toilettes, mais celles du premier, réservées aux dames invitées, étaient occupées, alors je me suis souvenue qu'il y en avait de petites au dernier étage et j'ai décidé de les utiliser. Je suis montée par l'escalier et j'ai vu deux personnes qui descendaient. Pas du tout le genre qu'on aurait attendu. Ils avaient l'air si coupables aussi. C'était vraiment étrange.

— Qui était-ce, Lady Lucinda ?

— George, le vieux bonhomme qui est au standard, et cette assommante petite femme mariée au comptable, j'ai oublié son nom, Sydney Bernard, quelque chose comme ça. Gérard m'a présentée à tous les membres du personnel et à leurs femmes. Effroyablement assommant.

— Sydney Bartrum ?

— C'est ça. Sa femme. Elle portait une robe extraordinaire en taffetas bleu pâle avec une ceinture rose. » Elle se tourna vers Claudia Étienne. « Vous vous rappelez, n'est-ce pas, Claudia ? Une jupe très ample, recouverte de tulle rose et des manches ballon. A vous donner le frisson. »

Claudia lança brièvement : « Je me rappelle.

— Est-ce que l'un ou l'autre a dit ce qu'ils faisaient au dernier étage ?

— La même chose que moi, je suppose. Elle est devenue écarlate et elle a marmonné quelque chose sur la nécessité d'utiliser les toilettes. Ils se ressemblaient d'une façon extraordinaire, mêmes visages ronds, même embarras. George faisait une tête, comme si je l'avais pris en train de faucher la petite monnaie. C'était assez bizarre, non ? Je veux dire, ces deux-là ensemble. George n'était pas invité, bien sûr. Il était là seulement pour aider au vestiaire des messieurs et repousser les resquilleurs. Et si Mrs Bartrum avait besoin des toilettes, pourquoi n'a-t-elle pas demandé à Claudia ou à une employée ?

— Avez-vous parlé de cet incident à quelqu'un ensuite, à Mr Étienne, par exemple ?

— Non, ce n'était pas important, seulement bizarre. Je l'avais presque oublié jusqu'à maintenant. Dites-moi, est-ce qu'il y a autre chose que vous voulez savoir ? Je crois que je suis restée ici assez longtemps. Si vous voulez me parler de nouveau, il vaudrait mieux que vous m'écriviez et j'essaierai d'arranger un rendez-vous. »

Kate dit : « Nous voudrions une déclaration, Lady Lucinda. Peut-être pourriez-vous passer sans tarder au commissariat de Wapping ?

— Avec mon avocat ?

— Si vous préférez, ou si vous le jugez nécessaire.

— Je ne pense pas que ça le soit. Maman a dit que j'aurais peut-être besoin d'un avocat pour défendre mes intérêts à l'enquête publique, si l'on en vient à parler des fiançailles rompues. Mais je ne crois pas que j'aie des intérêts maintenant, du moins si Gérard est mort avant d'avoir reçu ma lettre. »

Elle se leva et serra cérémonieusement la main de Kate et de Daniel, mais n'esquissa pas un geste en direction de Claudia. Pourtant, arrivée à la porte, elle se retourna et ce fut à Claudia qu'elle s'adressa :

« Il ne s'est jamais soucié de faire l'amour avec moi pendant que nous étions fiancés, alors je crois que le mariage n'aurait été très amusant ni pour l'un ni pour l'autre, n'est-ce pas ? » Daniel se dit que si aucun officier de police n'avait été présent, elle aurait utilisé une expression plus crue. Elle ajouta : « Oh, prenez cela » et posa une clef sur la table basse. « Je pense que je ne reverrai jamais cet appartement. »

Elle sortit en tirant le battant d'une main ferme et une seconde plus tard ils entendirent la porte palière se refermer avec un claquement tout aussi définitif.

Claudia dit alors : « Gérard était un romantique pour qui les femmes étaient de deux sortes : celles avec lesquelles on a des liaisons et celles qu'on épouse. La plupart des hommes dépassent cette illusion sexuelle avant leur vingt-et-unième année. Il réagissait probablement contre un excès de conquêtes trop faciles. Je me demande combien de temps ce mariage aurait duré. Enfin, voilà au moins une désillusion qui lui a été épargnée. En avez-vous encore pour longtemps ? »

Kate répondit : « Non, pas longtemps maintenant. »

Quelques minutes plus tard, ils étaient prêts à partir. La dernière image que Daniel garda de Claudia Étienne, ce fut une longue silhouette debout devant les clochers et les flèches de la ville qui s'assombrissaient au-delà du balcon. Elle répondit à leurs au revoir sans tourner la tête, et ils la laissèrent au silence et au vide de l'appartement, refermant doucement la porte derrière eux.

41

En quittant Hillgate Street, Daniel et Kate reprirent la voiture au commissariat de Notting Hill Gate et parcoururent la courte distance qui les séparait du magasin de Declan Cartwright. Il était ouvert et, dans la première pièce, un homme chenu et barbu, portant une calotte et une longue redingote noire vert-de-grisée par l'âge, montrait à un client une écritoire victorienne dont il caressait la marqueteric avec ses doigts jaunes de squelette. Il était apparemment trop absorbé pour les entendre entrer, même accompagnés par la sonnette, mais le client se retourna et le vieil homme leva le nez.

Kate dit : « Mr Simon? Nous avons rendez-vous avec Mr Declan Cartwright ».

Avant même qu'elle pût sortir sa plaque, il répondit : « Il est au fond. Tout droit. Il est au fond », et se tourna de nouveau très vite vers l'écritoire, les mains agitées de tremblements si forts que les doigts tambourinaient sur le couvercle. Kate se demanda ce qui, dans son passé, avait pu faire naître une telle peur de l'autorité, une telle terreur de la police.

Ils traversèrent le magasin, descendirent trois marches et pénétrèrent dans une sorte de serre. Au milieu d'un amoncellement d'objets hétéroclites, Declan Cartwright était en conférence avec un client. Grand, très brun, le teint olivâtre, vêtu d'un pardessus à col d'astrakhan et coiffé d'un feutre cascadeur, il étudiait un camée à la loupe. Kate fut contrainte de supposer qu'un homme ayant choisi de ressembler ainsi à la caricature outrée d'un margoulin ne pouvait guère oser en être un. Dès qu'ils apparurent, Cartwright dit : « Charlie, tu devrais t'offrir un verre et prendre un petit moment de réflexion. Reviens dans une demi-heure à peu près. Voilà les flics qui arrivent. Je suis emberlificoté dans une histoire de meurtre. Ne fais pas cette tête-là, ce n'est pas moi qui ai fait le coup. C'est simplement que je dois fournir un alibi pour quelqu'un qui aurait pu le faire. »

Le client, après avoir jeté un regard à Kate et Daniel, opéra une sortie nonchalante.

Kate exhiba de nouveau sa plaque, mais Declan l'écarta d'un geste large : « C'est bon, ne prenez pas la peine. Je sais reconnaître la police quand je l'ai sous le nez. »

Elle se dit qu'il avait dû être un enfant exceptionnellement joli et il restait quelque chose d'enfantin dans le visage gamin avec sa masse de boucles indisciplinées au-dessus du front haut, des yeux énormes et d'une bouche magnifiquement dessinée, encore que boudeuse. Mais il y avait une sexualité très adulte dans l'expression avec laquelle il les jaugeait, elle et Daniel. Elle sentit ce dernier se raidir à côté d'elle et se dit : « Pas son type, et certainement pas le mien. »

Comme Farlow, il répondit à leurs questions sur un ton insouciant et à demi moqueur, mais avec une différence essentielle. Alors que dans le premier cas ils avaient senti une intelligence et une force qui dominaient encore le corps pathétiquement émacié, Declan Cartwright était faible et effrayé, aussi effrayé que le vieux Simon quoique pour une autre raison. La voix était incertaine, les mains agitées, et les essais de badinage aussi peu convaincants que l'accent. Il dit : « Ma fiancée m'avait prévenu que vous alliez venir. Je ne pense pas que vous soyez ici pour examiner des objets anciens, mais je viens de recevoir quelques jolies petites pièces du Staffordshire. Acquises de façon parfaitement régulière bien entendu. Je pourrais vous faire des prix très intéressants si vous ne jugez pas que ce serait suborner la police dans l'exercice de ses fonctions. »

Kate demanda : « Vous êtes fiancé avec Miss Étienne?

— Oui, mais je ne suis pas sûr qu'elle soit fiancée avec

moi. Dans son cas, les fiançailles sont un état fluctuant qui dépend assez de son humeur du moment. Mais nous étions fiancés — du moins je le crois — quand nous sommes allés nous promener sur la Tamise.

— Quand avez-vous prévu cette promenade?

— Il y a assez longtemps, en fait. Le soir de l'enterrement de Sonia Clements. Vous avez entendu parler de Sonia Clements, bien sûr? »

Kate dit : « N'est-ce pas un peu étonnant de prévoir une promenade en barque si longtemps à l'avance?

— Claudia aime bien prévoir les choses une semaine à l'avance à peu près. C'est une femme très organisée. Mais en fait, il y avait une raison. Le jeudi 14 octobre, c'était le matin du conseil d'administration. Elle devait tout me raconter.

— Et elle vous a tout raconté?

— Eh bien, elle m'a dit que les associés allaient vendre Innocent House et s'installer dans le quartier des Docks en aval. Ils devaient aussi virer quelqu'un, le comptable, je crois. Je ne me rappelle pas tous les détails, c'était assez rasoir. »

Daniel dit : « Pas la peine d'organiser une promenade sur la Tamise pour ça.

— Oh! mais on peut faire autre chose sur la rivière que discuter affaires, même si la cabine est un peu exiguë. Ces grands capots d'acier du barrage sont très érotiques. Vous devriez emprunter une vedette de la police, vous deux. Vous vous surprendriez peut-être vous-mêmes.

— Quand avez-vous commencé le trajet? demanda Kate. Et quand s'est-il achevé?

— Il a commencé à six heures et demie quand la vedette est revenue de Charing Cross et que nous avons embarqué. Il s'est terminé vers dix heures et demie à peu près, quand nous sommes revenus à Innocent House, et à ce moment-là, Claudia m'a ramené en voiture chez moi, où nous avons dû arriver vers onze heures. Comme elle vous l'a sans doute dit, elle n'est pas repartie d'ici avant deux heures du matin. »

Daniel dit alors : « Je pense que Mr Simon pourra le confirmer? Ou alors, est-ce qu'il n'habite pas ici?

— En fait, je crois qu'il en sera bien incapable et je le regrette beaucoup. Le pauvre vieux chéri devient affreusement sourd. Nous montons toujours l'escalier avec mille précautions pour ne pas le déranger, mais c'est une peine totalement inutile. Il pourra peut-être confirmer notre heure d'arrivée.. S'il a laissé sa porte entrouverte. Il dort plus profondément quand il sait que le petit garçon est rentré et bien en sûreté dans son dodo. Mais après ça, je doute qu'il ait entendu quoi que ce soit.

— Vous n'aviez pas pris votre voiture pour aller à Innocent House, alors? demanda Kate.

— Je ne conduis pas, inspecteur. Je déplore la pollution causée par les autos et je n'y ajoute pas. Est-ce que ça n'est pas admirablement civique de ma part? Il y a aussi le fait que quand j'ai essayé d'apprendre, j'ai trouvé tout le processus si terrifiant que j'étais obligé de garder les yeux continuellement fermés et aucun moniteur n'a voulu me prendre en charge. Je suis allé à Innocent House par le métro. Très assommant. J'ai pris la Ceinture de Notting Hill Gate à Tower Hill et puis un taxi. C'est plus facile d'aller par la ligne centrale jusqu'à Liverpool Street et de prendre le taxi là, mais je ne l'ai pas fait — si cela a la moindre importance. »

Kate lui demanda des précisions sur la soirée et ne fut nullement surprise de constater qu'il confirmait le récit de Claudia Étienne.

« Donc, dit Daniel, vous avez été ensemble toute la soirée depuis six heures et demie jusqu'aux petites heures du matin.

— Exact, sergent... vous êtes sergent, n'est-ce pas? Si vous ne l'êtes pas, je suis désolé. C'est simplement que vous avez tellement l'air d'un sergent... Nous sommes restés ensemble de six heures et demie à deux heures, environ. Je ne pense pas que vous soyez intéressés par ce que nous avons fait, disons entre onze heures et deux. Sinon, il faudra demander à Miss Étienne. Elle pourra vous faire un récit qui conviendra à vos chastes oreilles. Je suppose que vous voudrez tout ça sous forme d'une déposition? »

Kate éprouva une satisfaction considérable à lui répondre que c'était effectivement le cas et qu'il serait prié de passer au commissariat de Wapping pour le faire.

Questionné par Kate avec une douceur et une patience qui parurent accentuer encore sa terreur, Mr Simon confirma qu'il les avait entendus rentrer à onze heures. Il avait guetté l'arrivée de Declan parce qu'il dormait toujours mieux quand il savait qu'il y avait quelqu'un dans la maison. C'était en partie pour cela qu'il avait suggéré à Mr Cartwright d'habiter sur place. Mais une fois qu'il avait entendu la porte, il s'était disposé à dormir. Il n'aurait pas entendu si l'un ou l'autre était ressorti ensuite.

Tout en ouvrant la porte de la voiture, Kate remarqua : « Une trouille verte, hein ? Cartwright, je veux dire. A votre avis, c'est un filou, ou un imbécile, ou les deux , ou un joli cœur qui aime bien les babioles ? Qu'est-ce qu'une femme intelligente comme Claudia Étienne peut bien lui trouver, grand Dieu ?

— Oh voyons, Kate ! Depuis quand l'intelligence a-t-elle le moindre rapport avec le sexe ? Je me demande même s'ils ne sont pas incompatibles.

— Pas pour moi. L'intelligence m'excite.

— Oui, je sais.

— Qu'est-ce que vous voulez dire par là ? demanda-t-elle assez durement.

— Rien. Je constate que je réussis mieux avec des femmes jolies, gentilles et obligeantes qui ne sont pas très brillantes.

— Comme la plupart des représentants de votre sexe. Vous devriez vous entraîner à dépasser ça. Cet alibi, qu'est-ce qu'il vaut d'après vous ?

— Ni plus ni moins que celui de Rupert Farlow. Cartwright et Claudia Étienne auraient pu tuer Étienne, prendre la vedette pour aller directement à Greenwich et arriver sans difficulté au restaurant à huit heures. Il n'y a pas beaucoup de circulation sur la Tamise une fois la nuit tombée et ils ne risquaient guère d'être vus. Encore des vérifications assommantes à faire.

— Il a un mobile, fit remarquer Kate. Tous les deux en ont un, d'ailleurs. Si Claudia Étienne est assez bête pour l'épouser, il aura une femme riche.

— Croyez-vous qu'il aurait assez de cran pour tuer quelqu'un ?

— Il n'en fallait pas beaucoup. Il suffisait d'attirer Étienne dans la pièce de l'exécution. Pas besoin de poignarder, d'assommer ou d'étrangler. Pas besoin même de regarder la victime en face.

— L'un d'eux était bien obligé de retourner sur les lieux ensuite pour faire cette manœuvre avec le serpent. Là, il fallait tout de même être assez gonflé. Je ne vois pas Claudia Étienne faire ça, pas à son frère.

— Oh, je ne sais pas. Si elle était prête à le tuer, pourquoi hésiter à profaner le corps ? Qui est-ce qui conduit, vous ou moi ? »

Pendant que Kate prenait le volant, Daniel téléphonait à Wapping, où il s'était apparemment passé des choses. Reposant l'appareil au bout de quelques minutes, il dit : « Le rapport du labo est arrivé. Robbins vient de me communiquer l'analyse de sang dans ses moindres et barbants détails. Saturation à 73 %. Il est sans doute mort assez vite. Le décès semble pouvoir être fixé à sept heures et demie environ. A 30 % vertiges et maux de tête, à 40 % désorientation et confusion mentale, à 50 % épuisement et à 60 % coma. La faiblesse peut survenir brusquement en raison de l'insuffisance d'oxygénation au niveau musculaire.

— Quelque chose sur les gravats qui bouchaient le conduit ?

— Ils venaient de la cheminée. Mêmes matériaux. Mais ça, nous nous y attendions.

— Nous savons aussi que le radiateur à gaz n'est pas défectueux et que nous n'avons pas d'empreintes exploitables. Qu'en est-il du cordon de tirage ?

— C'est un peu plus difficile. Il est probable qu'il a été usé avec un instrument contondant pendant un certain temps, mais ils ne peuvent pas être sûrs à 100 %. Les fibres sont écrasées et brisées, pas coupées. Le reste du cordon est vieux et faible par places, mais ils ne voient pas de raison pour qu'il se soit cassé à cet endroit précis à moins d'avoir été délibérément abîmé. Oh, et puis encore une découverte : une minuscule tache de mucus sur la tête du serpent. Ce qui signifie qu'il a été enfoncé dans la bouche immédiatement ou très peu de temps après que l'objet coupant en a été retiré. »

42

Le samedi 17 octobre, Dalgliesh décida d'emmener Kate avec lui pour interroger la sœur de Sonia Clements dans son couvent de Brighton. Il aurait préféré y aller seul, mais un couvent, même anglican et même pour le fils d'un pasteur aux penchants Haute Église, était un terrain peu familier qu'il convenait d'aborder avec circonspection. Sans une femme pour lui servir de chaperon, il ne serait peut-être autorisé à voir sœur Agnès qu'en présence de la Mère supérieure ou d'une autre religieuse. Il ne savait trop ce qu'il attendait de cette visite, mais son instinct, dont il se méfiait parfois tout en ayant appris à ne pas négliger ses avis, lui disait qu'il y avait là quelque chose à apprendre. Les deux morts si différentes étaient liées par plus que cette pièce nue où une personne avait décidé de mourir et une autre de lutter pour vivre. Sonia Clements avait travaillé vingt-quatre ans chez Peverell Press et c'était Gérard Étienne qui l'avait saquée. Cette décision impitoyable était-elle suffisante pour expliquer le suicide? Sinon, pourquoi avait-elle décidé de mourir? Qui avait pu être tenté de venger cette mort, si tant est qu'il y eût quelqu'un?

Le temps se maintenait. La brume matinale s'était levée, ce qui promettait une autre journée de soleil très doux bien que capricieux. Même l'air de Londres gardait quelque chose du moelleux de l'été et une légère brise tirait des lambeaux de nuages minces à travers un ciel azur. Tout en se frayant un chemin sinueux et ennuyeux à travers les banlieues du sud de la capitale, avec Kate à côté de lui, Dalgliesh, saisi d'une nostalgie juvénile pour la vue et le bruit de la mer, se prit à souhaiter que le couvent fût situé sur la côte. Ils parlèrent peu pendant le trajet. Dalgliesh préférait conduire en silence et Kate pouvait supporter fût-ce un mutisme total sans éprouver le besoin de bavarder. Il se dit que ce n'était pas la moindre de ses vertus. Il était passé la prendre à son nouvel appartement, mais il l'avait attendue dans sa Jaguar plutôt que de prendre l'ascenseur et de sonner à sa porte, car elle aurait pu alors se sentir obligée de le faire entrer. Il appréciait trop sa propre indépendance pour se risquer à empiéter sur celle de Kate. Elle apparut à l'heure bien exacte comme il s'y était attendu. Elle lui parut différente et il se rendit compte alors qu'il la voyait très rarement en jupe. Il sourit intérieurement en se demandant si elle avait hésité avant de décider que ses habituels pantalons pourraient paraître déplacés dans un couvent. Il pensa que malgré son sexe, il s'y sentirait peut-être plus à l'aise qu'elle.

Son espoir, jamais réaliste, de prendre cinq minutes pour une rapide promenade le long de la grève était destiné à être déçu une fois encore. Le couvent était situé sur un terrain qui s'élevait au-dessus d'une grand-route ennuyeuse mais très fréquentée dont il était séparé par un mur de brique haut de deux mètres cinquante. La grille principale était ouverte et ils découvrirent en la franchissant un bâtiment très orné de brique rouge cru, visiblement victorien et tout aussi visiblement destiné à quelque institution, sans doute la maison mère de l'ordre. Les quatre étages de fenêtres identiques serrées les unes contre les autres en bon ordre rappelèrent assez désagréablement une prison à Dalgliesh, idée qui était peut-être venue aussi à l'architecte, car l'adjonction ultérieure incongrue d'une mince flèche à une extrémité du bâtiment et d'une tour à l'autre semblait destinée à humaniser autant qu'à embellir. Une large allée gravillonnée s'incurvait jusqu'à une porte en chêne presque noir bandée de fer qui eût mieux convenu à un donjon normand. A leur droite, ils pouvaient apercevoir une église, elle aussi de brique, assez grande pour accueillir une paroisse, avec une flèche sans grâce et d'étroites fenêtres à lancettes. A gauche, le contraste : un bâtiment moderne, bas, doté d'une terrasse couverte et d'un petit jardin bien peigné qui lui parut être l'hospice pour les mourants.

Une seule voiture, une Ford, stationnait devant le couvent et Dalgliesh se gara à côté d'elle. S'arrêtant un instant près de sa Jaguar, il se retourna vers les pelouses en pente et put au moins apercevoir la Manche. De courtes rues entre de petites maisons peintes en bleu pâle, rose et vert, les toits treillissés d'une fragile géométrie d'antennes, descendaient en lignes parallèles jusqu'aux nappes bleues de la mer, leur ordre domestique bien régulier contrastant avec la lourde bâtisse victorienne derrière lui.

Aucun signe de vie dans le bâtiment principal, mais en se retournant pour fermer sa voiture à clef, il vit une religieuse tourner l'angle de l'hospice avec un malade dans un fauteuil roulant. Celui-ci était enveloppé jusqu'au menton dans une couverture dont sortait juste un bonnet rayé bleu et blanc avec un pompon rouge. La religieuse se pencha pour chuchoter quelque chose et le malade rit, mince filet de notes joyeuses qui cascadaient dans l'air calme.

Il tira la chaîne en fer qui pendait à gauche de la porte et entendit les échos résonner même au travers de l'épaisseur du chêne bardé de fer. La grille carrée glissa, découvrant le doux visage d'une religieuse. Dalgliesh donna son nom et présenta sa plaque. Aussitôt la porte s'ouvrit et la religieuse, toujours muette mais souriante, leur fit signe d'entrer. Ils se retrouvèrent dans un grand vestibule qui sentait — pas désagréablement, d'ailleurs — un désinfectant léger. Le carrelage noir et blanc semblait avoir été fraîchement lavé et les murs étaient nus, à l'exception du portrait sépia — évidemment victorien — d'une impressionnante religieuse au visage grave que Dalgliesh supposa être la fondatrice de l'ordre, et d'une reproduction du *Christ dans l'atelier du charpentier* de Millais, encadré d'un bois lourdement orné. Toujours souriante, toujours muette, la religieuse les fit entrer dans une petite pièce à droite du vestibule et d'un geste un peu théâtral les invita à s'asseoir. Dalgliesh se demanda si elle était sourde et muette.

La pièce, peu meublée, n'était pas rébarbative. Il y avait un vase de roses sur la table du milieu, qui étincelait de cire, et deux fauteuils recouverts d'une cretonne passée placés devant les doubles fenêtres. Les murs étaient nus sauf un grand crucifix de bois et d'argent au réalisme horrifiant, à droite de la cheminée. Dalgliesh lui trouva l'air espagnol et se dit qu'il devait provenir d'une église. Au-dessus de la cheminée, une copie à l'huile, d'une Madone offrant une grappe de raisins à l'Enfant Jésus qu'il eut quelque peine à identifier comme *la Vierge à la grappe* de Mignard. Une plaque de cuivre portait le nom du donateur. Quatre chaises à dossier droit fort peu engageantes étaient rangées contre le mur de droite, mais Dalgliesh et Kate restèrent debout.

Ils n'eurent pas longtemps à attendre. La porte s'ouvrit, une religieuse entra, rapide et assurée, puis leur tendit la main et dit :

« Vous êtes le commandant Dalgliesh et l'inspecteur Miskin ? Soyez les bienvenus à St Anne. Je suis mère Mary Clare. Nous nous sommes parlés quand vous avez téléphoné, commandant. Voulez-vous, ainsi que l'inspecteur, un peu de café ? »

La main qui serra brièvement la sienne était potelée mais fraîche. Il répondit : « Non, merci, ma Mère. Vous êtes bien bonne, mais nous espérons ne pas vous déranger trop longtemps. »

Elle n'avait rien d'intimidant. La silhouette courte et trapue devait sa dignité à un long habit bleu-gris serré à la taille par une ceinture de cuir, mais elle semblait aussi à l'aise que dans les vêtements habituels du quotidien. Une lourde croix en bois sombre était attachée autour de son cou par une cordelette et son visage mou et pâle tel de la pâte débordait comme celui d'un bébé de la guimpe qui l'enserrait. Cependant les yeux étaient pénétrants derrière les lunettes cerclées d'acier et malgré sa délicate douceur, la petite bouche promettait une fermeté sans concession.

Avec un petit signe de tête, elle dit : « Je vais vous envoyer sœur Agnès. Il fait un temps superbe, vous aimeriez peut-être vous promener ensemble dans la roseraie. »

Dalgliesh reconnut là un ordre et non une proposition, mais sut qu'au cours de cette brève rencontre ils avaient passé quelque test privé. Si la religieuse n'avait pas été tout à fait satisfaite, il était persuadé que l'entretien aurait eu lieu dans cette pièce et sous son contrôle. Elle tira un cordon de sonnette et la petite religieuse souriante qui les avait fait entrer reparut.

« Voulez-vous demander à sœur Agnès de venir nous rejoindre ? »

De nouveau ils attendirent, toujours en silence, toujours debout. Moins de deux minutes plus tard, la porte s'ouvrit et une grande religieuse entra, seule. La Mère supérieure fit les présentations et ajouta : « J'ai proposé que vous vous promeniez dans la roseraie. »

Encore un signe de tête, mais sans formule d'adieu, et elle avait disparu.

La religieuse, qui les regardait avec des yeux méfiants, n'aurait pu être plus différente de la Mère supérieure. L'habit était le même à l'exception de la croix plus petite, mais il lui conférait une dignité hiératique, distante et un peu mystérieuse. La Mère supérieure avait paru habillée pour besogner sur le fourneau de la cuisine ; il était difficile d'imaginer sœur Agnès loin de l'autel. Très mince, longiligne, elle avait des traits accusés et la guimpe soulignait les pommettes hautes, la ligne énergique des sourcils, la grande bouche inflexible.

Elle dit : « Alors, allons-nous voir les roses, commandant Dalgliesh ? » Il ouvrit la porte et sortit avec Kate de la pièce de réception derrière la religieuse ; après quoi ils traversèrent le vestibule d'un pas presque silencieux.

Elle les conduisit le long de la grande allée jusqu'à la roseraie en terrasse. Les arbustes étaient disposés en trois longues files divisées par des allées gravillonnées parallèles, chacune dominant la suivante de quatre marches en pierre. Ils avaient juste assez de place pour marcher tous trois de front, d'abord le long de l'allée la plus élevée, puis descendre les marches, parcourir la deuxième allée jusqu'aux quatre marches suivantes, puis encore les quarante mètres de l'allée la plus basse avant de tourner, morne déambulation effectuée sous le regard de toutes les fenêtres du couvent. Il se demanda s'il y avait un jardin plus privé derrière le bâtiment. Mais de toute façon, il n'était pas prévu qu'ils y aillent.

Sœur Agnès marchait entre eux, la tête haute, presque aussi grande que lui avec son mètre quatre-vingt-cinq. Elle portait un long cardigan gris sur son habit, les mains profondément enfoncées dans les manches pour se réchauffer. Avec ses bras serrés contre le corps, elle rappelait désagréablement à Dalgliesh les vieilles gravures qu'il avait vues de malades mentaux dans des camisoles de force. Il lui semblait qu'elle marchait entre eux comme un prisonnier sous escorte et il se demanda si c'était ainsi que leur groupe apparaîtrait aux yeux d'un observateur dissimulé derrière une des hautes fenêtres. L'idée — et elle n'était pas plaisante — avait dû venir aussi à Kate, car, marmonnant une excuse, elle se laissa distancer et fit semblant de renouer les lacets de ses souliers. Puis, quand elle les rattrapa, elle prit place à côté de Dalgliesh.

Ce fut lui qui rompit le silence. « Vous êtes bien bonne de nous recevoir. Je suis désolé d'être obligé de vous déranger et plus encore parce que cela doit paraître comme une intrusion dans un chagrin personnel.

— "Une intrusion dans un chagrin personnel." C'est le message téléphonique que j'ai reçu de Mère supérieure. Ce sont des mots que vous devez utiliser souvent, je suppose.

— Les intrusions sont parfois inséparables de ma tâche.

— Et avez-vous des questions précises auxquelles vous espérez me voir répondre, ou est-ce une intrusion plus générale ?

— Un peu des deux.

— Pourtant vous savez comment ma sœur est morte. Sonia s'est tuée, cela ne peut faire aucun doute. Elle a laissé une note sur les lieux. Elle m'a également posté une lettre le matin de sa mort. Elle n'a pas jugé que la nouvelle valait un timbre de première classe. Je l'ai reçue trois jours plus tard. »

Dalgliesh dit : « Voudriez-vous me dire ce qu'il y avait dans cette lettre ? Je sais, bien entendu, ce qu'il y avait dans la note au coroner. »

Elle resta silencieuse pendant quelques secondes qui parurent très longues, puis parla d'un ton monocorde, comme si elle récitait un morceau de prose appris par cœur. « Ce que je suis sur le point de faire sera un péché à tes yeux. Essaie de comprendre que ce que tu juges coupable est pour moi naturel et juste. Nous avons fait des choix différents, mais ils aboutissent à la même fin. Après des années vacillantes, je peux au moins choisir l'absolu pour mourir. Essaie de ne pas me pleurer trop longtemps ; le chagrin n'est qu'une facilité. Je n'aurais pas pu avoir une meilleure sœur. »

Elle ajouta : « C'est cela que vous vouliez savoir, commandant ? Je ne vois pas le rapport que cela peut avoir avec votre enquête actuelle.

— Nous sommes obligés d'examiner tout ce qui s'est passé à Innocent House pendant les mois précédant la mort de Gérard Étienne et qui pourrait avoir un rapport si lointain soit-il avec celle-ci. Le suicide de votre sœur en fait apparemment partie. Le bruit court dans les milieux littéraires londoniens et à Innocent House que c'est Gérard Étienne qui l'a poussée à le commettre. Dans ce cas, un ou une amie, très proche, aurait pu lui vouloir du mal.

— J'étais l'amie très proche de Sonia. Elle n'en avait pas d'autre que moi et je n'avais pas de raison de souhaiter la mort de Gérard Étienne. J'étais ici le jour ou la nuit où il est mort. C'est un fait que vous pouvez aisément vérifier.

— Je ne veux aucunement insinuer, ma sœur, que vous étiez à quelque titre que ce soit personnellement concernée par la mort de Gérard Étienne. Ce que je vous demande, c'est si vous connaissiez une autre personne proche de votre sœur qui aurait pu être révoltée par la façon dont elle est morte.

— Personne sauf moi. Mais je l'ai douloureusement ressentie. Le suicide, c'est le désespoir ultime, le rejet ultime de la grâce divine, le péché ultime. »

Dalgliesh dit d'un ton uni : « Alors, peut-être recevra-t-il aussi le pardon ultime. »

Arrivés à l'extrémité de la première allée, ils descendirent ensemble les marches et tournèrent à gauche. Soudain, elle dit : « Je n'aime pas les roses d'automne. Ce sont essentiellement des fleurs d'été. Les roses de décembre sont les plus déprimantes de toutes, des boutons brunis et ratatinés sur un enchevêtrement de racines. Je peux à peine passer ici en décembre. Comme nous, les roses ne savent pas quand elles doivent mourir.

— Mais aujourd'hui, nous pouvons presque nous croire en été. » Il marqua une pause puis reprit : « Vous savez, je pense, que Gérard Étienne est mort d'un empoisonnement à l'oxyde de carbone et dans la même pièce que votre sœur. En ce qui le concerne, le suicide est peu probable. Il pourrait s'agir d'un accident, un conduit bouché qui aurait empêché le radiateur à gaz de fonctionner normalement, mais nous devons envisager une troisième possibilité : le sabotage intentionnel de l'appareil

— Vous voulez dire qu'il aurait été assassiné ?

— On ne peut l'exclure. Ce que j'ai à vous demander, c'est ceci : avez-vous la moindre raison de croire que votre sœur aurait pu toucher au radiateur ? Je ne veux pas dire que c'était une machination pour tuer Étienne. Mais est-il possible qu'elle ait prévu un suicide ressemblant à une mort accidentelle et puis changé d'avis ?

— Comment pourrais-je vous dire une chose pareille, commandant ?

— Il y avait en effet bien peu de chance, mais il me fallait vous poser la question. Si quelqu'un est jugé pour meurtre, c'est une éventualité que son avocat ne manquera pas d'évoquer.

— Si elle avait pris la peine de donner à son suicide l'aspect d'un accident, cela aurait épargné beaucoup d'ennuis à beaucoup de gens, mais les suicidés le font bien rarement. C'est après tout le suprême acte d'agression, et où est la satisfaction dans l'agression si l'on ne fait mal qu'à soi-même ? Il n'aurait pas été bien difficile de déguiser le suicide en accident. Je peux songer à des moyens, mais ils ne comprennent ni le démontage d'un radiateur à gaz ni l'obstruction du conduit. Je ne suis pas sûre que Sonia aurait su s'y prendre. Elle n'était pas douée pour la mécanique dans la vie, pourquoi l'aurait-elle été dans la mort ?

— Et la lettre qu'elle vous a envoyée, c'était tout ? Pas de raison, pas d'explication ?

— Non. Pas de raison, pas d'explication. »

Dalgliesh reprit : « Il semble avoir été admis que votre sœur s'est tuée parce que Gérard Étienne lui avait dit qu'il faudrait qu'elle parte. Est-ce que cela vous paraît vraisemblable ? »

Elle ne répondit pas et au bout d'une minute il persista doucement : « Vous êtes sa sœur, vous la connaissiez bien, est-ce que cette explication vous satisfait ? »

Elle se tourna vers lui et pour la première fois le regarda bien en face. « Cette question a-t-elle un rapport direct avec votre enquête ?

— Cela se pourrait. Si Miss Clements savait quelque chose sur Innocent House, ou l'une des personnes qui y travaillaient, quelque chose de si pénible pour elle que cela a contribué à sa mort, alors ce quelque chose pourrait aussi avoir un rapport avec la mort de Gérard Étienne. »

Une fois encore, elle se tourna et demanda : « Est-il question de rouvrir le dossier sur la mort de ma sœur ?

— Officiellement ? Pas du tout. Nous savons comment Miss Clements est morte. J'aimerais savoir pourquoi, mais le verdict rendu lors de l'enquête publique était correct. Juridiquement, c'est le point final. »

Ils marchèrent un peu en silence. Elle semblait réfléchir au parti à prendre. Il sentit — ou imagina — les muscles du bras crispés par la tension quand il effleura le sien. Puis elle parla, la voix rauque.

« Je peux satisfaire votre curiosité, commandant. Ma sœur est morte parce que les deux personnes qu'elle aimait le plus, les deux seules peut-être, l'avaient quittée et quittée définitivement. J'ai prononcé mes vœux la semaine avant qu'elle se tue ; Henry Peverell était mort huit mois auparavant. »

Kate, qui était restée silencieuse jusqu'alors, demanda : « Vous voulez dire qu'elle était amoureuse de Mr Peverell? »

Sœur Agnès la regarda comme si elle découvrait pour la première fois sa présence. Puis elle détourna la tête et se serra plus étroitement encore les bras sur la poitrine avec un frisson presque perceptible. « Elle a été sa maîtresse pendant les huit dernières années de sa vie. Elle appelait cela de l'amour. J'appelais cela une obsession. Lui, je ne sais pas comment il l'appelait. On ne les voyait jamais ensemble en public. Il avait exigé le secret le plus absolu. La pièce où ils faisaient l'amour est celle où elle est morte. Je savais toujours quand ils avaient été ensemble. C'étaient les soirs où elle restait tard au bureau. Quand elle rentrait, je sentais l'odeur de l'homme sur elle. »

Kate protesta : « Mais pourquoi le secret? De quoi avait-il peur? Ils étaient tous les deux libres et adultes. Cela ne regardait personne qu'eux.

— Quand je lui posais cette question, elle avait ses réponses toutes prêtes, ou plutôt ce qu'il lui racontait. Elle disait qu'il ne souhaitait pas se remarier, qu'il voulait rester fidèle à la mémoire de sa femme, que l'idée de voir ses affaires personnelles faire l'objet de commérages dans les bureaux lui déplaisait énormément, que la liaison peinerait sa fille. Elle acceptait toutes les excuses. C'était suffisant pour elle qu'il ait apparemment besoin de ce qu'elle pouvait lui fournir. C'était peut-être très simple, d'ailleurs : elle était capable de satisfaire un besoin physique, mais pas assez belle, ou jeune, ou riche, pour qu'il soit tenté de l'épouser. Quant à lui, je crois que le secret ajoutait un frisson de plus à l'affaire. C'était peut-être cela qui le réjouissait, l'humilier, repousser les limites de son infatuation, monter en catimini dans cette petite chambre minable comme un patron victorien donnant du plaisir à sa bonne. Dans cette relation, ce qui me navrait le plus, ce n'était pas le péché, c'était la vulgarité. »

Il ne s'était pas attendu à tant de franchise, tant de confiance. Mais peut-être n'était-ce pas si étonnant. Elle avait dû s'imposer des mois de silence et là, devant deux étrangers qu'elle ne reverrait sans doute jamais, l'amertume accumulée débordait. Elle poursuivit : « Je n'ai que dix-huit mois de plus qu'elle. Nous avions toujours été très proches.

Il a détruit cela. Comme elle ne pouvait pas avoir à la fois lui et la religion, elle l'a choisi, lui. Il a détruit la confiance entre nous. Comment aurait-il pu y avoir confiance, alors que chacune d'entre nous méprisait le dieu de l'autre?

— Elle n'avait pas de sympathie pour votre vocation? demanda Dalgliesh.

— Elle ne la comprenait absolument pas. Lui non plus. Il la voyait comme une fuite loin du monde et des responsabilités, de la sexualité et de l'engagement, et ce qu'il croyait, elle le croyait. Elle savait depuis un certain temps, bien sûr, ce que je projetais, mais elle espérait, je pense, que personne ne voudrait de moi. Il n'y a pas beaucoup de communautés qui accueillent les postulantes d'âge mûr. Un couvent n'est pas fait pour servir de refuge aux ratés et aux déçus. Et elle savait, évidemment, que je n'avais aucune qualification pratique à apporter. J'étais — je suis — restauratrice de livres. La Révérende Mère me libère encore de temps à autre pour que j'aille travailler dans des bibliothèques à Londres, Oxford ou Cambridge, à condition qu'il y ait une maison convenable — je veux dire un couvent — qui m'accueille. Mais ce genre de travail se fait rare. Il faut beaucoup de temps pour remettre en état et relier à nouveau un livre ou un manuscrit de valeur, plus de temps que je n'en ai à ma disposition. »

Dalgliesh se rappela une visite faite trois ans auparavant à la bibliothèque du Corpus Christi College de Cambridge où on lui avait montré la Bible de Jérusalem transportée sous bonne escorte à Westminster Abbey pour les couronnements, avec l'un des exemplaires enluminés les plus anciens du Nouveau Testament. Le trésor, récemment relié de neuf, soulevé avec amour de son coffret spécial, avait été placé sur le lutrin en forme de V, et les pages tournées avec une spatule en bois pour éviter le contact des mains. Il avait regardé avec émerveillement, à cinq siècles de distance, les dessins méticuleux dont les couleurs étaient encore aussi vives que le jour où elles avaient coulé avec une exquise précision de la plume de l'artiste, des dessins qui dans leur beauté et leur humanité quintessentielle lui avaient presque fait venir les larmes aux yeux.

Il lui dit : « Votre travail ici est jugé plus important?

— Il est jugé selon des critères différents. Et ici mon manque de compétences pratiques ordinaires n'est pas un inconvénient. Avec un peu d'entraînement, n'importe qui peut faire fonctionner une machine à laver, pousser un malade dans son fauteuil jusqu'à la salle de bain, passer les bassins. Je ne sais d'ailleurs pas combien de temps encore même ces services seront nécessaires. Notre chapelain ici est en train de se convertir au catholicisme à la suite de la décision qu'a prise l'Église d'Angleterre d'ordonner des femmes. La moitié des sœurs veulent le suivre. L'avenir de St Anne en tant qu'ordre anglican est incertain. »

Ils avaient désormais parcouru la longueur des trois allées et tourné les talons pour recommencer le trajet. Sœur Agnès reprit la parole : « Henry Peverell n'est pas la seule personne qui se soit interposée entre nous pendant les dernières années de la vie de ma sœur. Il y a eu Eliza Brady. Oh ! inutile de la rechercher, commandant, elle est morte en 1871. J'avais appris son existence par l'enquête dont rendait compte un journal victorien trouvé dans une librairie d'occasion à Charing Cross Road et que j'avais bien malheureusement passé à Sonia. Eliza Brady avait treize ans. Son père travaillait chez un marchand de charbon et sa mère était morte en couches. Eliza l'avait donc remplacée auprès de quatre frères et sœurs plus jeunes et du bébé. Son père vint affirmer à l'enquête publique qu'elle travaillait quatorze heures par jour, lavait, allumait le feu, cuisinait, faisait les courses, bref s'occupait de toute la petite famille. Un matin, alors qu'elle faisait sécher les couches du bébé sur le garde-feu devant la cheminée, elle s'appuya sur cette grille qui bascula dans les flammes. Elle fut horriblement brûlée et mourut dans des souffrances atroces trois jours plus tard. L'histoire fit une profonde impression sur ma sœur. Elle me disait : "Alors, c'est ça la justice de ton prétendu Dieu d'amour ! C'est comme ça qu'il récompense les bons et les innocents ! Il ne lui a pas suffi de la tuer, il a fallu qu'elle meure affreusement, lentement, dans les tortures." Cela devint presque une obsession pour elle. Elle fit une sorte d'idole d'Eliza Brady. Si elle avait eu un portrait de la pauvre enfant, elle aurait sans doute prié devant lui. Mais prié qui, je me le demande. »

Kate protesta : « Mais si elle voulait une raison pour nier Dieu, pourquoi remonter jusqu'au dix-neuvième siècle ? Il ne manque pas de tragédies contemporaines. Elle n'avait qu'à regarder la télévision, ou lire les journaux. Penser à la Yougoslavie. Eliza Brady est morte depuis plus de cent ans.

— C'est ce que je lui disais, mais elle répliquait que la justice n'avait rien à voir avec le temps. Nous ne devrions pas nous laisser dominer par le temps. Si Dieu est éternel, alors sa justice est éternelle et son injustice aussi. »

Kate demanda : « Avant votre brouille avec votre sœur, alliez-vous souvent à Innocent House ?

— Pas souvent, non, mais parfois. En fait, il avait même été question que j'y travaille, des mois avant que je décide que j'avais une vocation. Jean-Philippe Étienne, qui souhaitait beaucoup que les archives soient dépouillées et cataloguées, pensait apparemment que je serais tout indiquée pour faire ce travail. Les Étienne ont toujours eu le souci de leur intérêt et il devinait sans doute que je travaillerais autant par goût que par appât du gain. Mais Henry Peverell avait opposé son veto et bien sûr je comprenais pourquoi. »

Dalgliesh demanda : « Vous connaissiez Jean-Philippe Étienne ?

— J'étais arrivée à connaître assez bien tous les associés. Les deux plus âgés, Jean-Philippe et Henry, avaient l'air de s'accrocher à un pouvoir qu'ils ne semblaient ni capables ni désireux d'exercer. Gérard Étienne était visiblement le jeune Turc, l'héritier présomptif. Je ne me suis jamais entendue particulièrement bien avec Claudia Étienne, mais j'aimais assez James de Witt. Il est l'exemple d'un homme qui mène une vie droite, sans le secours de convictions religieuses. Certains semblent nés sans la tache du péché originel. Chez eux, la bonté est à peine un mérite. »

Dalgliesh objecta : « Une croyance religieuse n'est pas nécessaire pour mener une vie droite.

— Peut-être pas. La croyance en une religion peut ne pas influer sur le comportement. Mais la pratique d'une religion, sûrement si. »

Kate demanda : « Vous n'étiez pas à la dernière réception qu'ils ont donnée, bien entendu. Mais êtes-vous allée à d'autres, précédemment ? Est-ce que les invités pouvaient aller où ils voulaient dans la maison ?

— Je ne suis allée qu'à deux. Ils en donnaient une pendant l'été et l'autre, l'hiver. Il n'y avait certainement rien qui empêche les invités de circuler dans la maison. Je ne crois pas qu'ils étaient nombreux à le faire. Ce n'est guère courtois de profiter d'une invitation pour explorer des pièces généralement considérées comme privées. Bien sûr, aujourd'hui il n'y a guère plus que des bureaux dans Innocent House et cela fait peut-être une certaine différence. Mais les réceptions là-bas étaient assez officielles et guindées. La liste des invités était contrôlée et Henry Peverell détestait avoir plus de quatre-vingts personnes en même temps dans la maison. Peverell Press n'a jamais apprécié les réceptions littéraires qui se donnent habituellement : trop de personnes conviées afin qu'aucun auteur ne soit vexé d'avoir été laissé de côté, des pièces bourrées de monde et surchauffées, où les invités essayent de tenir en équilibre des assiettes de choses froides et boivent du vin blanc tiède de qualité inférieure tout en hurlant pour se faire entendre. La majorité des invités venait par eau, donc je pense qu'il était assez facile d'éliminer les intrus. »

Tout avait été dit. Au bout de l'allée suivante, ils revinrent sur leurs pas d'un commun accord et se rendirent en silence avec sœur Agnès à la porte du couvent. Là, ils prirent congé sans entrer de nouveau. Elle regarda Dalgliesh et Kate très intensément, leur imposant un instant d'attention concentrée, comme si elle pouvait par la seule force de sa volonté les forcer à respecter sa confidence.

Ils étaient à peine sortis de l'allée et attendaient au premier feu rouge que l'indignation contenue de Kate éclata.

« Alors, c'est pour ça qu'il y avait ce petit lit dans le bureau des archives et que la porte avait serrure et verrou. Mon Dieu, quel salaud ! Sœur Agnès a raison, il se glissait en cachette là-haut comme un despote victorien au rabais. Il l'a humiliée et s'en est servi. J'imagine ce qui a pu se passer là-haut. Cet individu était un sadique. »

Dalgliesh dit calmement : « Vous n'avez aucune preuve, Kate.

— Pourquoi diable a-t-elle supporté ça ? Elle avait beaucoup d'expérience, elle était bien considérée dans son métier. Elle aurait pu s'en aller.

— Elle était amoureuse de lui.

— Et sa sœur était amoureuse de Dieu. Elle cherche la paix. Je n'ai pas l'impression qu'elle l'ait trouvée. Même l'avenir du couvent est menacé.

— Le fondateur de sa religion ne l'a pas promise : "Je suis venu pour apporter non pas la paix, mais une épée." » Lui jetant un coup d'œil, il constata que la citation ne signifiait rien pour elle. Il dit alors : « La visite a été utile. Nous savons maintenant pourquoi Sonia Clements est morte et nous savons que cela n'a rien à voir — ou pas grand-chose — avec la façon dont Gérard Étienne l'a traitée. Il semble qu'il n'y ait aucune personne vivante ayant une raison pour vouloir venger cette mort. Nous savions déjà que les invités d'Innocent House pouvaient circuler librement dans la maison, mais il est intéressant d'avoir la confirmation de sœur Agnès. Et puis, il y a ce renseignement précieux au sujet des archives. Selon sœur Agnès, c'est Henry Peverell qui tenait à ce que Sonia ne soit pas chargée de travailler sur elles. C'est seulement après sa mort que Jean-Philippe Étienne a accepté que Gabriel Dauntsey entreprenne cette tâche.

— Cela aurait été plus intéressant, objecta Kate, si c'était les Étienne qui n'avaient pas voulu qu'on touche aux documents. Évidemment, Henry Peverell ne voulait pas que la sœur de Sonia Clements travaille là-haut. Cela aurait perturbé ses petits arrangements avec sa maîtresse.

— C'est l'explication évidente et comme la plupart des explications évidentes, probablement la bonne. Mais il pouvait y avoir dans les archives une chose à laquelle Henry Peverell ne voulait pas que l'on touche, une chose dont il connaissait ou soupçonnait la présence là-haut. Même ainsi d'ailleurs, on a peine à voir quel rapport cela pourrait avoir avec la mort de Gérard Étienne. Comme vous le dites, il aurait été plus intéressant que ce soit les Étienne qui refusent de laisser communiquer les archives. Même ainsi, je crois que nous allons être obligés de jeter un coup d'œil à ces papiers.

— Tous, patron ?

— Si c'est nécessaire, oui, Kate. Tous. »

43

Il était déjà neuf heures et demie, ce dimanche, et Daniel travaillait avec Robbins au dernier étage d'Innocent House, tous deux plongés dans les dossiers. Ils utilisaient la table et la chaise du petit bureau des archives. La méthode choisie par Daniel était la suivante : chacun suivait un rayonnage en sortant n'importe quel dossier d'aspect prometteur, puis l'emportait dans la petite pièce pour l'examiner plus à fond. Tâche ingrate puisque ni l'un ni l'autre ne savait ce qu'il cherchait. Daniel avait d'abord pensé qu'il leur faudrait des semaines en travaillant à deux, mais ils avançaient plus vite qu'il ne l'avait prévu. Si l'intuition de Dalgliesh était juste et s'il y avait là des documents qui pouvaient jeter quelque lumière sur le meurtre d'Étienne, ils avaient sûrement dû être consultés assez récemment. Cela signifiait que les très vieux dossiers du dix-neuvième siècle, dont certains n'avaient visiblement pas été touchés depuis cent ans, pouvaient sans risque être laissés de côté, au moins pour le moment. Pas de problème pour l'éclairage — les ampoules nues au plafond étaient disposées en rangs serrés — mais le travail était fatigant, salissant et assommant, et il le faisait sans espoir.

Peu après neuf heures, il décida que cela suffisait pour une soirée. Il se rendait compte qu'il éprouvait une vive répugnance à rentrer dans son appartement de Bayswater, une répugnance si marquée que n'importe quelle autre solution ou presque lui semblait préférable. Il y avait passé aussi peu de temps que possible depuis que Fenella était partie pour les États-Unis. Ils l'avaient acheté tout juste dix-huit mois plus tôt et il avait su au bout de quelques semaines que cet engagement dans une vie et un emprunt communs était une erreur.

Elle avait dit : « Des chambres séparées, bien sûr, chéri. Nous avons besoin l'un et l'autre de sauvegarder notre intimité. »

Il devait se demander par la suite s'il avait bien entendu ces mots. Non seulement Fenella n'avait pas besoin d'intimité, mais elle n'avait pas la moindre intention de respecter celle de son mari, moins, pensait-il, par mauvaise volonté délibérée que par incompréhension totale de ce que signifiait le mot. Il se rappela — trop tard — ce qui aurait dû être une leçon salutaire de son enfance : une amie de sa mère lui disant avec complaisance : « à la maison, nous avons toujours respecté les livres et la culture », pendant que son gamin de six ans mettait en pièces sans être réprimandé les *pages de l'Ile au trésor* appartenant à Daniel. Cela aurait bien dû lui apprendre que l'idée que les gens se font d'eux-mêmes ressemble rarement à leur comportement réel. Même ainsi, Fenella avait établi un record en matière d'incompatibilité entre conviction et action. L'appartement était toujours bondé, les amis arrivaient n'importe quand, se sustentaient dans sa cuisine, se querellaient et se réconciliaient sur son divan, prenaient des bains dans sa baignoire, passaient des coups de fil à l'étranger sur son téléphone, pillaient son réfrigérateur et buvaient sa bière. Jamais la maison n'était tranquille, jamais ils n'étaient seuls tous les deux. Sa chambre à lui était devenue leur chambre commune, surtout parce que celle de Fenella était en général occupée — provisoirement — par une copine sans domicile. Elle attirait les gens comme une entrée éclairée, avec l'aimant d'une bonne humeur indestructible. S'il avait jamais autorisé une rencontre, elle aurait probablement charmé la mère de Daniel en promettant aussitôt de se convertir au judaïsme. Fenella n'était rien tant qu'obligeante.

Incoerciblement grégaire, elle était du même coup désordonnée à un point qui n'avait jamais cessé de le stupéfier pendant leurs dix-huit mois de vie commune et qu'il n'avait jamais pu concilier avec une minutie maniaque pour les plus infimes détails de la décoration. Il la revoyait, tenant sur le mur du salon trois petites gravures montées verticalement sur un ruban sommé d'un nœud : « Exactement ici, chéri, ou cinq centimètres plus à gauche, qu'est-ce que tu crois ? »

Cela pouvait sembler peu important, alors qu'ils avaient un évier plein de vaisselle sale, une porte de salle de bains qu'il fallait pousser à deux mains pour refouler un monceau de linge sale et malodorant, des lits pas faits et des vêtements répandus dans la chambre à coucher. Elle accompagnait ce laisser-aller dans les détails domestiques d'un besoin obsessionnel de se baigner et de laver ses vêtements. L'appartement résonnait perpétuellement des gargouillements de la machine à laver et du sifflement de la douche.

Il se rappelait comment elle avait annoncé la fin de leurs relations : « Chéri, Terry veut que je le rejoigne à New York mercredi prochain. Il m'a eu un billet de première classe. J'ai pensé que ça ne te ferait rien. Nous ne nous sommes pas beaucoup amusés ensemble depuis quelque temps, n'est-ce pas ? Tu ne crois pas que nos rapports ont perdu quelque chose d'essentiel ? Quelque chose de précieux que nous vivions autrefois s'est évanoui. Tu n'as pas l'impression que quelque chose a disparu ?

— En dehors de mes économies ?

— Oh, chéri, ne sois pas mesquin. Ça te ressemble si peu ! »

Il avait demandé : « Et ta situation ? Comment travailleras-tu aux États-Unis ? Pas facile d'avoir une carte verte.

— Oh, je ne m'occuperai pas de ça, pas tout de suite du moins. Terry est riche comme Crésus. Il dit que je pourrai m'amuser à décorer son appartement. »

Leur séparation avait été sans acrimonie. Il avait constaté qu'il était presque impossible de se quereller avec Fenella et, non sans quelque résignation amusée, que cette amabilité s'accompagnait d'un sens des affaires plus développé qu'il ne s'y était attendu.

« Chéri, je crois que tu devrais racheter ma part de l'appartement sur la base de ce que nous avons payé et pas de ce qu'elle vaut maintenant. Ça a terriblement baissé, tout a baissé. Je suis sûre que tu obtiendras un prêt beaucoup plus important. Et si tu me donnes la moitié du prix de l'ameublement, je te le laisserai en totalité. Il faut bien que tu aies quelque chose pour t'asseoir, mon chou. »

A quoi bon lui faire remarquer que s'il avait payé tout l'ameublement, il ne l'avait pas choisi et qu'il n'en aimait rien ? Il nota aussi que les plus précieuses des petites acquisitions qu'elle avait faites avaient disparu avec elle et se trouvaient sans doute désormais à New York. Il restait le bric-à-brac dont il n'avait ni le temps ni la volonté de se débarrasser. Elle le laissait avec un emprunt écrasant, un appartement plein de mobilier qui lui déplaisait et une note de téléphone scandaleuse constituée surtout par des communications avec New York et des honoraires d'hommes de loi qu'il ne pouvait espérer régler que par mensualités. Il n'en était que plus irritant de constater combien elle lui manquait parfois.

Il y avait un petit cabinet de toilette et des w.-c. sur le palier de la salle des archives. Pendant que Robbins lavait la poussière des décennies accumulée sur ses mains, Daniel appela sans réfléchir le commissariat de Wapping. Kate n'y était pas. Il attendit, réfléchit moins d'une seconde et fit le numéro de son appartement.

Elle répondit et il lui demanda : « Qu'est-ce que vous faites ?

— Je range des papiers. Et vous ?

— Je dérange des papiers. Je suis encore à Innocent House. Voulez-vous prendre un verre ? »

Elle hésita quelques secondes puis répondit : « Pourquoi pas ? Qu'est-ce que vous proposez ?

— La Ville de Ramsgate. Commode pour nous deux. Je vous y retrouve dans vingt minutes. »

44

Kate gara sa voiture au bas de Wapping High Street et parcourut à pied les cinquante mètres jusqu'à la Ville de Ramsgate. Au moment où elle en approchait, Daniel surgit de l'allée menant à Wapping Old Stairs.

Il lui dit : « Je suis allé voir l'endroit des exécutions. Croyez-vous que les pirates étaient vivants quand on les attachait à marée basse aux poteaux où on les laissait jusqu'à ce qu'ils aient été recouverts trois fois par les hautes eaux ?

— Je ne pense pas. On devait les pendre d'abord. Le système pénal au dix-huitième siècle était barbare, mais tout de même pas à ce point-là. »

En ouvrant la porte de la taverne, ils furent accueillis par les lumières multicolores et la convivialité d'un dimanche soir à Londres en ces lieux. L'étroite salle du dix-septième siècle était bondée et Daniel dut jouer des coudes pour fendre la foule des habitués et attraper sa pinte ainsi que la demi-pinte de Charrington's Ale pour Kate. Un homme et une femme se levaient tout juste près de la porte du fond donnant sur le jardin et Kate s'empressa de prendre leur place. Si Daniel était venu pour parler plutôt que pour boire, l'endroit n'était pas mal choisi. La taverne était bien tenue mais le niveau sonore, élevé. Avec ce bruit de fond confus ponctué de brusques éclats de rire, ils attiraient moins l'attention que si la salle avait été vide.

Elle sentit qu'il était dans des dispositions bizarres et se demanda si en l'appelant il n'avait pas cherché un partenaire pour boxer plutôt que pour boire. Mais l'appel avait été le bienvenu. Alan ne s'était pas manifesté et l'appartement étant désormais presque en ordre, la tentation de l'appeler, de le voir une fois encore avant qu'il parte avait été d'une force gênante. Elle était contente de s'en éloigner en sortant de chez elle.

L'humeur de Daniel avait sans doute pâti de sa soirée décevante aux archives. Elle le remplacerait le lendemain — avec aussi peu de chances de succès, vraisemblablement. Mais si l'objet arraché de la bouche d'Étienne était bien une cassette, si l'assassin avait eu besoin de dire à sa victime pourquoi il l'avait attirée dans un piège mortel, alors le mobile pourrait bien se situer dans le passé, voire le passé lointain — ancien forfait, tort imaginaire, danger caché. La décision d'examiner les vieux documents était peut-être une des célèbres intuitions d'A.D., mais comme toutes les autres, elle avait ses racines dans la raison.

En regardant sa bière, Daniel dit : « Vous avez travaillé avec John Massingham sur l'affaire Berowne, n'est-ce pas ? Il vous a plu ?

— C'était un bon enquêteur, mais moins bon qu'il ne le pensait, cependant. Non, je ne l'aimais pas. Pourquoi ? »

Il ne répondit pas à l'interrogation. « Moi non plus. Nous avons été sergents dans la Division H. Il m'appelait le petit Juif. Bien sûr, je ne devais pas entendre, il aurait jugé d'assez mauvais ton d'insulter un type en face. Bien sûr aussi, ce qu'il disait exactement, c'était "notre habile petit Juif", mais je ne crois pas que c'était un compliment. »

Comme elle ne réagissait pas, il reprit : « Lorsque Massingham dit "quand je réussirai", vous savez qu'il ne fait pas allusion à sa promotion au titre de divisionnaire. Il parle de la succession au grade de son noble père, le commissaire central, Lord Dungannon. Ça ne lui fera point de tort, d'ailleurs. Il y arrivera avant vous ou moi. »

Sûrement avant moi, se dit Kate. Pour elle, l'ambition devait être jugulée par le réalisme. Certes, il faudrait bien un jour qu'il y ait une femme à ce poste et ce pourrait être elle, mais ce serait folie de compter là-dessus. Elle était probablement entrée dans la police dix ans trop tôt.

Elle dit : « Vous y arriverez si vous le voulez vraiment.

— Peut-être. Pas facile d'être Juif. »

Elle aurait pu riposter que ce n'était pas facile d'être femme dans l'univers machiste de la police, mais c'était une doléance trop rabâchée et elle n'avait pas l'intention de se faire plaindre par Daniel. Elle répliqua donc : « Pas facile d'être illégitime.

— C'est votre cas ? Je croyais que c'était à la mode.

— Pas comme je le suis. De même qu'être Juif — au moins c'est prestigieux.

— Pas comme je le suis.

— En quoi est-ce difficile ?

— Vous ne pouvez pas être un athée réjoui comme les autres. Vous éprouvez le besoin d'expliquer continuellement à Dieu pourquoi vous ne pouvez pas croire en lui. Et puis vous avez une mère juive. Absolument essentiel, ça fait partie du forfait. Si vous n'avez pas une mère juive, vous n'êtes pas juif. Les mères juives veulent que leurs fils épousent de gentilles jeunes filles juives, leur donnent des petits-enfants juifs et les accompagnent à la synagogue.

— Vous pourriez le faire parfois sans trop violenter votre conscience, si les athées en ont une.

— Les athées juifs en ont une. C'est ça la difficulté. Allons jeter un coup d'œil au fleuve. »

Il y avait derrière l'auberge, et donnant sur la Tamise, un petit jardin qui devait être désagréablement encombré par les chaudes nuits d'été. Mais en octobre, rares étaient les clients tentés de venir consommer dehors, aussi Kate et Daniel se retrouvèrent-ils dans un frais silence qui sentait la rivière. La seule lampe allumée au mur de la taverne répandait une douce lueur sur les chaises de jardin retournées et les caisses de géraniums aux tiges ligneuses tout emmêlées. Ils s'approchèrent ensemble du mur bordant le terrain et y posèrent leur verre.

Il y eut un silence, puis Daniel dit brusquement : « On ne pincera pas ce type. »

Elle répondit : « Pourquoi en êtes-vous si sûr ? Et puis pourquoi un type ? Ce pourrait être une femme. Et puis pourquoi si défaitiste ? A.D. est probablement l'enquêteur le plus intelligent du pays.

— Plus vraisemblablement un homme. Démonter et remonter le radiateur à gaz est plutôt un travail d'homme. Supposons que ce soit un homme. Nous ne le pincerons pas parce qu'il est aussi intelligent qu'A.D. et qu'il a un énorme avantage : le système de la juridiction pénale est de son côté et pas du nôtre. » Récrimination bien connue. La méfiance quasi maladive de Daniel envers les hommes de loi était l'une de ses obsessions, comme l'horreur de voir son prénom abrégé en Dan. Elle était habituée à l'entendre se plaindre que l'appareil de la justice se souciait moins de condamner les coupables que de mettre au point une course d'obstacles ingénieuse et lucrative pour que les avocats puissent démontrer leur habileté.

Elle répondit : « Rien de nouveau là-dedans. La juridiction pénale avantage les criminels depuis quarante ans. C'est un fait, et il faut vivre avec. Les imbéciles essaient de la contourner en tripotant les indices, alors qu'ils savent pertinemment que leur homme est coupable. Le seul résultat, c'est de discréditer la police, de remettre des coupables en liberté et de faire voter de nouvelles lois en faveur des délinquants qui déséquilibrent encore plus la justice. Vous le savez, nous le savons tous. La seule réponse, c'est de ficeler un dossier honnête, solide, et de le défendre efficacement devant le tribunal.

— Dans une affaire vraiment sérieuse, un dossier solide, ce sont souvent les témoignages d'indics et d'agents secrets. Grand Dieu ! Kate, vous le savez bien. Maintenant nous sommes obligés de les communiquer au préalable à la défense, si bien que nous ne pouvons pas en faire état sans risquer notre peau. Savez-vous combien d'affaires de première importance nous avons été obligés d'abandonner au cours des six derniers mois, rien que dans la Police métropolitaine?

— Ça ne se produira pas dans le cas qui nous occupe, n'est-ce pas? Quand nous aurons les preuves, nous les produirons.

— Mais nous ne les aurons pas ! A moins que l'un d'entre eux craque, et ça n'arrivera pas. Il n'y a que des présomptions. Pas un seul fait tangible que nous puissions rattacher à l'un des suspects. N'importe lequel aurait pu faire le coup. L'un d'eux l'a fait. Nous pourrions constituer un dossier contre n'importe lequel. Il n'arriverait même pas jusqu'au tribunal. Le procureur de la Reine le rejetterait. Et si jamais il arrivait devant le tribunal, vous ne voyez pas ce que la défense en ferait? Étienne aurait pu monter dans cette pièce pour des raisons personnelles. Nous ne pouvons pas prouver qu'il ne l'a pas fait. Il aurait pu chercher quelque chose dans les archives, vérifier un contrat ancien. Il ne compte pas rester longtemps, il laisse donc veste et clefs dans son bureau. Puis il tombe sur une chose plus intéressante qu'il ne s'y attendait et se met en devoir de l'étudier. Il a si froid qu'il ferme la fenêtre en cassant le cordon de tirage et allume le radiateur. Quand il se rend compte de ce qui se passe, il est déjà trop étourdi pour retourner jusqu'au radiateur et l'éteindre. C'est ainsi qu'il meurt. Trois heures plus tard, le mauvais plaisant de la maison trouve le corps et décide d'ajouter une note de mystère morbide à ce qui est en réalité un malheureux accident. »

Kate objecta : « Nous avons déjà parlé de tout cela. Ça ne tient pas. Pourquoi s'est-il écroulé à côté du radiateur? Pourquoi ne pas avoir ouvert la porte? Étienne était intelligent, il devait bien connaître les risques d'un chauffage à gaz dans un local mal aéré. Alors, pourquoi fermer la fenêtre?

— Disons qu'il essayait de l'ouvrir, et non de la fermer, quand le cordon a cassé.

— Dauntsey dit qu'elle était ouverte quand il s'est servi de la pièce pour la dernière fois.

— Dauntsey est le suspect numéro un, nous n'avons pas à tenir compte de son témoignage.

— Son avocat en tiendra compte, lui. On ne peut pas constituer un dossier en mettant de côté les témoignages gênants.

— Bon, il essayait de fermer ou d'ouvrir la fenêtre. On peut s'en tenir là.

— Mais d'abord pourquoi allumer le radiateur? Il ne faisait pas si froid. Où sont ces documents d'archives qui l'intriguaient tant? Sur la table, il n'y avait que les vieux contrats d'auteurs morts et oubliés depuis cinquante ans. Pourquoi vouloir les examiner?

— Le tracassier les a changés. Nous n'avons aucun moyen de savoir ce qu'il regardait vraiment.

— Pourquoi les aurait-il changés? Et si Étienne est allé dans la pièce pour travailler, où était son stylo, son crayon, son Biro?

— Il y allait pour lire, pas pour écrire.

— Il ne *pouvait* pas écrire. Pas même griffonner le nom de son assassin. Il n'avait rien pour écrire. Quelqu'un avait pris son agenda avec le portemine attaché. Impossible d'écrire le nom dans la poussière. Il n'y avait pas de poussière. Et cette égratignure sur son palais, ça c'est indiscutable, c'est un fait.

— Impossible de l'imputer à qui que ce soit. Pour prouver de quelle manière elle a été faite, il faudrait pouvoir présenter l'objet qui l'a provoquée. Or, nous ne savons pas ce qui l'a provoquée. Nous ne le saurons sans doute jamais. Nous n'avons que des soupçons et des présomptions. Nous n'avons même pas d'éléments suffisants pour mettre un des suspects sous surveillance. Vous vous représentez le tollé si nous le faisions ? Cinq personnes respectables, avec des casiers judiciaires vierges. Et deux d'entre elles ont des alibis.

— Dont aucun ne vaut tripette. Rupert Farlow a reconnu franchement qu'il jurerait que de Witt était avec lui, vrai ou faux. Et son histoire d'appel à son ami pendant la soirée : il a pris soin de nous donner l'heure exacte, n'est-ce pas ?

— J'imagine que vous avez tendance à remarquer l'heure exacte quand vous êtes mourant.

— Et Claudia Étienne qui prétend qu'elle était avec son fiancé. Il va épouser une femme très riche, bougrement plus riche qu'elle ne l'était une semaine auparavant. Croyez-vous qu'il hésiterait à mentir si elle le lui demandait ? »

Daniel en convint : « C'est facile de ne pas ajouter foi aux alibis, mais sommes-nous en mesure de les faire sauter ? D'ailleurs ils pourraient dire la vérité, l'un comme l'autre. Impossible de poser en préalable qu'ils mentent. Et s'ils le font, alors Claudia Étienne et de Witt sont disculpés. Ce qui nous ramène à Gabriel Dauntsey. Il avait les moyens, de même que l'occasion et il n'a pas d'alibi couvrant la demi-heure précédant son départ pour la lecture de poèmes au pub. »

Kate protesta : « Mais cela vaut tout autant pour Frances Peverell, et c'est elle qui a un mobile. Étienne l'avait laissée tomber pour une autre femme et se préparait à vendre Innocent House malgré son opposition. Personne n'avait plus de raisons qu'elle de souhaiter qu'il meure. Et puis, essayez de convaincre un jury qu'un homme de soixante-seize ans, arthritique de surcroît, a pu grimper les escaliers, ou prendre cet ascenseur lent et perclus pour faire ce qu'il avait à faire dans le petit bureau des archives et rentrer dans son appartement en huit minutes environ ! C'est vrai que Robbins a fait l'expérience et l'a réussie de justesse, mais s'il avait dû descendre au rez-de-chaussée chercher le serpent, il n'y serait pas arrivé.

— Il n'y a que Frances Peverell qui parle de huit minutes. Nous n'avons que sa parole. Or ils pouvaient être de mèche. Ça a toujours été une de nos hypothèses. Et l'eau du bain qui coule ne signifie rien non plus. Je l'ai vue, cette baignoire, Kate. Le vieux modèle, énorme. On pourrait y noyer un couple d'adultes. Il lui suffisait d'ouvrir à peine un robinet et de laisser couler un filet d'eau de manière à ce qu'elle se remplisse pendant qu'il était parti. Ensuite il fait trempette pour avoir l'air vraiment mouillé et téléphone à Frances Peverell. Mais à mon avis ils conspiraient de concert.

— Daniel, vous ne réfléchissez pas. C'est cette histoire d'eau du bain qui disculpe Frances Peverell. S'ils avaient été complices, pourquoi auraient-ils concocté cette histoire compliquée de bains, d'eau qui coule et de huit minutes ? Pourquoi ne pas dire simplement qu'elle guettait le taxi qui devait le ramener, qu'elle était inquiète parce qu'il était en retard et qu'une fois arrivé, elle l'avait fait monter dans son appartement à elle et l'y avait gardé pour la nuit. Elle a une chambre d'amis, n'est-ce pas ? Il s'agit d'un assassinat, après tout. Elle ne va pas se soucier des risques de commérages.

— Nous pourrions prouver qu'il n'a pas couché dans ce lit. Si elle nous avait raconté cette histoire-là, nous aurions mis nos labos sur l'affaire. On ne peut pas coucher toute une nuit dans un lit sans laisser une trace, cheveux, sueur, etc.

— Eh bien, moi je crois qu'elle dit la vérité. Cet alibi est trop compliqué pour avoir été inventé.

— C'est probablement ce qu'on souhaite nous faire croire. Mon Dieu, que cet assassin est malin ! Malin et chanceux. Pensez un instant à Sonia Clements. Elle s'est tuée dans cette même pièce. Pourquoi est-ce qu'elle n'aurait pas éraillé le cordon de tirage et obstrué le conduit du radiateur à gaz ?

— Voyons, Daniel, nous avons vérifié ça ce matin — dans la mesure où nous le pouvions, du moins. Sa sœur dit qu'elle ne savait rien faire de ses dix doigts. Et pourquoi détériorer le radiateur ? Dans l'espoir que quelqu'un, des semaines plus tard, l'allumerait pour de mystérieuses raisons, attirerait Étienne dans la pièce et l'assommerait pour le laisser ensuite s'asphyxier à l'oxyde de carbone ?

— Bien sûr que non. Mais elle aurait pu envisager de se tuer ainsi, de façon que sa mort ait l'air d'un accident, en espérant protéger les Peverell. Elle y pensait peut-être depuis la mort du vieux Peverell. Et puis quand Gérard Étienne l'a saquée si brutalement...

— Si toutefois il a été brutal.

— Admettons qu'il l'ait été. Après cela, elle ne se soucie plus de savoir si elle fait du tort à la maison ou pas ; elle veut même sans doute lui en faire, ou du moins à Étienne. Elle ne prend plus la peine de donner à sa mort l'aspect d'un accident, elle se tue de façon plus agréable, avec des drogues et de l'alcool en laissant une note pour annoncer qu'elle s'est supprimée. Kate, j'aime ce scénario, il a une sorte de logique loufoque.

— Plus loufoque que logique. Comment l'assassin saurait-il que Clements a abîmé le radiateur ? Il est peu probable qu'elle le lui ait dit. Tout ce que vous avez fait, c'est rendre l'hypothèse du suicide plus plausible. C'est juste un cadeau de plus pour la défense. On entend déjà l'avocat en tirer le maximum : “Mesdames et messieurs du jury, Sonia Clements a eu tout autant de possibilités que mon client de détériorer ce radiateur à gaz et Sonia Clements est morte.”

— Bon, soyons optimistes. Nous mettrons la main sur lui et ensuite, qu'est-ce qu'il lui arrivera ? Dix ans de prison s'il est malchanceux, moins s'il sait se tenir.

— Vous ne voudriez pas qu'il soit pendu ?

— Non. Et vous ?

— Non, je ne souhaite pas le retour à la pendaison. Mais je ne suis pas sûre que ma position soit bien rationnelle. Je ne suis même pas sûre qu'elle soit honnête. Il se trouve que je tiens la peine de mort pour dissuasive, donc cela revient à dire que j'accepte de voir des innocents courir un risque accru d'être assassinés pour que je puisse soulager ma conscience en proclamant que nous n'exécutons plus les assassins. »

Daniel demanda : « Vous avez regardé cette émission à la télévision la semaine dernière ?

— Sur l'institut correctionnel aux USA?

— Correctionnel. Voilà un mot excellent. Pour être corrigés, on peut dire que ses pensionnaires l'étaient. Tués par injection après Dieu sait combien d'années dans le quartier des condamnés à mort.

— Oui, je l'ai vu. On peut soutenir qu'ils ont eu une fin sacrément plus facile que leurs victimes. Plus facile que la plupart des humains, si on veut aller par là.

— Donc, vous approuvez la mort infligée par vengeance.

— Daniel, je n'ai pas dit cela. C'est simplement que je n'ai pas pu éprouver beaucoup de pitié. Ils tuent dans un État où la peine de mort existe et ensuite ils ont l'air indignés quand ce même État se propose d'exécuter ce qu'il a autorisé légalement. Pas un seul n'a fait mention de sa victime. Pas un seul n'a prononcé le mot de "remords".

— Si, un.

— Alors ça m'a échappé.

— Il n'y a pas que ça qui vous a échappé.

— Est-ce que vous me cherchez querelle?

— J'essaie simplement de savoir ce que vous croyez.

— Cela ne regarde que moi.

— Même sur les sujets qui concernent notre travail?

— Surtout ceux-là. D'ailleurs celui dont nous parlons n'a que des rapports indirects avec ce que nous faisons. Cette émission était destinée à m'inspirer de l'indignation et c'est vrai qu'elle était habilement faite. Le présentateur n'insistait pas trop, on ne pouvait pas dire qu'il était partial. Mais à la fin, on donnait un numéro pour que les spectateurs puissent appeler et exprimer leur dégoût. Tout ce que je peux dire, c'est que je n'ai pas éprouvé un dégoût aussi violent qu'ils l'avaient visiblement prévu. D'ailleurs, je n'aime pas les émissions de télévision qui me disent ce que je dois ressentir.

— Dans ce cas, vous feriez mieux de ne plus regarder les documentaires. »

Une vedette de la police, lisse et rapide, apparut qui remontait le fleuve, le projecteur de l'avant déchirant l'obscurité cependant qu'une queue d'écume s'allongeait dans son sillage. Puis tout disparut et la surface ébouriffée retrouva son calme — douces ondulations sur lesquelles les lumières reflétées des auberges riveraines jetaient des flaques d'argent. De petites perles d'écume surgissaient de l'obscurité pour s'écraser contre les quais. Un silence tomba. Ils étaient debout, tout près l'un de l'autre, les yeux fixés sur le fleuve. Puis, au même instant, ils se tournèrent et leurs regards se rencontrèrent à la lueur de l'unique lampe. Kate ne pouvait voir l'expression du jeune homme, mais elle sentait sa force, elle entendait sa respiration précipitée. Soudain, elle éprouva une poussée de désir physique si puissante qu'elle dut s'agripper au mur pour s'empêcher de tomber dans ses bras.

Il dit « Kate » et fit un mouvement rapide vers elle, mais sachant ce qui allait arriver, elle se détourna très vite. Le geste était tout juste esquissé, mais sans équivoque. Il dit doucement : « Qu'est-ce qui ne va pas, Kate ? » Puis, sardonique : « Ça ne plairait pas à A.D. ?

— Je ne règle pas ma vie privée au gré d'A.D. »

Il ne la toucha pas et elle se dit que cela aurait été plus facile s'il l'avait fait. Elle lui dit : « Écoutez, je me suis séparée d'un homme que j'aimais à cause de mon métier. Pourquoi est-ce que je le bousillerais pour quelqu'un que je n'aime pas ?

— Mais est-ce que ça le bousillerait, le vôtre ou le mien ?

— Oh Daniel, est-ce que ça ne le fait pas toujours ? »

Il riposta, taquin : « Vous m'avez bien dit que je devrais m'entraîner à apprécier les femmes intelligentes.

— Mais je n'ai pas proposé de faire partie de l'entraînement. »

Il rit tout bas, ce qui fit tomber la tension. Elle l'appréciait infiniment, et en particulier parce qu'au contraire de la plupart des hommes, il acceptait les refus sans rancœur. Mais pourquoi pas ? Ni l'un ni l'autre ne pouvait prétendre être amoureux. Elle se dit que tous deux étaient vulnérables, tous deux un peu seuls, mais que ce n'était pas la réponse.

Tandis qu'ils se retournaient pour regagner l'auberge, il lui demanda : « Si c'était A.D. qui était ici avec vous, s'il vous demandait de venir chez lui, est-ce que vous le feriez ? »

Elle réfléchit quelques secondes puis décida qu'il méritait l'honnêteté. « Probablement. Oui, je le ferais.

— Et ce serait de l'amour ou du sexe ?

— Ni l'un ni l'autre. Appelez ça de la curiosité. »

45

Le lundi matin, Daniel appela le standard d'Innocent House et demanda à George Copeland de passer à Wapping pendant la pause du déjeuner. Celui-ci arriva juste après une heure et demie, faisant entrer avec lui dans la pièce un poids d'appréhension et de tension qui semblait alourdir l'air lui-même. Quand Kate suggéra qu'il faisait chaud et qu'il aimerait peut-être retirer son pardessus, il s'exécuta aussitôt comme si la suggestion avait été un ordre, mais considéra Daniel, qui prenait puis accrochait le vêtement, avec des yeux anxieux, craignant apparemment que ce fût là le premier stade de quelque déshabillage prémédité. Regardant le visage enfantin, Daniel se dit qu'il avait dû peu changer au cours des années. Les joues rondes avec leurs lunes rouges aux contours aussi nets que des pastilles avaient un moelleux de caoutchouc qui contrastait de façon incongrue avec le chaume desséché des cheveux gris. Le regard exprimait une confiance forcée et la voix agréable mais hésitante lui semblait plus propre à concilier qu'à affirmer. Sans doute brimé à l'école, se dit Daniel, et malmené depuis par la vie. Mais il avait apparemment fait son trou à Innocent House avec un travail qui lui convenait et qu'il exécutait, semblait-il, de façon satisfaisante. Il se demanda combien de temps cela aurait duré avec la nouvelle autorité.

Kate l'avait fait asseoir devant elle, avec plus de courtoisie qu'elle n'en eût déployé pour Claudia Étienne ou n'importe lequel des autres suspects masculins, mais il resta raide comme un piquet, les poings serrés sur les genoux.

« Mr Copeland, pendant la soirée des fiançailles de Mr Étienne, le 10 juillet, on vous a vu descendre avec Mrs Bartrum de l'étage des archives à Innocent House. Qu'est-ce que vous y faisiez ? »

Le ton de la question était gentil, mais l'effet fut aussi dévastateur que si Kate avait projeté le malheureux contre le mur en lui hurlant à la figure. Il parut s'effondrer littéralement sur sa chaise et, après s'être enflammées, les lunes rouges s'effacèrent, le laissant si pâle que Daniel s'approcha instinctivement, croyant presque qu'il allait s'évanouir.

Kate reprit : « Est-ce que vous reconnaissez être monté au dernier étage ? »

Il retrouva sa voix : « Pas à la salle des archives, non, pas là. Mrs Bartrum voulait utiliser les toilettes. Je l'ai emmenée à celles du dernier étage et j'ai attendu dehors.

— Pourquoi n'a-t-elle pas utilisé celles des dames, au premier ?

— Elle a essayé mais elles étaient occupées toutes les deux et il y avait la queue. Elle... elle était pressée.

— Donc vous l'avez emmenée en haut. Mais pourquoi s'est-elle adressée à vous plutôt qu'à l'une des employées ? »

Question que, selon Daniel, il aurait été plus judicieux de poser à Mrs Bartrum. Comme elle le serait sûrement au moment opportun.

Copeland resta silencieux. Kate revint à la charge : « Est-ce qu'il n'aurait pas été plus naturel pour elle de demander à l'une des femmes ?

— Peut-être, mais elle est timide. Elle n'en connaissait aucune et j'étais là, au standard.

— Et elle vous connaissait, c'est ça ? »

Il ne répondit pas, mais fit un petit signe d'assentiment.

Kate poursuivit : « Elle vous connaissait... bien ? »

Cette fois, il la regarda bien en face et répondit : « C'est ma fille.

— Mr Sydney Bartrum est marié à votre fille ? Voilà l'explication. Tout est parfaitement naturel et compréhensible. Elle s'est adressée à vous parce que vous êtes son père. Mais en général on ne le sait pas, n'est-ce pas ? Pourquoi ce secret ?

— Si je vous le dis, est-ce que ça ira plus loin ? Est-ce que vous serez obligés de répéter ce que je vous ai dit ?

— Nous ne sommes obligés de le dire à personne, excepté au commandant Dalgliesh et cela n'ira pas plus loin, sauf en cas de lien avec notre enquête. Nous ne pouvons pas en décider à moins que vous vous expliquiez.

— C'était Mr Bartrum — Sydney — qui ne voulait pas qu'on en parle. Il voulait qu'on garde le secret, du moins au début. C'est un bon mari, il l'aime et ils sont heureux ensemble. Son premier mari était une brute. Elle a essayé de sauver le mariage, mais je crois qu'elle a été soulagée quand il est parti. Il y avait toujours eu d'autres femmes et il est parti avec l'une d'elles. Ils ont obtenu le divorce, mais le coup a été très dur pour elle. Elle a perdu toute son assurance. Heureusement, il n'y avait pas d'enfants.

— Comment a-t-elle rencontré Mr Bartrum ?

— Un jour elle est venue me chercher ici. Je suis en général le dernier à partir, alors personne ne l'a vue, sauf Mr Bartrum. Sa voiture ne voulait pas démarrer, alors Julie et moi on lui a offert de l'emmener. Quand on est arrivés devant sa maison il nous a invités à prendre le café. Je suppose qu'il se croyait obligé de le faire. C'est à ce moment-là que ça a commencé. Ils se sont mis à s'écrire. Pour la voir, il allait passer les fins de semaines à Basingstoke, où elle avait son logement et son travail.

— Mais les gens d'Innocent House savent sûrement que vous avez une fille ?

— Je n'en suis pas certain. Ils savent que je suis veuf, mais on ne m'a jamais questionné au sujet de ma famille. Ça n'est pas comme si Julie avait habité avec moi. Elle travaillait à la perception de Basingstoke et elle n'était pas souvent chez moi. Je pense qu'ils devaient le savoir, mais ils ne m'ont pas posé de questions. C'est pourquoi le secret a été si facile à garder quand ils se sont mariés.

— Pourquoi ne fallait-il pas qu'on le sache ?

— Mr Bartrum — Sydney — disait qu'il voulait que sa vie privée reste privée, que son mariage n'avait rien à voir avec Peverell Press et qu'il ne voulait pas que les sous-fifres se mettent à clabauder sur ses affaires personnelles. Il n'a invité personne au mariage, mais il a prévenu les directeurs. Bien obligé, pour les déclarations d'impôts. Et puis, par la suite, il leur a dit pour le bébé et il a montré sa photo à tout le monde. Il en est très fier. Je crois qu'au début il ne voulait pas que les gens sachent qu'il était marié — enfin marié à la fille du standardiste. Il avait peut-être peur de perdre la face. Il a été élevé dans un orphelinat et il y a quarante ans, les institutions pour les enfants étaient bien différentes de ce qu'elles sont aujourd'hui. A l'école il a été méprisé, traité comme un inférieur et je crois qu'il ne l'a jamais oublié. Il a toujours été hyperconscient de son statut dans l'entreprise.

— Et votre fille, qu'est-ce qu'elle pense de tout ça, le secret, la volonté de cacher que Mr Bartrum est votre gendre ?

— Je ne crois pas qu'elle s'en soucie. Elle l'a sans doute oublié à l'heure qu'il est. Ce n'est pas comme si l'entreprise faisait partie de sa vie. Depuis qu'ils sont mariés elle est venue une seule fois à Innocent House, pour les fiançailles de Mr Gérard. Elle voulait voir l'intérieur de la maison, le numéro 10 et la pièce où il travaille. Elle l'aime. Ils ont le bébé maintenant et ils sont heureux ensemble. Il a changé la vie de ma fille. Et ça n'est pas comme si je ne les voyais pas en dehors du bureau. Je vais chez eux presque toutes les semaines et je vois Rosie — le bébé — chaque fois que j'en ai envie. »

Il regarda Daniel, puis Kate, les suppliant de comprendre, puis ajouta : « Je sais que ça peut paraître bizarre et je crois que maintenant Sydney le regrette. Il l'a plus ou moins dit. Mais je vois bien comment ça s'est passé. Il nous a demandé de garder le secret comme ça, sans réfléchir et plus le temps passait, plus ça devenait impossible de dire la vérité. Et puis personne n'a posé de questions. Personne ne se souciait de savoir avec qui il était marié. Personne ne m'a demandé des nouvelles de ma fille. Les gens s'intéressent à votre famille uniquement si vous en parlez — et encore, plutôt par politesse. En vérité, ils ne s'en soucient pas. Ça ferait beaucoup de tort à Mr Bartrum — Sydney — si la chose s'ébruitait maintenant. Et je ne voudrais pas qu'il pense que je vous en ai parlé. Est-ce qu'il faudra que ça aille plus loin ?

— Non, dit Kate. Je ne crois pas. »

Il parut rassuré et Daniel l'aida à enfiler son pardessus. Quand il revint, après l'avoir accompagné jusqu'à la porte du bâtiment, il trouva Kate en train d'arpenter la pièce avec fureur. « Quels sacrés snobs, aussi pompeux que bêtes ! Cet homme vaut dix fois mieux que Bartrum. Oh, je vois bien comment les choses se sont passées, je veux dire sur le plan de l'insécurité sociale. Il est le seul parmi les anciens du personnel — n'est-ce pas ? — qui n'est pas allé à Oxbridge. Ces choses-là paraissent avoir de l'importance pour votre sexe. Dieu sait pourquoi. Et puis ça apprend des choses sur Peverell Press, n'est-ce pas ? Cet homme-là travaille pour eux depuis — combien de temps ? — presque vingt ans, et on ne lui a jamais demandé des nouvelles de sa fille. »

Daniel répliqua : « Si on l'avait fait, il aurait répondu qu'elle était mariée et très heureuse, merci. Mais pourquoi lui aurait-on demandé ? A.D. ne vous pose pas de questions sur votre vie privée. Est-ce que vous aimeriez qu'il le fasse ? Je vois bien maintenant comment tout a commencé : après une première impulsion commandée par le snobisme — garder le secret —, il se rend compte qu'il est obligé de continuer dans cette voie s'il ne veut pas avoir l'air d'un imbécile. Je me demande combien Bartrum serait prêt à payer pour empêcher que cela s'ébruite. Enfin, nous savons maintenant pourquoi Copeland et Mrs Bartrum sont montés ensemble au dernier étage. Non pas qu'il ait eu besoin d'une excuse, d'ailleurs, il peut y aller à n'importe quel moment. Voilà un petit problème éliminé. »

Kate protesta : « Pas vraiment. Tout le monde s'est montré bien discret à Innocent House, surtout les associés, mais nous en avons appris assez par Mrs Demery et les employés pour avoir une idée assez exacte de ce qui se passait. Avec Gérard Étienne aux commandes, combien de temps croyez-vous que Bartrum ou Copeland auraient gardé leur place ? Copeland aime sa fille et elle aime son mari — Dieu sait pourquoi, mais apparemment c'est comme ça. Ils sont heureux ensemble, ils ont un enfant. L'enjeu était de taille pour tous les deux, Bartrum et Copeland. Et puis il y a une chose qu'il ne faut pas oublier à propos de Copeland : il est chargé de l'entretien, des réparations. Il est de ceux qui, à Innocent House, n'auraient pas eu de difficulté à démonter ce radiateur à gaz. Et il aurait pu le faire sans risque à n'importe quel moment. La seule personne qui utilise régulièrement le petit bureau des archives, c'est Gabriel Dauntsey, et il n'allume jamais le gaz. Il apporte un radiateur électrique à lui quand il en a besoin. Ce n'est pas un petit problème éliminé, c'est une foutue complication de plus.

LIVRE IV

Preuve par écrit

46

Le soir du jeudi 21 octobre, Mandy quitta le bureau une heure plus tard que d'ordinaire. Elle devait retrouver Maureen, avec qui elle logeait, au White Horse, Wanstead Road pour un petit dîner de brasserie suivi d'une session de jazz. Il s'agissait de commémorer un double événement : le dix-neuvième anniversaire de Maureen et la présence du batteur de l'orchestre des Diables à Cheval, qui était son petit ami du moment. La réunion devait commencer à huit heures mais le groupe se réunissait une heure auparavant pour un repas préliminaire. Mandy, qui avait apporté de quoi se changer dans la sacoche de son vélomoteur, avait l'intention d'aller directement du bureau au White Horse. La perspective de passer une bonne soirée et en particulier de rencontrer à nouveau le chef d'orchestre, Roy, dont elle avait décidé qu'il lui plaisait assez, ou du moins qu'il lui plairait si la session était réussie, avait éclairé la journée d'une chaude lumière rose que même la concentration silencieuse et presque obsessionnelle de Miss Blackett sur sa tâche n'avait pu obscurcir. Cette dernière travaillait désormais pour Miss Claudia, qui s'était installée dans le bureau de son frère. Trois jours après la mort du jeune homme, Mandy avait entendu Mr de Witt l'encourager à le faire.

« C'est ce qu'il aurait voulu. Vous êtes le P.-D.G. maintenant, ou du moins vous le serez dès que nous aurons voté les résolutions nécessaires. Nous ne pouvons pas laisser ce bureau vide. Gérard n'aurait pas voulu qu'on en fasse un mausolée. »

Quelques membres du personnel étaient partis immédiatement, mais ceux qui restaient, par choix ou par nécessité, se trouvaient liés par une camaraderie tacite et les expériences partagées. Ensemble ils attendaient, s'interrogeaient, puis, quand les associés n'étaient pas là, échafaudaient des hypothèses et comméraient. Les yeux perçants et les oreilles fines de Mandy ne laissaient rien échapper. Il lui semblait que, désormais, Innocent House la tenait dans des rêts mystérieux. Elle venait travailler chaque matin dopée par un mélange d'excitation et de curiosité pimenté d'angoisse. Cette petite pièce nue dans laquelle elle s'était tenue, le premier jour, les yeux baissés sur le corps de Sonia Clements, s'était emparée de son imagination avec une telle force que tout le dernier étage, encore bouclé par la police, avait acquis un peu du terrifiant pouvoir d'un conte de fées, tel le cabinet de Barbe-Bleue, royaume interdit de l'horreur. Elle n'avait pas vu le corps de Gérard Étienne, mais dans son imagination il avait pris les couleurs éclatantes d'un rêve. Parfois, avant de s'endormir, elle se représentait les deux corps ensemble, Miss Clements gisant dans sa triste décrépitude, le corps à moitié nu du mâle étalé sur le sol à côté d'elle, et regardait, terrifiée, les yeux ternes et sans vie cligner et briller, cependant que le serpent visqueux se mettait à onduler, langue rouge dardée pour trouver la bouche morte, muscles bandés pour couper le souffle. Mais elle savait ces fantasmes encore contrôlables. Confortée par la certitude de sa propre innocence, ne s'étant jamais sentie sérieusement menacée, elle pouvait jouir de l'exaltation à demi coupable d'une terreur simulée. Mais elle savait qu'Innocent House était infectée par une peur allant bien au-delà de ses chimères complaisantes. Elle commençait à sentir la peur comme un brouillard venu du fleuve, dès qu'elle descendait de son vélomoteur le matin, peur qui se renforçait jusqu'à l'engloutir quand elle franchissait la grande porte. Elle voyait la peur dans les yeux de George quand il la saluait, dans le visage tendu et le regard anxieux de Miss Blackett, dans le pas de Mr Dauntsey tandis qu'il montait péniblement les escaliers, comme un vieillard soudain vidé de toute son énergie. Elle entendait la peur dans la voix de tous les associés.

Le mercredi matin, juste avant dix heures, Miss Claudia avait convoqué le personnel dans la salle du conseil. Tout le monde était là, même George, qui avait mis son standard sur répondeur, et Fred Bowling de la vedette. On avait apporté des chaises pour former un demi-cercle et les trois autres partenaires s'étaient assis au bureau, Miss Claudia avec Miss Peverell à sa droite, Mr de Witt et Mr Dauntsey à sa gauche. Quand l'appel avait été lancé pour la réunion, Miss Blackett, après avoir reposé le téléphone, avait dit : « Vous aussi, Mandy. Vous êtes des nôtres, maintenant », et la jeune fille avait ressenti malgré elle une petite bouffée de satisfaction. Elles s'étaient assises, un peu empruntées, de manière à compléter le second rang et Mandy avait senti le poids cumulé de l'excitation, de la curiosité et de l'angoisse.

Quand la dernière arrivée se fut assise toute rouge, au premier rang, et une fois la porte fermée, Miss Claudia demanda : « Où est Mrs Demery ? »

Ce fut Miss Blackett qui répondit : « Elle a peut-être cru que cela ne la concernait pas.

— Cela concerne tout le monde. Allez la chercher, s'il vous plaît, Blackie. »

Miss Blackett sortit précipitamment et, au bout de quelques minutes pendant lesquelles l'assemblée attendit dans le silence le plus total, reparut avec Mrs Demery, toujours en tablier. Celle-ci ouvrit la bouche comme pour faire une remarque désobligeante, puis, se ravisant, la referma et se laissa tomber sur la seule chaise disponible au milieu du premier rang.

Miss Claudia prit alors la parole. « D'abord, je voudrais vous remercier tous pour votre attachement. La mort de mon frère, la façon dont il est mort, ont été un choc horrible pour nous tous. C'est un moment difficile pour Peverell Press, mais j'espère et je crois fermement que nous nous en tirerons tous ensemble. Nous portons une responsabilité vis-à-vis de nos auteurs et de leurs livres, qu'ils comptent bien nous voir publier selon les critères si exigeants qui caractérisent notre maison depuis plus de deux cents ans. J'ai été informée du résultat de l'enquête. Mon frère est mort d'un empoisonnement à l'oxyde de carbone, évidemment dû au radiateur à gaz dans le petit bureau des archives. La police n'est pas encore en mesure de dire avec exactitude comment la mort est intervenue. Je sais que le commandant Dalgliesh ou l'un de ses officiers ont déjà interrogé chacun d'entre vous. Mais il y aura probablement encore de ces entretiens et je sais que vous ferez tout ce que vous pourrez pour aider la police dans ses enquêtes, de même que nous, en tant qu'associés.

« Un mot de l'avenir. Vous avez sans doute entendu des bruits au sujet d'une éventuelle vente d'Innocent House et d'un transfert dans le quartier des Docks. Tous ces projets sont désormais en suspens. Les choses continueront telles qu'elles sont actuellement, au moins jusqu'à la fin de l'année fiscale, c'est-à-dire en avril. Beaucoup de décisions dépendront du succès de notre programme d'automne et de nos résultats pour la période de Noël. Notre catalogue est d'une qualité particulièrement élevée cette année et nous sommes tous optimistes. Mais je dois vous dire que personne ne pourra compter sur une augmentation de salaire pendant cette période, et tous les associés sont convenus d'accepter une diminution de dix pour cent. Il n'y aura plus de changements dans le personnel au moins avant avril, mais il devra forcément y avoir quelques réaménagements. Je vais prendre le poste de président-directeur général, d'abord à titre intérimaire. Cela signifie que j'aurai la charge de la fabrication, de la comptabilité et des stocks, comme mon frère. Miss Peverell assumera mes activités actuelles en tant que directeur des ventes et de la publicité. Mr de Witt et Mr Dauntsey ajouteront les contrats et les droits à leurs responsabilités éditoriales. Nous avons engagé Virginia Scott-Headley de Herne & Illingworth pour assister Maggie à la publicité. Extrêmement compétente et expérimentée, elle aidera aussi à gérer l'afflux des questions posées par la presse et l'extérieur au sujet de la mort de mon frère. George s'en est tiré magnifiquement jusqu'à présent, mais quand Miss Scott-Headley sera là, tous ces appels seront systématiquement dirigés vers la publicité. Je crois que je n'ai rien à ajouter, si ce n'est que Peverell Press est la plus ancienne maison d'édition indépendante du pays et que tous les associés sont bien décidés à ce qu'elle survive et prospère. C'est tout. Merci d'être venus. Y a-t-il des questions ? »

Un silence embarrassé avait suivi, pendant lequel les gens semblaient prendre leur courage à deux mains pour parler. Miss Claudia en avait profité pour se lever et sortir rapidement de la pièce.

Ensuite, pendant qu'elle faisait le café de Miss Blackett, Mrs Demery avait été plus directe.

« Y en a pas un qui sait où il va. Pas un. Mr Gérard pouvait être un vrai salopard, mais au moins il savait ce qu'il voulait et comment l'avoir. Ils ne vont pas vendre Innocent House. Miss Peverell a dû y mettre le hola, je pense, et Mr de Witt l'a soutenue. Mais s'ils ne vendent pas la maison, comment qu'ils vont l'entretenir, voulez-vous me le dire? Si les gens d'ici ont un peu de bon sens, ils vont se mettre à chercher d'autres boulots. »

Et maintenant, seule dans son bureau, Mandy songeait en rangeant ses affaires à la différence que faisaient ces soixante dernières minutes. Innocent House semblait s'être soudain vidée. Tandis qu'elle montait l'escalier jusqu'aux toilettes des dames, au premier, où elle allait se changer, ses pas éveillaient de fantomatiques échos sur le marbre, comme si quelqu'un d'invisible marchait juste derrière elle. S'arrêtant sur le palier pour regarder par-dessus la balustrade, elle vit les deux globes de lumière au pied de l'escalier qui luisaient comme des lunes flottantes au-dessus d'un hall devenu caverneux et mystérieux. Elle se changea très vite, enfourna les vêtements de la journée dans son fourre-tout, se passa par la tête la courte jupe en patchwork multicolore avec le corselet assorti et enfila ses hautes bottes étincelantes. Dommage, peut-être, de les porter pour faire de la moto, mais elles étaient assez solides et c'était plus facile que de les transporter dans les sacoches.

Comme tout était calme et silencieux! Même la vidange du lavabo rugissait à la manière d'une avalanche. C'était réconfortant de voir George avec son pardessus et son vieux chapeau de tweed, encore derrière le bureau de la réception, qui mettait sous clef les trois paquets attendant la levée. Le mauvais plaisant n'avait plus frappé depuis le meurtre, mais les précautions étaient toujours en vigueur.

Mandy lui dit : « C'est drôle, hein, comme tout est calme ici quand les gens sont partis. Je suis la dernière?

— Il n'y a plus que Miss Claudia et moi. Elle branchera les systèmes de sécurité. »

Ils sortirent ensemble et George referma la porte derrière eux. La pluie était tombée sans arrêt pendant toute la journée, une pluie torrentielle qui dansait sur le marbre de la cour et ruisselait le long des fenêtres, cachant presque la houle grise du fleuve. Mais elle avait cessé désormais et dans la lueur des feux arrière de George, les pavés luisaient comme des rangées de marrons fraîchement sortis de leur bogue. On sentait dans l'air la première morsure de l'hiver. Le nez de Mandy se mit à couler et elle fouilla dans son sac pour en sortir une écharpe et un mouchoir. Elle attendit d'abord pour monter sur son engin que George eût commencé à enfiler le passage en marche arrière dans sa vieille Metro avec une exaspérante lenteur, puis, après une seconde de réflexion, courut lui signaler que la voie était libre. Elle l'était toujours, mais George opérait invariablement sa manœuvre comme s'il jonglait avec la mort. Après qu'il lui eut adressé un signe d'adieu reconnaissant, il se décida à accélérer. Elle pensa que lui au moins était sûr de garder sa place et elle en fut contente. Mrs Demery lui avait dit que d'après des bruits qui couraient, Mr Gérard avait eu l'intention de se débarrasser de lui.

Mandy se faufila dans le flux des sorties tardives avec son adresse habituelle, allègrement indifférente aux coups de klaxon d'automobilistes indignés, et il ne s'était guère écoulé plus d'un demi-heure quand surgit devant elle la façade imitation Tudor du White Horse festonnée de lumières colorées. En retrait de la route, l'auberge se trouvait là où les rangées de petites maisons cédaient la place à une frange d'arbustes et de buissons, à l'orée de la forêt d'Epping. La cour était déjà bourrée de voitures dont, elle le vit tout de suite, le car de l'orchestre et la Fiesta de Maureen. Elle conduisit lentement son vélomoteur jusqu'au parking plus petit derrière le bâtiment, tira son fourre-tout de la sacoche, se fraya un passage jusqu'au vestiaire des dames. Là, elle plongea dans le bruyant chaos des filles qui accrochaient leur manteau et changeaient de souliers sous un avis leur rappelant qu'elles les laissaient à leurs risques et périls, faisaient la queue devant un des quatre w.-c., et étalaient leur attirail de maquillage sur l'étroite tablette qui courait le long de la glace. S'étant fait une place de vive force, elle se mit à chercher le sac de toilette en plastique contenant ses fards et c'est alors que son cœur faillit s'arrêter : sa pochette de cuir noir avait disparu, la pochette qui contenait son argent, son unique carte de crédit et sa carte bancaire, précieux symboles de statut financier, ainsi que la clef Yale de la porte de son immeuble. Ses bruyantes exclamations de désespoir alertèrent Maureen, qui appliquait son eye-liner avec une extrême concentration. « Vide tout, c'est toujours ce que je fais », lui conseilla-t-elle avant de retourner à son occupation.

« Elle s'en moque bien », murmura Mandy en balançant d'un revers de main les fards de Maureen pour vider le fourre-tout. La pochette n'y était pas. Et c'est alors qu'elle se rappela. La sacoche avait dû tomber lorsqu'elle avait sorti son écharpe et son mouchoir en quittant Innocent House. Elle était probablement toujours là-bas, sur les pavés. Mandy allait être obligée d'y retourner. Heureusement, il y avait peu de risques qu'un passant ait trouvé le petit objet. Innocent Walk et Innocent Lane en particulier étaient toujours déserts le soir. Cela lui ferait manquer le repas, mais avec un peu de chance, une demi-heure de jazz, pas plus.

Et puis elle eut une idée : elle pourrait téléphoner à Mr Dauntsey ou à Miss Peverell. De cette façon, elle saurait au moins si la pochette était toujours là. Ils pourraient trouver qu'elle ne manquait pas de toupet, mais elle était persuadée que ni l'un ni l'autre ne s'en offusquerait vraiment. Elle avait fait très peu de travail pour eux, mais chaque fois ils avaient semblé reconnaissants et s'étaient montrés aimables. Il ne leur faudrait qu'une minute pour regarder et quelques mètres à parcourir. Et puis ce n'était pas comme s'il avait encore plu. Ennuyeux pour la clef. Si la pochette était encore là, il serait trop tard pour aller la chercher après la session. Elle serait obligée de rentrer avec Maureen, ou, si celle-ci avait d'autres projets, de réveiller Shirl ou Pete. Mais ils ne pourraient guère se plaindre, elle avait été assez souvent dérangée pour leur ouvrir.

Il lui fallut un certain temps pour obtenir de Maureen la monnaie nécessaire au coup de fil, du temps encore pour qu'une des deux cabines téléphoniques fût libre et une minute perdue quand elle constata que l'annuaire dont elle avait besoin se trouvait dans l'autre. Elle appela d'abord Miss Peverell mais n'eut que le répondeur, avec le message habituel récité sur le ton tranquille de la jeune femme qui avait toujours l'air de s'excuser. Il y avait si peu de place que l'annuaire glissa et tomba sur le sol. Dehors, deux impatients gesticulaient. Eh bien ! il faudrait qu'ils attendent. Si Mr Dauntsey était chez lui, elle ne raccrocherait pas avant qu'il soit allé voir. Elle trouva le numéro et appuya sur les touches. Pas de réponse. Elle laissa sonner bien longtemps avant de raccrocher, ayant perdu tout espoir. Désormais, elle n'avait plus le choix. Impossible de passer la soirée et la nuit dans une telle incertitude. Il fallait qu'elle retourne à Innocent House.

Elle avançait cette fois à contre-courant dans le flot des voitures, mais sans vraiment prendre conscience des détails du trajet, l'esprit troublé par l'anxiété, l'impatience et l'irritation. Cela n'aurait pas coûté beaucoup à Maureen de l'emmener à Wapping dans sa Fiesta, mais ce n'était pas elle qui manquerait l'occasion de faire un bon repas. Elle se rendait compte qu'elle aussi avait faim, mais se dit qu'avec un peu de chance elle aurait le temps de rafler un sandwich au bar avant la session..

Innocent Walk était désert, comme d'habitude. L'arrière d'Innocent House se détachait tel un sombre bastion sur le ciel nocturne, puis, tandis qu'elle regardait en l'air, la tête rejetée en arrière, devenait immatériel et incertain, comme une découpure de carton, vacillant devant la cavalcade des nuages bas, teintés de rose par les lumières de la ville. Les flaques dans le caniveau avaient séché et une brise qui fraîchissait la saisit à l'extrémité d'Innocent Lane, apportant avec elle la forte odeur du fleuve. Les seuls signes de vie étaient les fenêtres éclairées du dernier étage, au 12. Donc, Miss Peverell au moins devait être rentrée chez elle. Elle mit pied à terre à l'extrémité d'Innocent Lane, soucieuse de ne pas déranger avec le bruit de son engin et de ne pas être retardée par des questions et des explications, puis elle remonta l'étroit passage aussi précautionneusement qu'un voleur vers le scintillement de l'eau, vers l'endroit où elle avait garé sa Yamaha. Les lampes de l'avant-cour donnaient assez de lumière pour faciliter ses recherches, mais elle n'eut pas besoin de chercher. La pochette se trouvait exactement là où elle l'avait espéré et elle poussa un petit cri de joie, presque inaudible, en l'enfonçant bien au fond de la poche zippée de sa veste.

Moins facile de voir le cadran de sa montre, aussi s'approcha-t-elle du fleuve. A l'extrémité de la cour, les deux gros globes de lumière portés par des dauphins de bronze projetaient des flaques brillantes sur la surface mouvante de l'eau, qui miroitait comme un grand manteau de satin noir, secoué, lissé et doucement ondulé par une main invisible. Mandy regarda sa montre : huit heures vingt. Plus tard qu'elle ne pensait. Et soudain, elle constata que son enthousiasme pour le jazz s'était évanoui. Le soulagement éprouvé en retrouvant sa pochette avait fait place à une aversion marquée pour tout nouvel effort et cette sorte de léthargie béate lui faisait envisager d'un œil de plus en plus favorable la perspective de son studio douillet et bien clos, avec la libre disposition de la cuisine pour une fois, et le reste de la soirée devant la télévision. Et puis il y avait cette cassette de Scorsese, *les Nerfs à vif*, qu'il fallait rendre le lendemain ; elle perdrait deux livres si elle ne la regardait pas le soir même. Désormais détendue, sans hâte, elle se détourna presque machinalement pour regarder la façade d'Innocent House.

Les deux premiers étages étaient faiblement éclairés par les lumières de la cour, les fins piliers de marbre luisant doucement devant les fenêtres mortes, noires ouvertures caverneuses ouvertes sur un intérieur qu'elle connaissait si bien désormais, mais qui était devenu mystérieux et hostile. Bizarre, se dit-elle, de penser que tout était exactement tel qu'elle l'avait laissé, les deux machines à traitement de texte sous leur housse, le bureau bien rangé de Miss Blackett avec son classeur à étages, son agenda à sa droite, le fichier fermé à clef, le tableau d'affichage à droite de la porte. Toutes ces choses ordinaires restaient là, même s'il n'y avait personne pour les voir. Et il n'y avait personne, absolument personne. Elle repensa à cette petite pièce nue en haut de la maison, la pièce où deux personnes étaient mortes. La chaise et la table seraient encore en place, mais il n'y aurait plus ni lit, ni corps de femme, ni homme nu griffant le plancher nu. Soudain elle revit le corps de Sonia Clements mais plus vrai, plus effrayant que le jour où elle l'avait découvert en chair et en os. C'est alors qu'elle se rappela ce que Ken, l'emballeur, lui avait dit quand, ayant porté un message au 10, elle s'était attardée à bavarder avec lui : comment Lady Sarah, épouse du Peverell qui avait bâti Innocent House, s'était jetée du balcon au dernier étage et écrasée sur le marbre.

« On voit encore la marque du sang », avait-il conclu en passant une caisse de livres du rayonnage sur le chariot. « Seulement faites attention que Miss Frances vous pince pas en train de la chercher. La famille tient pas à ce qu'une histoire comme ça soit répandue. Mais enfin, ce qu'il y a de sûr, c'est qu'ils peuvent pas nettoyer la tache et le malheur sera dans la maison tant qu'ils y seront pas arrivés. Et elle revient toujours, Lady Sarah, pour sûr. N'importe quel batelier vous le dira. »

Bien entendu, Ken avait essayé de l'effrayer; seulement, cela s'était passé par une tiède journée ensoleillée de la fin septembre et elle avait apprécié l'histoire, qu'elle ne croyait qu'à moitié mais qui lui avait fait passer un agréable frisson dans le dos. Elle avait pourtant interrogé Fred Bowling et elle se rappelait sa réponse : « Il y a assez de fantômes sur cette rivière, mais aucun ne hante Innocent House. »

C'était avant la mort de Mr Gérard. Peut-être revenaient-ils maintenant.

Et voilà que la peur devenait réelle. Elle leva les yeux vers le balcon du haut et imagina l'horreur de cette chute, les membres battant l'air, l'unique cri — elle avait sûrement dû crier —, le bruit sourd quand le corps avait heurté le marbre. Soudain, un hurlement sauvage retentit et elle sursauta, mais ce n'était qu'une mouette. L'oiseau piqua au-dessus d'elle, se percha un instant sur les grilles, puis s'envola en descendant le cours du fleuve.

Elle s'aperçut qu'elle avait froid. Un froid qui n'était pas naturel, suintant du marbre comme si elle se tenait sur de la glace et que la brise venue du fleuve lui soufflait au visage les premiers frimas de l'hiver. Elle jetait un dernier regard à la Tamise, vers l'endroit où la vedette était amarrée, silencieuse et vide, quand elle aperçut un éclair blanc en haut des grilles, comme si quelqu'un avait attaché là un mouchoir. Curieuse, elle s'approcha et vit que c'était une feuille de papier empalée sur une des étroites lances. Et puis il y avait encore autre chose, un reflet de métal doré au bas de la grille. Accroupie, un peu désorientée par la peur qu'elle se faisait à elle-même, Mandy eut besoin de plusieurs secondes pour reconnaître ce que c'était : la boucle d'une étroite courroie de cuir, la courroie d'un sac brun qui s'enfonçait sous la surface ridée de l'eau, où l'on apercevait quelque chose, à peine visible, comme la tête bombée d'un gigantesque insecte dont les millions de pattes chevelues flottaient doucement dans le courant. Et Mandy comprit alors que ce qu'elle voyait, c'était le sommet d'une tête humaine. A l'extrémité de la lanière, un corps humain. Et tandis qu'elle le fixait des yeux avec horreur, ce corps se déplaça au gré d'une vague et une main blanche sortit lentement de l'eau, le poignet plié comme la tige d'une fleur mourante.

Pendant quelques secondes l'incrédulité le disputa à la prise de conscience, puis, à moitié morte de saisissement et de terreur, elle tomba à genoux en s'agrippant aux grilles de fer. Elle sentait le métal froid lui râper les mains, puis la force qu'il opposait au front pressé contre lui. Elle restait là, agenouillée, incapable de faire un mouvement, tandis que la terreur lui tordait l'estomac et changeait ses membres en pierre. Dans ce néant glacé, seul son cœur vivait, un cœur qui était devenu une grosse boule de fer brûlant et qui battait contre ses côtes comme s'il pouvait la propulser à travers les grilles jusque dans le fleuve. Elle n'osait pas ouvrir les yeux, car les ouvrir c'était voir ce qu'elle ne pouvait encore croire qu'à demi : le cuir de la courroie tendue jusqu'à cette abomination, sous l'eau.

Elle ne sut jamais combien de temps elle était restée agenouillée là avant de retrouver sens et mouvement, mais peu à peu, elle se rendit compte de la forte odeur de l'eau dans ses narines, de la froideur du marbre contre ses genoux, de son cœur qui s'apaisait. Ses mains étaient crispées sur les grilles au point qu'il lui fallut plusieurs secondes pénibles pour en détacher les doigts. Elle se redressa et du même coup retrouva soudain force et décision.

Elle traversa la cour en courant, cogna à la première porte, celle de Dauntsey, et appuya sur la sonnette. Au-dessus, les fenêtres étaient sombres. Elle ne perdit pas de temps à attendre une réponse qui ne viendrait jamais, elle le savait, et contourna la maison pour s'enfiler dans Innocent Walk. Là, elle appuya sur la sonnette de Frances Peverell, laissant son pouce droit sur le bouton, tout en tambourinant avec le marteau de la main gauche. La réponse fut presque immédiate. Elle n'entendit pas la course précipitée des pas dans l'escalier, mais la porte s'ouvrit brutalement et elle vit James de Witt avec Frances Peverell à son côté. Incohérente, elle balbutia, montra le fleuve, se mit à courir et se rendit compte qu'ils étaient sur ses talons. Et puis, ils se retrouvèrent ensemble, debout, les yeux baissés vers l'eau et Mandy se dit : « Je ne suis pas folle. Je n'ai pas rêvé. C'est toujours là. »

Elle entendit Miss Peverell dire : « Mon Dieu, je vous en supplie, mon Dieu, non. » Puis elle se détourna, à moitié évanouie, et James de Witt la prit dans ses bras, mais Mandy avait eu le temps de voir qu'elle faisait un signe de croix.

Il lui dit : « Ce n'est rien, ma chérie, ce n'est rien. »

La voix étouffée dans le veston du jeune homme, elle protesta : « Ce n'est pas rien. Comment est-ce que ça pourrait n'être rien ? » Puis elle se dégagea et dit, avec une force et un calme étonnants : « Qui est-ce ? »

De Witt ne regarda pas de nouveau la chose dans le fleuve, mais au lieu de cela dégagea soigneusement la feuille de papier enfilée sur une pique des grilles et l'examina : « Esmé Carling. Ça ressemble à l'annonce d'un suicide. »

Frances gémit : « Encore une fois ? Encore une autre ? Oh non ! Qu'est-ce qu'elle dit ?

— Pas facile de voir. » Il se tourna et tint la feuille de manière que la lumière du globe à l'extrémité de la grille tombât sur elle. Il n'y avait presque pas de marge, comme si la page avait été recoupée à la mesure des mots et le fleuron acéré avait troué et déchiré le papier. Il dit enfin : « On dirait qu'elle l'a écrit de sa main. C'est adressé à nous tous. »

Il lissa la feuille et lut : « Aux associés de Peverell Press. Que Dieu vous fasse tous crever ! Pendant trente ans vous avez exploité mon talent, fait de l'argent sur mon dos, vous m'avez négligée en tant qu'écrivain et en tant que femme, vous m'avez traitée comme si mes livres n'étaient pas dignes de porter votre précieuse marque de fabrique. Qu'est-ce que vous savez de la création littéraire ? Un seul d'entre vous a jamais écrit un mot et le peu qu'il avait comme talent est mort il y a des années. C'est moi, ce sont des écrivains comme moi qui ont maintenu votre maison en vie. Et maintenant vous m'avez rejetée. Au bout de trente ans je suis finie, sans explication, sans le droit de faire appel, sans la moindre possibilité de récrire ou de réviser. Finie. Renvoyée, comme les Peverell ont renvoyé avec désinvolture depuis des générations les domestiques dont ils ne voulaient plus. Vous ne vous rendez donc pas compte que c'est ma mort, aussi bien comme être humain que comme écrivain ? Vous ne savez donc pas que quand un auteur ne peut plus être publié, la vie n'a plus de sens pour lui ? Mais je peux au moins traîner votre nom dans la boue et vous faire honnir de tout Londres et, croyez-moi je vais m'y employer. Ce n'est qu'un début. »

Frances Peverell dit alors : « Pauvre femme ! Oh, pauvre femme. James, pourquoi n'est-elle pas venue nous voir ?

— Est-ce que ça aurait servi à quelque chose ?

— C'est comme pour Sonia. S'il fallait le faire, au moins aurait-on pu s'y prendre autrement, avec compassion, un peu de bonté. »

James de Witt dit doucement : « Frances, nous ne pouvons plus rien pour elle maintenant. Il faut que nous prévenions la police.

— Mais nous ne pouvons pas la laisser comme ça ! C'est trop horrible. C'est obscène. Il faut la sortir de là, essayer la respiration artificielle. »

Patient, il répéta : « Frances, elle est morte.

— Mais nous ne pouvons pas la laisser là. Je vous en prie, James, il faut essayer. »

Il semblait à Mandy qu'ils avaient oublié sa présence. Depuis qu'elle n'était plus seule, la terrible peur qui la paralysait s'était atténuée. Le monde était devenu, sinon normal, du moins familier, traitable. Elle pensa : il ne sait pas que faire. Il veut la contenter, mais il ne veut pas toucher le corps. Il ne peut pas le sortir de l'eau tout seul et il ne supporterait pas qu'elle l'aide. Elle dit : « Si vous aviez voulu essayer le bouche à bouche, il aurait fallu la sortir tout de suite. Maintenant, c'est trop tard. »

Il sembla à Mandy qu'il y avait beaucoup de tristesse dans la réponse qu'il lui fit : « Il a toujours été trop tard. D'ailleurs, la police ne voudrait pas qu'on dérange le corps. »

Déranger le corps ? L'expression parut cocasse à Mandy, qui lutta contre le fou rire qui la gagnait, sachant que si elle y succombait, elle finirait par sangloter. Oh Dieu, pensa-t-elle, pourquoi diable est-ce qu'il ne fait rien ?

Elle dit : « Si vous restez ici tous les deux, je pourrais appeler la police. Donnez-moi la clef et dites-moi où est le téléphone. »

Frances répondit d'une voix morne : « Dans le hall. Et la porte est ouverte — du moins je crois qu'elle est ouverte. » Elle se tourna vers de Witt, soudain affolée. « Oh, James, mon Dieu, est-ce que je nous ai fermés dehors ?

— Non, répondit-il toujours patient. J'ai la clef. Elle était sur la porte principale. »

Il s'apprêtait à la tendre à Mandy lorsqu'ils entendirent un bruit de pas qui arrivaient par Innocent Lane, et Gabriel Dauntsey apparut en compagnie de Sydney Bartrum. Tous deux en imperméable, ils donnaient une impression de normalité rassurante. Quelque chose dans les trois visages immobiles tendus vers eux les alerta et ils se mirent à courir.

Dauntsey dit : « Nous avons entendu des voix. Il est arrivé quelque chose ? »

Mandy prit la clef, mais ne bougea pas. Au reste, rien ne pressait, la police ne pouvait pas sauver Mrs Carling. Personne ne le pouvait plus. Et désormais deux visages de plus se penchaient, deux voix de plus murmuraient leur horreur.

De Witt dit alors : « Elle a laissé une note, là, sur les grilles. Des vitupérations contre nous tous. »

Frances répéta : « Je vous en prie, sortez-la. »

Ce fut alors Dauntsey qui prit la direction des opérations. En regardant sa peau, que la lumière des globes faisait paraître d'un vert malsain d'herbes aquatiques, le visage balafré de rides comme autant de cicatrices noires, Mandy se dit : il est très, très vieux. Il avait bien besoin de ça. Qu'est-ce qu'il peut faire ?

Il dit à de Witt : « Sydney et vous, vous pourriez la soulever en utilisant les marches. Moi, je n'ai pas la force. »

Ces mots galvanisèrent James, qui ne fit plus d'objections, mais se mit à descendre avec précaution l'escalier glissant en se tenant aux grilles. Mandy le vit frissonner involontairement à la morsure du froid de l'eau sur ses jambes. Elle se dit que la meilleure méthode serait que Mr de Witt soutînt le corps depuis les marches pendant que Mr Dauntsey et Mr Bartrum tireraient sur la courroie, mais ils ne voudraient pas s'y prendre comme ça. D'ailleurs, l'idée de voir le visage noyé s'élever lentement hors de l'eau pendant que les hommes tiraient sur la courroie comme s'ils la pendaient de nouveau, lentement, était si horrible qu'elle se demanda comment elle avait pu y penser. Une fois encore, il lui sembla qu'on avait oublié sa présence. Frances Peverell s'était un peu écartée, les mains crispées sur les grilles, les yeux fixés sur le fleuve. Mandy devinait à peu près ce qu'elle éprouvait. Elle voulait que le corps fût sorti de l'eau, elle voulait que la terrible courroie fût retirée, elle avait besoin de rester jusqu'à ce que cela fût fait, mais elle ne pouvait pas supporter de le voir faire. Pour Mandy, au contraire, détourner les yeux était pire que regarder. Si elle était obligée de rester, mieux valait savoir qu'imaginer. Et, bien sûr, elle était obligée de rester. Personne n'avait relevé sa proposition de prendre la clef pour aller prévenir la police. Au reste, rien ne pressait. Qu'ils viennent plus tôt ou plus tard, qu'est-ce que cela changeait? Rien de ce qu'ils pourraient apporter, rien de ce qu'ils pourraient faire ne rendrait la vie à Mrs Carling.

Déjà de Witt était dans l'eau jusqu'aux genoux. De la main droite il empoigna la base de la grille, pendant qu'il tâtonnait de la gauche pour attraper les vêtements trempés et tirer le corps vers lui. Des rides plissèrent la surface de l'eau, la courroie prit du mou, puis se tendit de nouveau. Il dit alors : « Si l'un de vous pouvait ouvrir la boucle, je crois que j'arriverais à la tirer sur les marches. »

La voix de Dauntsey, qui lui aussi se tenait aux grilles, comme pour se soutenir, était calme quand il dit : « Ne la laissez pas dériver, James. Et cramponnez-vous bien aux grilles. Il ne s'agit pas que vous tombiez dans l'eau. »

Ce fut Bartrum qui descendit les deux premières marches et se pencha pour ouvrir la boucle. Sous la lumière des globes, ses mains étaient pâles et ses doigts, comme des saucisses enflées. Il prit son temps, tâtonna, semblant ignorer la façon dont la boucle fonctionnait.

Quand enfin elle fut ouverte, de Witt dit : « Je vais avoir besoin de mes deux mains. Empoignez mon veston, voulez-vous? »

A ce moment, Dauntsey rejoignit Bartrum sur la deuxième marche et ensemble ils saisirent fortement le veston de De Witt pendant que celui-ci tirait le corps vers lui des deux mains, dégageait la courroie qui enserrait le cou et amenait finalement le corps jusqu'aux marches, sur lesquelles il gît à plat ventre. De Witt le prit alors par les jambes, qui sortaient de la jupe comme de minces bâtons, Bartrum et Dauntsey se saisissant chacun d'un bras. La masse trempée, ruisselante, fut montée en haut des marches et posée sur le sol. Doucement de Witt la retourna, et Mandy eut le temps d'apercevoir le terrible visage mort, la bouche ouverte, la langue pendante, les yeux à demi ouverts sous les paupières fripées, les affreux stigmates de la mort autour du cou. Mais avec une prestesse surprenante, Dauntsey retira son veston et le jeta sur le cadavre. De sous le tweed, un filet d'eau, d'abord mince, puis plus important, glissa sur le marbre, sombre comme du sang.

Frances Peverell s'approcha du corps et s'agenouilla à côté de lui : « Pauvre femme. Oh, pauvre femme ! » dit-elle, et Mandy, voyant ses lèvres remuer en silence, se demanda si elle priait. Ils attendirent, sans un mot, le bruit de leur respiration haletante anormalement fort dans l'air calme. L'effort fait pour tirer le corps hors de l'eau semblait avoir vidé de Witt et Bartrum de leurs forces comme de leur esprit de décision, aussi est-ce Gabriel Dauntsey qui prit le commandement.

Il déclara : « Il faut que quelqu'un reste auprès du corps. Je vais attendre ici avec Sydney. James, emmenez les femmes dans la maison et appelez la police. Et puis nous aurons tous besoin de café, voire de quelque chose de plus fort et en grande quantité. »

47

La porte du 12 s'ouvrit sur un étroit vestibule rectangulaire et Mandy suivit Frances Peverell et James de Witt, qui montaient un escalier assez raide moquetté de vert pâle. Celui-ci s'acheva dans une autre entrée, plus carrée et plus grande, avec une porte juste en face, après quoi la jeune fille se retrouva dans un salon qui occupait toute la longueur de la façade. Devant les deux hautes portes-fenêtres donnant sur le balcon, les rideaux étaient tirés pour exclure la nuit et le fleuve. Un panier d'anthracite était préparé à côté de la cheminée. Mr de Witt retira le garde-feu en cuivre et installa Mandy dans l'un des fauteuils à grand dossier. Tout à coup ils s'empressaient autour d'elle comme si elle avait été une invitée, peut-être, se dit-elle, parce que cela leur donnait au moins quelque chose à faire.

Penchée vers elle, Miss Peverell lui dit : « Mandy, je suis désolée. Deux suicides et chaque fois c'est vous qui trouvez le corps. D'abord Miss Clements, et maintenant ça. Qu'est-ce que nous pouvons vous donner ? Du café ? Du cognac ? Ah, et il y a du vin rouge. Mais je pense que vous n'avez pas mangé, n'est-ce pas ? Est-ce que vous avez faim ?

— Ma foi, un peu. »

En fait, elle se sentait tout à coup prise d'une vraie fringale. La chaude odeur de cuisine qui imprégnait l'appartement était presque intolérable. Miss Peverell regarda Mr de Witt et dit : « Nous allions manger du canard à l'orange. Qu'en pensez-vous, James ?

— Je n'ai pas faim, mais je suis sûr que Mandy prendrait bien quelque chose. »

Mandy pensa : elle n'en a que pour deux. Sans doute acheté chez M & S. Très bien pour ceux qui en ont les moyens. Miss Peverell avait prévu un petit dîner intime en tête à tête et s'était donné du mal. Une table ronde à l'extrémité de la pièce était recouverte d'une nappe blanche, trois verres étincelaient devant chaque couvert et deux chandeliers bas n'étaient pas encore allumés. En s'approchant, elle vit que la salade était déjà présentée dans de petits bols en bois, délicates feuilles aux divers tons de vert et de rouge, petites noix grillées, copeaux de fromage. Une bouteille de vin rouge et une autre de blanc étaient ouvertes dans un rafraîchissoir. Mandy n'avait pas envie de salade. Ce qu'elle voulait, c'était quelque chose de chaud et de relevé.

Elle voyait bien aussi que Miss Peverell ne s'était pas souciée que du repas. La robe imprimée bleu et vert, jupe plissée et corsage rattrapé avec un nœud sur le côté, était en vraie soie et allait bien à son teint. Trop vieille pour elle, bien sûr, trop classique, un peu ennuyeuse, et la jupe trop longue. Elle ne flattait pas non plus une ligne qui aurait pu être spectaculaire si Miss Peverell avait su s'habiller. Les perles qui luisaient doucement sur la soie étaient sans doute vraies. Mandy espérait que Mr de Witt appréciait les efforts faits pour lui. Mrs Demery lui avait dit qu'il aimait Miss Peverell depuis des années. Désormais, Mr Gérard éliminé, on avait l'impression qu'il approchait enfin du but.

Le canard arriva, garni de petits pois et de pommes de terre nouvelles. Mandy, l'insécurité qu'elle éprouvait toujours en société balayée par la fringale, se jeta dessus. Les deux autres se mirent à table avec elle sans manger, mais l'un et l'autre burent un verre de vin rouge. Ils la servaient avec une sollicitude inquiète, comme s'ils se sentaient un peu responsables de ce qui était arrivé et tentaient de se racheter. Miss Peverell insista pour qu'elle reprenne des légumes et Mr de Witt remplit son verre. De temps à autre, ils passaient ensemble dans la pièce qu'elle devinait être la cuisine et qui donnait sur Innocent Passage. Elle entendait alors le murmure étouffé de leurs voix et savait qu'ils disaient des choses qu'ils ne voulaient pas dire en sa présence, tout en guettant l'arrivée de la police.

Leur absence provisoire lui donnait l'occasion de regarder la pièce de plus près tout en mangeant. Son élégante simplicité était trop classique, trop conventionnelle pour les goûts plus originaux et iconoclastes de Mandy, mais elle convenait en elle-même que c'était très bien si c'était ce qu'on aimait et qu'on avait les moyens de s'offrir. L'harmonie des couleurs était assez conventionnelle aussi, bleu-vert doux avec des accents de rose-rouge. Les rideaux de satin drapés étaient suspendus à des tringles très simples. De chaque côté de la cheminée, une alcôve était garnie de rayonnages chargés de livres dont les reliures brillaient aux reflets des flammes. Sur chacune des étagères les plus élevées, une tête de jeune fille en marbre, couronnée de roses et voilée, représentait sans doute une mariée, mais le voile merveilleusement délicat et réaliste faisait plutôt penser à un suaire. Morbide, se dit Mandy en se bourrant la bouche de canard. Le tableau au-dessus de la cheminée, une mère du dix-huitième siècle tenant ses deux filles, était visiblement authentique, de même qu'un curieux portrait de femme couchée dans une chambre, qui lui rappela un voyage à Venise fait pendant ses années d'écolière. Les deux fauteuils, un de chaque côté du feu, étaient recouverts d'une toile unie, rose passé, mais un seul, avec ses coussins et son dossier froissés, semblait être souvent utilisé. Ainsi donc, c'était là que Miss Peverell s'asseyait, se dit Mandy, en face d'un siège vide et du fleuve au-delà. Elle supposait que le tableau de droite était une icône, mais elle ne pouvait pas comprendre qu'on veuille avoir une Vierge Marie si noire et si vieille, ou un bébé au visage d'adulte qui n'avait visiblement pas fait un repas convenable depuis des semaines.

Ni la pièce ni ce qu'il y avait dedans ne lui faisait le moins du monde envie et elle revit avec satisfaction le grand grenier bas qui était son domaine dans la maison louée à Stratford East, le mur en face du lit avec ses chapeaux accrochés à des patères dans une floraison exubérante de rubans, de fleurs et de feutres de couleur, le lit lui-même, couvert de sa couette rayée, juste assez large pour deux quand un copain passait parfois la nuit, la planche à dessin qu'elle utilisait pour ses croquis, les coussins de jute qui jonchaient le sol, la hi-fi et la télévision, le placard profond où elle rangeait ses vêtements. Il n'y avait qu'une pièce qu'elle désirât davantage

Soudain, elle s'arrêta, la fourchette à mi-parcours, et écouta attentivement. Elle entendit le crissement des pneus sur les pavés, et quelques secondes plus tard Frances revint de la cuisine avec James.

Ce dernier dit : « Voilà la police. Deux voitures. Nous n'avons pas pu voir combien ils étaient. » Il se tourna vers Frances Peverell, comme si pour la première fois il ne savait que faire et avait besoin d'être rassuré. « Je me demande si je dois descendre.

— Oh, sûrement pas. Ils n'ont pas besoin d'une personne en plus là-bas. Gabriel et Sydney peuvent leur expliquer la situation. D'ailleurs, je pense qu'ils monteront ici quand ils auront fini. Ils voudront parler à Mandy, qui est le témoin le plus important. Elle a été la première sur les lieux. » Elle se rassit à table et dit gentiment : « Je pense que vous avez grande envie de rentrer chez vous, Mandy, et Mr de Witt ou moi-même, nous vous raccompagnerons plus tard, mais je crois qu'il faut rester jusqu'à ce que la police vienne. »

Mandy, qui n'avait jamais imaginé faire autrement, répondit : « Pas d'objection pour ce qui est de moi. Ils croiront que je porte malheur, n'est-ce pas ? Partout où je vais, je trouve un suicidé. »

Elle avait dit cela un peu en manière de plaisanterie, mais à son grand étonnement Miss Peverell s'écria : « Ne dites pas ça, Mandy ! Il ne faut même pas penser des choses pareilles. C'est de la superstition, rien d'autre. Bien sûr, personne ne croira que vous portez malheur. Écoutez, cela me contrarie beaucoup que vous soyez seule ce soir. Si vous téléphoniez à vos parents... votre mère ? Est-ce que cela ne vaudrait pas mieux que vous alliez chez elle ce soir ? Elle pourrait venir vous prendre ici. »

Comme un foutu ballot, pensa Mandy, qui dit : « Je ne sais pas où elle est », et faillit ajouter : « Vous pourriez toujours essayer la Vache Rouge à Hayling Island. »

Mais les mots et la bonté qui les inspirait éveillèrent en elle le besoin jusqu'alors ignoré d'une consolation féminine, du confort douillet de cette pièce vers Whitechapel Road. Elle voulait sentir le remugle familier fait d'alcool et du parfum de Mrs Crealey, se pelotonner devant le radiateur à gaz dans le fauteuil bas qui l'enserrait comme une matrice, entendre à l'extérieur le grondement réconfortant de la circulation dans la rue. Elle n'était pas à son aise dans cet appartement élégant et ces gens, malgré toute leur gentillesse, n'étaient pas de son monde. Elle voulait Mrs Crealey.

Elle dit : « Je pourrais téléphoner à l'agence, Mrs Crealey y sera peut-être encore. »

Frances Peverell parut surprise, mais fit monter Mandy dans sa chambre en lui disant : « Vous y serez plus tranquille, Mandy, et puis il y a une salle de bain à côté si vous en avez besoin. »

Le téléphone était sur la table de chevet, un crucifix accroché au-dessus de lui. Mandy en avait déjà vu, généralement à l'extérieur des églises, mais celui-là était différent. Le Christ, presque imberbe, paraissait très jeune et sa tête, au lieu de pendre, appesantie par la mort, était rejetée en arrière, la bouche grande ouverte comme s'il criait vengeance ou implorait la pitié de son Dieu. Mandy se dit que ce n'était pas le genre d'objet qu'elle aimerait trouver accroché à côté de son lit, mais elle savait qu'il avait des pouvoirs. Les gens qui avaient de la religion priaient devant un crucifix et, s'ils étaient chanceux, leurs prières étaient exaucées : ça valait la peine d'essayer. Tout en faisant le numéro du bureau de Mrs Crealey, elle s'obligea à regarder fixement le corps d'argent couronné de son buisson d'épines et articula sans bruit les mots : « Je vous en prie, faites qu'elle réponde, faites qu'elle soit là. Je vous en prie, faites qu'elle réponde, faites qu'elle soit là. » Mais le téléphone continua ses sonneries intermittentes et il n'y eut pas de réponse.

Moins de cinq minutes plus tard, le timbre de la porte retentit et James de Witt descendit pour remonter avec Dauntsey et Bartrum.

Frances Peverell demanda : « Que se passe-t-il, Gabriel ? Le commandant Dalgliesh est là ?

— Non, juste l'inspecteur Miskin et l'inspecteur Aaron. Oh ! et puis il y a aussi ce jeune sergent et un photographe. Ils attendent le médecin légiste pour certifier qu'elle est morte. »

Frances se récria : « Mais bien sûr qu'elle est morte ! Ils n'ont pas besoin d'un médecin légiste pour le leur dire.

— Je sais, Frances, mais apparemment, c'est la procédure normale. Non, merci, pas de vin. Nous avons bu, Sydney et moi, au Sailor's Return depuis sept heures et demie.

— Du café alors. Vous aussi, Sydney ? »

Celui-ci parut embarrassé et dit : « Non, merci, Miss Peverell. Il faut que je m'en aille. J'ai dit à ma femme que je retrouvais Mr Dauntsey pour prendre un verre et que je serais un peu en retard, mais je rentre toujours avant dix heures.

— Bien sûr, il faut que vous partiez. Elle va s'inquiéter. Passez-lui donc un coup de fil.

— Oui, je crois que ça vaudrait mieux. Merci. »

Il sortit de la pièce à sa suite.

De Witt demanda : « Comment prennent-ils ça ? La police, je veux dire.

— En professionnels. Comment pourraient-ils faire autrement ? Ils ne disent pas grand-chose. J'ai eu l'impression qu'ils n'étaient pas trop contents que nous ayons déplacé le corps, et même lu la note, d'ailleurs. »

De Witt se versa un autre verre de vin.

« Que diable pensaient-ils que nous allions faire ? Et la note nous était adressée. Au cas où nous ne l'aurions pas lue, je me demande s'ils nous auraient dit ce qu'il y a dedans. Ils nous laissent bien dans l'incertitude au sujet de la mort de Gérard. »

Gabriel reprit : « Ils monteront ici dès que le fourgon sera venu la chercher. » Il s'interrompit puis ajouta : « Je l'ai peut-être vue arriver. Nous étions convenus, Sydney et moi, de nous retrouver au pub à sept heures et demie et, au moment où j'arrivais à Wapping Way, j'ai vu un taxi qui entrait dans Innocent Walk.

— Avez-vous vu le passager ?

— Je n'étais pas assez près. De toute façon, je ne l'aurais probablement pas remarqué. Mais j'ai bien vu le chauffeur. Il était gros et noir. La police pense que ça pourra aider à le retrouver. Les chauffeurs noirs sont encore en minorité. »

Bartrum, qui avait passé son coup de fil, revint à ce moment-là et après s'être raclé la gorge nerveusement, comme il en avait l'habitude, dit : « Eh bien, il faut que je m'en aille. Merci, Miss Peverell. Je n'attendrai pas le café. Je veux rentrer chez moi. Les policiers m'ont dit que je n'avais pas besoin de rester. Je leur ai dit tout ce que je savais, que j'étais resté au pub avec Mr Dauntsey depuis sept heures et demie. S'ils me veulent encore, je serai à mon bureau demain matin. Les affaires continuent. »

Le ton faussement désinvolte les déconcerta. Levant le nez de son assiette, Mandy crut un instant qu'il allait serrer les mains à la ronde. Mais il pivota sur ses talons, s'en alla, et Frances Peverell sortit pour l'accompagner. Mandy eut l'impression qu'ils étaient tous contents d'être débarrassés de lui.

Un silence gêné tomba ; une conversation banale, les propos oiseux d'un dîner privé, les petites histoires de boutique, tout cela semblait déplacé, presque inconvenant. Innocent House et l'horreur de la mort, ils n'avaient rien d'autre en commun. Mandy sentait qu'ils auraient été plus à leur aise sans elle : les liens nés du choc et de la terreur partagées se distendaient et ils se remémoraient qu'elle n'était que la dactylo intérimaire, complice des commérages de Mrs Demery, que toute l'affaire aurait fait le tour de la maison dès le lendemain et que moins ils en diraient pour l'heure mieux cela vaudrait.

De temps à autre, l'un d'eux allait téléphoner à Claudia Étienne, mais d'après les brèves conversations qui suivaient, Mandy comprenait qu'elle n'était pas chez elle. Il y avait un autre numéro qu'ils pouvaient essayer mais James de Witt dit : « Laissons ça. On la joindra plus tard. De toute façon, elle ne peut rien faire. »

Et puis Frances sortit avec Gabriel faire du café et cette fois James tint compagnie à Mandy. Il lui demanda où elle habitait et elle le lui dit. Il déclara qu'à son avis, elle ne devrait pas rentrer dans une maison vide. Y aurait-il quelqu'un quand elle arriverait ? Pour s'éviter difficultés et explications, elle assura que oui. Après cela, il parut incapable de trouver une autre question à poser et ils gardèrent le silence, guettant les petits bruits de la cuisine. Mandy se dit que c'était comme attendre à l'hôpital une nouvelle redoutée, ainsi qu'elle l'avait fait avec sa mère le jour où sa mémé avait subi sa dernière opération. Elles avaient attendu dans une pièce anonyme, chichement meublée, dans un silence presque hostile, perchées sur le bord de leur chaise, aussi mal à l'aise que si elles n'avaient pas eu le droit d'être là, sachant que quelque part, hors de la vue et de l'ouïe, des spécialistes de la vie et de la mort exécutaient leurs tâches mystérieuses pendant qu'elles-mêmes restaient là, impuissantes, sans autre chose à faire qu'attendre. Cette fois l'attente ne fut pas longue. Ils avaient à peine fini leur café quand ils entendirent le coup de sonnette qu'ils guettaient à la porte de l'immeuble, et moins d'une minute plus tard, l'inspecteur Miskin accompagné de l'inspecteur Aaron faisaient leur entrée dans le salon. Chacun portait ce qui ressemblait à un gros porte-documents et Mandy se demanda si c'était leur trousse d'urgence.

L'inspecteur Miskin dit : « Nous parlerons plus longuement quand nous aurons eu les résultats de l'autopsie. Il y a juste quelques questions que nous voudrions poser tout de suite. Qui l'a trouvée ?

— Moi », répondit Mandy en regrettant d'être encore à table avec une assiette sale et vide devant elle. Cette preuve d'appétit avait quelque chose d'indécent. Et puis, pourquoi le demander, se dit-elle avec une flambée d'irritation, vous devez bien le savoir maintenant qui l'a trouvée.

« Qu'est-ce que vous faisiez ici ? Il était tard pour travailler. » Question posée par l'inspecteur Aaron.

« Je ne travaillais pas. » Mandy se rendit compte que son ton était hargneux et se reprit en main. Brièvement, elle raconta les événements de cette soirée funeste.

L'inspecteur Miskin demanda : « Quand vous avez eu retrouvé votre pochette à l'endroit prévu, qu'est-ce qui vous a poussé à aller vers le fleuve ?

— Je n'en sais rien. Parce qu'il était là, je suppose. » Elle ajouta : « Je voulais voir l'heure à ma montre. Il faisait plus clair au bord de l'eau.

— Vous n'avez ni vu ni entendu qui que ce soit à ce moment-là, ou quand vous êtes arrivée ?

— Écoutez, dans ce cas-là je vous l'aurais déjà dit. Je n'ai rien vu ni rien entendu, sauf le papier sur la grille. Alors je suis allée voir de plus près, et c'est à ce moment-là que j'ai aperçu le sac par terre au pied de la grille et la courroie qui trempait dans l'eau. Quand j'ai regardé, j'ai vu ce qu'il y avait au bout de la courroie. »

Frances Peverell intervint d'un ton uni : « C'est humain

d'aller voir le fleuve de plus près, surtout le soir. Je le fais toujours quand je suis dans les parages. Est-ce que Miss Price est obligée de répondre encore à d'autres questions maintenant ? Elle vous a dit tout ce qu'elle savait. Elle vient de vivre des moments terribles. »

L'inspecteur Aaron ne la regarda pas, mais l'inspecteur Miskin prit le relais sur un ton plus doux : « Savez-vous l'heure qu'il était quand vous êtes revenue à Innocent House ?

— Huit heures vingt. J'ai regardé à ma montre quand j'ai été près du fleuve. »

L'inspecteur Aaron intervint de nouveau : « Revenir du White Horse, ça fait assez loin. Vous n'avez pas eu l'idée de téléphoner à Miss Peverell ou à Mr Dauntsey pour leur demander de regarder si votre pochette était encore là ?

— Je l'ai fait. Mr Dauntsey n'a pas répondu et Miss Peverell avait branché son répondeur. »

Frances Peverell dit aussitôt : « Je fais parfois cela quand j'ai une visite. James est arrivé en taxi juste après sept heures et je suppose que Mr Dauntsey était au Sailor's Return avec Sydney Bartrum.

— C'est ce qu'il nous a dit. L'un de vous a-t-il vu ou entendu quelque chose d'insolite, par exemple un bruit quelconque dans Innocent Lane ? »

Ils se regardèrent et Frances Peverell dit : « Je ne crois pas que nous pourrions entendre des bruits de pas sur les pavés, pas depuis cette pièce. J'ai été un très court moment dans la cuisine pour préparer les salades. Je fais toujours cela au dernier moment. La fenêtre donne sur Innocent Lane et j'aurais entendu le taxi à ce moment-là s'il l'avait déposée devant la porte habituelle d'Innocent House. Je n'ai rien entendu. »

James de Witt prit la suite : « Je n'ai pas entendu de taxi et ni Miss Peverell ni moi n'avons vu ou entendu quoi que ce soit dans Innocent Lane après mon arrivée. Les bruits habituels de la Tamise, bien sûr, mais assourdis par les rideaux. Je crois qu'il y a eu un peu de bruit plus tôt dans la soirée, mais je ne me rappelle pas quand. Certainement pas assez exceptionnel pour que nous sortions sur le balcon voir ce qui se passait. On s'habitue aux bruits sur le fleuve.

— Comment êtes-vous venu ici ce soir ? demanda l'inspecteur Aaron. En voiture ?

— En taxi. Je ne conduis pas dans Londres. J'aurais dû vous dire plus tôt que je venais de chez moi. Je ne suis pas allé au bureau cet après-midi. J'avais rendez-vous avec le dentiste. »

Soudain, Frances Peverell demanda : « Qu'est-ce qu'il y avait dans son sac ? Il avait l'air lourd.

— Il *est* lourd, répondit l'inspecteur Miskin. Et voilà pourquoi. »

Elle prit le sac en plastique des mains de l'inspecteur Aaron et le vida sur la table.

Tous la regardèrent défaire les courroies. Le manuscrit, relié en papier bulle bleu pâle, portait le titre du roman et le nom de l'auteur en majuscules : MORT SUR L'ÎLE PARADIS, PAR ESMÉ CARLING. Et puis, écrit en travers de la couverture à l'encre rouge : REFUSÉ — APRÈS TRENTE ANS, suivi de trois énormes points d'exclamation.

« Ainsi donc, dit Frances Peverell, elle avait apporté cela ici en même temps que la note annonçant son suicide. Nous sommes tous un peu à blâmer. Nous aurions dû faire montre de plus de bonté. Mais se tuer... Et le faire de cette façon-là ! Dans la solitude et l'horreur. Pauvre femme ! »

Elle se détourna et James de Witt s'approcha d'elle mais sans la toucher. Il dit en s'adressant à l'inspecteur Miskin : « Écoutez, est-ce qu'il faut que nous poursuivions cette conversation ce soir ? Nous sommes tous en état de choc et ce n'est pas comme s'il pouvait y avoir le moindre doute. »

L'inspecteur Miskin remit le manuscrit dans le sac et dit tranquillement : « Il y a toujours doute, tant que nous ne connaissons pas les faits. Quand Miss Carling a-t-elle appris que la maison avait refusé son roman ? »

Ce fut James de Witt qui rectifia : « Mrs Carling. Elle était veuve. Elle avait divorcé il y a un certain temps et son mari est mort depuis. Pour son livre, elle l'a su le matin où Gérard Étienne est mort. Elle est venue pour le voir, mais nous étions à la réunion du conseil et elle a été obligée de partir parce qu'elle avait une séance de signatures à Cambridge. Mais vous savez tout cela.

— La séance qui a été annulée avant qu'elle n'arrive ?

— Oui, exactement.

— Et depuis la mort de Mr Étienne, avait-elle pris contact avec l'un de vous deux ou quelqu'un d'autre dans la maison à votre connaissance ? »

Une fois encore, de Witt et Frances se regardèrent et le premier dit : « Pas avec moi. Et avec vous, Frances ?

— Non, pas un mot. C'est un peu étrange quand on y songe. Si seulement nous avions pu parler, nous expliquer, cela ne serait peut-être pas arrivé. »

Ce fut l'inspecteur Aaron qui rompit le silence : « Qui a décidé de la sortir de l'eau ?

— C'est moi. » Frances tourna vers lui son regard doux, mais plein de reproche.

« Vous ne croyiez sûrement pas que vous alliez pouvoir la ressusciter ?

— Non, je ne crois pas que j'ai pensé cela, mais c'était si terrible de la voir pendue là. Si inhumain. Si... » Elle s'interrompit un instant.

De Witt crut bon d'ajouter : « Nous ne sommes pas tous des officiers de police, inspecteur. Certains d'entre nous ont encore des instincts humains. »

L'inspecteur Aaron rougit, jeta un regard à l'inspecteur Miskin et parvint non sans peine à garder son calme.

L'inspecteur Miskin dit tranquillement : « Espérons que vous parviendrez à les conserver. Je suppose que Miss Price aimerait rentrer chez elle maintenant. Nous allons la reconduire, l'inspecteur Aaron et moi. »

Mais Mandy déclara avec l'entêtement d'un enfant : « Je ne veux pas être reconduite. Je veux rentrer par mes propres moyens, avec ma moto. »

Frances Peverell lui dit gentiment : « Votre moto sera parfaitement en sûreté ici, Mandy. Si vous voulez, nous pourrions la mettre sous clef dans le garage du 10.

— Je ne veux pas la laisser dans le garage. Je veux rentrer chez moi avec. »

Elle finit par avoir gain de cause, mais l'inspecteur Miskin exigea que la voiture de police la suive et Mandy prit un malin plaisir à se faufiler entre les véhicules pour rendre la tâche de ses poursuivants aussi difficile que possible.

Quand ils furent arrivés à la maison de Stratford High Street, l'inspecteur Miskin, levant les yeux vers les fenêtres sans lumière, fit remarquer : « Je croyais que vous aviez dit qu'il y aurait quelqu'un chez vous.

— Il y a quelqu'un chez moi. Ils sont tous dans la cuisine. Dites donc, je peux me débrouiller seule, je ne suis plus une gosse, hein? Tâchez voir de me décramponner. »

Elle mit pied à terre. L'inspecteur Aaron sortit de la voiture et l'aida à soulever la Yamaha pour lui faire franchir le seuil et la garer dans le hall. Après quoi, sans un mot, elle referma d'une main ferme la porte derrière lui.

48

Daniel grogna. « Ça lui aurait fait mal de dire merci? En voilà une dure à cuire!

— Elle est en état de choc.

— Pas assez pour que ça l'empêche de dîner. »

Le commissariat de Wapping était silencieux et ils ne virent qu'un seul policier en montant dans la pièce mise à leur disposition. Ils restèrent un moment à la fenêtre avant de tirer les rideaux. Les nuages s'étaient levés et le fleuve coulait, large et calme, faisant jouer ses tourbillons de lumière sous le scintillement des étoiles. Mais il règne toujours une étrange impression de paix et d'isolement, le soir dans un commissariat de police. Même quand le calme y est momentanément rompu par des voix masculines bruyantes et des pas lourds, l'air garde une particulière tranquillité, comme si le monde extérieur avec sa violence et ses terreurs pouvait bien se tenir à l'affût mais sans parvenir à troubler cette quiétude essentielle. La camaraderie allait s'approfondissant, aussi les collègues parlaient-ils moins souvent mais plus librement. Pourtant, ils ne pouvaient s'attendre à trouver cette complicité à Wapping. Kate savait qu'ils étaient dans une certaine mesure des intrus. Le commissariat leur offrait l'hospitalité et toutes les facilités dont ils avaient besoin, mais ils restaient des corps étrangers.

Dalgliesh s'était rendu à la gendarmerie de Durham pour quelque mystérieuse mission des autorités supérieures et elle ne savait pas s'il était déjà reparti pour Londres. Elle passa son coup de fil et apprit qu'on le croyait encore sur place. On allait essayer de le trouver et on lui demanderait de rappeler.

Pendant qu'elle attendait, elle demanda : « Vous êtes sûr

de son alibi ? Celui d'Esmé Carling, je veux dire. Elle était bien chez elle le soir où Étienne est mort ? »

Daniel s'assit à son bureau et se mit à jouer avec l'ordinateur avant de répondre, en essayant de dissimuler son irritation : « Oui, je suis sûr. Vous avez lu mon rapport. Elle était avec cette gamine, Daisy Reed, qui habite le même immeuble. Elles ont été ensemble toute la soirée jusqu'à minuit et plus. La gamine a confirmé. Je n'ai pas été totalement incompétent, si c'est ce que vous voulez suggérer.

— Pas du tout. Du calme, Daniel. Elle n'a jamais été vraiment soupçonnée, n'est-ce pas ? Le conduit bouché, le cordon éraillé — tout cela nécessitait trop de préméditation ; nous ne l'avons jamais considérée comme une criminelle possible.

— Alors, vous voulez dire que je me suis satisfait trop facilement ?

— Non, je m'assure simplement que vous étiez satisfait.

— Écoutez, j'y suis allé avec Robbins et une femme de la brigade des mineurs, j'ai interrogé Esmé Carling et la gamine séparément. Elles étaient ensemble ce soir-là comme la plupart des soirs, d'ailleurs. La mère était partie à son travail — strip-tease, boîte de nuit, un rien de prostitution, est-ce que je sais ? — et la gamine attendait qu'elle soit partie pour filer passer la soirée avec Carling. Apparemment, ça les arrangeait toutes les deux. J'ai vérifié tous les détails de ce jeudi soir et leurs récits concordent. Au début, la gamine ne voulait pas admettre qu'elle avait été avec Carling, elle avait un peu peur que sa mère mette un point final à l'arrangement, ou que la brigade des mineurs prenne contact avec les services sociaux et qu'elle finisse dans une institution. C'est ce qu'ils ont fait — pris contact avec les services sociaux, je veux dire. Ils ne pouvaient guère faire autrement, vu les circonstances. La gosse disait la vérité. D'ailleurs, pourquoi en douter ?

— Mais c'est tout de même étrange, non ? Voilà une femme dont le livre a été refusé après trente ans de succès. Elle arrive fulminante à Innocent House pour s'expliquer avec Gérard Étienne. Elle ne peut pas le voir, parce qu'il est en réunion. Elle part ensuite pour une signature et découvre en arrivant que quelqu'un d'Innocent House l'a décommandée. J'imagine qu'à ce moment-là elle est folle de rage. Alors qu'est-ce qu'on attendrait qu'elle fasse? Qu'elle rentre tranquillement chez elle et écrive une lettre, ou qu'elle retourne le soir même invectiver Étienne? Elle savait probablement qu'il travaillait tard le jeudi. Presque tous ceux qui avaient affaire avec Innocent House semblent l'avoir su. Et son comportement depuis ce moment est étrange aussi. Elle savait que Gérard Étienne était le principal responsable du rejet de ce manuscrit. Or, maintenant, il est mort. Alors pourquoi n'est-elle pas revenue faire une autre tentative pour placer son bouquin?

— Elle savait probablement que ce serait inutile. Les associés ne voudraient pas aller contre une décision d'Étienne si peu de temps après sa mort. D'ailleurs, ils étaient sans doute du même avis que lui. »

Elle poursuivit : « Et puis ce soir il y a eu plusieurs choses bizarres aussi. Frances Peverell et de Witt auraient presque certainement entendu le taxi s'il avait remonté Innocent Lane jusqu'à l'entrée habituelle. Alors où a-t-elle été déposée exactement?

— Probablement quelque part dans Innocent Walk, après quoi elle est allée à pied jusqu'au fleuve. Elle savait qu'un taxi roulant sur les pavés d'Innocent Lane aurait pu être entendu, soit par Mr Dauntsey, soit par Miss Peverell. Ou elle a pu descendre à l'extrémité d'Innocent Passage. C'est le point d'accès le plus proche de l'endroit où elle a été trouvée.

— Mais la grille à l'extrémité du passage est fermée. Si elle est passée par là pour aller au fleuve, alors qui lui a ouvert la grille et l'a refermée à clef? Et puis le message. Vous trouvez qu'il ressemble vraiment à une note annonçant un suicide?

— Pas très typique, peut-être, mais qu'est-ce que c'est qu'une note typique en pareille circonstance? Je pense qu'un jury n'aurait pas beaucoup de peine à se convaincre qu'elle est authentique.

— Et écrite quand?

— Juste avant qu'elle se tue, je suppose. Ce n'est pas le genre de chose qu'on concocte à l'avance et qu'on garde sous la main au cas où l'on en aurait besoin d'une minute à l'autre.

— Alors pourquoi ne pas faire allusion à la mort de

Gérard Étienne ? Elle devait bien savoir que c'était lui le principal responsable du refus de son manuscrit. Mais oui, elle le savait. Mandy Price et Miss Blackett ont raconté toutes les deux comment elle avait fait irruption dans le bureau pour le voir. Assurément, sa mort avait dû modifier les sentiments qu'elle éprouvait à l'égard de Peverell Press. Et même s'il n'en avait rien été, même si elle éprouvait toujours autant d'amertume, n'est-ce pas étrange que la note ne fasse même pas allusion à cette mort ? »

Puis le téléphone sonna. Dalgliesh était en ligne et Kate lui fit un rapport clair et concis, expliquant qu'ils n'étaient pas parvenus à joindre le Dr Wardle, qui était pris à l'extérieur, mais n'avaient pas essayé de lui trouver un remplaçant puisque le corps avait été déplacé. Il était désormais à la morgue. Il parut à Daniel qu'elle écouta ensuite longtemps sans rien dire, sauf parfois « Oui, patron. »

Enfin, elle reposa l'appareil. « Il revient par avion cette nuit. Nous ne devons interroger personne à Innocent House tant que nous n'avons pas le résultat de l'autopsie. Ils peuvent attendre. Demain, vous essaierez de retrouver le taxi et de vérifier si quelqu'un aurait pu voir quelque chose sur la Tamise cette nuit-là, y compris un quelconque bateau de plaisance qui serait passé entre sept heures et le moment où Mandy a trouvé le corps. La clef de l'appartement de Carling était dans son sac et, apparemment, il n'y a pas de proche parent, donc nous allons y aller demain matin. C'est à Hammersmith, Mount Eagle Mansions. Il veut que l'agent de Mrs Carling nous y retrouve à onze heures et demie. Mais d'abord, nous allons interroger Daisy Reed. Et puis il y a autre chose. Cré nom, Daniel, nous aurions dû y penser nous-mêmes. A.D. veut que l'équipe spécialisée d'ici examine la vedette à la première heure demain matin. Peverell Press devra prendre d'autres dispositions pour embarquer son personnel à Charing Cross. Dieu, que je me sens gourde ! A.D. doit se demander si nous voyons parfois plus loin que le bout de notre nez.

— Il pense donc qu'elle s'est servie de la vedette pour se pendre. Ça aurait certainement été plus facile.

— Elle, ou quelqu'un d'autre.

— Mais le bateau était amarré à sa place habituelle, de l'autre côté des marches.

— Exactement. Donc, s'il a été utilisé, quelqu'un l'a déplacé avant et après qu'elle meure. Si nous prouvons ça, nous serons près de prouver que c'était son assassin. »

49

A dix heures, Gabriel Dauntsey était redescendu chez lui, laissant seuls James de Witt et Frances, qui se rendirent compte tous deux qu'ils avaient faim. Mandy avait mangé les deux parts de canard, mais l'un comme l'autre aurait trouvé le plat trop riche. Ils étaient à ce stade inconfortable où l'on a besoin de manger, sans pouvoir penser à quelque chose dont on aurait envie. Finalement, Frances fit une grosse omelette aux fines herbes qu'ils se partagèrent avec plus de plaisir qu'ils ne l'auraient cru possible. Comme d'un commun accord, ils ne parlèrent pas de la mort d'Esmé Carling.

Avant le départ de Dauntsey, Frances avait dit : « Nous sommes tous responsables, n'est-ce pas? Aucun d'entre nous n'a vraiment tenu tête à Gérard. Nous aurions dû exiger une discussion sur l'avenir d'Esmé. Quelqu'un aurait dû la voir, lui parler. »

James avait dit doucement : « Frances, nous ne pouvions pas publier ce livre. Pas parce qu'il était commercial, nous avons besoin d'ouvrages de fiction populaire. Mais c'était de la mauvaise fiction populaire. C'était un mauvais livre. »

Et Frances avait répliqué : « Un mauvais livre? Le crime des crimes, le péché contre l'Esprit. Eh bien, ce qui est sûr, c'est qu'elle l'a payé cher. »

L'amertume, l'ironie l'avaient étonné. La remarque ressemblait si peu à la jeune femme. Mais depuis la rupture avec Gérard, elle avait perdu quelque chose de sa douceur et de sa passivité anciennes. Il observait le changement avec un rien de regret, tout en reconnaissant là une manifestation nouvelle de ce besoin psychologique qui n'était jamais loin chez lui de rechercher et d'aimer tout ce qui était vulnérable, innocent, blessé et faible, de donner plutôt que de recevoir. Il savait que ce n'était pas le moyen d'établir des relations équilibrées et qu'une continuelle bonté sans exigence pouvait, dans sa subtile condescendance, être aussi écrasante pour l'être aimé que la cruauté ou l'indifférence. Était-ce ainsi qu'il soutenait son ego, en sachant que l'on avait besoin de lui, que l'on comptait sur lui, qu'on l'admirait pour sa compassion qui, regardée honnêtement, était une forme particulièrement ingénieuse de patronage sentimental et d'orgueil spirituel ? Valait-il mieux que Gérard, pour qui le sexe appartenait à sa stratégie personnelle de puissance et qui éprouvait une particulière jouissance à séduire une vierge dévote parce qu'il savait que pour elle cette reddition avait été un péché mortel ? Il avait toujours aimé Frances, il l'aimait encore, il la voulait dans sa vie, sa maison, son lit, aussi bien que dans son cœur. Peut-être était-ce possible, maintenant qu'ils pouvaient s'aimer en partenaires égaux.

Ce soir-là il hésitait à la quitter, mais il n'avait pas le choix. Le copain de Rupert, Ray, était obligé de partir à onze heures et demie et ce dernier était trop malade pour rester seul, fût-ce quelques heures. Et puis, il y avait une autre difficulté. Proposer de passer la nuit dans la chambre d'amis de Frances risquait de paraître présomptueux. Elle pouvait après tout préférer affronter ses démons personnels seule plutôt que subir la gêne d'une présence. Et ce n'était pas tout : il voulait faire l'amour avec elle, mais c'était trop important pour se produire simplement parce que le choc et le chagrin avaient rendu la jeune femme vulnérable, si bien qu'elle serait venue dans son lit non pas poussée par un désir égal au sien, mais par le besoin d'être consolée. Il se dit qu'ils étaient tous empêtrés dans un singulier gâchis, qu'il était bien difficile de se connaître soi-même et si l'on y parvenait, de se changer.

Mais le problème se résolut de lui-même quand il dit : « Êtes-vous sûre que c'est bien prudent de rester toute seule, Frances ? »

Elle répondit avec assurance : « Tout à fait sûre. D'ailleurs, Rupert a besoin de vous. Il y a Gabriel au premier si j'avais besoin de compagnie, mais je n'en aurai pas besoin. J'ai l'habitude d'être seule, James. »

Elle téléphona pour faire venir un taxi et il rentra chez lui par les voies les plus rapides, laissant la voiture à la Station Bank pour prendre le métro jusqu'à Notting Hill Gate.

Il vit l'ambulance dès qu'il eut tourné l'angle de Hillgate

Street et son cœur fit un bond. Il se mit à courir et vit les infirmiers qui descendaient déjà l'escalier en portant Rupert sur un brancard. On ne voyait que son visage dépassant de la couverture, un visage qui, même à la dernière extrémité de la faiblesse et décharné par la mort, n'avait jamais perdu sa beauté aux yeux de James. Tandis qu'il regardait les deux hommes manœuvrer leur charge avec des mains expérimentées, il lui semblait que c'étaient ses bras qui en sentaient l'intolérable légèreté.

Il dit : « Je vais aller avec vous. »

Mais Rupert secoua la tête. « Il vaut mieux pas. Ils ne veulent pas trop de monde dans l'ambulance. Ray va venir. »

Ray dit : « Bien sûr. Je vais avec lui. »

Ils avaient hâte de partir. Déjà deux voitures attendaient de pouvoir passer. Il monta dans l'ambulance et regarda sans parler Rupert, qui lui dit : « Désolé du désordre dans votre salon. Je ne reviendrai pas. Vous pourrez remettre tout en état et inviter Frances, sans éprouver l'un et l'autre le besoin de stériliser la vaisselle. »

James demanda : « Où est-ce qu'on vous emmène ? Au centre de soins ?

— Non, dans le Middlesex.

— J'irai vous voir demain.

— Il vaut mieux pas. »

Ray était déjà solidement carré dans l'ambulance, à son aise, comme s'il était là de plein droit. Et c'était bien le cas. Rupert parla de nouveau et James se pencha pour l'entendre. Il dit : « Cette histoire à propos de Gérard Étienne. A propos de moi et d'Eric. Vous ne l'avez pas crue ?

— Si, Rupert, je l'ai crue.

— Elle n'était pas vraie. Comment aurait-elle pu l'être ? Elle n'avait pas de sens. Vous savez sûrement ce qu'il en est des périodes d'incubation ? Vous l'avez crue parce que vous aviez besoin de la croire. Pauvre James ! Comme vous avez dû le haïr ! Ne faites pas cette tête-là. N'ayez pas l'air si effondré. »

Il sembla à James qu'il n'avait plus de voix. Et quand il put parler, les mots l'horrifièrent par leur futile banalité : « Ça ira bien, Rupert ?

— Ça ira, oui, et définitivement bien. Pas d'inquiétude et pas de visite. Rappelez-vous ce qu'a dit G.K. Chesterton :

“Il nous faut apprendre à aimer la vie sans jamais lui faire confiance.” Je ne lui ai jamais fait confiance. »

Il ne se rappela pas être descendu de l’ambulance, mais il entendit le claquement assourdi des deux portes qui se refermaient devant son nez. Au bout de quelques secondes la voiture avait tourné l’angle de la rue, mais il resta longtemps à regarder dans sa direction, comme si elle parcourait une longue route toute droite et qu’il pouvait la voir disparaître à l’horizon.

50

Mount Eagle Mansions, près de Hammersmith Bridge se révéla être un grand immeuble de brique rouge à l’aspect délabré et négligé des maisons qui languissent entre deux propriétaires. L’énorme porche de style italien surchargé d’ornements et dont le stuc commençait à s’effriter détonnait sur la façade toute simple, donnant à l’ensemble un air d’ambiguïté excentrique, comme si l’architecte avait été empêché d’achever son projet initial par manque d’inspiration ou d’argent. Jugeant d’après le porche, Kate se dit que c’était peut-être heureux. Mais les habitants n’avaient évidemment pas abandonné l’espoir de préserver au moins la valeur de leur bien. Les vitres du rez-de-chaussée étaient propres, les plis des divers rideaux bien réguliers et certains appuis de fenêtre garnis de caisses d’où lierres et géraniums pendaient sur les briques encrassées. La boîte aux lettres et l’immense heurtoir en forme de tête de lion étaient blancs à force d’astiquage et un grand paillasson, visiblement neuf, annonçait fièrement « Mount Eagle Mansions » tissé dans ses poils hérissés. A droite de la porte, une rangée de sonnettes accompagnées chacune d’un nom dans la rainure correspondante. Celui de l’appartement 27, découpé dans une carte de visite, indiquait : « Mrs Esmé Carling » en lettres ornementées. Celui du 29 ne portait qu’un seul mot en majuscules d’imprimerie : « Reed ». Au coup de sonnette de Kate répondit après quelques secondes une voix féminine dont le ton de résignation bougonne était nettement perceptible malgré les crachotements de l’interphone. « C’est bon, montez. »

Pas d'ascenseur, bien que les dimensions du hall mosaïqué eussent donné à penser qu'on en avait prévu un à l'origine. Le long d'un des murs, une double rangée de boîtes aux lettres clairement numérotées, et contre l'autre une lourde table d'acajou couverte de circulaires, lettres réexpédiées et vieux papiers attachés en liasses avec une ficelle. Au-dessus, des volutes d'eau savonneuse séchée prouvaient qu'on avait essayé de nettoyer la peinture, bien que le seul résultat eût été de faire ressortir davantage la crasse. L'air sentait l'encaustique et le désinfectant. Ni Kate ni Dalgliesh ne dirent mot, mais, tout en montant l'escalier devant les lourdes portes munies de judas et de doubles verrous de sécurité, Kate, qui sentait grandir en elle une excitation mêlée d'une légère appréhension, se demandait si cette impression était partagée par le personnage silencieux à ses côtés. L'entrevue était importante. Quand ils descendraient cet escalier, le dossier pourrait être bouclé.

Kate était étonnée qu'Esmé Carling n'ait pas pu s'offrir quelque chose de mieux qu'un appartement dans cet immeuble peu impressionnant. Ce n'était vraiment pas une adresse prestigieuse pour recevoir intervieweurs ou journalistes, à supposer évidemment qu'elle en reçût. Mais le peu qu'elle connaissait de l'auteur ne donnait pas à penser qu'elle vivait en recluse et elle était après tout assez connue. Sans l'avoir jamais rencontrée elle-même, Kate avait entendu parler d'Esmé Carling. Cela ne voulait pas dire, bien sûr, qu'elle tirait de gros revenus de son métier d'écrivain. Kate avait lu dans un article de revue que, si de très rares romanciers à succès étaient millionnaires, la majorité, même ceux qui étaient appréciés, avaient du mal à vivre de leurs royalties. Mais l'agent serait là dans une heure et il était bien inutile de perdre du temps à cogiter sur Esmé Carling auteur de romans policiers, alors que toutes les questions allaient recevoir une réponse fournie par la personne la plus qualifiée.

Dalgliesh avait décidé de voir Daisy avant d'examiner l'appartement de la morte et elle pensait savoir pourquoi. C'étaient les renseignements donnés par l'enfant qui étaient essentiels. Les secrets dissimulés derrière la porte du numéo 27, quels qu'ils fussent, pouvaient attendre. Les détritus d'une vie massacrée racontent leur propre histoire. Le témoignage des restes pathétiques d'une victime, lettres, factures, etc., peuvent être mal interprétés, mais les objets ne mentent ni ne modifient leur histoire, ils ne fabriquent pas d'alibis ; ce sont les vivants qui doivent être interrogés pendant que le choc du meurtre est encore vif dans leur esprit. Un bon enquêteur respecte le chagrin, le partage parfois, mais ne tarde jamais à l'exploiter, fût-ce celui d'un enfant.

Ils étaient parvenus à la porte et, avant qu'elle ait pu appuyer sur le bouton de sonnette, Dalgliesh lui dit : « C'est vous qui prenez la parole, Kate. »

Elle répondit : « Oui, patron », mais son cœur fit un bond. Deux ans plus tôt, elle se serait mise à prier : « Oh, mon Dieu ! faites que je dise ce qu'il faut. » Mais désormais plus expérimentée, elle était sûre d'être à la hauteur.

Elle n'avait pas perdu de temps à essayer de se représenter la mère de l'enfant, Shelley Reed. Dans le travail de la police, il est sage de ne pas anticiper sur la réalité en se fabriquant des préjugés. Mais quand, la chaîne bruyamment tirée, la porte s'ouvrit, elle eut du mal à dissimuler son premier mouvement de surprise. Difficile de croire que cette fille au visage poupin qui les dévisageait avec l'animosité grognon d'une adolescente était la mère d'une gamine de douze ans. Elle ne pouvait pas avoir eu plus de seize ans à la naissance de Daisy. Son visage nu, sans maquillage, gardait encore quelque chose de la mollesse informe de l'enfance. Les coins de la bouche boudeuse et très épaisse tombaient ; un bouton clinquant assorti à ceux des petites oreilles perçait une aile du nez épaté ; les cheveux jaunes qui tranchaient avec les lourds sourcils noirs pendaient en frange presque jusqu'aux yeux et encadraient le visage de frisettes crépées. Les yeux espacés et obliques étaient masqués par des paupières si lourdes qu'elles semblaient enflées. Seule sa silhouette faisait penser à la maternité. Les seins pesants bringuebalaient librement sous un long jersey de coton d'une parfaite blancheur, et ses longues jambes bien faites étaient gainées de collants noirs. Aux pieds, des chaussons brodés de Lurex. Son regard dur et inflexible changea quand elle vit Dalgliesh, comme si elle reconnaissait avec un prudent respect une autorité plus incontournable que celle d'un travailleur social. Et quand elle parla, Kate décela une note de lassitude résignée dans le défi rituel.

« Entrez, mais je ne sais pas à quoi ça servira. Vos gars ont déjà vu Daisy. La gosse vous a dit tout ce qu'elle savait. On a coopéré avec la police et qu'est-ce qu'on a récolté? Cette putain d'assistance sur notre dos. Ça les regarde pas comment que je gagne mon argent. Je fais du strip-tease. Bon, et alors , où est le mal? Je gagne ma vie et je gagne celle de ma gosse. J'ai un boulot et il est réglo, non? Les journaux râlent tout le temps contre les mères célibataires qui pompent la sécu. Eh bien, moi, je suis pas inscrite à leur foutue sécu, mais je vais pas tarder à y être, si je suis obligée de traîner ici toute la journée à répondre à des tas de satanées questions à la noix. Et puis, les nanas de la brigade des mineurs, on en veut pas. Celle qui est venue la dernière fois avec le petit youpin, c'était une vraie vache. »

Elle n'avait pas bougé pendant cet accueil, mais enfin, à regret, elle s'effaça pour les laisser entrer dans un vestibule si petit qu'il avait peine à les contenir tous les trois.

Dalgliesh dit : « Je suis le commandant Dalgliesh et voici l'inspecteur Miskin, qui n'est pas de la brigade des mineurs. Elle est enquêteur, nous le sommes tous les deux. Désolés de vous déranger de nouveau, Mrs Reed, mais il faut que nous parlions à Daisy. Est-ce qu'elle sait que Mrs Carling est morte?

— Oui, elle le sait. Tout le monde le sait, non? C'était aux infos régionales. Maintenant vous allez me dire que c'était pas un suicide et que c'est nous qu'on l'a fait.

— Daisy est perturbée?

— Est-ce que je peux le savoir? Elle rit pas. Je sais jamais ce qu'elle sent, cette môme-là. Elle sera sûrement perturbée quand vous aurez fini de la turlupiner. Elle est ici. J'ai téléphoné à l'école pour dire qu'elle irait que cet après-midi. Et puis, dites donc, un petit service : faites vite, hein? Faut que j'aille faire des courses. La gosse sera gardée ce soir, vous en faites pas pour elle. La pétasse de la brique vient pour la soirée. Après ça, vous pouvez demander à l'assistance de s'en occuper si ça les inquiète tant. »

La salle de séjour donnait une impression d'encombrement inconfortable et de bizarrerie qui intrigua Kate jusqu'au moment où elle vit qu'une fausse cheminée dont le manteau était recouvert de cartes de vœux et de petits bibelots en porcelaine avait été collée sur un des murs.

A droite, une porte ouverte révélait un grand lit en partie défait et jonché de vêtements. Mrs Reed alla très vite la fermer. A droite de la porte, Kate aperçut, pendues à une longue tringle, des robes serrées les unes contre les autres. A gauche, un énorme poste de télévision faisait face à un divan, et devant la double fenêtre, sur une table carrée entourée de quatre chaises, des livres de classe étaient empilés. Une enfant en uniforme, jupe plissée bleu marine et blouse blanche, se retourna et leur fit face.

Kate se dit qu'elle avait rarement vu une enfant plus laide. Elle ressemblait certes à sa mère, mais par quelque malice des gênes, les traits maternels avaient été surimposés de façon incongrue sur un mince visage fragile. Derrière les lunettes, des yeux petits et trop écartés, un nez large comme celui de sa mère, une bouche aussi épaisse et encore plus tombante. Sa peau délicate avait une teinte extraordinaire, or vert pâle comme des pommes vues sous l'eau. Les cheveux, entre blonds et auburn pâle, pendaient tels des écheveaux de soie autour d'un visage plus adulte qu'enfantin. Kate regarda Dalgliesh, puis détourna très vite les yeux. Elle savait que ce qu'il éprouvait c'était de la pitié et de la tendresse. Elle avait déjà surpris ce regard, si vite qu'il eût été maîtrisé, mais la force du ressentiment qu'il provoqua en elle l'étonna. Malgré toute sa sensibilité, il n'était pas différent des autres hommes. Sa première réaction en voyant une femme était esthétique, plaisir devant la beauté, regret compatissant devant la laideur. Les femmes laides s'habituent à ce regard, elles sont bien obligées, mais à coup sûr on pourrait épargner à un enfant cette révélation d'une injustice humaine universelle. On peut légiférer contre toutes les sortes de discrimination, mais pas celle-là. En toute chose, depuis le travail jusqu'au sexe, les jolies sont avantagées, les très laides dénigrées et rejetées. Et cette enfant n'avait même pas la promesse de cette laideur particulière chargée de sexualité qui, si elle s'accompagne d'intelligence et d'imagination, peut être infiniment plus érotique que la simple joliesse. Rien à faire, ni pour inverser la courbe de cette bouche trop épaisse, ni pour rapprocher ces yeux porcins. Pendant les quelques secondes qui s'écoulèrent avant qu'elle parlât, Kate se sentit emportée par un tourbillon d'émotions dont la moins forte n'était pas le dégoût d'elle-même. Si Dalgliesh avait éprouvé une pitié instinctive, presque comme si l'enfant avait été infirme, elle en avait fait autant et elle était femme. Elle au moins aurait pu juger d'après des critères différents. En réponse à un geste de la main de Mrs Reed, Dalgliesh s'assit sur le divan et Kate prit une chaise en face de Daisy. La mère se laissa tomber lourdement à l'autre extrémité du divan et alluma une cigarette, l'air belliqueux.

« Je reste. Vous interrogez pas la gamine sans moi. »

Dalgliesh répondit : « Nous ne pouvons pas parler avec Daisy si vous n'êtes pas présente, Mrs Reed. Il y a des règles spéciales pour interroger les enfants. Mais ça nous rendrait service si vous évitiez de nous interrompre, sauf si vous trouvez que nous sommes injustes. »

Kate dit alors doucement : « Nous sommes désolés de ce qui est arrivé à ton amie, Daisy. Mrs Carling était ton amie, n'est-ce pas ? »

Daisy ouvrit un de ses livres de classe et fit semblant de lire. Sans lever la tête, elle dit : « Elle m'aimait bien.

— Quand les gens nous aiment bien, généralement, nous aussi on les aime bien en retour, du moins c'est ce que je fais. Tu sais que Mrs Carling est morte. Elle s'est peut-être tuée, mais on ne peut pas encore en être sûr. Il faut que nous sachions exactement comment elle est morte et pourquoi. Tu veux bien nous aider, n'est-ce pas ? »

Alors Daisy la regarda. Les petits yeux d'une intelligence déconcertante étaient durs comme ceux d'un adulte et accusateurs comme seuls ceux d'un enfant peuvent l'être. Elle dit : « Je ne veux pas vous parler à vous. Je veux parler à l'homme-patron. » Elle regarda Dalgliesh et ajouta : « Je veux parler à lui.

— Eh bien, je suis là, dit Dalgliesh, mais c'est la même chose, Daisy, que tu parles à l'un ou à l'autre.

— Je parlerai qu'à vous. »

Déconcertée, Kate essayant de cacher sa déception et sa contrariété, se leva, mais Dalgliesh lui fit signe de rester où elle était et tira une chaise à côté d'elle.

La petite reprit : « Vous croyez que Tatie Esmé a été assassinée, hein ? Qu'est-ce que vous lui ferez quand vous l'aurez pris ?

— Si le tribunal le reconnaît coupable, alors il ira en prison. Mais nous ne sommes pas sûrs que Mrs Carling a été tuée. Nous ne savons pas encore comment ou pourquoi elle est morte.

— Mrs Summers à l'école dit que de mettre les gens en prison, ça leur fait pas de bien.

— Mrs Summers a raison. Mais en général on n'envoie pas les gens en prison pour leur faire du bien. C'est parfois nécessaire pour protéger les autres, ou pour éviter les mauvaises actions, ou parce que la société est très préoccupée par ce que le coupable a fait et la punition reflète cette préoccupation. »

Oh, Dieu, se dit Kate, est-ce que nous allons passer notre temps à discuter du problème des peines de prison et de la philosophie des sanctions judiciaires ? Mais Dalgliesh était visiblement décidé à être patient.

« Mrs Summers dit qu'exécuter les gens, c'est barbare.

— Dans ce pays-ci nous n'exécutons plus les gens, Daisy.

— En Amérique, ils le font.

— Oui, dans certaines régions des États-Unis et dans d'autres pays aussi, mais ça n'arrive plus en Grande-Bretagne. Je crois que tu sais ça, Daisy. »

Kate se dit que la gamine faisait systématiquement de l'obstruction et se demanda pourquoi. Gagner du temps, bien sûr, mais encore ? Intérieurement, elle maudit Mrs Summers. Elle en avait connu une ou deux de son genre au temps lointain de l'école, surtout Miss Crighton, qui avait fait de son mieux pour la dissuader d'entrer dans la police sous prétexte que c'étaient des agents fascistes qui opprimaient au nom de l'autorité capitaliste. Elle aurait aimé demander à Daisy ce que Mrs Summers aurait fait de l'assassin de Mrs Carling, si assassinat il y avait, à moins, bien sûr, de lui exprimer sa sympathie, de l'analyser et de l'envoyer faire une croisière autour du monde. Mieux encore, il aurait été agréable d'emmener Mrs Summers voir de ses yeux certaines victimes de massacres et assister aux scènes qu'elle, Kate, avait été obligée d'affronter. Irritée par la résurgence de vieux préjugés, de vieux ressentiments qu'elle croyait avoir surmontés et de souvenirs qu'elle préférait oublier, elle gardait les yeux fixés sur le visage de la petite. Mrs Reed tirait vigoureusement sur sa cigarette, sans mot dire. L'air se chargeait désagréablement de fumée.

Assis tout près de la fillette, Dalgliesh lui dit : « Daisy, nous avons besoin de savoir comment et pourquoi Mrs Carling est morte. Peut-être de sa propre main, ou peut-être, c'est possible, tout juste possible, a-t-elle été assassinée. Dans ce cas-là, il faut que nous trouvions le coupable. C'est notre travail. C'est pour ça que nous sommes ici. Nous sommes venus parce que nous pensons que tu peux nous aider.

— J'ai dit ce que je savais à cet inspecteur et à la femme policier. »

Dalgliesh ne répondit pas. Ce silence et ce qu'il sous-entendait déconcertèrent visiblement Daisy. Après une courte pause, elle reprit, sur la défensive : « Comment je peux savoir que vous êtes pas en train d'essayer de rendre Tatie Esmé responsable du meurtre de Mr Étienne ? Elle a dit que vous pourriez essayer de le lui mettre sur le dos.

— Nous pensons que Mrs Carling n'a rien à voir avec le meurtre de Mr Étienne. Et nous ne mettons ce crime sur le dos de personne. Ce que nous essayons de faire, c'est de trouver la vérité. Je crois que je sais deux choses sur toi, Daisy : un, tu es intelligente et deux, si tu promets de dire la vérité, alors ce sera la vérité. Peux-tu promettre ?

— Comment je sais que je peux vous faire confiance ?

— Je te demande de nous faire confiance. C'est à toi de décider si tu peux. C'est une décision importante que tu dois prendre, mais tu ne peux pas y échapper. Seulement, ne mens pas. J'aimerais mieux que tu ne dises rien plutôt que de mentir. »

Stratégie à haut risque, se dit Kate. Allaient-ils apprendre comment Mrs Summers avait recommandé aux enfants de ne jamais faire confiance à un policier ? Elle l'espérait. Les vilains petits yeux de Daisy regardaient droit dans ceux de Dalgliesh. Le silence paraissait interminable.

Puis elle dit : « C'est bon. Je dirai la vérité. »

La voix de Dalgliesh n'était pas changée quand il demanda : « Le jour où l'inspecteur Aaron et la personne de la brigade des mineurs sont venus te voir, tu leur as dit que tu passais tes soirées chez Mrs Carling pour faire tes devoirs et dîner avec elle. C'est vrai ?

— Oui. Quelquefois je m'endormais dans sa chambre d'amis et quelquefois sur le divan et, alors Tatie Esmé me réveillait et me ramenait ici avant que maman revienne. »

Mrs Reed intervint : « Écoutez, elle risquait rien ici. Je fermais toujours la porte à double tour en partant et elle avait ses clefs. Et puis je laissais un numéro de téléphone. Qu'est-ce que je devais faire d'autre? L'emmener avec moi au Club? »

Dalgliesh ne releva pas. Il avait toujours les yeux fixés sur Daisy.

« Qu'est-ce que vous faisiez, toutes les deux?

— Je faisais mes devoirs et quelquefois elle écrivait un peu, et puis on regardait la télé. Elle me laissait lire ses livres. Elle en avait des tas sur les crimes et elle savait tout sur les meurtres pour de vrai. J'apportais mon dîner et quelquefois j'en avais un peu du sien.

— On dirait que vous passiez de bonnes soirées toutes les deux. Je suis sûr qu'elle était contente de ta compagnie.

— Elle n'aimait pas être seule le soir. Elle disait qu'elle entendait des bruits dans l'escalier et qu'elle se sentait pas en sûreté, même avec la porte fermée à double tour. Elle disait que quelqu'un qui avait une deuxième paire de clefs pourrait les laisser traîner et alors un assassin pourrait les prendre et monter l'escalier tout doucement et entrer dans l'appartement. Ou alors elle disait qu'il aurait pu être sur le toit dans le noir et glisser avec une corde et entrer par la fenêtre. Quelquefois, la nuit, elle l'entendait frapper à la vitre. C'était toujours pire quand il y avait quelque chose d'effrayant à la télé. Elle n'aimait pas regarder la télé toute seule, jamais. »

Pauvre gamine ! se dit Kate. C'était donc cela les horreurs que l'imagination de Daisy lui représentait sous des couleurs si vives auxquelles, laissée seule soir après soir, elle avait cherché à échapper dans l'appartement de Mrs Carling? Et celle-ci, que fuyait-elle? L'ennui, la solitude, ses propres craintes imaginaires? Cette amitié étrangement désassortie avait après tout apporté à chacune la compagnie, le sentiment de sécurité et les petits conforts d'un foyer dont elle avait besoin.

Dalgliesh reprit : « Tu as dit à l'inspecteur Aaron et à l'officier de police qui l'accompagnait que tu étais restée dans l'appartement de Mrs Carling depuis six heures du soir le jeudi 14 octobre, c'est-à-dire le jour où Mr Étienne est mort, jusqu'à ce qu'elle te ramène chez toi vers minuit. Est-ce que c'est vrai? »

Enfin la question cruciale. Il sembla à Kate qu'ils attendaient sa réponse en retenant leur souffle. L'enfant regardait toujours calmement Dalgliesh et ils entendaient sa mère qui tirait sur sa cigarette, mais sans parler.

Les secondes passèrent, puis Daisy dit : « Non, ce n'était pas vrai. Tatie Esmé m'avait demandé de mentir pour elle.

— Quand est-ce qu'elle t'a demandé ça ?

— Le vendredi, le lendemain du jour où Mr Étienne a été tué. Quand elle est venue me chercher à l'école. Elle attendait à la grille et elle est rentrée à la maison avec moi par le bus. On s'est assises en haut, il y avait pas beaucoup de monde et elle m'a dit que les policiers demanderaient où elle était et que je devrais dire qu'on avait passé la soirée et la nuit ensemble. Elle a dit qu'ils penseraient peut-être qu'elle avait tué Mr Étienne parce qu'elle écrivait des romans policiers et qu'elle savait tout sur le crime et parce qu'elle était très habile pour inventer des intrigues. Elle a dit que la police essaierait peut-être de lui mettre ça sur le dos parce qu'elle avait un mobile. A Peverell Press, tout le monde savait qu'elle détestait Mr Étienne parce qu'il avait refusé son livre.

— Mais tu n'as pas cru que c'était elle qui l'avait fait, n'est-ce pas, Daisy ? Pourquoi ? »

Les petits yeux perçants le regardaient toujours bien en face. « Vous savez bien.

— Oui, et l'inspecteur Miskin aussi. Mais dis-nous.

— Si elle l'avait fait, elle serait venue ici tard ce soir-là, avant que maman soit rentrée, et elle aurait demandé l'alibi à ce moment-là. Elle a jamais rien demandé avant qu'on découvre le corps et elle savait pas quand Mr Étienne était mort. Elle a dit que je devais sans faute donner un alibi pour toute la soirée et la nuit. Tatie a dit qu'il fallait qu'on dise la même chose, parce que la police essaierait de nous piéger. Alors j'ai dit à l'inspecteur tout ce qui s'était passé, sauf ce qu'on avait vu à la télévision, mais tout ça, ça s'était passé la veille.

— C'est la meilleure façon de fabriquer un alibi. En gros, tu dis la vérité, donc tu n'as pas besoin d'avoir peur qu'une autre personne ne dise pas la même chose. C'était ça ton idée ?

— Oui.

— Espérons, Daisy, que tu ne te mettras pas sérieusement au crime. Maintenant, voilà quelque chose qui est très important et je veux que tu réfléchisses bien avant de répondre à mes questions. Tu veux bien?

— Oui.

— Est-ce que ta tante Esmé t'a dit ce qui s'était passé à Innocent House ce jeudi soir, le soir où Mr Étienne a été tué?

— Elle ne m'a pas dit grand chose. Elle a dit qu'elle était allée là-bas et qu'elle avait vu Mr Étienne, mais qu'il était vivant quand elle était partie. Quelqu'un l'avait appelé pour lui demander de monter et il lui avait dit que ça ne serait pas long. Mais comme il ne revenait pas, elle en a eu assez d'attendre et elle a fini par partir.

— Elle est partie sans le revoir?

— C'est ce qu'elle a dit. Elle a dit qu'elle avait attendu, et puis elle a eu peur. C'est terrible d'être à Innocent House quand tous les employés sont partis, que la maison est froide et silencieuse. Il y avait une dame qui s'est tuée là-bas et Mrs Carling dit que son fantôme revient quelquefois. Alors elle n'a pas attendu que Mr Étienne revienne. Je lui ai demandé si elle avait vu le criminel et elle m'a répondu : "Non, je ne l'ai pas vu et je ne sais pas qui c'est, mais je sais qui ne l'a pas fait."

— Est-ce qu'elle a dit qui c'était?

— Non.

— Est-ce qu'elle t'a dit si c'était un homme ou une femme la personne qui ne l'a pas fait?

— Non.

— Daisy, est-ce que tu as eu l'impression qu'elle parlait d'un homme ou d'une femme?

— Je ne sais pas.

— Est-ce qu'elle t'a dit autre chose au sujet de ce soir-là? Essaie de te rappeler exactement ses paroles.

— Elle a bien dit quelque chose, mais ça ne signifiait rien, enfin, pas à ce moment-là. Elle a dit : "J'ai entendu la voix, mais le serpent était de l'autre côté de la porte. Pourquoi était-il de l'autre côté de la porte? Et puis c'était un drôle de moment pour emprunter un aspirateur." Elle a dit ça tout bas, comme si elle parlait toute seule.

— Tu lui as demandé ce qu'elle voulait dire?

— Je lui ai demandé quelle sorte de serpent c'était. Est-ce qu'il était venimeux? Est-ce qu'il avait mordu Mr Étienne? Et elle a dit : "Non, c'était pas un vrai serpent, mais il était peut-être mortel d'une certaine façon."

Dalgliesh répéta : « "J'ai entendu la voix mais le serpent était de l'autre côté de la porte. Et puis c'était un drôle de moment pour emprunter un aspirateur." Tu es sûre de ces mots-là?

— Oui.

— Elle n'a pas dit si c'était une voix d'homme ou de femme?

— Non. Elle a dit ce que je vous ai dit. Je crois qu'elle voulait garder des petites choses secrètes. Elle aimait les secrets et les mystères.

— Quand est-ce qu'elle t'a reparlé du meurtre?

— Avant-hier, pendant que je faisais mes devoirs ici. Elle a dit qu'elle allait aller jeudi soir à Innocent House voir quelqu'un. Elle a dit : "Il faudra bien qu'ils continuent à m'éditer maintenant. Je peux au moins être sûre de ça." Elle a dit qu'elle me demanderait peut-être de lui fournir un autre alibi, mais qu'elle était pas encore sûre. Je lui ai demandé qui elle allait voir et elle a dit qu'elle me le dirait pas pour le moment, c'était un secret. Mais je crois qu'elle me l'aurait jamais dit. Je crois que c'était trop important pour qu'elle le dise — à personne. Je lui ai dit : "Si vous allez voir l'assassin, il pourrait vous tuer aussi" et elle a dit qu'elle était pas si bête, qu'elle allait pas voir d'assassin du tout. Elle a dit : "Je ne sais pas qui est l'assassin, mais je le saurai peut-être après ce soir." Elle a rien dit d'autre. »

Dalgliesh tendit la main au-dessus de la table, la petite la prit et il lui dit : « Merci, Daisy. Tu nous as beaucoup aidés. Nous serons obligés de te demander d'écrire tout ça et de le signer, mais pas maintenant.

— Et je ne serai pas placée?

— Je ne crois pas qu'il y ait le moindre risque, n'est-ce pas? » Il regarda Mrs Reed, qui dit férocement :« Il faudrait passer sur mon cadavre. »

Elle les accompagnait jusqu'à la porte quand, mue apparemment par une brusque inspiration, elle se glissa après eux et referma la porte. Sans prêter attention à Kate, elle s'adressa directement à Dalgliesh : « Mr Mason, c'est le maître d'école de Daisy, il me dit qu'elle est intelligente. Vraiment intelligente.

— Je le crois, Mrs Reed. Vous pouvez être fière d'elle.

— Il pense qu'elle pourrait avoir une de ces bourses du gouvernement pour aller dans une autre école, un pensionnat.

— Qu'est-ce qu'elle en pense ?

— Elle dit qu'elle veut bien. Elle n'est pas heureuse à l'école où elle est. Je crois qu'elle aimerait partir, mais ça l'ennuie de le dire. »

Kate ressentit un léger agacement. Ils n'avaient pas de temps à perdre : l'appartement de Mrs Carling devait être inspecté et l'agent littéraire était attendu à onze heures et demie.

Mais Dalgliesh ne manifesta aucun signe d'impatience. « Pourquoi n'en parlez-vous pas longuement à Mr Mason avec Daisy ? C'est elle qui doit décider. »

Mrs Reed s'attardait toujours, en le regardant comme s'il y avait autre chose qu'elle avait besoin d'entendre, une assurance que lui seul pouvait donner.

« Il ne faut pas croire, dit-il, que c'est nécessairement mauvais pour Daisy parce qu'il se trouve que c'est commode pour vous. Ça pourrait être bon pour les deux.

— Merci, merci », chuchota-t-elle avant de se glisser à nouveau dans l'appartement.

51

L'appartement de Mrs Carling était situé un étage au-dessous et sur le devant de l'immeuble. La lourde porte d'acajou était dotée d'un trou de serrure et de deux verrous de sûreté, un Banham et un Ingersoll. Les clefs tournaient facilement et Dalgliesh repoussa le battant, malgré la résistance d'une pile de courrier. Le vestibule, très sombre, sentait le renfermé. Il chercha l'interrupteur à tâtons et, l'ayant pressé, découvrit d'un coup d'œil le plan très simple de l'appartement : un vestibule étroit avec deux portes devant lui et une à chaque extrémité. Il se pencha pour ramasser l'assortiment d'enveloppes et vit qu'il s'agissait surtout de prospectus, avec deux factures évidentes et une enveloppe exhortant Mrs Carling à l'ouvrir immédiatement pour tenter sa chance de gagner un demi-million. Il y avait aussi une feuille de papier pliée avec ce message écrit d'une main malhabile : « Désolée peux pas venir demain. Dois aller à la clinique avec Tracey pour poussée de tension. Espère à vendredi prochain. Mrs Darlene Morgan. »

Dalgliesh ouvrit immédiatement la porte et alluma l'électricité. Ils se trouvaient dans le salon. Les deux fenêtres donnant sur la rue étaient fermées, les rideaux de velours rouge à moitié tirés. A cette hauteur, il n'y avait aucun risque de regards indiscrets, même depuis la plate-forme des autobus, mais la moitié inférieure des deux fenêtres était voilée de tulle à dessins. La principale source de lumière artificielle provenait d'une vasque de verre peinte de papillons évanescents pendue à la rosace centrale du plafond et constellée des cadavres noirs et desséchés de mouches prises au piège. Trois lampes aux abat-jour frangés de rose étaient disposées respectivement sur un guéridon à côté d'un fauteuil, sur une table carrée entre les deux fenêtres et enfin sur un énorme bureau à cylindre contre le mur de gauche. Comme si elle cherchait désespérément l'air et la lumière, Kate tira les rideaux et ouvrit l'une des fenêtres, puis fit le tour de la pièce en allumant toutes les lampes. Ils respirèrent l'air frais qui donnait l'illusion de la campagne et parcoururent du regard la pièce qu'ils pouvaient enfin voir clairement.

L'impression immédiate, renforcée par la lueur rose des lampes, était celle d'un confort vieillot et ouaté, d'autant plus attendrissant que la propriétaire n'avait fait aucune concession au goût à la mode. La pièce aurait pu être meublée pendant les années trente et laissée pratiquement intacte. La plupart des meubles semblaient avoir été hérités : le bureau à cylindre qui portait la machine à écrire, les quatre chaises de table en acajou d'âges et de styles différents, une vitrine édouardienne dans laquelle des bibelots de porcelaine désassortis et les restes d'un service à thé avaient été entassés plutôt que disposés, deux petits tapis fanés placés à des endroits si incommodes que Dalgliesh les soupçonna de cacher des trous dans la moquette. Seuls le divan et les deux fauteuils assortis qui entouraient la cheminée étaient relativement neufs, dotés de coussins rebondis et recouverts d'une toile semée de roses jaune et rose pâle. La cheminée elle-même, en marbre gris, semblait être d'origine, très ornée avec un lourd encadrement et une grille entourée d'une double rangée de carreaux aux motifs de fleurs, de fruits et d'oiseaux. A chaque extrémité du linteau, deux chiens en Staffordshire avec collier et chaîne dorée fixaient le mur opposé d'un œil brillant. Entre eux, un fouillis de bibelots comprenait une chope commémorant le couronnement de George VI et de la reine Elizabeth, une boîte en laque noire, deux minuscules chandeliers en cuivre, une statuette en porcelaine moderne représentant une dame en crinoline avec un petit chien sur les genoux et un vase en verre taillé contenant un bouquet de primevères artificielles. Derrière cette collection, deux photographies en couleur. De l'une on eût dit qu'elle avait été prise à une remise de prix : Esmé Carling, debout, braquait un revolver-joujou, entourée de visages hilares. La seconde, qui la représentait à une signature, avait visiblement été posée avec soin : un acheteur se tenait en attente à côté d'elle, la tête penchée à un angle contre nature pour être dans le champ, tandis que Mrs Carling, stylo brandi, regardait l'objectif, un sourire charmeur sur les lèvres. Kate l'examina rapidement, cherchant à surimposer sur ces traits carrés, petite bouche et nez un peu crochu, le visage effroyablement noyé et violé, première vision qu'elle avait eue d'Esmé Carling.

Dalgliesh comprenait bien l'attrait que cette pièce intime, doucement capitonnée, pouvait avoir eu pour Daisy. Sur ce large divan elle avait lu, regardé la télévision ou fait un somme avant d'être reconduite, à moitié portée, jusqu'à sa propre chambre. C'était là un refuge contre la terreur de ses fantasmes, soigneusement contenue entre les couvertures des livres, assainie, romancée, qu'on pouvait goûter, partager, mettre de côté, sans plus de réalité que les flammes dansantes des bûches artificielles et tout aussi aisément éteinte. Là elle avait trouvé sécurité, compagnie, oui, et une certaine forme d'amour, si l'amour est la rencontre de deux besoins. Il jeta un coup d'œil aux livres. Des romans policiers en éditions de poche, mais peu d'auteurs encore en vie. Les préférences de Mrs Carling allaient aux dames de l'Age d'or, dont les œuvres semblaient avoir été maintes fois relues. Au-dessous, un rayon consacré aux récits de crimes réels : affaire Wallace, Jack l'éventreur, ou aux criminelles célèbres de l'époque victorienne : Adelaide Bartlett et Constance Kent. Les étages inférieurs contenaient les exemplaires de ses propres ouvrages reliés en cuir avec titres en lettres d'or, extravagance dont Dalgliesh doutait fort qu'elle eût été subventionnée par Peverell Press. La vue de cette inoffensive vanité le déprima et son cœur se serra un instant de pitié. Qui hériterait de ces témoignages accumulés par une vie vécue et achevée dans le meurtre? Sur quel rayonnage dans un salon, une chambre ou un cabinet de toilette trouveraient-ils une place d'honneur, ou tout juste tolérée? Ou seraient-ils achetés en gros par quelque libraire d'occasion et revendus à un prix que l'horreur et le consternant à-propos de sa mort auraient fait monter? Amusé par les titres qui rappelaient si fort les années trente, le gendarme du village arrivant en bicyclette sur les lieux du crime et saluant bien bas les autorités, les autopsies pratiquées par des généralistes excentriques après leurs heures de consultation, et les dénouements improbables dans la bibliothèque, il sortit les volumes et les parcourut au hasard : *Mort par la danse*, apparemment situé dans l'univers des concours de danse; *Croisière vers le meurtre* ; *Mort par noyade* ; *les Meurtres du gui*. Il les replaça soigneusement, sans éprouver la moindre condescendance. Il n'y avait pas lieu. Elle avait sans doute donné plus de plaisir à plus de gens avec ses énigmes que lui avec sa poésie. Et si le plaisir était d'une nature différente, qui pouvait dire que l'un était inférieur à l'autre? Elle avait au moins respecté et utilisé la langue anglaise du mieux qu'elle pouvait. A une époque en passe de devenir illettrée, et vite, ce n'était pas rien. Pendant trente ans elle avait fourni des fantasmes de meurtre, des visages acceptables de la violence, de la terreur contrôlée. Il espérait qu'au moment où elle s'était enfin trouvée face à face avec la réalité, la rencontre avait été brève et miséricordieuse.

Kate était passée dans la cuisine. Il l'y suivit et tous deux contemplèrent le gâchis : vaisselle sale empilée sur l'évier, poêle à frire non lavée toujours sur la cuisinière, boîtes de conserves et cartons écrasés débordant de la poubelle jusque sur le carrelage. Kate murmura : « Elle n'aurait pas voulu qu'on trouve les choses dans cet état-là. Dommage que sa Mrs Morgan n'ait pas pu venir ce matin. »

Lui jetant un bref coup d'œil, il vit la rougeur monter

depuis son cou et comprit que la remarque lui avait soudain paru irrationnelle et sotte et qu'elle la regrettait.

Mais leurs esprits avaient cheminé de concert. « Seigneur, fais-moi connaître ma fin et le nombre de mes jours que je sache le temps que j'ai à vivre. » Assurément, rares étaient ceux qui pouvaient faire cette prière avec quelque sincérité. Tout ce que l'on pouvait espérer ou souhaiter, c'était assez de temps pour balayer les débris personnels, livrer ses secrets aux flammes ou à la poubelle et laisser la cuisine en ordre.

Pendant quelques secondes, le temps d'ouvrir tiroirs et placards, il se revit dans ce cimetière du Norfolk, écoutant la voix de son père, instantané d'une puissante intensité qui ramenait avec lui l'odeur du foin coupé, de la terre fraîchement retournée et des lis grisants. Les paroissiens aimaient que le fils du pasteur soit présent aux enterrements du village et pendant les vacances scolaires il y assistait toujours, trouvant ce genre de cérémonie plus intéressant qu'une tâche imposée; il participait ensuite à la collation rituelle, non sans essayer de mater sa fringale juvénile, tandis que famille et amis le pressaient de faire honneur au jambon traditionnel et aux cakes bourrés de fruits confits, tout en murmurant leurs remerciements.

« Vous avez été bien gentil de venir, Mr Adam. Le père aurait été content. Il vous aimait beaucoup, le père. »

La bouche poissée par le cake, il marmonnait le mensonge attendu : « Je l'aimais bien aussi, Mrs Hodgkin. »

Il restait planté là pendant que le vieux Goodfellow, le sacristain et les employés des pompes funèbres descendaient le cercueil dans la fosse accommodante. Il entendait le choc velouté de la terre molle sur le couvercle et la voix grave, cultivée de son père tandis que la brise soulevait ses cheveux grisonnants et gonflait son surplis. Il se représentait l'homme ou la femme qu'il avait connu, le corps enveloppé de son linceul, couché dans la soie artificielle capitonnée bien plus luxueusement qu'il l'avait jamais été dans la vie, et aussi tous les stades de sa dissolution : le linceul qui pourrissait, la chair qui se décomposait lentement et la chute finale du couvercle sur les os dénudés. Jamais depuis son enfance il n'avait pu croire à cette magnifique proclamation d'immortalité : « Et si les vers détruisent le corps, pourtant ma chair verra le Seigneur. »

Ils passèrent dans la chambre de Mrs Carling mais ne s'y arrêtèrent pas. Elle était grande, trop meublée, en désordre et pas très propre. Sur la table de toilette 1930 avec son miroir à trois faces, un plateau en plastique décoré de violettes contenait pêle-mêle des flacons à moitié vides de lotions pour les mains et le corps, des pots graisseux, des rouges à lèvres et des fards pour les yeux.

Sans réfléchir, Kate ouvrit le plus gros pot de fond de teint et vit son unique éraflure, là où Mrs Carling avait passé le doigt sur la surface. La marque, si éphémère et qui pourtant, l'espace d'un instant, semblait si permanente et ineffaçable, évoqua pour elle l'image de la morte avec une telle intensité qu'elle s'immobilisa, pot en main, comme si elle avait été surprise en train de violer une intimité. Les yeux dans le miroir la dévisageaient, coupables et un peu honteux. Elle s'obligea à aller jusqu'à l'armoire et à l'ouvrir. Il en sortit, avec le bruissement des vêtements pendus, une odeur qui lui rappela d'autres perquisitions, d'autres victimes, d'autres pièces, les relents aigre-doux de l'âge, de l'échec et de la mort. Elle repoussa très vite le battant, mais pas avant d'avoir vu trois bouteilles de whisky cachées derrière la rangée de souliers. Elle se dit qu'il y avait des moments où elle détestait son métier. Mais ils étaient rares et ne duraient jamais longtemps.

La chambre d'amis était une cellule étroite et mal proportionnée dont l'unique fenêtre donnait sur un mur de brique noirci par des décennies de crasse londonienne. Mais certaines tentatives, bien que maladroites, avaient été faites pour rendre la pièce accueillante. Les murs et le plafond étaient recouverts d'un papier sur lequel chevrefeuille, roses et lierre s'entrelaçaient. Le tissu des rideaux savamment plissés était assorti et l'unique divan placé sous la fenêtre avait une housse rose pâle visiblement choisie pour aller avec la teinte des roses. Mais cet essai d'enjolivure, cet effort pour imposer une intensité féminine à un morne néant ne faisaient que souligner les défauts de la pièce. Le décor avait visiblement été conçu pour une invitée, mais Dalgliesh ne pouvait se représenter une femme dormant paisiblement dans cet environnement claustrophobique trop décoré. A coup sûr, aucun homme ne le pourrait, avec la douceur synthétique du plafond pesant sur lui, le lit trop étroit pour être confortable et la table de chevet fragile, trop petite pour qu'on pût y poser plus qu'une lampe.

Le temps passé à explorer l'appartement n'avait pas été perdu. Kate se rappelait une des premières leçons qu'on lui avait inculquées quand elle était jeune enquêteur : connaître la victime. Chacune d'elles meurt du fait de ce qu'elle est et de l'endroit où elle est à un moment donné. Plus vous en savez sur la victime, plus vous êtes proche du meurtrier. Mais pour l'heure, assis au bureau d'Esmé Carling, ils recherchaient des indices plus précis.

Ils furent récompensés dès qu'ils l'ouvrirent. Il était plus en ordre et moins encombré qu'ils ne s'y étaient attendus et, sur le dessus d'une pile de factures récentes à payer, il y avait deux feuilles de papier. La première était visiblement le brouillon de la note trouvée piquée sur la grille à Innocent House. Les modifications étaient rares; la version définitive différait peu de son premier épanchement de chagrin et de colère, mais l'écriture n'était qu'un gribouillis comparé à la calligraphie ferme et appliquée de la note définitive. Voilà qui confirmait, s'il y en avait eu besoin, que c'était bien ses propres mots et écrits de sa propre main. En dessous, le brouillon d'une lettre de la même main, daté du jeudi 14 octobre.

Mon cher Gérard,

Je viens d'apprendre la nouvelle par mon agent. Oui, par mon agent! Vous n'avez même pas eu la décence ou le courage de me le dire en face. Vous auriez pu me demander de venir vous parler au bureau, ou même, ce qui ne vous aurait pas fait grand mal, m'emmener déjeuner ou dîner pour adoucir le choc. Ou alors êtes-vous aussi pingre que vous êtes faux-jeton et pleutre? Vous avez peut-être eu peur que je vous fasse honte en sanglotant dans le potage. Je suis beaucoup plus coriace que cela et vous allez vous en apercevoir. Votre rejet de Mort sur l'île du Paradis *aurait toujours été injuste, injustifié et ingrat, mais au moins j'aurais pu vous le dire en face. Et maintenant je ne peux même pas vous joindre par téléphone, ça ne m'étonne pas d'ailleurs. Cette bougresse de bonne femme, Miss Blackett, est très forte pour intercepter les communications, à défaut d'autre talent. Cela montre au moins que même vous, vous êtes capable d'avoir honte.*

Avez-vous la moindre idée de ce que j'ai fait pour Peverell Press longtemps avant votre prise de pouvoir? Et quel jour désas-

treux pour la maison cela a été ! J'ai écrit régulièrement un livre tous les ans pendant trente ans, tous ont eu de bons tirages, et si les ventes du dernier ont été décevantes, à qui la faute ? Qu'est-ce que vous avez fait pour le promouvoir avec la vigueur et l'enthousiasme qu'exige ma réputation ? Je pars pour une signature cet après-midi à Cambridge. Qui a persuadé la librairie de l'organiser ? Moi, et j'irai seule comme d'habitude. La plupart des éditeurs veillent à ce que leurs grands auteurs soient convenablement accompagnés et soutenus. Mais mes admirateurs seront là et ils achèteront. J'ai des lecteurs fidèles qui attendent de moi ce qu'apparemment aucun autre auteur de romans policiers ne leur apporte : une énigme bien construite, un bon style et l'absence de ce sexe, cette violence et ce langage ordurier dont vous semblez croire que les gens d'aujourd'hui ne peuvent se passer. Eh bien si, justement. Si vous avez une idée aussi fausse de ce que les lecteurs veulent vraiment, vous conduirez Peverell Press à la faillite encore plus vite que le monde de l'édition ne le prédit.

Je vais évidemment devoir envisager la meilleure manière de préserver mes intérêts. Si je passe chez un autre éditeur, j'entendrai le faire avec tous mes anciens titres. Ne croyez pas que vous pourrez me jeter par-dessus bord et continuer à exploiter cet atout de valeur. Et puis il y a autre chose. Ces mystérieux accidents qui se produisent chez Peverell Press n'ont commencé qu'à partir du moment où vous êtes devenu directeur. A votre place, je ferais bien attention. Il y a déjà eu deux morts à Innocent House.

« Je me demande, dit alors Kate, s'il s'agit aussi d'un simple projet, ou si elle en a vraiment envoyé la version définitive. En général elle tapait ses lettres, mais là il n'y a pas de carbone. Si elle l'a postée, elle a peut-être pensé qu'elle aurait plus de force écrite à la main. Auquel cas, ce brouillon servirait de copie.

— La lettre n'était pas dans la correspondance trouvée au bureau de Mr Étienne. Pour moi, je crois qu'elle n'a pas été envoyée. Au lieu de cela, Mrs Carling s'est précipitée à Innocent House pour exiger de le voir. N'y ayant pas réussi, elle est allée à Cambridge pour la signature, a découvert qu'elle avait été annulée par quelqu'un de Peverell Press, est revenue à Londres au paroxysme de l'indignation et a décidé d'aller trouver Étienne le soir même. Apparemment la plupart des gens connaissaient l'habitude qu'il avait de travailler tard le jeudi. Elle lui a peut-être tout de même téléphoné pour lui dire qu'elle venait. Il pouvait difficilement l'en empêcher. Et si elle l'avait appelé en utilisant sa ligne privée, elle n'aurait pas eu à passer par Miss Blackett.

— Si elle a pris le premier papier avec elle, c'est bizarre qu'elle n'ait pas aussi emporté cette lettre pour la lui laisser. Je suppose qu'elle a pu le faire et qu'Étienne l'a déchirée, ou que l'assassin l'a trouvée puis détruite.

— Peu vraisemblable, je crois, objecta Dalgliesh. Ce qui me semble plus probable, c'est qu'elle a emporté la fulmination adressée aux associés, peut-être dans l'intention de l'épingler sur le tableau d'affichage dans la salle de réception. De cette façon, non seulement les directeurs mais tous les membres du personnel et les visiteurs l'auraient vue.

— Ils ne l'auraient pas laissée en place, chef.

— Bien sûr que non. Mais elle espérait probablement que de nombreuses personnes la verraient avant qu'elle soit portée à l'attention des associés. Cela aurait au moins provoqué une certaine sensation. Ces imprécations représentaient sans doute le premier coup porté dans sa campagne de vengeance. Elle a dû passer quelques heures très difficiles quand elle a appris la mort de Gérard. Si elle a bien laissé la note, et peut-être aussi le manuscrit de son roman, dans la pièce de réception, leur présence prouverait qu'elle était venue à Innocent House ce soir-là, alors que la majorité du personnel était partie. Elle devait s'attendre à nous voir arriver, sachant que la présence de la note faisait d'elle un des principaux suspects. C'est alors qu'elle a manigancé son alibi avec Daisy. Et puis voilà que la police arrive en effet, mais ne souffle mot de la note. Donc, ou nous n'avons pas compris sa signification, ce qui est peu probable, ou quelqu'un l'a enlevée. Et alors la personne qui l'a effectivement détachée du tableau téléphone pour la rassurer. Il ou elle peut le faire parce que Carling est persuadée de parler à un allié et non pas à un meurtrier.

— Tout cela se tient, chef. C'est logique et crédible.

— Ce ne sont que conjectures, Kate. On ne peut rien prouver et rien de tout cela ne tiendrait devant un tribunal. C'est une théorie ingénieuse qui prend en compte tous les faits tels que nous les connaissons jusqu'à maintenant, mais ce ne sont que des présomptions. Il y a juste un élément de preuve directe : si elle a épinglé la fausse note annonçant son suicide au tableau d'affichage avant de quitter Innocent House, il y aurait un petit trou ou plusieurs dans le papier. Est-ce que c'est la raison pour laquelle il a été si soigneusement retaillé avant d'être fiché sur la grille ? »

Peu d'autres choses intéressantes dans le bureau. Mrs Carling ne recevait guère de lettres, ou alors elle les détruisait. Parmi celles qu'elle conservait, un paquet de correspondance par avion attaché avec un ruban et placé dans un des casiers. Les missives avaient été envoyées par une amie d'Australie, une certaine Mrs Marjorie Rampton, mais les échanges étaient devenus plus rares, plus irréguliers et semblaient avoir cessé. A part cela, des paquets de lettres provenaient d'admirateurs, avec une copie de la réponse fixée à chacune d'entre elles. Mrs Carling s'était visiblement donné beaucoup de mal pour satisfaire ses fidèles. Dans le premier tiroir du bureau, un dossier portait la mention : « Placements », avec des lettres de son agent de change. Elle avait un capital de 32 000 livres soigneusement investi en valeurs de tout repos et en obligations. Dans une autre chemise, un exemplaire de son testament, très court : 5 000 livres à la Fondation des auteurs et à un club d'auteurs de romans policiers, tout le reste de ses biens à l'amie d'Australie. Un dernier dossier contenait les documents concernant son divorce, quinze ans plus tôt. Un coup d'œil suffit à Dalgliesh pour constater qu'il avait été acrimonieux, mais du point de vue de Mrs Carling pas particulièrement avantageux. Des versements d'ailleurs peu importants avaient cessé à la mort de Raymond Carling au bout de cinq ans. C'était tout. Le contenu du bureau confirmait ce que Dalgliesh avait soupçonné. Il y avait là une femme qui ne vivait que pour son travail. Si on le lui enlevait, que lui restait-il ?

52

Velma Pitt-Cowley, agent littéraire de Mrs Carling, avait convenu d'être à l'appartement à onze heures trente et elle y arriva avec six minutes de retard. Elle avait à peine passé la porte qu'il apparut qu'elle n'était pas de très bonne humeur. Quand Kate lui ouvrit, elle jaillit dans la pièce avec une rapidité qui donnait à penser que c'était elle qui avait dû attendre, se jeta dans le plus proche des deux fauteuils, puis se pencha en avant pour faire glisser de son épaule la chaîne dorée de son sac et poser une serviette bourrée sur le tapis à côté d'elle. C'est seulement alors qu'elle consentit à prêter quelque attention à Kate ou à Dalgliesh. Quand elle le fit et que ses yeux rencontrèrent ceux du policier, son humeur changea de façon subtile et ses premiers mots montrèrent qu'elle était disposée à se montrer aimable.

« Désolée d'être en retard et si pressée, mais vous savez ce que c'est. J'ai dû passer d'abord au bureau et j'ai invité quelqu'un à déjeuner à l'Ivy à une heure moins le quart. Assez important ; en fait, l'auteur est venu exprès de New York ce matin. Et puis, dès qu'on montre le bout du nez au bureau, les choses se précipitent. Aujourd'hui on ne peut confier à personne les besognes les plus simples. Je suis partie dès que j'ai pu, mais le taxi a été pris dans un embouteillage Theobald's Road. Mon Dieu, cette pauvre Esmé, c'est terrible, vraiment terrible ! Qu'est-ce qui est arrivé ? Elle s'est noyée, n'est-ce pas ? Noyée ou pendue ou les deux. Je veux dire, c'est vraiment atroce. »

Ayant ainsi exprimé l'indignation voulue, Mrs Pitt-Cowley s'installa plus élégamment dans le fauteuil et releva presque jusqu'à l'entre-cuisses la jupe de son tailleur noir classique, révélant ainsi une paire de jambes très longues et très bien faites, gainées de nylons si fins qu'ils n'étaient guère qu'un reflet sur les os anguleux. Elle s'était visiblement habillée avec soin pour l'invité d'une heure moins le quart et Dalgliesh se demanda quel client privilégié présent ou futur justifiait cette élégance qui alliait subtilement compétence professionnelle et sex-appeal. Sous la jaquette très ajustée avec sa rangée de boutons dorés, elle portait une chemise de soie à col montant. Un chapeau de velours noir transpercé par une flèche dorée sur le devant était enfoncé sur des cheveux châtain clair dont la frange effleurait tout juste les épais sourcils droits, cependant que des ondes bien brossées lui tombaient jusqu'aux épaules. Tout en parlant, elle gesticulait ; les longs doigts chargés de bagues ne cessaient de décrire des figures dans l'espace, comme si elle s'adressait à des sourds, et de temps à autre ses épaules étaient crispées par de brusques spasmes. Les gestes semblaient curieusement déconnectés d'avec ses mots et Dalgliesh eut l'impression que cette affectation était moins un signe de curiosité ou d'insécurité qu'un artifice primitivement destiné à attirer l'attention sur ses mains remarquables, mais devenu désormais une habitude indéracinable. Il avait été étonné par la mauvaise humeur qu'elle avait manifestée au début; selon son expérience, les gens impliqués dans un crime spectaculaire, à condition qu'ils ne pleurent pas la victime et ne se sentent pas menacés par l'enquête de police, appréciaient fort en général l'excitation de cette proximité avec la mort violente et la notoriété due à une information de première main. Il avait l'habitude de rencontrer des yeux un peu honteux, mais avides et curieux. Mauvaise humeur et souci des problèmes personnels apportaient au moins un changement.

Elle jeta un coup d'œil autour de la pièce, au bureau ouvert, à la pile de papiers sur la table et dit : « Mon Dieu, c'est trop affreux d'être assise là pendant que vous fouillez dans ses affaires. Je sais que vous êtes obligés de le faire, c'est votre métier, mais c'est surréaliste. Elle semble plus présente maintenant que quand elle était réellement ici. Je ne peux m'empêcher de penser que je vais entendre sa clef dans la serrure et qu'elle va entrer, nous trouver ici sans avoir été invités et faire une scène fumante.

— La mort viole toute intimité, j'en ai bien peur. Est-ce qu'elle avait l'habitude de faire des scènes? »

Comme si elle n'avait pas entendu, Mrs Pitt-Cowley enchaîna : « Savez-vous ce dont j'ai vraiment envie en ce moment? J'ai vraiment besoin d'un bon café noir, bien fort. Pas le moindre espoir, je suppose? »

Elle regardait Kate et c'est Kate qui répondit : « Il y a bien un paquet de café en grains dans la cuisine et un carton de lait, intact, dans le réfrigérateur. Théoriquement, je pense qu'il nous faudrait demander l'autorisation de la banque, mais je doute que quiconque puisse y trouver à redire. »

Kate ne faisant pas mine d'aller aussitôt dans la cuisine, Velma lui lança un long regard perplexe, comme si elle jaugeait les possibles défauts d'une nouvelle dactylo, puis avec un haussement d'épaules et un envol de ses doigts fuselés, elle opta pour la prudence.

« Mieux vaut s'abstenir, sans doute, bien qu'elle n'en ait plus besoin maintenant, n'est-ce pas? Mais je ne peux pas dire que cela me tente de boire dans une de ses tasses. »

Dalgliesh intervint alors : « Bien évidemment, il est important pour nous d'apprendre le plus de choses possibles sur Mrs Carling. C'est pourquoi nous vous sommes reconnaissants d'être venue ce matin. Sa mort a dû être un choc et je me rends compte que cela n'a certainement pas été facile pour vous de venir ici. Mais c'est important. »

La voix et l'attitude de Mrs Pitt-Cowley exprimèrent une intensité passionnée : « Oh, je comprends parfaitement. Je veux dire, je sais que vous êtes obligé de poser des questions. Bien sûr, je ferai tout ce que je pourrai. Qu'est-ce que vous voulez savoir ? »

Il demanda : « Quand avez-vous appris la nouvelle ?

— Ce matin, peu après sept heures, avant que vous m'ayez appelée pour me demander de vous rencontrer ici. Claudia Étienne m'a téléphoné. En fait, elle m'a réveillée. Pas vraiment une façon agréable de commencer la journée. Elle aurait pu attendre, mais je pense qu'elle ne voulait pas que je lise cela dans les journaux du soir, ou que je l'apprenne en arrivant au bureau. Vous savez avec quelle rapidité les ragots se propagent dans cette ville. Après tout, je suis — j'étais — l'agent d'Esmé ; alors sans doute, elle a pensé que je devais être parmi les premières à savoir et que c'était à elle de me prévenir, mais un suicide ! C'est bizarre. La dernière chose que j'aurais attendue d'elle. Évidemment, c'est la dernière chose qu'elle a faite. Oh, Dieu, je suis désolée. Tout ce que l'on dit dans un moment comme celui-ci a l'air incongru.

— Donc, la nouvelle vous a surprise ?

— Est-ce qu'on ne l'est pas toujours ? Je veux dire, même quand des gens qui menacent de se suicider le font, cela semble toujours surprenant, un peu irréel. Mais Esmé ! Et se tuer comme ça ! Je veux dire, ça n'était pas vraiment la façon la plus confortable d'en finir. Claudia n'avait pas l'air de savoir très exactement comment elle était morte. Elle m'a juste dit qu'elle s'était pendue aux grilles d'Innocent House et qu'on avait trouvé son corps sous l'eau. Alors elle s'est noyée, ou étranglée, ou quoi exactement ?

— Il est possible, répondit Dalgliesh, que Mrs Carling soit morte noyée, mais nous ne connaîtrons la cause de sa mort qu'après l'autopsie.

— Mais enfin, c'est un suicide ? Vous en êtes sûr ?

— Nous ne sommes encore sûrs de rien. Est-ce que vous voyez une raison pour que Mrs Carling ait voulu en finir avec la vie ?

— Elle était très bouleversée par le refus de Peverell Press d'éditer son dernier livre, vous l'avez su, je suppose. Mais c'était plus de la colère que de la détresse, une colère furieuse même. Je peux l'imaginer cherchant à se venger de la maison d'une façon ou de l'autre, mais pas en se tuant. D'ailleurs, pour ça, il faut un fameux cran. Esmé n'était pas lâche, mais je ne la vois pas s'étrangler, ou se jeter dans la rivière. Quelle mort ! Si elle voulait se supprimer, il y a des moyens plus faciles. Prenez Sonia Clements, vous êtes au courant, bien sûr. Elle s'est tuée avec des drogues et de l'alcool. Ce serait ma façon de faire et j'aurais pensé que ce serait aussi celle d'Esmé. »

Kate dit alors : « C'est moins efficace qu'une protestation publique.

— Pas si dramatique, je suis de votre avis, mais à quoi bon une protestation dramatique et en public si vous n'êtes pas là pour en jouir. Non, si Esmé avait décidé de se tuer, cela aurait été au lit avec des draps propres, des fleurs dans la chambre, sa plus belle chemise et une note d'adieu très digne sur la table de chevet. Elle attachait beaucoup d'importance aux apparences. »

Kate, se rappelant les chambres de suicidés où elle avait été appelée, les vomissements, la literie souillée, le corps grotesquement tordu, raidi dans la mort, se dit que le procédé était moins digne dans la pratique que dans l'imagination. Elle demanda : « Quand l'avez-vous vue pour la dernière fois ?

— Le lendemain du jour où Gérard Étienne est mort. C'est-à-dire le vendredi 15 octobre. »

Dalgliesh posa lui aussi une question : « Ici ou dans votre bureau ?

— Ici, dans cette pièce. Par hasard, d'ailleurs. Je veux dire que je n'avais pas prévu de venir. Je dînais avec Dicky Mulchester de Herne & Illingworth pour parler d'un client et l'idée m'est venue que sa boîte pourrait être intéressée par *Mort sur l'île du Paradis*. Pas vraiment évident, mais ils prennent quelques auteurs de romans policiers. Je passais devant la maison en voiture pour aller au restaurant quand j'ai vu qu'il y avait quelques places pour se garer dans la rue adjacente et je me suis dit que j'allais monter demander à Esmé son exemplaire du manuscrit. On circulait mieux que je ne l'avais cru et j'avais dix minutes de battement. Nous n'avions pas eu l'occasion de nous parler depuis la mort de Gérard. Bizarre, n'est-ce pas, comme certaines petites choses décident de votre comportement? Je n'aurais sans doute pas pris cette peine si je n'avais vu ces places vides. Cela m'intéressait aussi de connaître les réactions d'Esmé à la mort de Gérard. Je n'avais pas tiré grand-chose de Claudia et je m'étais dit qu'Esmé avait peut-être pu apprendre quelques détails. Elle était très cancan-potin. Mais enfin je n'avais pas beaucoup de temps ce soir-là. La principale raison de ma visite, c'était de prendre le manuscrit. »

Dalgliesh demanda alors : « Comment l'avez-vous trouvée ? »

Mrs Pitt-Cowley ne répondit pas aussitôt, le visage songeur, les mains fébriles en repos — tout provisoire. Dalgliesh eut l'impression qu'elle réexaminait l'entrevue à la lumière des événements qui l'avaient suivie, la jugeant peut-être plus importante qu'elle ne l'avait cru sur le moment. Enfin, elle dit : « En y repensant, il me semble qu'elle a eu une attitude un peu bizarre. Je me serais attendue à ce qu'elle veuille parler de Gérard, de la façon dont il était mort et pourquoi, des doutes sur le suicide. Or elle n'a pas voulu en souffler mot. Elle m'a dit que c'était trop épouvantable, trop douloureux, qu'elle avait été publiée par Peverell Press pendant trente ans et que, si mal qu'on l'ait traitée, cette mort l'avait profondemment choquée. En fait, choqués nous l'avions tous été, mais je ne m'attendais pas à ce qu'Esmé éprouve personnellement beaucoup de chagrin. Elle m'a dit qu'elle avait un alibi pour la soirée et la nuit précédentes. Apparemment, l'enfant d'une voisine venait chez elle. Je me rappelle avoir trouvé un peu étrange à ce moment-là qu'elle ait pris la peine de me dire ça. Personne n'allait la soupçonner d'avoir étranglé Gérard avec un serpent ou autre chose. Ah ! et je me rappelle aussi qu'elle m'a demandé si je pensais que les directeurs changeraient d'avis pour son bouquin maintenant que Gérard était mort. Elle l'a toujours tenu pour le principal responsable de ce refus. Je ne lui ai pas donné grand espoir. Je lui ai fait remarquer que la décision avait sans doute été prise par tout le comité de lecture et qu'en outre les directeurs ne voudraient pas aller contre l'avis de Gérard maintenant qu'il était mort. Sur ce, j'ai suggéré que Herne & Illingworth pourraient être intéressés et je lui ai demandé de me confier son manuscrit. Là encore, elle a été bizarre. Elle m'a dit qu'elle ne savait pas au juste où elle l'avait mis ; elle l'avait cherché le matin même et n'avait pas pu le trouver. Ensuite elle m'a dit qu'elle était trop bouleversée pour penser à *Mort sur l'île du Paradis* si peu de temps après la mort de Gérard. Ce qui sonnait faux puisque quelques minutes auparavant elle m'avait demandé si je ne croyais pas que les directeurs pourraient changer d'avis et le prendre. A mon avis, elle ne l'avait pas, ce manuscrit. Ou cela, ou elle ne voulait pas me le donner. Je suis partie peu après. Je n'étais restée ici qu'une dizaine de minutes en tout.

— Et vous lui avez parlé depuis ?

— Non, pas une seule fois. Et ça aussi c'est étrange, maintenant que j'y repense. Gérard Étienne était tout de même son éditeur. Je me serais attendue à ce qu'elle vienne au bureau, ne serait-ce que pour bavarder. En général, on ne pouvait pas s'en défaire.

— Depuis combien de temps étiez-vous son agent ? Vous la connaissiez bien ?

— Moins de deux ans, en fait. Mais oui, même en si peu de temps j'étais arrivée à la connaître bien. Elle y veillait d'ailleurs. Je l'avais héritée de son vieil agent, Marjorie Rampton, qui l'avait prise dès son premier livre. C'était il y a trente ans. Elles étaient vraiment intimes. Il existe souvent une amitié personnelle entre agent et auteur — on ne peut pas faire le maximum pour un client si on ne s'entend pas avec lui, il ne suffit pas de respecter le travail. Mais avec Marge et Esmé cela allait plus loin. Comprenez-moi bien, je parle d'amitié, je ne sous-entends rien de — disons de sexuel. Je pense qu'elles avaient beaucoup de choses en commun, toutes les deux veuves, toutes les deux sans enfants. Elles partaient en vacances ensemble et je crois qu'Esmé a demandé à Marge d'être son exécuteur testamentaire. Si elle n'a pas modifié ses dispositions, je connais quelqu'un qui aura des ennuis. Marge est partie pour l'Australie vivre avec ses nièces dès qu'elle m'a eu vendu son agence et à ma connaissance elle y est toujours. »

Dalgliesh demanda : « Parlez-nous d'Esmé Carling. Quel genre de femme était-ce ?

— Mon Dieu ! c'est épouvantable, qu'est-ce que je peux dire ? Ça paraît si déloyal, presque indécent de la critiquer, alors qu'elle est morte ; mais je ne peux pas prétendre qu'elle était facile. De ces clients toujours à téléphoner, ou à venir au bureau. Rien n'est jamais bien. Ils croient invariablement que vous pouvez faire plus, extirper un plus gros à-valoir de l'éditeur, vendre les droits pour le cinéma, décrocher une série télévisée. Je crois qu'elle était ulcérée d'avoir perdu Marge et elle trouvait que je ne lui accordais pas toute l'attention que son génie méritait, mais en réalité je lui consacrais plus de temps qu'il n'était réellement justifié. Je veux dire, j'ai d'autres clients et la plupart sont bougrement plus profitables. »

Kate demanda : « Plus d'cnnuis qu'elle ne valait ? »

Mrs Pitt-Cowley la dévisagea, l'air songeur, puis la congédia d'un regard : « Je ne me serais pas exprimée ainsi, mais pour tout vous avouer, je n'aurais pas pris le deuil si elle avait décidé de chercher un autre agent. Écoutez, ça m'ennuie de vous raconter tout cela, mais tout le monde au bureau vous dira la même chose. C'était pour beaucoup le fait de la solitude ; Marge lui manquait, elle lui en voulait de l'avoir abandonnée. Mais Marge était une vieille dure à cuire. Quand il s'est agi de choisir entre ses chères nièces et Esmé, elle n'a pas hésité. Et puis je crois qu'Esmé sentait son talent l'abandonner lui aussi. De gros ennuis nous attendaient. Le refus de Peverell Press n'était qu'un début.

— Il venait de Gérard Étienne ?

— Pour l'essentiel, oui. Ses avis faisaient loi dans la maison. Mais je doute que quelqu'un ait vraiment tenu à elle, sauf peut-être James de Witt, et il n'a pas grande influence. Dès que j'ai reçu la lettre de Gérard, j'ai appelé et j'ai fait toute une histoire, bien entendu. Mais je n'arrivais à rien. Et honnêtement, son dernier bouquin n'était pas aux normes, même *ses* normes. Vous connaissez un peu ce qu'elle faisait ? »

Dalgliesh répondit, prudent : « J'ai entendu parler d'elle, bien sûr, mais je ne l'ai jamais lue.

— Elle n'était pas si mauvaise que ça. Elle écrivait un bon anglais et c'est assez rare aujourd'hui. Sinon, Peverell Press ne l'aurait pas publiée. Elle était inconsistante. Juste au moment où vous vous disiez : Seigneur, je ne peux pas continuer à avaler ces âneries rasoir à pleurer, elle sortait un passage vraiment réussi et tout à coup le livre prenait vie. Et puis elle avait eu une idée originale pour son enquêteur — ses enquêteurs, plutôt : elle avait pris un couple de retraités, les Mainwaring, Malcolm et Mavis. Lui, ancien directeur d'agence bancaire et elle, ancien professeur. Très bonne idée et qui plaisait bien à un lectorat vieillisant. Il s'identifiait à tout ça, vous voyez. Un couple de retraités qui s'ennuie fonce à la recherche des indices ; beaucoup de temps pour faire du crime leur passe-temps favori ; triomphe de la sagesse des gens âgés sur l'immaturité crasse des jeunes, ce genre de choses-là. Un détective avec un rien d'arthrite, ça changeait. Mais ils commençaient à devenir légèrement rasoirs, les Mainwaring, je veux dire. Esmé avait eu l'excellente idée de compromettre un peu Malcolm avec de jeunes personnes suspectes et Mavis devait l'aider à sortir de ces complications. Je suppose qu'elle cherchait une note plus légère, mais c'était devenu assommant. Le sexe gériatrique, c'est très bien si ça vous excite, mais on n'en veut pas dans les romans grand public et Esmé devenait de plus en plus explicite. Du sang sur les soutien-gorge, ça n'est pas vraiment son créneau. Ce n'était pas vraiment non plus dans le caractère de Malcolm Mainwaring. Et, bien entendu, elle était incapable de construire une intrigue. Mon Dieu, je suis au supplice de dire cela, mais elle en était incapable. Vous avez dit que vous vouliez la vérité. Elle prenait des idées à d'autres auteurs — morts, évidemment — et elle y ajoutait ses petites fioritures. Ça devenait un peu trop visible et c'est ce qui a donné à Gérard Étienne la possibilité de refuser. Il a dit que le bouquin était rasoir et que les seules parties qui ne l'étaient pas ressemblaient trop à *Meurtre au soleil* d'Agatha Christie. Je crois qu'il a même prononcé le mot redouté de “plagiat”. Et puis il y avait aussi l'autre ennui, qui ne rendait pas les rapports plus faciles avec elle. »

Velma esquissa dans l'espace les contours de la cathédrale St Paul, dôme compris, et acheva en mimant un verre porté aux lèvres.

« Vous voulez dire qu'elle était alcoolique ?

— Sur la bonne voie. On n'en tirait pas grand-chose de

sensé après le milieu de la journée. C'était devenu pire depuis six mois.

— Alors, elle ne gagnait pas beaucoup?

— Esmé n'a jamais fait partie du peloton de tête. Mais enfin elle s'en tirait bien jusqu'à ces trois dernières années. Elle pouvait vivre de ses livres, ce qui est plutôt rare chez les écrivains. Elle avait un public fidèle de vieux *aficionados* qui avaient grandi avec les Mainwaring; mais ils mouraient les uns après les autres et elle n'attirait pas de jeunes. L'année dernière, la vente des poches avait chuté verticalement. J'avais bien peur que nous ne perdions ce contrat. »

Kate dit : « Ce qui explique peut-être cet appartement. Ce n'est pas exactement un quartier chic.

— Oh, il lui convenait. Elle était protégée par la loi et le loyer était bas, vraiment bas. Elle aurait été folle de partir. En fait, elle m'avait dit qu'elle envisageait d'acheter un cottage à la campagne dans les Cotswolds ou le Herefordshire et qu'elle mettait son argent de côté pour ça. Elle se voyait au milieu des roses et de la glycine, je suppose. Personnellement, je crois qu'elle serait morte d'ennui. J'ai déjà vu le cas. »

Dalgliesh demanda alors : « Elle écrivait des romans policiers, des histoires de crime et de détection. Est-ce qu'elle ne se serait pas assez bien vue en détective amateur? S'essayant à résoudre une affaire criminelle, si elle en rencontrait une sur son chemin?

— Vous voulez dire s'attaquer à un meurtrier en chair et en os, quel que soit celui qui a tué Étienne? Elle aurait été folle. Esmé n'était pas une grande intelligence, mais elle n'était pas non plus idiote. Je ne dis pas qu'elle manquait de courage, elle en avait beaucoup — surtout après quelques whiskies — mais ça, ça aurait été pure idiotie.

— Elle aurait pu ne pas se rendre compte qu'elle s'attaquait à un meurtrier. Supposons qu'elle ait eu une idée sur l'identité du coupable, est-ce qu'elle vous en aurait fait part, ou est-ce qu'elle aurait été tentée de mener sa petite enquête personnelle?

— Elle aurait pu, si elle avait pensé qu'elle ne risquait rien et qu'elle pourrait en retirer quelque chose. Quel triomphe, hein? "Auteur de policiers dame le pion à Scotland Yard."

Oui, je vois assez bien son esprit fonctionner comme ça. Mais vous ne voulez pas suggérer qu'elle a essayé quelque chose de ce genre-là ?

— Je voulais savoir si vous pensiez que cela aurait été dans sa manière.

— Disons que cela ne m'aurait pas étonnée. Elle était fascinée par les crimes dans la vie réelle, les enquêtes, les procès aux assises, ce genre de choses. Vous n'avez qu'à regarder sa bibliothèque. Et puis elle avait une très haute idée de son intelligence. Elle n'aurait peut-être pas vu le danger. Je ne crois pas qu'elle avait beaucoup d'imagination, pas en ce qui concerne la vie réelle. Oui, bon, je sais que ça paraît bizarre alors que je parle d'une romancière, mais elle avait vécu si longtemps avec le crime imaginaire qu'elle ne se rendait pas compte, je crois, à quel point il est différent dans la réalité, que ce n'est pas quelque chose qu'on peut contrôler et organiser pour en faire une intrigue bien ficelée et la résoudre proprement au dernier chapitre. Et puis, elle n'a pas vu le corps de Gérard Étienne, n'est-ce pas ? Je ne crois pas qu'elle ait vu un mort de toute sa vie. Elle ne pouvait que l'imaginer et la mort ne lui semblait probablement pas plus réelle ou plus effrayante que ses autres inventions. Est-ce que je suis trop compliquée ? Dites-moi, je vous en prie, si je débite des âneries inexcusables. »

Tout en exécutant une manœuvre compliquée avec ses mains, Mrs Pitt-Crowley lança à Dalgliesh un regard dont la sincérité théâtrale ne masquait pas complètement une interrogation plus pointue. Il se rappela le danger de sous-estimer l'intelligence de la dame et répondit : « Vous ne dites pas d'âneries. Que va devenir son dernier livre, maintenant ?

— Oh ! je doute que Peverell Press le prenne. Ce serait différent, bien sûr, si Esmé avait été assassinée. Un double crime, éditeur et auteur brutalement massacrés en moins de quinze jours. Mais enfin, même le suicide a une certaine valeur publicitaire, en particulier s'il est dramatique. Je devrais pouvoir négocier un bon contrat avec quelqu'un. »

Dalgliesh eut envie de dire : « Dommage que nous ayons supprimé la peine de mort. Vous pourriez faire coïncider la date de la publication avec celle de l'exécution. »

Comme si elle devinait à quoi il pensait, elle parut légèrement embarrassée pendant un instant, puis haussa les épaules et poursuivit : « Pauvre Esmé, si elle avait eu l'idée brillante de se faire un peu de publicité gratuite, elle a bien réussi. Dommage qu'elle n'en profite pas. Mais c'est tout bénéfice pour ses héritiers. »

Pour vous aussi, se dit Kate qui demanda : « A qui ira son argent, le savez-vous ?

— Non, elle ne m'en a jamais parlé. Comme je vous l'ai déjà dit, Marge était son exécuteur testamentaire, ou du moins l'un d'eux. Je suis heureuse de pouvoir dire qu'elle n'a jamais fait allusion à la possibilité de transférer ce privilège quand j'ai repris l'agence. Je ne l'aurais d'ailleurs pas accepté. J'ai fait beaucoup pour elle, mais il y a des limites. Franchement, vous n'avez pas idée des prétentions de certains auteurs. Leur trouver des commandes, les faire participer à des émissions de télé, soigner le chat quand ils sont en vacances, leur tenir la main pendant qu'ils divorcent. Pour dix pour cent sur les ventes en Grande-Bretagne, on compte que je serai agent, infirmière, confidente, amie, tout. Je sais bien qu'elle n'avait pas de famille — enfin, son ex-mari a une fille et des petits-enfants quelque part au Canada, je crois. Je ne la vois pas du tout leur laisser quelque chose. Mais il y aura de l'argent, c'est sûr, et à mon avis c'est Marge qui l'aura. Je pourrai peut-être négocier une réimpression des premiers poches. »

Dalgliesh dit : « Une cliente profitable, après tout. Sinon vivante, du moins morte.

— Oui, quel monde fou, n'est-ce pas ? »

Et sur cet écho d'une dame avec qui elle avait eu peu de choses en commun, Mrs Pitt-Crowley jeta un coup d'œil à sa montre et se pencha pour ramasser sac et serviette.

Mais Dalgliesh, qui n'était pas encore prêt à la lâcher, lui dit alors : « Je présume que Mrs Carling vous a parlé de sa séance de signature annulée à Cambridge ?

— Je crois bien ! Elle m'a appelée de la librairie et j'ai essayé d'avoir Gérard Étienne au téléphone, mais j'imagine qu'il était allé déjeuner. Je l'ai joint plus tard dans l'après-midi : Esmé était absolument folle de rage. Vraiment folle. Tout à fait justifié, d'ailleurs. Peverell Press a beaucoup d'explications à fournir. J'étais navrée pour les gens de la librairie ; elle se passait évidemment les nerfs sur eux, mais ce n'était pas leur faute. Enfin, je suppose qu'elle pouvait leur reprocher de ne pas avoir appelé Peverell Press dès la réception du fax pour vérifier qu'il ne s'agissait pas d'une mauvaise plaisanterie, ce qu'ils auraient sans doute fait, d'ailleurs, si la maison n'avait pas caché aussi soigneusement les ennuis qu'elle avait. Le directeur était sorti quand le fax est arrivé et l'employée qui l'a vu la première a tout naturellement pensé qu'il était authentique. D'ailleurs, il l'était en ce sens qu'il provenait bien de Peverell Press. Pour la calmer, je lui ai dit que j'allais en parler à Gérard moi-même, et je l'aurais fait sans le meurtre qui a ramené les griefs d'Esmé à de plus justes proportions. J'ai toujours l'intention d'aller au fond de cette affaire avec la maison, mais il y a un temps et un lieu pour cela. Est-ce que je peux filer maintenant ? J'ai rendez-vous pour ce déjeuner.

— Je n'ai plus que quelques questions à vous poser, dit Dalgliesh. Quelles étaient vos relations avec Gérard Étienne ?

— Vous voulez dire, mes relations professionnelles ?

— Vos relations. »

Velma Pitt-Crawley resta un instant totalement silencieuse. Ils virent qu'elle souriait doucement, l'air absorbée dans des réminiscences lubriques. Puis elle dit : « Elles étaient professionnelles. Je pense que nous nous téléphonions à peu près deux fois par mois, en moyenne. Je ne l'avais pas vu depuis quatre mois. Nous avons couché ensemble une fois, il y a presque un an. Nous étions allés tous les deux à la même réception pour un lancement et nous avions tenu jusqu'au bout. Il était près de minuit, j'avais un peu bu. Gérard, lui, ce n'était pas son truc ; il avait horreur de perdre le contrôle de la situation. Il a proposé de me ramener chez moi, et la nuit s'est achevée comme elles s'achèvent généralement. Cela ne s'est jamais reproduit. »

Kate demanda : « Est-ce que vous l'auriez souhaité, l'un ou l'autre ?

— Pas vraiment. Il m'a envoyé une gerbe de fleurs spectaculaire le lendemain. Il n'était pas particulièrement subtil, mais c'était mieux, je suppose, que de laisser cinquante livres sur la table de nuit. Non, je ne souhaitais pas que cela continue. J'ai un instinct de conservation assez développé. Je ne vais pas au-devant des peines de cœur. Mais j'ai pensé qu'il valait mieux en parler. Beaucoup de gens à la réunion ont pu se douter de la façon dont la soirée s'était terminée. Dieu seul sait comment ces histoires-là s'ébruitent, mais elles le font toujours. Au cas où vous vous le demanderiez, les événements de cette nuit-là et en particulier du lendemain matin, dont j'ai gardé un souvenir plus net, m'ont laissée plutôt bien disposée à son égard, mais pas assez pour provoquer une deuxième rencontre. Je suppose que vous voudriez savoir où j'étais la nuit où il est mort ?

— Cela nous aiderait, Mrs Pitt-Crowley, dit gravement Dalgliesh.

— Assez bizarrement, j'étais à cette soirée poétique aux Connaught Arms pendant que Gabriel Dauntsey lisait de ses œuvres. Je suis partie peu après la fin de son numéro. J'étais avec un poète, ou quelqu'un qui se prétend tel, et il aurait voulu rester davantage, mais moi j'en avais assez du bruit, des sièges inconfortables et de la fumée. A ce moment-là tout le monde était très gai et l'assemblée n'avait pas l'air prête à se séparer. J'ai dû partir vers dix heures et je suis rentrée chez moi en voiture. Donc, pas d'alibi pour le reste de la soirée.

— Et la nuit dernière ?

— Quand Esmé est morte ? Mais c'était un suicide, vous l'avez dit vous-même.

— Quelle que soit la façon dont elle est morte, cela nous aide de savoir où tout un chacun se trouvait à ce moment-là.

— Mais je ne sais pas quand elle est morte. Je suis restée au bureau jusqu'à six heures et demie, puis je suis rentrée chez moi et j'y suis restée toute la soirée — seule. C'est cela que vous vouliez savoir ? Écoutez, commandant, il faut vraiment que je file. »

Dalgliesh demanda encore : « Plus que deux dernières questions. Combien existait-il d'exemplaires du manuscrit de *Mort sur l'île du Paradis*, et celui de Mrs Carling était-il identique aux autres ?

— Je crois qu'il y en avait une huitaine en tout. J'avais dû en envoyer cinq à Peverell Press, un pour chacun des associés. Je ne vois pas pourquoi ils n'auraient pas pu faire les photocopies eux-mêmes, mais enfin, ils voulaient que ce soit comme ça. Je n'avais que deux exemplaires. Esmé faisait toujours relier le sien avec une couverture bleu pâle. Pour l'édition, un exemplaire relié n'est guère pratique. En fait, c'est une sacrée barbe. Éditeurs et lecteurs préfèrent que les manuscrits leur soient soumis avec les pages agrafées par chapitres ou pas agrafées du tout. Mais Esmé voulait toujours que son exemplaire soit relié.

— Et quand vous êtes venue voir Mrs Carling ici, le 15 octobre au soir, c'est-à-dire le lendemain du jour où Gérard Étienne est mort, avez-vous eu l'impression qu'elle hésitait à remettre son manuscrit en prétendant peut-être qu'elle ne pouvait pas le trouver, ou qu'elle ne l'avait plus en sa possession ? »

Comme si elle reconnaissait l'importance de la question, Mrs Pitt-Cowley prit son temps pour y répondre. Puis elle dit : « Comment pourrais-je le savoir? Mais je me souviens que ma demande l'a déconcertée. Je crois qu'elle a un peu perdu les arçons. Et il est difficile de voir comment elle aurait pu l'égarer. Elle prenait grand soin de ce qui lui appartenait et qui était important pour elle. Ce n'est pas comme s'il y avait eu beaucoup de place ici, dans l'appartement. D'ailleurs, elle n'a pas pris la peine de le chercher. Non, si vous me demandez mon avis, je dirais que le manuscrit n'était plus en sa possession. »

53

De retour à leur voiture, Dalgliesh dit : « Je conduirai, Kate. »

Elle prit le siège gauche et boucla sa ceinture en silence. Elle aimait conduire et savait qu'elle le faisait bien. Mais quand il décidait, comme ce jour-là, de la remplacer, elle se contentait de rester assise à côté de lui, en regardant parfois les fortes mains nerveuses légèrement posées sur le volant. Lui jetant un rapide coup d'œil alors qu'ils traversaient Hammersmith Bridge, elle vit sur son visage une expression qui lui était familière : un air absorbé, sévère, centré sur lui-même, comme s'il supportait stoïquement quelque douleur intérieure. Quand elle avait été recrutée pour l'équipe, elle avait cru qu'il s'agissait d'une colère réprimée et craint la soudaine morsure des sarcasmes glacés qui devaient être, du moins le supposait-elle, une de ses défenses contre le manque de sang-froid et que ses subordonnés en étaient venus à redouter. Ils avaient réuni des indices de première importance pendant les dernières deux heures et demie et elle avait hâte de savoir comment il réagissait. Mais elle se garda bien de rompre le silence. Il conduisait avec son habituelle compétence discrète et il était difficile de croire qu'une partie de son esprit était occupée ailleurs. Est-ce qu'il s'inquiétait de la vulnérabilité de cette petite, tout en réexaminant le témoignage qu'elle avait apporté? Est-ce qu'il contenait durement son indignation devant la barbarie planifiée de la mort d'Esmé Carling, une mort qui était un assassinat, ils le savaient désormais?

Chez d'autres officiers supérieurs, cet air sévère et absorbé aurait pu être de la colère devant l'incompétence de Daniel. Si ce dernier avait su tirer de l'enfant la vérité sur ce qui s'était passé ce jeudi soir, Esmé Carling aurait peut-être été encore en vie. Mais pouvait-on vraiment parler d'incompétence? Carling et Daisy avaient donné la même version et elle était convaincante. Les enfants sont de bons témoins et ils mentent rarement. Si elle avait été envoyée pour interroger la petite, aurait-elle fait mieux? Aurait-elle fait mieux ce matin, si Dalgliesh n'avait pas été là pour intervenir? Elle ne pensait pas que celui-ci ferait le moindre reproche, mais cela n'empêcherait pas Daniel de s'en adresser, et d'amers. Elle était joliment contente de ne pas être à la place de ce garçon.

Hammersmith Bridge était franchi quand Dalgliesh parla.

« Je crois que Daisy nous a dit tout ce qu'elle savait, mais les omissions sont frustrantes, n'est-ce pas? Ce seul mot manquant aurait fait toute la différence. Le serpent était devant la porte. Quelle porte? Elle a entendu une voix. D'homme ou de femme? Quelqu'un transportait un aspirateur. Un homme ou une femme? Mais enfin, nous ne sommes plus obligés de nous rabattre sur l'improbabilité de cette note annonçant un suicide pour être sûrs qu'il s'agit d'un meurtre. »

Au commissariat de Wapping, Daniel travaillait seul. Kate, embarrassée pour lui, voulait le laisser avec Dalgliesh, mais comment éviter que la petite ruse fût trop évidente? Dalgliesh rapporta brièvement le résultat de leurs visites matinales. Daniel se leva. Le geste, qui rappela à Kate un prisonnier au moment de sa condamnation, lui parut instinctif. Le visage énergique du jeune homme était très pâle.

« Désolé, chef. J'aurais dû faire sauter cet alibi. C'est une grosse faute.

— Très fâcheux, certainement.

— Je dois dire que le sergent Robbins n'avait pas été convaincu. Il a cru dès le début que Daisy mentait et il voulait la pousser davantage.

— Avec les enfants, ce n'est jamais facile, n'est-ce pas ? Si l'on en venait à une lutte entre la volonté de Daisy et celle du sergent Robbins, je me demande si je ne parierais pas sur Daisy. »

Intéressant, se dit Kate, que Robbins n'ait pas fait confiance à l'enfant. Il semblait capable d'allier la foi dans la noblesse essentielle de l'homme au refus de croire la moindre déclaration faite par un témoin. Peut-être, étant croyant, était-il plus disposé que Dalgliesh à admettre le péché originel. Mais Daniel avait été généreux de dire ce qu'il avait dit. Généreux, mais peut-être également, si elle voulait être cynique, et connaissant A.D., judicieux.

Déterminé à ne rien s'épargner, il insista : « Mais si je n'avais pas été satisfait, Esmé Carling serait en vie aujourd'hui.

— Peut-être. Mais pas trop d'autro-flagellation, Daniel. La personne responsable de la mort d'Esmé Carling est celle qui l'a tuée. Et l'autopsie ? Pas de surprise ?

— Mort par inhibition vagale, chef. Elle est morte dès que la lanière a été serrée autour de son cou. Elle était morte quand elle a été mise dans l'eau.

— Eh bien, au moins, ça a été rapide. Et la vedette ? Des nouvelles de Ferris ?

— Oui, chef. De bonnes nouvelles. » Son visage s'éclaira. « Il a trouvé de microscopiques fragments d'étoffe accrochés à un petit éclat de bois sur le plancher de la cabine. Roses, chef. Elle portait une veste en tweed rose et fauve. Avec un peu de chance, le labo va pouvoir les comparer au tissu du vêtement. »

Ils se regardèrent et Kate sentit que chacun éprouvait la même exultation continue. Enfin un indice matériel. Quelque chose que l'on pouvait épingler, mesurer, examiner scientifiquement et présenter comme une preuve devant une cour de justice. Ils avaient déjà vérifié avec Fred Bowling qu'Esmé Carling n'était pas montée à bord de la vedette depuis l'été précédent. Si les fragments de tissu provenaient bien de la veste, ils tenaient la preuve qu'elle avait été tuée dans le bateau. Dans ce cas, qui l'avait ensuite déplacée et laissée de l'autre côté des marches? Qui, sinon son assassin?

Dalgliesh dit alors : « Si les fragments de tissu concordent, nous pourrons prouver qu'elle était dans la cabine de la vedette hier soir. La conclusion évidente, c'est qu'elle est morte là. Ce serait un plan judicieux pour le meurtrier. Il pourrait attendre, avec le corps caché sous l'eau, que le fleuve soit tranquille et choisir son moment pour la pendre sans être vu. Mais même si les fibres de textile établissent un rapport entre elle et la vedette, cela ne signifie pas qu'ils en fassent autant avec le tueur. Il faut que nous réunissions les manteaux et les vestes de tous les suspects qui étaient sur les lieux pour les envoyer au labo. Voulez-vous vous occuper de cela, Daniel?

— Y compris ceux de Mandy Price et de Bartrun?

— Tous. »

Kate dit : « Tout ce qu'il nous faut maintenant, c'est le plus minuscule fragment de fil rose sur l'un de ces vêtements.

— Non, ce n'est pas tout, répliqua Dalgliesh. Il y a un fait plutôt décourageant : c'est que la plupart pourront prétendre qu'ils se sont agenouillés tout près du corps d'Esmé Carling et même qu'ils l'ont touché. Un fil aurait pu rester accroché après eux de bien des façons. »

Et Daniel ajouta : « Qu'est-ce que vous pariez que cet assassin-là savait très bien s'y prendre? Il aura retiré sa veste à lui avant d'approcher le corps et pris bougrement soin de rester propre ensuite. »

54

Mandy, qui avait eu l'intention d'aller travailler de bonne heure le lendemain, s'aperçut avec étonnement qu'il était déjà neuf heures moins le quart quand elle s'éveilla. Elle aurait même sans doute continué à dormir si Maureen et Mike ne s'étaient pas lancés dans une de leurs disputes sur la disponibilité et l'état de la salle de bain, menée comme à l'habitude par Maureen criant en haut de l'escalier et Mike hurlant ses ripostses depuis la cuisine. Un instant plus tard, un coup de poing sur la porte de sa chambre fut suivi par l'irruption violente de Maureen. De toute évidence, elle piquait une de ses crises.

« Mandy, ta satanée trottinette tient toute l'entrée. Tu ne peux pas la laisser dans le jardin comme tout le monde ? »

Grief récurrent. Mandy explosa aussitôt, rouge d'indignation. « Non, parce qu'elle serait volée par un salopard quelconque. Ma bécane, elle restera où elle est. » Elle ajouta, bougonne : « Je suppose que la salle de bain n'est pas libre, ce serait trop demander.

— Elle est libre si tu peux t'arranger de l'état où elle est. Mike a laissé la baignoire dégoûtante comme d'habitude. Si tu veux prendre un bain, tu pourras la nettoyer. Et puis, il a oublié que c'était sa semaine pour acheter le papier hygiénique. Je ne vois pas pourquoi il faudrait que je pense à tout et que je fasse tout dans cette maison. »

La journée s'annonçait chaude. Ni Maureen ni Mike n'étaient là lorsqu'elle était rentrée la veille au soir. Elle s'était couchée, tout en essayant de rester éveillée pour écouter le bruit de la porte, car elle avait hâte de raconter son histoire. Mais les choses ne s'étaient pas passées ainsi. Elle s'était endormie malgré elle, et voilà qu'elle les entendait partir, battant lancé à toute volée par deux fois à quelques instants d'intervalle. Maureen n'avait même pas pris la peine de lui demander pourquoi elle n'était pas revenue à la soirée.

Lorsqu'elle arriva à Innocent House, rien ne s'arrangea. Elle avait espéré être la première à annoncer la nouvelle, mais il ne fallait plus y compter. Tous les directeurs étaient arrivés de bonne heure. George, qui prenait une communication, lui lança un regard désespéré quand elle entra, comme si n'importe quelle aide eût été la bienvenue. Il était évident que la nouvelle s'était répandue au-delà d'Innocent House.

« Oui, c'est vrai, j'en ai bien peur... Oui, il semble que ce soit un suicide... Non, je n'ai aucun détail, malheureusement... Nous ne savons pas encore comment elle est morte... Désolé... Oui, la police est venue... Désolé... Non, Miss Étienne n'est pas libre en ce moment... Non, Mr de Witt non plus. On pourrait peut-être vous rappeler... Non, je suis désolé, mais je ne sais pas quand ils seront libres. »

Il reposa l'appareil et dit : « Un des auteurs de Mr de Witt. Je ne sais pas comment il a appris la chose. Il a peut-être appelé la publicité et Maggie ou Amy la lui aura annoncée. Miss Étienne m'a recommandé d'en dire le moins possible, mais ce n'est pas facile. Les gens ne se contentent pas de me parler. Ils veulent avoir un des directeurs.

— Pourquoi vous inquiéter ? Il n'y a qu'à répondre "vous vous trompez de numéro" et à raccrocher. Si vous faites ça, à tous les coups, ils se lasseront vite. »

Le hall était désert. La maison semblait étrangement différente, anormalement silencieuse, comme en deuil. Mandy s'était attendue à trouver la police sur les lieux, mais il n'y avait aucun signe de sa présence. Dans le bureau, Miss Blackett, assise devant sa machine, fixait l'écran comme hypnotisée. Mandy ne lui avait jamais vu si mauvaise mine. Son visage, très pâle, était soudain devenu celui d'une vieille femme.

Mandy lui demanda : « Ça va? Vous avez une mine affreuse. »

Miss Blackett fit un effort pour retrouver sa dignité : « Bien sûr que non, ça ne va pas, Mandy. Comment est-ce que ça pourrait aller pour qui que ce soit? C'est la troisième mort que nous avons en deux mois. C'est épouvantable. Je ne sais pas ce qui arrive à la maison. Rien ne va plus pour Peverell Press depuis que Mr Peverell est mort, et je suis étonnée que vous arriviez à faire si bonne figure. Après tout, c'est vous qui l'avez trouvée. »

Elle semblait au bord des larmes. Et puis il y avait autre chose : Miss Blackett avait peur. Mandy pouvait presque sentir l'odeur de cette peur. Elle dit, mal à l'aise : « Oui, bien sûr, je suis désolée qu'elle soit morte. Mais ce n'est pas comme si je l'avais connue, n'est-ce pas? Et puis, elle était vieille. Et puis, c'est elle qui l'a voulu. C'était son choix. Elle voulait sans doute mourir. Ça n'est pas comme Mr Gérard. »

Le visage tout rouge cette fois, Miss Blackett s'écria : « Elle n'était pas vieille ! Comment pouvez-vous dire cela? Et puis, quand bien même elle l'aurait été ! Les vieux ont droit à la vie autant que vous.

— Je n'ai jamais dit le contraire.

— C'était sous-entendu. Vous devriez réfléchir avant de parler. Vous avez dit qu'elle était vieille et que sa mort n'avait pas d'importance.

— Je n'ai pas dit qu'elle n'avait pas d'importance. »

Mandy eut l'impression d'être entraînée dans un tourbillon d'émotions irrationnelles qu'elle n'avait aucun espoir de comprendre ni de dominer. Et voilà qu'elle voyait Miss Blackett au bord des larmes. Elle fut soulagée quand la porte s'ouvrit et que Miss Étienne entra.

« Ah, vous êtes venue, Mandy, nous nous demandions si nous allions vous voir apparaître. Ça va ?

— Oui, merci, Miss Étienne.

— Il semble que la semaine prochaine, nous risquions d'être assez clairsemés. Je suppose que vous allez vouloir partir aussi, une fois la première sensation passée.

— Non, Miss Étienne, j'aimerais rester. » Elle ajouta, mue par une brusque illumination financière : « Si une partie du personnel s'en va et qu'il y a plus de travail, je crois qu'il faudrait m'augmenter. »

Miss Étienne la regarda d'un air que Mandy jugea cyniquement amusé plutôt que réprobateur. « C'est bien, j'en parlerai à Mrs Crealey. Dix livres de plus par semaine. Mais ce ne sera en aucune façon pour vous récompenser de rester. Nous ne soudoyons pas le personnel pour qu'il travaille à Peverell Press, et nous n'acceptons pas le chantage. Vous l'aurez parce que votre travail le justifie. » Elle se tourna vers Miss Blackett : « La police viendra sans doute cet après-midi. Elle voudra peut-être utiliser de nouveau le bureau de Mr Gérard. Je veux dire, le mien. Dans ce cas, je monterai à l'étage avec Miss Frances. »

Quand elle fut partie, Mandy dit à Miss Blackett :

« Pourquoi vous ne demandez pas aussi une augmentation ? On va être obligées de faire du boulot en plus à moins qu'ils n'embauchent des remplaçants et ça ne sera peut-être pas si facile. C'est comme vous avez dit : trois morts en deux mois. Les gens y regarderont peut-être à deux fois avant de venir travailler ici. »

Miss Blackett avait commencé à taper, les yeux fixés sur son bloc de sténo : « Non merci, Mandy. Je ne cherche pas à profiter des malheurs de mes employeurs. J'ai encore quelques principes.

— Ah bon, je suppose que vous avez les moyens de vous les offrir. Il me semble qu'ils vous exploitent depuis une vingtaine d'années. Mais c'est votre affaire. Je vais dire un mot à Mrs Crealey, et je ferai le café ! »

Mandy avait appelé le bureau de Mrs Crealey avant de partir de chez elle, mais elle n'avait pas eu de réponse. Cette fois, elle eut plus de chance et elle annonça la nouvelle brièvement, s'en tenant aux seuls faits, sans la moindre allusion à ses propres émotions. Avec Miss Blackett qui écoutait tout, raide de réprobation, il était sage de se montrer aussi brève et neutre que possible. Les détails pouvaient attendre leur réunion du soir dans le « nid ».

Elle dit : « J'ai demandé une augmentation, on me donne dix livres de plus par semaine. Oui, c'est ce que j'ai pensé ! Non, j'ai dit que je resterais. Je viendrai directement de mon travail au bureau et on pourra bavarder. »

Elle reposa l'appareil, non sans se dire que Miss Blackett avait oublié de lui rappeler qu'elle ne devait pas utiliser le téléphone du bureau pour ses communications personnelles. Ce qui donnait la mesure de son désarroi.

Il y avait plus de monde dans la cuisine qu'un jour normal à cette heure-là. Ceux qui préféraient préparer leur café du matin sans payer la redevance hebdomadaire pour la version du breuvage dispensée par Mrs Demery faisaient rarement leur apparition avant onze heures. Sur le seuil, Mandy entendait le brouhaha étouffé des voix bavardes, qui s'arrêta quand elle ouvrit la porte. Chacun leva la tête, l'air penaud, puis l'accueillit avec soulagement et une attention flatteuse. Mrs Demery était là, bien sûr, de même qu'Emma Wainwright, ancienne assistante anorexique de Miss Étienne, qui travaillait désormais pour Miss Peverell, ainsi que Maggie FitzGerald et Amy Holden de la publicité, Mr Elton des droits et contrats, et Dave le magasinier, apparemment venu du 10 sous le prétexte peu convaincant qu'on manquait de lait à la réserve. Il y avait une forte odeur de café et quelqu'un avait fait des toasts. L'ambiance de la cuisine était confortablement comploteuse, mais même là, Mandy sentait la peur.

Amy dit : « On pensait que tu ne viendrais peut-être pas. Pauvre Mandy ! Ça a dû être absolument horrible. J'en serais morte. S'il y a un cadavre dans le coin, on peut compter sur toi pour le trouver. Allez, raconte ! Elle a été noyée, pendue, ou quoi ? Aucun des directeurs ne veut nous dire un mot. »

Mandy aurait pu faire remarquer que ce n'était pas elle qui avait trouvé le corps de Gérard Étienne. Au lieu de cela, elle raconta ce qu'elle avait vécu la veille au soir, mais tout en parlant, elle se rendait compte qu'elle les décevait. Elle avait attendu ce moment avec impatience ; or, alors qu'elle était au centre de leur curiosité, elle éprouvait une étrange répugnance à l'encourager, presque comme s'il y avait quelque chose d'indécent à faire de la mort de Mrs Carling un sujet de commérages. L'image de ce visage mort, gonflé d'eau, le maquillage lavé, si bien qu'il avait l'air dénudé et sans défense dans sa laideur, flottait entre elle et leurs yeux avides. Elle ne comprenait pas ce qui lui arrivait, pourquoi ses émotions étaient si chaotiques, si troublantes dans leur complexité. Ce qu'elle avait dit à Miss Blackett était vrai : elle n'avait pas connu Mrs Carling, elle ne pouvait éprouver de chagrin, elle n'avait pas de raison de se sentir coupable. Alors, qu'éprouvait-elle donc ?

Mrs Demery était curieusement silencieuse. Elle disposait tasses et soucoupes sur sa table à roulettes, mais les petits yeux virevoltaient de visage en visage comme si chacun de ceux-ci recelait un secret qu'un instant d'inattention pourrait faire manquer.

Maggie dit : « Tu as lu la note qui annonçait le suicide, Mandy ?

— Non, mais Mr de Witt l'a vue. C'était tout sur la façon dont les directeurs l'avaient traitée et comment elle allait se venger. "Faire puer leurs noms", je crois qu'elle a écrit. Je ne me rappelle pas bien. »

Mr Elton demanda : « Vous la connaissiez mieux que beaucoup d'entre nous, Maggie. Vous avez fait cette grande tournée de publicité avec elle il y a dix-huit mois. Elle était comment ?

— Pas difficile du tout. Je m'entendais bien avec Esmé. Elle était parfois un peu exigeante, mais j'ai connu pire en tournée. Et puis elle avait le souci de ses fans. Elle ne reculait devant aucun effort. Toujours un mot quand ils faisaient la queue pour une signature, et elle personnalisait chaque livre. Elle inscrivait n'importe quel message, selon ce qu'ils voulaient. Pas comme Gordon Holgarth. Tout ce qu'ils ont jamais obtenu de lui, c'est une signature griffonnée, une grimace et une bouffée de fumée dans la figure.

— Vous trouviez qu'elle était du genre à se suicider ?

— Est-ce qu'il y a un genre à se suicider ? Je ne sais pas

bien ce que ça signifie. Mais si vous me demandez si je suis étonnée qu'elle se soit tuée, alors la réponse est oui, je suis étonnée. Très étonnée. »

Mrs Demery intervint enfin : « Si elle s'est suicidée.

— C'est bien ce qu'elle a dû faire, Mrs Demery, elle a laissé une note.

— Très bizarre, si Mandy se la rappelle bien. Il faudrait que j'y jette un coup d'œil pour être convaincue. En tout cas, la police, elle, ne l'est pas. Sinon, pourquoi est-ce qu'ils auraient saisi la vedette ?

— C'est donc pour ça qu'on nous a pris en taxi à Charing Cross au lieu du bateau, ce matin? dit Maggie. Je croyais que la vedette était en panne. Fred Bowling n'a pas parlé de la police quand il nous a rejoints.

— On lui avait dit de la boucler, c'est sûr, mais ils l'ont prise, pas de doute. Je lui ai demandé. Ils sont venus à la première heure ce matin et ils l'ont remorquée. Elle est au poste de police de Wapping, maintenant. »

Maggie, qui versait l'eau bouillante sur le café moulu, s'interrompit, la bouilloire en arrêt.

« Vous ne voulez pas dire, Mrs Demery, que la police pense que Mrs Carling a été assassinée ?

— Je ne sais pas ce que la police pense. Je sais ce que moi, je pense. Esmé Carling était la dernière à vouloir se tuer. »

Emma Wainwright, assise au bout de la table, ses doigts squelettiques serrés autour d'une tasse de café sans faire mine de le boire, regardait le mince tourbillon de lait mousseux, comme hypnotisée par le dégoût.

A cet instant, elle leva les yeux et dit de sa voix dure, un peu gutturale : « C'est le deuxième corps que vous avez trouvé, Mandy, depuis votre arrivée à Innocent House. Jamais nous n'avons eu des histoires pareilles auparavant. On va vous appeler la Dactylo de la Mort. Si vous continuez comme ça, vous aurez de la peine à trouver un autre travail. »

Furieuse, Mandy lui lança : « Pas si difficile que pour vous. Au moins, je n'ai pas l'air de sortir d'un camp de concentration, moi. Si vous vous voyiez! Vous avez une tête à faire peur. »

Silence horrifié pendant quelques secondes. Six paires d'yeux convergèrent très vite vers Emma, puis se détournèrent. D'abord restée immobile, elle se leva soudain et lança sa tasse à l'autre bout de la pièce, dans l'évier, où elle se brisa à grand bruit. Après quoi elle poussa un gémissement aigu, éclata en sanglots et sortit de la pièce en courant. Amy laissa échapper un petit cri et essuya quelques gouttes de café très chaud sur sa joue.

Maggie était indignée : « Il n'aurait pas fallu lui dire ça, Mandy. C'était cruel. Elle est malade. Elle n'est pas responsable.

— Bien sûr que si, elle est responsable ! Elle fait ça juste pour ennuyer les autres. Et puis, c'est elle qui a commencé. Elle m'a appelée la Dactylo de la Mort. Je n'ai pas le mauvais œil. Ce n'est pas ma faute si je les ai trouvées. »

Amy regarda Maggie : « Tu crois que je devrais aller voir ce qu'elle fait ?

— Il vaut mieux la laisser tranquille. On sait bien comment elle est. Elle est bouleversée parce que Miss Claudia a pris Blackie comme assistante personnelle au lieu d'elle. Elle a déjà dit à Miss Claudia qu'elle voulait partir à la fin de la semaine. A mon avis, elle a peur tout simplement et je ne suis pas sûre qu'elle ait tort. »

Déchirée entre une furieuse envie de se justifier et un remords d'autant plus pénible qu'elle en souffrait si rarement, Mandy se dit qu'elle aussi apprécierait le soulagement de lancer la vaisselle à travers la pièce et de fondre en larmes. Qu'est-ce qui leur arrivait donc à Innocent House, à tous, à elle-même ? C'était ça que la mort violente faisait aux gens ? Elle avait pensé que la journée serait agréable, excitante, remplie de bavardages réconfortants, avec sa personne comme centre d'intérêt. Et voilà qu'au lieu de cela, depuis le début, ç'avait été l'enfer.

La porte s'ouvrit, Miss Étienne apparut et dit froidement : « Maggie, Amy et Mandy, il y a du travail qui attend. Si vous n'avez pas l'intention de vous y mettre, il vaudrait mieux le dire franchement et rentrer chez vous. »

55

Dalgliesh avait dit qu'il voulait voir tous les directeurs dans la salle du conseil à trois heures et que Miss Blackett devrait être avec eux. Aucun ne fit d'objection, ni à la convocation ni à la présence de la secrétaire. Ils avaient remis à la police sans discussion ni question les vêtements qu'ils portaient quand on avait trouvé le corps d'Esmé Carling. C'est que, se disait Kate, c'étaient tous des gens intelligents, ils n'avaient pas eu besoin de demander pourquoi. Aucun n'avait non plus réclamé la présence d'un avocat et elle se demandait s'ils craignaient que cela parût dangereusement prématuré, s'ils avaient confiance dans leur capacité à défendre leurs propres intérêts, ou s'ils étaient confortés par la certitude de leur innocence.

Elle était assise avec Dalgliesh d'un côté de la table, les directeurs et Miss Blackett leur faisant face, de l'autre côté. Lors de la dernière réunion dans cette même pièce au sujet de la mort de Gérard Etienne, elle avait perçu un mélange d'émotions qui émanait d'eux : curiosité, choc, chagrin et appréhension. Désormais, tout ce qu'elle sentait, c'était la peur. Comme une contagion. Il semblait qu'ils se contaminaient les uns les autres, et contaminaient jusqu'à l'air ambiant. Seule Miss Blackett en présentait les symptômes visibles. Dauntsey, l'air très vieux, ressemblait à un patient attendant son admission dans un service de gériatrie. De Witt avait pris place à côté de Frances Peverell, les yeux aux aguets derrière ses lourdes paupières. Miss Blackett, assise, frémissante, au bord de sa chaise, était tendue comme un animal pris au piège, le visage très blanc taché par instants de plaques rouges qui s'étendaient sur ses joues et son front comme si elle avait un accès de fièvre. Frances Peverell, tendue elle aussi, se passait la langue sur les lèvres. A côté d'elle, Claudia Étienne était apparemment la plus calme. Elle était très élégante comme toujours et Kate, voyant le maquillage appliqué avec soin, se demanda si c'était un geste de défi, ou une tentative minime mais courageuse pour imposer la normalité au chaos psychologique d'Innocent House.

Dalgliesh, qui avait posé sur la table le dernier message d'Esmé Carling, désormais glissé dans une pochette en plastique, le lut sur un ton presque sans expression. Personne ne pipa mot. Puis, sans autre commentaire, il dit tranquillement : « Nous croyons maintenant que Mrs Carling est venue à Innocent House le soir de la mort de Mr Étienne. »

La voix de Claudia était acerbe : « Esmé, ici? Pourquoi?

— Vraisemblablement pour voir votre frère. Est-ce si

improbable ? Elle avait appris la veille seulement que Peverell Press refusait son dernier roman. Elle avait essayé de voir Mr Étienne à la première heure le matin, mais Miss Blackett avait refusé de le lui passer. »

Celle-ci s'exclama : « Mais il était en réunion avec les directeurs ! Personne n'interrompt le conseil ! J'avais reçu des instructions précises, je ne devais passer aucune communication téléphonique, même pas les plus urgentes. »

Claudia intervint, impatiente : « Personne ne vous fait de reproche, Blackie. Bien sûr, vous avez eu raison de ne pas la laisser entrer. »

Dalgliesh poursuivit, comme s'il n'y avait pas eu d'interruption : « Elle est allée directement de ce bureau à la gare de Liverpool Street et à sa signature de Cambridge, pour constater que quelqu'un d'ici l'avait annulée par fax. Était-il vraisemblable qu'elle rentre tranquillement chez elle et ne fasse rien ? Vous la connaissiez tous. N'était-il pas bien plus probable qu'elle reviendrait ici pour essayer une nouvelle fois de voir Mr Étienne et de déballer tous ses griefs, à une heure où elle comptait le trouver seul, sans la protection de sa secrétaire ? Il semble que presque tout le monde ait su qu'il travaillait tard le jeudi. »

De Witt objecta : « Mais vous avez sûrement dû vérifier ? Lui demander où elle était ce soir-là ? Si vous soupçonnez sérieusement que Gérard a été assassiné, Esmé Carling était forcément parmi les suspects.

— Nous avons évidemment vérifié. Elle a fourni un alibi très convaincant, une enfant qui prétendait être restée avec elle dans son appartement de six heures et demie à minuit. Elle s'appelle Daisy et maintenant elle nous a dit tout ce qu'elle savait. Mrs Carling avait obtenu qu'elle lui fournisse un alibi pour ce soir-là et admis qu'elle était à Innocent House.

— Et c'est maintenant que vous condescendez à nous le dire ? coupa Claudia. Voilà qui change beaucoup de choses, commandant. Il est temps qu'on nous apporte quelque chose de positif. Gérard était mon frère. Depuis le début vous laissez entendre que sa mort n'a pas été accidentelle et vous ne semblez pas plus près de pouvoir nous expliquer comment ou pourquoi il est mort.

— Ne soyez pas naïve, Claudia, dit alors de Witt. Le

commandant ne se confie pas à nous par considération pour votre amour fraternel. Il nous apprend que cette Daisy a été interrogée et a dit tout ce qu'elle savait, de manière que personne n'ait plus la moindre raison de la rechercher, de la suborner et de l'acheter, ou de la réduire au silence de quelque façon que ce soit. »

Le sous-entendu était clair et si épouvantable que Kate s'attendait presque à un chœur de protestations indignées. Il n'y en eut aucune. Claudia rougit violemment et parut sur le point de riposter, mais se ravisa. Les autres associés se raidirent dans leur silence, chacun redoutant apparemment de rencontrer le regard de l'autre. On eût dit que la remarque ouvrait aux supputations des perspectives si horrifiantes que mieux valait ne pas les explorer.

Dauntsey dit, la voix un peu trop soigneusement contrôlée :

« Donc vous avez un suspect que l'on sait avoir été ici et sans doute à l'heure qui nous importe. Si elle n'avait rien à cacher, pourquoi ne s'est-elle pas manifestée ?

— Et quand on y réfléchit, observa de Witt, il est étrange qu'elle ait été tellement silencieuse depuis. Je suppose que vous ne comptiez pas sur une lettre de condoléances, Claudia, mais moi j'aurais attendu un mot, peut-être une nouvelle tentative pour faire accepter son bouquin.

— Elle a sans doute jugé plus délicat d'attendre un peu, dit Frances ; commencer à nous harceler si tôt après la mort de Gérard aurait paru sans cœur.

— Il est certain, déclara de Witt, que ç'aurait été le pire moment pour essayer de nous faire changer d'avis.

— Nous n'aurions pas changé d'avis, coupa très sèchement Claudia. Gérard avait raison, le livre ne vaut rien. Il n'aurait pas servi notre réputation ni, soit dit en passant, la sienne.

— Nous aurions pu le refuser avec plus de gentillesse, risqua Frances. La voir, essayer de lui expliquer. »

Claudia s'en prit alors à elle : « Grand Dieu, Frances, ne reprenez pas cette vieille discussion ! Qu'aurait-il pu en sortir ? Un refus est un refus. Elle en aurait été furieuse, même si on le lui avait annoncé avec du champagne et de la langouste Thermidor au Claridge. »

Dauntsey, qui semblait avoir suivi le fil de ses pensées personnelles, intervint alors : « Je ne vois pas comment Esmé Carling aurait pu avoir la moindre part à la mort de Gérard. Mais elle a pu être responsable du serpent autour du cou. Je suppose que ce serait plus dans son style. »

Claudia l'interrompit : « Vous voulez dire qu'elle a trouvé le corps et décidé d'ajouter un commentaire personnel, en quelque sorte ?

— Assez peu probable, n'est-ce pas ? poursuivit Dauntsey. Gérard devait être vivant quand elle est arrivée ici. C'est sans doute lui qui l'a fait entrer.

— Pas nécessairement, dit Claudia. Il aurait pu laisser la porte ouverte, ou entrebâillée. Ça ne lui ressemble pas beaucoup de négliger les questions de sécurité, mais enfin, c'est possible. Elle aurait pu entrer alors qu'il était déjà mort.

— Même dans de cas, pourquoi serait-elle montée au petit bureau des archives ? »

Ils semblaient avoir oublié la présence de Dalgliesh et de Kate.

« Pour le chercher, hasarda Frances.

— Mais est-ce qu'elle n'aurait pas eu plus de chance en l'attendant dans son bureau ? Elle aurait su qu'il était quelque part dans la maison, puisque sa veste était encore jetée sur le dossier de son fauteuil. Tôt ou tard, il serait revenu. Et puis, il y a le serpent. Aurait-elle su où le trouver ? »

Ayant ainsi démoli sa propre théorie, Dauntsey retomba dans le silence. Claudia considéra les associés les uns après les autres, comme si elle sollicitait un assentiment muet à ce qu'elle allait dire, puis, regardant Dalgliesh bien en face, elle dit : « Je vois bien que cette nouvelle donnée, c'est-à-dire le fait qu'Esmé a été à Innocent House la nuit où Gérard est mort, jette un jour nouveau sur son suicide. Mais quelle que soit la façon dont elle est morte, les associés ne peuvent pas être concernés. Nous sommes tous en mesure de rendre compte de nos mouvements. »

Kate se dit : elle ne veut pas employer le mot alibi.

Claudia enchaîna : « Moi, j'étais avec mon fiancé, Frances et James étaient ensemble, et Gabriel avec Sydney Bartrum. » Elle se tourna vers lui, la voix soudain durcie : « Très courageux de votre part, Gabriel, d'aller au Sailor's Return seul et à pied, tout de suite après avoir été agressé.

— Je marche seul dans ma capitale depuis plus de

soixante ans. Ce n'est pas une agression qui va m'en empêcher.

— Et c'était commode que vous soyez sorti juste au moment où le taxi d'Esmé arrivait. »

De Witt dit doucement : « Fortuit, Claudia, pas commode. »

Mais elle regardait Dauntsey comme un étranger : « Et le pub pourra peut-être certifier l'heure à laquelle vous êtes arrivé avec Sydney. Mais c'est sans doute le plus fréquenté sur le fleuve, et avec le bar le plus long ; et puis il a un accès direct par le chemin de halage et vous êtes arrivés séparément. Je doute que ces gens puissent être précis, même si quelqu'un se rappelle de clients en particulier. Vous n'avez pas attiré l'attention, je suppose ? »

Dauntsey répondit calmement : « Ce n'était pas notre intention en allant au Sailor's Return.

— Et pourquoi aller précisément là ? Je n'aurais pas pensé que ce fût votre abreuvoir favori. Trop braillard. Et je ne m'étais pas rendu compte que vous étiez des copains de libations, Sydney et vous. »

On eût dit, pensa Kate, qu'ils menaient soudain une guerre privée. Elle entendit la voix douce, suppliante, de Frances : « Oh, arrêtez, je vous en prie, arrêtez ! »

De Witt demanda : « Est-ce que votre alibi est plus solide, Claudia ? »

Claudia se retourna contre lui : « Ou le vôtre, si l'on veut aller par là. Essayez-vous de nous dire que Frances ne mentirait pas pour vous ?

— Elle le ferait peut-être, je ne sais pas. Mais en fait, il se trouve qu'elle n'en a pas besoin. Nous sommes restés ensemble depuis sept heures. »

Claudia enchaîna : « Sans rien remarquer, ni rien voir, ni rien entendre, totalement occupés l'un de l'autre. » Avant que de Witt ait pu répondre, elle poursuivit : « Bizarre, n'est-ce pas, de voir comment des événements de première importance ont de petits commencements. Si quelqu'un n'avait pas envoyé ce fax pour annuler la signature d'Esmé, elle ne serait peut-être pas revenue ici ce soir-là, elle n'aurait pas vu ce qu'elle a vu, et elle ne serait pas morte. »

Blackie ne put en supporter davantage — leur agressivité à peine dissimulée, et puis, cette horreur. Elle se dressa d'un bond et cria : « Arrêtez, je vous en supplie, arrêtez ! Et ce n'est pas vrai. Elle s'est tuée, Mandy l'a trouvée, Mandy l'a vue, vous le savez qu'elle s'est tuée. Le fax n'a rien à y voir. »

Claudia dit sèchement : « Bien sûr qu'elle s'est tuée. Toute autre idée serait une invention qui arrangerait bien la police. Pourquoi accepter le suicide alors qu'on peut adopter la solution la plus excitante ? Et ce fax a pu être pour elle la goutte qui a fait déborder le vase. Celui ou celle qui l'a envoyé porte une lourde responsabilité. »

Ses yeux étaient rivés sur Blackie et les têtes des autres personnes présentes se tournèrent vers celle-ci, comme tirées par un fil invisible.

Claudia dit soudain : « C'est vous ! J'en étais sûre ! C'est vous, Blackie, qui l'avez envoyé. »

Ils regardèrent, atterrés, la bouche de la secrétaire s'ouvrir, lentement, silencieusement. Pendant plusieurs secondes qui ressemblèrent à des minutes, Blackie retint son souffle, puis elle éclata en sanglots incoercibles. Claudia se leva, la prit par les épaules et l'espace d'un instant on put croire qu'elle allait la secouer. « Et le reste des mauvais tours ? Les épreuves trafiquées, les illustrations volées, c'était vous aussi ?

— Non, non, je le jure ! Juste le fax. Rien d'autre. Rien que ça. Elle avait été si méchante à propos de Mr Peverell. Elle a dit des choses terribles. Ce n'est pas vrai qu'il me trouvait assommante. Il m'aimait. Il se fiait à moi. Oh, Dieu ! Je voudrais être morte comme lui. »

Elle se leva en chancelant et, toujours hurlant, se jeta vers la porte, une main en avant, comme une aveugle cherchant son chemin. Frances fit mine de se lever et de Witt était déjà debout quand Claudia lui prit le bras :

« Pour l'amour du ciel, laissez-la, James. Tout le monde ne souhaite pas avoir votre épaule pour pleurer dessus. Certains d'entre nous préfèrent porter seuls le poids de leur chagrin. »

James rougit et se rassit aussitôt.

Dalgliesh déclara alors : « Je crois que nous ferions mieux de nous arrêter maintenant. Quand Miss Blackett sera plus calme, l'inspecteur Miskin lui parlera.

— Félicitations, commandant, dit de Witt. C'était très habile à vous de nous amener à faire votre travail. Cela aurait été moins cruel d'interroger Blackie en privé, mais il aurait fallu plus longtemps, n'est-ce pas, et les résultats auraient peut-être été moins bons.

— Une femme est morte, rétorqua Dalgliesh, et je suis ici pour découvrir pourquoi et comment. J'ai bien peur que la bonté ne soit pas ma première priorité. »

Frances était presque en larmes lorsqu'elle regarda de Witt : « Pauvre Blackie ! Oh, pauvre Blackie ! Qu'est-ce qu'ils vont lui faire ? »

Ce fut Claudia qui répondit : « L'inspecteur Miskin la réconfortera, après quoi Dalgliesh la cuisinera. Ou, si elle a de la chance, ce sera l'inverse. Ne vous tourmentez pas pour elle. Envoyer ce fax n'est pas un crime, ce n'est même pas un délit. » D'un mouvement violent elle se tourna vers Dauntsey et lui dit : « Gabriel, je suis désolée ! Terriblement désolée, désolée, désolée. Je ne sais pas ce qui m'a pris. Mon Dieu, nous devons nous soutenir les uns les autres. » Comme il ne répondait pas, elle poursuivit, presque suppliante : « Vous ne croyez pas que c'est un meurtre, n'est-ce pas ? La mort d'Esmé. Vous ne croyez pas que quelqu'un l'a tuée ? »

Dauntsey répondit doucement : « Vous avez entendu le commandant lire le message qu'elle a écrit pour nous. Est-ce qu'il vous a vraiment paru annoncer un suicide ? »

56

Mr. Winston Johnson était corpulent, noir, aimable, apparemment peu troublé par l'ambiance d'un poste de police, et décidé à accepter avec philosophie la perte de clientèle due à la nécessité de se présenter à Wapping. Sa voix était celle d'une basse agréablement profonde, mais son accent, pur cockney. Quand Daniel s'excusa d'avoir dû prendre sur son temps de travail, il lui dit : « Crois pas que j'ai perdu grand chose. J'ai dégotté une course pour Canary Wharf en venant ici. Des touristes américains. Larges pour le pourliche. C'est pour ça que je suis un brin en retard. »

Daniel lui passa une photo d'Esmé Carling : « Voilà la cliente qui nous intéresse. Jeudi soir, Innocent Walk. Vous la reconnaissez ? »

Mr Johnson prit la photo dans la main gauche : « Pas d'erreur. Elle m'a houpé à Hammersmith Bridge, vers six heures et demie. Elle a dit qu'elle voulait être au 10 Innocent Walk à sept heures et demie. Là, pas de problème. Ça allait pas prendre presque une heure, à moins que ma tire marche sur trois pattes, ou qu'on ait une alerte à la bombe, ou que vos gars s'amusent à bloquer une des rues. On a bien marché.

— Vous voulez dire que vous êtes arrivés avant sept heures et demie ?

— Ben, on l'aurait fait, oui, mais elle a cogné sur la vitre quand on est arrivé à la Tour et elle m'a dit qu'elle voulait pas être en avance. Elle m'a demandé de tuer le temps. Je voulais savoir où elle avait idée d'aller et elle m'a dit n'importe où, du moment qu'on est à Innocent Walk pour sept heures et demie. Bon, alors je l'ai menée jusqu'à l'île aux Chiens, et puis j'ai tournicoté un peu, et puis je suis revenu par Ratcliffe Highway. Ça a ajouté quelques balles au compteur, mais je crois pas que c'était ça qui la travaillait. Dix-huit livres en tout, et elle s'est fendue d'un pourliche.

— Par où êtes-vous passé pour arriver à Innocent Walk ?

— Sorti de Ratcliffe Highway à gauche, descendu Garnet Street, puis à droite par Wapping Wall.

— Vous avez vu quelqu'un en particulier ?

— Quelqu'un en particulier ? Il y avait bien un ou deux types qui croisaient, mais je peux pas dire que j'ai remarqué quelqu'un. Je biglotais plutôt la route, vous saisissez ?

— Est-ce que Mrs Carling vous a parlé pendant le trajet ?

— Juste ce que je vous ai causé, qu'elle ne voulait pas arriver à Innocent Walk avant sept heures et demie, alors que je tournique.

— Et vous êtes sûr qu'elle voulait le 10 Innocent Walk, pas Innocent House ?

— Elle m'a demandé le 10 et je l'ai déposée au 10. Devant les grilles de fer au bout d'Innocent Passage. M'a paru qu'elle voulait pas aller plus loin dans Innocent Walk. Dès que je me suis engagé dedans, elle a tapé sur le carreau et elle a dit qu'elle voulait s'arrêter là.

— Est-ce que vous avez vu si les grilles donnant dans Innocent Passage étaient ouvertes ?

— Elles étaient pas ouvertes, ce qui ne veut pas dire qu'elles étaient fermées à clef. »

Daniel demanda, tout en sachant quelle serait la réponse mais pour qu'elle soit consignée :

« Elle n'a pas dit pourquoi elle allait à Innocent Walk, si elle avait rendez-vous avec quelqu'un, par exemple ?

— C'était pas mes oignons, hein ?

— Peut-être pas, mais les clients bavardent parfois.

— Bougrement trop, y en a des. Mais celle-là, nib. Elle restait dans son coin à serrer son foutu grand sac. »

Une autre photo passa de main en main : « Celui-là ?

— Possible. Ça y ressemble, mais je pourrais pas le jurer, attention.

— Est-ce que le sac avait l'air plein, comme si elle transportait quelque chose de lourd ou d'encombrant ?

— Là, peux pas t'aider, mon pote. Mais j'ai vu qu'elle le portait avec la bride sur l'épaule et il était grand.

— Et vous pouvez jurer que vous avez transporté cette femme de Hammersmith à Innocent Walk jeudi et que vous l'avez laissée en vie à l'extrémité d'Innocent Passage à sept heures et demie ?

— Ma foi, c'est sûr qu'elle avait pas rendu ses clefs. Oui, je peux jurer tout le toutime. Vous voulez que je fasse une déclaration ?

— Vous avez été très obligeant, Mr Johnson. Oui, nous voudrions une déclaration. On va la prendre à côté. »

Mr Johnson sortit, accompagné par l'enquêteur. Presque aussitôt la porte s'ouvrit et le sergent Robbins passa la tête sans essayer de masquer son agitation :

« On vient d'avoir un appel des autorités du Port de Londres, chef. Suite au coup de fil que je leur avais passé, il y a une heure environ. Leur vedette *Royal Nore* est passée devant Innocent House hier soir. Leur président donnait un dîner privé à bord. Le repas était à huit heures et trois de ses invités qui tenaient à voir Innocent House étaient sur le pont. Ils croient qu'il était à peu près huit heures moins vingt. Il peuvent jurer, chef, qu'à ce moment-là le corps n'était pas pendu à la grille et qu'ils n'ont vu personne dans l'avant-cour. Et puis encore autre chose, chef : ils sont absolument sûrs que la vedette était à gauche des marches et pas à droite. Je veux dire à gauche en regardant depuis la rivière. Ils n'en démordent pas. »

Daniel dit lentement : « Nom d'un tonnerre ! Donc le flair

d'A.D. ne l'avait pas trompé. Elle a été tuée dans la vedette. L'assassin a entendu le bateau des autorités du Port de Londres qui arrivait et il a caché le corps avant de le pendre.

— Mais pourquoi de ce côté-là de la grille? Pourquoi déplacer le bateau?

— Dans l'espoir que nous ne nous rendrions pas compte que c'était là qu'elle avait été tuée. La dernière chose qu'il veut, c'est d'avoir une équipe spécialisée qui passe ce bateau au peigne fin. Et puis il y a encore autre chose. Il l'a rencontrée à l'intérieur des grilles en fer forgé au fond d'Innocent Passage. Il avait une clef et il l'attendait devant la porte latérale. C'était plus sûr de rester à cette extrémité-là de l'avant-cour, aussi loin que possible d'Innocent House et du numéro 12. »

Robbins avait pensé à une objection : « Ça n'était pas risqué de déplacer la vedette? Miss Peverell et Mr de Witt auraient pu l'entendre depuis l'appartement. Et dans ce cas-là, ils seraient sûrement descendus voir ce qui se passait.

— Ils prétendent qu'ils ne peuvent même pas entendre un taxi, à moins qu'il passe sur les gros pavés d'Innocent Lane. C'est quelque chose que l'on peut vérifier, bien sûr. Mais s'ils ont entendu un moteur, ils ont probablement cru que c'était une vedette quelconque sur le fleuve. Ils avaient tiré les rideaux, rappelez-vous. Bien sûr, il y a toujours une autre possibilité.

— Et laquelle, chef?

— Que ce soient eux qui aient déplacé le bateau.

57

Il était à peine cinq heures et demie et le samedi est en général un jour chargé, mais le magasin était bouclé et l'affichette « Fermé » pendue derrière la vitre. Claudia appuya sur la sonnette et au bout de quelques secondes la silhouette de Declan apparut et la porte s'ouvrit. Dès qu'elle eut franchi le seuil, il jeta un rapide coup d'œil des deux côtés de la rue, puis tourna de nouveau la clef.

Elle demanda : « Où est Mr Simon?

— A l'hôpital. C'est là où je suis allé. Il est très malade. Il croit que c'est un cancer.

— Qu'est-ce qu'ils disent, les gens de l'hôpital?

— Ils vont faire des examens. J'ai bien vu qu'ils pensaient que c'était sérieux. Je l'ai obligé à faire venir le Dr Cohen, ce matin, c'est son généraliste et il a dit : "Grands Dieux, pourquoi ne m'avez-vous pas appelé plus tôt?" Simon sait qu'il ne sortira pas de l'hôpital, il me l'a dit. Passons dans l'arrière boutique, veux-tu ? Ce sera plus confortable. »

Il ne l'embrassa ni ne la toucha.

Elle se dit qu'il la traitait comme il l'aurait fait pour une cliente. Il lui était arrivé quelque chose, quelque chose de plus que la maladie du vieux Simon. Elle ne l'avait jamais vu dans cet état, apparemment en proie à un mélange de surexcitation et de terreur. Ses yeux étaient presque fous et sa peau luisait de sueur. Elle sentait une odeur sauvage, inhumaine. Elle le suivit dans la véranda. Le radiateur électrique mural était poussé à fond et il faisait très chaud. Les objets familiers semblaient étranges, plus petits, vestiges dérisoires de vies mortes et rejetées.

Elle resta debout là, à le regarder. Apparemment incapable de tenir en place, il arpentait les quelques mètres d'espace libre comme un animal en cage. Il était habillé avec plus de soin qu'à l'accoutumée, cravate et veston inhabituels jurant avec son agitation presque démente, ses cheveux en désordre. Elle se demanda depuis combien de temps il buvait. Il y avait une bouteille de vin aux deux tiers vide et un verre sale sur une des tables au milieu du méli-mélo. Soudain, il arrêta net ses déambulations, se tourna vers elle et elle vit dans ses yeux un mélange de supplication, de honte et de peur.

« La police est venue. Écoute, Claudia, j'ai été obligé de leur dire pour jeudi, le soir où Gérard est mort. J'ai été obligé de leur dire que tu m'avais laissé à Tower Pier, que nous ne sommes pas restés ensemble tout le temps.

— Obligé? Qu'est-que tu veux dire?

— Ils me l'ont arraché.

— Avec des poucettes et des tenailles chauffées au rouge? Est-ce que Dalgliesh t'a tordu les bras et giflé? Est-ce qu'ils t'ont emmené à Notting Hill pour te tabasser habilement de manière à ne pas laisser de marques? Nous connaissons leur adresse dans ce domaine, nous regardons la télé.

— Dalgliesh n'était pas là. C'était le petit Juif et un

sergent. Claudia, tu ne sais pas ce que ça a été. Ils croient que cette romancière, Esmé Carling, a été assassinée.

— Ils ne peuvent pas le savoir.

— Je te dis que c'est ce qu'ils pensent. Et ils savent que j'avais une raison pour tuer Gérard.

— S'il a été tué.

— Ils savaient que j'avais besoin d'argent, que tu avais promis de l'avoir pour moi. Nous aurions pu amarrer la vedette à Innocent House et faire le coup ensemble.

— Seulement, nous ne l'avons pas fait.

— Ils ne le croient pas.

— Est-ce qu'ils t'ont dit ça carrément?

— Non, mais ce n'était pas la peine. Je voyais bien ce qu'ils pensaient. »

Sans perdre patience, elle insista : « Enfin, voyons, s'ils te soupçonnaient sérieusement, ils auraient dû t'interroger dans un commissariat et enregistrer ta déclaration. Est-ce qu'ils l'ont fait?

— Bien sûr que non.

— Ils ne t'ont pas demandé de les suivre au commissariat et dit que tu pouvais demander un avocat?

— Rien de tout ça. Ils ont dit, à la fin, que je devais me présenter à Wapping et signer une déclaration.

— Bon, alors qu'est-ce qu'ils ont fait en réalité?

— Ils n'arrêtaient pas de me demander si j'étais bien sûr que nous étions restés ensemble tout le temps, si tu m'avais vraiment ramené en voiture d'Innocent House. L'inspecteur a employé le mot complicité de meurtre. J'en suis sûr!

— Vraiment? Moi, beaucoup moins.

— Enfin, je leur ai dit. »

Sans élever la voix, entre des lèvres qui ne semblaient plus être à elle, elle laissa tomber : « Tu te rends compte de ce que tu as fait? Si Esmé Carling a été tuée, alors Gérard l'a sans doute été aussi et dans ce cas, c'est la même personne qui est responsable des deux morts. Deux assassins dans une seule maison, la coïncidence serait tout de même trop forte. Tout ce que tu as fait, c'est de te rendre suspect de deux morts au lieu d'une. »

Il pleurait presque : « Mais nous étions ensemble ici quand Esmé est morte. Tu es venue ici directement de ton bureau.

Je t'ai fait entrer. Nous avons passé toute la soirée ensemble. Nous avons fait l'amour. Je leur ai dit ça.

— Mais Mr Simon n'était pas ici quand je suis arrivée, n'est-ce pas? Personne ne m'a vue, sauf toi. Donc, quelle preuve avons-nous?

— Mais nous étions ensemble! Nous avons un alibi. Nous avons tous les deux un alibi.

— Mais est-ce que la police va croire ça, maintenant? Tu as avoué que tu avais menti au sujet de la nuit où Gérard est mort. Pourquoi est-ce que tu ne me mentirais pas aussi au sujet de la nuit où Esmé est morte? Tu voulais tellement sauver ta peau que tu n'as pas eu assez de bon sens pour voir que tu t'enfonçais encore un peu plus dans la merde. »

Il se détourna d'elle et versa du vin dans le verre. Puis il lui tendit la bouteille et demanda : « Tu en veux? Je vais aller chercher un autre verre.

— Non merci. »

De nouveau, il se détourna : « Écoute, dit-il. Je crois que nous ne devrions plus nous revoir. Pas d'ici un moment, en tout cas. Je veux dire, il ne faudrait pas qu'on nous voie ensemble jusqu'à ce que toute cette histoire soit éclaircie.

— Il y a autre chose, n'est-ce pas? Il ne s'agit pas seulement de l'alibi. »

Le changement de son visage fut presque visible. Dans le regard, la honte et la peur firent place à la surexcitation, à une manière de satisfaction cafarde. Elle se dit qu'il ressemblait étonnamment à un enfant et se demanda sur quel nouveau jouet il avait bien pu mettre la main. Mais elle savait que le mépris qu'elle éprouvait était plus pour elle que pour lui.

Il dit en s'efforçant de lui faire comprendre : « Il y a autre chose. Plutôt positif, d'ailleurs. C'est Simon. Il a demandé son notaire. Il va faire un testament qui me laisse toute l'affaire et la propriété. Il n'a personne d'autre comme héritier, n'est-ce pas? Pas de famille. Maintenant, il sait qu'il n'ira jamais au soleil. Alors pourquoi ne pas me laisser ce qu'il a? Autant que ce soit moi plutôt que le gouvernement.

— Je vois », dit-elle. Et elle voyait effectivement. Elle n'était plus nécessaire. L'argent qu'elle avait hérité de Gérard n'était plus nécessaire. Elle dit d'un ton toujours aussi calme : « Si la police te soupçonne vraiment, ce dont je doute fort, ne pas nous voir ne changera rien. Ou alors ça aura encore l'air plus suspect. C'est exactement comme ça que deux coupables se comporteraient. Mais tu as raison, nous ne nous reverrons pas, et même jamais s'il ne tient qu'à moi. Tu n'as pas besoin de moi et je n'ai certainement pas besoin de toi. Tu as un certain charme élémentaire et quelques talents d'amuseur, mais tu n'es pas le phénix des amants, n'est-ce pas? »

Elle fut étonnée de constater qu'elle pouvait aller jusqu'à la porte sans flancher, mais elle eut quelques difficultés avec les verrous. Elle s'aperçut alors qu'il était tout près derrière elle, la voix presque implorante : « Mais enfin tu vois bien de quoi ça avait l'air. Tu m'as demandé d'aller sur la rivière avec toi. Tu m'as dit que c'était important.

— C'était important. J'allais parler à Gérard après la réunion du conseil, tu te rappelles? J'aurais pu avoir une bonne nouvelle pour toi.

— Et puis tu m'as demandé de te fournir un alibi. Tu m'as demandé de dire que nous étions restés ensemble jusqu'à deux heures. Tu m'as appelé depuis la salle des archives dès que tu t'es trouvée seule avec le corps. Tu as juste eu le temps. Et c'est la première chose à laquelle tu as pensé. Tu m'as dis ce que je devais dire. Tu m'as forcé à mentir.

— Et, bien entendu, tu as dit tout ça à la police.

— Et de quoi est-ce que ça avait l'air pour elle? Pour n'importe qui? Tu t'en rends bien compte, non? Tu étais seule à Innocent House avec Gérard. Tu as hérité de son appartement, de ses parts, du capital de son assurance. »

Elle sentit la force de la porte derrière elle, et se retourna pour faire face à un regard où elle lut la peur qui grandissait à mesure qu'elle parlait.

« Et alors, tu n'as pas peur d'être avec moi? Tu n'es pas terrifié à l'idée d'être seul ici avec moi? J'ai déjà tué deux personnes, qu'est-ce qui m'empêcherait d'en tuer, une troisième? Je suis peut-être une folle et une criminelle, on ne peut pas savoir, n'est-ce pas? Grand dieu, Declan! Est-ce que tu crois vraiment que j'ai tué Gérard, un homme qui te valait dix fois, simplement pour t'acheter cette bicoque et le lamentable ramassis de camelote que tu t'es procuré pour essayer de te convaincre que ta vie a un sens, que tu es un homme ? »

Elle ne se rappela pas avoir ouvert la porte, mais elle l'entendit se fermer derrière elle. La nuit lui parut très froide et elle constata qu'elle frissonnait violemment. Et voilà comment ça finit, se dit-elle : dans l'amertume, l'acrimonie, les insultes bassement sexuelles, l'humiliation. Mais est-ce que ce n'est pas toujours comme ça ? Elle enfonça les mains dans les poches de son manteau, et, la tête engoncée dans son col, se lança vers l'endroit où elle avait laissé sa voiture.

LIVRE V

La preuve finale

58

Le lundi soir, Daniel travaillait seul dans la salle des archives. Il ne savait pas très bien ce qui l'avait ramené vers ces rayonnages encombrés et puant le renfermé, sinon le désir de s'imposer une pénitence. Il semblait ne pas pouvoir oublier, fût-ce un instant, sa bévue concernant l'alibi d'Esmé Carling. Ce n'était pas seulement Daisy Reed, mais l'écrivain, qui l'avait trompé, et cette dernière, il aurait pu la presser plus vigoureusement. Dalgliesh n'avait plus fait la moindre allusion à l'erreur, mais elle n'était pas de celles qu'il oubliait facilement. Au reste, Daniel ne savait pas quel était le pire, la mansuétude de son chef ou le tact de Kate.

Il travaillait sans relâche, emportant chaque pile d'une dizaine de dossiers dans le petit bureau des archives, qui était assez chaud puisqu'on lui avait donné un radiateur électrique — chaud, mais pas confortable. Sans le feu, un froid qui n'était pas naturel tombait de nouveau immédiatement; avec le feu, la pièce devenait vite étouffante. Il n'était pas superstitieux, et ne sentait pas les fantômes des morts sans sépulture épier sa quête solitaire, méthodique. La pièce, morne, sans âme, banale, ne suscitait chez lui qu'un vague malaise né, paradoxalement, non pas de la contagion de l'horreur, mais de son absence.

Il avait sorti la tranche suivante des dossiers pris sur un rayonnage du haut quand il vit derrière la pile un petit paquet de papier brun entouré d'une vieille ficelle. Il le posa sur la table, lutta avec les nœuds et finit par l'ouvrir. C'était un vieux livre de prières relié en cuir, mesurant environ 15 cm sur 9, aux initiales FP gravées en or sur la couverture.

Il avait visiblement beaucoup servi et les initiales étaient presque indéchiffrables. Il l'ouvrit à la première page, raide et jaunie, et vit, écrite en lettres maladroites, la mention : « Imprimé par John Baskett, imprimeurs de Leurs très Excellentes Majestés les Rois et les ayants droit de Thomas Newcomb, et Henry Hills, décédés. 1716. *Cum Privilegio* ». Intéressé, il tourna les feuillets.

De minces lignes rouges couraient le long des marges et au milieu des pages. Il ne savait pas grand-chose de ce livre de prières des anglicans, mais il remarqua qu'il y avait une « prière spéciale à réciter chaque année le cinq novembre pour l'Heureuse Délivrance du Roi Jacques Ier et du Parlement du fort Traîtreux et Sanglant Projet de Massacre par la Poudre ». Il se dit qu'elle ne faisait sans doute plus partie de la liturgie anglicane.

C'est alors que la feuille de papier tomba de la couverture du livre : pliée en deux, plus blanche que les pages du livre de prières, mais aussi épaisse. Pas d'en-tête. Le message était écrit à l'encre noire d'une main hésitante, mais les mots étaient restés aussi clairs que le jour où ils avaient été tracés.

Écrit de la main de Francis Peverell le 4 septembre 1850 à Innocent House dans son agonie finale. La maladie qui s'est emparée de moi il y a dix-huit mois aura bientôt achevé son œuvre et par la grâce de Dieu je serai libre. Ma main a tracé ces mots « Par la grâce de Dieu » et je ne les effacerai pas. Je n'ai ni la force ni le temps de réécrire. Mais tout ce que je peux attendre de Dieu, c'est la grâce de l'anéantissement. Je n'espère pas le Ciel et je ne redoute pas les peines de l'Enfer, que je subis sur terre depuis quinze ans. J'ai refusé tous les palliatifs pour mes tortures présentes. Je n'ai pas touché au laudanum de l'oubli. La mort qu'elle a connue a été plus miséricordieuse que la mienne. Ceci, qui est ma confession, ne peut m'apporter aucun soulagement ni de l'esprit ni du corps, puisque je n'ai pas demandé l'absolution ni confessé mon péché à âme qui vive. Je n'ai pas non plus fait réparation. Quelle réparation un homme peut-il faire pour le meurtre de sa femme ?

J'écris ces mots parce que, pour rendre justice à sa mémoire, il est indispensable que la vérité soit dite. Pourtant je ne peux toujours pas me contraindre à une confession publique, ni à laver sa mémoire de la tache du suicide. Je l'ai tuée parce que j'avais besoin de son argent pour finir les travaux d'Innocent House. J'avais dépensé ce qu'elle avait apporté en dot, mais il existait des fonds inaliénables, auxquels je ne pouvais toucher et qui me reviendraient à sa mort. Elle m'aimait, mais elle ne voulait pas me les remettre. Elle voyait mon amour pour Innocent House comme une obsession et un péché. Elle pensait que je me souciais plus de la maison que d'elle ou de nos quatre enfants et elle avait raison.

Rien n'aurait pu être plus aisé que ce passage à l'acte. Elle était très réservée et sa timidité, jointe à son peu de goût pour la société, faisait qu'elle n'avait pas d'amis intimes. Toute sa famille était morte. Les domestiques savaient qu'elle était malheureuse et pour préparer à sa mort j'avais confié à certains de mes collègues et amis que sa santé et son état moral m'inquiétaient. Le 24 septembre, par une calme soirée d'automne, je l'appelai au troisième étage en lui disant que j'avais quelque chose à lui montrer. Nous étions seuls dans la maison, mis à part les domestiques. Elle est venue me retrouver là où j'étais, sur le balcon. Et je n'en ai eu que pour une seconde à soulever cette femme très frêle, puis à la jeter dans le vide. Après quoi, sans me presser, mais sans perdre de temps, je suis redescendu dans la bibliothèque et c'est là, tranquillement assis en train de lire qu'on m'a trouvé pour m'annoncer la terrible nouvelle. Je n'ai jamais été soupçonné. Pourquoi l'aurais-je été ? On ne soupçonne pas un homme respecté d'avoir assassiné sa femme.

J'ai vécu et j'ai tué pour Innocent House, mais depuis que ma femme est morte la maison ne m'a apporté aucune joie. Je laisse cette confession pour qu'elle soit communiquée au fils aîné à chaque génération. J'implore tous ceux qui la liront de garder le secret. Elle parviendra d'abord à mon fils Francis Henry, puis, en temps voulu, à son fils et à tous mes descendants. Je n'ai rien à espérer ni dans ce monde ni dans l'autre et aucun message à délivrer. J'écris cela parce qu'il est nécessaire que je dise la vérité, avant de mourir.

Au bas, il avait signé et daté.

Après avoir lu cette confession, Daniel resta assis deux grandes minutes, plongé dans ses réflexions. Il se demandait pourquoi ces mots qui lui parvenaient au bout d'un siècle et demi le touchaient si profondément. Il sentait qu'il n'avait pas le droit de les lire, que ce qu'il convenait de faire, c'était de remettre le papier dans le livre de prières, refaire l'emballage et le replacer sur le rayon. Mais sans doute fallait-il prévenir au moins Dalgliesh de ce qu'il avait trouvé. Était-ce à cause de cette confession que Henry Peverell avait tant hésité à laisser examiner les archives? Il devait connaître son existence. La lui avait-on montrée à sa majorité, ou avait-elle été égarée avant et intégrée dans le folklore familial, évoquée tout bas sans jamais être vraiment assumée? Frances Peverell l'avait-elle vue à sa majorité, ou avait-on pris au pied de la lettre les mots « fils aîné »? Mais elle n'avait sûrement aucun rapport avec le meurtre de Gérard Étienne. Il s'agissait d'une tragédie Peverell, d'une honte Peverell, aussi vieille que le papier sur lequel elle était écrite. Daniel comprenait que la famille souhaitât garder le secret et il eût été désagréable d'avoir à avouer, chaque fois que la maison était admirée, qu'on l'avait construite avec l'argent d'un crime. Après avoir un peu réfléchi, il replaça la feuille dans le livre, reficela l'emballage et mit le tout de côté.

Des pas légers mais décidés approchaient, traversant la salle des archives. Et voilà que, pendant une seconde, se rappelant cette femme assassinée, il fut effleuré par un léger frisson de crainte superstitieuse. Puis le bon sens reprit ses droits. C'étaient les pas d'une femme vivante et il savait laquelle.

Claudia Étienne parut sur le seuil et demanda, sans préambule : « Vous en avez encore pour longtemps?

— Pas très, peut-être une heure, peut-être moins.

— Je vais partir à six heures et demie. J'éteins les lumières, sauf celles de l'escalier. Voudriez-vous en partant éteindre ici et brancher le système d'alarme?

— Bien sûr. »

Il ouvrit le dossier le plus proche et fit semblant de l'étudier. Il ne voulait pas lui parler. Ce serait imprudent désormais de se laisser entraîner dans une conversation sans la présence d'un tiers.

Elle dit alors : « Je regrette d'avoir menti au sujet de mon alibi pour la mort de Gérard. C'était en partie par peur et surtout pour éviter les complications. Mais je ne l'ai pas tué, aucun d'entre nous ne l'a fait. » Il ne répondit pas et ne la regarda pas. Elle reprit, avec une note de désespoir dans la voix : « Ça va encore durer combien de temps? Vous ne pouvez pas me le dire? Le coroner ne m'a même pas encore remis le corps de mon frère pour qu'il soit incinéré. Vous ne comprenez donc pas le mal que cela me fait? »

Il releva la tête et la regarda. S'il avait été capable d'éprouver de la pitié pour elle, ç'aurait été à cet instant en voyant son visage : « Désolé, dit-il, je ne peux pas parler de cela maintenant. »

Sans un mot de plus, elle pivota sur ses talons et partit. Il attendit que le bruit de ses pas se fût éteint, puis sortit du petit bureau et alla fermer à clef la porte de la salle des archives. Dalgliesh voulait que celle-ci fût bouclée vingt-quatre heures sur vingt-quatre et il aurait dû s'en souvenir.

59

A 6 h 25, Claudia mit sous clef les dossiers auxquels elle travaillait, puis monta se laver les mains et enfiler son manteau. La maison était violemment éclairée. Depuis la mort de Gérard, elle détestait travailler seule dans l'obscurité. Désormais lustres, appliques murales, globes au pied des escaliers illuminaient la splendeur des plafonds peints, les entrelacs compliqués des bois sculptés et les colonnes de marbre bariolé. L'inspecteur Aaron n'aurait qu'à éteindre en descendant. Elle regrettait d'avoir cédé à l'impulsion d'aller dans le petit bureau des archives. Elle avait espéré que, le voyant seul, elle pourrait lui arracher quelques renseignements sur les progrès de l'enquête, une idée du temps qu'elle allait encore durer. La pensée avait été folie, le résultat, humiliation. Pour lui elle n'était pas une personne. Il ne la voyait pas comme un être humain, une femme seule, apeurée, chargée de responsabilités inattendues et lourdes. Pour lui, pour Dalgliesh, pour Kate Miskin, elle n'était qu'une suspecte parmi tous les autres, peut-être la principale. Elle se demanda si les enquêtes criminelles déshumanisaient ainsi inévitablement tous ceux qui y étaient mêlés.

La plupart des cadres garaient leur voiture derrière la grille fermée à clef d'Innocent Passage. Claudia était la seule à utiliser le garage; elle tenait beaucoup à sa Porsche 911, vieille de sept ans, mais qu'elle ne souhaitait pas remplacer et qu'elle n'aimait pas laisser dehors. Elle déverrouilla la porte du 10, traversa le passage et ouvrit la porte du garage. Là, elle appuya sur le bouton électrique. Pas de résultat : manifestement, l'ampoule avait claqué. Et alors qu'elle restait là, hésitante, elle perçut le bruit d'une respiration contenue, conscience immédiate et terrifiante que quelqu'un se tenait là, dans le noir. A cet instant la lanière de cuir s'abattit sur sa tête et se serra autour de son cou. Violemment tirée en arrière, elle sentit le choc du ciment qui l'assomma quelques secondes, puis lui rabota le crâne.

La lanière était longue. Elle essaya de tendre les bras pour lutter avec celui qui la tenait mais ils n'avaient plus de force et chaque fois qu'elle essayait de bouger, le nœud coulant se serrait davantage et elle perdait brièvement conscience, noyée dans un océan de souffrance et de terreur. Elle se débattait faiblement à l'extrémité du lasso tel un poisson ferré et mourant, les pieds cherchant vainement une prise sur le ciment rugueux. Et puis elle entendit la voix : « Ne bougez pas, Claudia, ne bougez pas et écoutez. Il ne vous arrivera rien tant que vous ne bougerez pas. »

Elle cessa ses efforts et aussitôt le terrible étranglement se desserra. La voix était calme, persuasive. Elle entendit ce qu'elle disait et son cerveau engourdi comprit enfin. Il lui disait qu'il fallait qu'elle meure et pourquoi.

Elle voulait crier que c'était une terrible erreur, que ce n'était pas vrai, mais elle avait la gorge nouée et elle comprit que c'était seulement en restant totalement immobile qu'elle pourrait garder la vie. Il lui expliquait que cela aurait l'air d'un suicide. La lanière serait attachée au volant de la voiture et le moteur tournerait. A ce moment-là, elle serait déjà morte, mais il était nécessaire pour lui que le garage fût plein d'un gaz mortel. Il lui expliqua cela patiemment, presque gentiment, comme s'il était important pour lui qu'elle comprît. Il lui dit qu'elle n'avait plus d'alibi pour les deux meurtres précédents. La police croirait qu'elle s'était tuée par crainte d'être arrêtée ou par remords.

Et voilà qu'il avait fini. Elle pensa : je ne vais pas mourir. Je ne vais pas le laisser me tuer. Je ne vais pas mourir ici, pas comme ça, comme une bête traînée sur le sol de ce garage. Elle banda sa volonté, se disant : il faut que je fasse semblant d'être morte, évanouie, à moitié morte. Si je peux le prendre au dépourvu, j'arriverai à me retourner et à empoigner la lanière. Je pourrai le maîtriser, si seulement je parviens à me remettre sur pied.

Elle rassembla ses forces pour cet acte ultime, mais c'était précisément cela qu'il attendait. Il était prêt. Dès qu'elle bougea, le nœud coulant fut serré de nouveau et cette fois il ne se desserra pas.

Il attendit que les terribles contorsions du corps, et les derniers gargouillements eussent enfin cessé. Puis il lâcha la lanière et, se penchant, écouta : la respiration s'était tue. Il se leva et sortit de sa poche l'ampoule, qu'il replaça dans la douille fixée au plafond bas. Désormais, il voyait clair pour prendre les clefs dans la poche de la morte, ouvrir la voiture et attacher l'extrémité de la lanière au volant. Ses mains gantées travaillaient vite et sans tâtonner. Enfin, il mit le moteur en marche. Le corps gisait, étalé comme si elle s'était jetée hors de la voiture par la portière ouverte, sachant que soit le nœud coulant soit les gaz d'échappement mortels l'achèveraient. Et c'est à cet instant qu'il entendit dans le passage des pas qui s'approchaient de la porte du garage.

60

Il était 6 h 27. Dans l'appartement de Frances Peverell, le téléphone sonna. Dès que James prononça son nom, elle comprit qu'il était arrivé quelque chose.

Elle dit aussitôt : « James, qu'est-ce qu'il y a?

— Rupert Farlow est mort. A l'hôpital, il y a une heure.

— Oh, James, je suis terriblement peinée. Vous étiez avec lui?

— Non, Ray y était. Il ne voulait que Ray. C'est tellement étrange, Frances. Quand il vivait ici, la maison était presque intolérable. Parfois je redoutais de retrouver la saleté, les odeurs et le désordre. Mais maintenant qu'il est mort, je veux qu'elle soit exactement comme elle était à ce moment-là. Je la hais. Elle est chichiteuse, affectée, lamentablement conventionnelle, une maison témoin pour quelqu'un dont le cœur est mort. J'ai envie de l'écraser. »

Elle dit : « Est-ce que cela vous aiderait si je venais?

— Vous feriez ça, Frances? » Elle entendit avec joie le soulagement dans sa voix. « Vous êtes sûre que ça ne vous dérangerait pas trop?

— Bien sûr que non. J'arrive. Il n'est pas six heures et demie. Claudia sera peut-être encore là. Si oui, je lui demanderai de me déposer à la station Bank et je prendrai la ligne centrale. Ce sera plus rapide. Si elle est partie, j'appellerai un taxi. »

Elle reposa l'appareil. Elle regrettait la mort de Rupert, mais elle ne l'avait vu qu'une seule fois des années auparavant, quand il était venu à Innocent House. Et pour lui, sûrement, cette mort si longtemps attendue dans les tortures subies sans plainte avait dû être une délivrance. Mais James l'avait appelée, il avait besoin d'elle, il la voulait auprès de lui. La joie la possédait tout entière. Empoignant sa veste et son écharpe au portemanteau de l'entrée, elle se jeta presque dans l'escalier et enfila Innocent Lane en courant. Mais la porte d'Innocent House était fermée à clef et la fenêtre de la réception, toute noire.

Claudia était partie. Elle courut dans Innocent Lane, pensant qu'elle pourrait peut-être la rattraper au moment où elle sortirait sa voiture, mais elle vit que la porte du garage était fermée. Elle arrivait trop tard.

Elle décida d'appeler un taxi depuis le téléphone mural dans le corridor du 10, ce serait plus vite fait que de retourner à l'appartement. C'est au moment où elle arrivait à la hauteur des portes du garage qu'elle entendit le bruit d'un moteur qui tournait. Elle en fut étonnée et déconcertée. La Porsche 911 bien-aimée de Claudia était trop vieille pour avoir un pot catalytique. Elle devait bien se rendre compte qu'il était dangereux de faire fonctionner le moteur dans un espace clos. Cela ne lui ressemblait pas d'être négligente.

La porte du 10 était fermée à clef. Rien d'étonnant. Claudia entrait toujours par le garage et refermait la porte derrière elle, mais il était étrange de trouver la lumière encore allumée dans le corridor, et la porte latérale du garage entrouverte. Appelant Claudia, elle se précipita vers l'huis qu'elle ouvrit au large.

La lumière était allumée, dure, cruelle, sans ombre. Elle resta pétrifiée, chaque nerf, chaque muscle paralysé par la révélation instantanée de l'horreur. Il était agenouillé auprès du corps, mais il se leva et vint doucement vers elle, en lui coupant la retraite. Elle le regarda dans les yeux. C'étaient les mêmes yeux, sagaces, un peu las, des yeux qui en avaient trop vu et pendant beaucoup trop longtemps.

Elle chuchota : « Oh, non ! Gabriel, pas vous, oh, non ! »

Elle ne hurla pas. Elle était aussi incapable de hurler que de bouger. Quand il parla, ce fut avec la même voix douce dont elle se souvenait si bien.

« Je suis désolé, Frances. Vous voyez bien, n'est-ce pas, que je ne peux absolument pas vous laisser partir ? »

Et puis elle chancela et se sentit tomber dans les ténèbres miséricordieuses.

61

Dans le petit bureau des archives, Daniel regarda sa montre. Sept heures. Il avait été là deux heures, mais ce n'était pas du temps perdu. Il avait au moins trouvé quelque chose. Les deux heures de recherches avaient été récompensées. La découverte n'avait peut-être pas de rapport avec l'enquête, mais elle présentait un certain intérêt. Quand il montrerait la confession à l'équipe, A.D. estimerait peut-être que son pressentiment avait été justifié, fût-ce de façon moins éclatante qu'il ne l'avait espéré, et ferait cesser les recherches. Plus de raison désormais pour qu'il les poursuive.

Mais le succès avait ravivé son intérêt, et il était presque arrivé à la fin d'une rangée. Autant examiner les derniers dossiers restants sur le rayon du haut. Il aimait bien qu'une tâche ait une conclusion nette et définie. D'ailleurs, il était encore trop tôt ; s'il partait, il se sentirait obligé de retourner à Wapping. Or, il n'avait pas envie, pour le moment, d'affronter la compréhension ni la pitié de Kate. Il poussa l'échelle un peu plus loin, le long du rayon.

La chemise, épaisse mais pas démesurément, était serrée entre deux autres et quand il tira celles-ci, elle glissa du rayon et quelques papiers s'en détachèrent, lui tombant sur la tête comme de lourdes feuilles mortes. Le reste des documents était agrafé, probablement par ordre chronologique. Deux choses le frappèrent : la chemise en gros papier bulle était visiblement très vieille, tandis que certains des papiers avaient l'air assez frais et propres pour avoir été classés là au cours des cinq dernières années. Elle ne portait aucune indication, mais parmi les premières feuilles qu'il rassembla, le mot « Juif » attira son attention, mainte et mainte fois. Il l'emporta et la posa sur la table.

Les feuillets n'étaient pas numérotés et il ne pouvait que supposer qu'on les avait classés dans le bon ordre. Mais l'un d'eux, sans date, attira son regard. Il s'agissait de la présentation d'un projet de roman, maladroitement tapée à la machine, sans signature et intitulée « A l'attention des associés de Peverell Press ». Il lut :

La toile de fond ainsi que le thème universel et unifiant de ce roman provisoirement intitulé Péché originel *est la part prise par le régime de Vichy en France à la déportation des Juifs de ce pays entre 1940 et 1944. Pendant ces quatre années, près de 76 000 d'entre eux furent déportés, dont la grande majorité moururent dans des camps de concentration en Pologne et en Allemagne. Le livre racontera l'histoire d'une famille séparée par la guerre, dans laquelle une jeune mère juive et ses jumeaux de quatre ans sont bloqués en France par l'invasion, cachés chez des amis, et dotés de faux papiers, mais finalement trahis avant d'être déportés et assassinés à Auschwitz. Le roman analysera les effets de cette trahison — une petite famille parmi des milliers de victimes — sur le mari de la femme, les trahis et les traîtres.*

En examinant les documents, il ne vit aucune réponse à la proposition, ni aucune communication de Peverell Press. La chemise contenait ce qui était visiblement des documents de travail et de recherche. Le roman avait fait l'objet d'une documentation extraordinairement poussée pour une œuvre d'imagination. Au cours des années, l'auteur avait pris contact personnellement et correspondu avec un nombre étonnant d'organisations nationales et internationales. Les archives nationales à Paris et Toulouse, le Centre de documentation juive contemporaine à Paris, l'université de Harvard, le Public Record Office et le Royal Institute of International Affairs de Londres et les Archives fédérales ouest-allemandes à Coblence. Il y avait aussi des coupures de journaux de la Résistance, *l'Humanité, Témoignage Chrétien* et *Franc-Tireur*, des minutes de préfets en zone libre. Il vit aussi passer sous ses yeux lettres, rapports, fragments de documents officiels, copies de minutes, témoignages oculaires. Le travail était à la fois établi sur une base très large et par endroits remarquablement précis : nombre de déportés, horaires des trains, rôle joué par la politique de Pierre Laval, changements intervenus dans la hiérarchie allemande en France pendant le printemps et l'été 1942. On constatait très vite que le chercheur avait pris grand soin que son nom n'apparût nulle part. Dans les lettres écrites par lui sa signature et son adresse avaient été découpées, ou oblitérées à l'encre noire ; les lettres qui lui étaient adressées portaient le nom et l'adresse de l'expéditeur, mais toute autre marque d'identification avait été supprimée. Rien n'indiquait qu'une partie quelconque de cette documentation eût été utilisée, ni le livre commencé et, à plus forte raison, fini.

Petit à petit, une évidence s'imposait : le chercheur s'intéressait tout particulièrement à une région et à une année. Le roman — s'il s'agissait de ça — devenait plus ciblé. On eût dit qu'un faisceau de projecteurs, après avoir balayé un vaste terrain, éclairant un incident, une configuration intéressante, une silhouette isolée, un train en marche, avait concentré ses rayons pour illuminer une seule année : 1942. Une année où les Allemands avaient exigé une forte augmentation des déportations opérées en zone libre. Les Juifs, après avoir été rassemblés, avaient été emmenés soit au Vel' d'Hiv, soit à Drancy, énorme camp de transit dans une banlieue du nord-est de Paris d'où l'on partait pour Auschwitz. Il y avait trois témoignages oculaires qui le concernaient dans le dossier, celui d'une infirmière française qui y avait travaillé comme pédiatre pendant quatorze mois, après quoi elle n'avait plus supporté cette accumulation de souffrances, et ceux de deux survivants, apparemment en réponse à une demande précise du chercheur. Une femme écrivait :

J'ai été arrêtée le 16 août 1942 par les gardes mobiles. J'étais rassurée parce qu'ils étaient français et très corrects à ce moment-là. Je ne savais pas ce qui allait m'arriver, mais je me rappelle avoir eu l'impression que ce ne serait pas trop terrible. On m'a dit de prendre ce que je pouvais emporter avec moi et l'on m'a fait passer une visite médicale avant d'être envoyée à Drancy. C'est là que j'ai rencontré la jeune mère avec ses jumeaux. Elle s'appelait Sophie, je ne me souviens plus du nom des enfants. Elle avait d'abord été au Vel d'Hiv, mais ensuite elle avait été transférée à Drancy. Je me la rappelle bien, elle et ses enfants, quoique nous ne nous soyons pas parlé très souvent. Elle ne m'a pas dit grand-chose sur elle, si ce n'est qu'elle vivait sous un faux nom près d'Aubière. Elle ne se souciait que de ses enfants. A l'époque, nous étions dans la même baraque avec cinquante autres personnes. Nous vivions dans une extrême saleté. Il n'y avait ni assez de lits ni assez de paille pour les matelas ; la seule nourriture était de la soupe aux choux et nous souffrions de dysenterie. Beaucoup de gens sont morts à Drancy ; plus de 400 pendant les dix premiers mois, je crois. J'entends encore les pleurs des enfants et les gémissements des mourants. Pour moi Drancy ne valait pas mieux qu'Auschwitz. Je suis simplement passée d'une demeure en enfer à une autre.

Le second survivant du même camp décrivait les mêmes horreurs, bien que de façon plus pittoresque, mais ne se rappelait pas la jeune mère ni ses jumeaux.

Daniel tournait les feuillets, dans une sorte d'état second. Il savait désormais où le voyage allait le mener et que là, enfin, il y avait la preuve : une lettre écrite du Québec par Marie-Louise Robert. Écrite en français avec la traduction dactylographiée en anglais attachée.

Je m'appelle Marie-Louise Robert et je suis citoyenne canadienne, veuve d'un Canadien français, Émile-Étienne Robert. Je l'ai rencontré et épousé au Canada en 1958. Il est mort il y a deux ans. Je suis née en 1928, j'avais donc quatorze ans en 1942. Je vivais avec ma mère veuve et mon grand-père sur sa petite ferme dans la région du Puy-de-Dôme, près d'Aubière, juste au sud-est de Clermont-Ferrand. Sophie et ses jumeaux sont arrivés chez nous en avril 1941. C'est difficile, maintenant que je suis vieille, de me rappeler ce que je savais à ce moment-là et ce que j'ai appris par la suite. J'étais une petite fille curieuse, très vexée d'être tenue à l'écart des affaires des grandes personnes, traitée en enfant trop jeune pour qu'on lui fasse confiance. A l'époque on ne savait pas que Sophie et les enfants étaient juifs, mais je l'ai su plus tard. Il y avait beaucoup de personnes et d'organisations en France à cette époque-là qui aidaient les Juifs en s'exposant à de grands dangers et Sophie avait été envoyée à mes parents avec ses enfants par une organisation chrétienne de ce genre-là. Je n'ai jamais su son nom. A l'époque on m'a dit que c'était une amie de la famille qui était venue chez nous pour être à l'abri des bombardements. Mon oncle Pascal travaillait pour M. Jean-Philippe Étienne dans sa maison d'édition et son imprimerie à Clermont-Ferrand. Je crois que je savais, à ce moment-là, que Pascal était dans la Résistance, mais je ne suis pas sûre d'avoir su que M. Étienne était le chef de l'organisation. C'est en juillet 1942 que la police est venue emmener Sophie et les jumeaux. Dès que les hommes sont arrivés, ma mère m'a dit d'aller me cacher dans la grange et d'y rester jusqu'à ce qu'elle vienne me chercher. J'y suis allée, mais je suis revenue tout doucement et j'ai écouté. J'entendais crier et les enfants pleurer. Ensuite, j'ai entendu une voiture et un camion qui démarraient. Quand je suis rentrée dans la maison, ma mère pleurait aussi, mais elle n'a pas voulu me dire ce qui s'était passé.

Ce soir-là Pascal est venu chez nous et je me suis glissée dans l'escalier pour écouter. Ma mère était en colère après lui, mais il lui a dit qu'il n'avait trahi ni Sophie ni les jumeaux, qu'il n'aurait pas voulu mettre ma mère et mon grand-père en danger, que ça devait être M. Étienne. J'ai oublié de dire que c'était Pascal qui avait fabriqué les faux papiers pour Sophie et les jumeaux. C'était son travail dans la Résistance, mais je ne suis pas sûre de l'avoir su à l'époque. Il a dit à ma mère de ne rien faire et de ne rien dire. Il y avait des raisons pour ces choses-là. Pourtant, ma mère est allée voir M. Étienne le lendemain et quand elle est revenue, elle a parlé avec mon grand-père. Je ne crois pas qu'ils s'inquiétaient de savoir si j'entendais ou pas. J'étais assise tranquillement avec un livre dans la pièce où ils parlaient. Elle a dit à mon grand-père que M. Étienne avait reconnu avoir dénoncé Sophie aux autorités, mais que cela avait été nécessaire. C'est parce qu'on lui faisait confiance et qu'on appréciait son amitié qu'elle ne serait pas punie pour avoir hébergé des Juifs. C'était grâce à ses relations avec les Allemands que Pascal n'avait pas été déporté. Il avait demandé à ma mère ce qui était le plus important pour elle : l'honneur de la France, la sécurité de sa famille, ou trois Juifs. Après cela personne n'a plus jamais parlé de Sophie ni des jumeaux. C'était comme s'ils n'avaient jamais existé. Si je demandais ce qu'ils étaient devenus, ma mère me disait seulement : « C'est fini, c'est du passé. » L'argent continuait à venir de l'organisation, mais pas beaucoup, et mon grand-père a dit qu'il fallait le garder. Nous étions très pauvres à ce moment-là. Je crois que quelqu'un a écrit pour demander des nouvelles de Sophie dix-huit mois après qu'elle avait été emmenée avec ses enfants, mais ma mère a répondu que les autorités commençaient à se méfier, que Sophie était partie chez des amis à Lyon et qu'elle ne connaissait pas leur adresse. Alors les versements d'argent ont cessé.

Je suis la seule survivante de la famille. Mon grand-père est mort en 1946 et ma mère un peu après, d'un cancer. Pascal s'est tué sur sa moto en 1954. Après mon mariage je ne suis jamais revenue à Aubière. Je ne me rappelle rien d'autre au sujet de Sophie et des enfants, sauf qu'ils m'ont beaucoup manqué quand ils sont partis.

La lettre était datée du 18 juin 1989. Ainsi Dauntsey avait poursuivi pendant plus de quarante ans ses recherches pour retrouver Marie-Louise Robert et sa preuve définitive. Mais il était allé plus loin encore. Le dernier feuillet du dossier, daté du 20 juillet 1990, était écrit en allemand, de nouveau avec la traduction attachée. Il avait retrouvé un des officiers allemands de Clermont-Ferrand. En phrases dépouillées, et dans un langage officiel, un vieil homme retiré en Bavière avait revécu pendant quelques minutes le petit incident d'un passé à demi oublié. La réalité de la dénonciation était confirmée.

Il y avait encore une pièce à conviction dans le dossier : une enveloppe. Daniel l'ouvrit et trouva une photographie en noir et blanc vieille de plus d'un demi-siècle et un peu effacée, mais encore assez nette. Visiblement prise par un amateur, elle montrait une jeune femme brune et souriante aux yeux doux, un bras passé autour de chacun de ses enfants. Ceux-ci, qui ne souriaient pas, étaient blottis contre leur mère et regardaient l'appareil avec des yeux immenses, comme s'ils comprenaient l'importance de l'instant et que le déclic de l'obturateur fixait pour jamais leur fragile mortalité. Il la retourna et lut : « Sophie Dauntsey, 1920-1942 ; Martin et Ruth Dauntsey, 1938-1942. »

Il referma le dossier et resta un moment tellement immobile qu'il aurait pu être une statue. Puis il se leva, passa dans la salle des archives, qu'il se mit à arpenter entre les rayonnages, s'arrêtant parfois pour frapper leurs supports de fer de la paume. Il était en proie à une émotion qu'il reconnaissait pour être de la colère, mais une colère comme il n'en avait encore jamais ressenti. Il entendit un bruit étrange, inhumain, et s'aperçut que c'était lui qui poussait ce gémissement devant tant de souffrance et d'horreur. Sur l'instant, il ne songea pas à détruire ces pièces à conviction ; il ne pouvait ni ne devait le faire. Mais il pouvait avertir Dauntsey, lui faire savoir qu'ils approchaient, qu'ils avaient déjà le mobile manquant. Il s'étonna un instant que celui-ci n'eût pas récupéré et détruit ces documents. Ils n'avaient plus d'utilité, aucune cour de justice ne les examinerait jamais. Ce n'était d'ailleurs pas pour cela qu'ils avaient été réunis pendant près d'un demi-siècle avec une telle patience, une telle minutie. Dauntsey avait été juge et jury, procureur et plaignant. Peut-être les aurait-il détruits si la pièce n'avait pas été fermée à clef, si Dalgliesh ne s'était pas dit que le mobile du crime se situait dans le passé et que la preuve manquante pouvait être quelques feuillets écrits.

Soudain le téléphone sonna, dur et insistant comme un réveil. Il arrêta ses déambulations et resta figé, comme si répondre pourrait faire voler en éclat son intense concentration en y introduisant les tonitruantes résonances du monde extérieur, mais la sonnerie continuait. Il alla au téléphone mural et entendit la voix de Kate.

« Vous avez mis longtemps à répondre.

— Désolé, je sortais des dossiers.

— Ça va ?

— Oui, oui, ça va.

— Le labo a appelé. Les fibres correspondent. Carling a été tuée dans la vedette. Mais il n'y a aucune trace sur les vêtements des suspects. C'était trop demander, je suppose. Donc on a un peu avancé, mais pas beaucoup. A.D. envisage d'interroger Dauntsey demain dans les formes avec enregistrement, etc. Ça ne mènera à rien, mais il faut sans doute essayer. Il ne craquera pas. Aucun ne craquera. »

Il entendit pour la première fois dans la voix de la jeune femme la faible note interrogative du désespoir. Elle demanda encore : « Vous avez trouvé quelque chose d'intéressant ?

— Non, dit-il, rien d'intéressant. Maintenant je rentre chez moi. »

62

Il glissa la photographie dans l'enveloppe et l'enveloppe dans sa poche, puis remit tous les dossiers sur les rayons d'en haut, chemise en papier bulle comprise, éteignit l'électricité, ouvrit la porte et la referma à clef. Claudia Étienne avait laissé toutes les lampes de l'escalier allumées pour lui et il les éteignit une par une en descendant, mais il alluma celles du rez-de-chaussée pour voir son chemin. Chacun de ses gestes était délibéré, grave, comme s'il avait une valeur unique. Il jeta un dernier coup d'œil au grand plafond en dôme, plongea le hall dans l'obscurité, brancha les systèmes d'alarme, éteignit les lumières dans la réception et quitta enfin Innocent House en fermant la porte à clef derrière lui. Il se demanda s'il reviendrait jamais et sourit ironiquement à la pensée que lui, qui était résolu à commettre l'impardonnable perfidie, le grand iconoclasme, pouvait encore se montrer méticuleux au sujet de ce qui ne comptait pas.

Aucun signe de vie n'apparaissait aux petites fenêtres latérales du 12. Il appuya sur la sonnette de Dauntsey, les yeux levés vers les vitres obscures. Pas de réponse. Il était peut-être avec Frances Peverell. Il descendit en hâte le petit chemin menant à Innocent Walk et c'est alors qu'en regardant à gauche, il vit la Rover crème de Dauntsey qui sortait du garage. Instinctivement il se mit à courir après elle, mais se rendit compte au bout de quelques pas qu'il était inutile de l'appeler : le conducteur ne pourrait l'entendre avec le bruit des moteurs et celui des roues sur le pavé.

Il se précipita vers sa Golf GTI garée dans Innocent Lane et entama la poursuite. Il fallait qu'il voie Dauntsey le soir même. Le lendemain, il serait peut-être trop tard ! Ce dernier n'avait que trente secondes d'avance, mais elles pourraient bien être décisives si le virage en haut de Garnet Street était dégagé pour s'engager dans Ratcliffe Highway. Mais là, il eut de la chance : il arriva à temps pour voir la voiture tourner à droite vers les banlieues de l'Essex et non pas vers le centre de Londres.

Pendant les six ou sept kilomètres suivants, il parvint à ne pas perdre la Rover de vue. Les sorties après le travail étaient encore nombreuses et, malgré d'habiles manœuvres et des zigzags peu orthodoxes, il n'avançait pas beaucoup au milieu de cette masse métallique étincelante qui s'écoulait lentement. De temps à autre, il perdait Dauntsey, pour s'apercevoir, dès que la circulation se faisait moins dense, qu'il était toujours sur la même route. Et désormais, Daniel croyait bien savoir où il allait. A chaque kilomètre son assurance grandissait et quand enfin il s'approcha de l'A12, toute hésitation fut levée. Mais à chaque arrêt, à chaque portion de route dégagée, son esprit se concentrait sur les deux meurtres qui l'avaient conduit à cette poursuite, à cette décision.

L'ensemble du plan lui apparaissait désormais dans toute sa brillante intelligence et sa simplicité initiale. L'assassinat d'Étienne avait été prévu pour ressembler à un accident, préparé dans ses moindres détails, le moment idéal attendu pendant des semaines, sans doute des mois. La police avait toujours su que Dauntsey était le suspect évident. Personne ne pouvait travailler mieux que lui sans être dérangé dans le petit bureau des archives. Il avait sans doute fermé la porte à clef pendant qu'il démontait le radiateur, faisait tomber des débris du revêtement de la cheminée, puis en bouchait le tuyau de l'appareil, qu'il remontait ensuite. Le cordon de tirage de la fenêtre avait été volontairement usé pendant des semaines. Et il avait choisi le jour qui s'imposait pour le crime, un jeudi, puisque l'on savait qu'Étienne travaillait tard et seul. Il l'avait programmé pour sept heures et demie juste avant de se rendre aux Connaught Arms. Ce rendez-vous avait-il été fortuit, survenant par chance le soir qu'il avait choisi? Ou avait-il choisi cette date parce qu'il y avait une soirée poétique? Il aurait été assez facile de concocter quelque autre engagement et la participation à cette lecture de poésie avait toujours paru étrange. Aucun autre poète connu n'y assistait et l'événement n'avait vraiment pas une grande importance littéraire. Il aurait pu attendre son moment pour se glisser dans Innocent House sans être remarqué, une fois tout le monde parti sauf Étienne, et monter discrètement jusqu'au petit bureau des archives. D'ailleurs, même si Étienne était sorti inopinément de son bureau et l'avait vu, il n'aurait fait aucun commentaire. Dauntsey avait la clef de l'immeuble, il était l'un des associés, il pouvait aller et venir à son gré. Étienne aurait supposé qu'il montait chercher un papier dont il avait besoin dans son bureau du troisième étage avant de partir pour les Connaught Arms.

Et ensuite? Les derniers préparatifs auraient été faits environ une heure avant. Daniel se représentait chaque geste et l'enchaînement de chaque geste. Dauntsey avait porté table et chaise dans l'espace devant la porte; il était important qu'Étienne n'eût pas la possibilité d'atteindre la fenêtre. La pièce était propre. Il ne devait y avoir ni poussière ni crasse sur lesquelles la victime aurait pu griffonner le nom de son tueur. L'agenda avec le crayon attaché avait déjà été volé au cas où Gérard l'aurait monté dans la poche de son veston ou de son pantalon.

Ensuite, Dauntsey avait allumé et poussé à fond le gaz en ôtant le robinet pour que les émanations commencent à s'accumuler avant l'arrivée de la victime. Enfin, le magnétophone avait été posé par terre et branché. Il fallait qu'Étienne fût sûr qu'il allait mourir, qu'il n'avait aucune chance de s'échapper, que dans cet immeuble isolé et vide personne ne l'entendrait crier et tambouriner sur la porte — efforts qui ne feraient d'ailleurs que hâter sa fin — que sa mort était aussi inévitable que s'il avait été jeté dans la chambre à gaz d'Auschwitz. Par-dessus tout, il fallait qu'Étienne sût pourquoi il devait mourir.

Le décor était donc planté pour l'assassinat. C'est alors, juste avant sept heures et demie, que Dauntsey avait appelé le bureau d'Étienne du téléphone placé à côté de la porte donnant dans le petit bureau des archives. Que lui avait-il dit? « Montez tout de suite, j'ai trouvé quelque chose ici. C'est important. » Bien entendu, Étienne serait venu. Pourquoi pas? En montant l'escalier, il se serait peut-être demandé si Dauntsey avait découvert un indice sur l'identité du mauvais plaisant. Ce qu'il avait pensé était d'ailleurs sans aucun intérêt. L'appel venait d'un homme en qui il avait confiance et qu'il n'avait aucune raison de redouter. La voix exprimait l'urgence, le message excitait la curiosité. Bien sûr, il était monté.

Le lieu de l'exécution avait été préparé, nettoyé et vidé. Ensuite, quoi? Dauntsey était là qui attendait près de la porte. Un bref échange, rien de plus.

« Qu'est-ce que c'est, Dauntsey? » Le ton avait été impatient, un peu arrogant.

« C'est là, dans le petit bureau des archives. Voyez vous-même. Il y a un message sur le magnétophone. Écoutez-le et vous comprendrez. »

Et Étienne, intrigué mais sans méfiance, était entré dans la pièce où la mort l'attendait.

Vite, la porte s'était refermée, la clef avait tourné avant d'être retirée. Sid le Siffleur était déjà caché derrière les dossiers de la salle des archives. Dauntsey l'avait étendu au bas de la porte pour que même cette petit fente d'aération fût bloquée. Plus rien à faire pour l'heure, il pouvait aller à sa soirée poétique.

Il avait prévu d'être de retour vers dix heures pour faire ce qu'il avait à faire. Et il pouvait prendre son temps. Il lui faudrait ouvrir la porte quelques minutes pour que les gaz se dissipent. Puis il remettrait le robinet sur le radiateur et rendrait son aspect primitif à la pièce. Tables et chaises seraient remises à leur place, les classeurs disposés comme ils étaient auparavant sur la table. Y avait-il autre chose ? Il aurait été judicieux d'ajouter un autre dossier à la place des papiers existants, celui qu'Étienne aurait pu raisonnablement rechercher, découvrir, examiner, un dossier qui l'aurait conduit à monter dans la petite pièce, un vieux contrat, par exemple, quelque chose qui se rapportait à Esmé Carling. Dauntsey aurait pu le sortir auparavant et le cacher parmi d'autres documents, prêt à être utilisé. Il serait alors reparti en emportant le serpent avec lui, après s'être assuré que la clef était du côté intérieur de la porte.

Il aurait pu opérer sans hâte, se déplaçant probablement dans Innocent House à la lumière d'une lampe électrique, mais sachant qu'il pourrait allumer le plafonnier en toute sécurité une fois dans le petit bureau des archives. Il serait descendu dans le bureau d'Étienne pour prendre et remonter le veston et les clefs, afin de les mettre, le premier sur le dossier de la chaise, et les secondes sur la table. Bien sûr, il n'aurait pas pu remettre la poussière sur le manteau de la cheminée et sur le sol. Mais qui aurait remarqué l'exceptionnelle propreté de la pièce si, dès le début, la mort avait paru accidentelle ?

La scène aurait parlé d'elle-même. Voilà Étienne en train d'étudier un dossier qui l'intéressait terriblement. Il avait dû se préparer à travailler là un certain temps puisque, monté avec son veston et ses clefs, il avait de surcroît allumé le radiateur. Il avait fermé la fenêtre, en cassant le cordon de tirage. Le corps aurait probablement été retrouvé ou effondré sur la table ou à plat ventre, comme s'il s'était traîné vers le radiateur. La seule chose qu'on aurait pu se demander, c'était pourquoi il n'avait pas compris ce qui se passait et ouvert aussitôt la porte. Mais un des premiers symptômes de l'asphyxie par l'oxyde de carbone, c'est la désorientation. Il n'y aurait eu ni rigidité cadavérique de la mâchoire à briser, ni tête de serpent à enfoncer dans la bouche. Un exemple presque parfait de mort accidentelle.

Mais les choses étaient allées affreusement mal pour Dauntsey. L'agression, les heures perdues à l'hôpital, le retour tardif avaient bouleversé ses plans. Une fois enfin rentré chez lui et avec Frances qui l'attendait, il avait peu de temps et devait agir avec une vitesse extraordinaire, alors qu'il était physiquement à bout. Mais son intelligence fonctionnait encore. Il fit couler l'eau de son bain très lentement pour que la baignoire soit à peu près pleine à son retour. Il avait sans doute retiré ses vêtements à la hâte et enfilé sa robe de chambre ; pénétrer nu dans le petit bureau des archives ne serait pas sans avantages. Mais il devait coûte que coûte y retourner, et y retourner cette nuit-là : après l'accident, il eût été extrêmement suspect qu'il arrivât le premier à Innocent House le lendemain matin. Mais ce qui était encore le plus essentiel de tout, c'était de récupérer la cassette qui le condamnait, avec l'aveu du meurtre.

Étienne l'avait écoutée. Dauntsey avait au moins eu cette satisfaction. Sa victime avait su qu'elle était condamnée, mais par une brillante inspiration, elle avait imaginé une petite vengeance personnelle. Résolu à ce que la pièce à conviction fût retrouvée, Étienne s'était mis la cassette dans la bouche. Puis, désorienté, il avait évidemment eu l'idée d'éteindre le feu en l'étouffant avec sa chemise et il était en train de ramper sur le plancher quand il avait perdu connaissance. Combien de temps avait-il fallu à Dauntsey pour retrouver l'enregistrement ? Certainement pas très longtemps, mais il avait été obligé de desserrer les mâchoires de force pour sortir la cassette et il savait désormais qu'il n'y avait plus aucun espoir que cette mort pût passer pour accidentelle. Était-ce pour cela qu'il avait si pleinement coopéré avec la police par la suite, attirant l'attention sur le magnétophone manquant, voire sur la propreté de la pièce ? Il s'agissait là de faits que la police apprendrait par d'autres ; il était donc prudent de prendre les devants. Et puis il n'avait eu que le temps de replacer la chaise et la table, en toute hâte. Il n'avait même pas remarqué que cette dernière avait été retournée, si bien que c'était l'autre côté qui se trouvait contre le mur, ce qui modifiait la position des fichiers. Ni qu'il y avait sur le mur une petite marque montrant qu'elle avait été bougée. Et puis il n'avait plus le temps d'aller chercher le veston et les clefs d'Étienne.

Mais que faire pour l'ouverture forcée de la bouche ? Sid le Siffleur avait dû être une inspiration. Il était là, sous la main. Pas de temps perdu pour aller le chercher, tout ce qu'il avait à faire, c'était l'enrouler autour du cou d'Étienne et lui enfoncer la tête dans la bouche. Il s'était lancé dans la série de mauvais tours pour embrouiller les enquêteurs s'ils n'acceptaient pas la mort d'Étienne comme un suicide. Il ne pouvait pas deviner que ce subterfuge allait prendre une importance capitale.

Mais en partant, il avait remarqué le manuscrit d'Esmé Carling avec sa couverture bleue sur la table basse de la réception et vu son message épinglé au tableau. Cela avait dû être un instant de panique, mais vite dissipé. Esmé Carling avait presque certainement quitté Innocent House avant qu'il fasse monter Étienne. Peut-être s'était-il arrêté un instant en se demandant s'il fallait vérifier, puis avait-il décidé que c'était inutile. Elle avait évidemment laissé le manuscrit et le message pour proclamer publiquement son indignation. Dirait-elle à la police qu'elle avait été présente sur les lieux, ou se tairait-elle ? Il pensait plutôt qu'elle se tairait, mais il avait décidé de prendre le manuscrit et la note. Dauntsey était un assassin qui voyait loin, jusqu'à la nécessité de supprimer la gêneuse.

63

Frances glissait dans l'inconscience totale, puis en émergeait pour retrouver une lucidité encore enténébrée avant de sombrer à nouveau quand son esprit s'éveillait brièvement à la réalité, rejetait son horreur et se réfugiait dans l'oubli une fois encore. Redevenue pleinement consciente, elle resta allongée quelques minutes sans tenter le moindre mouvement, respirant à peine, pour faire le bilan de sa situation, pas à pas, comme si l'accepter par étapes la rendait plus supportable. Elle était vivante. Elle était allongée sur le côté gauche sur le plancher d'une voiture, couverte d'un plaid, ses chevilles de même que ses poignets attachés derrière son dos. Elle était bâillonnée par quelque chose de doux qui devait être son écharpe de soie. La marche du véhicule était inégale; il s'arrêta même une fois et Frances sentit la légère secousse provoquée par le freinage. Ils avaient dû stopper à un feu, donc ils circulaient dans un flux de trafic. Elle se demanda si elle parviendrait à déplacer la couverture en se tortillant et constata qu'elle était trop étroitement enroulée dedans. Mais puisqu'ils étaient en pleine circulation, elle pouvait du moins remuer vigoureusement et il était possible qu'un automobiliste regarde par la portière en passant, voie cette couverture qui s'agitait et se pose des questions. A peine l'idée lui était-elle venue que la voiture repartit pour poursuivre sa progression sans à-coups.

Elle était vivante. Elle devait s'accrocher à cette certitude. Gabriel avait peut-être l'intention de la tuer, mais il aurait pu le faire facilement pendant qu'elle gisait inconsciente dans le garage. Pourquoi ne l'avait-il pas fait? Sûrement pas parce qu'il voulait se montrer miséricordieux. L'avait-il été pour Gérard, Esmé Carling ou Claudia? Elle était entre les mains d'un assassin. Le mot lui martela l'esprit, réveillant la terreur restée assoupie depuis qu'elle avait repris connaissance, et la terreur l'engloutit, primitive, incontrôlable, déferlement humiliant qui anéantissait pensée et volonté. Elle savait désormais pourquoi il ne l'avait pas tuée dans le garage. Le meurtre de Claudia, comme les deux autres, devait avoir l'apparence d'une mort accidentelle ou d'un suicide. Il ne pouvait pas laisser deux cadavres sur le sol du garage. Il devait se débarrasser d'elle, mais d'une manière différente. A quoi pensait-il? Une disparition totale? Une exécution que Dalgliesh ne pouvait espérer tirer au clair puisqu'il n'y aurait pas de corps? Elle se rappelait avoir lu quelque part qu'il n'était pas nécessaire de présenter un cadavre pour prouver qu'il y avait eu meurtre, mais Gabriel ne le savait peut-être pas. Il était fou, il fallait qu'il fût fou. En ce moment même, il était peut-être en train de prévoir, de réfléchir, de se demander comment se débarrasser d'elle. Aller jusqu'au bord d'une falaise et la jeter dans la mer, l'enterrer dans un fossé encore ligotée, la précipiter dans un vieux puits de mine où elle mourrait de faim et de soif, seule, jamais retrouvée. Les images se succédaient, toutes plus horrifiantes les unes que les autres. La terrifiante chute à travers l'air sombre jusque dans les brisants, les feuilles mouillées et la terre suffocante tassée dans ses yeux et sa bouche, le tunnel vertical du puits de mine ou elle mourrait lentement d'inanition dans un supplice claustrophobe.

La voiture roulait plus régulièrement désormais. Ils avaient dû dépasser les derniers tentacules londoniens et se trouver en pleine campagne. Par un effort de volonté, elle se calma. Elle était vivante. Il fallait qu'elle s'accroche à cette idée. Il y avait encore de l'espoir et, si elle devait mourir, elle essaierait que ce fût bravement. Gérard et Claudia, tous deux agnostiques, avaient dû mourir avec courage, même s'il ne leur avait pas été permis de le faire avec dignité. Que valait la religion si elle ne pouvait l'aider à en faire autant?

Elle récita un acte de contrition, pria ensuite pour l'âme de Gérard et celle de Claudia, puis en dernier pour elle-même et son propre salut. Ces mots réconfortants, si souvent répétés, lui apportèrent l'assurance qu'elle n'était pas seule. Après cela, elle essaya de dresser des plans. Ne sachant pas ce que Gabriel lui réservait, il était difficile de choisir entre les différentes possibilités d'action; mais un fait au moins était sûr : elle ne pouvait croire qu'il fût assez robuste pour la porter sans aide. Cela voulait dire qu'il serait obligé de lui libérer au moins les chevilles. Plus jeune, plus robuste que lui, elle le distancerait facilement à la course. Si elle en avait la possibilité, elle courrait de toutes ses forces. Mais quelle que soit sa fin, elle ne demanderait pas grâce.

En attendant, il fallait essayer d'éviter que ses membres deviennent trop raides. Ses mains, tordues derrière son dos, étaient attachées avec quelque chose de doux, peut-être une cravate ou des chaussettes : il ne s'était tout de même pas équipé pour plus d'une victime. Mais il avait bien fait son travail. Elle ne pouvait se libérer, même avec force contorsions. Ses chevilles étaient attachées tout aussi solidement, bien que de manière moins inconfortable. Mais même ainsi elle pouvait tendre et détendre les muscles de ses jambes, et cette dérisoire préparation à la fuite lui donna force et courage. Elle se dit aussi qu'elle ne devait pas perdre l'espoir d'être sauvée : combien de temps James attendrait-il avant de découvrir qu'elle avait disparu ? Il ne ferait sans doute rien pendant la première heure, pensant qu'elle était prise dans un embouteillage, ou dans le métro. Mais ensuite, il appellerait le 12 et, n'ayant pas de réponse, essaierait l'appartement de Claudia. Même alors, il ne s'inquiéterait peut-être pas sérieusement; mais il n'attendrait sûrement pas plus d'une heure et demie. Il prendrait peut-être un taxi pour aller au 12. Peut-être même, si elle avait de la chance, entendrait-il le bruit du moteur qui tournait dans le garage. Une fois le corps de Claudia trouvé et la disparition de Dauntsey connue, toutes les forces de police seraient alertées pour intercepter la voiture. Il fallait qu'elle s'accroche à cet espoir.

Et il roulait toujours. Incapable de voir sa montre, elle ne pouvait que deviner l'heure et n'avait aucune idée de la direction qu'ils avaient prise. Elle ne gaspillait pas son énergie à se demander pourquoi Gabriel avait tué. C'était parfaitement vain; lui seul pourrait le lui dire et peut-être le ferait-il à la fin. Au lieu de cela, elle repensa à la vie qu'elle avait menée. Qu'avait-elle été, sinon une série de compromis ? Et qu'avait-elle donné à son père, sinon un timide assentiment, qui n'avait fait que renforcer l'insensibilité et le mépris qu'il éprouvait déjà ? Pourquoi était-elle entrée si docilement dans la maison, sur son ordre, pour être formée au service des contrats et des droits ? Elle exécutait bien le travail, elle était consciencieuse et méthodique, très attentive aux détails, mais ce n'était pas ce qu'elle avait voulu faire de sa vie. Et Gérard ? Au fond d'elle-même, elle avait toujours reconnu son exploitation sexuelle pour ce qu'elle était. Il l'avait traitée avec mépris parce qu'elle s'était rendue méprisable. Qui était-elle ? Qu'était-elle ? Frances Peverell, douce, obligeante, résignée, simple dépendance de son père, de son amant, de l'entreprise. Désormais, alors que sa vie touchait peut-être à sa fin, elle pouvait au moins dire : « Je suis Frances Peverell, je suis moi ! » Si elle vivait assez pour épouser James, elle pourrait lui offrir un partenariat sur un pied d'égalité. Elle avait trouvé assez de courage pour affronter la mort, mais ce n'était pas si difficile, après tout. Des milliers d'êtres humains, dont des enfants, faisaient cela tous les jours. Il était temps qu'elle trouvât autant de courage pour affronter la vie.

Et voilà qu'elle se sentit curieusement en paix. De temps en temps elle disait une prière, récitait mentalement les vers d'un poème aimé, repensait à des moments de bonheur. Elle essaya même de somnoler et y serait peut-être arrivée si les cahots de la voiture ne l'avaient soudain réveillée. Gabriel devait conduire sur un terrain accidenté. La Rover tanguait, roulait, tombait dans des trous, sautait d'un bord sur l'autre. Frances suivait ses mouvements. Et puis, il y eut une autre section, moins inégale; sans doute, se dit-elle, un sentier de campagne. Et puis la voiture s'arrêta et elle entendit Gabriel qui ouvrait la porte de son côté.

64

A Hillgate Village, James jeta un coup d'œil à la pendulette sur la cheminée. 7 h 42. Tout juste un peu plus d'une heure depuis qu'il avait appelé Frances. Elle aurait dû être arrivée. Il refit le rapide calcul qu'il avait fait pendant les soixante dernières minutes. Dix stations entre Bank et Notting Hill Gate, à deux minutes par station cela faisait vingt minutes pour le trajet et quinze pour arriver à Bank. Elle avait peut-être manqué Claudia, ce qui l'avait obligée à appeler un taxi. Mais même ainsi le trajet n'aurait pas dû prendre soixante minutes, pas même à l'heure de pointe et dans le centre de Londres, à moins qu'il y ait eu un hold-up exceptionnel, des rues fermées, ou une alerte à la bombe. Il appela de nouveau l'appartement de Frances. Comme prévu, pas de réponse. Il essaya une fois encore le numéro de Claudia, en vain une fois encore. Il n'en fut pas étonné. Elle avait pu aller directement voir Declan Cartwright, ou se rendre à une soirée prévue soit au théâtre, soit au restaurant. Il n'y avait pas de raison pour qu'elle fût chez elle. Il prit une station régionale à la radio et attendit encore dix minutes un bulletin d'informations. Les voyageurs étaient avertis d'un arrêt du service sur la ligne centrale. On ne donnait pas de raison, ce qui signifiait en général une alerte due à l'IRA. Quatre stations étaient fermées entre Holborn et Marble Arch. C'était cela l'explication. Il pouvait se passer encore une heure avant que Frances arrivât. Rien à faire sinon attendre, patiemment.

Il arpentait la salle de séjour. Frances était légèrement claustrophobe. Il savait comme elle détestait emprunter le tunnel piétonnier de Greenwich. Elle n'aimait pas le métro. Elle n'y serait pas prise au piège en ce moment même si elle n'avait pas voulu venir en toute hâte auprès de lui. Il espérait qu'au moins les wagons étaient restés éclairés et qu'elle n'était pas assise là, isolée malgré la foule, dans l'obscurité totale. Soudain, il eut une vision extraordinairement nette et troublante de la jeune femme, abandonnée, mourante dans un sombre tunnel quelque part loin de lui, inaccessible et seule. Il chassa l'image de son esprit comme un fantasme morbide et regarda de nouveau la pendulette. Il fallait attendre une demi-heure, puis essayer d'avoir les transports londoniens, savoir si la circulation était rétablie, et quelle serait vraisemblablement la longueur du retard. Il alla à la fenêtre et, tapi derrière les rideaux, regarda la rue éclairée en bas, la volonté tendue pour faire apparaître Frances.

65

Daniel avait enfin débouché sur l'A12, où la circulation était moins dense. Il veillait à ne pas dépasser la limitation de vitesse ; se faire arrêter par une patrouille de la Sécurité routière eût été désastreux ; toutefois Dauntsey prendrait autant de soin pour ne pas attirer l'attention et se faire stopper. Dans cette mesure, ils étaient sur un pied d'égalité, mais lui avait la voiture la plus rapide. Il réfléchit à la façon de dépasser sa proie une fois qu'il l'aurait repérée. Dans des circonstances normales, Dauntsey reconnaîtrait presque certainement l'auto et son chauffeur au premier coup d'œil, mais il ne savait sans doute pas qu'il était poursuivi. Il ne serait pas sur le qui-vive, guettant un poursuivant. La meilleure tactique serait d'attendre que la route fût assez chargée et puis de courir sa chance. Le rattraper dans un flot de voitures.

C'est alors que pour la première fois il se rappela Claudia Étienne. D'abord horrifié à l'idée qu'il n'avait pas songé un instant au danger qu'elle pouvait courir tant il avait hâte de rejoindre Dauntsey pour le prévenir, il se dit qu'elle s'en tirerait. Quand il l'avait vue pour la dernière fois, elle se préparait à rentrer chez elle et devait être en sûreté désormais. Dauntsey était devant lui dans sa Rover et le seul risque eût été qu'elle décidât de venir voir son père, donc une raison de plus pour arriver à Othona House avant lui. Inutile d'essayer d'arrêter Dauntsey, de le rattraper, de lui faire signe de s'arrêter. Il ne le ferait que contraint et forcé. Daniel avait besoin de lui parler, de l'avertir, mais dans le calme et non pas en emboutissant sa voiture. La dernière scène de cette tragédie devait se jouer dans la paix.

Et puis il aperçut la Rover. Ils approchaient alors de la bifurcation de Chelmsford et la circulation devenait plus dense. Il attendit l'instant favorable, puis se glissa dans le flot des voitures et fonça.

Esmé Carling avait dû passer de bien mauvais moments après la nouvelle de la découverte du corps de Gérard. Elle s'était sûrement attendue à voir la police arriver avec des questions sur la note épinglée au tableau et le manuscrit refusé. Mais Robbins et lui s'étaient contentés de lui poser quelques questions anodines sur un alibi, et l'alibi avait été fourni. Elle avait réagi avec un sang-froid admirable, il était obligé de le reconnaître. Pas une seule fois il n'avait soupçonné qu'il y avait autre chose à apprendre. Et ensuite ? A quoi avait-elle pensé ? Dauntsey lui avait-il téléphoné en premier, ou avait-elle pris contact avec lui ? Presque certainement la seconde hypothèse. Il n'aurait pas eu besoin de la tuer si elle n'avait pas dit qu'elle l'avait vu descendre l'escalier avec l'aspirateur. Lui aussi, d'ailleurs, avait dû passer de bien mauvais moments. Mais lui aussi avait gardé son sang-froid. Esmé Carling n'avait rien dit et il avait dû se croire tiré d'affaire.

Et puis, sans doute, était venu l'appel téléphonique, la proposition de rencontre, la menace implicite d'avertir la police si son livre n'était pas publié. Menaces sans fondement, d'ailleurs. Elle ne pouvait pas aller trouver la police sans révéler du même coup qu'elle aussi avait été à Innocent House se soir-là. Elle avait un mobile tout aussi fort que quiconque pour vouloir se débarrasser d'Étienne, mais c'était une femme dont l'esprit ingénieux, fertile en intrigues, tortueux et un peu obsessionnel, avait ses limites. Elle n'était ni très lucide ni très intelligente.

Il se demanda comment Dauntsey s'y était pris pour l'attirer à ce rendez-vous. Lui avait-il dit qu'il savait ou devinait qui avait tué Étienne et qu'ensemble ils pourraient arriver à la vérité pour jouir ensuite d'un triomphe commun ? Au moins avaient-ils conclu un accord provisoire prévoyant qu'elle garderait le silence et que lui retournerait le manuscrit ainsi que la note, et ferait en sorte que le livre fût publié ? Elle avait dit à Daisy Reed que Peverell Press serait obligé de l'éditer. Qui, sinon l'un des associés, aurait pu lui donner cette assurance ? Au cours de cette brève conversation, s'était-il présenté comme son défenseur, son sauveur ou un complice dans la conspiration ? On ne le saurait jamais, à moins que Dauntsey décidât de leur dire.

Une chose était certaine : Esmé Carling était allée sans appréhension à ce rendez-vous. Elle ne savait pas qui était l'assassin, mais elle était sûre de savoir qui ne pouvait pas l'être. C'était elle qui se trouvait dans le bureau d'Étienne au moment de l'appel téléphonique et, au début, elle avait attendu qu'il revienne. Puis, perdant patience, elle était montée au petit bureau des archives, apercevant Dauntsey qui descendait l'aspirateur au moment où elle s'apprêtait à sortir du bureau de Miss Blackett. Une fois le seuil franchi, elle avait vu le serpent et entendu la voix. Quelqu'un parlait dans la pièce et la porte étant mince, elle avait dû se rendre compte que ce n'était pas la voix d'Étienne. Une fois le corps découvert, elle avait eu la certitude que Dauntsey au moins était innocent. Elle l'avait vu de ses yeux descendre l'escalier alors qu'Étienne était encore vivant, en train de parler avec son assassin dans le petit bureau des archives.

Comment avait-il manigancé son alibi pour le meurtre d'Esmé Carling ? Mais c'était bien sûr ! Lui-même et Bartrum étaient restés seuls auprès du corps avant l'arrivée de la police. N'était-ce pas Dauntsey qui avait suggéré que les deux femmes fussent emmenées dans la maison pendant que lui et Bartrum attendraient auprès du corps ? Il avait dû préparer son alibi à ce moment-là. Mais il était étonnant que Bartrum eût accepté. Dauntsey lui avait-il promis de le soutenir pour qu'il gardât son travail, voire obtînt de l'avancement, ou existait-il une obligation antérieure à respecter? Quelle qu'en fût la raison, l'alibi avait été fourni. Et le pub où ils s'étaient rencontrés une demi-heure plus tard qu'ils ne l'avaient prétendu avait été bien choisi. Personne au Sailor's Return n'avait pu dire exactement à quelle heure deux clients en particulier étaient entrés dans cette vaste taverne, bruyante et bondée.

Le meurtre en lui-même avait dû présenter peu de difficultés, le seul moment dangereux étant le déplacement de la vedette. Mais cela, bien sûr, était indispensable. Il avait besoin du bateau, car c'était seulement dans la cabine qu'il pourrait tuer en toute sécurité, invisible depuis la terre et le fleuve. Esmé Carling était maigre et légère, mais Dauntsey avait soixante-seize ans et il lui était plus facile de l'étrangler dans le bateau que de la descendre morte ou vivante par l'escalier glissant, aux marches recouvertes par la marée. D'ailleurs, déplacer le bateau ne serait pas dangereux s'il évitait de pousser le moteur. Frances était la seule personne qui habitât le voisinage et Dauntsey savait par expérience qu'on entendait bien peu de chose depuis son salon, les rideaux tirés. Et même si elle avait entendu le bruit d'un moteur, aurait-elle pris la peine d'aller voir ce qui se passait? C'était là, après tout, un bruit fréquent sur le fleuve. Seulement, après le meurtre, il fallait remettre la vedette en place. Il ne pouvait être certain qu'Esmé n'avait laissé aucune trace, si minuscule fût-elle, dans la cabine, surtout s'il y avait eu une lutte. Il était important que personne n'associât le bateau à cette mort.

Elle était venue à ce rendez-vous fatal en taxi. Sans doute à la suggestion de Dauntsey, qui avait dû lui recommander aussi de se faire déposer à l'extrémité d'Innocent Passage. Il devait être là, tapi dans l'ombre. Que lui avait-il dit? Qu'ils seraient plus tranquilles pour s'entretenir discrètement sur le fleuve? Il avait dû déposer manuscrit et message aux associés dans la cabine. Et quoi d'autre encore? Une corde pour l'étrangler, une écharpe, une ceinture? Il avait dû espérer qu'elle aurait son sac habituel avec sa forte lanière. Il l'avait vue avec assez souvent.

Désormais, les yeux fixés sur la route devant lui, les mains posées légèrement sur le volant, Daniel se représentait la scène dans l'étroit habitacle. Pendant combien de temps s'étaient-ils parlé ? Peut-être pas du tout. Elle avait déjà dû lui dire au téléphone qu'elle l'avait vu descendre l'aspirateur dans l'escalier d'Innocent House et cela suffisait à la perdre. Il n'avait pas besoin qu'elle lui en dise davantage, mieux valait ne pas perdre de temps, c'était plus facile et plus sûr. Daniel se représentait Dauntsey s'effaçant poliment pour la laisser entrer la première dans la cabine, la lanière de son sac sur l'épaule. Puis la pichenette pour faire sauter le solide lien de cuir, la chute, les contorsions sur le sol de la cabine, les vieilles mains vainement agrippées au nœud coulant qu'il serrait de toutes ses forces. Il avait dû y avoir au moins une seconde de compréhension horrifiée avant que la miséricordieuse inconscience éteignît son esprit à jamais.

Et c'était cet homme qu'il allait prévenir, non pas qu'il pût y avoir la moindre possibilité de fuite pour lui, mais parce que même l'horreur de la mort d'Esmé Carling semblait n'être qu'une petite partie, au reste inévitable, d'une tragédie universelle. Toute sa vie elle avait fabriqué des mystères, exploité des coïncidences, arrangé les faits pour qu'ils cadrent avec la théorie, manipulé ses personnages, joui de l'importance que lui donnait cette puissance substituée. Sa tragédie, c'était qu'à la fin elle avait confondu fiction et réalité.

C'est après avoir quitté Maldon et pris la direction du sud par la B1018 que Daniel se perdit. Il s'était auparavant arrêté une minute sur un évitement pour consulter la carte, non sans fulminer à la pensée du temps perdu. L'itinéraire le plus court pour Bradwell-on-Sea passait par les villages de Steeple et St Lawrence après avoir quitté la B1018 en tournant à gauche. Il replia sa carte et repartit dans un paysage sombre et désolé. Cependant la route, plus large qu'il ne s'y était attendu, s'allongeait devant lui, avec deux virages à gauche qu'il ne se rappelait pas avoir vus sur la carte, et sans aucune trace du premier village. Un instinct qu'il n'avait jamais pu expliquer lui disait qu'il se dirigeait vers le sud et non pas l'est. Il s'arrêta à un carrefour pour consulter un poteau indicateur et vit à la lumière de ses phares le nom de Southminster. Il avait pris — allez savoir comment — l'itinéraire le plus long par le sud. L'obscurité était intense et aussi épaisse qu'un brouillard. Puis les nuages s'écartèrent de la lune et il vit un café de campagne, fermé et délabré, deux petites maisons de brique aux lumières troubles derrière leurs rideaux et un arbre unique, tordu par le vent, avec un morceau de papier blanc cloué au tronc qui voletait comme un oiseau pris au piège. Des deux côtés de la route la contrée désolée et fouettée par le vent avait des allures fantomatiques dans la lumière froide de la lune.

Il roulait toujours. La route, avec ses tournants et ses épingles à cheveux, semblait sans fin. Le vent se renforçait désormais et secouait doucement la voiture. Enfin, sur la droite, le virage vers Bradewell-on-Sea. Il vit qu'il traversait la lisière d'un village, en se rapprochant de la tour trapue de l'église et des lumières du pub. Nouveau virage, cette fois vers les marais et la mer. Pas de trace de la voiture de Dauntsey, aussi se demanda-t-il lequel des deux arriverait le premier à Othona House. Il savait simplement que pour l'un comme pour l'autre, ce serait la fin du voyage.

66

Il ouvrit la portière arrière. Après l'obscurité qui l'enveloppait, l'odeur de l'essence, du plaid, de sa propre peur, elle sentit l'air frais éclairé par la lune lui effleurer le visage comme une bénédiction. Elle n'entendait que le hululement du vent. Elle ne voyait que la silhouette sombre penchée sur elle. Des mains se tendirent et tripotèrent le bâillon. Un instant elle sentit les doigts contre sa joue. Puis il se pencha et lui détacha les chevilles. Les nœuds n'étaient pas difficiles, si elle avait eu les mains libres, elle aurait pu les défaire elle-même. Pas besoin de couper les liens. Est-ce que cela voulait dire qu'il n'avait pas de couteau ? Mais elle ne se souciait plus de sa propre sécurité. Elle comprit soudain qu'il ne l'avait pas amenée là pour la tuer. Il avait d'autres préoccupations, plus importantes pour lui.

Il lui dit, de cette voix aussi ordinaire, aussi douce que celle qu'elle avait connue, qu'elle attendait, qu'elle aimait entendre : « Frances, si vous vous tourniez, je pourrais plus facilement atteindre vos mains. »

On aurait pu croire qu'il s'agissait d'un sauveteur et non pas d'un geôlier. Elle se tourna et en quelques secondes il lui libéra les mains. Elle essaya de glisser les jambes hors de la voiture, mais elles étaient raides et il tendit la main pour l'aider.

Elle dit : « Ne me touchez pas. »

Les mots étaient indistincts. Le bâillon avait été plus serré qu'elle l'avait cru et sa mâchoire était crispée en un rictus douloureux. Mais il comprit. Il recula aussitôt et la regarda pendant qu'elle se traînait hors de la voiture et se redressait en s'appuyant contre la portière pour se soutenir. C'était le moment qu'elle avait prévu, la chance de lui échapper, de fuir sans même savoir où, mais il s'était détourné et elle comprit qu'il n'était pas nécessaire d'essayer de s'enfuir. Il l'avait amenée là par nécessité, mais elle n'était plus ni dangereuse ni importante. Ses pensées étaient ailleurs. Elle pouvait essayer de fuir sur ses jambes à demi paralysées, il ne l'en empêcherait pas et il ne la suivrait pas. Il s'éloignait d'elle, les yeux fixés sur les contours sombres d'une maison avec une telle intensité qu'elle croyait la percevoir. Pour lui, c'était la fin d'un long voyage.

Elle dit : « Où sommes-nous ? Qu'est-ce que c'est que cet endroit ? »

Il lui dit, en contrôlant soigneusement sa voix : « Othona House. Je suis venu voir Jean-Philippe Étienne. »

Ils allèrent ensemble jusqu'à la porte principale. Il sonna. Elle entendit le tintement résonner au travers du chêne épais. L'attente ne fut pas longue. Le verrou grinça, la clef tourna dans la serrure et la porte s'ouvrit. La silhouette trapue d'une vieille femme habillée de noir apparut, dessinée par la lumière du vestibule.

« Monsieur Étienne vous attend. »

Gabriel se tourna vers Frances : « Je crois que vous ne connaissez pas Estelle, la gouvernante de Jean-Philippe. Vous êtes tirée d'affaire, maintenant. Dans quelques minutes, vous pourrez téléphoner pour demander de l'aide. Estelle s'occupera de vous en attendant, si vous allez avec elle. »

Elle dit : « Je n'ai pas besoin qu'on s'occupe de moi. Je ne suis pas une enfant. Vous m'avez amenée ici contre ma volonté ; maintenant que j'y suis, je reste avec vous. »

Estelle les précéda le long du corridor dallé qui allait

jusqu'au fond de la maison, puis s'effaça et leur fit signe d'entrer. La pièce, évidemment un bureau, était lambrissée de sombre, l'air stagnant, chargé de la douce âcreté des fumées du bois. Dans la cheminée de pierre les flammes sautaient comme des langues, les bûches craquaient et sifflaient. Jean-Philippe Étienne était assis à la droite du feu. Il ne se leva pas. Debout devant la fenêtre, face à la porte, l'inspecteur Aaron. Il portait une veste en peau de mouton dont le volume exagérait encore sa silhouette trapue. Son visage était très pâle, mais une bûche qui s'écrasa en lançant un jet de flamme lui donna pour un instant les couleurs fortes de la vie. Sa chevelure en désordre avait visiblement été ébouriffée par le vent. Frances se dit qu'il avait dû arriver juste avant eux et garer sa voiture hors de la vue.

Sans prêter la moindre attention à elle, il s'adressa directement à Dauntsey : « Je vous ai suivi. J'ai besoin de vous parler. »

Il sortit une enveloppe de sa poche et en tira une photo qu'il posa sur la table. Sans quitter Dauntsey des yeux. En silence. Personne ne bougea.

Dauntsey dit : « Je sais ce que vous êtes venu dire, mais le temps de la palabre est passé. Vous êtes ici non pour parler, mais pour écouter. »

C'est alors que pour la première fois Aaron parut s'apercevoir de la présence de Frances. Il dit sèchement, presque accusateur : « Pourquoi êtes-vous ici ? »

La bouche de Frances était toujours douloureuse, mais la voix restait forte et claire : « Parce que j'ai été amenée ici de force. J'ai été ligotée et bâillonnée. Gabriel a tué Claudia. Il l'a étranglée dans le garage. J'ai vu son corps. Est-ce que vous n'allez pas l'arrêter ? Il a tué Claudia et il a tué les deux autres. »

Étienne s'était levé, mais, après avoir émis un son curieux, entre un gémissement et un soupir, il retomba dans son fauteuil. Frances courut auprès de lui en disant : « Je suis désolée, si désolée. J'aurais dû vous le dire plus doucement. » Puis, levant les yeux, elle vit le visage horrifié de l'inspecteur Aaron.

Celui-ci se tourna vers Dauntsey et lui dit presque dans un murmure : « Alors, vous avez fini le travail.

— Ne vous reprochez rien, inspecteur. Vous ne pouviez

pas la sauver. Elle était morte avant que vous quittiez Innocent House. »

Puis il s'adressa directement à Jean-Philippe Étienne : « Levez-vous, Étienne. Je veux que vous soyez debout. »

Étienne se leva lentement et attrapa sa canne. Avec son aide, il fit un effort visible pour trouver l'équilibre, mais chancela et serait tombé si Frances ne s'était pas avancée pour lui passer un bras autour de la taille. Sans parler, il regardait fixement Dauntsey.

Celui-ci dit : « Mettez-vous derrière votre fauteuil. Vous pourrez l'utiliser pour vous soutenir.

— Je n'ai pas besoin d'être soutenu. « Il écarta fermement le bras de Frances. « Ce n'était qu'un peu de raideur après avoir été longtemps assis. Je ne veux pas me tenir derrière ce siège comme si j'étais au banc des accusés. Et si vous êtes venu ici en juge, je croyais qu'on entendait la plaidoirie avant le verdict et qu'on ne punissait que si une condamnation avait été prononcée.

— Il y a eu un procès. Je l'ai instruit pendant plus de quarante ans. Maintenant je vous demande de reconnaître que vous avez livré ma femme et mes enfants aux Allemands, qu'en fait vous les avez envoyés se faire massacrer à Auschwitz.

— Comment s'appelaient-ils ?

— Sophie Dauntsey, Martin et Ruth. Ils avaient de faux papiers au nom de Loiret. Vous étiez parmi les très rares personnes à savoir cela, à savoir qu'ils étaient juifs, à savoir où ils se cachaient. »

Étienne dit calmement : « Ces noms ne me disent rien. Comment pourrais-je m'en souvenir ? Ce ne sont pas les seuls Juifs que j'ai dénoncés à Vichy et aux Allemands. Comment pourrais-je me rappeler le nom de chacun ou celui des familles ? J'ai fait ce qui était nécessaire à l'époque. Un grand nombre de vies françaises dépendaient de moi. Il était important que les Allemands continuent à me faire confiance si je voulais avoir mon allocation de papier, d'encre et de ressources pour la presse clandestine. Comment pourrais-je me rappeler une femme et deux enfants cinquante ans après ?

Dauntsey dit : « Moi, je me les rappelle.

— Et maintenant vous êtes venu chercher votre vengeance ? Est-elle douce, même après un demi-siècle ?

— Il ne s'agit pas de vengeance, Étienne, mais de justice.

— Oh, ne vous leurrez pas, Gabriel. C'est une vengeance. La justice n'exige pas que vous veniez finalement me dire ce que vous avez fait. Appelez ça justice si cela apaise votre conscience. Le mot est fort. J'espère que vous savez ce qu'il signifie. Moi, je ne suis pas sûr de le savoir. Peut-être le représentant de la loi peut-il nous aider. »

Daniel dit : « Cela signifie œil pour œil, dent pour dent. »

Dauntsey regardait toujours intensément Jean-Philippe.

« Je n'ai pas pris plus que vous n'avez pris, Étienne. Un fils et une fille, contre un fils et une fille. Vous avez assassiné ma femme, mais la vôtre était déjà morte quand j'ai appris la vérité.

— Oui, elle était hors d'atteinte de votre méchanceté et de la mienne. »

Il avait dit ces derniers mots si bas que Frances se demanda si elle les avait vraiment entendus.

Gabriel poursuivit : « Vous avez tué mes enfants. J'ai tué les vôtres. Je n'aurai pas de postérité, vous non plus. Sophie morte, je n'ai jamais pu aimer une autre femme. Je ne crois pas que notre existence ici-bas ait un sens, ni que nous puissions avoir le moindre avenir après notre mort. Puisqu'il n'y a pas de Dieu, il ne peut pas y avoir de justice divine. Nous devons rendre la justice nous-mêmes et la rendre ici, sur cette terre. Il m'a fallu presque cinquante ans, mais j'ai rendu ma justice.

— Si vous aviez agi plus tôt, elle aurait été plus efficace. Mon fils a eu une jeunesse, un âge d'homme à ses débuts. Il a connu le succès, l'amour des femmes. Ça, vous ne pouvez pas le lui enlever. Vos enfants n'ont rien eu de tout cela. La justice devrait être aussi rapide qu'efficace. Elle n'attend pas cinquante ans.

— Le temps n'a rien à voir avec la justice. Le temps nous ôte nos forces, nos talents, nos souvenirs, nos joies et jusqu'à la faculté de nous affliger. Pourquoi le laisserions-nous annexer l'impératif de la justice ? Il fallait que je sois certain, et ça aussi, c'était la justice. Il m'a fallu plus de vingt ans pour retrouver deux témoins essentiels. Même alors je n'étais pas pressé. Je n'aurais pas supporté dix ans de prison ou plus, et désormais je n'aurai pas à les faire. A soixante-seize ans, rien n'est impossible à supporter. Et puis votre fils s'est fiancé. Il pouvait y avoir un enfant. La justice n'exigeait que deux morts. »

Étienne dit : « Et c'est pour ça que vous avez quitté votre éditeur en 1962 et que vous êtes venu à Peverell Press ? Vous me soupçonniez déjà à l'époque ?

— Je commençais. Les fils de mon enquête commençaient à se nouer. Il semblait indiqué que je me rapproche de vous. Et vous étiez assez content, je m'en souviens, de m'avoir, moi et mon argent.

— Bien sûr. Nous pensions, Henry Peverell et moi, avoir recruté un talent de premier ordre. Vous auriez dû réserver votre énergie à la poésie, Gabriel, au lieu de la gaspiller pour une vaine obsession, née de votre propre culpabilité. Ce n'était pas votre faute si votre femme et vos enfants ont été pris au piège en France. Vous avez été imprudent de les y laisser à l'époque, bien sûr, mais rien de plus. Vous les avez laissés et ils sont morts. Pourquoi essayez-vous d'expier cette faute en assassinant des innocents ? Mais ça, c'est votre fort, n'est-ce pas ? Vous avez pris part au bombardement de Dresde. Rien de ce que j'ai fait ne peut se comparer à l'horreur et à l'ampleur de cet exploit. »

D'une voix à peine audible, Gabriel dit : « C'était différent. C'était la terrible loi de la guerre. »

Étienne riposta : « Et pour moi aussi c'était la loi de la guerre. » Il s'interrompit et, quand il reprit, Frances entendit dans sa voix une note triomphale, à peine maîtrisée : « Si vous voulez agir comme Dieu, Gabriel, vous devez d'abord vous assurer que vous avez la sagesse et la science de Dieu. Je n'ai jamais eu d'enfant. Depuis une infection virale à l'âge de treize ans, je suis totalement stérile. Ma femme avait besoin d'un fils et d'une fille. Alors, pour satisfaire son obsession de maternité, je les lui ai fournis. Gérard et Claudia ont été adoptés au Canada et ramenés avec nous en Angleterre. Ils ne sont apparentés par le sang ni à elle ni à moi. J'avais promis à ma femme que la vérité ne serait jamais révélée, mais Gérard et Claudia ont été mis au courant à l'âge de quatorze ans. L'effet sur Gérard a été fâcheux. Tous deux auraient dû être éclairés dès le départ. »

Frances sentait bien que Gabriel n'avait pas besoin de demander si c'était la vérité. Elle dut se forcer pour le regarder. Elle le vit alors s'écrouler physiquement, les muscles du visage et du corps se désintégrer sous ses yeux. L'homme qu'il avait été, vieux mais doté de force, d'intelligence et de volonté, n'avait désormais plus rien de vivant. Tout l'avait abandonné en quelques secondes. Très vite, elle s'approcha de lui, mais il étendit la main pour l'écarter. Lentement, douloureusement, il se força à se redresser. Il essaya de parler, mais aucun mot ne vint. Puis il se détourna et alla vers la porte. Personne ne parla, mais tous le suivirent dans le vestibule, puis dans la nuit, et le regardèrent se diriger vers l'étroite crête rocheuse à la lisière du marais.

Frances courut après lui, le rattrapa et le saisit par la veste. Il essaya de se dégager, mais elle s'accrochait et il perdait ses forces. Ce fut Daniel, lancé à leur poursuite, qui la prit dans ses bras et l'emporta de vive force. Elle essaya de se débattre, mais les bras étaient comme du fer. Elle dut regarder, impuissante, Gabriel s'avancer vers le marais.

Daniel dit : « Laissez-le faire. Laissez-le faire. »

Elle cria à Jean-Philippe Étienne : « Rattrapez-le ! Arrêtez-le ! Faites-le revenir ! »

Daniel demanda tranquillement : « Revenir pour quoi ?

— Mais il n'atteindra jamais la mer. »

Ce fut Étienne, arrivé à leur côté, qui parla : « Il n'a pas besoin de l'atteindre. Ces flaques sont profondes. Un homme peut se noyer dans un pied d'eau s'il veut mourir. »

Ils restaient là, à regarder, Frances toujours dans les bras de Daniel. Soudain, elle sentit le cœur de celui-ci qui battait contre le sien. La silhouette chancelante se détachait, noire, sur le ciel nocturne. Elle se relevait, puis tombait, puis se relevait de nouveau et continuait la lutte. Une fois encore les nuages s'écartèrent et à la lumière de la lune ils le virent plus nettement. De temps en temps il tombait, mais se remettait ensuite sur pied, immense, tel un géant, les bras levés comme pour maudire ou supplier une dernière fois. Frances savait qu'il se battait pour arriver à la mer, aspirant à s'avancer dans son immensité froide, toujours plus loin, plus profond, jusqu'à ce qu'il pût s'engloutir dans l'oubli ultime, béni.

Et voilà qu'il était de nouveau tombé, et cette fois il ne se releva pas. Frances crut voir le scintillement du clair de lune sur la surface de l'étang. Il lui sembla que le corps était presque complètement immergé, mais elle ne le distinguait plus très nettement. Il n'était qu'un petit monticule sombre de plus au milieu de tous ceux qui bossuaient cette étendue désolée de marécages. Ils attendirent en silence, mais il n'y eut plus le moindre mouvement. Il était devenu désormais un élément du désert et de la nuit. Daniel la relâcha et elle s'écarta un peu. Le silence était absolu. Et enfin, elle crut pouvoir entendre la mer, un faible susurrement, moins un bruit qu'une pulsation de l'air serein.

Ils retournaient vers la maison quand la nuit vibra d'un vrombissement dur, métallique, qui se changea rapidement en un cliquetis sec. Au-dessus d'eux, les phares jumeaux d'un hélicoptère. Ils le regardèrent tourner trois fois, puis se poser dans le champ à côté d'Othana House. Frances se dit que le corps de Claudia avait dû être trouvé. Lassé de l'attendre, James avait sans doute fini par retourner à Innocent House pour la chercher.

A la lisière du champ, encore un peu à l'écart des autres, elle vit trois silhouettes, d'abord accroupies sous les grandes pales puis redressées et qui s'avançaient vers elle à travers les herbes déchirées par le vent. Le commandant Dalgliesh, l'inspecteur Miskin, et James. Étienne alla à leur rencontre et ils restèrent en groupe à causer. Elle pensa : « Qu'Étienne le leur dise. J'attendrai. »

Puis Dalgliesh se détacha et s'approcha d'elle. Sans la toucher, il inclina sa haute taille et la regarda en face, intensément.

« Comment allez-vous? Bien?

— Maintenant, oui. »

Il sourit et dit : « Nous allons pouvoir parler bientôt. De Witt a absolument voulu venir avec nous. C'était plus simple, en fin de compte, de le laisser faire. »

Il alla rejoindre Étienne et Kate. Puis, ensemble, ils se dirigèrent vers Othona House.

Frances se dit : « Je suis moi, enfin. J'ai quelque chose à lui donner. » Elle ne courut pas vers la silhouette qui attendait. C'est lentement, mais avec toute l'intensité de son être, qu'elle traversa l'étendue d'herbe balayée par le vent pour se jeter dans ses bras.

Daniel avait entendu l'arrivée de l'hélicoptère, mais il ne bougea pas. Debout sur l'étroite crête rocheuse, il regardait toujours, au-delà des prés salés, la mer. Il attendit dans sa solitude patiente jusqu'à ce qu'il entende des pas qui approchaient. Dalgliesh était à côté de lui.

« Vous l'aviez arrêté ?

— Non, patron. Je n'étais pas venu pour l'arrêter, j'étais venu pour l'avertir. Je n'ai pas fait de sommation, j'ai parlé mais pas pour dire les mots que vous auriez dits. Je l'ai laissé partir.

— Vous l'avez volontairement laissé partir. Il ne s'est pas sauvé ?

— Non, patron. Il ne s'est pas sauvé ! » Il ajouta, si bas qu'il se demanda si Dalgliesh avait entendu « Mais maintenant il est libre. »

Dalgliesh se détourna pour aller dans la maison. Il avait appris ce qu'il avait besoin de savoir. Personne ne s'approcha. Daniel se sentait isolé dans une quarantaine morale, à la lisière des marais, à la lisière du monde. Il crut apercevoir une lumière tremblante, vive comme du phosphore, qui brûlait et s'élançait au milieu des touffes d'oyats et des flaques noires d'eau stagnante. Il ne pouvait pas voir les petites vagues qui déferlaient, mais il entendait la mer, son doux gémissement éternel, telle une déploration universelle. Puis les nuages se déplacèrent et la lune, avec sa joue rabotée, presque pleine, déversa sa lumière froide sur le marais et ce corps tombé au loin. Il sentit une ombre à côté de lui. Se tournant, il vit que c'était Kate et s'aperçut avec étonnement et pitié qu'elle avait le visage mouillé de larmes.

Il dit : « Je n'essayais pas de l'aider à fuir. Je savais qu'il ne pouvait pas s'échapper. Mais je ne pouvais pas supporter l'idée de le voir menotté, dans le box, en prison. Je voulais lui donner la possibilité de choisir son chemin pour s'en aller. »

Elle dit : » Oh Daniel ! Imbécile ! Sacré imbécile ! »

Il se tourna vers elle et demanda : « Qu'est-ce qu'il va faire ?

— A.D. ? Qu'est-ce que vous voulez qu'il fasse ? Oh Dieu, Daniel, vous auriez pu être si bon, vous *étiez* si bon ! »

Il dit : « Étienne ne se rappelait même pas leur nom. Il se rappelait à peine ce qu'il avait fait. Il n'éprouvait ni remords ni regrets. Une mère et deux petits enfants. Ils n'existaient pas. Ce n'étaient pas des êtres humains. Il aurait plus hésité à abattre un chien. Pour lui, ce n'étaient pas des personnes. Ils ne comptaient pas. C'étaient des Juifs. »

Elle s'écria : « Et Esmé Carling? Vieille, laide, seule. Pas un très bon écrivain. Ce n'était pas une personne, non plus? Elle n'avait pas grand-chose, c'est vrai, un appartement, la gamine de quelqu'un d'autre pour passer les soirées avec elle, quelques photos, ses livres. De quel droit pouvait-il décider que cette vie n'avait pas de valeur? »

Il dit amèrement : « Comme vous êtes sûre de vous, Kate! Si sûre de savoir ce qui est bien. Ce doit être réconfortant de ne jamais se trouver en face d'un dilemme moral. Le code pénal et les règlements de la police, ils vous apportent tout ce qui est nécessaire, n'est-ce pas? »

Elle dit : « Je suis sûre de certaines choses. Je suis sûre en ce qui concerne le meurtre. Sinon, comment pourrais-je être officier de police? »

Dalgliesh vint à eux et dit sur un ton aussi ordinaire que s'ils étaient tranquillement ensemble en bons camarades, dans le bureau de Wapping :

« La police de l'Essex n'essaiera pas de récupérer le corps avant le lever du jour. Je veux que vous rameniez Kate à Londres. Vous croyez que vous serez capable de conduire?

— Oui, patron. Je suis parfaitement en état de conduire.

— Sinon, Kate prendra le volant. Mr de Witt et Miss Peverell viendront avec moi dans l'hélicoptère. Ils veulent rentrer aussi vite que possible. Je vous verrai tous les deux plus tard ce soir, à Wapping. »

Il resta immobile avec Kate à côté de lui jusqu'à ce que les trois silhouettes rejoignent le pilote et montent dans l'appareil. La machine s'anima, rugit, les grandes pales se mirent à tourner lentement, puis si vite qu'elles tissèrent un brouillard et devinrent invisibles. L'hélicoptère décolla et s'éleva gauchement dans le ciel. A la lisière du champ, Étienne et Estelle, la tête levée, le regardaient. Il se dit avec amertume : ils regardent comme des badauds. C'est bien étonnant qu'ils ne fassent pas des gestes d'adieu. Il dit à Kate : « J'ai laissé quelque chose dans la maison. »

La porte était ouverte. Elle l'accompagna, traversant le vestibule, puis entrant dans le bureau toujours derrière lui pour qu'il n'eût pas l'impression d'être un prisonnier sous escorte. Les lumières avaient été éteintes dans la pièce, mais les flammes de l'âtre faisaient danser des langues rouges sur les murs et le plafond, morcelant la surface vernie de la table de lueurs fauves, comme si elle avait été tachée de sang.

La photo était toujours là. Il s'étonna un instant que Dalgliesh ne l'eût pas prise, mais ensuite, il se rappela. Elle n'avait plus d'importance, désormais. Il n'y aurait pas de procès, pas de pièces à conviction, pas de témoins à charge à produire devant le tribunal. Elle n'était plus nécessaire. Elle n'avait plus d'importance.

Il la laissa sur la table, pivota sur ses talons pour rejoindre Kate et se rendit en silence avec elle jusqu'à la voiture.

Table des matières

DANS LA MÊME SÉRIE

Jakob Arjouni

Bonne fête, le Turc ! (Happy Birthday, Türke !).
Demi pression (Mehr Bier).
Café turc (Ein Mann, ein Mord).

Edgar Box

La Mort en tenue de soirée (Death Before Bedtime).
La Mort en cinquième position (Death in the Fifth Position).

Christianna Brand

Mort dans le brouillard (London Particular).
La Mort de Jézabel (Death of Jezebel).
La Rose dans les ténèbres (The Rose in Darkness).

Bartholomew Gill

McGarr et la femme du ministre (McGarr and the Politician's Wife).
McGarr et la conjuration de Sienne (McGarr and the Sienese Conspiracy).

B. M. Gill

Le Douzième Juré (The Twelfth Juror).
Une mort sans tache (Victims).
Petits Jeux de massacre (Nursery Crimes).

Batya Gour

Le Meurtre du samedi matin (The Saturday Morning Murder).
Meurtre à l'université (Literary Murder).

Georgette Heyer

Meurtre d'anniversaire (They Found Him Dead).

Un rayon de lune sur le pilori (Death in the Stocks).
La mort donne le la *(The Unfinished Clue).*
Tiens, voilà du poison ! (Behold, Here's Poison).
Mort sans atout (Duplicate Death).
Pas l'ombre d'un doute (No Wind of Blame).
Pékinois, policiers et polars (Detection Unlimited).
Qui a tué le Père ? (Penhallow).

P. D. JAMES

A visage couvert (Cover Her Face).
Une folie meurtrière (A Mind to Murder).
Sans les mains (Unnatural Causes).
Meurtres en blouse blanche (Shroud for a Nightingale).
La Proie pour l'ombre (An Unsuitable Job for a Woman).
Meurtre dans un fauteuil (The Black Tower).
Mort d'un expert (Death of an Expert Witness).
La Meurtrière (Innocent Blood).
L'Île des Morts (The Skull Beneath the Skin).
Un certain goût pour mort (A Taste for Death).
Par action et par omission (Devices and Desires).
Les Fils de l'homme (The Children of Men).
Les Meurtres de la Tamise (The Maul and the Pear Tree).

H. R. F. KEATING

Un cadavre dans la salle de billard (The Body in the Billiard Room).
L'Inspecteur Ghote en Californie (Go West, Inspector Ghote).
Le Meurtre du Maharaja (The Murder of the Maharajah).
L'inspecteur Ghote tire un trait (Inspector Ghote Draws a Line).
Meurtre à Malabar Hill (The Iciest Sin).
L'inspecteur Ghote mène la croisade (Inspector Ghote's Good Crusade).
Le Shérif de Bombay (The Sheriff of Bombay).

Ghote et les chauves-souris (Bats Fly up for Inspector Ghote).

Jennifer ROWE

Pommes de discorde (Grim Pickings).
Prière d'inhumer (Murder by the Book).
Eau trouble (The Makeover Murders).

Cet ouvrage a été composé
par EURONUMÉRIQUE à Montrouge

Impression réalisée sur CAMERON par
BRODARD ET TAUPIN
La Flèche

pour le compte des Éditions Fayard
en juin 1995

Imprimé en France
Dépôt légal : juin 1995
N° d'édition : 9328 – N° d'impression : 6927 L-5
ISBN : 2-213-59462-7
35-17-9462-02/9